HET WEESMEISJE

Anne Jacobs

Het weesmeisje

XANDER

Uitgegeven door Xander Uitgevers BV
Hamerstraat 3, 1021 JT Amsterdam

www.xanderuitgevers.nl

Oorspronkelijke titel: *Die Tuchvilla*
Oorspronkelijke uitgever: Blanvalet Verlag
Vertaling: Sylvia Wevers
Omslagontwerp: Sander Patelski
Omslagbeeld: Alamy Stock Photo / Ilona Wellmann, Trevillion Images
Auteursfoto: Marlies GbR
Zetwerk: ZetSpiegel, Best

Eerste druk 2019
Dertiende druk 2020

ISBN 978 94 0161 160 2 | NUR 302

I

Augsburg, herfst 1913

1

NADAT ZE DE JACOBERPOORT achter zich had gelaten, werden haar passen steeds trager. Hier, aan de oostelijke stadsrand, doemde een andere wereld op. Niet zo stil en vertrouwd als de steegjes in de benedenstad, maar rumoerig en gewelddadig. De fabrieksgebouwen lagen als middeleeuwse vestingen in de graslanden tussen de beekjes, elk omgeven door een muur, zodat onbevoegden het terrein niet konden betreden en er geen arbeider aan het toezicht ontsnapte. Binnen deze vestingen vibreerde het onafgebroken en was het altijd lawaaierig, de schoorstenen bliezen zwarte rook uit, de machines in de hallen ratelden dag en nacht. Marie wist uit ervaring dat je, als je hier werkte, een grijze kiezelsteen werd. Doof door het gedreun van de machines, blind door het opdwarrelend stof, afgestompt door de leegte in je brein.

Het is je laatste kans!

Marie bleef staan en kneep haar ogen dicht tegen de zon terwijl ze naar Melzers textielfabriek tuurde. Een paar ramen schitterden in het ochtendlicht, alsof erachter een vuur brandde, maar de muren waren grijs en in hun schaduw leken de hallen bijna zwart. Maar de villa aan de andere kant straalde in rood baksteen, een sprookjesachtig Doornroosjeslot midden in een park dat in herfstkleuren gehuld was.

Het is je laatste kans! Waarom had juffrouw Pappert dat gisteravond drie keer herhaald? Alsof voor Marie slechts de gevangenis of de dood restte als ze ook nu weer zou worden weggestuurd? Ze keek nog eens wat beter naar het mooie gebouw, maar het vervaagde voor haar ogen, mengde zich met de grasvelden en bomen van het park. Geen wonder, ze was nog zwak van de inwendige bloeding van drie weken geleden, bovendien had ze vanochtend van de opwinding nauwelijks een hap door haar keel kunnen krijgen.

Oké, dacht ze. Het is in ieder geval een mooi huis en ik hoef niet te naaien, maar ga andere dingen doen. En als ze me naar de overkant, naar de fabriek sturen, loop ik gewoon weg. Ik ga nooit meer twaalf uur per dag achter een door olie besmeurde, zwarte naaimachine zitten waarbij de draad constant breekt.

Ze trok de plunjezak aan haar schouder recht en liep langzaam naar de ingang van het park. De ouderwetse ijzeren poort met ineengestrengelde bloemenranken stond uitnodigend open. De oprit slingerde door het park en eindigde op een geplaveid plein met in het midden een rond bloembed. Er was niemand te zien, maar van dichtbij leek de villa nog intimiderender, vooral de zuilengalerij die twee etages hoog was. Op de zuilen rustte een balkon met een stenen omlijsting – waarschijnlijk hield de directeur van de fabriek daarboven op oudjaarsavond een toespraak voor zijn arbeiders. Die keken dan vol eerbied naar hem en zijn in bontjas gehulde echtgenote op. Misschien kregen ze op feestdagen wel een gratis borrel of een glas bier. Vast en zeker geen bubbeltjeswijn; champagne dronk de directeur met zijn familie.

Ach, eigenlijk wilde ze hier niet werken. Ze keek naar boven, naar de wegtrekkende wolken, en het leek alsof het hoge bakstenen gebouw naar haar toe bewoog om haar te vermorzelen. Maar het was haar laatste kans. Ze had geen keuze. Marie bekeek de voorkant van de villa. Aan weerszijden van de zuilengalerij was een deur, dat waren de ingangen voor het personeel en de leveranciers.

Terwijl ze nadacht welke van de twee deuren ze zou nemen, hoorde ze achter zich het knetterende geluid van een automobiel. Een donkere limousine tufte dicht langs haar heen. Ze sprong geschrokken opzij en zag het gezicht van de chauffeur. Hij was nog jong en droeg een blauwe pet met klep met een goudkleurige kokarde erop.

Aha, dacht ze. Hij haalt vast de directeur op om hem naar zijn kantoor te brengen. Terwijl de fabriek maar een paar passen verderop ligt. Hooguit tien minuten lopen. Maar zo'n rijke pief gaat niet te voet, stel je voor dat zijn dure schoenen en nette mantel vies worden.

Nieuwsgierig en een beetje afgunstig staarde ze naar de brede voordeur onder de zuilen, die nu openging. Ze zag een dienstmeisje in een donkere jurk met een lichtgekleurd schortje om en een wit kapje op haar strak gekamde haar. Daarna twee dames, in lange mantels met zachte bontkragen gehuld, de een in donkerrood, de ander in lichtgroen. Ze droegen hoeden als droombeelden met bloemen en sluierstof, en toen ze in de limousine stapten zag ze de sierlijke enkellaarsjes van bruin leer. Een heer volgde de twee vrouwen – nee, dat kon niet de directeur van de fabriek zijn, daarvoor was hij veel te jong. Misschien de echtgenoot van een van de dames? Of de zoon des huizes? Hij droeg een korte bruine reismantel en een tas, die hij met een lichte beweging op het dak van de auto zwaaide voordat hij in de auto plaatsnam. Wat hupte die chauffeur belachelijk rond, terwijl hij de autoportieren opendeed en de dames zijn hand bood alsof ze niet zonder zijn hulp op de gepolsterde zittingen konden plaatsnemen. Ja, deze vrouwen waren beslist van suikergoed. Eén plensbui en ze waren opgelost en weggespoeld. Jammer dat het vandaag niet regende.

Toen de dames en heer in de wagen zaten, reed de chauffeur om het bloemperk heen, waarin rode asters, roze dahlia's en paarse heide bloeiden. Na deze rustige keermanoeuvre knetterde het gevaarte weer richting de poort. Hij reed zo dicht langs Marie, dat het voorste treeplankje haar wapperende rok aanraakte. Grijze mannenogen namen Marie met onverholen nieuwsgierigheid op. De jongeheer had zijn hoed afgezet, zijn nonchalant geknipte, krullende haar en blonde snor verleenden hem het uiterlijk van een onbezorgde student. Hij glimlachte naar Marie, boog naar voren en zei iets tegen de dame in het rood, waarop ze allemaal begonnen te lachen. Moesten ze lachen om het slecht geklede meisje met de knapzak over haar schouder? Marie voelde een pijnscheut in haar borst en moest weer tegen de aandrang vechten om ter plekke rechtsomkeert te maken en terug naar het weeshuis te lopen. Maar ze had geen keuze.

De walm die de automobiel achterliet, stonk naar benzine en verbrand rubber, waardoor ze moest hoesten. Vastberaden liep ze om het bloembed heen naar de linkerzijingang en bewoog de zwart ijzeren deurklopper. Er gebeurde niets – waarschijnlijk was iedereen aan het werk, het was al tegen tienen. Toen ze twee keer vergeefs geklopt had en al besloten had de deur gewoon open te maken, hoorde ze eindelijk voetstappen.

'Jezusmina... dat is de nieuwe. Waarom doet niemand open? Ze durft niet naar binnen te komen, die meid...'

De stem klonk jong en schel. Marie herkende het dienstmeisje weer dat eerder voor de dames de voordeur had geopend. Het was een blozende meid met blond haar, sterk en gezond, er lag een naieve glimlach op haar brede gezicht. Waarschijnlijk kwam ze uit een van de omliggende dorpen, ze was in ieder geval geen stadskind.

'Kom binnen. Je hoeft je niet te schamen. Ben jij Marie, ja? Ik ben Auguste. Het tweede kamermeisje. Al ruim een jaar.'

Daar scheen ze enorm trots op te zijn. Wat een huis! Ze hadden twee kamermeisjes in dienst! Waar Marie eerder in dienst was geweest hadden ze al het werk, ook het koken en wassen, alleen moeten doen.

'Goedendag, Auguste. Dank je wel voor je ontvangst.'

Marie daalde de drie treden in de smalle gang af. Wat raar. De rode bakstenen villa had talloze hoge en lage ramen, maar hier in het personeelsgedeelte was het zo donker dat je nauwelijks zag waar je je voeten zette. Maar waarschijnlijk kwam dat doordat haar ogen nog verblind waren door de felle ochtendzon.

'Hier is de keuken. De kokkin zal je vast wel een kopje koffie en een broodje geven. Je ziet er uitgehongerd uit...'

Inderdaad. Vergeleken met de struise, van gezondheid blakende Auguste moest zij, Marie, er als een spook uitzien. Ze was altijd al dun geweest, maar na haar ziekte waren ook haar wangen ingevallen, en bij haar schouders staken haar botten uit. Daardoor leken haar ogen nu twee keer zo groot dan anders en haar donkerbruine haar was zo weerbarstig als een bezem. Tenminste, dat had juffrouw Pappert gisteravond nog beweerd. Juffrouw Pappert was de directrice van het Weeshuis van de Zeven Martelaressen en zag eruit alsof ze elk martelaarschap zelf had doorstaan. Geholpen had het niet, juffrouw Pappert was zo gemeen als een heks en zou vast ooit eeuwig in de hel branden. Marie haatte haar uit de grond van haar hart.

De keuken was een toevluchtsoord. Warm, licht en het geurde er heerlijk. Een ruimte die deed denken aan malse ham, vers brood en gebak, verrukkelijke pasteien, kippensoep en runderbouillon. Die naar tijm, rozemarijn en salie rook, naar dille en koriander, naar kruidnagelbloesem en nootmuskaat. Marie stond bij de deur en staarde naar de lange tafel, waaraan de kokkin met allerlei voorbereidingen bezig was. Nu pas merkte ze hoe koud het buiten was geweest en ze begon te beven. Wat een heerlijk vooruitzicht om met een kopje koffie met warme melk naast het fornuis te zitten, de warmte te voelen, de geur van het goede leven in te ademen en daarbij langzaam van de hete koffie te nippen.

Een harde schreeuw deed haar ineenkrimpen. Die kwam kennelijk van een ouder uitziende, tengere vrouw, die zojuist aan de andere kant de keuken binnen was gekomen en zodra ze Marie zag geschrokken achteruitdeinsde.

'Heilige Maagd!' kreunde ze en ze drukte beide handen tegen haar borst. 'Daar is ze! God sta me bij. Precies zoals in de droom. Here Jezus Christus, bescherm ons tegen al het kwaad...'

De vrouw moest tegen de muur leunen waardoor ze een koperen pan van de haak stootte die op de betegelde keukenvloer kletterde. Marie stond stijf van de schrik.

'Bent u nou helemaal gek geworden, Jordan?' riep de kokkin boos.

'U gooit mijn beste groentepan op de grond. God moge u bijstaan als er een deuk of zelfs een scheur in zit.'

De fragiele vrouw die zojuist met 'Jordan' was aangesproken, nam het gemopper van de kokkin nauwelijks waar. Zwaar ademend maakte ze zich van de muur los en greep met beide handen naar haar hoofd. Haar haren waren opgestoken en met een zwarte strik versierd. Ook haar blouse en rok waren zwart, daarbij droeg ze een kleine broche, een in zilver gevatte geslepen steen met de beeltenis van het hoofdje van een meisje.

'Het... het is niets,' fluisterde ze en ze legde haar beide handen tegen haar slapen, alsof ze hoofdpijn had. Alleen de vrouw des huizes had migraine, een bediende had ordinaire hoofdpijn en dat kwam dan door de drank en het niksen.

'Zeker weer gedroomd, hè?' bromde de kokkin en ze hengelde de pan onder de tafel vandaan. 'Op een dag wordt u nog beroemd met uw dromen. Dan zal de keizer u tot zich roepen om zijn toekomst door u te laten voorspellen.'

Ze lachte luid, het klonk een beetje als het gemekker van een geit, maar niet boosaardig.

'Ach, houd u toch op met die stomme grappen,' verweerde Jordan zich.

'Maar als u altijd over onheil droomt,' ging de kokkin onverstoorbaar verder, 'dan zal de keizer u wel niet willen hebben.'

Marie stond tegen de deur geleund, haar hart ging tekeer en ze voelde zich ineens niet lekker. Geen van de twee vrouwen nam notie van haar. Jordan zei dat de juffrouw thee en gebak wenste en dat de kokkin moest voortmaken.

'De juffrouw zal even geduld moeten hebben, ik moet eerst water opzetten.'

'Het is altijd hetzelfde. Hier in de keuken wordt getreuzeld en ik ben degene die daarvoor door de juffrouw berispt word.'

Marie vond het vreemd dat de stemmen weliswaar meer opgewonden klonken, maar toch steeds zachter werden. Misschien kwam het door het gefluit dat alle andere geluiden overstemde. Had de kokkin niet net nog gezegd dat ze eerst water op moest zetten? Waarom floot de ketel dan nu al?

'Getreuzeld?' hoorde ze de stem van de kokkin. 'Ik moet een lunch voorbereiden en ook nog een taart bakken en voor vanavond een diner voor twaalf personen maken. En dat allemaal zonder hulp, omdat Gertie, dat domme wicht, weggelopen is. Als Auguste me niet af en toe een handje zou helpen... Ach, hemeltjelief!'

'Heilige Maagd, daar heb je het gedonder!'

Marie had nog snel willen gaan zitten, maar het was te laat. De grijze en lichtbruine tegels van de keukenvloer kwamen in razend tempo op haar af, toen werd alles zwart, stil en aangenaam gewichtsloos. Ze zweefde in een vredige, liefkozende duisternis. Alleen haar domme hart bonkte, schudde haar hele lichaam door elkaar waardoor ze begon te beven. Ze kon er niet mee ophouden, haar tanden klapperden, haar handen verkrampten.

'Nou, dat ontbrak er nog maar aan. Een epilepsiepatiënt. Dan had ik toch liever Gertie met haar mannengezicht...'

Marie durfde haar ogen niet te openen. Ze moest flauwgevallen zijn. Dat was haar sinds haar inwendige bloeding niet meer overkomen. Had ze soms weer bloed gespuwd? O god, alsjeblieft niet. Ze was toen vreselijk geschrokken. Er was helderrood bloed uit haar mond gelopen. Verschrikkelijk veel. Zo veel, dat ze daarna niet meer kon staan.

'Ach, dom mens, houd toch uw mond,' bromde de kokkin. 'Het meisje is volkomen uitgehongerd, geen wonder dat ze instort. Hier... neem dit kopje.'

Iemand pakte haar met een ruwe hand onder haar schouder beet en tilde haar bovenlichaam een beetje op. Ze voelde de warme rand van een beker aan haar lippen en rook koffie.

'Drink maar, meid. Dan ben je zo weer op de been. Kom maar, neem maar wat. Een klein slokje.'

Marie knipperde met haar ogen. Vlak voor haar zag ze het brede, rode gezicht van de kokkin, niet mooi en bedekt met zweet, maar vriendelijk. Daarachter herkende ze de magere gestalte van Jordan. De zilveren broche fonkelde op haar zwarte blouse en in haar gezicht zag ze afschuw.

'Waarom helpt u haar erbovenop? Als ze ziek is zal juffrouw Schmalzler haar toch weer wegsturen. Het is goed zo. Heel goed zo. Zij brengt ongeluk als ze blijft. Zij brengt dit huis groot ongeluk, ik weet het...'

'Zet u even thee, het water kookt.'

'Dat is niet mijn taak!'

Marie besloot nu toch een paar slokken koffie te drinken, ook al gaf ze daarmee aan dat ze zich weer onder de levenden bevond, wat ze graag nog even verborgen had gehouden. Maar ze kon de aardige kokkin niet zo laten zitten. En gelukkig leek het erop dat ze geen bloed gespuwd had.

'Zo,' mompelde de kokkin tevreden. 'Gaat het weer?'

Marie werd misselijk van de sterke, bittere drank. Ze liet haar hoofd terugvallen en glimlachte moeizaam.

'Gaat wel... Dank u wel voor de koffie...'

'Blijf nog even liggen. Als het weer beter met je gaat, krijg je iets behoorlijks te eten.'

Marie knikte gehoorzaam, hoewel het idee van een broodje of zelfs een kopje kippensoep haar maag deed knorren. De twee vrouwen hadden haar op een van de houten banken gelegd waarop de personeelsleden zaten als ze hun maaltijd nuttigden. Marie schaamde zich vreselijk vanwege dat stomme flauwvallen. Ze hadden haar met zijn tweeën moeten optillen en op de bank moeten leggen. En dan dat gepraat van Jordan. Die was vast niet helemaal goed snik. Zij, Marie, zou epileptisch zijn en de villa onheil bezorgen. Het was juist omgekeerd. De villa was een ongelukshuis, dat had ze vandaag meteen op de eerste dag ervaren en het zou haar te denken moeten geven. Laatste kans of niet, ze zou hier in geen geval blijven. Niet voor geld en goede woorden. En al helemaal niet vanwege het domme gezwets van juffrouw Pappert.

'Wat doet u nou?' krijste de kokkin. 'De theekan mag nooit helemaal gevuld worden. God sta me bij, nu loopt alles over en zal de juffrouw mij ervoor verantwoordelijk houden!'

'Als u uw werk had gedaan zoals het hoort, was het niet gebeurd. Ik ben tenslotte niet verantwoordelijk voor het theezetten. Ik ben kamenierster en geen keukensloof!'

'Keukensloof? De hoogmoed is u van ver aan te zien. De hoogmoed en de domheid.'

'Wat is hier beneden aan de hand?' klonk Augustes heldere stem. 'De juffrouw heeft al drie keer om haar thee geluid en is behoorlijk boos. En Jordan moet meteen naar boven komen...'

Marie zag dat het toch al kleurloze gezicht van de kamenierster nog een tintje bleker werd. Zijzelf kon haar hoofd nu al optillen, de misselijkheid was verdwenen.

'Ik wist het gewoon,' mompelde Jordan onheilspellend. Terwijl ze zich met haar ruisende rok de keuken uit haastte, voelde Marie haar blik. Ze staarde Marie aan alsof ze een gevaarlijk insect was.

2

ELEONORE SCHMALZLER WAS EEN rijzige vrouw. In de zevenenveertig jaar dat ze in dienst van de familie was, waren haar haren bij haar slapen grijs geworden, maar haar rug en schouders waren nog net zo recht als in de beste dagen van haar jeugd. In Pommeren was ze de kamenierster van juffrouw Alicia von Maydorn geweest en nadat die trouwde volgde Eleonore haar bazin naar het huis in Augsburg. Eigenlijk was het een huwelijk beneden stand – Johann Melzer was fabrikant, de zoon van een leraar uit de provincie. Iemand die was opgeklommen en het gemaakt had. De adellijke Von Maydorns daarentegen hadden hun beste tijd gehad, twee zoons waren officieren en deden niets anders dan van het leven genieten, het landgoed in Pommeren zat zwaar in de schulden. Bovendien was Alicia bij haar verloving al eind twintig, een oude vrijster. Ze had sinds haar kindertijd een stijf voetgewricht als gevolg van een ongelukkige val van de trap, waardoor haar waarde op de huwelijksmarkt aanzienlijk was gedaald.

Eleonore Schmalzler kreeg aanvankelijk slechts tijdelijk, als noodhulp, de positie van huisdame toegewezen. Alicia Melzer wantrouwde het personeel uit de stad, naar haar mening waren zij alleen op hun eigen voordeel uit en niet gericht op het welzijn in het huis. Er waren twee butlers en een huisdame geweest, die Alicia na korte tijd weer had weggestuurd. Maar Eleonore Schmalzler overtrof vanaf dag één alle verwachtingen. Ze combineerde de trouw aan haar bazin met een natuurlijke gave mensen te leiden. Wie in de villa werkte, moest zijn baan als een privilege zien, die je door deugden als eerlijkheid, ijver, discretie en trouw moest verdienen.

Het was al tegen elf uur, de mevrouw en juffrouw Katharina konden elk moment terugkomen. Ze hadden de jongeheer naar het station gebracht, hij studeerde sinds een paar jaar aan de universiteit van München. Aansluitend was de mevrouw met haar dochter bij dokter Schleicher op het spreekuur geweest. Meestal duurde zo'n bezoek aan de arts slechts een half uur. Eleonore Schmalzler verwachtte er niet veel van, maar de mevrouw vestigde veel hoop op de arts. De amper achttien jaar oude Katharina leed aan slapeloosheid, nervositeit en heftige hoofdpijn.

'Auguste!'

De huisdame had de voetstappen van het kamermeisje op de gang goed herkend. Auguste schoof de deur voorzichtig open, in haar rechterhand balanceerde ze een klein zilveren dienblad met daarop een gebruikt theekopje, een roomkannetje en een suikerpot.

'Ja, juffrouw Schmalzler?'

'Gaat het nu wat beter met haar? Stuur haar dan maar naar mij.'

'Graag, juffrouw Schmalzler. Ze is weer opgeknapt. Een aardig, klein meisje, maar verschrikkelijk mager en ze heeft ook nog geen...'

'Ik wacht, Auguste.'

'Jawel, juffrouw Schmalzler.'

Iedereen moest op zijn eigen manier behandeld worden. Auguste deed haar best maar was niet erg slim. Bovendien had ze de neiging te veel te kletsen. Dat ze het toch tot kamermeisje geschopt had, kwam door Eleonore Schmalzlers aanbeveling. Auguste was eerlijk en trouw aan de familie. Er waren meisjes die hun zinnen op een baantje in de fabriek hadden gezet en er na een paar maanden vandoor gingen. Dat zou Auguste niet doen, zij was aan de villa gehecht. En aan haar positie, waar ze erg trots op was.

De deur piepte toen het nieuwe meisje die langzaam opendeed.

De huisdame zag een magere, bleke gestalte met enorme ogen. Ze droeg haar donkere haar in een vlecht waar dunne plukken uitstaken. Dat was ze dus. Marie Hofgartner, achttien jaar. Een wees. Waarschijnlijk een onecht kind, tot haar tweede levensjaar bij haar moeder opgegroeid en na diens dood overgebracht naar het Weeshuis van de Zeven Martelaressen. Op haar dertiende was ze in een huishouden in de benedenstad van Augsburg geplaatst, waar ze na vier weken was weggelopen. Twee andere pogingen als dienstmeisje waren eveneens mislukt, als naaister bij een coupeuse had ze het een jaar volgehouden, daarna had ze nog een half jaar in de textielfabriek Steyermann gewerkt. Drie weken geleden een inwendige bloeding...

'Goedendag, Marie,' zei ze, waarbij ze haar best deed vriendelijk te zijn tegen het deerniswekkende schepsel. 'Gaat het goed met je?'

Er lag een ongewoon intense blik in de bruine ogen, de huisdame voelde zich niet op haar gemak onder deze onderzoekende blik. Dit meisje was of bijzonder onnozel of het tegendeel was het geval.

'Dank u. Het gaat goed met mij, juffrouw Schmalzler.'

Het kleine meisje wist wel hoe ze zich moest gedragen. Ze was niet iemand die klaagde. Zojuist had ze nog bewusteloos op de keukenvloer gelegen – dat had Jordan haar verteld – en nu stond ze hier en deed ze alsof er niets gebeurd was. Ze zou epileptische aanvallen hebben, had Jordan beweerd. Maar die kletste wel vaker uit haar nek. Eleonore Schmalzler vertrouwde nooit op het oordeel van het personeel. Ze permitteerde zich zelfs – overigens alleen in het geheim – met haar eigen scherpe verstand het oordeel van de meneer en mevrouw te checken.

'Mooi,' zei ze. 'We hebben een meisje nodig voor de keuken en jij werd ons aanbevolen door juffrouw Pappert. Heb je al eerder in de keuken gewerkt?'

Die vraag was eigenlijk overbodig want ze had het werkdossier en de rapporten van het meisje gelezen, die spullen waren gisteren door een bode gebracht.

De ogen van het meisje dwaalden over de kleine zithoek met de hoge, met houtsnijwerk gedecoreerde stoelen en de wandkast met boeken en dossiers. Haar blik bleef een ogenblik op de weelderig gedrapeerde groene gordijnen voor het raam rusten. De kamer waarin de huisdame resideerde, was rijk gemeubileerd en leek indruk te maken op het kleine meisje. Maar meteen daarna kneep het meisje heel even haar oogleden samen, waar Eleonore Schmalzler uit opmaakte dat ze haar papieren op het bureau had ontdekt. Waarom vraagt ze dat nou, leek het meisje te denken. Ze heeft alles toch gelezen.

'Ik ben drie keer in een huishouden in dienst geweest, toen moest ik koken, wassen, het eten opdienen en op de kinderen passen. Bovendien moesten wij in het weeshuis altijd de groenten wassen, water halen en de afwas doen.'

Ze was beslist niet onnozel, eerder een beetje te slim. Eleonore Schmalzler vond het niet prettig als een bediende te intelligent was. Dat soort types dacht alleen aan hun eigen voordeel en niet aan het welzijn van het huis. Ook waren ze in staat tot behendig bedrog, de huisdame herinnerde zich met ongenoegen een huisknecht die jarenlang rode wijn van de meneer en mevrouw achterovergedrukt en verkocht had. Ze verweet het zichzelf nog steeds dat ze er zo lang in getrapt was.

'Dan zul je de taken vast wel snel leren, Marie. Als keukenmeisje val je direct onder mevrouw Brunnenmayer, onze kokkin. Maar ook alle andere bediendes hebben zeggenschap over jou en jij dient ze te gehoorzamen als ze jou een taak geven. Ik zeg dat tegen je omdat je – voor zover ik kan zien – nog nooit in zo'n groot huis hebt gewerkt.'

Ze zweeg even en keek het meisje onderzoekend aan. Luisterde ze eigenlijk wel? Ze staarde naar een ingelijste houtskooltekening die boven het bureau hing. Een geschenk van juffrouw Katharina, die afgelopen jaar met kerst alle bediendes met eigen tekeningen verblijd had. Op deze tekening was de fabriekshal te zien met de puntige driehoeken van de sheddaken die naar het noorden toe van glas waren voorzien.

'Vind je de tekening mooi?' zei ze bits.

'Heel mooi. Het zijn maar een paar lijnen en toch zie je meteen wat het voorstelt. Dat zou ik ook graag willen kunnen.'

De bruine ogen van de kleine meid straalden enthousiasme en verlangen uit. Er gleed zelfs een kleine glimlach over haar gezicht. De huisdame wapende zich, ze was gevoelig voor onvervulde verlangens, een slechte gewoonte die zij met haar ruim zestig jaar nog steeds niet had afgeleerd. Terwijl er voor de gemoedsrust die voor het werk nodig was, niets ergers was dan zulke sentimentaliteiten.

'Het tekenen kun je maar beter aan de juffrouw overlaten. Jij, Marie, hebt hier in dit huishouden zeer veel te leren. Vooral in de keuken, waar fijne gerechten worden bereid. Maar ook op andere gebieden, zoals wat betreft de omgang met de meneer en mevrouw. Wij bestieren een groot huis, er zijn regelmatig diners en grotere avondgezelschappen, een keer per jaar is er ook een bal. Voor al deze sociale evenementen hebben wij vaste regels.'

Nu was er eindelijk een klein beetje belangstelling van het gezicht van het meisje af te lezen. Ondanks haar intelligentie leek ze toch behoorlijk naïef en dromerig. Waarschijnlijk las ze stuiverromannetjes en dacht ze dat de wereld vol romantische liefdesavonturen was.

'Bedoelt u een echt bal? Met dansen en muziek en al die prachtige jurken?'

'Dat is precies wat ik bedoel, Marie. Maar jij zult er weinig van zien, want jouw werkplek is beneden in de keuken.'

'Maar… maar als het eten geserveerd wordt…'

'Bij grote evenementen serveren alleen de mannelijke bediendes. Ook dit hoort bij de dingen die jij moet leren. Laten we het nu over de praktische zaken hebben. Ik neem je voorlopig voor een kwartaal aan met een loon van vijfentwintig mark. Dat krijg je in twee termijnen uitbetaald. Tien mark aan het einde van de maand, de rest twee maanden later. Natuurlijk alleen als je je waarmaakt.'

Ze laste een kleine pauze in om te kijken wat voor effect haar woorden hadden. Marie bleef onverschillig. Ze leek niet geldzuchtig te zijn. Mooi. Als keukenmeisje had ze ook niet meer te verwachten.

'Verder krijg je van ons twee eenvoudige jurken en drie schorten. Deze spullen dien je schoon en netjes te houden en dagelijks te dragen. Je haar dien je stevig onder een hoofddoek vast te binden en je moet altijd je handen wassen. Sokken en schoeisel zul je toch zeker zelf hebben. Hoe zit het met het ondergoed? Laat eens zien.'

Het meisje maakte haar knapzak open en Eleonore Schmalzler stelde vast dat het ook hiermee slecht gesteld was. Waar bleef al dat geld eigenlijk dat op feestdagen voor het weeshuis ingezameld werd? Het meisje bezat twee versleten hemden, één onderbroek om te wisselen, een wollen onderrok met gaten en een aantal sokken die op veel plekken gestopt waren. Aan schoenen had ze alleen het paar dat ze droeg.

'We zullen zien. Als je je waarmaakt... kerst duurt niet lang meer.'

Op de feestdagen waren er cadeaus voor de bediendes, meestal stoffen voor kleren, leer voor schoenen of sokken van katoen – voor de hogere personeelsleden ook kleine familieaandenkens zoals een klokje of een prent. Het jonge meisje zouden ze wel iets extra's geven – mits ze het verdiende natuurlijk – ze had een wollen mantel en een warme muts nodig. De huisdame voelde weer boosheid opkomen jegens het weeshuis. Het meisje had niet eens een warme omslagdoek, ze hadden alles aan de nieuwe werkgever overgelaten.

'Jij slaapt op de derde verdieping, waar de kamers van de bediendes zich bevinden. Er slapen altijd twee vrouwen in een kamer, jij zult jouw slaapkamer met Maria Jordan delen.'

Marie was begonnen haar knapzak dicht te knopen, maar keek nu geschrokken op.

'Met Maria Jordan? De kamenierster? Die een broche met een meisjeshoofd draagt?'

Eleonore Schmalzler wist heel goed dat Jordan geen prettige kamergenote was. Maar het paste de jonge meid niet hierover wensen te uiten.

'Je hebt al kennis met haar gemaakt. Maria Jordan is hier in huis iemand met aanzien. Je zult nog leren dat een kamenierster het bijzondere vertrouwen van de mevrouw geniet, daarom is haar positie onder het personeel vrij hoog.'

Als ze eerlijk was, moest ze toegeven dat ze soms zelf jaloers was op Jordan, die niet alleen de kamenierster van de mevrouw was, maar ook de twee juffrouwen bediende. Eleonore Schmalzler was zelf kamenierster geweest, ze wist dat zo'n positie met een zekere intimiteit gepaard ging.

De magere gestalte voor de huisdame verstijfde en werd iets langer omdat ze haar rug rechtte.

'Sorry, maar ik wil in geen geval met Maria Jordan in één kamer verblijven. Ik slaap nog liever ergens onder het dak bij de muizen. Of in de keuken. Of in het ergste geval op de tussenverdieping.'

Eleonore Schmalzler moest zich inhouden om niet haar zelfbeheersing te verliezen. Zo'n brutaliteit had ze nog nooit meegemaakt. Dit haveloze, half verhongerde schepsel kwam uit het weeshuis, kon niets anders laten zien dan een hoop slechte getuigschriften en had de onbeschoftheid om eisen te stellen. Had de huisdame net nog medelijden met de kleine meid, nu was ze verbijsterd over haar hoogmoed. Maar natuurlijk, het stond ook in bijna elk rapport. Verwaand, brutaal, recalcitrant, lui, ongehoorzaam… Het enige wat in haar voordeel sprak was dat ze waarschijnlijk niet achterbaks was. Maar al het andere was al erg genoeg. Eleonore Schmalzler had dit meisje maar al te graag terug naar het weeshuis gestuurd. Maar helaas was er wat dat betreft een klein probleem. Om wat voor reden dan ook wilde de mevrouw dat het meisje werd aangesteld.

'Het zal wel meevallen,' antwoordde ze kortaf. 'En dan nog iets, Marie. Je zult al gemerkt hebben dat juffrouw Jordan de voornaam "Maria" draagt. Daarom zul jij hier in huis een andere naam krijgen, anders zouden jullie verwisseld kunnen worden.'

Marie trok de tweede knoop van haar knapzak vast en trok zo stevig dat haar knokkels wit werden.

'We zullen je Rosa noemen,' bepaalde de huisdame zomaar. Onder andere omstandigheden had ze het meisje twee of drie namen ter keuze voorgelegd. Maar zo'n tegemoetkoming had het meisje immers niet verdiend.

'Dat was het voorlopig, Rosa. Ga nu naar de keuken, want ze hebben je nodig voor het werk. Later zal Else je je kamer laten zien en je jurken en schorten geven.'

Ze wendde zich af, liep naar het raam en schoof het gordijn een stukje opzij. Daar waren ze. Robert hielp de juffrouw bij het uitstappen, de mevrouw liep al op de treden naar het portaal. Het scheen wat warmer geworden te zijn, de juffrouw had haar mantel uitgetrokken. Ze liet het aan Robert over om het kledingstuk achter haar aan te dragen, een taak die hij met de grootste toewijding uitvoerde. Eleonore Schmalzler zuchtte, ze zou een paar woorden met de jongeman moeten wisselen. Hij was een geschikte jongen en zou het ver kunnen schoppen, misschien wel tot butler. Ze kon alleen maar hopen dat er niets waar was van de geruchten die onder het personeel de ronde deden.

Ze liep de gang in om instructies uit te delen.

'Else? Zeg tegen de kokkin dat de mevrouw en de juffrouw terug zijn. Koffie en het gebruikelijke hapje.'

'Ja, juffrouw Schmalzler.'

'Wacht. Daarna haal je de spullen voor het nieuwe keukenmeisje uit de waskamer en breng je die naar boven naar haar kamer. Ze slaapt bij Maria Jordan.'

'Ja, juffrouw Schmalzler.'

De huisdame daalde af naar de benedenverdieping om haar bevelen te geven. In de keuken heerste de gebruikelijke chaos voor een feestelijk diner. De kokkin was een uitstekende kracht, maar als ze het druk had, was ze niet te genieten. Ook nu reageerde ze nors op Elses mededeling – de huisdame wist toch dat de koffie en het hapje punctueel klaar zouden staan. Eleonore Schmalzler liep weer terug naar haar kamer, waar ze tot haar grote verbazing Marie aantrof. Of nee, Rosa, zoals ze vanaf nu moest heten.

'Waarom sta je hier nog?'

Het meisje had haar knapzak weer over haar schouder gelegd, haar ogen hadden een vreemde uitdrukking. Gewond en tegelijkertijd buitengewoon hard.

'Het spijt me, juffrouw Schmalzler.'

De huisdame keek haar geïrriteerd aan. Dit meisje was niet te volgen.

'Wat spijt je, Rosa?'

Het meisje haalde diep adem, alsof ze een zwaar voorwerp moest optillen. Ze hief haar kin een beetje op en kneep haar ogen samen.

'Ik wil graag met mijn eigen naam aangesproken worden. Ik heet Marie en niet Maria zoals juffrouw Jordan. Bovendien werk ik in de keuken, ik geloof niet dat de mevrouw mij ooit zal roepen. Ze zal altijd haar kamenierster roepen, maar beslist geen keukenmeid. We kunnen dus helemaal niet verwisseld worden.'

Ze noemde deze argumenten met zachte stem en knikte telkens met haar hoofd. Maar ook al sprak ze zachtjes, ze praatte vloeiend en zonder vrees. De huisdame dacht heimelijk zelfs dat ze niet helemaal ongelijk had. Maar het was zo'n brutale vraag dat ze beslist niet zou toegeven.

'Het is niet jouw zaak om dit te beslissen!'

De maat was vol. Deze meid had gewoon geen zin om te werken en zocht een excuus om zich lekker in het weeshuis te laten voeren in plaats van zelf in haar levensonderhoud te voorzien.

'Begrijpt u het niet?' ging het meisje verder. 'Mijn ouders hebben deze naam voor mij uitgekozen. Ze hebben er lang en grondig over nagedacht en precies deze naam voor mij gevonden. Marie. Het is hun nalatenschap aan mij. Daarom wil ik geen andere naam dragen.'

Ze klonk wanhopig maar vastberaden en Eleonore Schmalzler bezat genoeg mensenkennis om te beseffen dat het meisje noch lui noch ongegrond koppig was. Ze vond het eerder aandoenlijk. Ook al kwam het vast voort uit de fantasie van het meisje. Haar ouders! Ze was onecht en had haar vader waarschijnlijk nog nooit gezien.

Dit koppige schepsel zou moeilijk te sturen zijn, dat was de huisdame wel duidelijk. Ze had deze meid maar al te graag laten gaan. Maar ze moest zich voegen naar de wens van de mevrouw.

'Nou, vooruit,' zei ze en ze dwong zichzelf tot een glimlach. 'Laten we het voorlopig met je echte naam proberen.'

'Ja, graag, juffrouw Schmalzler.'

Voelde ze triomf? Nee, ze leek alleen maar heel erg opgelucht te zijn.

Na een paar seconden voegde ze er nog aan toe: 'Dank u wel.'

Ze maakte een soort van knicksje, draaide zich om en drentelde eindelijk naar de keuken. De huisdame zuchtte nauwelijks hoorbaar.

Dit is een meid die altijd in de contramine is, dacht ze. Haar wil zal gebroken moeten worden. Dat zal de mevrouw ook inzien.

3

'ALSJEBLIEFT, ELISABETH. Ik ben doodmoe en heb hoofdpijn.'

Katharina was op haar bed gaan liggen, ze droeg nog steeds het lichtgroene kostuum, alleen had ze haar opgestoken haar losgemaakt en de enkellaarsjes uitgetrokken. Elisabeth kende de gemoedstoestanden van haar zus al jaren. Volgens haar was ze een perfecte simulante, die alleen maar de aandacht van haar omgeving wilde.

'Hoofdpijn?' zei ze op neutrale toon. 'Dan moet je je poeder nemen, Kitty.'

'Daar krijg ik maagkrampen van.'

Elisabeth haalde zonder medelijden haar schouders op en ging op het lichtblauwe stoeltje voor de spiegel zitten. Op de toilettafel van haar zus was het een grote chaos van glazen flesjes, haarspelden, kammen van schildpad, poederkwastjes en andere voorwerpen. Hoe vaak Auguste ook opruimde, Katharina maakte er telkens weer een bende van. Zo was ze nu eenmaal, haar gekke kleine zusje.

'Ik wilde je alleen maar vertellen wat Dorothea mij heeft verteld. Ze heeft jou en Paul eergisteren in de opera gezien... weet je nog?'

Elisabeth keerde zich naar de spiegel en deed alsof ze een blonde haarpluk in haar kapsel terug moest steken. Maar in werkelijkheid observeerde ze nauwkeurig de reactie van haar zus. Helaas liet die weinig merken, Katharina had haar hand op haar voorhoofd gelegd en haar ogen gesloten. Ze leek niet geneigd antwoord te geven.

'Het schijnt een hele mooie voorstelling geweest te zijn...'

Nu bewoog haar zusje zich, ze haalde haar hand van haar voorhoofd en keek Elisabeth met knipperende ogen aan. Door zulke belachelijke dingen als muziek of tekenen vergat ze telkens dat ze hoofdpijn had.

'Het was inderdaad een fantastische opvoering. Vooral de zangeres die Leonore vertolkte was geweldig. *Fidelio* is toch al zo'n ontroerend verhaal, en dan die muziek...'

Elisabeth wakkerde Katharina's enthousiasme nog een beetje aan om vervolgens trefzeker op haar doel af te gaan.

'Ja, ik vind het jammer dat ik niet ben meegegaan.'

'Ik begrijp niet dat je je zo'n kunstgenot laat ontgaan, Lisa. Terwijl we toch een eigen loge in het *Grosse Haus* hebben. Ik snap niet waarom je zo'n hekel aan concerten en opera's hebt...'

Elisabeth glimlachte tevreden. Katharina was nu zelfs rechtop gaan zitten op haar bed, geen spoortje meer van hoofdpijn. Ze leuterde over kostuums en decors, haar dwaze zusje had zelfs tekeningen gemaakt.

'In de pauze kwam er bezoek in onze loge, zei Dorothea...'

Katharina fronste haar voorhoofd alsof ze daar even over moest nadenken. Volgens Elisabeth veinsde ze dat, Kitty wist heel goed wie haar had opgezocht.

'Ja, klopt. Tweede luitenant Von Hagemann kwam ons begroeten. Hij had gehoord dat Paul het weekend in Augsburg was en liet champagne brengen. Dat was heel aardig van hem.'

Het was eruit. Elisabeth zag plotseling alleen nog haar eigen beeld in de spiegel. Wat was haar gezicht lelijk als ze opgewonden was. Haar wangen leken dik en haar lippen smal.

'Tweede luitenant Von Hagemann kwam Paul begroeten? Wat aardig van hem.'

Ze hoorde zelf hoe gemaakt het klonk wat ze zei. Maar ze was te boos om zich anders voor te doen.

'Nou zeg, Lisa,' zei Kitty en ze liet zich weer achterover in het kussen vallen. 'Die twee zijn tenslotte schoolkameraden.'

Dat was wel waar, maar aangezien Paul twee jaar ouder was dan Klaus von Hagemann, hadden ze nooit samen in de schoolbanken gezeten. Ze hadden alleen op hetzelfde gymnasium gezeten. En dan nog... Paul had dit weekend veel tijd met zijn vrienden doorgebracht, maar tot die kring behoorde Klaus von Hagemann niet.

'Dorothea heeft ook verteld dat jij het uitstekend met de tweede luitenant kon vinden, Kitty. Is het waar dat hij tijdens de tweede akte in onze loge bleef en zelfs naast jou zat?'

Katharina had haar hand alweer op haar voorhoofd gelegd, maar hief nu haar hoofd en keek Elisabeth verontwaardigd aan. Aha, ze had het eindelijk begrepen.

'Als jij erop zinspeelt dat Klaus von Hagemann en ik...'

'Ja, inderdaad!'

'Maar dat is belachelijk!'

Katharina's ogen drukten wrevel uit, er verscheen een rimpel op haar voorhoofd en ze perste haar lippen opeen. Geërgerd stelde Elisabeth vast dat Katharina er nog steeds knap uitzag. Haar ogen die een beetje scheef stonden, haar kleine neus en ronde kusmondje gaven haar driehoekige gezicht een uitermate aantrekkelijk cachet. Bovendien had ze een volle bos donkerbruin haar dat een zachte koperrode tint kreeg als het licht erop viel. Zijzelf was blond, gewoon blond zonder iets bijzonders. Asblond, matblond, stroblond... het was om wanhopig van te worden.

'Belachelijk?' riep Elisabeth boos. 'De hele stad praat over niets anders. De betoverende Katharina, de tengere fee met de bruine krullen, de koningin van het komend balseizoen. Nu heeft ze ook tweede luitenant Von Hagemann ingepalmd, de intelligente en bedachtzame jongeman die een heel jaar lang haar zus het hof heeft gemaakt...'

'Houd alsjeblieft op, Lisa! Dat is toch allemaal onzin!'

'Allemaal onzin? Wil jij beweren dat het niet waar is dat Klaus von Hagemann op het punt stond mij ten huwelijk te vragen?'

'Maar dat zei ik helemaal niet! O, mijn hoofd!'

Katharina had allebei haar handen tegen haar slapen geduwd, maar

Elisabeth was veel te kwaad om rekening met haar te houden. Was er soms iemand die vroeg hoe het met háár ging? Misschien had zij ook wel slapeloze nachten en hoofdpijn, maar daar bekommerde hier in huis niemand zich om.

'Ik zal het je nooit vergeven, Kitty! Nooit, nooit van mijn leven!'

'Maar… maar ik heb helemaal niets gedaan, Lisa. Hij ging tussen Paul en mij in zitten, dat was alles. En we hebben over muziek gepraat, hij weet zo veel over muziek, Lisa… Ik heb alleen maar naar hem geluisterd. Verder niets. Ik zweer het je.'

'Jij vals kreng! Dorothea heeft gezien hoe je met hem zat te lachen en te flirten!'

'Dat is een gemene leugen!'

'Alle mensen in het theater hebben het gezien en nu durf jij te beweren dat ik lieg?'

'O, Lisa. We hebben heel normaal gepraat. Vergeet alsjeblieft niet dat Paul er de hele tijd bij was!'

Elisabeth zag in dat ze te ver was gegaan. Dorothea had vast overdreven, dat gemene mens. Hoe had ze nou zo dom kunnen zijn om geloof te hechten aan haar geklets. Verbeten staarde ze in de spiegel. Hij was met een gouden rand omlijst en driedelig, waardoor ze haar gezwollen gezicht één keer van voren en twee keer in profiel kon zien. O god, wat zag ze er afstotelijk lelijk uit. Waarom was het lot zo oneerlijk bedeeld? Waarom had haar zusje zo'n feeëriek, verleidelijk gezicht, zelfs als ze hoofdpijn had of zich opwond?

'Het is gelogen, Lisa,' zei Kitty vertwijfeld. 'Dorothea is zo'n roddeltante, hoe kun je haar nou geloven? Iedereen weet toch dat ze…'

Ze hield abrupt op toen er op de deur werd geklopt en haar moeder binnenkwam. Katharina kalmeerde zich direct maar mama had haar opgewonden stem al op de gang gehoord.

'Kitty! Wat is er gebeurd? Dokter Schleicher zei toch dat je je niet mag opwinden?'

'Er is niks aan de hand, mama. Ik ben heel rustig.'

Alicia Melzer kende haar dochter. Haar blik dwaalde af naar

Elisabeth, die snel een poederkwast had gepakt en daarmee over haar gezicht ging.

'Je weet dat je je zus niet mag provoceren, Lisa. Kitty heeft vannacht nauwelijks geslapen.'

'Het spijt me,' zei Elisabeth met zachte stem. 'Ik heb haar opgezocht om haar een beetje op te vrolijken. Dat is alles.'

Katharina bevestigde deze versie. Ze was geen klikspaan, dat kon je haar echt niet verwijten, ook vroeger had ze haar oudere zus nooit verraden. Alicia Melzer zuchtte.

'Waarom zijn jullie nog niet omgekleed?' vroeg ze berispend. 'De lunch wordt zo opgediend.'

'Lunch?' riep Katharina kreunend. 'We hebben vanavond toch een diner. Hoe kunnen we dan nog iets eten als we nu al een heel middagmaal moeten verorberen?'

'Het moet nu eenmaal, Kitty. We kunnen papa's broer en zijn vrouw niet in hun eentje laten eten. Dat zou te onbeleefd zijn. Ze hebben al aangekondigd dat ze na de lunch weer zullen afreizen.'

'Gelukkig,' flapte Elisabeth eruit.

Dat leverde haar een bestraffende blik van haar moeder op, maar ze wist dat mama net zo blij was dat ze weer vertrokken als zijzelf. Haar vader had drie broers en vier zussen, ze hadden allemaal een gezin gesticht en nakomelingen op de wereld gezet. Geen van hen had echter noemenswaardige aardse goederen verworven. Daarom gingen hun bezoeken altijd gepaard met het verzoek om een of ander geldbedrag of de vraag of ze een goed woordje voor hen wilden doen. Johann Melzer was een man van aanzien in Augsburg. Zakenlieden, bankiers, kunstenaars en gemeenteraadsleden kwamen bij hem over de vloer, en zijn van geboorte adellijke echtgenote zorgde ervoor dat men elkaar in een ongedwongen, prettige sfeer kon ontmoeten. Zijzelf bekommerde zich vol toewijding om de dames, terwijl in de 'herenkamer' rode wijn, madeira en Franse cognac geconsumeerd werden, de rook van dikke sigaren de lucht vervulde en tussen de mannen allerlei zakelijke onderwerpen en privéaangelegenheden besproken werden. Zo'n diner zou hier vanavond ook plaatsvinden en het zou uiteraard meer dan gênant geweest zijn als de kantooremployé Gabriel Melzer en zijn afgetobd ogende, grijsharige echtgenote mede aan tafel hadden gezeten. Alleen al vanwege de ongepaste kleding.

'Dus kleed jullie om, meisjes. Geen al te opvallende kleding. Jullie weten dat tante Helene maar één jurk heeft.'

'Ja,' zei Elisabeth giechelend. 'Maar ze knoopt er elke ochtend een andere kraag aan en verbeeldt zich dat ze ons daarmee om de tuin kan leiden.'

Er gleed een glimlach over Alicia Melzers gezicht, die ze echter direct onderdrukte. Elisabeths opmerkingen waren vaak respectloos, het meisje moest leren zich te beheersen.

'Nou ja, ze hebben een ziek kind, dat kost veel geld.'

'Moet ik per se mee naar de eetkamer, mama?' zuchtte Katharina. 'Ik ben vreselijk moe en ga liever even slapen. Je weet toch dat dokter Schleicher me die pillen heeft gegeven, zodat ik eindelijk kan slapen?'

Alicia stond al bij de deur en aarzelde heel even terwijl ze zich afvroeg of het welzijn van haar zieke kind niet meer telde dan beleefdheid en conventie. Het betrof immers slechts de arme familie van haar man. Maar uiteindelijk wonnen haar opvoeding, waardigheid en discipline het van haar vlaag van moederlijke gevoelens. Ook Katharina moest leren zich te vermannen. Vooral Katharina.

'We zullen de lunch niet al te lang laten duren, Kitty. Daarna kun je gaan liggen. Ik zal Maria sturen, zodat het omkleden sneller gaat. Elisabeth, jij trekt de bruine jurk met de pofmouwtjes aan. En jou, Kitty, wil ik in de lichtgrijze jurk zien, je weet wel, die met dat bolerootje en de parelmoeren knoopjes.'

'Ja, mama!'

Elisabeth stond met tegenzin van de stoel op en liep naar haar eigen kamer. Natuurlijk moest Maria haar zusje helpen met omkleden, terwijl zij zich zelf moest zien te redden. Maria zou hooguit nog even snel bij haar binnenkomen om haar haar op te steken. Het was overduidelijk dat één kamenierster voor drie vrouwen niet voldoende was. Zeker aangezien de goede Jordan al boven de veertig was en haar ideeën over mode net zo ouderwets waren als die van mama. Maar waar maakte ze zich druk om, als ze eenmaal getrouwd was zou ze een eigen kamenierster hebben.

Maria had de jurk al uit de bijkamer gehaald en in Elisabeths kamer gehangen, ze hoefde alleen nog haar ochtendjurk uit te trekken en zich in het bruine gevaarte te wringen. Ze irriteerde zich: het lelijke bruine geval was te krap geworden, ze moest zich er letterlijk in persen. Eigenlijk had ze zich strakker moeten insnoeren, maar zonder Maria lukte dat niet. En vanavond tijdens het diner zou ze de donkergroene fluwelen jurk dragen, daarvoor moest ze het korset zo strak trekken dat ze er nu al naar van werd.

'Juffrouw? Mag ik snel uw haar doen? O, wat staat die jurk u mooi!'

Maria Jordan keek haar glimlachend aan. De perfecte kamenierster. Altijd beleefd en terughoudend. En uit haar mond klonken de meest absurde complimenten geloofwaardig. Elisabeth hoefde alleen maar in de spiegel te kijken om te zien dat ze er in deze stoffen cocon uitzag als een vette leverworst. Toch deed het haar goed om Maria's compliment te horen, en om in een schilderachtige pose op het gecapitonneerde krukje voor de spiegel plaats te nemen en haar haren aan Maria's vaardige handen over te laten.

'Alleen een beetje opsteken. Voor vanavond heb ik u dan om vijf uur nodig.'

'Graag, juffrouw. Zullen we de bruine fluwelen strik nemen?'

'Nee, geen strik. Het is goed zo. Bedankt, Maria.'

'Zoals u wenst, juffrouw.'

Op de gang zag ze Kitty, die juist de trap afliep. Lichtvoetig en altijd een beetje zwevend, alsof ze op wolken liep. Meestal liep ze ook te dagdromen. Maar ze was wel slank, prachtig slank, alsof ze een model was dat uit een modeblad geknipt was. En dat terwijl het Kitty geen zier kon schelen wat ze droeg of hoe Maria haar haar opstak.

Kitty had de wens geuit in Parijs te leren schilderen. Met de schildersezel op straat, zoals de jonge kunstenaars daar deden. Mama had zoals altijd haar kalmte bewaard, maar papa was boos geworden en had Kitty een 'ondankbaar nest' genoemd.

Elisabeth volgde haar zus naar de eerste verdieping en liep over het dikke tapijt in de gang. Op de trap werd het geluid van haar passen gedempt waardoor Katharina haar niet hoorde. Maar ze was toch alleen met zichzelf bezig. Elisabeth bedacht dat haar knappe zus vanavond tijdens het diner ook aan tafel zou zitten. De Von Hagemanns, goede kennissen van haar moeder, waren uitgenodigd, evenals zakenvrienden van haar vader. Ze voelde haar hart heftig kloppen. Misschien kwam dat doordat de jurk rond haar borst veel te strak zat. Maar het kon ook komen doordat tweede luitenant Klaus von Hagemann, die vanavond met zijn ouders meekwam, zich eindelijk zou moeten uitspreken.

Else opende voor haar de deur naar de eetkamer – waarschijnlijk zou het oudere kamermeisje ook serveren. Voor de arme familieleden liet men immers niet Robert opdraven, die vanavond in livrei en met witte handschoenen aan het eten zou serveren. Elisabeth begroette de gasten met aangeleerde hoffelijkheid en verontschuldigde zich dat ze te laat was. Ze was de laatste, iedereen nam nu pas aan tafel plaats en Else verscheen met de soep. Runderbouillon met ei. Elisabeth gluurde vol leedvermaak naar Katharina. Ze wist dat haar zusje bouillon haatte en nauwelijks vlees at.

'Hoe gaat het met je, lieve Kitty?' vroeg tante Helene. 'Je ziet er moe uit.'

Katharina roerde peinzend in haar soep, Elisabeth zag dat haar oogleden al half dichtvielen.

'Kitty?'

Katharina kromp ineen en opende haar ogen.

'Neem me niet kwalijk, tante. Wat vroeg je?'

Mama fronste haar voorhoofd en keek Kitty doordringend aan, die zich vermande en verlegen glimlachte.

'Ik zei dat je er moe uitziet, mijn kind,' herhaalde tante Helene geduldig.

'Sorry, tante, ik luisterde niet. Ik ben vandaag extreem moe.'

'Dat zei ik net,' zei tante Helene licht geïrriteerd.

Elisabeth moest haar best doen niet in lachen uit te barsten, mama sprong in de bres en verklaarde dat de arme Katharina vannacht nauwelijks had kunnen slapen. Tante Helene deed alsof ze het begreep en begon over haar eigen slapeloosheid, die ze behendig verweefde met de zorgen om haar gezin. En zo was ze weer bij het verhaal beland van de zieke dochter en de dure medicijnen. Ach, de artsen, je wist gewoon niet wat je van ze moest denken. Ze schreven allerlei aftreksels en pillen voor, maar of je daar beter van werd, wist alleen God.

'We moeten ons allemaal onderwerpen aan de wil van God,' bevestigde Alicia vriendelijk. Elisabeth wist dat haar moeder dat oprecht meende, het gezin was christelijk en bezocht elke zondag de mis in de St. Ulrich en Afra.

'Het is zo jammer dat onze lieve Johann niet de tijd heeft om samen met ons te lunchen,' zei tante Helene met beleefd medeleven. 'Het kan toch niet gezond zijn dat hij de hele dag in zijn kantoor doorbrengt zonder een middagmaal te nuttigen.'

Elisabeth wist heel goed dat haar moeder zich eveneens aan papa's afwezigheid ergerde. Het was typisch iets voor hem om zich in zijn werk te begraven en de lastige familie aan zijn vrouw en dochters over te laten. Maar natuurlijk liet Alicia Melzer haar ergernis niet blijken. In plaats daarvan beaamde ze met een goed gespeelde zucht tante Helenes opmerking en klaagde ze over de toewijding van haar echtgenoot aan zijn werk. Hij was als het ware met zijn fabriek getrouwd, ging in alle vroegte naar de overkant en keerde vaak niet voor het donker naar de villa terug. De verantwoordelijkheid rustte zo zwaar op zijn schouders, elke zakelijke beslissing werd heel nauwkeurig doordacht, elke fout in de fabriekshallen kon een belangrijke opdracht tenietdoen.

'Welstand betekent nu eenmaal onvermoeid doorwerken,' zei ze met een betekenisvol lachje waarbij ze oom Gabriel aankeek. Die werd rood, want het was zaterdag en hij had eigenlijk op kantoor moeten zijn. Waarschijnlijk had hij zijn werkgever een of andere leugen opgedist, papa had een keer gezegd dat oom Gabriel een onbetrouwbare medewerker was.

Elisabeth had het zien aankomen. Katharina liet de soeplepel uit haar hand vallen. De met een monogram versierde lepel viel in de runderbouillon en raakte tegelijkertijd met het uiteinde het gevulde wijnglas. Het glas viel om, brak, en de wijn stroomde over het tafelkleed. Oom Gabriel maakte een haastige beweging om het glas tegen te houden, waarbij hij met zijn gesteven manchet aan zijn gevulde soepbord bleef hangen waarvan de inhoud op de schoot van zijn echtgenote droop. Wat een ongelukkige reeks van pijnlijke situaties, zoiets maakte je zelden mee.

'Else! Haal schone doeken. Auguste… breng mevrouw Melzer naar boven naar de gastenkamer, ze moet zich omkleden…'

Elisabeth stak geen hand uit, het was te grappig om te zien; tante Helene die wanhopig met haar rok schudde en Katharina die zich telkens weer verontschuldigde.

'Het… het spijt me zo, tante Helene. Ik ben zo vreselijk onhandig. Ik geef je een van mijn jurken.'

Toen Auguste de deur van de eetkamer voor de bevuilde tante openhield, klonk vanuit de keuken de stem van de kokkin. Fanny Brunnenmayer was zo boos dat elk woord te verstaan was.

'Jij bent echt het allerdomste wicht dat ik ooit ben tegengekomen. Jij bent nergens goed voor. Heilige Maagd… hoe kan iemand zo stom zijn!'

Alicia Melzer gebaarde Auguste de deur zo snel mogelijk weer dicht te doen.

'Het nieuwe keukenmeisje,' zei ze verontschuldigend tegen Gabriel Melzer. 'Ze moet nog wennen aan haar nieuwe taken.'

4

ELISABETH KEEK VERLANGEND de resten van de slagroomtaart na die Robert zojuist afruimde en door diverse kunstzinnig gearrangeerde fruitmandjes verving.

'Het smaakt weer voortreffelijk, mevrouw Melzer,' zei haar tafelheer. Klaus von Hagemann maakte zittend een kleine buiging in de richting van de gastvrouw, die als antwoord naar hem glimlachte en een hoofdknikje maakte.

'Ik geloof dat mama al probeert te bedenken hoe ze die fantastische kokkin van u kan wegkapen,' zei hij geamuseerd, waarbij hij Elisabeth aankeek.

Elisabeth kauwde op een stukje appel. Ze genoot ervan hem een paar seconden op haar antwoord te laten wachten, de ongeduldige blik in zijn blauwe ogen te zien, zijn onzekerheid of ze zijn grapje leuk vond. Ten slotte lachte ze en antwoordde ze dat de goede Brunnenmayer al vele jaren bij hen in huis was.

'Zij is een ongeslepen diamant, onze Brunnenmayer. Naar buiten toe ruw en scherp, maar vanbinnen een trouwe ziel,' zei ze vrolijk. 'Ze zou de Melzers niet in de steek laten, noch voor geld noch voor mooie woorden.'

Hij pakte zijn glas en terwijl hij een slok rode wijn nam, dwaalden zijn ogen heel even af naar Katharina, die met Alfons Bräuer in een gesprek verwikkeld was. De breed geschouderde, forse bankierszoon, normaal eerder een zwijgzaam type, kletste volop over allerlei bizarre onderwerpen die Katharina aandroeg. Het was niet duidelijk of het feit dat hij zo'n rood hoofd had het gevolg was van de wijn en de overvloedige maaltijd, maar Elisabeth vermoedde dat het bloed hem naar de wangen en de dwaasheid naar zijn hersenen steeg door Katharina's opwindende aanwezigheid.

'Wel... dan kunt u zich gelukkig prijzen,' zei Klaus von Hagemann naast haar. 'Trouw is een van de eigenschappen die men vandaag de dag nog maar zelden tegenkomt. Terwijl het een van de belangrijkste deugden van de mens is, vindt u ook niet?'

Ze haastte zich daarmee in te stemmen. Zeker, trouw was een belangrijke deugd, haar vader benadrukte telkens weer hoe belangrijk hij het vond dat zijn arbeiders de textielfabriek van de Melzers trouw bleven.

Klaus von Hagemann zette met een langzame beweging zijn glas neer, pakte het fruitmandje op en bood het haar aan. Noodgedwongen pakte Elisabeth een sinaasappelschijfje. Het was nauwelijks uit te houden, zo strak had Jordan haar ingesnoerd.

'Ik bedoelde eigenlijk meer trouw in puur menselijke zin,' zei hij peinzend, waarbij hij in de vlammen van de vijfarmige zilveren tafelkandelaar keek. 'De trouw aan een vriend bijvoorbeeld. Of de trouw van ouders aan hun kinderen. Maar vooral de echtelijke trouw.'

Elisabeth voelde dat haar hart tegen de baleinen van haar korset bonkte. Dit was het moment. Hij zou het wagen. Zonder twijfel, hij keek haar zo ernstig aan, hij zou zich nu uitspreken.

'Een huwelijk, juffrouw, zou naar mijn mening uit twee componenten moeten bestaan. Uit vuur en ijs. Aan de ene kant de brandende vlam van de liefde en aan de andere kant de vredige bestendigheid, de levenslange trouw van de huwelijkspartners aan elkaar.'

Elisabeth voelde een prettige tinteling, helemaal omdat hij nu ook een snelle, enigszins verlegen blik op haar decolleté waagde. Haar volle boezem was het enige lichamelijke voordeel die zij boven Katharina had. O, ze zou het vuur waarover hij zojuist gesproken had wel weten aan te wakkeren. Als hij nou maar eens eindelijk ter zake kwam.

'Ik ken u zo goed, Elisabeth,' hoorde ze hem zachtjes zeggen. 'Ik geloof dat het tijd wordt dat ik u iets beken, iets wat uit het diepst van mijn hart komt...'

Ze had niet verwacht dat deze avond zo gelukkig zou verlopen. Dat was beslist voor een groot deel aan haar moeder te danken, die de tafelschikking had bepaald. Alicia Melzer was een vrouw die vastberaden was eigenhandig het lot van haar kinderen te sturen, en Elisabeth had allang begrepen dat de plannen van haar moeder overeenkwamen met die van haarzelf. Katharina zou in de loop van deze winter nog vele harten veroveren en een hoop scherven achterlaten. Ze deed maar... Elisabeth voelde dat ze het doel waarop ze hoopte bijna had bereikt. Wat was ze stom geweest dat ze naar Dorothea's domme gezwets had geluisterd. Klaus von Hagemann had de hele avond alleen maar oog voor haar gehad, ze hadden gekletst en gelachen, grappige en zelfs schunnige opmerkingen gemaakt, en twee keer had hij zelfs heel licht haar hand aangeraakt. En nu was het ogenblik daar, ze hield haar adem in. Alleen was het fijner geweest als de sfeer wat intiemer was geweest, hier aan de tafel tussen de pratende gasten klonken zulke bekentenissen veel minder romantisch dan waar een jong meisje op hoopte.

'Er zijn momenten in het leven dat je het gevoel hebt dat de aarde stilstaat, lieve juffrouw Elisabeth. Zo'n moment heb ik onlangs beleefd,' ging de tweede luitenant onvermoeid verder.

Uitgerekend op dat moment bood de bediende Robert haar het kaasplateau aan dat met druiven, ananas en gekonfijte vruchten was gedecoreerd.

'Neemt u de roquefort, juffrouw,' fluisterde hij haar vertrouwelijk toe. 'Die schijnt heerlijk te zijn.'

Ze maakte een afwijzend gebaar en de bediende bood het volle plateau nu aan de tweede luitenant aan. Die aarzelde niet en koos met aandacht zijn lievelingssoorten uit en liet zich ook twee stukjes ananas en een vers gebakken *brezel* opdienen.

Het gesprek was gestokt, Klaus von Hagemann richtte zich zwijgend op zijn bord en liet zich nog een glas wijn inschenken.

'U werd onderbroken, tweede luitenant.'

'Juist, ja,' zei hij verstrooid. 'Waar hadden we het ook alweer over?'

'U sprak over een belangrijk moment in uw leven...'

'Inderdaad. Ik geloof echter dat dit het verkeerde moment is, juffrouw. Neemt u mij niet kwalijk.'

Ze was diep teleurgesteld. Die lafaard krabbelde weer terug. Het was Roberts schuld. Hij was met zijn stomme kaasplateau op het allerslechtste moment opgedoken. O, ze kon hem wel vermoorden.

'Wel, mijne heren?' hoorde ze de opgewekte stem van haar moeder. 'Ik zie dat u verlangt naar een sigaar... Doet u maar of u thuis bent... wij dames zullen de tijd ook zonder u op aangename wijze verdrijven.'

'Luister, luister!' riep bankier Bräuer, die maar al te graag aan het onafgebroken gezwets van zijn wederhelft wilde ontkomen. 'U hebt het voor het zeggen, beste mevrouw Melzer!'

Johann Melzer, de gastheer, stond op en de andere heren volgden zijn voorbeeld. Ook weleerwaarde Leutwien, een magere man met dun haar en een bril, sloot zich bij hen aan. Elisabeth mocht de geestelijke niet erg, waarom kon ze niet zeggen, maar misschien lag het aan zijn dikke brillenglazen waardoor zijn ogen piepklein leken en zijn gezicht een hulpeloze uitdrukking had. Toen hij zijn bril een keer had afgenomen om de glazen met een zakdoek te poetsen, had Elisabeth gezien dat zijn ogen grijs waren en een normale omvang hadden. Toen zag hij er ook niet meer hulpeloos uit, maar als iemand die precies wist wat hij wilde.

'Tja, dan zal ik me ook maar een poosje aan de blauwe walm moeten overgeven,' zei tweede luitenant Von Hagemann terwijl hij van zijn stoel opstond. 'Ik denk dat mijn ouweheer erg verbaasd zou zijn als ik als enige man bij de dames bleef.'

Natuurlijk was het niet mogelijk hem tegen te houden. Ze wisselden de gebruikelijke beleefdheden uit en ze meende oprechte spijt in zijn blik te zien toen hij de ruimte verliet.

Het ritueel ging verder. Robert liep naar Alicia Melzer om haar te melden dat in de andere kamer de drankjes geserveerd waren. De dames zouden zich nu naar de rode salon begeven, een kamer die haar moeder naar eigen ontwerp had laten inrichten. Alleen het zijden behang met de chinoiserieën had al een vermogen gekost. Het meubilair in Lodewijk XV-stijl was in Frankrijk gefabriceerd en vanzelfsprekend met echt bladgoud gedecoreerd. Zoals gebruikelijk kregen de dames daar mokkakoffie geserveerd, met bonbons en fijn gebak.

Elisabeth kreeg een idee. Het was slechts een idee, maar een die zeer kansrijk was. Ze stond op, glimlachte naar haar moeder en verliet de eetkamer. Niemand zou het raar vinden als ze naar de rode salon ging, integendeel, ze was dan gewoon de eerste, de andere dames zouden volgen. Maar niet meteen. Ze zou heel even de tijd hebben om snel in de herenkamer een boek te vragen en Klaus von Hagemann te verzoeken het naar de rode salon te brengen. Dat was niet vreemd, want men verwachtte immers dat alle dames daar mokka zaten te drinken. Als haar plannetje lukte, zou ze eventjes met de tweede luitenant alleen in de rode salon zijn. Als hij die kans voorbij liet gaan, kon ze hem ook niet meer helpen.

Ze haastte zich door de lange gang, blij dat het dikke tapijt haar voetstappen dempte. De herenkamer lag aan het andere eind van de gang, ze moest zich haasten en tegelijk zorgen dat ze niet al te heftig buiten adem raakte, aangezien ze erg strak ingesnoerd was. Welk boek zou ze kiezen? Een boek dat gemakkelijk te vinden was, het liefst een roman, *Robinson Crusoe* misschien. Dat was een onschuldig boek en het stond in de middelste rij van de kast met de glazen deuren en was dus makkelijk te pakk...

'Ik ben in mijn hele leven nog nooit zo serieus geweest, juffrouw...'

Dat was toch de stem van de tweede luitenant? Of had ze zich dat ingebeeld? Elisabeth bleef midden in de gang staan, hapte naar lucht en hoorde nu niets anders meer dan haar eigen bonkende hartslag.

'U lacht me uit, Katharina? Hoe kunt u zo wreed zijn? Ik lig met mijn hele hart, met mijn hele wezen aan uw voeten, en u lacht...'

Elisabeth voelde zich ijskoud worden. Het was overduidelijk zijn stem en die kwam uit de rode salon. Waarom was het haar niet opgevallen dat Katharina de eetkamer had verlaten? Ze begon te beven, leunde tegen een houten commode, maar luisterde nieuwsgierig naar de volgende zinnen, zinnen die haar ongeluk bezegelden, die een dodelijke dolk in haar hart stootten.

'Het is me overvallen als een vuurstorm, Katharina. Als een donderslag bij heldere hemel. Ik moet het u zeggen, anders zou ik sterven...'

Hij zei de vier woorden waar zij zo lang op had gehoopt. Hij zei ze zelfs een paar keer, alsof degene tegen wie hij ze uitsprak doof was.

'Ik houd van u. Ik houd hartstochtelijk van u, Katharina.'

Gaf ze hem geen antwoord? Lachte ze hem uit? Wees ze hem af? Was zij niet gediend van zulke brutale bekentenissen? Elisabeth hoorde niets dergelijks. In plaats daarvan drong de opgewonden, hese stem van de tweede luitenant tot haar door.

'Word de mijne!'

Elisabeth voelde iets warms op haar wangen. Vreemd, haar hele lichaam was koud en als versteend, maar uit haar ogen vloeiden warme tranen, die zich een weg baanden over haar gepoederde wangen, lelijke sporen achterlieten en haar jurk besmeurden.

'U hoeft nu geen antwoord te geven, Katharina. Ik kan geduldig wachten tot u hebt nagedacht en mijn aanzoek met uw ouders hebt besproken. Maar ik smeek u... vergeet u niet dat ik in trouwe liefde op mijn vonnis wacht...'

Ze hield het niet meer uit. Elisabeth Melzer was niet het type dat na zo'n klap in een stil hoekje wegkroop. Ze veegde met de rug van haar hand over haar wangen, trok haar neus op, fatsoeneerde haar haar. Toen trok ze de deur van de salon open. Wat een belachelijke aanblik. Kitty zat op een van de met krullen versierde fauteuils en de tweede luitenant knielde voor haar op het tapijt.

'Ach, hier ben je, Kitty!' riep ze uit. 'Ik heb je overal gezocht.'

Von Hagemann stond haastig op, maakte verlegen een halfwas buiging en liep langs haar heen de kamer uit. Elisabeth deed alsof hij lucht was.

5

'DOE ONMIDDELLIJK DE LANTAARN uit! Ga liggen. Je kunt je ook in het donker uitkleden!'

Marie was doodmoe. Na twee vergeefse pogingen had ze eindelijk de juiste slaapkamer gevonden. Eerst was ze bij Auguste en Else geweest en daarna in een rommelkamer waarin kisten en koffers voor overzeese reizen naast overbodige meubels stonden. Nu had ze dus eindelijk de goede kamer gevonden, Jordan was ondanks haar slaapmuts goed te herkennen aan haar spitse neus.

'Ben je doof? Doe die lantaarn uit. Nu meteen!'

Marie piekerde er niet over. In alle rust lichtte ze de kleine ruimte uit, bekeek de twee commodes, de kast die ze met elkaar moesten delen, het bed dat men voor haar bestemd had. Het waren eenvoudige meubels, degelijk en duurzaam, gemaakt voor het gebruik door dienstbodes. De vloer bestond uit houten planken en voor elk bed lag een kleedje dat van gekleurde lappen gemaakt was. Het was geweldig. Ze had nooit eerder zo'n luxe gekend. Bovendien lag er op haar bed een stapel met spierwit ondergoed, hemden, onderbroeken met kant eraan, sokken en zelfs lange wollen kousen. Een paar schoenen van leer, weliswaar al gedragen, maar nog in goede staat. Drie jurken, een van katoen, de andere van flanel en de derde zelfs van een warme wollen stof. En schorten. Helaas niet de mooie witte schorten met de kanten randjes die de kamermeisjes ombonden.

Haar schorten waren rechthoekige doeken van een grove stof, goed voor het vuile keukenwerk.

'Kun je die spullen morgenochtend niet bekijken?' mopperde Jordan en ze tilde haar hoofd een beetje op. Ze had niet alleen een puntneus, ook haar kin was een flink steekwapen. Ja, de kamer was prachtig, alleen dat hatelijke mens stoorde. Wat jammer dat je het nooit echt aangenaam kunt hebben in je leven. Er was altijd wel iets mis.

'Ik leg ze op mijn commode. Morgen ruim ik ze in. Is hier een toilet?'

Jordan verdraaide haar ogen en zuchtte.

'Aan het eind van de gang. En als je terugkomt, doe je de lantaarn uit. Om half zes is de nacht alweer voorbij.'

'Als ik in bed lig doe ik heus het licht wel uit.'

Wat dacht die ouwe wel niet? Dat ze in een onbekende kamer in het donker op de tast rond ging lopen? Alleen maar zodat zij niet gestoord werd tijdens haar schoonheidsslaapje? Nou, ze zou nog raar opkijken. Als ze dacht dat ze Marie ook hierboven kon lopen commanderen, had ze het mis. Dat hadden al veel mensen geprobeerd, maar het was nog niemand gelukt. Tenminste niet in de afgelopen tijd. Vroeger wel. Vroeger had ze erge dingen moeten doorstaan. Maar dat was voorbij. Ze nam wat haar toekwam. Niet meer, maar ook niet minder.

Het was koud in de gang. Ze trok haar dunne omslagdoek om haar schouders en liep naar de bewuste deur. Natuurlijk kraakten de planken vreselijk, het klonk alsof er een heel regiment naar het toilet marcheerde. De deur klemde en ze dacht dat er al iemand op zat. Maar toen nam ze het risico en stootte er stevig tegenaan, waarbij ze bijna de lantaarn tegen de muur stootte. Het toilet was gemaakt van goed porselein, en ernaast stond een bleekemmer met water om te spoelen. Alleen het houten deksel was behoorlijk afgesleten en kon wel een likje verf gebruiken. Ze giechelde, het idee dat Jordan op de pas geverfde wc-bril ging zitten beviel haar wel.

Het naspoelen maakte weer flink lawaai. Degene die in de kamer naast het toilet sliep moest wel iemand zijn die overal doorheen sliep. Ze liet de deur op een kier open, elke poging om de deur te sluiten zou gelijkstaan aan een aardbeving. Terwijl ze gehaast terugliep, hoorde ze iets kraken. Geschrokken bleef ze staan en ze tilde de lantaarn op. Iemand moest een deur geopend hebben.

'Val dood,' siste een boze stem. 'Eerst wil je het elke nacht en ineens ben ik niet meer goed genoeg.'

Marie zag vaag iemand in een lang nachtgewaad. Auguste? Had die eerder niet in haar bed gelegen?

'Het spijt me...'

Dat kon alleen maar Roberts stem zijn. Marie had genoeg ervaring om te weten wat zich hier afspeelde. Die twee hadden iets met elkaar gehad en nu was het voorbij. In ieder geval wat Robert betrof. Arme Auguste.

'Het spijt je?' snauwde Auguste in de richting van de deur. 'Het hoeft je niet te spijten, Robert Scherer. Jij bent degene waar men medelijden mee moet hebben. Denk je dat we het allemaal niet gemerkt hebben wat er met jou aan de hand is? Sinds de juffrouw van kostschool terug is, heb jij een glazige blik gekregen. Jij onnozele hals. Jij hopeloze fantast!'

'Houd op! Ga weg!'

'Je eindigt nog in het armenhuis. In de gevangenis. Laten ze je maar ophangen, ik zal geen vinger uitsteken om je te helpen!'

Marie besefte dat ze zo snel mogelijk moest maken dat ze wegkwam. In ieder geval voordat de kwade Auguste merkte wie daar met een lantaarn in de hand in de gang stond. Waar was nou ook alweer haar kamerdeur? De vierde of vijfde aan de rechterkant, die moest het zijn. Zachtjes sloop ze door de gang en duwde een deurklink naar beneden. Opgelucht herkende ze de spitse kin en de slaapmuts van Jordan en ze sloot snel de deur achter zich.

'De volgende keer ga je op de po,' ontving Jordan haar. 'Onbeschoft om het halve huis wakker te maken!'

Marie was te moe om antwoord te geven. Eigenlijk had ze zich liever in het donker uitgekleed omdat ze het niet prettig vond om door de oude vrouw bekeken te worden. Maar ze liet de lantaarn expres branden tot ze onder de deken gekropen was. Jeetje! Een kussen met echte veren onder haar hoofd. En het matras was dik en zacht en gaf mee als ze zich bewoog. Een wollen deken en zelfs een veren dekbed. Dat overigens loodzwaar was. Maar zo comfortabel had ze nog nooit gelegen.

'Licht uit!'

Marie was zo blij met haar slaapplaats dat ze zonder nog langer te dralen de lantaarn uitblies. Wat jammer dat ze morgen al zo vroeg op moest staan. Ze had wel dagenlang in dit bed kunnen blijven liggen. Slapen en dromen. Zich heerlijk uitrekken en het zachte hoofdkussen recht leggen. Een roman lezen. In alle rust en niet stiekem onder de deken zoals in het weeshuis. Een broodje eten en een kopje koffie met melk drinken. Gewoon alleen maar liggen, de intense warmte voelen, naar het plafond staren en aan iets fijns denken.

Ze strekte zich op haar rug uit en zuchtte tevreden. Hier op de derde verdieping sliepen de bediendes dus. Auguste en Else, juffrouw Schmalzler, de kokkin Fanny Brunnenmayer en Robert. Hij zou wel een eigen kamer hebben. Zou de kokkin ook zo'n luxe genieten? Dat was goed mogelijk, het lag niet voor de hand dat juffrouw Schmalzler haar slaapkamer met iemand deelde.

Maar waarom kon ze nu de slaap niet vatten? Morgenochtend – dat had Auguste gezegd – zou ze samen met haar in alle ruimtes de kachels aansteken, dan zou ze eindelijk de mooie kamers, de bibliotheek, de salon, de eetkamer en al het andere te zien krijgen. Ook al was het maar heel kort.

Wat hadden de Melzers toch veel geluk. Ze waren rijk, hadden een grote fabriek en een villa. Zij hadden beneden vast en zeker badkamers met warm en koud stromend water, een gouden badkuip en een toilet van wit porselein met een gouden rand. Zij hoefden zich geen zorgen te maken of ze nog voldoende geld hadden om het middagmaal van de volgende dag te kunnen betalen of dat ze in de winter een warme mantel en laarzen hadden. Maar boven al deze overvloed had God hen ook nog twee mooie en welopgevoede dochters en een intelligente zoon geschonken. Dat was de jongeman geweest die vanochtend in de automobiel had gezeten. Ze wist intussen dat zijn voornaam Paul was en dat hij in München studeerde. Hij zag er goed uit, heel anders dan de opgedofte jonge heren die ze in de stad had leren kennen. Alleen jammer dat hij zo'n arrogante spotvogel was.

De Melzers hadden het geluk aan hun zijde. Was het in het leven echt zo dat rijkdom en intelligentie, schoonheid en succes bij elkaar hoorden? Dat God deze dingen alleen gebundeld schonk of helemaal niet?

Ineens hoorde ze iets. Onder haar, op de tweede verdieping, was iets omgevallen. Daarna hoorde ze een geluid alsof er een kat blies. Gemiauw, geknor, een schel geluid dat het vensterraam deed trillen.

Stemmen. Meisjesstemmen. O, ze kende het opgewonden gekrijs, de schelle, hulpeloze woede. In het weeshuis waren er regelmatig felle ruzies onder de meisjes, daar laaide veel hartstocht en wanhoop op, kleren werden aan flarden gescheurd, haren met plukken tegelijk uitgetrokken, tanden en vingernagels richtten nare wonden aan.

Ze luisterde ademloos. Nee, dat was Auguste niet en Else ook niet. Het kwam van beneden. Van daar waar de juffrouwen hun slaapvertrekken hadden. Ze hadden ruzie, de welopgevoede dames. Ze streden en scholden niet veel anders dan de meisjes in het weeshuis.

'Heilige Maagd,' mompelde Jordan, die van de geluiden wakker was geworden. 'Als de mevrouw me nu maar niet uit mijn bed haalt.'

Maar er gebeurde niets. Het lawaai ebde na een poosje weg en Jordan begon te snurken. Marie glimlachte en viel in slaap.

6

ALICIA MELZER KEEK AFKEUREND naar de lege stoelen aan de ontbijttafel. Haar dochters waren nog niet in de eetkamer verschenen, waarschijnlijk wilden ze wachten tot hun vader naar de fabriek was gegaan. Wat dat betrof hoefden ze zich echter geen zorgen te maken, Alicia was vastberaden niet over de nachtelijke gebeurtenissen te praten. Niet zolang Johann aan tafel zat.

Johann Melzer had zijn echtgenote een 'gezegende ochtend' gewenst en de ochtendgroet met een vluchtige kus op haar voorhoofd bekrachtigd. Nu zat hij allang in het *Augsburger Tageblatt* verdiept. Tijdens het lezen kauwde hij op het met boter en honing besmeerde broodje dat Alicia op zijn bord legde. Sinds het begin van hun huwelijk maakte zij 's ochtends de broodjes voor hem klaar, want Johann zou beslist de krant, het tafelkleed en de mouwen van zijn jasje met honing besmeuren als hij het zelf zou doen.

'Waar zijn de meisjes?' vroeg hij. Hij keek op van de krant en nam een slok koffie.

'Ik weet het ook niet.'

Alicia drukte op de bel en gaf Auguste opdracht bij de jongedames te kijken. Zowel Alicia als Johann Melzer, die in een ambtenarengezin was opgegroeid, zagen er streng op toe dat de eettijden in acht gehouden werden. Maar soms had de fabrikant 's ochtends zo veel haast dat hij de villa had verlaten voordat Elisabeth en Katharina voor het ontbijt verschenen. Uitgerekend vandaag leek hij juist tijd te hebben.

'Ik snap niet dat je zo toegeeflijk bent,' zei hij geïrriteerd en hij streek de krant glad. 'Vooral tegenover Katharina. Als het meisje 's nachts niet kan slapen, moet ze overdag een bezigheid hebben die haar wakker houdt. Dan zal ze 's avonds wel moe zijn.'

Alicia trok ontstemd haar wenkbrauwen op, maar had niet veel zin om alweer met Johann over dit onderwerp te ruziën. Dat Katharina slecht sliep had te maken met haar nerveuze aard, dat had dokter Schleicher zelf aan haar bevestigd. Bovendien had het meisje vaak ernstige hoofdpijn, wat eveneens te maken had met haar zwakke zenuwen. Maar helaas had Johann bar weinig op met de diagnose van de arts.

'Gisteravond was ze in ieder geval behoorlijk opgewekt,' ging hij verder. 'En ze zat de hele tijd de jonge Bräuer aan te porren. Een duivelse meid, mijn Kitty!'

Alicia hield niet van deze uitdrukking, maar ook hier ging ze verder niet op in om ruzie te voorkomen. Als Johann al eens wat tijd nam voor het ontbijt, was er een ander thema dat ze zo gauw mogelijk wilde aankaarten.

'Volgens mij overdrijft ze een beetje,' zei ze vredelievend. 'Maar dat is ook wel begrijpelijk, ze is deze zomer immers pas teruggekomen van kostschool en is waarschijnlijk zelf verbaasd over haar effect op de jonge heren. Maar intussen zou ze toch geleerd moeten hebben geen misbruik te maken van haar macht.'

Auguste verscheen bij de deur en meldde dat de twee jongedames eraan kwamen. Alicia knikte tevreden terwijl Johann geërgerd met de krant ritselde.

'Het is niet goed als jonge mensen niets behoorlijks te doen hebben,' zei hij. 'Dat leidt tot ledigheid en bederft het karakter.'

'Zeker,' beaamde Alicia. 'Zal ik nog een broodje voor je smeren?'

Haar zorgzame vraag leidde hem af, wat precies haar bedoeling was.

'Wat? O ja, graag. Heel lief van je, Alicia...'

'Wat de meisjes betreft ben ik het niet helemaal met je eens, Johann,' zei ze terwijl ze het zilveren botermesje pakte. 'Ze zullen ongetwijfeld binnen de kortste keren trouwen en een eigen huishouden leiden.'

Hij dronk zijn kopje leeg en haalde het gouden horloge uit de zak van zijn vest. Het was al bijna acht uur.

'Juist... jouw huwelijksplannen,' zei hij grijnzend. 'Hoe staat het daarmee? Heeft de tweede luitenant eindelijk toegehapt?'

Altijd die ironie, altijd die onnodige spot. Waarom nam hij het feit niet serieus dat zij de toekomst van haar dochters zo veel mogelijk mede wilde vormgeven? Was de tweede luitenant Von Hagemann, spruit van een vanouds in Augsburg gevestigde familie misschien geen goede partij voor Elisabeth? Maar ze wist wel waar Johann zich aan stoorde. Aan de 'Von' in de naam van de aanstaande. Johann was van mening dat adellijke heren allemaal geldverkwisters en rokkenjagers waren. Goed, in het geval van haar broer had hij helaas niet helemaal ongelijk. Maar dit gold werkelijk niet voor de tweede luitenant Von Hagemann.

'Ik weet het niet, Johann. Elisabeth heeft zich er in ieder geval niet over uitgelaten...'

'Elisabeth!' riep hij hoofdschuddend. 'In mijn tijd ging de aanstaande bruidegom naar de ouders van het meisje dat hij aanbad om hun om de hand van hun dochter te vragen. Maar tegenwoordig zijn we al zo ver dat de jonge mensen het onderling bepalen!'

Alicia zei dat ze het eens was met zijn kritiek op de nieuwe gebruiken, maar verzekerde hem ervan dat Elisabeth en Katharina wat dit betrof tamelijk 'ouderwets' waren opgevoed. Ook hun zoon Paul – dat wist ze absoluut zeker – zou in dit opzicht niet eigengereid zijn.

Johann had de gesteven linnen servet al op de tafel gegooid en maakte aanstalten om eindelijk naar de overkant naar de fabriek te gaan. Maar nu het onderwerp 'zoon' eenmaal was aangesneden, moest hij eindelijk zijn ongenoegen kwijt dat hij dit weekend had opgekropt.

'Niet eigengereid!' riep hij. 'Laat me niet lachen. In plaats van te studeren zit mijn volwassen zoon het hele weekend lekker comfortabel thuis op zijn luie gat, maakt met zijn vrienden een buitenrit, gaat met zijn zus naar de opera, brengt de nacht elders door, God mag weten waar. En al dat vermaak betaalt hij van mijn centen. Natuurlijk moet een jongeman – zoals men zegt – zijn wilde haren verliezen...'

'Johann! *Pas devant les domestiques*!'

Hij stopte met praten, maar het zat hem al de hele tijd dwars en het moest maar eens gezegd worden. Paul ontwikkelde zich steeds meer tot een dandy, hij leefde voor zijn pleziertjes, gaf het geld van zijn vader uit, en wat zijn studie betrof... dat zag er niet bepaald rooskleurig uit.

'Als je niet tevreden bent met je zoon, Johann, dan wil ik je graag herinneren aan je uitspraak van zojuist!'

Alicia voelde triomf, nu had hij zelf het onderwerp aangekaart dat haar zo na aan het hart lag.

'Welke uitspraak?' vroeg hij grommend.

'Je zei dat het niet goed was als jonge mensen niets behoorlijks te doen hebben.'

Hij vermoedde waar ze op uit was, het was niet de eerste keer dat ze over dit onderwerp spraken. Hij stond vol ongeduld op en veegde een kruimel van het donkerblauwe jasje van zijn kostuum.

'Een rechtenstudie is absoluut iets behoorlijks en zou hem voldoende bezig moeten houden...'

Auguste opende de deur van de eetkamer om Elisabeth en Katharina binnen te laten. De twee meisjes zagen er bleek en moe uit, Katharina had een rode striem op de rug van haar hand, Elisabeths onderarmen zaten onder de blauwe plekken. Ze zeiden zachtjes 'goedemorgen' en waren blij dat hun vader zich over Paul opwond, uit ervaring wisten ze dat hij daar nog wel een tijdje over door zou gaan.

'Het is je zeker ontgaan, lieve Johann, dat Paul vrijdagochtend meteen vroeg of hij je een handje kon helpen in de fabriek. Maar helaas gaf je hem geen antwoord. Hoe wil je je zoon eigenlijk op zijn latere taak voorbereiden als jij hem systematisch elke medewerking ontzegt? Hoe moet Paul iets over het fabriceren van textiel of over de boekhouding of verkoop leren als je hem daar niet de geringste kans toe geeft?'

Johann Melzer wipte van de ene op de andere voet. Hij stond een aantal keer op het punt zijn vrouw in de rede te vallen, maar waagde het niet. Als het om de goede opvoeding ging, was Alicia in alle aspecten die daarbij hoorden zeer gevoelig. Bovendien had hij al vaak genoeg moeten aanhoren dat hij helaas uit een kleinburgerlijk milieu kwam.

'Ik heb het echt geprobeerd,' zei hij ten slotte, gebruikmakend van het feit dat ze tussen haar zinnen moest ademhalen. 'Maar als de jongeman denkt dat hij al de directeur kan spelen terwijl hij nog nat achter de oren is, moet hij helaas de consequenties dragen. Wie in mijn bedrijf komt, moet zich eerst aanpassen, zijn mond houden en leren. Zo doe ik dat met alle nieuwe krachten en zo doe ik het ook met mijn zoon.'

'Je hebt hem voor alle medewerkers van de boekhouding als een leerjongen terechtgewezen!' riep Alicia in een vlaag van moederlijke gevoelens. Dat was niet terecht. Op de landgoederen van haar ouders in Pommeren bleef een jongeheer voor de werknemers altijd nog een jongeheer, een respectabel persoon. Zelfs als hij stomdronken van zijn paard viel en het huis binnengedragen moest worden.

'Dat had hij verdiend, Alicia,' verdedigde Johann zich. 'In mijn fabriek wordt de prestatie en niet de afkomst gehonoreerd!'

Alicia perste haar lippen op elkaar en zweeg. Heimelijk verweet ze zichzelf dat ze dit gesprek verkeerd begonnen was. Nu was alles bedorven, ze waren precies op het punt gekomen waar ze al talloze keren waren gestrand. Bovendien hadden ze nu ruzie, wat hen beiden diep in hun hart pijn deed.

'Goedemorgen, dames,' zei Johann Melzer tegen zijn dochters terwijl hij naar buiten liep. De twee meisjes waren stilletjes op hun plek gaan zitten en hoorden duidelijk de ironie in zijn stem.

'Een heel goedemorgen, papa!' probeerde Katharina het met charme.

Ze had pech, want haar vader, die anders graag op haar grapjes inging, bleef vandaag ongenaakbaar.

'Ik hoop dat de jongedames goed uitgerust zijn,' zei hij smalend. 'Mochten jullie je in de loop van de dag vervelen… aan de overkant staan een aantal typmachines bij de administratie. Het kan geen kwaad als jullie je in de kunst van het typen oefenen, zoals veel jonge vrouwen tegenwoordig doen om eerlijk hun levensonderhoud te verdienen!'

Hij zei het om Alicia te kwetsen, wat ook lukte. Met een slecht geweten wenste hij het gezin een 'aangename dag' en verliet de eetkamer.

Een tijdlang bleef het stil. Elisabeth at een rozijnenbroodje met boter. Katharina schonk een tweede kopje thee in. Alicia had de krant gepakt en deed alsof ze 'het nieuws uit het maatschappelijk leven' las. Maar in werkelijkheid probeerde ze alleen haar emoties onder controle te krijgen.

'Hebben jullie mij iets te vertellen?' vroeg ze ten slotte. Ze keek op van de krant.

'We… we hadden ruzie,' begon Katharina.

'Helaas…' voegde Elisabeth eraan toe. 'Helaas verloren we onze zelfbeheersing een beetje…'

Alicia keek naar haar beide dochters, die schuldbewust naar hun ontbijtbord staarden. Het was alsof de tijd stil was blijven staan. Had ze niet alle moeite gedaan om haar dochters tot jongedames op te voeden? Hadden ze niet allebei een paar jaar op een gerenommeerde en dure Zwitserse kostschool doorgebracht? Vannacht hadden ze als een stelletje kleuters met elkaar gevochten.

'Waar ging het over?'

Elisabeth wierp haar zus een van haat vervulde blik toe. Kitty vertrok haar mond en stak haar kin in de lucht.

'Over een notenkraker,' zei ze. 'Dat houten poppetje dat we ooit op een kerstmarkt hebben gekocht. Herinner je je dat nog, mama?'

Alicia fronste haar voorhoofd. Dat was weer een van Katharina's dwaasheden. Een notenkraker. Een houten poppetje in een rood-zwart uniform, dat een beetje aan een Britse soldaat deed denken. Je stopte een noot in zijn mond en bewoog zijn onderkaak met een hendel. Elisabeth had hem tien jaar geleden op een kerstmarkt gezien en wilde hem toen per se hebben.

'Ik had hem uit Elisabeths kamer gepakt. En toen werd ze boos.'

7

MELZER HAD TWEE SECRETARESSES in dienst voor de belangrijke correspondentie die hij zelf afhandelde. Beide vrouwen waren niet jong meer, droegen een bril, en regen zich ongelooflijk strak in onder hun lichte blouses. Juffrouw Hoffmann giechelde altijd kinderachtig, maar kon wel heel goed typen, in de vijftien jaar dat ze voor hem werkte had hij maar twee keer een foutje ontdekt. De andere, juffrouw Lüders, was een schrandere persoon, niet erg spraakzaam, ijverig en slechts zelden in voor een grapje. In het begin had Melzer twee jongemannen aangesteld, maar hij had algauw gemerkt dat hij beter af was met vrouwelijke secretaresses. Ze waren sneller, volgzamer en kostten minder. En je kon ze ook nog voor allerlei praktische klussen inzetten zoals koffiezetten, de kachel opstoken, de planten verzorgen of het bereiden van een hapje eten.

Hij stond net op het punt om naar de nieuwe stofbedrukkingsafdeling te gaan, toen hij juffrouw Lüders' aankondiging hoorde. Ze sprak met gedempte stem en zeer beheerst, maar als zij iemand aankondigde was het altijd belangrijk. Juffrouw Lüders voelde goed aan welke mensen ze moest wegsturen en welke ze moest binnenlaten.

'De directrice van het Weeshuis van de Zeven Martelaressen wacht in het voorvertrek.' Melzer bleef staan en zijn toch al slechte stemming versomberde nog meer. Pappert. Ze kwam vast weer om te bedelen, dat gierige mens. Maar nu zou ze bot vangen. Hij had zich lang genoeg voor de gek laten houden. Als ze hem bleef lastigvallen, zou hij eens een nauwkeurige controle van haar boekhouding eisen.

'Stuurt u haar maar naar binnen. Ik heb weinig tijd.'

'Ik zal het haar zeggen, meneer de directeur.'

Ertmute Pappert droeg een grijs kostuum dat nogal gekreukt was en gemaakt was voor een gezettere vrouw, want het hing slobberig om haar lijf. De hoed die ze op haar geelachtig gekleurde haar had vastgestoken, was daarentegen vrij klein, een verdwaald bootje op gele golven. Haar glimlach was in al die jaren nog steeds niet veranderd en straalde goedhartigheid en barmhartigheid uit. Ertmute Pappert had haar leven gewijd aan de kinderen zonder ouders. Het tehuis dat zij leidde werd ondersteund door de kerk, ook het huis in de benedenstad was eigendom van de katholieke kerk. Maar daarnaast was het haar in de loop van de jaren gelukt een aantal gulle donateurs voor haar vruchtbare arbeid te winnen. Zoals directeur Melzer.

'Goedemorgen, mijn beste vriend,' riep ze tegen hem. 'Geen zorgen, ik zal u niet van uw belangrijke taken afhouden. Schenkt u mij een minuutje, dat is alles wat ik van u vraag.'

Melzer slikte. Hij hield er niet van om door haar met 'beste vriend' aangesproken te worden. Niet sinds hij het weeshuis vanbinnen had gezien. Maar vooral het meisje. Half verhongerd en ziek. Het had niet veel gescheeld of ze was doodgegaan.

'Mocht het om nog een donatie gaan, mevrouw Pappert, het bedrijf verkeert momenteel in een moeilijke financiële positie, waardoor we helaas...'

'Ach, God beware, beste vriend,' riep ze met goed gespeelde verontwaardiging. Wat een actrice. Ze trok er een gezicht bij alsof ze onterecht beschuldigd was van een misdrijf. Terwijl hij ervan overtuigd was dat ze om geld had willen vragen.

'Ik kom alleen maar om naar mijn kleine Marie te informeren. Hoe heeft zij het op haar eerste dag in uw huis gedaan? Ik hoop maar... ach, vergeeft u mij, ik moet even gaan zitten. De bloedarmoede, begrijpt u. Dan word ik ineens duizelig.'

Dat had ze slim aangepakt. Nu had ze zich in een van de leren fauteuils laten zakken die voor bezoekers klaarstonden en moest hij maar weer zien hoe hij van het lastige mens af kwam.

'Een glaasje water?' vroeg hij noodgedwongen.

'Dat zou alleraardigst zijn, beste vriend.'

'Juffrouw Hoffmann!'

Juffrouw Pappert nipte van het sodawater en zette het glas daarna geruisloos op de ebbenhouten tafel. Melzer was blijven staan, hij was niet van plan het gesprek ook maar één seconde langer te laten duren dan nodig was.

'Gaat het weer?'

Hij hoorde zelf dat de vraag niet erg meelevend, maar eerder dreigend klonk. Maar juffrouw Pappert was keihard, ze glimlachte vriendelijk en bedankte hem. Ja, dankzij zijn hulp voelde ze zich beter.

'Wat uw vraag naar Marie betreft,' ging hij snel verder, 'voor zover ik weet heeft ze ijverig in de keuken gewerkt en heeft ze best goed werk geleverd.'

'Godzijdank!' riep Pappert en ze vouwde haar handen. 'Het meisje is namelijk best geschikt...'

'Wat ons echter verbaasde,' onderbrak hij haar, 'is haar gebrekkige uitrusting. Mijn huisdame heeft Marie behalve de gebruikelijke jurken en schorten nog schoenen, sokken en zelfs ondergoed moeten geven. Hoe is dat mogelijk?'

Ertmute Pappert sloeg haar handen boven haar hoofd ineen en verzekerde dat Marie toen ze het weeshuis verliet voldoende kleding en ondergoed bij zich had gehad. Ze had er zelf voor gezorgd dat Marie een goed gevulde knapzak meekreeg...

'En waar zijn die spullen volgens u dan gebleven?'

Dat wist alleen God. Maar Marie was een meisje dat op haar eigen voordeel uit was en er waren immers genoeg opkopers in de benedenstad. Maar zij zei niets, daar was God voor, zij wist van niks.

Melzer geloofde er geen woord van, maar helaas kon hij niet tegen haar op. Ruim drie weken geleden had men hem verteld dat het meisje een inwendige bloeding had gehad. Om de een of andere reden was hij daar erg van geschrokken en wilde hij haar in het weeshuis opzoeken. Ze was daar echter niet maar verbleef in het ziekenhuis. Maar omdat hij toch in het gebouw was, liet hij zich de kamers tonen, de donkere, uitgewoonde verblijfsruimten, de slaapzaal waar het tochtte als de hel. De smerige keuken. Ook de meisjes bekeek hij eens goed, hun verstelde kleren, hun schoenen met gaten, de bleke gezichten. Wat deed Pappert met het vele geld? Bij haar kwekelingen kwam daar in ieder geval nauwelijks iets van terecht. Hield de bisschop haar dan niet in de gaten?

'Helaas is gebleken dat Marie Hofgartner een apart meisje is,' zei Pappert voorzichtig. Ze glimlachte vriendelijk. 'Ze past zich niet zo gemakkelijk aan. Wat dat betreft lijkt ze sprekend op haar moeder...'

Melzer voelde een steek rond zijn hart. Pappert keek hem met haar kleine lichtblauwe ogen loerend aan, nog altijd met een vriendelijke glimlach rond haar mond.

'Haar moeder? Wat is daarmee?'

'Wel, elk kind heeft toch een moeder, nietwaar?' zei Ertmute Pappert op een toon alsof ze groot nieuws verkondigde. Marie was heel klein toen ze haar moeder verloor, het arme ding. En toch had ze het recht iets over haar biologische moeder te weten...

'De goede dominee Leutwien en mijn geringe persoontje zijn op zoek gegaan naar Maries moeder. Om het arme kind tenminste haar graf te kunnen wijzen. Het was voor de dominee niet moeilijk om zich Luise Hofgartner te herinneren. Hij heeft in het kerkelijk register gekeken en raadt u eens wat hij heeft gevonden.'

Melzer was bleek geworden, hij had nu zelf ook wel een slok water kunnen gebruiken. Of beter nog cognac. Ierse whiskey. Tiroolse perenlikeur.

'Ik heb geen zin in raadspelletjes, juffrouw Pappert!'

Ze deed alsof ze geschrokken was en merkte berouwvol op dat zijn tijd immers kostbaar was en zij hem maar ophield met dit soort onbelangrijke zaken. Melzer voelde een enorme aandrang om het boosaardige mens de trap naar de binnenplaats af te duwen. Met een stevige schop.

'Nou, vertel!'

'Weleerwaarde Leutwien vond in het kerkboek het verbazingwekkende feit dat Luise Hofgartner voor de kerk getrouwd is. Haar echtgenoot...'

'Zwijgt u! Deze dingen gaan niemand wat aan. Weet Marie dit?'

Pappert was een en al goedheid, alleen als je heel goed keek kon je in haar ogen triomf zien opflikkeren.

'Maar nee. We wilden het kind niet met zulke dingen belasten. Niet zolang ze nog minderjarig is. Ze weet alleen dat haar moeder in een armengraf op de Hermanbegraafplaats ligt, een grafsteen is er niet.'

'En verder?'

'Wat bedoelt u?'

'Wie behalve u en weleerwaarde Leutwien weet ervan?' snauwde hij ongeduldig.

'Niemand. God beware, ik ben geen roddelaarster, beste vriend. Misschien nog een paar oude mensen, buren die daar destijds gewoond hebben en mede moesten aanzien hoe zij zich moest aftobben...'

Hij voelde dat er een donkere muur op hem afkwam. Een gevoel dat hij soms ook 's avonds laat had en dat meer dan onaangenaam was, omdat hij dan niet meer de controle over zichzelf had. Het gevoel kon alleen met alcohol uitgeschakeld worden. Met alcohol en met een ijzeren wil.

'Ik zal over de donaties voor het weeshuis nadenken, juffrouw Pappert. Misschien vinden we ondanks alles een oplossing.'

'Jezus Christus zij geprezen,' riep ze triomferend uit en ze klapte van vreugde in haar handen. 'Ik wist dat u mijn onschuldige kinderen niet in de steek zou laten. Ik mag dus hopen dat we ook in de toekomst...'

Een gewiekste, meedogenloze afpersster. Dat niemand de praktijken van dit wijf aan het licht bracht. Potverdorie. Die hebzuchtige ouwe heks had vast en zeker ergens een vette bankrekening.

'Dat mag u hopen, juffrouw Pappert.'

Met de dominee zou hij binnenkort eens een woordje wisselen. Maar weleerwaarde Leutwien was integer, hij zou zijn kennis niet misbruiken. Aan de andere kant was hij een priester, hij zou misschien een verhaal ophouden over biechten en verlichting van het geweten en vervolgens zijn hand ophouden.

Toen Pappert onder talloze overdreven dankbetuigingen uit de fauteuil was opgestaan en zijn kantoor had verlaten, stond Alfons Dinter al in het voorvertrek te wachten, de jonge voorman van de stofbedrukkingsafdeling.

'En? Hoe is het geworden? Tevreden?'

Het gezicht van de jongeman stond zorgelijk en Melzer begreep direct dat er iets was misgegaan.

'Nee, meneer. Ik kan er niet tevreden mee zijn. Het rapport is één millimeter te kort. Een piepklein stukje, en toch zie je waar de rol het patroon opnieuw aanzet. Het is om wanhopig van te worden...'

Melzer nam het kalm op. Drie maanden van hard werken voor niets. Ze konden van voren af aan beginnen. Verdorie, zoiets zou vroeger niet gebeurd zijn.

8

TEGEN ELF UUR STAPTE ER een ruiter voor de ingang van de villa van zijn paard af. De oude tuinman Bliefert, die juist een rozenstruik aan het snoeien was, legde de snoeischaar neer om het paard van de gast over te nemen. Het was tenslotte een tweede luitenant en als zijn oude ogen hem niet bedrogen, was deze jongeman al vaker in de villa te gast geweest.

'Bindt u hem maar ergens vast, ik blijf niet lang!'

'Tot uw dienst, heer.'

De tuinman maakte een diepe buiging, zoals hij in zijn jeugd op het landgoed van zijn bazin had geleerd. Ook hij was destijds met Alicia von Maydorn uit Pommeren naar Augsburg gekomen. Daar had men hem nog het gepaste respect voor de heren en dames van het huis geleerd. Maar op het platteland waren nog heren en dames van de oude stempel geweest, lieden die zulk respect verdienden. Deze jonge vlerk gunde hem geen blik waardig, wierp hem de teugels toe en liep naar de villa. Wat had hij een haast, hij rende zelfs, alsof hij achternagezeten werd.

Auguste deed haar best haar knicksje bijzonder gracieus uit te voeren toen ze de voordeur opende. Ze was van begin af aan weg geweest van de knappe tweede luitenant, die slank en gespierd was en rode wangen en stralende ogen had. Om nog maar te zwijgen over het uniform, dat hem als gegoten zat.

‘Klaus von Hagemann. Ik kom onaangekondigd, ik weet het. Ik verzoek mevrouw Melzer om de gunst van een kort onderhoud.’

Wat zag de arme jongen er bleek uit. Geen rode wangen meer, hij wekte eerder de indruk dat hij die nacht niet geslapen had.

‘Neemt u alstublieft een ogenblik plaats...’

Ze leidde hem de hal in, vanwaar de trap naar de vertrekken van de mevrouw en meneer leidde. De ruimte was met donkere meubels in koloniale stijl ingericht, talrijke groene planten in potten vervolmaakten het beeld. Auguste haastte zich de trap op, haar hart klopte heftig want ze maakte zich zorgen om de jonge tweede luitenant. Waar was mevrouw toch? In de eetkamer was de tafel allang gedekt. Was ze in de bibliotheek om de opstelling van de stoelen voor vanavond te controleren? Nee, er klonken stemmen vanuit de rode salon. Auguste besloot ondanks haar haast voorzichtigheidshalve kort aan de deur te luisteren. Uiteraard alleen om te voorkomen dat ze midden in een privégesprek tussen familieleden binnen kwam stormen.

‘Ik verwacht meer zelfdiscipline van je, Elisabeth. Jij bent de oudste en zou je emoties onder controle moeten hebben. Vooral omdat je weet dat Katharina zwakke zenuwen heeft...’

‘Ja, mama.’

‘Wat zich vannacht in Katharina’s kamer heeft afgespeeld, is onbeschrijflijk. Jullie zouden je tegenover het personeel, dat dit slagveld moet opruimen, moeten schamen.’

‘Ja, mama.’

‘Als het nog een keer, als is het maar één keer, gebeurt, moet ik erover nadenken om jullie uit elkaar te halen. Een paar maanden op het landgoed van je grootouders in Pommeren zullen je goeddoen, Elisabeth.’

In de stem van de juffrouw was pure ontzetting te horen. Het moest doodsaai zijn in Pommeren, dat was zo’n afgelegen plek.

‘Wat? Nu, nu het balseizoen begint? Dat zou je toch niet doen, mama...’

‘Niet zolang mijn meiden vriendelijk met elkaar omgaan.’

'En waarom uitgerekend ik? Waarom sturen jullie Katharina niet naar Pommeren?'

O jee, dat was beslist de verkeerde toon. Nu werd de mevrouw echt kwaad. Elisabeth was altijd degene die op haar donder kreeg.

'Omdat Katharina dit jaar debutante is, terwijl jij er al twee jaar bij bent. En nu wil ik er geen woord meer over horen, Lisa.'

Auguste besloot dat dit het geschikte moment was om voorzichtig de deur te openen en de tweede luitenant aan te kondigen. Mevrouw keek haar licht geïrriteerd aan, terwijl aan het gezicht van de jonge juffrouw duidelijk te zien was dat ze zich vreselijk opwond.

'Tweede luitenant Von Hagemann?' vroeg mevrouw op een heel andere toon en er gleed een glimlach over haar gezicht. 'Laat hem maar binnen.'

Auguste sloot de deur en liep naar de trap. Ze hoorde de mevrouw nog op tevreden toon zeggen: 'Wat een aangename verrassing. Is er misschien iets wat je me nog niet verteld hebt, Lisa?'

'Mama, het is… het is niet wat je…'

Auguste kon niet meer horen wat mevrouw Melzer daarop antwoordde. Beneden in de hal liep de tweede luitenant tussen de planten heen en weer als een gevangen tijger.

'Mevrouw Melzer vraagt u binnen te komen.'

Hij liep met twee treden tegelijk de trap op. Bij de deur naar de salon knikte Auguste nog een keer en schonk hem haar mooiste glimlach, maar hij merkte het niet. Toch wenste ze hem geluk.

Alicia was naar de eetkamer gegaan en liet de jongeman een paar minuten wachten – ten eerste om de spanning te verhogen en ten tweede omdat hij zo onaangekondigd verscheen en niet moest denken dat ze niets te doen had. Hij was op het randje van een fauteuil gaan zitten en stond op toen ze de salon binnenkwam. Ze keek hem onderzoekend aan maar kon alleen concluderen dat hij er bleek en moe uitzag.

'Neemt u me niet kwalijk dat ik u zo overval, mevrouw…'

Hij waagde het haar een vluchtige handkus te geven en ze voelde dat zijn vingers koud waren.

'Ik ben inderdaad verrast, tweede luitenant Von Hagemann. Maar daar ik van mijn kant ook een paar vragen aan u wilde stellen, komt uw bezoek zeer gelegen. Neemt u toch plaats. Thee? Koffie?'

Hij wees alles af en begon tot haar verbazing in de kamer heen en weer te lopen, waarbij hij zwaar ademde en zijn armen gebogen hield. Ten slotte bleef hij voor haar staan en keek haar zo smekend aan, dat het haar ontroerde.

'Neemt u mij niet kwalijk, mevrouw. Ik moet als een waanzinnige overkomen en ik geef toe dat ik sinds gisteravond mezelf niet meer ken.'

'In 's hemelsnaam. Kalmeert u zich.'

'Helpt u mij. Ik smeek het u. Als u me niet helpt, weet ik niet wat ik moet doen...'

Alicia had in haar jeugd menig familiestorm meegemaakt, met name haar lichtzinnige broers hadden zich vaak zo gedragen, vooral als ze geld nodig hadden. Daarom won haar verstand het nu van enige emotie en ze droeg de jongen op zich te beheersen. Anders moest ze hem helaas vragen haar huis te verlaten.

De terechtwijzing werkte onmiddellijk, de tweede luitenant vermande zich. Hij ademde diep in en uit en sprak met zachte maar vaste stem.

'Ik ben gisteren zo stoutmoedig geweest om uw dochter naar dit vertrek te volgen. We waren een paar minuten alleen met elkaar, maar ik zweer u dat ik de situatie niet heb misbruikt en ook niet om onzuivere redenen heb gecreëerd. Geheel integendeel...'

'Ik ben verontwaardigd, jongeheer. U hebt misbruik gemaakt van mijn vertrouwen en van dat van mijn man, u hebt onze gastvrijheid met voeten getreden!'

'Mevrouw,' onderbrak hij haar nerveus, 'ik heb uw dochter een huwelijksaanzoek gedaan. En ik geloof niet dat een verbintenis tussen onze families in strijd zou kunnen zijn met uw belangen. Maar uiteraard wilde ik mijn huwelijksplan eerst aan de uitverkoren dame mededelen, onder vier ogen. Om van haar te horen of ze de mijne wil worden...'

Alicia keek de opgewonden jongeman wantrouwig aan. Elisabeth had hier niets over verteld.

'En? Hoe luidde het antwoord van mijn dochter?' Ze zuchtte diep en maakte een hulpeloos gebaar.

'Dat is nou net het punt, mevrouw. Ze heeft me geen antwoord gegeven. Geen enkel woord, geen hoofdknikje, niets. En toen werden we al van elkaar gescheiden.'

'Ja,' zei ze terwijl ze knikte, 'ik neem aan dat mijn huisdame ter plaatse was.'

'Nee, het was uw dochter Elisabeth,' bekende hij berouwvol. 'Het was een vreselijk pijnlijke situatie, zoals u zich vast wel kunt voorstellen.'

Alicia keek de jongeman verbluft aan. Wat kraamde hij nou voor wartaal uit? Was hij soms dronken?

'Elisabeth? Ik begrijp het niet, tweede luitenant Von Hagemann. Zei u zojuist niet dat u mijn dochter Elisabeth een huwelijksaanzoek hebt gedaan?'

Hij schudde zijn hoofd en maakte een wanhopig gebaar met zijn armen.

'Maar nee, mevrouw, ik had het over uw jongere dochter, over Katharina.'

Eindelijk vielen de fabrikantsvrouw de schellen van de ogen. De ruzie van de meisjes van gisteravond. Elisabeths hatelijke gevoelens jegens haar zus, haar merkwaardige reactie van zojuist. O hemel, dat was hard. Maar nog erger vond Alicia het dat Elisabeth haar niet in vertrouwen had genomen.

'Mevrouw, ik smeek u mij te helpen,' zei de tweede luitenant, die in zijn opwinding geen benul had van haar gevoelens. 'Praat u met Katharina. Ik ben bereid mijn vonnis te aanvaarden, hoe het ook uitpakt. Maar deze onzekerheid houd ik niet uit. Over een paar dagen moet ik terug naar mijn regiment...'

'Ik begrijp het...'

'Is het niet mogelijk uw dochter heel even te spreken?'

'Nee, het spijt me.'

Hij liet gelaten zijn armen zakken. Wat een jong heethoofd, dacht Alicia. Hij was nog een beetje nat achter de oren, maar er 'brandde vuur in hem'. Zo had haar vader het uitgedrukt. Zoals de jongeman die destijds zo vaak op hun landgoed in Pommeren op bezoek was geweest. Die haar, Alicia von Maydorn, echter nooit een aanzoek had gedaan. Helaas.

'Mijn beste jonge vriend,' begon ze vriendelijk. 'Staat u mij toe, als moeder van een zoon en twee dochters, u mijn moederlijke raad te geven. Uw actie – hoe rechtschapen die ook moge zijn – lijkt mij veel te overhaast. Katharina is nog maar net achttien, ze is deze winter debutante en...'

'Dat is nou net waar ik me zorgen om maak, mevrouw,' onderbrak hij haar opgewonden. 'Als Katharina eenmaal de koningin van het balseizoen is en alle jonge heren aan haar voeten liggen... zal ze dan nog kunnen onderscheiden wie het serieus en oprecht met haar meent? Zal ze zich dan misschien niet laten beïnvloeden door dingen die haar ingefluisterd worden en onbezonnen beloftes doen...'

Alicia had zichzelf nu weer volledig in de hand. Hoe erg het voor Elisabeth ook was, ze moest aan het welzijn van de familie denken.

'Op dit punt kunt u mij absoluut vertrouwen, tweede luitenant Von Hagemann. Om het vrijuit te zeggen: ook wat mij betreft zou een connectie tussen onze families zeer welkom zijn. Bovendien ben ik van mening dat mijn dochter een begripvolle en zorgzame echtgenoot aan u zal hebben.'

Hij straalde letterlijk van geluk.

'Mevrouw... ik weet niet wat ik moet zeggen. Als Katharina me nou maar een teken zou geven. Een wenk met haar ogen. Een glimlach. Een paar gekrabbelde regels op een blad papier...'

Alicia dacht diep na. Een paar regels moest Kitty toch wel kunnen schrijven. Niets definitiefs, uiteraard. Gewoon wat vriendelijke woorden.

'Geeft u mijn dochter tijd, tweede luitenant. En ook uzelf. Ik zal ervoor zorgen dat u een teken van Katharina krijgt. Maar het zal niet meteen gebeuren. U moet begrijpen… mijn dochter moet eerst de barrières van meisjesachtige schaamte overwinnen voordat ze bepaalde bekentenissen opschrijft en aan de post toevertrouwt.'

'U bent zo vriendelijk, mevrouw! Ik beloof dat ik geduldig op die brief zal wachten. Maar denkt u er alstublieft aan dat elke seconde die verstrijkt bij mij als een pijl in mijn ziel brandt.'

'Ik zal proberen hier rekening mee te houden, jongeman.'

Daarmee was het gesprek ten einde, meer toezeggingen kon hij niet verlangen. Alicia had toch al meer beloofd dan ze mogelijk kon nakomen. Als Kitty nou maar niet zo'n dromerig kind was. Het zou goed geweest zijn als zij iets meer van Elisabeths realistische denkwijze had. Alicia reikte Klaus von Hagemann ten afscheid de hand, waarop hij vluchtig een kus plaatste, helemaal de charmante tweede luitenant uithangend. Helaas deed hij het eerder stijfjes en welopgevoed dan met gevoel. Maar zij was natuurlijk ook niet Kitty.

Aan de andere kant van de gang liep Robert met een dienblad de eetkamer in. Hij had de opdracht de thee- en koffiekopjes uit de kast te pakken om ze voor de soiree naar de bibliotheek te brengen. Toen hij juffrouw Elisabeth bij de tussendeur naar de rode salon zag staan, kuchte hij beleefd.

'Kunt u niet kloppen?' snauwde ze.

Ze vond het gênant dat uitgerekend Robert haar betrapte terwijl ze stond af te luisteren. Aan de andere kant… waarom niet juist Robert? Eigenlijk kwam hij precies op het goede moment.

'Pardon, juffrouw.'

Ze wachtte tot hij het dienblad op de tafel had gezet. Toen liep ze naar de andere kant van de tafel tot ze tegenover hem stond. Ze steunde haar handen op de tafel, waarbij haar decolleté goed zichtbaar werd.

'Wilt u weten waar daarbinnen momenteel over onderhandeld wordt?'

Zijn blik schoot heen en weer, natuurlijk lonkte haar boezem, hij was tenslotte een man. Maar hij dwong zichzelf weg te kijken.

'Dat betaamt mij niet, juffrouw.'

Ze boog nog wat verder naar voren en lachte kwaadaardig naar hem. Hij was dol op haar zus, zoals alle mannen. En toch zou hij nu naar haar decolleté kijken. Zie je wel!

'Ik vertel het u toch. Mijn moeder heeft zojuist een huwelijk tussen tweede luitenant Von Hagemann en mijn zus bekonkeld. Wat vindt u daarvan?'

Hij werd inderdaad bleek, zijn lippen werden zelfs bijna wit. Arme kerel, hij kon zich niet anders voordoen. Iedereen in de villa die niet blind en doof was, had gemerkt dat de huisknecht zwaar verliefd was op Kitty. Robert had niet de geringste kans en leed verschrikkelijk. Ze kon zijn wanhoop zelfs voelen, maar in tegenstelling tot hem had zij de middelen en mogelijkheden om te vechten voor de dingen die ze wilde.

'Dat... dat gaat mij niet aan, juffrouw.'

'O, daar denk ik heel anders over,' zei ze vol overtuiging. 'Het lot van mijn arme zus gaat ons allen wat aan. Haar net zo goed als mij. Wij moeten voorkomen dat zij aan een man wordt gekoppeld met wie ze niet gelukkig kan worden.'

Hij zweeg en staarde haar aan. Zijn lichaam wankelde een beetje, verder liet hij niets merken.

'Gaat u me helpen?' vroeg ze.

'Ik zou niet weten hoe...'

Ze zweeg even omdat in het vertrek ernaast een deur dichtsloeg. Het gesprek tussen de tweede luitenant en haar moeder was beëindigd en hij verliet de villa.

'Het is heel eenvoudig,' fluisterde Elisabeth.

Robert gaf geen antwoord, zijn kin beefde. Wat ze nu ook zou voorstellen, hij riskeerde zijn baan als hij erop inging. Zijn baan en zijn toekomst.

'U brengt toch de brieven naar het postkantoor, nietwaar?'

'Ja, juffrouw.'

Ze lachte triomfantelijk, op haar wangen verschenen twee kuiltjes.

'U hoeft alleen maar twee brieven te verwisselen. Meer niet.'

9

'GOEDENAVOND.'

Marie viel bijna flauw van de schrik toen ze zag wie er bij de ingang van de keuken stond. Het was de juffrouw.

'Neemt u me niet kwalijk, ik wilde u niet laten schrikken,' zei Katharina. 'Ik weet dat ik hier beneden eigenlijk niets te zoeken heb.'

Marie slikte en perste de schone vaatdoek waarmee ze had staan afdrogen tegen haar buik. De keuken was inderdaad het terrein van het personeel, de dames en heren van het huis kwamen hier zo min mogelijk. De juffrouw droeg een witte kamerjas, met daaronder waarschijnlijk haar nachthemd. De kamerjas was van fijne chiffon gemaakt die in laagjes verwerkt was. De snit was eenvoudig, zonder ruches of kant, en toch vond Marie de juffrouw zo mooi als een koningin.

'Jij bent Marie, nietwaar? Het nieuwe keukenmeisje.'

Maries adem stokte, ze kon geen woord uitbrengen. In plaats daarvan knikte ze een paar keer en begroef haar vingers in de vaatdoek.

De juffrouw liep een paar passen de keuken in. Ze liep als een slaapwandelaarster, zette her en der een paar stappen alsof ze niet goed wist waar ze heen wilde. Er werd gezegd dat ze 's nachts niet kon slapen. Zou ze nu slaapwandelen? Wat had ze prachtig haar, kastanjebruin met een lichte, rode gloed. Haar krullen vielen losjes over haar rug. En haar ogen. Vooral haar ogen. Ze waren diepblauw. Blauw als een meer. Blauw als de lucht op warme zomerdagen als je het gevoel had tot aan het einde van de wereld te kunnen kijken.

'Ik herkende je meteen, Marie. We hebben elkaar al een keer gezien, weet je nog? Ik zat in de automobiel en jij stond buiten op het gras.'

Marie knikte weer. Natuurlijk herinnerde ze zich dat.

'Ik droeg een groen kostuum en een hoed met een sluier van tule.'

Marie schraapte haar keel en was blij haar eigen stem weer te horen. Ze had bijna gevreesd dat ze van de schrik haar stem was verloren.

'Ja, dat herinner ik me, juffrouw.'

'Nou, zie je wel!'

De juffrouw glimlachte. Een glimlach die de duistere keuken ophelderde en Maries angstige hart verwarmde. Niemand op de wereld had ooit op deze manier naar haar geglimlacht. Werd er over juffrouw Katharina niet gezegd dat ze een tovenares was? Dat was ze beslist. Marie lachte bedeesd terug.

'Ik wil je wat vragen, Marie.'

'Ja, juffrouw...'

Haar hart ging tekeer. Had ze misschien een tweede kamenierster nodig? Of een kamermeisje?

'Ik zou je graag willen tekenen.'

Waarschijnlijk keek Marie heel onnozel, want de juffrouw schoot in de lach.

'Wees niet boos, ik lach je niet uit. Ik weet dat mijn vraag heel ongebruikelijk is. Maar jij hebt precies het gezicht dat ik nodig heb. Een gezicht dat bij deze grauwe hallen en donkere gebouwen past, snap je?'

Nee, dat begreep Marie niet. Ze wilde het ook niet begrijpen, want het idee stond haar niet aan. De juffrouw had haar vast niet willen beledigen, maar als iemand anders zoiets had gezegd, zou ze boos geworden zijn.

'Je ogen, Marie,' zei de juffrouw met zachte, vleiende stem. 'Je hebt prachtige ogen. Je ziel ligt erin. Zo veel verdriet en verlangen. Zo veel honger naar geluk. Zo veel moeheid. En zo veel kracht.'

Wat zei ze rare dingen. Ze zeiden ook dat ze een beetje vreemd was.

'Als u er zo veel waarde aan hecht, tekent u mij dan maar.'

'Je hebt er dus niets op tegen?' riep ze blij. 'Fantastisch. Dan kom je vanaf morgen elke dag twee uur op mijn kamer…'

Marie schrok.

'Dat… dat gaat niet, juffrouw.'

'Waarom gaat dat niet?'

Ze schudde onwillig haar hoofd en zei dat het heel simpel was.

'Ik moet mijn werk doen, juffrouw.'

'Maar je werkt toch. Je bent mijn model. Eigenlijk zou ik je ervoor moeten betalen. Maar ik heb helaas geen eigen geld.'

Ze glimlachte spijtig en Marie glimlachte terug. Wat waren de twee zussen toch verschillend. De oudste was een arrogante trien en de jongste een sympathieke, dwaze droomster. Marie voelde zich tot deze jonge vrouw aangetrokken, maar tegelijk zei haar verstand haar dat ze voor beide zussen op haar hoede moest zijn.

'Als juffrouw Schmalzler ermee akkoord gaat, wil ik graag uw model zijn.'

'Geweldig. We beginnen meteen morgen, Marie. O, ik ben zo blij!'

De juffrouw liep naar Marie toe, pakte haar beide handen, kneep erin en liet ze weer los. De vaatdoek viel op de grond. Toen Marie die had opgeraapt en weer overeind kwam, was de juffrouw verdwenen.

Een ogenblik lang staarde ze naar de halfopen deur naar de hal, daarna begon ze mechanisch opscheplepels en ander bestek af te drogen. Toen ze na de gedane arbeid in haar bed lag, was ze er vast van overtuigd dat ze deze ontmoeting slechts had gedroomd.

II

December 1913

10

Weledelgestrenge heer,

Wanneer ik me met deze brief tot u wendt, hoop ik uit het diepst van mijn hart dat dit niet verkeerd opgevat wordt. Het leven gaat voor een ieder gepaard met beproevingen en vergissingen, niemand, ook niet de allerslimste mens, blijft daarvan geschoond. Ook u, mijn beste tweede luitenant...

ELISABETH STOPTE EVEN met schrijven en las de regels snel door. Ontevreden streepte ze de woorden 'uit het diepst van mijn hart' door en verving ze door 'ten zeerste'. En ook de laatste zin waaraan ze begonnen was schrapte ze. Het was niet nodig hem nog een keer op zijn vergissing te wijzen. Nee, het was belangrijk dat ze zijn zelfrespect versterkte. De arme kerel moest behoorlijk wanhopig zijn geweest toen hij haar brief had gekregen. De verwisselde brief... Kitty's onbeduidende regels had ze in het haardvuur gegooid en in plaats daarvan had ze een koele en duidelijke afwijzing geformuleerd.

Helaas kan ik uw gevoelens niet beantwoorden, ik verzoek u daarom mij verdere aanzoeken te besparen.

Wel, sindsdien hadden ze niets meer van hem vernomen. Als ze hem nu echter liet gaan, was alles voor niets geweest.

Ze schroefde de vulpenhouder dicht en keek peinzend uit het raam. Buiten dwarrelden grote sneeuwvlokken als wattenbollen uit de grijze lucht naar beneden, je kon het met sneeuw bedekte park zien waar de weg die de tuinman had schoongeveegd als een grijs lint tussen de bomen door slingerde. Een donker gekleed stel wandelde door de tuin. Mama droeg een breedgerande hoed en haar donkere nertsmantel, papa een zwarte winterjas en laarzen. Het was bijzonder dat papa op zaterdagmiddag een heel uur vrij nam. Elisabeth kneep haar ogen samen om de gezichtsuitdrukking van haar ouders te zien, maar ze waren te ver weg. Aan hun gebaren te zien hadden ze een levendige discussie – als ze maar geen ruzie maakten. Elisabeth zuchtte en richtte zich weer op haar brief.

... Ik heb in de afgelopen weken moeilijke uren meegemaakt en veel over de wegen van God nagedacht. Maar nu weet ik dat de duisternis niet over het licht mag zegevieren, dat een fout van God vergeven wordt als wij serieus bereid zijn de juiste weg te kiezen...

Ze schoof het blad een stukje naar achteren en bracht nog wat verbeteringen aan. Niet 'meegemaakt' maar 'doorgemaakt', dat was indrukwekkender. Daarna verving ze 'de juiste weg' door 'een nieuw pad'. Ze moest in ieder geval vermijden dat de zinnen als een vrome preek klonken. Hij moest weten dat ze nog op hem gesteld was. Tegelijkertijd mocht het niet klinken alsof ze hem smeekte, ze mocht niets aan haar waardigheid tekortdoen. Het blad zag er intussen nogal rommelig uit, ze zou achteraf alles nog een keer in het net moeten overschrijven.

Buiten sneeuwde het nog steeds. Wat zagen de exotische bomen er in de sneeuw toch vreemd uit. De smalle cipressen bogen als magere grijsaards onder de last en de pijnbomen leken buitensporig grote paraplu's. Mama leek druk op papa in te praten, hij luisterde zwijgend, met zijn handen in de zakken van zijn jas, zijn hoed die onder de sneeuw zat diep naar beneden getrokken. Wat is het moeilijk om een goed huwelijk te leiden, dacht ze somber. Mama en papa zijn erg op elkaar gesteld en toch hebben ze telkens ruzie. Ze had vaak het gevoel dat mama degene was die liefhad en papa degene die zich liet liefhebben. Papa's grote liefde was – dat had mama vaak genoeg met een ironische zucht gezegd – niet zijn echtgenote maar zijn fabriek.

Ze schudde de negatieve gedachten van zich af. In haar huwelijk zou geen ruzie zijn, daar zou zij voor zorgen. Ze las hetgeen ze had opgeschreven nog een keer kritisch door en schreef het slot.

... Dit inzicht heeft mij aangemoedigd, beste heer, u dit schrijven te doen toekomen. Ik heb een jaar lang het geluk gehad om mezelf van de oprechtheid van uw karakter te kunnen overtuigen en weet daarom dat u niet op mij zult neerkijken als ik vrijuit mijn wens aan u uit. Mama heeft u vast een uitnodiging gestuurd voor ons bal dat in januari gehouden wordt. Ik zou zeer gelukkig zijn u op deze avond te zien.

Met hartelijke groeten,

Elisabeth Melzer

Misschien was de formulering 'zeer gelukkig' toch wat overdreven? Ze wilde zich tenslotte niet aan hem opdringen. 'Gelukkig' was voldoende. Of gewoon alleen 'blij'? 'Verheugd'? Of misschien kon ze nog beter...

'Lisa?'

Dat was Kitty, die op de deur klopte. Het irriteerde Elisabeth dat ze gestoord werd en ze schoof de brief snel in haar schrijfmap.

'Wat wil je? Ik ben bezig.'

'Je moet me helpen, Lisa. Alsjeblieft!'

Kitty wachtte niet tot ze binnengeroepen werd maar deed de deur open en liep gewoon naar Elisabeth toe. Ze stopte de schrijfmap snel in de la van het bureau.

'O,' zei Kitty nieuwsgierig. 'Geheimen?'

'Het is algauw kerst, zusje.'

Het leek erop dat Kitty daarmee tevreden was. Elisabeth wist echter niet zeker of het wel handig was geweest om dat te zeggen. Vroeger waren ze samen stiekem in de villa verstopte kerstcadeaus gaan zoeken en doorzochten ze ook elkaars kamer. Maar dat was jaren geleden...

'Stel je voor, Alfons Bräuer is net gekomen. Om bij ons zijn opwachting te maken...'

'Heeft hij zich dan niet aangekondigd?'

Kitty zuchtte zachtjes. Jazeker, de jonge Bräuer had zijn bezoek een week geleden al aangekondigd. Mama had haar, Kitty, opgedragen de 'aardige jongeman' te ontvangen en thee met hem te drinken. Natuurlijk samen met mama. Maar nu was mama nog niet terug van haar wandeling door het park.

'Ik kan hem toch onmogelijk alleen ontvangen, Lisa.'

'Waarom niet?' vroeg Elisabeth boosaardig. 'Zo'n knappe vent. Spieren als Hercules. De mouwen van zijn jasje knappen bijna. En dan die bovenbenen...'

'Dat is niet grappig, Lisa. Kom nu alsjeblieft. Als je me in de steek laat, zeg ik het tegen mama.'

Dat zou ze beslist doen, haar kleine zus. Sinds ze een paar bals en sociale avondjes had bezocht, kwamen er regelmatig jonge heren. De een wilde Kitty uitnodigen voor een ritje per koets of automobiel, de ander wilde een buitenrit met haar maken. Ze werd uitgenodigd voor soirees, die mama zorgvuldig beoordeelde en waar ze er enkele van uitzocht. En altijd werd zij, Elisabeth, de oudere zus, ook uitgenodigd. Als chaperonne natuurlijk. O, wat haatte ze dat!

'Ik ben nog niet aangekleed,' mopperde ze.

Ze droeg een donkergroene jurk die drie jaar geleden in de mode was geweest en die Jordan in de taille wijder had gemaakt. Ze had de naden heel handig met een randje van kant verbloemd.

'Je ziet er heel mooi uit, Lisa. Echt, deze groene kleur staat je beeldig. Nou, kom op. We kunnen hem niet zo lang laten wachten.'

'Laat hem gerust wat thee drinken, dat zal hem goed doen bij deze kou.'

Met tegenzin stond Elisabeth op, ze wierp een snelle blik in de spiegel, zuchtte en liep achter Katharina aan. Sinds haar zusje op de wereld was, draaide alles alleen nog maar om Kitty. Als kind had ze iedereen al met haar grote blauwe ogen betoverd. Was zij, Elisabeth, niet altijd alleen maar het kindermeisje van haar jongere zus geweest? Lisa, pas op dat Kitty niet van de trap valt. Lisa, je mag je zusje niet duwen. Waarom huilt de arme Kitty? Heb jij haar soms geknepen, Lisa? Tjonge, wat ben je gemeen. Ga naar je kamer, we willen je hier niet meer zien. Natuurlijk had ze het kleine kreng stevig in haar arm geknepen. Maar dat Kitty daarvóór in haar vinger had gebeten, daar maalde niemand om.

Terwijl ze de trap afliepen naar de rode salon, nam Elisabeths zelfmedelijden met elke stap toe. Ze had de brief in het net kunnen schrijven en met de post mee kunnen geven. Maar als ze nu een uur lang chaperonne moest spelen, zou ze niet op tijd klaar zijn en kon de brief pas morgen afgegeven worden. Dan kwam hij waarschijnlijk pas na kerst aan. Maar Klaus moest de brief wel op tijd krijgen, zodat hij niet andere verplichtingen aanging voor de dag van het bal.

Auguste stond bij de deur naar de salon om hen binnen te laten. Het kamermeisje leek erg bleek in haar gezicht, waarschijnlijk had het personeel het heel druk met de voorbereidingen voor Kerstmis.

Alfons Bräuer stond van zijn stoel op toen ze binnenkwamen. Wat was hij lang, als hij niet oppaste stootte hij zijn hoofd tegen de afhangende glazen ruitjes van de kristallen kroonluchter. Hij leek zijn lichaamslengte echter niet als een voordeel te zien maar eerder vervelend te vinden.

'Juffrouw... ik ben verrukt! Ik hoop zeer dat ik niet ongelegen kom...'

'Wat zegt u nou toch voor onzin,' riep Kitty lachend en ze liet hem haar hand kussen. 'Wij zijn heel erg blij met uw bezoek. Helaas is mama nog niet terug. Stelt u zich voor... ze is met papa in het park gaan wandelen...'

Terloops werd ook Elisabeth met een handkus begroet, ze gingen zitten en Kitty praatte opgewekt. Natuurlijk had de arme Alfons alleen oog voor zijn prinses, ieder gebaar dat ze maakte, elke keer dat ze met haar ogen knipperde, elk lachje spiegelde zich in zijn mimiek. Elisabeth beperkte zich tot het inschenken van de thee en het uitdelen van de gevulde kopjes.

'Gebruikt u één of twee suikerklontjes, meneer Bräuer?'

'Pardon?'

Ze moest de vraag herhalen en vernam toen dat hij helemaal geen suiker gebruikte. Hij leek ook niet veel om de thee te geven, want hij hield het kopje in zijn hand zonder eruit te drinken. Kitty kwetterde als een vogeltje, weidde uit over de Franse schilders van de vorige eeuw en verklaarde dat mensen als Renoir, Cézanne of Monet allang oude koek waren. Had hij al van Georges Braque of Pablo Picasso gehoord? Deze twee fantastische kunstenaars hadden drie jaar geleden in München in de Galerie Thannhauser een paar schilderijen tentoongesteld. Was hij daar misschien toevallig geweest? Nee? Nou, zijzelf helaas ook niet, ze was toen vijftien en had pas sinds kort een passie voor kunst ontwikkeld. Wist hij ook dat de beste en grootste schilders in Frankrijk woonden?

Elisabeth dronk haar thee met twee suikerklontjes en nam een van de kerstkoekjes voordat ze de schaal doorgaf. Speculaas met spijs, marsepeinen balletjes, peperkoek, vanillekoekjes... mevrouw Brunnenmayer kon net zo goed bakken als koken. Als Elisabeth alleen al aan de taart dacht die op eerste kerstdag op tafel kwam, een slagroomtaart met kruidkoek, gevuld met gekonfijte walnoten en amandelen en bedekt met een dun laagje chocolade. Ze mocht er helaas maar één stukje van eten, anders paste ze niet in haar nieuwe baljurk. Het was belangrijk dat ze er mooi uitzag als Klaus von Hagemann naar het bal in de villa kwam. Als hij kwam…

'Helaas kan ik nog niet eens een rechte streep op papier krijgen,' hoorde ze de jonge Bräuer zeggen. 'Maar ik ben een groot bewonderaar van de schone kunsten. Zeker als u er zo levendig over vertelt, beste juffrouw Melzer, dan is het alsof u bij mij een vuurtje aanwakkert.'

'Ik zal een fakkel in uw binnenste laten branden,' riep Kitty lachend. 'Een eeuwige vlam op het altaar der kunsten…'

Mijn hemel, dacht Elisabeth. Kitty had al zo'n hoop onzin uitgekraamd, maar vandaag overtrof ze zichzelf. Het altaar der kunsten. Als ze het de weleerwaarde Leutwien maar niet liet horen. En vanwaar die plotselinge belangstelling voor de Franse schilders? Zou het met die jonge Fransman te maken hebben? Hoe heette hij ook alweer? Gérard Du… Dutrou. Nee, Dufour. Nee, ook niet. Gérard Duchamps, ja, dat was het. De zoon van een zakenvriend van haar vader die uit Lyon kwam, de stad van de zijde. Hij had donkere ogen waarin gouden vonkjes oplichtten en dik zwart haar. Zijn neus was een beetje te scherp, maar dat was niet erg storend voor het totaalplaatje. De jonge Duchamps had het hart van alle dames veroverd, ongeacht welke leeftijd. Op het Sint-Nicolaasbal in huize Riedinger had hij Katharina Melzer, de balkoningin van het seizoen, ontmoet. Ze had een diepe indruk op hem gemaakt en ze hadden diverse keren met elkaar gedanst.

'In januari schijnen er in München een paar interessante tentoonstellingen te zijn,' zei Alfons Bräuer.

'Dat geloof ik graag. Ach, wij Augsburgers, wij zijn zo vreselijk conservatief, zo wereldvreemd. In München, daar zijn de mensen internationaal ingesteld. Maar in Parijs helemaal, daar wordt de kunst geboren, schilders, schrijvers, musici…'

Bräuer zette eindelijk zijn theekopje op het lage, met houtsnijwerk versierde tafeltje. De arme man moest vreselijk opgewonden zijn, zijn oren gloeiden, en Elisabeth rook een sterke lichaamsgeur. Hij zweette in zijn winterse pak dat van een warme, wollen stof gemaakt was. Bovendien had Else van tevoren de kachel nog flink opgestookt.

'Als uw moeder en zus het mij toestaan, zou ik u alle drie na Kerstmis graag uitnodigen voor een rit naar München. Daar zouden wij...'

Hij werd onderbroken door een luide schreeuw in de gang.

'Auguste! In 's hemelsnaam! Auguste!'

Dat was Pauls stem. Elisabeth liet de peperkoek waar ze een hap van had genomen liggen, Katharina sprong van haar stoel op.

'Paultje is er!'

'Maar wat is er met Auguste?'

Katharina rukte de deur open en zag een afschuwelijk tafereel. De arme Auguste lag languit op het tapijt, Paul zat naast haar geknield en voelde haar pols.

'Ze leeft,' zei hij en keek Kitty met glazige ogen aan. 'Ik dacht heel even dat ze dood was.'

'Mijn god! Die arme meid is doodbleek. En haar wangen zijn zo koud als ijs.'

Kitty knielde nu eveneens naast het bewusteloze meisje en streek zachtjes over haar voorhoofd. Alfons Bräuer stond met een hopeloze uitdrukking op zijn gezicht bij de deur.

'Ze is flauwgevallen,' stelde Elisabeth vast. 'Dat kan gebeuren.'

Ze was de enige die kalm bleef en drukte op de bel voor het personeel. Else verscheen meteen onderaan de trap, sloeg van de schrik haar handen ineen en verdween direct weer om de kokkin en huisknecht Robert te alarmeren.

'Kom de salon in, Paul,' zei Elisabeth afkeurend. 'Je bent niet meer nodig als samaritaan. Hemeltjelief, waarom winden jullie je zo op? Juffrouw Schmalzler zal wel weten wat ze moet doen. En mama kan ook ieder moment terug zijn.'

Nu verscheen de huisknecht, gevolgd door Else, Maria Jordan en de kokkin.

'Och, hemeltjelief,' mompelde de kokkin. 'Het arme ding. Als ze zich maar geen pijn heeft gedaan.'

Intussen was Auguste weer bijgekomen en ze kwam overeind tot een zittende positie. Ze keek verbaasd rond.

'Wat is er aan de hand? Waarom zit ik op de grond?'

'Rustig aan,' zei de kokkin. 'Hier, neem een slokje water. Kijk uit dat je je niet verslikt...'

'Zo,' zei Paul opgelucht. 'Wat heb jij ons laten schrikken, Auguste!'

Het gezelschap loste zich op. Robert hielp Auguste op te staan, Jordan raapte de gestreken servetten die Auguste naar de eetkamer had willen brengen van de grond, de kokkin haastte zich de trap af en jammerde over haar varkensbraadstuk. De familie ging weer naar de rode salon en liet het kamermeisje over aan de zorg van het personeel.

'Echt wat voor Paul,' grapte Kitty. 'Je bent amper weer in de villa of de meisjes vallen bij bosjes languit op het tapijt.'

Ze vloog haar broer om zijn nek en kuste hem teder op zijn beide wangen, wat hij lachend toeliet. Elisabeth vond deze begroeting in aanwezigheid van een gast een beetje overdreven, maar zo was Kitty nu eenmaal. Bräuer keek tijdens deze liefkozingen tussen broer en zus slecht op zijn gemak naar zijn glimmend gepoetste laklaarzen – waarschijnlijk had hij graag in Pauls schoenen gestaan. Die schoof Kitty ten slotte zachtjes opzij, omhelsde zijn zus Elisabeth en reikte toen Bräuer de hand.

'Lang niet gezien, ouwe makker,' zei hij grijnzend. 'Wilde je me niet in München opzoeken?'

Door Pauls ongedwongen, kameraadschappelijke manier van doen liet de jonge Bräuer zijn verlegenheid varen. Ja, hij wilde hem eigenlijk in oktober in München opzoeken, maar het was helaas zo druk bij de bank dat hij niet gemist kon worden.

'Je bent al de junior chef, toch?' zei Paul met een vleugje afgunst. 'Nog een paar jaartjes en dan leid je de bank in je eentje.'

Hij wees met een uitnodigend gebaar naar de zithoek en iedereen nam weer plaats. Het gesprek verliep nu veel gemakkelijker, de sfeer was luchtiger en Alfons Bräuer maakte af en toe zelfs een grapje.

'Dan ken je mijn ouweheer niet,' zei hij meesmuilend. 'Die kan de bankzaken niet loslaten. En als hij over een hopelijk nog hele lange tijd boven bij de engelen zit, zal hij nog elke ochtend de aandelenbeurs volgen.'

Ook Elisabeth had het nu naar haar zin. Als de jonge Bräuer zich als een normaal mens gedroeg en niet als een verliefde ezel, was hij eigenlijk heel onderhoudend.

'Als het zo blijft vriezen, kunnen we spoedig onze schaatsen uit het vet halen,' stelde Paul voor, die in was voor elke sportieve activiteit.

Kitty was enthousiast, Alfons Bräuer terughoudend, Elisabeth haalde haar schouders op. Schaatsen was niets voor haar.

'Ik ben meer in voor een ritje met de slee met zijn vieren,' stelde Bräuer voor.

'Ja, leuk!' riep Kitty en ze klapte in haar handen.

'Of een buitenrit in de ochtend door de verse sneeuw,' zei Paul. 'Ach, nou schiet het me net te binnen, wilde jij niet mijn zadel overnemen? Ik ga een nieuwe aanschaffen en doe mijn huidige zadel weg. Je weet dat het een speciaal zadel is, maar hij zal wel passen op een merrie.'

'Jouw zadel? Ja, graag. Daar heb ik wel interesse in.' Alfons Bräuer was een redelijke ruiter, het was de enige sport waarbij hij enigszins kon meekomen.

'Geweldig,' riep Paul vrolijk. 'Weet je, ik ben nogal gehecht aan dit zadel, ik wil hem liever niet aan zomaar iemand verkopen maar alleen aan een goede vriend.'

Alfons bloosde, hij had zichzelf tot nu toe niet tot Pauls beste vriendenkring gerekend en hij wilde er ook niet bij horen, want het luchthartige amusement waar deze jonge mensen van hielden was niet zijn ding. Maar nu Pauls jongste zus zo'n onuitwisbare indruk op hem had gemaakt, was hij bijna trots als 'goede vriend' omschreven te worden.

'Ik heb een geweldig idee!'

Paul was op dreef, zijn ogen lichtten op van enthousiasme en Elisabeth vroeg zich af wat erachter zat.

‘Laten we dit heerlijke winterweer benutten en meteen morgenochtend een uitstapje maken. De dames in de slee en wij beiden hoog te paard. Dan kun je meteen het zadel uitproberen…’

Noch Kitty noch Elisabeth was erg enthousiast over dit voorstel, want ze hadden allebei andere plannen. Ook de jonge Bräuer aarzelde, hij was geen type dat van spontane ingevingen hield. Aan de andere kant, het was een kans een paar uur in de buurt te zijn van degene die hij aanbad.

‘’s Ochtends kan ik niet gemist worden in de bank,’ zei hij traag. ‘Maar ik denk dat ik in het begin van de middag wel een paar uur vrij kan nemen.’

‘Tegen twee uur?’ pinde Paul hem vast. ‘Ik wacht achter de stallen op je.’

11

EEN BIJTENDE GEUR VAN ammoniak, citroen, azijn en iets metaalachtigs vulde de keuken. De lange tafel was bedekt met een paar lagen krantenpapier, waarop tussen allerlei lappen en flesjes een deel van het zilvergoed van de Melzers lag uitgespreid. Buikige theekannen en roomkannetjes, sierlijke, opengewerkte fruit- en broodmandjes, borden, zoutvaatjes, suikerpotjes en ook de vele zilveren schotels en kandelaren uit de inventaris van de Von Maydorns. Al dit prachtige servies moest voor de kerst blinkend gepoetst worden, net zoals al het bestek met de opscheplepels, het vleesmes en de fijn gegraveerde wildschaar, een belachelijk onderdeel dat nog nooit was gebruikt maar er wel zeer decoratief uitzag.

Alleen Maria Jordan en Auguste waren aan het werk, ze waren pal naast de grote haard gaan zitten waarin nog een vuurtje wakkerde, zodat hun rug lekker verwarmd werd. Boven de haard stond een geëmailleerde lichtblauwe koffiekan, evenals een waterketel, want de mevrouw wilde 's avonds veel thee.

'Dit is nog nooit voorgekomen,' mopperde Jordan. 'Ik heb nog nooit gehoord dat een keukenmeisje boven bij de juffrouw mag zitten en thee met haar drinkt.'

Dat was koren op Augustes molen. Ze was er al minstens honderd keer over begonnen, maar bleef zich er druk om maken. Marie zat nu elke dag een heel uur boven, ook op zondag. En niet zelden werd ze ook 's avonds nog een keer geroepen. En niet om de juffrouw te bedienen, wat haar als keukenmeisje toch niet betaamde. Nee, ze voerden een soort maskerade op. Marie trok verschillende jurken aan die de juffrouw geregeld had, bond doeken om haar hoofd of maakte haar haren juist los. Soms moest ze lelijke grauwe lompen aantrekken en kreeg ze houten klompen, dan weer droeg ze kleurrijke gewaden en glanzende zijden sjerpen. De ene keer zag ze eruit als een bedelaarster, de andere keer als een zigeunermeisje.

'Heb je soms door het sleutelgat geloerd?' vroeg Jordan met een scheve grijns.

'U hoeft alleen maar de tekeningen te bekijken. De juffrouw tekent haar toch. De ene keer met houtskool, dan met potlood en weer een andere keer in kleur...'

Dat was waar. Ook Maria Jordan had de tekeningen gezien. Hoewel de juffrouw ze meestal in mappen stopte en een doek over haar schildersezel hing.

'Pas droeg Marie zelfs een jurk van de juffrouw. Een keukensloof draagt zijden jurken en laat haar haren door de juffrouw kammen. Straks moet ik haar nog bedienen, prinses Marie van de heilige Martelaressen.'

'Van de wat?' vroeg Auguste.

'Zo heet het weeshuis waar ze vandaan is gekomen.'

'Heeft ze geen ouders? Zeker een bastaard, of niet?'

'Natuurlijk!'

'Maar hoe weet u dat?' vroeg Auguste, die weer begon te twijfelen.

Jordan haalde haar schouders op en keek geheimzinnig. Ze deed alsof ze die kennis op magische wijze had vergaard. Maar het was ook goed mogelijk dat ze stiekem in de kast op de kamer van Schmalzler had rondgesnuffeld waar de mappen met de papieren en de werkboeken van het personeel stonden.

'Waarom winden we ons er eigenlijk zo over op?' vroeg Auguste. 'We weten hoe juffrouw Katharina is. De ene dag extreem enthousiast, de volgende dag interesseert het haar niet meer. Nu heeft ze een leuk speeltje gevonden, maar morgen zal ze zich alweer vervelen en dan is Marie weer afgedankt. In feite kun je medelijden met haar hebben. Ze weet nog niet dat de juffrouw zo wispelturig is.'

Maria Jordan werkte zwijgend aan de uitgebreid geciseleerde voet van een zilveren kandelaar. Dat soort decoraties waren moeilijk schoon te krijgen, soms moest je een lucifer of zelfs een naald gebruiken en heel voorzichtig de inkepingen reinigen. Toch bleef er meestal zwart vuil in het patroon achter.

'Ik heb totaal geen medelijden met haar,' zei ze tegen Auguste. 'Wie hoog vliegt, zal diep vallen. Zo is dat nu eenmaal. En het zou ook terecht zijn als ze daarboven bot zou vangen. Want wie doet haar werk als zij met de juffrouw thee zit te drinken en zich laat tekenen? Wij toch, of niet soms?'

'Ja, daar hebt u gelijk in.'

Ze werden onderbroken door de kokkin die snuivend de keuken binnenkwam en de kleine laatjes van een van de keukenkasten begon open te trekken. Zo te zien inspecteerde ze de kruiden.

'Er is een hele tros uien uit onze voorraadkamer verrot,' klaagde ze. 'Ze zijn vochtig geworden en niemand heeft het gemerkt. En in de graanschuur liggen muizenkeutels. Ze vreten ons meel op, die grijze beesten. Er moet een kat komen. Eén nacht in de schuur en geen muis laat zich meer zien.'

'Dan heeft u helaas pech,' zei Jordan. 'De mevrouw haat katten, ze is bang voor ze.' De kokkin noteerde een paar woorden op een vel papier, ze schreef met potlood, langzaam en omslachtig en bewoog daarbij haar tong.

'Ko… ri… ander. Noot… mus… kaat. En kruidnagels…'

'We hebben eigenlijk hulp nodig bij het zilverpoetsen,' zei Auguste.

'Dat is niet mijn taak,' bromde Brunnenmayer verstrooid. 'Laat Marie halen. Koriander, kruidnagels, nootmuskaat, kaneel… komijn! Die was ik bijna vergeten!'

Ze schreef het kruid op haar lijst en knipperde een paar keer met haar ogen in de richting van de lampen die aan het plafond hingen, het was haar aan te zien dat ze met haar gedachten bij de belangrijke dingen als komijn, saffraan en hertshoornzout was.

'Laat Marie halen,' aapte Jordan haar na toen de kokkin de keuken weer was uitgelopen. 'Ja, klop gewoon even bij de juffrouw aan en zeg dat wij Marie nu nodig hebben voor het poetsen van het zilver.'

Ze lachte spottend en keek toen naar Auguste. Die had de lap weggelegd en stond op om het raam open te doen.

'Voel je je weer zo naar?'

Het meisje steunde met haar armen op de vensterbank en ademde diep in. De wind dreef een paar sneeuwvlokjes de warme keuken in, waar ze meteen doorzichtig werden en veranderden in waterdruppels.

'Je bent zwanger... is het niet?'

Auguste gaf geen antwoord. Sinds twee weken had ze last van deze afschuwelijke misselijkheid, eerst alleen 's ochtends, maar nu ook overdag. Soms was het zo erg dat ze omviel en alles om haar heen zwart werd. Ja, en ze was al maanden niet meer ongesteld geworden.

'Je kunt het rustig toegeven.'

Auguste merkte dat de frisse lucht haar goeddeed. Ze sloot het raam en liep langzaam door de keuken naar de haard om haar rug te verwarmen.

'Heeft juffrouw Schmalzler al wat gezegd?' vroeg ze aan Maria Jordan.

Ze schudde haar hoofd. Nee, de huisdame was in dit soort gevallen discreet, ze praatte nooit met anderen over een personeelslid. Maar ze had een scherpe blik. Vroeg of laat zou ze Auguste in haar kamer roepen. Een zwangerschap was reden voor ontslag.

'Als je een goed gesprek met haar aangaat, kun je misschien regelen dat je het kind aan je ouders geeft. Ten slotte ben je al een paar jaar hier in de villa in dienst en tot nu toe waren ze altijd tevreden over je.'

Auguste hield haar koude handen boven de fornuisplaat en wreef haar handpalmen in elkaar.

'Mijn ouders?' mompelde ze. 'Die zouden me doodslaan als ik met een kind kom aanzetten.'

Jordan zette de zilveren kandelaar weg. Ze zweeg een poosje, overwoog of ze beter haar mond kon houden maar zei het toen toch.

'Ik ken een goed middel. Dat kan ik voor je regelen. Dat moet je 's avonds opdrinken en dan ben je 's ochtends van al je zorgen verlost...'

'Dank u wel,' zei Auguste. 'Maar dat wil ik niet.'

Jordan ergerde zich want ze had er twintig mark voor willen vragen. En het beslist ook gekregen. In dit soort gevallen waren mannen heel gul, het meisje moest het alleen urgent genoeg laten klinken.

'En wat wil jij? Je baan verliezen en met een bastaard rondlopen?'

Auguste ging weer op haar plek zitten en nam een slok koffie. Die was intussen koud geworden en smaakte bitter, maar dat deerde haar niet.

'Ik wil trouwen.'

Jordan grinnikte.

'Jij wilt trouwen? Met Robert? Hij is toch de vader, of niet soms?'

'Ja, natuurlijk. U hoeft me niet zo aan te gapen.'

'Kijk eens aan. Trouwen. Met Robert. Een echt gezin...'

'Lacht u maar,' schold Auguste woedend. 'U zult wel zien.'

'En jij denkt dat hij zo dom is en met je trouwt?'

Auguste beet op haar tong want uit woede had ze bijna een geheim verraden. Robert had geen keuze. Hij moest wel met haar trouwen. Omdat ze iets over hem wist wat hem zijn baan kon kosten.

12

DE OCHTENDLUCHT WAS wolkeloos blauw alsof het zomer was, maar dan dieper van kleur en met een harde glans. De schuine zonnestralen lichtten de hard geworden sneeuw op de bomen en het gras van het park zo fel op dat je je ogen moest sluiten om niet verblind te raken. 's Nachts was de temperatuur ver onder het vriespunt gedaald en nu was het ondanks de krachtige zon nog bitterkoud. Reden tot vreugde in de villa – de witte pracht zou beslist nog tijdens de feestdagen aanhouden.

'Nou, ga maar,' bromde de kokkin tegen Marie. 'Schil de rest maar als je terugkomt.'

Marie gooide de geschilde aardappel in de pan en stond op om haar handen te wassen. Ze had altijd een slecht geweten als ze naar boven naar de juffrouw ging, want dan moesten anderen haar werk doen. Maar tegelijkertijd was de tijd die ze boven doorbracht ongelooflijk kostbaar en gaf het haar de kans voorzichtig een kijkje te nemen in een wereld waarvan ze het bestaan niet had vermoed. Een wereld die eigenlijk alleen in dromen kon voorkomen, het was onmogelijk dat zoiets moois in werkelijkheid bestond.

Op de dienstbodentrap kwam ze uitgerekend Jordan tegen, die een paar kledingstukken van de mevrouw over haar arm droeg, waar ze waarschijnlijk vlekken uit moest wassen. De kamenierster had voor dit doel een heel arsenaal aan flesjes en brouwsels waarvan ze de toepassing strikt geheim hield.

'Ach, de weledelgeboren schoonheid Marie van de Zeven Martelaressen,' zei Jordan spottend tegen haar. 'Hoe zal ze vandaag getekend worden? Als hertogin? Of als straatmeid? Misschien wel helemaal naakt, je weet immers hoe schilders zijn...'

Marie gunde haar geen antwoord waardig. Ze waren natuurlijk jaloers, vooral Jordan, die haar sowieso niet kon uitstaan. Het had voor veel ophef gezorgd toen de juffrouw haar wens aan haar ouders kenbaar had gemaakt. Vooral de meneer – dat had Robert haar verteld – had zich erover opgewonden en had het kortweg willen verbieden. Ook de mevrouw was niet bepaald enthousiast over het ongebruikelijke idee van haar dochter. Zeker ook omdat daardoor het hele huishouden in de war raakte. Maar uiteindelijk wogen de zorgen om Katharina's zwakke gestel zwaarder dan haar bezwaren. Marie was naar de rode salon geroepen en had van alles te horen gekregen van de mevrouw. Dat ze zich vanwege deze bijzondere taak niets hoefde te verbeelden. Dat ze 's avonds het verzuimde werk zo veel mogelijk in moest halen. Dat ze geen loon kreeg voor de poseersessies. Dat ze over alles wat er in de kamer van de juffrouw gebeurde absoluut diende te zwijgen.

'Kom binnen!'

Marie had zachtjes op de deur geklopt, maar juffrouw Katharina had een goed gehoor. Ze had haar schildersezel bij het raam gezet en de gordijnen opzij geschoven. De juffrouw mopperde vaak over de 'belachelijke lappen' die het daglicht uit de vertrekken verbanden.

'Ga daar bij het raam zitten, Marie. En doe die hoofddoek af. Maak je haar los, laat het een beetje over je gezicht hangen. Ja, zo. Nog een beetje naar links. Stop. Zo is het goed. Dit moet ik in kleur schilderen... je haar schittert in de zon geel en rood en zelfs groen.'

In het begin vond ze juffrouw Katharina een beetje zonderling, ja, ze had zich zelfs afgevraagd of ze niet inderdaad een beetje ziek in haar hoofd was. Maar toen had ze begrepen dat deze jonge vrouw de wereld gewoon van een andere kant bekeek. Zoals iemand er van rechts gezien mooi en imposant uit kon zien, maar als hij zich omdraaide en zijn linkerkant toonde, misschien een lelijke wrat in zijn gezicht of een leepoog had. Of een scheve schouder.

Als je goed keek, klopte haar tekeningen altijd. Ze tekende geen fantasiedingen, ze keek alleen anders. Zo was het ook met de gele, rode en groene sprankjes die haar haren in de zon verspreidden. Marie was er intussen van overtuigd dat ze echt te zien waren.

'Pak rustig het tekenblok. En de roodkrijtstiften. Probeer maar wat ik je gisteren heb geleerd.'

'Dank u, juffrouw.'

Marie was even opgestaan om het tekenblok en de stiften te pakken en zat nu weer in de houding. Als ze alleen maar had hoeven poseren, had ze zich algauw verveeld. Maar er waren ook de gesprekken die de juffrouw zo openhartig met haar voerde en die Marie allerlei nieuwe impulsen gaven. En de tekeningen die ze zelf mocht maken. Op echt tekenpapier, met houtskool, roodkrijt of Oost-Indische inkt. Alleen dit was al een langgekoesterde droom die nu voor korte tijd in vervulling ging. Lang kon dit geluk niet duren, dat voelde Marie wel aan. Maar nu, nu het zich voordeed, greep ze het met beide handen aan.

'Je hebt talent, Marie! Als je goed oefent, word je misschien nog eens een echte kunstenares. Zoals je die schaduwen hebt aangebracht… wie heeft je dat geleerd?'

'Maar die zijn toch gewoon duidelijk zichtbaar.'

Ze had allang begrepen dat juffrouw Katharina de neiging had te overdrijven. Zij, Marie Hofgartner, zou nooit een kunstenares worden. En waarschijnlijk was het ook beter zo. Hoewel de juffrouw de kunstenaars enorm prees. Die Michelangelo – ze had Marie in een dik boek schilderijen van hem laten zien – die kwam voor juffrouw Katharina direct na God. Wat eigenlijk godslastering was. Vooral omdat deze kunstenaar allemaal naakte mensen had geschilderd. Maar de schilderijen waren wel grandioos. Grandiozer en mooier dan alles wat Marie tot nu toe gezien had.

De juffrouw had haar een paar keer uitgehoord. Over het weeshuis, het werk als naaister, over de periode dat ze in een huishouden was aangesteld. Daarover had de juffrouw zeer merkwaardige meningen geuit. Dat het toch een geluk was als je helemaal op jezelf aangewezen was. Dat een mens sterk werd als hij zich door het leven moest slaan. En dat het veel beter was om met eigen handen je levensonderhoud te verdienen, dan hier in de villa in luxe te leven.

'Het is vernederend om van het geld van andere mensen te leven,' zei ze. 'Waarom ben ik op de wereld? Ik moet er leuk uitzien en een adellijke houding aan de dag leggen. Bovendien wordt er van mij verwacht dat ik met een man trouw die past bij onze maatschappelijke positie en goed is voor papa's zaken.'

Ze beweerde dat alleen kunst het leven draaglijk maakte. Marie had haar het liefst uitgelachen, maar dat mocht ze natuurlijk niet. Deze jonge vrouw woonde in een prachtig huis en had een deftig ingerichte kamer voor haar alleen. En bovendien prachtige kleren, ze had het warm in de winter en altijd genoeg te eten. En dan liep ze te klagen. Wat was er nou zo erg aan om met een intelligente man te trouwen die bij de familie paste? Die haar een leven in welstand en geborgenheid kon bieden? Van zo'n geluk durfde Marie niet eens te dromen.

'Ik heb je geobserveerd, Marie. En ik heb je vaak bewonderd. Zoals jij je staande kunt houden. Hoe zal ik het zeggen? Je bent slechts het keukenmeisje en toch krijg je het voor elkaar je waardigheid te bewaren. Je laat je er niet onder krijgen.'

'Het moet wel, juffrouw. Of je respecteert jezelf, of je gaat ten onder. Als je jezelf verliest, deemoedig voor anderen kruipt en je onderwerpt, zul je daar vroeg of laat aan ten onder gaan...'

Ze had inzichten geuit die ze tot dan toe alleen in haar eigen hoofd had gekoesterd maar nooit hardop had uitgesproken.

'Wat ben je slim, Marie.'

Ze was zo naïef, de dochter van de rijke fabriekseigenaar. Ze dacht echt dat het weeshuis een oord was waar je beschermd en op het leven voorbereid werd. Ze had zelf twee jaar op een kostschool voor jongedames gezeten, daar had ze manieren en talen moeten leren, was haar onderwezen hoe je een huishouden moest leiden en nog veel meer dingen.

'Je kunt je niet voorstellen hoe streng ze voor ons waren. We moesten zelfs op zondagmiddag borduren. En elk foutje, ook al was het nog zo klein, werd bestraft.'

'Bestraft?'

'Dan moesten we lange opstellen schrijven of soms zonder avondmaal naar bed.'

'Aha...'

Marie aarzelde. Zou het wel juist zijn om het rooskleurige beeld van de juffrouw te verstoren? Zou ze haar vertellen over de slaag die je in het weeshuis kreeg als je ongehoorzaam was? Haar de littekens op haar armen laten zien die ze eraan over had gehouden? Zou ze haar vertellen over de dagen dat ze honger moesten lijden? Over de lange uren in de ijskoude kelder, waar kinderen die niet luisterden werden opgesloten? Maar nog erger dan de straffen van juffrouw Pappert en haar medewerkers was wat de meisjes elkaar aandeden.

'Het was vooral erg voor de kleintjes,' zei Marie zachtjes. 'Niemand beschermde ze tegen de gemene streken van de oudere meisjes.'

'Hebben ze hen... geknepen?'

'Ze hebben veel gemene dingen met ze gedaan. 's Nachts in de slaapzaal. In het begin deden ze het ook met mij. Maar ik heb al snel van me af gebeten en ze moesten mij met rust laten.'

'Wat... wat deden ze dan? Hebben ze hun deken weggetrokken?'

'Wilt u dat echt weten?'

De juffrouw staarde haar met wijd opengesperde ogen geschrokken aan. Wat zou ze nu denken? Marie was er een moment lang van overtuigd dat ze te ver gegaan was, nu zou ze nooit meer naar boven geroepen worden om hier in deze mooie kamer te poseren en te tekenen.

Maar de juffrouw had zichzelf sneller onder controle dan Marie had gedacht.

'Dat is walgelijk,' zei ze. 'Maar ook zulke verschrikkingen horen bij het leven.'

Nou ja, dacht Marie. Als je het nooit aan den lijve hebt ondervonden, kun je wel gelaten blijven. Ze begreep ineens dat de juffrouw haar afschuwelijke beschrijvingen wel aanhoorde, maar zich er niet echt iets bij kon voorstellen. Ook al omschreef ze nog zo gedetailleerd hoe hard ze als dienstmeisje had moeten werken, hoe weinig slaap ze kreeg, hoe uitgeput ze 's avonds op de loeihete tussenverdieping boven het fornuis kroop – juffrouw Katharina's verlangen naar het harde, eenvoudige leven bleef onverminderd bestaan.

'Ik heb zo'n geluk dat ik je heb gevonden, Marie. Niemand had me zo levendig kunnen vertellen hoe het eraan toegaat in de wereld zoals jij die kent. Omdat jij het leven kent. Het andere leven, bedoel ik. Het echte leven. En bovendien ben je ook nog zo'n getalenteerde kunstenares. Het heeft me zo veel moeite gekost om het perspectief goed uit te werken. En jij… jij tekent gewoon en alles is perfect. Ach, Marie, ik zou willen dat je mijn vriendin kon zijn…'

Juffrouw Katharina had inderdaad maar weinig vriendinnen, terwijl haar zus constant een of een paar jongedames voor de thee uitnodigde. Waarschijnlijk kwam het doordat juffrouw Katharina zich vreselijk verveelde bij het geklets over mode, mannen en andere meisjes. Ze praatte veel liever over het leven en over kunst, en Marie kon zich goed voorstellen dat de ongebruikelijke ideeën van de juffrouw op onbegrip stuitten.

'Marie?'

De juffrouw had haar penseel nog in haar hand maar leek niet met het schilderij op haar schildersezel bezig te zijn.

'Ja, juffrouw Katharina?'

Marie was helemaal opgegaan in haar eigen tekening. Nu keek ze gefascineerd naar de verzameling gekleurde stippen en vlekken op het doek van de juffrouw. Het zag eruit als ontploffend vuurwerk.

'Ben je weleens verliefd geweest?'

Marie zweeg verward. Wat een vraag!

'Ja,' zei ze traag. 'Maar dat is nergens goed voor.'

De juffrouw stak haar penseel in een van de glazen potjes en veegde haar vingers aan een lap af. Ze keek ontevreden.

'Wat bedoel je, dat is nergens goed voor?'

'Omdat het alleen maar ellende met zich meebrengt.'

De juffrouw schudde stuurs haar hoofd en zei dat Marie zich wat dat betreft moest vergissen.

'Dat waar jij het over hebt, Marie, was vast geen liefde. Alleen een beetje dweperij, verder niets. Echte, grote liefde is een ongelooflijk gelukkig gevoel. Er is niets mooiers in de wereld dan iemand met heel je hart liefhebben.'

Tjongejonge, dacht Marie. Dat klinkt bijna alsof de juffrouw voor de charmes van die Fransman is gevallen. Die knappe vent waarover Auguste had verteld. Die kende het kamermeisje van huize Riedinger en ze had allerlei onnozele geruchten verspreid.

'Misschien is dat zo,' zei Marie aarzelend. 'Ik heb het in ieder geval nog niet meegemaakt.'

De juffrouw glimlachte en was nu vol medelijden. Marie was nog erg jong, op een dag zou de liefde ook op haar pad komen en haar gelukkig maken.

'Het is alsof je door de hemel loopt. Waar je ook bent, je geliefde begeleidt je, want hij is in jouw gedachten. Wat je ook doet, hij staat naast je, fluistert je lieve woordjes toe, herhaalt alles wat hij ooit tegen je heeft gezegd en voegt er nieuwe dingen aan toe die nog mooier en verleidelijker zijn.'

'Dus zo gaat dat in de liefde,' zei Marie onzeker. 'Het klinkt bijna griezelig. Alsof je jezelf erbij verliest.'

'Dat is nou net het wezenlijke van de liefde,' riep de juffrouw uit. 'Je geeft je aan de ander en krijgt daar veel moois voor terug. Het hart van degene die je liefhebt. Zijn ziel. Zijn hele wezen.'

Marie was blij dat er op de deur geklopt werd en ze niet op deze wonderlijke bewering hoefde te reageren. Anders had ze dingen moeten zeggen die de juffrouw niet leuk had gevonden. Maar nu ging de deur open en... de jongeheer kwam binnen.

'Hier ben je dus, zusje! Ik hoopte dat ik je beneden in de hal zou aantreffen. De meisjes tuigen de kerstboom op.'

'O!' riep de juffrouw geschrokken. 'Dat was ik helemaal vergeten. Kom, Marie, we moeten snel naar beneden en meehelpen. Dat zou helemaal wat moois zijn, dat ik dit jaar het versieren van de boom zou missen. Het is bij ons traditie dat alle vrouwen in de villa daarbij helpen.'

Ze maakte haastig haar schildersschort los die haar huisjurk tegen verfspatten moest beschermen.

'Rustig aan,' zei haar broer lachend. 'Robert en Gustav hebben de boom nog maar net neergezet. Stel me liever voor aan je knappe model.'

Marie zat als versteend op haar stoel, alleen het tekenblok dat ze op haar schoot hield trilde een beetje. Natuurlijk wist ze dat de jongeheer uit München terug was. Maar toen hij zo plotseling de kamer binnenkwam had ze het gevoel dat een gemene heks haar met haar toverstaf had aangeraakt en in steen had veranderd.

'Dat is Marie,' zei de juffrouw en ze gooide haar schort op de grond. 'Is ze geen prachtig model? Ik heb haar in de keuken gevonden.'

Marie keek naar de jongeheer op. Hij wist natuurlijk niet meer dat ze elkaar al een keer gezien hadden. Waarom zou hij die korte ontmoeting ook onthouden hebben? Ze probeerde haar gedachten te ordenen en merkte tot haar ergernis dat ze begon te blozen. Ze sprong snel van de stoel op, het was ongepast om voor de jongeheer te blijven zitten.

'In de keuken?' vroeg hij terwijl hij haar glimlachend van top tot teen bekeek. 'Toch niet bij ons in de villa?'

'Ik ben het keukenmeisje, meneer,' zei ze en ze was blij dat ze deze woorden over haar lippen had gekregen. 'Ik ben sinds oktober in dienst.'

Ineens besefte ze dat ze met los haar voor hem stond. Ze pakte snel haar hoofddoek en draaide haar donkere, weerbarstige haar op haar achterhoofd in een knot. Tot haar verwarring volgde hij al haar bewegingen met een uitdrukking die wisselde tussen verbazing en verrukking.

'Jij bent eigenlijk te mooi voor een keukenmeid, Marie,' zei hij op een andere toon.

Die zin was niet nieuw, ook de heer des huizes waar ze eerder in dienst was geweest had iets dergelijks gezegd. Ook hij had zijn best gedaan zijn stem verleidelijk te laten klinken. Ze had het belachelijk gevonden. Maar de zachte, vleiende stem van de jongeman was gevaarlijk, die kon je raken en doen huiveren.

'U vergist zich, meneer. Ik ben beslist niet mooi.'

Hij lachte haar uit en bekeek nieuwsgierig het doek op de schildersezel. Hij leek er weinig mee te kunnen, kneep zijn ogen samen en op zijn voorhoofd verschenen twee gegolfde lijnen. Het zag er grappig uit. Hij was niet zo knap als zo veel jonge heren die hun haar met pommade insmeerden en thuis met een snorband rondliepen. Hij was iemand die weinig met zijn uiterlijk bezig was, maar juist daardoor had hij een sympathieke uitstraling.

'Weet je wat dit vuurwerk te betekenen heeft? Marie? Loop niet weg. Ik praat toch nog tegen je!'

Zijn toon was nu krachtiger, bijna bazig. Gehoorzaam bleef ze in de deuropening staan waar ze juist door had willen wegglippen.

'Pardon, meneer. Maar de juffrouw beval mij haar te volgen.'

Ze draaide zich om en waagde het hem direct in zijn ogen te kijken. Hij werd duidelijk een beetje onzeker onder haar verwijtende blik, spreidde zijn armen uit en zei toen op ironische toon dat de wil van zijn zus natuurlijk voor die van hem ging.

'Tot uw dienst, meneer.'

Ze maakte een klein buiginkje en voelde zelf dat deze beweging eerder koket dan gedienstig leek. Terwijl ze de trap voor de dienstbodes afliep, moest ze haar wild kloppende hart tot bedaren brengen.

Het is niks, zei ze tegen zichzelf. En het wordt ook niks. Daar ben ik veel te goed voor.

13

BENEDEN IN DE HAL HEERSTE een vrolijke drukte. Links van de brede trapopgang was een dennenboom van zeker drie meter hoog opgesteld en voor zover Marie kon zien, was Else bezig om met dennentakjes de houten standaard te verbergen. Robert stond hoog op een ladder en bevestigde op aanwijzingen van de mevrouw de laatste rode kaarsjes. Auguste, Jordan en de kokkin hadden bruine dozen gehaald en in het midden van de hal gezet. Daar zat vast de kerstversiering in.

'Ik geloof dat het zo goed is, Robert. En vergeet in geen geval de emmers water in de hoeken te zetten. In Pommeren is een keer een villa afgebrand…'

'Ja, mama,' zei juffrouw Elisabeth. 'Dat vertel je ons elk jaar.'

'Het kan niet vaak genoeg gezegd worden, Lisa.'

Marie was vanuit de keuken gekomen en had de deur naar de hal geopend om de prachtige dennenboom te bewonderen. De boom verspreidde een intense geur van hars en dennennaalden die Marie deed denken aan de kerstmissen in de basiliek St. Ulrich en Afra. Toen hadden de weeskinderen hun nette kleren moeten aantrekken en liepen ze in een feestelijke optocht door de donkere stegen naar de kerk, de meisjes moesten telkens twee aan twee lopen en elkaar de hand geven. Ze had een paar jaar naast haar vriendin Dodo gelopen, wat was dat alweer lang geleden.

'Nee, Kitty, ik wil niet dat jij op die ladder klimt. Laat dat aan Robert over. Maar jij mag hem de kerstballen aangeven.'

Arme Robert. Elke keer als de juffrouw hem een rode kerstbal aanreikte, pakte hij die aan alsof het een gloeiende vuurbal was. Liefde was geen geluk maar betekende slechts onheil. Je moest je er in geen geval mee inlaten.

'Marie! Wat sta je daar te kijken?'

Dat was de huisdame, juffrouw Schmalzler. Ze pakte Marie bij haar schouders en schoof haar richting de dozen. Die waren nu allemaal geopend, de dozen fonkelden vanbinnen van de gouden en rode ballen, de sterren van goudpapier en de zilveren lametta die gebundeld in krantenpapier was bewaard.

'Pak een kerstbal en hang die in de boom,' droeg juffrouw Schmalzler haar op. 'En dan ga je naar de keuken en aan het werk.'

'Ja, juffrouw Schmalzler.'

Ze tilde voorzichtig een van de gouden ballen uit de doos en ving daarbij een glimlach van de mevrouw op. Alicia Melzer leek van dit moment te genieten, ze gaf aan een stuk door aanwijzingen over wat waar opgehangen moest worden, liep heen en weer om de boom van alle kanten te bekijken en gaf de arme Robert instructies om de ladder de ene keer hierheen en dan weer daarheen te slepen. Hij had het meeste werk, want de vrouwen konden alleen bij de onderste takken. Morgen, op kerstavond, zouden ook de kerstkoekjes erin gehangen worden die ze samen met de kokkin had uitgestoken en gebakken. Ze mochten er beslist niet eerder in gehangen worden, want de ervaring had geleerd dat deze heerlijke decoratie op geheimzinnige wijze verdween en er op eerste kerstdag nauwelijks nog een paardje of een bruin hart tussen de groene takken te vinden was.

'Vergeet straks niet de cadeaus voor de armen rond te brengen, Robert,' zei de mevrouw terwijl ze de dennenboom kritisch bekeek.

'Neemt u mij niet kwalijk, mevrouw, maar ik heb de opdracht om met de twee juffrouwen een tochtje in de slee te maken. De jongeheer en de heer Bräuer zullen ons te paard begeleiden.'

‘O,’ zei Alicia Melzer geïrriteerd. ‘Waarom heeft niemand mij dat verteld?’

‘Het was Pauls geweldige idee, mama,’ zei juffrouw Elisabeth. ‘Het werd Kitty en mij helemaal niet gevraagd. Toch, Kitty?’

Juffrouw Katharina stond op een krukje en hing bundeltjes zilveren lametta over de takken. Ze ging zo op in haar taak dat ze slechts knikte.

‘Heeft Paul dit bedacht?’ zei de mevrouw gerustgesteld. ‘Nou ja, het is ook een leuk idee, zeker met dit kerstweer. Juffrouw Schmalzler, zegt u tegen Gustav dat hij een paar pakketjes moet bezorgen. En als dat niet voldoende is, kijkt u dan wie er gemist kan worden.’

‘Maar natuurlijk, mevrouw.’

Marie had al zo’n vermoeden wie dat zou zijn. Maar eerst moest ze nog de aardappels voor het avondeten schillen, de groenten wassen en de uien voor het stoofvlees snijden. En dan een paar bakblikken schuren en, nu de boom in alle pracht en rijkelijk gedecoreerd in de hal stond, de vloer vegen en dweilen. Zuchtend keek Marie aan het einde van dit karwei naar de blinkend schone vloertegels. Later die dag zouden de jongelui van hun winteruitstapje terugkomen en zorgeloos met hun natte laarzen door de hal banjeren.

‘Marie! Kom hier, je moet de geschenken rondbrengen,’ riep Brunnenmayer vanuit de keuken.

Ze hadden de cadeaupakketten gisteravond gezamenlijk aan de keukentafel samengesteld en ingepakt. In elk pakket zat hetzelfde: tien kerstkoekjes, nauwkeurig geteld, in een papieren zakje met bonte opdruk. Een leverworst en een bloedworst, in boterhampapier gewikkeld. Een flesje rode wijn die Robert ‘late-oogst-veldzuring’ had genoemd. Daarbij een stuk kleurrijk bedrukte katoenen stof, volgens Jordan te weinig voor een jurk, maar te veel voor een blouse. Het waren misdrukken uit de fabriek, stukken stof waarbij het patroon niet goed aansloot en die eigenlijk weggegooid moesten worden maar op deze manier toch nog benut werden.

‘Hier, deze drie pakketten moeten naar de benedenstad gebracht worden… Daar ken je de weg, nietwaar?’

De kokkin had de spullen al voor haar in een grote mand gelegd, de adressen stonden op een briefje. Marie ontcijferde de straatnamen en besefte dat ze in de allerarmste buurt moest zijn.

'En zorg dat de spullen niet gestolen worden,' waarschuwde de kokkin. 'Zo vlak voor het kerstfeest loopt er allerlei gespuis rond.'

'Ik zal goed uitkijken.'

Ze trok dikke sokken aan en hing de wollen doek die ze cadeau had gekregen om haar schouders. Ze was niet bang voor de kou, ze had het vaak genoeg koud gehad in haar leven, maar ze vond het geen prettig idee dat ze haar vroegere werkgever kon tegenkomen.

Toen ze via de personeelsingang naar buiten liep, dwarrelden er sneeuwvlokjes door de ijskoude winterlucht. Vanuit het park hoorde ze het ritmische gerinkel van belletjes, luide, vrolijke stemmen, het gesnuif van paarden. Er verscheen een ruiter op het pad door het park die in de richting van de oprit naar de villa afboog, achter hem reed de glimmend gepoetste rode slee die door twee paarden werd getrokken. Een tweede ruiter vormde de achterhoede. De groep leek een ererondje rond het met sneeuw bedekte bloemperk voor de ingang van de villa te willen maken voordat ze de bossen en weides in de omgeving onveilig gingen maken.

'Hé Marie!' hoorde ze de stem van juffrouw Katharina. 'Stap in, we hebben nog plek in de slee!'

Marie had nog nooit zo'n schitterende slee gezien, het leek wel een open koets. Voorop troonde Robert op de koetsiersplaats, de twee vrouwen zaten tegenover elkaar, behaaglijk in warme vachten en bontjassen gehuld.

'Alsjeblieft zeg, Kitty,' was juffrouw Elisabeths stem te horen. 'Het keukenmeisje heeft vast wat anders te doen dan met ons een ritje te maken.'

De jongeheer zwaaide vrolijk naar boven naar een van de ramen op de eerste verdieping, waar waarschijnlijk de mevrouw de winterse stoet bekeek. De glijvlakken van de slee knarsten en slipten op het grindpad, aangezien de tuinman daar 's ochtends de sneeuw had weggeschoven. Marie zag de tweede ruiter al helemaal niet meer, want ze moest haar ogen dichtknijpen omdat de wind de sneeuw in haar ogen blies. Ze trok de doek ook over haar haar en hield de stof stevig voor haar borst vast.

'En pas op dat je onderweg niet onderkoeld raakt!' had Jordan haar kwaadaardig achterna geroepen. Iedereen was blij dat ze bij deze kou in de warme keuken van de villa konden blijven.

Marie liep stevig door. Ze wist intussen dat de smeedijzeren poortvleugels aan de ingang van het park helemaal niet in opdracht van directeur Melzer aangebracht waren. Het grote parkterrein, waarop de villa nu stond, was in de vorige eeuw een tuin geweest die een welgestelde Augsburgse koopman had laten aanleggen. Melzer had zijn textielfabriek niet ver van deze mooie tuin opgericht en na een paar jaar was het hem gelukt om het kleinood van de erven van de koopman te kopen.

Wat bijzonder, dacht Marie terwijl ze over de straat richting het fabriekscomplex liep. De bakstenen villa en het park met de vreemde bomen… ze werden met het geld gekocht dat daarginds in de duistere fabriekshallen werd verdiend. Hoe was het mogelijk dat er van dit vuile geld zulke mooie dingen werden gemaakt?

Achter de Jakoberpoort werden de straten smaller, de gebouwen zagen er vervallen uit en er zaten diepe kuilen in de weg. Hier had niemand de sneeuw geschoven, de mensen liepen vlak langs de huizen waar ze de sneeuw aanstampten waardoor er smalle paden ontstonden. Met rijtuigen of karren meed men deze straatjes uit angst dat de wielen en assen kapotgingen. Er holden kinderen rond die sneeuwballen gooiden, anderen stonden bibberend van de kou op de hoeken van de straten en wisselden geheimpjes uit. Een paar jongeren hadden sigaretten kunnen bemachtigen waar ze om de beurt snel een trekje van namen. Toen Marie langsliep, stootten ze elkaar aan en eentje waagde het haar aan te spreken.

'Hé, jij daar, laat eens zien wat je in je mandje hebt!'

Ze lachten spottend. Marie kende deze types wel, had zich vaak tegen hen moeten verdedigen. Ze waren luidruchtig maar niet gevaarlijk.

'Nog niet de baard in de keel maar wel al een peuk in de bek,' riep ze naar hen. 'Donder op, anders zwaait er wat!'

Het eerste adres was makkelijk te vinden. Een slordig geklede, dikke vrouw deed de deur open en rukte het pakket uit haar handen.

'Hè, hè, eindelijk!'

Er kwam Marie een sterke walm van alcohol tegemoet.

'Zeg maar namens mij hartelijk dank tegen de vrouw van de directeur. En vrolijke kerst.'

'U ook vrolijke kerst!'

Achter de vrouw kwam een man aangesloft die meteen eiste dat ze het pakket aan hem overhandigde.

'Het is van mij! Blijf er met je vuile poten van af, verzopen hoerenloper!'

Marie had geen zin om de scène verder gade te slaan en haastte zich om het volgende pakket af te leveren. Dit keer moest ze langer zoeken want doordat er een gebouw was afgebroken klopte de huisnummering niet meer. Uiteindelijk liep ze een wiebelige trap op. Ze passeerde een stinkend toilet en klopte op een deur.

Twee kinderen deden open, een blond jongetje en een bruinharig meisje dat een grote zwart-witte kat in haar armen hield.

'Mama is niet thuis...'

'Ik wil alleen een geschenk afgeven. Voor Kerstmis. Leg het op de keukentafel... maar niet openmaken voordat mama weer thuis is, oké?'

De twee kinderen sperden hun ogen wijd open en beloofden dat te doen. Marie keek nog een keer twijfelend naar de huisdeur waarop geen naam stond, maar besloot toen dat dit pakket hier vast en zeker op de juiste plek was.

Met een zucht van verlichting liep ze de trap weer af. Nog maar één geschenk, dan was ze klaar. O, wat verlangde ze nu naar de warme haard in de keuken. Naar een kopje warme koffie met melk. Misschien ook een hartje van peperkoek...

Beneden in de steeg werd ze bijna omver gestoten door een man die een schuifkar met daarop een vaatje voor zich uit schoof.

'Kijk toch uit!' zei hij mopperend.

Ze moest een poosje achter hem aanlopen, op zoek naar het laatste adres. Voor een café bleef hij staan en Marie besefte dat ook zij hier moest zijn. 'Bij De Groene Boom' stond op het verweerde bord boven de ingang.

'Mevrouw Deubel… woont die hier?' vroeg ze aan de smoezelig geklede waardin die het vat met een kritische blik in ontvangst nam.

'Boven.'

Terwijl Marie de smalle trap opliep, hoorde ze achter zich de waardin schelden, die niet tevreden was met de geleverde sterkedrank. Het was koud en tochtig in het trappenhuis en toen ze eindelijk voor de deur met daarop de naam 'Deubel' stond, kwam ze in de verleiding om het pakket gewoon voor de deur te zetten en weg te lopen. Maar net toen ze besloot dat te doen, ging de deur krakend open en zag ze de kromme neus en spitse kin van een oude vrouw. Mevrouw Deubel had een wollen doek om haar hoofd gebonden die ver over haar voorhoofd was gezakt. Haar kleine, heldere ogen vormden echter het bewijs dat ze beslist niet oud van geest maar nog zeer pienter was.

'Kom je van de directeursvrouw? Het kerstcadeau brengen? Kom maar binnen, meid. Je bent half bevroren.'

Marie vond de oude vrouw een beetje griezelig, wat waarschijnlijk kwam door het contrast tussen haar gebrekkige lichaam en levendige ogen.

'Dank u wel, mevrouw Deubel. Maar ik wilde alleen het geschenk afgeven want ik moet meteen weer terug.'

Misschien kon de oude vrouw beter zien dan horen. In ieder geval lette ze helemaal niet op Maries bezwaar en liep gewoon naar binnen. Aarzelend betrad Marie de kleine kamer. Die was zeer vreemd ingericht, maar in de kachel brandde een vuur en het was er heerlijk warm.

'Leg het op de ladekast,' commandeerde de oude vrouw terwijl ze zich op een met kussens beklede rieten stoel liet zakken. 'Ik weet toch al wat erin zit. Het is elk jaar hetzelfde. De worsten zijn goed, de wijn geef ik aan mijn schoonzoon. Die wil mijn dochter niet hebben, zij leidt beneden het café en weet alles van bier en wijn... Ga maar op die kruk zitten, meid. Je zult voor een oude vrouw toch wel een paar minuten tijd hebben?'

'Eigenlijk moet ik meteen weer terug...'

Desondanks nam ze op de kruk plaats. Ze luisterde naar het geklets van de oude vrouw en liet haar verkleumde ledematen opwarmen. Wat een gekke dingen had de vrouw hier neergezet. Houten blokken waar iemand mensen en dieren uit had gesneden die echter niet helemaal goed waren uitgewerkt. Het leek alsof deze arme wezens zich wanhopig uit het hout probeerden te bevrijden waarin ze nog met een deel van hun lichaam vasthingen. Op de ladekast stond een uit steen gehouwen hoofd van een jonge vrouw, maar ook dit werk was slechts half voltooid, het gezicht was klaar, maar van het haar waren alleen grofweg de contouren aangegeven. Marie staarde naar het stenen hoofd en had het vreemde gevoel het al een keer gezien te hebben. Het kwam vast door de warmte van de kachel en het geklets van de oude vrouw. Als ze vanuit de kou te snel bij de warme kachel kwam, werd ze gauw draaierig, dat wist ze van zichzelf.

'Als ik jou zo bekijk, meid, heb ik haast het gevoel dat ik je ken. Kom je uit Augsburg?'

'Ja... ik... ik was hier in dienst. Misschien hebt u mij een keer in de steeg gezien. Ik deed de boodschappen en moest de kinderen meenemen.'

'Nee, nee, ik ben al jaren niet meer in de steeg geweest. Ik zit hier altijd bij de kachel en wacht tot mijn dochter het eten komt brengen. Zeg... ben jij soms een Hofgartner?'

Maries hart stond heel even stil. De vrouw kende haar naam. Hoe was dat mogelijk?

'Ik heet inderdaad Hofgartner. Marie Hofgartner.'

'Marie,' zei de oude vrouw en ze knikte tevreden. 'Inderdaad. Zo heette het kleintje. Marie. Arm ding. Niemand wilde het hebben en toen hebben ze het naar het weeshuis gebracht...'

'Over wie hebt u het?' stamelde Marie.

De oude vrouw keek haar met haar pientere ogen aan. Ze nam haar heel nauwkeurig op en knikte telkens.

'Ik zag het meteen. Omdat je de ogen van je moeder hebt. Zij was een halve Française, vandaar die ogen. Als zwarte zijde, je kon jezelf erin spiegelen, in die ogen.'

'U hebt mijn moeder gekend?' fluisterde Marie.

Ze hadden haar verteld dat haar moeder dood was. Ze zou overleden zijn aan tuberculose en op de Hermanbegraafplaats begraven liggen. Ze zou arm geweest zijn en haar niets nagelaten hebben, ook niet de naam van haar vader. Meer had ze niet te horen gekregen. Al het andere had ze in haar fantasie bedacht.

'Als jij Marie Hofgartner bent, dan heb ik je moeder zeker gekend, ja. Ze heeft hier gewoond. Eerst had ze nog de twee kamers hiernaast, maar daarna kon ze alleen nog deze kamer betalen en bleef ze ons zelfs daarvoor vaak het geld verschuldigd. Omdat ze er verf van kocht en papier en potloden.'

Marie had het gevoel dat ze droomde. De wonderlijk uitziende oude vrouw, de vreemde kamer waarin haar moeder ooit gewoond zou hebben. Dat kon toch niet waar zijn. Ze had het vast over een andere vrouw, iemand die ook Hofgartner heette. Het was geen zeldzame naam. Net als de voornaam Marie. Het moest een verwisseling zijn. Of de oude vrouw had alles gewoon verzonnen. Wat zei ze nou allemaal?

Luise Hofgartner had geschilderd, daar had ze van geleefd. In het begin had ze nog in welgestelde huizen vertoefd, de kinderen getekend en daar geld voor gekregen. Later, toen ze ziek was, kreeg ze minder opdrachten. Ze hoestte veel en daarom wilden ze haar niet meer in die huizen binnenlaten.

'Ze nam je altijd mee als ze ging schilderen. Ze was een goede moeder. Ze was wanhopig toen ze wist dat ze zou sterven en er niemand voor haar kind was.'

Maar deze Luise Hofgartner zou ook een eigenzinnige en trotse vrouw geweest zijn. Als iemand haar niet beviel, schilderde ze niet voor die persoon. Dan kon hij nog zo veel bieden, ze stak zich liever in de schulden, liet dingen op rekening zetten...

'En toen kwamen op een dag de mannen en die hebben alles bij haar weggehaald. De meubels, die waren nog van haar...'

Luid krakend vloog de deur open en de oude vrouw stopte met praten. Op de drempel stond de waardin die Marie beneden al had gezien. Ze had een dienblad in haar handen waar een bord met brood en kaas en een dampende beker op stonden.

'Hé, je kletst die meid de oren van haar hoofd,' schold ze. Ze schoof het kerstpakket opzij en zette het dienblad op de ladekast.

'Zie je het dan niet, Mathilde? Dit is de dochter van Hofgartner. Marie. Ze is groot geworden, dat kleine wurmpie. En ze is knap, net als Luise...'

De waardin had heel even tijd nodig om de situatie te begrijpen. Ze staarde Marie aan, keek toen naar haar moeder en daarna weer naar Marie, die nog steeds roerloos op de kruk zat.

'Jij bent Marie Hofgartner?'

'Ik... ik heet Marie Hofgartner, maar ik weet niet of...'

De waardin luisterde helemaal niet. Ze vertrok haar gezicht en staarde haar aan alsof ze een gevaarlijke dievegge was.

'Zo, zo, Marie Hofgartner. En jij hebt de geschenken gebracht? Ben je soms bij directeur Melzer in dienst?'

Marie knikte en vertelde dat ze in de keuken was aangesteld.

'Kijk eens aan,' mompelde de waardin. 'In de keuken. Waarom ook niet?'

'Weet je nog, Mathilde?' zei de oude vrouw met krakende stem. 'Dat die mannen toen kwamen en haar spullen hebben meegenomen? De meubels, de kleren, zelfs het donzen dekbed. En de spullen die ze nodig had om te schilderen. Ze vertrok geen spier, drukte alleen haar kind tegen zich aan en liet het gebeuren. Dat was niet eerlijk van de…'

'Houd je mond!' onderbrak de waardin haar snel. 'Dat zijn dingen die ons niets aangaan. Daar weten wij niets van. Die hebben wij ook niet gezien.'

De oude vrouw keek ontstemd naar haar dochter en mompelde iets waarbij haar onderkaak bewoog. Nu was goed te zien dat ze nauwelijks nog tanden in haar mond had.

'Het was niet terecht,' hield ze stug vol. 'Het was een zonde. En God heeft dat wel gezien.'

Marie deed haar mond open om te vragen wie alle meubels uit de woning had laten weghalen. Maar voordat ze ook maar iets kon zeggen, greep de waardin haar bij haar arm.

'Sta op en vertrek,' snauwde ze tegen haar. 'En kom nooit meer terug. Heb je dat begrepen? Ik wil je hier nooit meer zien, Marie Hofgartner.'

De waardin had haar stevig beet, waarschijnlijk zou ze er een blauwe plek aan overhouden. Maar nog harder was de uitdrukking in haar gezicht, die Marie op niet mis te verstane wijze duidelijk maakte dat ze het absoluut meende.

'Ik begrijp niet…'

'Je hoeft het ook niet te begrijpen. Ga!'

Marie wierp een vragende blik naar de oude vrouw, maar die was nu bezig met haar brood, dat ze in de warme koffie doopte om er gemakkelijker op te kunnen kauwen. Ze voelde woede opborrelen. Eerst vertelden ze haar al die verhalen en daarna gooiden ze haar eruit.

'Bedankt voor de hartelijke ontvangst,' zei ze spottend. 'En vrolijk kerstfeest.'

Ze pakte de lege mand en sloeg de deur achter zich dicht. Op de trap hoorde ze de waardin tegen de oude vrouw tekeergaan.

'Ben je nu al helemaal seniel? Met dat geklets van je zet je alles op het spel!'

'Wat waar is, moet ook waar blijven. Wat kan mij het schelen als Melzer boos wordt. Op een dag zal de Heer ook hem voor zijn zonden straffen. Ik ben oud en ga binnenkort dood.'

'En dat je mij in de problemen brengt, laat je koud, nietwaar? Dacht je dat ik ook al de pijp uit wil gaan? Dat had je wel gewild, jij ouwe...'

Marie was op de trap blijven staan. Had ze dat goed gehoord? Had de oude vrouw echt 'Melzer' gezegd? Bedoelde ze soms directeur Melzer? Had hij soms die meubels van de arme vrouw afgepakt? Stond ze bij hem in het krijt?

Beneden werd de deur van het café opengerukt, er kwamen een paar luidruchtige mannen binnen die een halve pint bier wilden en de waardin riepen. Marie haastte zich de trap af en verliet het gebouw.

Buiten werd ze overvallen door de bijtende kou. Ze legde de schouderdoek over haar hoofd om haar oren te beschermen en voelde de vorst langs haar benen omhoogkruipen. Het gaf niet, als ze een half uur flink doorliep kon ze bij de keukenhaard opwarmen. Over de bizarre dingen die de oude vrouw haar had verteld kon ze maar beter niet nadenken. Ze had het vast allemaal verzonnen. Haar moeder had nooit in armoede geleefd, ze was rijk en gelukkig geweest en had innig van haar vader gehouden. Ze had in een mooi huis in de bovenstad gewoond, tot haar ouders waren overleden. Zo was het geweest, dat wist ze. Zo moest het geweest zijn. Omdat ze het zo had bedacht. Maar toch. Als de oude vrouw leugens had verteld, had de waardin zich er niet zo over hoeven op te winden. 'Wat waar is, moet ook waar blijven,' had de oude vrouw gezegd. Directeur Melzer had de woning van Luise Hofgartner laten ontruimen. Omdat die vrouw bij hem schulden had...

'Daar is ze weer!' riep een vrolijke mannenstem achter haar.

Ze was zo in haar gedachten verdiept geweest dat ze het gerinkel van de belletjes van de slee niet had gehoord. Ze draaide zich om en zag de paarden in haar richting draven, hun neusgaten dampten in de koude winterlucht. Aan de voorkant van Roberts donkere jas en aan zijn muts kleefde sneeuw.

'Marie! Mijn god, die arme meid is half bevroren!'

Dat was juffrouw Katharina. Ze leunde naar voren en trok Robert aan zijn jas.

'Halt! Laat de paarden stoppen, Robert. Laat haar instappen.'

Robert gehoorzaamde direct, de twee paarden volgden het bevel met tegenzin want ze roken de stal en wilden snel naar de volle hooiruiven.

'Mijn hemel, Kitty,' zei juffrouw Elisabeth zuchtend, die er in haar bontjas uitzag als een roodbruine kip die haar veren had opgezet. 'Dat korte stukje kan ze echt wel lopen.'

In feite was Marie het met haar eens, maar niemand vroeg haar mening. De jongeheer steeg af van zijn appelschimmel en riep tegen Robert dat hij kon blijven zitten. Heel behendig opende hij de zijdeur van de slee en klapte het trappetje uit.

'Alstublieft, juffrouw,' zei hij schelms tegen Marie en hij bood haar zelfs zijn arm aan. 'Onder de dekens van bont is het knus warm en als u het dan nog steeds koud hebt, hebben we een flesje lauwwarme glühwein en een half doosje kerstkoekjes voor u.'

Ze had geen andere keuze dan in de slee te stappen, het zou te onbeleefd zijn geweest om te weigeren. Zijn arm negeerde ze echter en ze klom zonder zijn hulp in de slee. Hij pakte wel haar lege mand aan die Robert naast zich op de bok zette.

'Kom bij mij, Marie. O, wat ben je koud. Heb je echt alleen deze dunne omslagdoek tegen de kou? Hoe is het mogelijk? Ik ga morgen meteen met mama praten. Dek je goed toe, hier, neem een stuk van mijn dikke wollen deken. En daaroverheen leg je de vacht. En? Is dat niet knus? De kruiken die de kokkin ons heeft meegegeven zijn helaas al afgekoeld. O, Marie, wat vind ik het leuk dat je nog een stukje met ons meerijdt. Vindt u ook niet, meneer Bräuer, dat Marie goed bij mij past?'

'Zeker, zeker, juffrouw Melzer...'

Alfons Bräuers stem klonk wat verstikt, waarschijnlijk was hij het niet gewend om zo'n lange rit door de winterse kou te maken. De slee schoot met een rukje naar voren toen de paarden weer in beweging kwamen, waarna hij begon te glijden en de belletjes rechts en links rinkelden. Je hoorde de glijvlakken nauwelijks door de sneeuw gaan.

'Het is net alsof je vliegt,' zei juffrouw Katharina. 'O, wat jammer dat je er niet bij was toen we door het bos gingen. Onder met sneeuw bedekte takken door, die laag naar beneden hingen, naast ons een bevroren beekje, om ons heen de indrukwekkende stilte van de natuur...'

Marie merkte dat ze weer langzaam gevoel kreeg in haar benen, haar bevroren voeten deden pijn in de plotselinge warmte. Maar de doordringende blik waarop juffrouw Elisabeth haar trakteerde was nog onaangenamer.

'De stilte van de natuur... maar de belletjes van de slee rinkelden,' merkte ze op, en juffrouw Katharina lachte vrolijk.

'Je hebt gelijk, Marie. Maar weet je, we hebben een ree gezien. Die stond volkomen onbeweeglijk in een wei en zag ons aankomen. Pas toen we heel dichtbij waren vluchtte hij met grote, elegante sprongen het bos in. Ach, we zouden allemaal veel vaker van de natuur moeten genieten. Het kunstmatige leven in de stad, tussen de vaste muren van de huizen... wat is dat toch onnatuurlijk. In Wenen schijnt een sekte te zijn die hutten in het bos bouwt en naakt in de rivieren baadt...'

'Kitty, alsjeblieft,' riep juffrouw Elisabeth met een rood hoofd.

Juffrouw Katharina barstte uit in een schaterlach. Ze droeg een witte bontmantel waarvan ze de kraag overeind had gezet. Haar breedgerande hoed had ze met een wollen sjaal vastgebonden. Ze had blosjes op haar wangen en haar ogen straalden – ze was knapper dan ooit.

'Laten we nog een klein rondje door het park gaan,' riep ze. 'Ik ben dol op de oude bomen in de sneeuw. Ze zien eruit als wezens uit een andere wereld, als reuzen en boselfjes.'

Marie zag dat juffrouw Elisabeth met haar ogen rolde, maar ze ging er niet tegenin. Waarschijnlijk wist ze dat het zinloos was, want ook de jongeheer vond dat ze Marie dit plezier moesten schenken. En Alfons Bräuer zou het niet wagen om het risico te lopen dat hij het humeur van zijn aanbiddelijke Katharina bedierf.

'Moet je kijken, Marie. Is het niet geweldig om zo te glijden? O, mijn god, de zon gaat onder. We rijden regelrecht de roze wolken in!'

De ondergaande zon kleurde de grijze wolken aan de horizon inderdaad roodachtig, ze leken doorschijnend te worden en gaven af en toe een glimp prijs van de rode vuurbal die achter ze zakte. Maar ineens werden de wolken uit elkaar gedreven en de felrode stralen spreiden zich uit over het park.

'O, wat mooi,' fluisterde juffrouw Katharina.

Zelfs juffrouw Elisabeth, die zich moest omdraaien om het schouwspel te zien, was onder de indruk. De jongeheer hield zijn paard stil, de stoet stond een poosje stil en iedereen bewonderde de brandende winterhemel en de roodachtig glinsterende sneeuw van het veranderde park.

'Dat was de bekroning,' zei juffrouw Katharina. 'Ik heb nog nooit zo'n zonsondergang gezien. Ach, beste meneer Bräuer, ik ben u zo dankbaar dat u ons hebt overgehaald dit uitstapje te maken!'

'En ik dan?' zei de jongeheer lachend. 'Het was tenslotte ook mijn idee, of niet soms?'

'Jullie krijgen allebei een lintje van mij!'

Ze bogen af naar de oprit van de villa en Robert stuurde de slee vlak voor de ingang, zodat de jongedames meteen de treden naar de hal op konden lopen. Nu pas merkte juffrouw Katharina dat Marie huilde.

'Wat is er aan de hand? Ben je ziek? Heeft iemand je iets aangedaan? Vertel het me, Marie...'

'Het is... ik weet het zelf niet,' stamelde Marie. De tranen stroomden over haar wangen.

De jongeheer pakte haar bij haar arm toen ze uit de slee stapte. Hij keek haar met zijn grijze ogen ongerust en vol medeleven aan.

'Was het mijn schuld?' vroeg hij zachtjes. 'Ik wilde u niet belachelijk maken. Absoluut niet. Ik wilde alleen dat u in onze vreugde deelde.'

'Nee, nee,' zei ze geschrokken. 'Het heeft niets met u te maken. Het... het zijn denk ik alleen mijn zenuwen.'

'Je zenuwen,' mengde juffrouw Elisabeth zich spottend in het gesprek. 'Ik wist niet dat een keukenmeid zenuwen heeft.'

Marie trok de omslagdoek strak om haar schouders en maakte een buiginkje voor de jonge heren en dames voordat ze snel naar de keukeningang liep.

Hopelijk had niemand haar gezien.

14

'GOEDENAVOND, ROBERT.'

'Goedenavond, meneer de directeur. Ik wens u een gezegend kerstfeest.'

'Kalm aan, Robert. De festiviteiten zijn nog niet eens begonnen. Maar bedankt.'

Robert knikte een beetje verlegen. Hij wachtte tot de directeur zich in de auto had geïnstalleerd en sloot zo zachtjes mogelijk het portier van de limousine. Vervolgens liep hij om de auto heen en nam plaats achter het stuur. Melzer wierp een blik op de fabrieksklok, het reusachtige, ronde cijferblad boven de ingang van het administratiekantoor was van veraf te zien. Over vijf minuten was de werkdag voorbij, vandaag, op de dag voor kerst, een uur eerder dan normaal. Zo meteen zou de brede weg naar de fabriekspoort zwart van de mensen zijn. Arbeiders die allemaal zo snel mogelijk naar huis wilden.

'Gaat u maar rijden... waar wachten we op?'

'Ja, meneer.'

De portier kwam aanhollen om de poort te openen. Melzer draaide het raampje naar beneden om hem een vrolijk kerstfeest te wensen. De man nam zijn pet af en riep iets terug wat Melzer door de ronkende motor niet kon verstaan maar wat vast goed bedoeld was. Buiten voor de poort stond een menigte vrouwen en kinderen te wachten die vol eerbied voor de automobiel uiteenweken. Melzer wist waarom ze hiernaartoe waren gekomen. Vandaag hadden de werknemers wat extra loon gekregen en de vrouwen wilden verhinderen dat hun mannen het geld rechtstreeks naar de kroeg brachten.

Melzer leunde op de zachte zitting achterover en had een zeer onbehaaglijk gevoel. Normaal ging hij te voet naar huis, liep hij de twintig minuten in stevige pas en ademde hij daarbij diep in om de zuurstof in zijn longen te zuigen. Met dit prachtige winterweer had hij zich zelfs nog een kleine omweg door zijn geliefde park gegund, maar daar was helaas geen tijd voor. Achter hem klonk de schelle fabriekssirene, thuis zou Alicia nu ongeduldig op de klok kijken.

Hij hield niet van dit soort weelderige feesten. Misschien had het te maken met zijn kindertijd, waarin feestdagen altijd op spartaanse wijze gevierd werden, want er waren veel kinderen in het gezin en er was weinig geld. Zeker, Alicia had het anders beleefd. Op het landgoed in Pommeren wisten ze wat feesten was, daar werden oude kersttradities in ere gehouden, werd uitgebreid gesmuld en gedronken, werden gasten uitgenodigd en vrolijke buitenritten over velden en door bossen georganiseerd. Ook al stapelden de onbetaalde rekeningen zich op het bureau van haar vader op.

Hij dwong zichzelf zijn gedachten een andere kant op te sturen, want hij wilde zich niet weer aan Alicia ergeren. Tenslotte was de spilzucht van haar familie niet haar schuld. Hij keek langs Roberts achterhoofd naar de verlichte straten en was blij met de nieuwe booglampen die de gemeenteraad eindelijk had laten plaatsen. Het was al behoorlijk schemerig, in de verte waren de lichten van de stad slechts vaag te zien. Een paar silhouetten waren herkenbaar, de enigszins ronde koepel van de Perlachtoren bij het Raadhuis en de contouren van de basiliek St. Ulrich en Afra – naar al het andere kon je alleen maar gissen. Aan de andere kant gloeiden de lichten van de fabriekshallen, ook op de andere afdelingen van de fabriek zou de werkdag gauw ten einde zijn. Morgen was het eerste kerstdag, dan draaiden de machines op een laag pitje. De villa was weelderig verlicht, rechts en links van het entreeportaal brandde niet alleen de elektrische buitenverlichting, maar waren er ook nog fakkels in de sneeuw gezet. Morgen, als de gasten kwamen, zou de tuinman de hele oprit en de poort met brandende fakkels omzomen. Dat gebeurde op orders van Alicia en hij was er niet tegenin gegaan. Alles wat Alicia regelde had stijl, maakte indruk op de gasten en hij had al veel complimenten gekregen. In feite was hij haar ook dankbaar, want zelf was hij niet handig in dit soort dingen. Alicia was al jarenlang een behulpzame en trouwe levensgezellin, de vrouw aan zijn zijde op wie hij kon rekenen.

Hij zou alleen willen dat ze wat strenger was voor de kinderen. Hij vond dat Kitty veel te vrij gelaten werd. En Paul al helemaal. Hij kon nog zo veel blunders maken, zijn mama nam haar zoonlief altijd in bescherming. Melzer zuchtte diep. Nu zat hij zich toch weer aan Alicia te ergeren.

'Alstublieft, meneer.'

Robert had vlak voor de treden geparkeerd en hield het portier voor hem open. Melzer stapte uit en knikte nog een keer vriendelijk naar de dienstknecht. Een geschikte vent, die Robert. Hij chauffeerde niet alleen, maar had ook verstand van automobielen en al een paar keer wat reparaties uitgevoerd. Ook in het huishouden waren ze kennelijk tevreden met hem, Alicia had zelfs gezegd dat ze ervoor moesten zorgen dat ze hem konden houden zodat hij over een paar jaar de positie van juffrouw Schmalzler kon innemen. Hij had het in zich om de leiding over het huispersoneel op zich te nemen of om butler te worden, zoals men het tegenwoordig noemde. Een butler was in ieder geval beter dan een huisdame, het gaf het huis meer aanzien.

In de hal werd de directeur al verwacht. Hij gaf Auguste zijn hoed en handschoenen aan, liet zich door Else uit zijn mantel helpen en bleef toen een moment staan om de grote dennenboom te bewonderen. De kaarsen waren aangestoken en de elektrische verlichting was uitgeschakeld om het effect te vergroten. De aanblik had inderdaad iets plechtigs en geheimzinnigs. Vooral doordat het flakkerende kaarslicht in de glimmende kerstballen werd weerspiegeld en de boom door een zacht, goudkleurig schijnsel omringd was.

‘Is hij niet prachtig, Johann?’

Alicia was naar hem toe gelopen en stond nu innig vergenoegd te glimlachen, en hij had het hart niet om te zeggen dat de kerstversiering naar zijn smaak veel te overdadig was. In plaats daarvan knikte hij alleen en zei dat het zoals elk jaar weer perfect was. Hij bood haar zijn arm en ze schreden zij aan zij door de hal naar de in rode en gouden kleuren glinsterende boom, waar het huispersoneel zich zoals gebruikelijk had verzameld.

Ze begroetten hem. Robert, de oude tuinman Bliefert en zijn kleinzoon Gustav bogen hun hoofd, de vrouwen maakten een kleine reverence. Alleen juffrouw Schmalzler maakte geen knicksje, zij vond zichzelf te goed voor dit ouderwetse gebruik en boog slechts haar hoofd zoals de mannen. Helemaal achteraan, half verborgen achter de dikke Brunnenmayer… dat moest Marie zijn. Melzer was haar een paar keer in de gang tegengekomen als Kitty haar ’s avonds had laten roepen om boven te komen. Het was een knappe meid geworden, ze zag er niet meer uit als een verhongerd muisje. Ze leek ongelooflijk veel op haar moeder, wat hij nu ineens verschrikkelijk vond. Hij schoof het onaangename gevoel opzij, deed zijn best om joviaal te glimlachen en begon aan de verplichte kersttoespraak.

‘Mijn beste huisgenoten… of kan ik beter zeggen, de goede geesten van dit huis? Wat zouden wij, de familie Melzer, zonder jullie bestendige werk en zorg zijn? We zouden allemaal allang verhongerd en bevroren zijn…’

Uit plichtsgevoel werd er gelachen, waar hij blij mee was en wat hem aanspoorde om nog meer grapjes te maken tijdens zijn rede. Zo noemde hij juffrouw Schmalzler de ‘eerzame hoedster van de huishoudelijke schatten’, omschreef hij de oude tuinman als ‘heerser over honderdduizend bomen’ en kreeg Brunnenmayer de titel ‘meesteres van alle tafelgeneugten’. De toespraak eindigde met een dankwoord aan al het personeel en de wens dat de goede verstandhouding ook in de toekomst bewaard moge blijven. Daarna liep Alicia naar de tafel waarop kleurrijk verpakte cadeaus lagen. Volgens de traditie riep ze degene die het laagst in rang was als eerste op om naar voren te komen, dat was in dit geval Marie. De kleine meid was inderdaad wat aangekomen, had vrouwelijke vormen gekregen, en aangezien ze ter gelegenheid van de feestdag haar hoofddoek had afgedaan, was te zien dat ze vol, donker haar had. Een kleine schoonheid in een geruite katoenen jurk. En dan de manier waarop ze liep. Niet als een keukenmeid die haar schouders introk en haar hoofd naar beneden liet hangen als ze in het middelpunt van het gebeuren stond. Nee, Marie liep rechtop en glimlachte stralend als een kleine prinses toen ze het geschenk van Alicia aannam. Melzer kreeg weer een naar gevoel, dat algauw overging in ergernis. Terwijl de ceremonie voortduurde, dacht hij erover na dat dit kleine meisje ongelooflijk veel privileges kreeg in zijn huis. Daarmee zou men het meisje alleen maar bederven, ze had nu al een autoritaire uitstraling, alsof ze niet het keukenmeisje maar op zijn minst de huisdame was. Als hij niet snel ingreep, ging dit helemaal de verkeerde kant op.

Zoals elk jaar sprak Eleonore Schmalzler namens alle personeelsleden ook een dankwoord uit, ze prees de heer en dame van het huis voor hun goedheid en benadrukte hoe trots ze allemaal waren dat ze tot het huispersoneel van deze villa behoorden. Melzer dacht aan de plannen van zijn vrouw en had het heel even te doen met juffrouw Schmalzler. Ze was gehecht aan haar positie, had die altijd trouw uitgeoefend. Als zij vervangen werd, zou dat een harde klap voor haar zijn. Maar zoals hij Alicia kende zou ze zeker voor Eleonore Schmalzlers oude dag hebben gezorgd.

Eindelijk dropen de personeelsleden af naar hun eigen ruimtes en konden ze aan het volgende programmaonderdeel beginnen. Boven in de eetzaal stond een koud buffet voor de familie klaar, een traditie van het huis zodat de personeelsleden op kerstavond de mis in de dom konden bezoeken. De familie zou eerst hun eigen feestje vieren en daarna naar de late mis gaan, waarbij de directeur de automobiel in hoogsteigen persoon zou besturen.

'Zag je dat haar ogen straalden van vreugde?' Alicia, die voor hem de trap opliep, draaide zich lachend naar hem om. Ze had zich met zorg aangekleed, haar haren mooi gekruld, de grijze plekken bijgekleurd. Ondanks haar vijfenvijftig jaar had zijn vrouw nog altijd iets meisjesachtigs, wat hij meestal ontroerend en zeer aantrekkelijk vond, maar soms ook vervelend.

'Wel, je zult vast heel gul geweest zijn voor haar, mijn schat.'

Er klonk een lichte wrevel in deze zin – Melzer hield niet van geschenken, tenslotte had hij zelf ook niets cadeau gekregen, noch in zijn kindertijd noch later. Wat hij zich wenste, had hij van het leven afgedwongen.

'Het is maar één keer per jaar Kerstmis, Johann!'

'Zeker. En vaak zijn het juist de kleine dingen die voor grote vreugde zorgen.'

Alicia had de ondertoon beslist gehoord, maar ging er niet op in. En daar was hij blij om. Alsjeblieft geen ruzie op kerstavond. Hij moest zich beter beheersen. Eigenlijk werd zijn slechte humeur veroorzaakt door het feit dat de machines in de fabriek een hele dag stil zouden staan. Hij had belangrijke opdrachten, in het begin van het nieuwe jaar moesten er allerlei bedrukte stoffen geleverd worden.

De eetkamer was eveneens in kerstsfeer gehuld, de tafel was feestelijk gedekt, op het buffet stonden talrijke schotels met koude delicatessen. Bij de aanblik van het rundvlees in gelei en de koude kip verbeterde zijn humeur zich, hij had sinds die ochtend niets meer gegeten. Elisabeth had op haar ouders gewacht, ze viel haar vader om de nek en wenste hem een vrolijk kerstfeest.

'Vroeger moesten we altijd gedichtjes opzeggen,' grapte ze. 'En kerstliedjes zingen. Mijn god, wat ben ik blij dat die tijd voorbij is!'

Voor de eerste keer deze avond kon hij van harte lachen. Hun pogingen om samen te zingen waren altijd mislukt doordat hij en Elisabeth zo vals zongen. Alicia had de verkeerde tonen met stoïcijnse gelatenheid genegeerd, maar Kitty, die net zo muzikaal was als haar moeder, had gejammerd dat haar oren nog van haar hoofd vielen.

'Waar zijn de twee anderen? Paul? Kitty?'

'Ze zijn in Kitty's kamer cadeautjes aan het inpakken,' zei Elisabeth.

'Daarmee hadden ze toch allang klaar kunnen zijn,' mopperde haar vader.

Verder zei hij niets. Maar hij nam zich voor om morgen met Alicia te bespreken dat de jongelui moesten leren punctueel te zijn. Bovendien wilde hij dat zij bij de kerstplechtigheid in de hal aanwezig waren, tenslotte behoorden zijn kinderen eveneens tot het huishouden.

'Ik zal even bij ze gaan kijken.'

Elisabeth liep de gang in terwijl Alicia de kaarsen op de gedekte tafel aanstak. Haar glimlach leek een beetje zorgelijk, ze voelde zijn innerlijke spanning natuurlijk aan en hij kreeg een slecht geweten. Hij mocht deze avond in geen geval voor haar bederven, hij wist immers met wat voor een kinderlijke voorpret ze de kerstdagen voorbereidde.

'Het ziet er prachtig uit, Alicia. En het rundvlees in aspic ruikt heerlijk.'

Hij werd beloond met een vrolijke lach. Ze had het rundvlees expres laten klaarmaken, ze wist immers dat het zijn lievelingsgerecht was.

'Wil je even de twee kandelaren op het buffet aansteken? Ik vind het leuker om bij veel kaarslicht te eten.'

'Natuurlijk, liefste.'

Waarvoor had hij eigenlijk in alle vertrekken elektrische lampen laten installeren als ze het sfeervoller vond om bij kaarslicht te zitten? Maar hij slikte zijn opborrelende irritatie weg. Zeker nu Kitty en Paul verschenen, gevolgd door Elisabeth.

'Vrolijke kerst, papa! Wat ziet het er hier mooi uit, mama! En wat ruikt het lekker. Naar dennennaalden en koude kip... de perfecte kerstgeurmelange!'

Wat waren zijn dochters toch verschillend. Elisabeth was rustig, gezet, leek qua uiterlijk op zijn eigen moeder. Een meisje dat op het eerste gezicht niet aantrekkelijk leek. Maar naast het uiterlijk had ze ook het doorzettingsvermogen van zijn moeder geërfd. Heel anders dan Kitty, die meer weg had van moederskant, de Von Maydorns. Een betoverende wervelwind, knap, verleidelijk, maar tegelijk ook gevoelig en geneigd tot snelle stemmingswisselingen.

'We hebben in de rode salon een verrassing voor jullie, papa.'

De wervelwind omhelsde en kuste hem, duwde haar geurende krullen tegen zijn wang en beweerde dat ze zich al wekenlang op deze avond had verheugd. Paul wenste zijn ouders alleen verbaal een vrolijk kerstfeest, de omhelzing bespaarde hij zich, en zijn vader zou dat ook als 'gemaakt gedoe' hebben afgedaan. Sinds het voorval in de fabriek van een paar weken geleden was de relatie tussen vader en zoon gespannen.

'Laten we maar eens kijken wat de goede Brunnenmayer voor ons heeft bereid. Geef je bord maar aan, Johann.'

Hij liet zich graag door Alicia bedienen, helemaal omdat hij wist dat ze dat graag deed. De anderen schepten zelf van de gerechten op en gingen met hun gevulde bord op hun plek zitten. Hij vond deze manier van eten eigenlijk prettiger dan de stijve diners waarbij je met een tafeldame een conversatie diende te voeren en moest wachten tot de bediende de schotels aanreikte.

'Het is weer fantastisch, mama. De kipsalade… verrukkelijk. Die rosbief krijg ik echter niet door mijn keel, die is nog half rauw!'

'Hij is heerlijk, Kitty,' zei Paul. 'Precies zoals hij moet zijn. De Tataren legden het rauwe vlees onder het zadel om het mals te rijden.'

'Dank je. Nu eet ik het al helemaal niet meer.'

'Trouwens, over zadel gesproken,' zei Melzer tussen twee happen rundvlees door. 'Ik hoorde dat je je rijzadel aan Alfons Bräuer hebt verkocht?'

Paul had zichzelf wel voor zijn kop kunnen slaan, maar hij had zijn vader zelf het steekwoord toegespeeld. Ja, hij had de goede Alfons een plezier willen doen, die had al vaker gevraagd of hij het zadel mocht overnemen. En hij had zelf immers nog een tweede zadel, dat van zijn opa, dat mama een keer uit Pommeren had meegebracht.

Melzer voelde dat er meer achter zat, zeker ook omdat Alicia haar zoon onderzoekend aankeek, maar hij ging er niet op in. Als Alicia ook niets wist, was zijn zoon kennelijk van plan om in zijn eentje te boeten voor een stommiteit. Dat kon goed, maar ook slecht zijn. Hij kon alleen maar hopen dat Paul niet de familie van moederszijde achternaging en gokschulden had gemaakt.

Intussen was Kitty een en al lof over de jonge Bräuer. Hij was echt zo'n sympathiek en goedmoedig mens, ze hadden het uitstekend met elkaar kunnen vinden en het uitje met de slee was ook zijn idee geweest.

'Een bekwame jongeman,' bevestigde Melzer.

De jonge Bräuer was nu al onmisbaar in de particuliere bank van zijn vader. Ondanks zijn jeugd was hij een sluwe vos, die waarschijnlijk een hoop geleerd had bij zijn vader.

'Zo, kijk eens aan... je vindt hem dus leuk? Heeft hij je misschien een aanzoek gedaan?'

Alicia had hem over drie huwelijksaanzoeken verteld, die Kitty echter allemaal had afgewezen. In het geval van de jonge Bräuer zou hij dat uitgesproken jammer vinden.

'Maar nee, papa. En ik geloof ook niet dat ik hem zou nemen. Hij is als een broer voor me, net zoals Paul, alleen zachter en betrouwbaarder.'

'Nou, dank je wel, zusje! Ik ben dus onbetrouwbaar?'

Ze haalde haar schouders op en tuitte haar lippen. Mijn hemel, het meisje was echt een beproeving. Arme Alfons Bräuer.

'Je bent hier immers nooit. Je zit altijd in München...'

Melzer had nu graag aan zijn zoon gevraagd hoe het met zijn studie ging. Dat zou wel een achterbakse vraag geweest zijn, want hij had zelf informatie ingewonnen. Maar nu was het kerstavond, hij zou het hoognodige gesprek uitstellen tot later.

'Kun je me nog wat van dat rundvlees geven, schat?' vroeg hij in plaats daarvan aan zijn vrouw.

'Natuurlijk, liefste.'

Hij richtte zijn aandacht op zijn bord en liet het gepraat over aan zijn vrouw en kinderen. Er heerste een vrolijke, levendige sfeer, het glas werd diverse keren geheven en er werd een toost uitgebracht op mama, toen op hem, en ten slotte nog op de kerst. Vervolgens leidden Kitty en Paul hen naar de rode salon.

'Ogen dicht. Niet kijken. Pas als ik het zeg!'

Hij hoorde het geluid van lucifers die afgestreken werden, Kitty's gefluister en Elisabeths opgewonden antwoord.

'Nu!'

Ze hadden heimelijk een kleine dennenboom opgezet en versierd en nu straalde de kerstboom in het schijnsel van de lichtjes. Op de tafel en op de grond lagen cadeaus verspreid.

'Ach, wat hebben jullie dat mooi gedaan. Zie je, Johann? Vroeger waren wij degenen die de kinderen verrasten. Nu is het omgekeerd.'

'Dat is waar, schat.'

Hij schraapte zijn keel, de vreugde van de anderen ontroerde hem. Ja, in feite konden ze trots zijn op hun nakomelingen, hoewel de 'verrassingen' niet altijd zo uitpakten als een vader hoopte. En dan die manie van die opgetuigde kerstbomen! Toen hij klein was, hadden ze dat niet. Alleen een paar groene guirlandes aan de voordeur en misschien een bosje dennentakjes in de zitkamer.

'Voor jou, papa!'

Elisabeth had een brillenetui voor hem gekocht, van het beste leer en met een gouden opdruk. Een praktisch en verstandig cadeau. Hij merkte hoe gelukkig ze was dat haar cadeau bij hem in de smaak viel en aaide onhandig over haar arm. Elisabeth kon wel een opkikker gebruiken, met die tweede luitenant was het kennelijk niks geworden. Ze was verliefd geweest op die jongen, dat had hij zelfs gemerkt.

Er werden meer cadeaus overhandigd. Voor Alicia had hij een witgouden collier met briljanten en aquamarijnen gekocht, voor zijn dochters ieder een gouden armband met robijnen. Paul kreeg een vulpenhouder, een Amerikaans model waar hij via een zakenpartner aan had kunnen komen. Natuurlijk had ook Alicia uitgebreid inkopen gedaan. Ze had bij elkaar passende manchetknopen plus een dasspeld voor hem laten maken. Op donkerblauw steen prijkte zijn monogram 'JM', mooi omringd door een gouden guirlande.

'Vind je onze kunstwerken mooi?' wilde Kitty weten. Paul zat waarschijnlijk echt krap bij kas. Hij had gedichten geschreven – niet eens zulke slechte trouwens – en die in schoonschrift onder de tekeningen van zijn zus gezet. Melzer moest zich inhouden om geen ironische opmerking te maken. In ieder geval had zijn zoon laten zien dat hij inventief was. Over Kitty's tekeningen kon hij slecht oordelen, hij kon zelf totaal niet tekenen.

'Heel mooi, mijn meisje,' prees hij haar. 'Vooral deze tekening van ons park. Ik zal hem in mijn kantoor ophangen.'

Tot zijn verrassing gleed er een kleine schaduw over Kitty's gezicht. Maar meteen daarop glimlachte ze schalks, wat een actrice was ze toch.

'Deze tekening is helemaal niet van mij, papa. Paul vond hem zo mooi en daarom hebben we hem erbij genomen.'

'Niet van jou?' vroeg nu ook Alicia verbaasd. 'Maar wie heeft hem dan gemaakt? Paul toch zeker niet?'

Kitty giechelde vrolijk. Nee, wat tekenen betrof had Paul twee linkerhanden.

'Marie heeft dit getekend.'

Melzer dacht dat hij het niet goed gehoord had.

'Marie? Marie wie?'

'Marie die altijd poseert. Ze is een groot talent, papa. We zouden moeten regelen dat ze een kunstopleiding kan volgen, ze is...'

'Heb je het over Marie die bij ons in de keuken werkt?'

Zijn toon klonk boos, zijn stem snijdend. De vrolijke stemming was in een keer verdwenen. Kitty verstomde. Ze keek hem met haar grote blauwe ogen verwijtend aan. Maar de woede die in hem opborrelde, was niet meer tegen te houden. Een kunstenares. Een groot talent. Die kleine meid had dus ook wat dat betrof veel weg van haar moeder. En hij moest haar er nog in steunen ook.

'Deze rare relatie tussen jou en Marie bevalt me niet, Kitty.'

Ze wilde er iets tegen inbrengen, maar hij maakte een afwerend gebaar.

'Van nu af aan is het afgelopen met die poseersessies. Een keukenmeid heeft niets te zoeken in jouw kamer. En als ik mocht merken dat iemand zich niet aan mijn bevel houdt, wordt het meisje per direct ontslagen.'

Iedereen zweeg na deze uitbarsting. Kitty kneep haar blauwe ogen tot smalle spleetjes, ze was kwaad op hem. Paul beet op zijn onderlip. Elisabeth glimlachte.

'We moeten ons gaan omkleden voor de kerk,' zei Alicia na wat wel een eeuwigheid leek. 'Kinderen, blazen jullie alsjeblieft zorgvuldig de kaarsjes uit.'

15

MARIE WAS OP KERSTAVOND samen met de andere personeelsleden naar de mis gegaan. Voor de eerste keer in haar leven knielde ze niet versteend van de kou in de kerkbank, want ze had in haar kerstpakket een winterjas en een paar bontlaarzen aangetroffen. Allebei ongetwijfeld afdankertjes van juffrouw Katharina. Marie was dolblij met de nieuwe spullen, maar zodra ze de verlichte binnenplaats was opgelopen had ze de verontwaardigde stem van Jordan gehoord.

'Moet je nou kijken. Die mantel heeft de juffrouw nog maar twee jaar geleden laten naaien. Van de beste kwaliteit wol, vanbinnen met bont gevoerd. En de laarzen zijn haast nieuw. Dat zijn werkelijk vorstelijke cadeaus voor een keukenmeisje.'

'Niemand is in uw mening geïnteresseerd, Jordan,' antwoordde juffrouw Schmalzler, die naast Marie liep. 'We vieren vandaag de geboorte van Jezus Christus, die zachtaardigheid en naastenliefde heeft gepredikt.'

'Ik zei het alleen maar zodat het meisje deze cadeaus op waarde weet te schatten.'

'Dat doet ze ook wel zonder uw hulp!'

Marie was inderdaad trots en dankbaar dat ze deze cadeaus had gekregen. Wat een luxe om zo'n jas te hebben, hij was niet alleen behaaglijk warm, maar leek wel voor haar gemaakt. En de sierlijke bontlaarzen pasten haar als gegoten. Zo voelden de deftige dames zich dus in de winter. Wat jammer dat ze geen bijpassende hoed had en genoegen moest nemen met een wollen hoofddoek.

Toen ze na de mis bij de villa terugkwamen, stapte de familie juist in een van de automobielen. Ze leken haast te hebben want ze knikten slechts vluchtig naar de personeelsleden. Alleen de jongeheer glimlachte naar haar en maakte zelfs een vage buiging. Ze voelde een steek in haar borst, pijnlijk en mooi tegelijk, en ze schrok, want ze had gedacht dat ze zichzelf stevig in de hand had. Hij wil me alleen maar belachelijk maken, zei ze tegen zichzelf, en plotseling wenste ze dat ze dikke leren schoenen en een grauwe wollen jas aan haar hadden gegeven, zoals paste bij een keukenmeisje.

Tijdens de kerstdagen hadden ze het heel druk. De gasten moesten niet alleen op eten onthaald worden maar bleven ook logeren. Er moesten kamers gereedgemaakt worden en er moest rekening gehouden worden met de speciale wensen van elk familielid. De mevrouw had voor het familiebezoek een schema gemaakt, waarin nauwkeurig de pleziertochtjes, de babbeluurtjes, een bezichtiging van de fabriek, het gezamenlijk bijwonen van de mis en natuurlijk de tijden van de hoofdmaaltijden gepland waren. Niemand in de villa verheugde zich op deze bezoeken, maar de mevrouw hield toch stug aan deze gewoonte vast. Op eerste kerstdag ontving ze de familie van haar man, op tweede kerstdag vulden de Von Maydorns de villa. Aangezien de adellijke familie van ver moest komen, bleef die gewoonlijk een paar dagen, wat de Melzers niet mochten. Alicia lette er zorgvuldig op dat de aanverwanten elkaar niet ontmoetten; ze hadden jaren geleden al gemerkt dat de twee families niet door één deur konden.

'We hebben zo vaak gasten in de villa,' zei Else zuchtend. 'Maar deze mensen denken dat ze zomaar overal kunnen spioneren. Gisteren trof ik een zus van de meneer in de strijkkamer aan.'

'Dat is nog niks,' wond Auguste zich op. 'Die dikke met die hangoren liep gisteren helemaal tot de derde verdieping achter me aan en wilde weten waar mijn slaapkamer was.'

'En?' vroeg Robert sarcastisch. 'Heb je het hem verteld?'

'En wat zou het?' katte ze terug.

'Het is jouw zaak,' antwoordde hij terwijl hij zijn schouders ophaalde.

's Avonds kroop Marie doodmoe in bed en toch had ze moeite de slaap te vatten. Er woelde iets in haar binnenste, iets wat haar niet met rust liet en allerlei beelden naar boven bracht. Dingen die ze allang vergeten was doken op, fris en levendig alsof ze pas gisteren gebeurd waren. Het gezicht van een jonge vrouw, omlijst door donker haar. Met een glimlach zo teder dat Maries hart ineenkromp en haar hoofdkussen nat werd van de tranen. Een kinderbed met witte spijlen. Was dat in het weeshuis geweest? Ze was weer klein, rammelde aan de spijlen, trapte er met haar voeten tegenaan. Dan een schildersezel, er stond een vrouw achter, ze schilderde op een doek. Was dat Kitty? Ze leek op haar en toch was het iemand anders. Grauw als een schaduw maar levendig, ze lachte, praatte tegen haar, keek langs het doek naar haar. Ze werd doorzichtig en verdween. Vaak zag ze ook het stenen meisjeshoofd. Ze ging met haar vinger over het gladde gezicht, voelde het voorhoofd, de neus, de lippen... Haar hand was heel klein, de hand van een kind.

Dit moet stoppen, dacht ze wanhopig toen ze 's ochtends weer eens moe en onuitgeslapen uit bed stapte. Ik moet het uitzoeken, anders word ik uiteindelijk weer ziek.

Was het echt haar moeder geweest, die in die armoedige kamer had gewoond? Een kunstenares die geen opdrachten meer kreeg. Die alleen met haar dochtertje leefde, zonder de vader. Die zich in de schulden stak en ten slotte al haar bezit kwijtraakte. Die uitgerekend bij directeur Melzer schulden had gemaakt.

Marie hoopte heel erg dat deze vrouw niet haar moeder was. Maar waarom was het meisjeshoofd haar dan zo bekend voorgekomen? En waarom had de oude vrouw beweerd dat ze sprekend op haar moeder leek?

Als het echt zo was... dan wilde ze er meer over weten. Zelfs als die kennis pijnlijk zou zijn en alle fantasieën die ze was gaan koesteren samenraapsels van verzinsels bleken te zijn. Het toeval had haar een piepklein stukje van de waarheid geopenbaard, nu was het aan haar om de rest aan het licht te brengen.

Maar hoe? Wie kon ze het vragen? De oude mevrouw Deubel mocht haar niets meer vertellen, hoewel ze waarschijnlijk nog veel meer wist. Zou ze het in de buurt moeten proberen? Maar dan moest ze heel erg uitkijken dat de waardin haar niet betrapte. Wie zou haar nog meer kunnen helpen? Zou ze directeur Melzer kunnen vragen of hij zich de kunstenares Luise Hofgartner herinnerde, wier woning hij jaren geleden had laten ontruimen? Maar hij zou er vast geen tijd voor uittrekken om de nieuwsgierige vragen van een keukenmeisje te beantwoorden. Juffrouw Pappert! Zij zou iets kunnen weten. Maar het was de vraag of ze het zou vertellen. Ze kon Marie niet uitstaan en die afkeer was absoluut wederzijds.

De veelbelovendste bron was de oude mevrouw Deubel. Ze zou het er dus op moeten wagen om stiekem de trap boven het café naar de oude vrouw op te lopen en haar uit te horen. Marie had rond de jaarwisseling recht op één vrije middag, die zou ze hiervoor benutten. En als de oude vrouw niet wilde praten… ze had bij de cadeaus nog vijf mark kerstgeld gekregen, daarmee kon ze mevrouw Deubels bereidheid om iets te vertellen misschien nog aanwakkeren.

Na tweede kerstdag was het gaan dooien. Er ontstonden vieze plassen op de straten, waar 's ochtends vroeg een laagje ijs op lag. De sneeuw begon te smelten, aan de randen van de straten was de sneeuw niet meer maagdelijk wit maar vies bruin of geel, in het park van de villa schemerde op veel plekken het matte groen van de grasvelden door. Af en toe viel er een sneeuwlawine van de bomen, in de zonneschijn verstoof de sneeuw tot kleine vlokjes en de van zijn last bevrijdde tak schoot omhoog.

Marie deed haar oude schouderdoek om, in de mooie mantel zou ze in de benedenstad alleen maar wantrouwen wekken. Bovendien was het allang niet meer zo koud, er vielen druppels van de bomen en dakgoten en de winterzon weerspiegelde in de plassen.

‘Zo? Ga jij je schatje bezoeken?’ spotte Auguste. ‘Doe hem maar de groeten van mij.’

Sinds een paar dagen ging het weer fantastisch met haar, de misselijkheid was over en ze viel ook niet meer plotseling flauw. Ze was alleen wat voller geworden, maar verder zag ze er stralend en blozend uit.

‘Je hebt zeker afgedaan bij de juffrouw, hè?’ ging Auguste verder. ‘Sinds kerstavond heeft ze je geen enkele keer laten roepen.’

‘De juffrouw is ziek.’

Auguste lachte op een manier alsof ze er meer van wist. Maar gelukkig liet ze Marie verder met rust en liep ze naar de keuken.

Hoewel Marie veel moeite deed om de grote plassen op straat te ontwijken, sijpelde het water nog voordat ze de Jakoberpoort was gepasseerd al door haar oude schoenen heen. Het stoorde haar niet erg, ze was met haar gedachten bij andere dingen. Waarom was de waardin eigenlijk bang voor Melzer? Daar schuilde iets achter, een geheim dat niemand mocht weten, en zij, Marie Hofgartner, al helemaal niet.

Het was ongewoon rustig in de steegjes, alsof de bewoners moesten uitrusten van de vermoeiende feestdagen. Er liepen alleen een paar kinderen op de natte bestrating te huppelen, ze gooiden steentjes in de gaten in de weg die volgelopen waren met water en hadden plezier als de bruine vloeistof opspatte. In een portiek lag een dronkenlap te slapen, met zijn rug tegen het koude steen gekeerd. Naast hem lag een ruigharige hond, die boos naar Marie gromde toen ze langsliep. Niet ver van het café bleef ze staan om de situatie te overzien. Er was niemand te zien in de steeg, de ramen van de gelagkamer waren helaas te klein om naar binnen te kunnen kijken. Marie hoopte dat er een paar gasten in het café waren, dan had de waardin wat te doen en zou ze niet in het trappenhuis rondlopen.

Ze verborg zich zo vaak mogelijk in de portieken. Het laatste stuk moest ze zonder dekking afleggen, toen had ze de deur van het café bereikt. Daarachter, dat wist ze nog, lag een smalle gang, rechtdoor was de trap, rechts de deur naar de gelagkamer. Met dit weer moest de waardin de kachels in de gelagkamer stoken en zou ze alle deuren gesloten houden om de warmte binnen te houden. Marie had dus goede kans ongezien de trap op te kunnen sluipen.

Het geluk was aan haar zijde. De oude treden kraakten wel verschrikkelijk, maar ze bereikte de kamer van de oude vrouw zonder dat iemand haar gezien had.

'Kom binnen, Marie,' klonk het vanuit de kamer.

Mevrouw Deubel moest haar al beneden in de steeg hebben gezien. En ze dacht nog wel dat ze zo slim was geweest. Ze schoof de deur open, schrok omdat die zo piepte en trok hem snel weer achter zich dicht. Daar zat de oude vrouw, in dezelfde kleren als de vorige keer en ook weer met de wollen doek om haar hoofd gebonden.

'Goedendag, mevrouw Deubel. Ik... ik kom, omdat ik...'

'Je bent zeker nieuwsgierig geworden, hè?' onderbrak de oude vrouw haar. 'Je brengt onheil met je mee, meid. Maar zonde leidt altijd tot onheil. En ik wil geen zonden meer op mijn ziel hebben. Die wegen zwaar voor het gerecht van de Heer. Zulke zonden zouden mij de eeuwige hemelse zaligheid kunnen kosten...'

Marie verplaatste ongeduldig haar gewicht van de ene op de andere voet. Wat zat die oude vrouw nou oeverloos te kletsen, straks kwam haar dochter nog boven en was alles voor niets geweest. Uiteindelijk onderbrak ze haar met een vraag.

'Alstublieft, mevrouw Deubel. Vertelt u mij over mijn moeder. Heeft zij dit meisjeshoofd gemaakt? En ook het houtsnijwerk? En waarom had ze uitgerekend bij directeur Melzer schulden?'

De oude vrouw staarde haar met pientere, alerte ogen aan.

'Bij directeur Melzer?'

'Ja, directeur Melzer,' herhaalde Marie.

Dat ging ze nu toch zeker niet ontkennen? Ze ging toch niet uit pure angst voor haar dochter liegen?

'Hij was toch degene die de kamer van mijn moeder liet ontruimen?' ging ze stug verder.

‘Hoe weet je dat?’ siste de oude vrouw.

‘Ik weet het gewoon.’

Mevrouw Deubel bewoog haar onderkaak, met haar krom geworden hand betastte ze haar wollen hoofddoek en schoof het van haar voorhoofd, zodat haar dunne witte haar zichtbaar werd.

‘Dat was pas op het laatst. Daarvoor ging het prima met haar. Ze liep hier rond met haar rozige wurmpie in haar armen. Ze had het goed. Meubels, tapijten, schilderijen aan de muren en alle spullen die ze voor haar werk nodig had. Houten blokken en marmer. Ze heeft geklopt en gehouwen. En geschilderd. En het wurmpie lag er rustig bij te slapen.’

‘Maar waarom had ze later dan schulden?’

Er gleed een vreemde grijns over het gezicht van de bejaarde vrouw. Luise Hofgartner had van begin af aan schulden gemaakt, kennelijk was dat normaal voor kunstenaars. En als ze helemaal blut was, dan leende ze wat. Overal waar ze haar wat gaven. Maar directeur Melzer, die had al haar schulden van haar overgenomen en toen plotseling het geld opgeëist.

‘Ze had gewoon niet zo lichtzinnig mogen zijn. Zo trots, zo star. Alleen al vanwege jou niet. Maar het is gegaan zoals het moest gaan. Toen hij zijn geld kwam halen was er een verschrikkelijke ruzie. Ze heeft hem eruit gesmeten en een pan naar hem gegooid. Toen heeft hij de mannen gestuurd en die hebben al haar bezit op de paardenwagens geladen en zijn ermee weggereden. Ze lieten alleen een matras achter en een deken waarin ze zich gewikkeld heeft.’

Ze zei het zonder medelijden, volgens haar was het Luise Hofgartners eigen schuld dat ze zo’n droevig einde leed. Marie beet op haar lip om niets verkeerds te zeggen, maar vanbinnen greep het haar aan. Was haar moeder soms ziek geworden omdat ze in armoede weggleed? Had ze honger en kou moeten lijden omdat directeur Melzer alles van haar had afgepakt?

‘Waar is ze aan overleden? Ze was toch nog jong?’

‘Ja, volgens mij… nou ja, aan tuberculose. Ze had koorts en had bloed gespuwd. Het einde is snel gekomen. Misschien maar goed ook, zo heeft ze niet al te veel hoeven lijden.' De oude vrouw ademde nu zwaar, de herinnering leek haar flink aan te grijpen. Ze leunde in haar rieten stoel naar achteren en klemde haar handen om de versleten armleuningen.

'Toen haar einde naderde heeft ze ons gevraagd de priester te halen. Dat hebben we gedaan, we zijn tenslotte christenen. Ze heeft haar zonden aan de weleerwaarde opgebiecht en is in het aanzien van de Heer gestorven.'

Marie huiverde. Ja, ze wist dat het leven gruwelijk kon zijn. Het leven had haar haar weeshuisvriendin Dodo afgenomen en ook haar moeder. Voor de dood maakte het niet uit of het slachtoffer jong of oud was, of het geliefd of gehaat werd, of er een klein kind moederloos achterbleef...

'En weleerwaarde Leutwien heeft jou toen naar het weeshuis gebracht...'

Marie keek op. Die naam kwam haar bekend voor. Dat was de priester die af en toe naar het weeshuis was gekomen en met hen gebeden had. In de vastentijd voor Pasen en ook voor het kerstfeest.

'Weleerwaarde Leutwien kende mijn moeder? Maar waarom heeft hij nooit...'

Plotseling kreeg ze een klap van achteren... iemand had de deur van de kamer opengeduwd die tegen haar rug stootte.

'Dacht ik het niet?' krijste de waardin. 'Franz had het zelfs gezien, maar ik wilde hem eerst niet geloven. Eruit jij, bastaard. Hoerenkind dat je bent.'

Ze stortte zich op Marie om haar bij de haren te grijpen, maar het jonge meisje ontweek haar behendig en schoof de kruk tussen haar en haar aanvalster in. Prompt viel de waardin voorover op de kruk, waarbij ze haar knie openhaalde. Ze vloekte godslasterlijk.

'Ik sla je nog verrot, jij duivelin. Ik haal de politie erbij, ik geef je bij de rechtbank aan, hoerentuig, dievegge...' Marie benutte het feit dat de dikke waardin niet zo snel overeind kon komen, glipte langs haar heen en liep snel de trap af. Boven schreeuwde de waardin tegen haar moeder, die echter eveneens niet op haar mond was gevallen en keihard terug schreeuwde.

Maries vlucht eindigde in het gangetje direct voor de voordeur. Daar werd ze opgewacht door Franz, de man die de schuifkar met het vat met sterkedrank had geduwd.

'Ga opzij en laat me eruit!' eiste ze buiten adem.

Zijn gelaatstrekken waren grof, zijn neus leek een aardappel en zijn lippen waren dun en blauwachtig. Hij vertrok geen spier toen hij Marie bij haar arm beetpakte. Ze schreeuwde het uit van de pijn terwijl hij haar de laatste traptreden naar beneden sleurde en haar met haar rug tegen de voordeur duwde.

'Jij kwam zeker spioneren, hè?'

Hij hield haar met een hand vast en haalde met zijn vrije hand uit om haar in het gezicht te slaan. Op het laatste moment voelde Marie de deurklink in haar rug en ze drukte hem naar beneden. De deur vloog open, de klap raakte haar niet, maar Marie viel op haar rug op de grond in de steeg. Een paar seconden was ze als verdoofd, daarna probeerde ze overeind te krabbelen. Maar hij was sneller, stond over haar heen gebogen en bukte zich om haar losse haar te grijpen.

'Hé!' riep een mannenstem. 'Laat haar onmiddellijk los!'

Nu gebeurden er een paar dingen tegelijkertijd, die Marie later pas begreep. Eerst schreeuwde ze het uit van de pijn, want Franz had zich niet tegen laten houden, hij greep haar bij de haren en trok haar daaraan omhoog. Een seconde later gilde hij het echter zelf uit van de pijn en woede. Iemand had van achteren een arm om zijn keel gelegd en perste zijn hoofd tegen zijn borst. Zijn aanvaller had hem zo stevig in de greep dat Franz algauw naar lucht moest happen.

'Dit heet de borstklem, mijn beste vriend. Blijf maar rustig staan, anders kan het heel ongezond voor je worden.'

Marie greep met haar handen naar haar lange haar, haar hoofdhuid brandde, maar ze besefte dat ze nu zo snel mogelijk moest opstaan en wegrennen. Ze kwam overeind, pakte haar omslagdoek die nog op de grond lag en helemaal smerig was – en bleef toen stokstijf staan.

'Marie! Ja, in hemelsnaam... Marie!'

'Meneer...'

O god, waarom was het lot haar zo slecht gezind? Uitgerekend de jongeheer Melzer was degene die haar gered had. Terwijl hij haar niet eens direct herkend had. Waarschijnlijk had hij elke vrouw geholpen die door zo'n monster in de goot geworpen en geslagen werd.

'Ben je gek geworden, Franz?' schreeuwde de waardin bij de deur. 'Laat gaan. Laat hem onmiddellijk gaan. Dat is de jongeheer Melzer, stomkop!'

'Ik laat hem ook gaan,' kreunde Franz. 'Als hij mij tenminste zou loslaten!'

Paul liet zijn armen zakken en liet zijn slachtoffer vrij, Franz strompelde hoestend en zachtjes vloekend het café binnen.

'Wat doe je hier, Marie? In deze buurt?' vroeg hij verbijsterd. 'Was je soms in het café?'

Het kostte haar moeite haar kalmte te herwinnen. Wat moest ze hem vertellen? Beslist niet de waarheid. Maar wat voor leugentje kon ze zo snel verzinnen?

'Ik... ik was... op zoek naar een vriendin. Ze zat bij mij in het weeshuis. Dodo heet ze.'

Arme Dodo zou haar die leugen vast wel vergeven. Misschien keek ze wel vanuit de hemel naar beneden en stond ze haar bij.

'Hier?' zei hij weifelend.

'Ja. Ze werkte hier in een café, vertelde ze me...'

Hij schudde zijn hoofd, alsof hij het niet kon vatten. Toen legde hij voorzichtig zijn arm om haar schouders en vroeg bezorgd of ze gewond was.

'Ik ben niet kleinzerig, meneer. Alleen is mijn hoofddoek helaas kapot.'

'Nou, kom,' besloot hij. 'Ik loop met je mee naar de Jakoberpoort, van daaruit kun je veilig terug naar de villa gaan.'

'Dat zou u niet moeten doen, meneer. Stel dat iemand ons samen ziet.'

'Ben je bezorgd om je goede reputatie?' vroeg hij licht geïrriteerd. 'Dan zou je vooral niet in de donkere stegen van de benedenstad moeten rondlopen.'

Ze ging zwijgend naast hem lopen. Hij was omzichtig, pakte haar hand als ze over een gat in de weg moest stappen, liet haar voorgaan als de weg smal werd. Marie had pijn in haar rug en schouder, de kneuzingen zouden haar nog dagenlang aan dit uitstapje herinneren. Maar nog erger vond ze het dat ze in de ogen van de jongeheer zo diep gezonken was. Wat zou hij wel niet van haar denken? Hij had haar leugentje vast doorzien en dacht waarschijnlijk dat ze in die smerige kroeg een aanbidder had. Waar zou een keukenmeisje op haar vrije middag anders naartoe gaan?

Af en toe keken passanten hen na – de goed geklede jongeman en het meisje met de natte, smerige omslagdoek vormden een bijzonder paar. Ze had haar haren in een knot gedraaid en onder de doek gebonden, maar door de wind waaiden er telkens dikke plukken uit die in haar gezicht bleven plakken. Tegen de tijd dat ze de Jakoberpoort bereikten, was het al schemerig geworden. De straatverlichting was nog niet aan, maar in de verte waren de lichten van de fabriekshallen te zien. Hij bleef in de schaduw van de poort staan en ook zij stopte.

'Ik laat je nu gaan, Marie,' zei hij zachtjes. 'Mag ik je iets vragen?'

Hij was nog nooit zo dichtbij geweest. Hij stond zo vlak voor haar, dat ze het gevoel had dat ze zijn warmte kon voelen, dat ze zijn haar, zijn huid kon ruiken. Ze voelde een onbekende huivering van verlangen.

'Wat u maar wilt, meneer.'

Ze keek naar hem op en onder zijn intensieve blik besefte ze ineens dat hij haar antwoord verkeerd zou kunnen opvatten. Maar ze maakte zich nodeloos zorgen.

'Beloof me dat je nooit meer zoiets doms doet,' zei hij, en hij legde teder zijn hand op haar schouder. 'Ik dank God dat ik op tijd ter plekke was om je te beschermen.'

'Vergeeft u mij, meneer,' fluisterde ze. 'Ik ben u veel dank verschuldigd, want u hebt mij gered.'

'Dat heb ik graag gedaan, Marie. En als het voor mij mogelijk was zou ik nog veel meer voor je doen.'

Heel even had ze het gevoel dat hij haar naar zich toe trok en ze volgde zijn beweging, betoverd door zijn nabijheid. Zijn grijze ogen namen haar in bezit, leken haar helemaal te omvatten en haar te willen verslinden.

'Marie,' mompelde hij zachtjes. 'Ga nu alsjeblieft. Ga, voor het te laat is.'

Ze kromp ineen en schrok heftig van zichzelf. Haastig trok ze de natte omslagdoek strakker om zich heen. Toen liep ze de straat uit zonder ook maar één keer om te kijken.

16

ALICIA ZAG DAT DE CHAUFFEUR haar angstig en vragend aankeek terwijl hij het portier van de auto voor haar openhield. Dat ergerde haar. Uiteraard nam het personeel deel aan het familiegebeuren, dat was alleen maar natuurlijk, tenslotte waren ze in de villa één grote familie. Maar deze gênante situatie had ze graag voor de dienstknecht verborgen gehouden.

'Naar de villa, Robert,' zei ze vriendelijk maar afstandelijk.

'Zoals u wenst, mevrouw.'

Ze zag dat er van alles in hem omging, maar hij sloot het portier, liep om de automobiel heen en nam plaats achter het stuur. Vlak naast hen kwam ratelend en piepend de elektrische tram voorbij. Heel even zag ze de in het blauw geklede conducteur, die rechtop in de tram stond. Ze zag slechts twee of drie passagiers. Ze hield niet van de lawaaierige trams waarvan de wielen in de rails piepten en dacht met weemoed terug aan de oude paardentrams.

'Pardon, mevrouw… Ik wil u niet storen, maar…'

Robert had zich naar haar omgedraaid. Dus toch!

'Wat is er, Robert? Ik heb het koud en zou het fijn vinden als we snel kunnen gaan rijden.'

Hij slikte, ze kon zijn adamsappel duidelijk zien bewegen.

'Ik dacht dat dokter Schleicher meteen met ons mee zou komen. Het is toch urgent, nietwaar?'

‘Dokter Schleicher kan niet gemist worden in de praktijk. Maar hij zal in de komende dagen bij ons langskomen.’

Van zijn gezicht was diepe teleurstelling af te lezen. Als ze zich niet vergiste had de arme jongen ook donkere kringen onder zijn ogen gekregen. Dat was zeer ergerlijk, helemaal omdat ze hoge verwachtingen van hem had. Helaas leek de jongeman zijn gevoelens niet onder controle te kunnen houden. Het ontbrak hem aan zelfdiscipline. Een eigenschap die juffrouw Schmalzler in overvloed bezat.

Gelukkig stelde hij zich met dit antwoord tevreden en startte de auto. Het verkeer in de Augsburgse binnenstad was vroeger ook al druk geweest, maar nu zag je steeds meer automobielen tussen de paardenwagens en nog maar zelden huurrijtuigen.

Eigenlijk was Alicia net zo teleurgesteld als Robert, want ze had veel meer verwacht van dit bezoek aan dokter Schleicher. Maar die had slechts koel en zakelijk allerlei vragen gesteld zonder op haar bezorgdheid in te gaan.

‘Hoelang al?’

‘Sinds drie… nee, vier dagen. Ik weet me geen raad, dokter. Ze uit zich niet naar mij toe. En ze heeft ook niets gegeten.’

‘En dat allemaal vanwege dat verbod?’

‘Ik kan geen andere reden bedenken.’

Ze had gehoopt dat hij terstond al zijn afspraken zou afzeggen en met haar mee naar de villa zou rijden. Ging het niet om leven en dood? Haar dochter neigde naar melancholie en – naar het scheen – ook naar zelfvernietigend gedrag. Ze leek in ieder geval vastberaden om levend te verhongeren.

‘Dat acht ik niet nodig, beste mevrouw Melzer. U moet geduld hebben. Houdt u mij op de hoogte – als het urgent wordt, zal ik uiteraard komen.’

Ze had hem willen verzekeren dat het volgens haar nu al zeer urgent was, maar de licht ironische glimlach op zijn gezicht weerhield haar daarvan. Misschien zag ze het inderdaad allemaal te ernstig. Ze wilde zich in geen geval voor de arts belachelijk maken.

'Ik dank u hartelijk voor uw hulp, dokter.'

Hij boog zich over haar hand en plaatste er galant een lichte handkus op, waarbij zijn staalblauwe ogen zich van onderen af op haar fixeerden. Ze had dit gebaar altijd wel leuk gevonden, er ging een onderhuidse begeerte van uit, zonder bijbedoelingen uiteraard, een charmante huldiging van haar vrouwelijkheid. Maar vandaag had ze het gevoel dat zijn intensieve blik gemaakt en niet oprecht was.

In de entreehal van de villa kwam Auguste haar tegemoet om haar mantel, hoed en winterschoenen aan te nemen.

'Is mijn zoon gekomen?'

Auguste keek haar stralend aan. Het meisje was de laatste tijd buitengewoon vrolijk, ze blaakte van gezondheid. Welnu, als er iets tussen Robert en haar speelde dat tot een huwelijk moest leiden, zou zij, Alicia, dat alleen maar moeten toejuichen. Het zou Robert zijn dwaasheden afleren en hem bovendien aan de villa binden.

'De heer is boven in zijn kamer.'

'Vraag hem naar de rode salon te komen. En geef deze handschoenen aan Maria, er is helaas een olievlek op gekomen.'

'Zoals u wenst, mevrouw.'

De lunch zou pas over ruim een uur geserveerd worden en het was maar de vraag of Johann zou mee-eten. Er waren problemen in de fabriek, twee machines waren uitgevallen en moesten gerepareerd worden. Het zag ernaar uit dat ze alleen met Paul en Elisabeth zou lunchen.

Ze liep langs de versierde kerstboom naar de trap, raakte terwijl ze langsliep een tak aan en merkte dat de naalden al begonnen uit te vallen. Het was dus beter om op oudjaarsavond de kaarsen niet nog een keer aan te steken. De dennenboom had zijn werk gedaan, in de eerste dagen van januari zou hij afgetuigd worden en achter in het park tot brandhout gezaagd worden.

De tafel in de eetkamer was nog niet gedekt, waarschijnlijk was Robert nog met de automobiel bezig. Ze sloot de deur van de eetkamer en liep de trap op naar de privévertrekken van de familie.

'Katharina?'

Ze koesterde niet veel hoop, maar klopte toch op de deur van haar dochters kamer. Zoals verwacht kwam er geen antwoord. Katharina had zich op de ochtend van eerste kerstdag in haar kamer opgesloten en het was hen noch met smeekbedes, noch met dreigementen gelukt om haar over te halen de deur open te maken. Johann had eerst zijn schouders opgehaald, daarna was hij boos geworden en had hij gezegd dat hij de deur door een slotenmaker zou laten forceren.

'Wind je toch niet zo op, papa,' had Elisabeth gezegd. 'Hoe minder aandacht ze krijgt, hoe sneller ze met deze poppenkast ophoudt.'

En Johann had zich daarna inderdaad gekalmeerd en de kwestie verder geen aandacht meer geschonken. Vaders, dacht Alicia terwijl ze zachtjes zuchtte. Eerst tekeergaan en iedereen angst aanjagen en vervolgens de verantwoordelijkheid aan de vrouwen overlaten. Dat had haar vader vroeger ook gedaan en Johann gedroeg zich net zo. Stel dat het meisje zichzelf iets aandeed?

'Katharina! Geef me op zijn minst antwoord. Ik maak me heel veel zorgen om je.'

Niets. Het was om wanhopig van te worden. Van wie had het meisje die koppigheid toch?

Paul zat in de rode salon met de krant op zijn knieën op haar te wachten. De kleine kerstboom stond nog steeds op het lage tafeltje, er lagen nog een paar cadeaus onder, de andere had Else al opgeruimd. Toen Alicia binnenkwam wierp Paul de krant op de grond en liep op haar af.

'Goedemorgen, mama. Wat zie je bleek. Is je missie bij dokter Schleicher geslaagd?'

'Helaas niet.'

Paul had de nacht in de stad doorgebracht, een van zijn vrienden had zijn verjaardag gevierd. Alicia vond dat haar zoon er nogal moe uitzag. Nou ja, die jongelui hadden vast uitbundig feestgevierd.

Hij wachtte tot ze op de bank was gaan zitten en nam toen weer plaats, maar leunde niet met zijn rug naar achteren. Hij zat met gebogen knieën en voorover geleund, alsof hij op het punt stond weer te vertrekken.

'Wees niet boos op me, mama, maar de dokter heeft gelijk. Je weet dat ik gek ben op mijn kleine zusje, maar ze is ook verdraaid koppig.'

'Het meisje is niet gezond, Paul. Haar zenuwen zijn zwak en ze heeft sombere buien. Ik geloof dat je vaders verbod haar diep vanbinnen heeft geraakt. Weet je nog hoe evenwichtig en blij ze was in de periode dat Marie bij haar boven mocht komen?'

Paul kon dat niet bevestigen, in die tijd zat hij in München. Maar als mama het zei, moest het wel zo zijn.

'Vader zal wel zijn redenen hebben om het te verbieden,' zei hij voorzichtig. Hij wist dat zijn moeder geen kritiek op zijn vader toestond. 'Maar misschien had hij het anders kunnen aanpakken en meer rekening met haar gevoelens kunnen houden. Je hebt vast gelijk, mama. Katharina is een gevoelig meisje.'

'Meer dan dat, Paul,' antwoordde Alicia. 'Ik maak me ernstig zorgen.'

Hij keek naar de deur en fronste zijn voorhoofd.

'Ik vind het niet fijn om te zeggen, maar ik vrees dat we op vaders suggestie moeten terugkomen.'

Alicia had moeite met ademhalen. Er moest nu echt een beslissing worden genomen. Sinds vanochtend vroeg had Katharina geen kik laten horen. Wie weet was ze bewusteloos. Of nog erger.

'Ik vind het idee dat een vreemde handwerker de deur met geweld opent niet prettig,' zei Alicia met benepen stem. 'Wie weet in wat voor een toestand we haar aantreffen. Nee, dan liever Gustav of Robert.'

'Robert lijkt me geen goed plan, mama. Dan doe ik het nog liever zelf.'

'Jij?'

Paul keek zijn moeder met een jongensachtige grijns aan.

'Dacht je dat ik niet met een hamer en een breekijzer kan omgaan?'

Bij het woord 'breekijzer' huiverde Alicia. Ze zouden in hun eigen huis als inbrekers acteren. Wat een schande!

'Nee, Paul, dat ga je niet doen. Ik laat nog liever Marie roepen.'

Bij het horen van die naam kromp Paul ineen. Wat wilde ze daarmee bereiken, vroeg hij haar met een frons op zijn voorhoofd.

'Ze moet aan de deur met Kitty praten. Haar zal ze wel antwoorden, dat weet ik zeker. Als ze daar nog toe in staat is...'

Ze perste haar lippen opeen en ook al deed ze nog zo veel moeite om zich te beheersen, de tranen liepen over haar wangen. Ze veegde ze snel met haar hand weg.

'Ik begrijp dat je je zorgen maakt, mama,' zei Paul bezorgd, want hij had haar tranen wel gezien. 'Maar ik ben er strikt op tegen dat je Marie hierbij betrekt.'

Alicia had een batisten zakdoekje uit haar mouw getrokken om haar wangen mee te deppen. Daar hield ze abrupt mee op en ze keek haar zoon geïrriteerd aan.

'Ik begrijp je niet, Paul. Dit meisje is toch de oorzaak van al onze zorgen! Waarom zou ik rekening met haar moeten houden?'

Paul maakte een onhandig gebaar met zijn armen en stootte daarbij per ongeluk tegen het kerstboompje. Een van de gekleurde kerstballen viel eraf en rolde over het tapijt.

'Het is toch niet Maries schuld dat Kitty haar tot haar model heeft uitverkoren. Marie doet gewoon wat wij haar opdragen. En juist daarom zou het onverantwoord zijn om het meisje in zo'n benarde positie te brengen.'

'Wat voor een benarde positie?' vroeg Alicia, die nu langzaam haar geduld begon te verliezen.

'Weet je niet meer waarmee papa heeft gedreigd? Als hij Marie nog één keer bij Kitty betrapt, wil hij haar op staande voet ontslaan.'

Alicia had zich dit gesprek met haar zoon heel anders voorgesteld. Tot nu toe was Paul de enige geweest die haar steunde, hij was het altijd met haar eens en vrolijkte haar met zijn ongedwongen manier van doen op. Maar vandaag leek hij anders. Waarom zette hij zich eigenlijk zo voor die keukenmeid in?

'Goed, Paul,' zei ze en ze deed haar best een glimlachje te produceren. 'Ik zal je waarschuwing ter harte nemen.'

'Dank je wel, mama!'

Hij sprong van zijn stoel op en liep opgewonden de kamer op en neer. Twee keer bleef hij staan en draaide zich naar haar om, hij leek iets te willen zeggen maar deed het toch niet. Ten slotte liep hij naar de deur en legde zijn hand op de klink.

'Ik probeer nog een keer met Kitty te praten. Wens me geluk, mama.'

'Natuurlijk...'

Toen hij wegliep bleef ze roerloos zitten. Wat een ellende! Hij zou toch hopelijk niets ondoordachts doen? Misschien zelfs de deur forceren? Straks bezeerde hij zich nog...

'Mevrouw?'

Eleonore Schmalzler was, geheel zoals haar aard was, zachtjes de kamer binnengekomen. Deze vrouw leek een zesde zintuig te hebben waarmee ze aanvoelde wanneer ze nodig was, want Alicia had haar net willen roepen.

'Goed dat u er bent, juffrouw Schmalzler. Ik wil dat u Marie boven laat komen.'

'Zoals u wilt, mevrouw. Ik zou hier echter graag een kleine opmerking over willen maken.'

'Een opmerking? Wat voor een opmerking?' Haar antwoord klonk boos en Alicia ergerde zich aan haar eigen gebrek aan zelfbeheersing. De huisdame toonde veel meer gelatenheid, zij glimlachte.

'Het is misschien een idee, mevrouw. Een voorstel. Ziet u, ik heb er lang over nagedacht hoe we de juffrouw zouden kunnen helpen zonder het verbod van heer de directeur te overtreden. En toen kwam er vannacht ineens een heel ongebruikelijke gedachte in me op.'

Alicia slaakte een diepe zucht en luisterde bezorgd of ze iets in de gang hoorde. Kon ze al het gebonk van een hamer horen? Het splijten van houten planken onder de breekijzers? Nee, alles was rustig.

'Vertelt u het maar, juffrouw Schmalzler. Maar houdt u het alstublieft kort.'

17

'MISSCHIEN HEEFT ZE WEL haar polsen doorgesneden. Dat soort dingen doen mensen met zwakke zenuwen soms.'

Augustes gevoelloze opmerking viel zeer slecht bij de anderen. Else, die naast haar aan de keukentafel zat, stootte haar met haar elleboog in de zij en de kokkin zei luid dat Auguste een harteloos loeder was. Robert zat als een hoopje ellende achter zijn koffie met warme melk en keek Auguste somber aan.

'Ik meende het niet serieus,' zei Auguste sussend. 'Ik mag toch wel een grapje maken?'

'Dat was dan een verdomd slecht grapje, Auguste!' zei Else.

De kokkin richtte zich weer op haar pannen op het fornuis, over een half uur moest de lunch klaar zijn. Varkenshaasjes met gedroogde pruimen, aardappelpuree, wittekoolsalade. En als toetje vanillepudding met mokkaschuimsaus. Er waren vijf personen aangekondigd, maar waarschijnlijk zouden er maar drie aan tafel zitten.

'De juffrouw is niet ziek, Robert,' zei Jordan. 'Je hoeft je geen zorgen te maken.'

Jordan had altijd al een zwak voor Robert gehad. Auguste beantwoordde deze zin met een boze blik en boog zich naar voren om een kerstkoekje van de schaal te pakken. Traditiegetrouw mocht het personeel na kerst het overgebleven gebak opeten. Else keek de kamenierster nieuwsgierig aan.

‘Niet ziek? Maar de mevrouw heeft toch tegen iedereen gezegd dat juffrouw Katharina zich niet goed voelt?’

Jordan trok haar wenkbrauwen op, wat haar gezicht een hautaine uitdrukking gaf. Natuurlijk wist ze meer, ze had als kamenierster immers het nauwste contact met de heren en dames van het huis.

‘In ieder geval is het niet normaal dat ze al dagenlang geen hap heeft gegeten,’ zei de kokkin. ‘Alles wat hier bij mij voor het arme meisje werd besteld kwam onaangeroerd weer terug.’

‘Als ze niet ziek is, waarom eet ze dan niks?’ wilde Robert van Jordan weten.

‘Dat is enkel de schuld van Marie,’ beweerde Jordan en ze haalde haar schouders op.

Ook zij had weinig geluk met haar woorden. Marie was buiten om brandhout te halen en kon zich niet verdedigen. Maar intussen had Marie trouwe vrienden onder het personeel.

‘Laat Marie erbuiten,’ zei de kokkin fel. ‘Het is absoluut niet haar schuld!’

Ze haalde de pan met de gesmoorde varkenshaasjes van het fornuis en goot het vlees met de saus in een porseleinen schaal die vlak naast Maria Jordans koffiekopje stond.

‘Kijkt u toch uit, u spettert het op mijn jurk!’

‘Ga dan opzij. Hier wordt gewerkt.’

‘Hoe zit het nu met de juffrouw?’ vroeg Robert. ‘En wat heeft Marie ermee te maken?’

‘Heb je eigenlijk de tafel in de eetkamer al gedekt?’ kwam Auguste tussenbeide voordat Jordan antwoord kon geven.

‘Ja, natuurlijk,’ bromde Robert.

‘Dan moet je je nu klaarmaken om te gaan serveren, ze gaan zo eten.’

‘Ik weet zelf wel wat ik moet doen!’ snauwde hij kwaad tegen haar. ‘Houd op mij te vertellen wat ik moet doen, irritante betweter!’

Iedereen was stil van de schrik, want Robert, die anders altijd zo beheerst was, was nog nooit zo tekeergegaan. Uitgerekend op dat moment kwam Marie met een grote mand brandhout binnen. Ze zette de zware mand neer en omdat ze merkte dat er iets aan de hand was, bleef ze afwachtend in de deuropening staan. Auguste was lijkbleek geworden, alleen haar ogen fonkelden dreigend.

'Houd je in, Robert Scherer. Houd je in, anders zul je het nog berouwen.'

Robert staarde haar aan alsof hij zich op haar wilde storten. Maar ineens sprong hij van zijn stoel op en liep naar de dienstbodentrap. Daar botste hij bijna tegen juffrouw Schmalzler op, die net de keuken in wilde lopen.

'Robert! U bent laat, de dames en heer zitten al in de eetkamer te wachten.'

'Sorry. Ik kom er meteen aan!'

Ze stapte opzij om de huisknecht erlangs te laten en keek de keuken rond. Maria Jordan dronk haar koffie op en pakte met een bewust trage beweging een koekje van de schaal. Daarna stond ze op om in de waskeuken de olievlek op de leren handschoen van de mevrouw te gaan verwijderen.

'De kerstboom in de rode salon moet afgetuigd en naar de binnenplaats gebracht worden,' zei de huisdame.

Auguste en Else verzekerden haar dat ze gisteren al hadden willen vragen hoelang het boompje nog moest blijven staan, er lagen immers al een hoop naalden op het tapijt. Toen ze druk doende vertrokken waren, viel de blik van de huisdame op Marie. Ze had de mand naar de keukenhaard gesleept en was begonnen het hout netjes in de daarvoor gemaakte nis op te stapelen.

'Als je daarmee klaar bent, Marie, was je je handen en kom je naar mijn kantoor.'

'Ja, juffrouw Schmalzler.'

De huisdame knikte tevreden en gaf Brunnenmayer een compliment dat de gesmoorde varkenshaasjes heerlijk roken. Daarna liep ze weg.

Marie zweeg en stapelde de houten blokken op. Brunnenmayer droeg de schalen en schotels naar de etenslift en trok aan het touwtje om Robert te seinen dat hij de gerechten op kon trekken. Marie luisterde naar het zachte geschuur en gerammel van de lift, zonder haar werk te onderbreken.

'Als ze jou maar niets aanwrijven, meisje,' zei de kokkin zuchtend. 'Wat kun jij eraan doen dat de juffrouw dol op je is? Jordan weet meer dan ze wil zeggen. Ze heeft je nooit kunnen uitstaan. Omdat ze jaloers is, daarom.'

Marie luisterde nauwelijks. Ze had de afgelopen nachten maar weinig geslapen, maar voelde zich niet moe. Ze had eerder het vreemde gevoel dat ze zweefde. Ze had nog niet besloten de laatste, allesbepalende stap te zetten, de stap die ze moest zetten als ze zichzelf niet wilde verliezen. Ze was verliefd. Zo ongelukkig als een meisje ook maar verliefd kon zijn. Een keukenmeid werd verliefd op de jongeheer. Dat kon alleen tot ongeluk leiden. Niet voor de jongeheer, maar wel voor het keukenmeisje.

En daar kwam nog het ongelukkige verhaal van haar moeder bij, waaraan directeur Melzer niet helemaal onschuldig was. Hij had vast het recht gehad zijn geld op te eisen, wie zou dat ontkennen? Maar hij was gemeen geweest, had alles van haar afgepakt, ook de dingen die ze nodig had om te overleven. Hij had zich aan haar bezondigd, had mevrouw Deubel gezegd. Nee, het was beter als ze dit oord verliet. Misschien was het een wenk van het lot dat juffrouw Schmalzler haar in haar kantoor riep.

Ze waste haar handen zoals haar was opgedragen en deed het vuile schort af. Toen ze voor de deur van het kantoortje stond, vroeg ze zich af of ze de jas en laarzen zou mogen houden als ze ontslag nam. De jurken en schorten zou ze moeten teruggeven, maar de jas en laarzen waren tenslotte kerstgeschenken geweest.

Juffrouw Schmalzler zat achter het bureau waarop allerlei papieren lagen uitgespreid. Toen Marie binnenkwam keek ze op en stopte de pen weer terug in het inktpotje.

'Marie. Eindelijk. Kom binnen en sluit de deur. Ga daar zitten en luister naar me, want ik heb je iets te zeggen dat je vast zal verrassen.'

Marie negeerde die instructie echter en bleef staan. Als ze nu niet de moed vatte te praten, zou het moeilijk worden.

'Ook ik heb u wat te zeggen, juffrouw Schmalzler. En ik wil daarmee niet...'

De huisdame maakte een ongeduldig gebaar. De zaak was te urgent, ze had nu geen tijd om naar Maries grieven te luisteren.

'Dat komt allemaal vast wel in orde, Marie. Luister nu naar me.'

'Nee, ik wil graag...'

'Stil! Mevrouw Melzer wil je een andere functie geven. Een heel veel betere functie, Marie. Ik moet zeggen dat ik nog nooit in mijn leven heb gehoord dat iemand zo veel geluk had.'

Marie was vastberaden die fantastische functie in ieder geval af te wijzen. Ze wilde weg, ze wilde niet meer hoeven na te denken over het tragische verhaal van haar moeder. En ze wilde vooral ontkomen aan het verlangen van haar eigen hart.

'Kort samengevat, mevrouw Melzer biedt je de positie van kamenierster aan. Uiteraard ben je niet met de werkzaamheden van een kamenierster vertrouwd, maar omdat je tot nu toe hebt laten zien dat je leergierig bent, zal het me geen moeite kosten je in je nieuwe functie in te wijden.'

Dat was inderdaad ongebruikelijk. Marie had verwacht hooguit tot kamermeisje bevorderd te worden, niet meteen tot kamenierster. Het was zeer aanlokkelijk. En de jongeheer zou tenslotte gauw weer naar München vertrekken om zijn studie te vervolgen. Ze zou hem alleen in zijn vakanties te zien krijgen. Maar meteen daarop stond ze weer met beide benen op de grond. Waarom kreeg zij zo'n functie aangeboden? Waarom uitgerekend zij?

Juffrouw Schmalzler leek er moeite mee te hebben dat uit te leggen, maar uiteindelijk kwam de aap uit de mouw.

'Jij zult vooral verantwoordelijk zijn voor juffrouw Katharina. En ik zal niet verzwijgen dat je de juffrouw daarmee een zeer groot plezier zult doen. Vooral nu juffrouw Katharina zich in haar kamer heeft opgesloten en niemand binnenlaat.'

'Waarom doet ze dat?' flapte Marie eruit. Eigenlijk had ze helemaal niet op de woorden van juffrouw Schmalzler in willen gaan.

De huisdame zuchtte diep en nam Marie toen met een lange blik op.

'Als ik je de waarheid zeg, Marie, dan verwacht ik van je dat je daarover zwijgt. Hebben wij elkaar begrepen?'

Marie knikte. Jordan had het aan het juiste eind: het had met haar, Marie, te maken.

'De heer Melzer heeft op kerstavond een verbod uitgesproken. Het betreft jouw bezoekjes aan de juffrouw. Hij is van mening dat een keukenmeisje niets in de kamer van zijn dochter te zoeken heeft.'

'Ik... ik begrijp het,' zei Marie zachtjes.

Direct daarop moest ze haar best doen om een glimlach te onderdrukken.

De juffrouw had zichzelf uit koppigheid wegens het verbod van haar vader opgesloten en nu had de mevrouw via een slimme omweg een achterdeur gevonden. Een keukenmeisje had niets te zoeken in de kamer van de juffrouw. Maar een kamenierster zeer zeker wel.

Ze aarzelde. Eigenlijk had ze nu een beslissende stap willen zetten, maar ineens ontbrak het haar aan vastberadenheid. Kon ze de juffrouw in de steek laten? Juist op het moment dat ze zo hard voor haar vriendschap vocht? Op het gevaar af daarbij lichamelijk letsel op te lopen? Dat was dapper, zelfs heldhaftig. Marie besloot de juffrouw in haar strijd bij te staan. Tenslotte kon ze altijd nog ontslag nemen. Later, in de lente of de zomer. Wie liep er nou in januari weg, wanneer het vroor dat het kraakte?

Slechts een paar minuten later stond ze op de tweede verdieping voor de kamerdeur van de juffrouw. Naast haar stond de mevrouw, lijkbleek van de zorgen om haar dochter. De jongeheer was naar de tuinman gelopen om gereedschap te halen.

'Ik wil in geen geval dat mijn zoon deze deur met geweld openbreekt. Praat met haar, alsjeblieft. Jou zal ze hopelijk wel antwoorden.'

Marie was ontroerd, ze had de altijd beheerste vrouw van de directeur nog nooit zo wanhopig gezien. Ze knikte en ging dicht bij de wit gelakte paneeldeur staan.

'Juffrouw Katharina? Ik ben het, Marie. Ik ben vanaf nu uw kamenierster.'

Er waren haastige stappen te horen, er viel een kruk of stoel om, daarna werd de sleutel in het slot omgedraaid. De deur ging een klein stukje open en daar stond de juffrouw in een wit nachthemd, haar haren hingen in wilde krullen over haar schouders.

'Marie! Mijn lieve Marie! Kom binnen, ik heb je zo veel te vertellen. Kamenierster? Wat een geweldig idee. Dat is fantastisch. Kom, kom, waarom sta je daar nog? Lieve mama, wil je me wat behoorlijks te eten brengen? Ik heb vier dagen alleen op kerstkoekjes geleefd.'

De juffrouw was door het dolle heen, maar het vierdaagse koekjesdieet was haar nauwelijks aan te zien. Ze praatte nog meer dan gewoonlijk, vloog haar moeder om de hals en trok Marie haar kamer in. En ze overstelpte haar nieuwe kamenierster met allerlei ongerijmdheden.

'Jij bent de enige met wie ik over hem kan praten. Hij is als een droom, als een verre prins die naar me glimlacht en dan weer in de mist oplost. Ach, Marie, als je eens wist hoezeer ik lijd en hoe onnoemlijk gelukkig ik tegelijkertijd ben...'

18

'TIEN... NEGEN... ACHT... ZEVEN...'

Iedereen telde mee, champagneglazen werden haastig bijgevuld, Paul merkte plotseling dat de koorzangeres zich aan zijn zijde vlijde.

'... vier... drie... twee... negentienhonderdveertien!'

Bij negentienhonderdveertien brulde de hele zaal van enthousiasme en werd het trompetgeschal van het orkest volledig overstemd door het geschreeuw.

'Gelukkig nieuwjaar! Op een geweldig, fantastisch nieuwjaar!'

De koorzangeres legde allebei haar armen om Pauls nek en kuste hem ongegeneerd op zijn wangen. Hij had geen keuze dan haar kussen te beantwoorden. Daarna vloog ze een voor een zijn vrienden om de hals, dronk met iedereen broederschap en kon niet stoppen met giechelen. Paul haastte zich om bij de garderobe te komen, vroeg zijn mantel, hoed en handschoenen en liep naar beneden naar de parterre. Inderdaad, de deuren waren geopend en een deel van het publiek was naar buiten gelopen om het vuurwerk te bewonderen. Ook voor het Kurhaustheater werden vuurpijlen de winterse hemel in geschoten, ze schoten fluitend weg, explodeerden en veranderden in gele of rode sterren. Een paar seconden lang bleven ze als fonkelende wonderbloemen voor de zwarte achtergrond hangen, waarna ze zich oplosten.

'Is het niet geweldig?' riep Von Hagemann, die Paul gevolgd was.

'Als ze in de lucht uit elkaar spatten zie je de contouren van de huizen helemaal scherp. Als reusachtige kerstbomen. Tjonge, ik geloof dat het echt een fantastisch jaar gaat worden.'

Een verdwaald rotje schoot sissend langs hen heen, een paar mensen gilden geschrokken en begonnen daarna te lachen.

'Heeft je zus het weleens over me gehad?' wilde de tweede luitenant van Paul weten.

'Welke?'

'De jongere. Katharina.'

Paul had het ondanks zijn dikke jas koud. Het was gewoon niet handig om op één plek stil te blijven staan. En nu alweer Kitty. Hij had geen idee wat ze van Klaus von Hagemann vond en wilde het niet weten ook.

'Kan ik me niet herinneren… Ze schildert momenteel heel veel… is er helemaal bezeten van, zou je kunnen zeggen.'

Dat was in ieder geval niet gelogen. Kitty was onafgebroken met haar nieuwe kamenierster samen en ze tekenden veel. Marie was kamenierster geworden, wie had dat gedacht?

'Ze heeft kennelijk een sterke afkeer van mij gekregen,' ging de tweede luitenant verder. 'Dat heeft me erg verbaasd omdat ze er kort daarvoor nog heel anders over dacht. Zou er een reden kunnen zijn voor deze abrupte stemmingswisseling?'

Paul haalde zijn schouders op. Zijn zusje had kennelijk weer eens onheil aangericht. Arme kerel, hij scheen er nogal mee te zitten.

'Is ze misschien zelfs verliefd?'

Paul moest lachen. Kitty had die ochtend nog spottend over haar balaanbidders gepraat en beweerd dat het stuk voor stuk pinguïns met een snor waren. Toen hij merkte dat de tweede luitenant het niet leuk vond dat hij moest lachen, vermande hij zich meteen weer.

'Ja, zeker,' zei hij grijnzend. 'Elke week op een ander. Deze week is – voor zover ik begrepen heb – ene Raffael de gelukkige. Vorige week was het Michelangelo…'

Von Hagemann volgde oplettend de vlucht van een groene vuurpijl, keek hoe die uit elkaar spatte en zich als een glinsterende spin in de lucht uitbreidde. Daarna schopte hij een losliggend kiezelsteentje naar het bloembed dat met dennengroen bedekt was en slenterde hij zonder te groeten het theater weer in. Vanuit het theater klonk de eerste acte van een operettemelodie, het orkest was begonnen aan de aangekondigde bonte mengeling van melodieën. Te horen aan het lawaai van glazen die tegen elkaar aan gestoten werden, luisterde er echter nauwelijks iemand. Paul draaide zich om en zag bij de ingang naar de zaal een jong stelletje staan met hun armen om elkaar heen, ze waren diep verzonken in een lange kus.

'O, hier ben je, Paul. Kom bij ons in de loge.' Zijn vriend Julius wankelde een beetje. Dat had niet veel te betekenen, Julius kon grote hoeveelheden alcohol achteroverslaan zonder echt dronken te raken.

'We hebben twee dames van het ballet uitgenodigd, je zult nog opkijken!' voegde hij eraan toe. 'Bovendien heeft die blonde koorzangeres al twee keer naar je gevraagd.'

'Ik heb een afspraak,' loog Paul. 'Misschien kom ik later nog even langs.'

'Nou, kijk eens aan,' zei Julius een tikkeltje jaloers. 'Nou, dan wens ik je veel plezier.'

'Jij ook, maat.'

Paul liep door het kuurcomplex naar de huurrijtuigen en taxi's en voelde zich als bevrijd. Hij aarzelde heel even maar besloot toen een paardenkoets te nemen, gaf zijn bestemming door aan de koetsier en stapte in. Het was niet al te ver naar de villa, hij had ook te voet kunnen gaan. Als je stevig doorliep was het ongeveer een half uur. Hij kende de omgeving tussen Augsburg en Göggingen tamelijk goed. Als tiener had hij hier met zijn maten rondgezworven, in de zomer hadden ze in de vele beekjes gezwommen of de hengel uitgeworpen, in de winter hadden ze geschaatst. Al die pleziertjes waren eigenlijk verboden geweest, maar welke jongen had zich daar nou aan gehouden?

Hij zat nog geen vijf minuten in het rijtuig of hij besefte al dat hij geen goede keuze had gemaakt. De koets was verouderd, hij piepte en rammelde, de zittingen waren versleten en de muffe geur was nauwelijks te verdragen. Paul deed een raampje open en ademde de koude nachtlucht in, die een beetje naar zwavel en brand rook. Her en der werden er nog steeds vuurpijlen afgeschoten, nu ze de enige aan de zwarte nieuwjaarshemel waren, waren hun kleurenfonteinen in volle pracht te zien.

Hoe langer het rijtuig over de weg schommelde, hoe meer Pauls stemming naar het dieptepunt zakte. Over een paar dagen zou hij naar München rijden, weer in zijn kamertje slapen en zijn studie oppakken. Hij had er totaal geen zin in. Hij moest er weer aan denken dat zijn vader hem in de fabriek een stomkop had genoemd. Het was bitter voor hem geweest om zo de les gelezen te krijgen. Vooral omdat de werknemers erbij waren en hij in een paar gezichten haat zag oplichten. De verontwaardiging die hij op dat moment had gevoeld kwam weer terug. Hij verschoof op de oncomfortabele zitting van het rijtuig en deed het raampje verder open.

Natuurlijk had zijn vader gelijk gehad, zijn calculatie was verkeerd geweest, hij had met allerlei factoren geen rekening gehouden. In de boze woorden van zijn vader klonk ook teleurstelling door, dat had erg pijn gedaan. Waarom had hij gedacht dat hij dit vraagstuk in vijf minuten kon uitrekenen? Hij had zichzelf mateloos overschat en was daarvoor afgestraft. En die straf kwam hard aan. Onnodig hard.

Hij probeerde de onaangename gedachten van zich af te schudden, maar het lukte niet. Zijn vader was niet gemakkelijk, dat wist hij zijn hele leven al. En toch hield hij van hem. Nu er problemen in de fabriek waren en zijn vader pas 's avonds laat naar de villa terugkeerde, vond Paul het verschrikkelijk dat hij hem niet kon helpen. Twee machines waren defect, een andere werkte niet goed, en het lukte maar niet ze te repareren. De levertijden kwamen in het geding, er was achterstand in de fabriek, de klanten werden ongeduldig. Dit alles wist hij niet van zijn vader, die zei amper een woord als hij thuiskwam en zijn maaltijd naar binnen werkte. Paul was van de problemen op de hoogte omdat hij voorman Huntzinger bij de fabriekspoort opgewacht en uitgehoord had.

'Vroeger hadden we dat soort problemen niet,' had Huntzinger gemopperd. 'Toen controleerde meneer Burkard de machines en als een het niet goed deed, had hij het zo weer gefikst.'

'Meneer Burkard?'

'Ja, zeker. Hij heeft bijna alle machines hier geconstrueerd. Hij was een goede man, had veel verstand van mechanica. Hij heeft ook naaimachines en fietsen gebouwd.'

Paul had er een poosje over gepiekerd waar hij de naam van kende, tot hem te binnen schoot dat het vast om Jakob Burkard ging, de voormalige compagnon van zijn vader, die echter al jaren geleden was overleden. Nou ja, die goede Huntzinger was ook de jongste niet meer.

Toen de villa aan het einde van de weg in zicht kwam, voelde Paul zich op een vreemde manier enorm opgelucht en verheugde hij zich zelfs. De buitenlampen waren aan en er scheen ook licht achter een paar ramen op de begane grond, waar de keuken en de andere werkruimtes zich bevonden. Op de eerste verdieping was alles donker, op de tweede verdieping was één raam verlicht. Hij kneep zijn ogen samen. Dat moest Kitty's kamer zijn. Zijn polsslag versnelde, hij had bijna zin om een melodietje te fluiten.

Het rijtuig kwam voor de treden van de zuilengalerij tot stilstand, hij sprong eruit en gaf de koetsier zelfs een flinke fooi. Zo had de oude man ook wat plezier en kon hij tevens iets goeds doen voor zijn knol. Het was duidelijk dat die twee niet lang meer samen zouden rijden, de leeftijd drukte een stempel op de koetsier en het paard, die onmiskenbaar hun beste tijd hadden gehad.

Met zijn hoed en handschoenen in de hand liep hij de treden op en in plaats van de bel te gebruiken, haalde hij zijn huissleutel tevoorschijn en maakte de deur zelf open. Waarom zou hij het niet wagen? Hij zou niets van haar verlangen. Alleen kort in haar buurt zijn, een vriendelijk gesprek, haar ogen zien, die zachte, donkere afgrond, om zich er eventjes in te verliezen… De hal lag in het halfdonker, alleen verderop, niet ver van de trap, brandde een petroleumlampje zodat het personeel de schakelaar voor de elektrische verlichting makkelijker kon vinden. Niemand leek het te hebben gemerkt dat hij binnengekomen was, het personeel zat waarschijnlijk nog in de keuken bijeen om oud en nieuw te vieren. Ineens bedacht hij dat sommigen van hen vannacht vast vrij hadden om oud en nieuw met vrienden of familie te vieren. Maar wie? En moesten ze dan niet allang weer terug zijn? Hij moest weer denken aan die smerige kroeg in de benedenstad, aan Marie die daar door die brute kerel tegen de grond was geduwd… Ze zou die plek toch niet weer opzoeken? Nee, dat had ze hem beloofd. Maar wie zei dat ze zich aan die belofte hield?

'Nooit! En al ga je op je kop staan. Dat zal ik nooit van mijn leven doen!'

Paul had net de trap bereikt toen hij de boze woorden uit het keukengedeelte hoorde komen. Aan de stem te horen moest dat Robert zijn. Paul bleef heel even staan, maar vond het niet netjes om de gesprekken van het personeel af te luisteren en liep de trap op. Het tapijt absorbeerde het geluid van zijn voetstappen.

'Je wilt dus liever de gevangenis in, ja? Op straat creperen omdat niemand je meer in dienst zal nemen, met zo'n aantekening in je werkboek…'

Dat was Auguste. Wat kon ze gemeen zijn, terwijl ze hem, Paul, altijd een naïef-onderdanig lachje schonk.

'Houd nou toch eens op. Niemand kan iets bewijzen. En jij al helemaal niet.'

Nu bleef Paul toch staan en hij spitste zijn oren. Er leek iets gebeurd te zijn wat niet in de haak was. Uitgerekend Robert, van hem had hij zoiets niet verwacht.

'Ik kan het voor de rechtbank zweren,' hield Auguste koppig op halfluide toon vol. 'Je hebt de brief van de juffrouw in je zak gestopt en in plaats daarvan een andere bij de post gelegd. Die had je daarvoor uit je jasje gehaald.'

'Maak jezelf niet belachelijk, Auguste. Waarom zou ik zoiets doen? Wat gaan mij de brieven van de juffrouw aan?'

Paul hoorde Auguste kort en hortend lachen. Het klonk bijna alsof ze moest hoesten.

'Waarom? Dat is maar al te duidelijk. Omdat je niet wilde dat ze een liefdesbrief aan tweede luitenant Von Hagemann schreef. In jouw blinde jaloezie heb je die brief met een andere omgewisseld, met eentje die je zelf hebt geschreven. Waarschijnlijk heb je zelfs het handschrift van de juffrouw nagebootst en haar handtekening vervalst. Weet je dat je daarvoor naar het tuchthuis moet als het aan het licht komt?'

'Daar is niets van waar! Je bent zelf blind van jaloezie en verzint leugens. Wie zou die onzin nou geloven? Niemand. Uiteindelijk zul je er zelf op afgerekend worden, Auguste.'

'Als je met me trouwt, Robert, is alles vergeten,' smeekte Auguste met veranderde stem. 'Ik doe het toch alleen maar omdat ik zie dat je je vergist in een noodlottige liefde. Denk je serieus...'

'Sssst!' siste hij. 'Wees stil. Er is iemand gekomen.'

'Wie moet er nou gekomen zijn, alles is donker.'

Paul voelde zich heel ongemakkelijk toen Robert de keuken uit kwam en de hal in liep. Het was belachelijk dat hij zich voor zijn eigen huisknecht moest verstoppen, maar het zou verschrikkelijk gênant zijn als Robert zou merken dat hij het gesprek had gehoord. Hij zakte op zijn hurken en versmolt met de schaduw van de trapleuning tot Robert weer weg was.

Daarna liep hij langzaam verder naar boven terwijl hij nadacht over wat hij had gehoord. Hij kon er niet helemaal wijs uit worden, maar het leek erop dat de arme Klaus von Hagemann een vervalste brief had gekregen. Hij zou bij gelegenheid Kitty eens naar die brief vragen, maar zijn zusje kennende had ze zeer zeker geen liefdesbrief aan de tweede luitenant geschreven. Eigenlijk was de hele kwestie een futiliteit, het erge was alleen dat Robert bedrog had gepleegd. Ze hadden de jongen verkeerd ingeschat. Hij zou het er met mama over moeten hebben. Later. Nu was hij iets anders van plan.

Hij liep de rode salon in, deed de plafondlampen aan en drukte op de elektrische bel voor het huispersoneel. Robert had minder dan een minuut nodig om de trap op te lopen.

'Meneer... We hebben u helemaal niet horen aankomen... Ik wens u een gelukkig nieuwjaar.'

De huisknecht was zichtbaar nerveus en Paul gedroeg zich goedgehumeurd om hem te kalmeren.

'Dat wens ik u ook, Robert. Moge het nieuwe jaar al onze verwachtingen en wensen vervullen.'

Robert maakte glimlachend een buiging en zweeg. Zou hij zich afvragen of de jongeheer misschien een gesprek kon hebben gehoord dat niet voor de oren van de heren en dames van het huis bestemd was?

'Is de rest van de familie nog onderweg of slapen ze al?'

'Uw ouders en de twee juffrouwen zijn nog niet thuis. Maar we gaan ervan uit dat ze elk moment thuis kunnen komen.'

'Dat denk ik ook,' zei Paul vrolijk. 'Breng sekt en glazen boven, zodat we nog snel op het nieuwe jaar kunnen proosten.'

'Zoals u wenst, meneer.'

Dit keer had Paul het gevoel dat het eindeloos duurde voordat Robert weer in de rode salon verscheen. Hij bracht de sekt in de zilveren emmer die hij met fijngehakte ijsblokjes had gevuld.

'Zet het daar maar neer, ik schenk het zelf in. Dank u wel.'

Hij wachtte tot Robert de salon had verlaten, maakte toen een van de twee flessen sekt open en schonk twee glazen vol. De sekt was nog warm en schuimde in het glas, hij moest een paar keer naschenken. Onrustig liep hij naar het raam – kwam er een automobiel over de oprit aangereden? Nee, hij had zich gelukkig vergist.

Met de twee glazen in zijn handen liep hij de gang door, en snel en zonder een druppel te knoeien liep hij de trap naar de tweede verdieping op. Hij zette de drankjes op een kastje in de gang.

Zijn hart ging tekeer en dat kwam niet doordat hij zo snel gelopen had. Hij klopte aan.

Niets. De afschuwelijke gedachte bekroop hem dat Kitty gewoon het elektrische licht had aangelaten toen ze haar kamer had verlaten. Hij klopte nog een keer, dit keer iets luider. Nog steeds niets. Nu wilde hij het weten. Vastberaden drukte hij de klink naar beneden en opende hij de deur.

Ze was er! Ze stond met een tekenblok voor de schildersezel waarop een opengeslagen boek lag. Kijk... ze tekende een foto na van de beroemde *David* van Michelangelo.

'O, meneer... neemt u mij niet kwalijk... ik was zo verdiept in...'

Ze keek hem met haar raadselachtige ogen verschrikt aan – zoals een ree kijkt die in het nauw is gedreven.

'Je hoeft niet te schrikken, Marie. Ik ben degene die me moet excuseren omdat ik vreemd terrein binnendring.'

Ze had hem ongetwijfeld gehoord maar gedacht dat hij weer zou gaan als ze niet op het geklop reageerde. Hij liep een paar passen de kamer in, wilde haar tekenblok zien, maar ze verstopte het met een rood hoofd achter haar rug en klapte snel het boek dicht. Omdat ze bezig was een naakte jongen te tekenen? Hij vond het leuk dat ze zo preuts was. Daarginds in de benedenstad had ze waarschijnlijk toch de waarheid verteld.

'Een kunstenares verstopt haar werken niet. Kunst is voor alle mensen. Zelfs voor mij.'

'Ik ben geen kunstenares, meneer. Ik teken alleen omdat de juffrouw het me heeft opgedragen. Ze geeft me les, ik moet opdrachten doen.'

Dat was een hele nieuwe kant van zijn zus. Kitty, de strenge tekenjuf. Ze verbaasde hem telkens weer.

'Maar nu we hier toch staan,' zei hij met een ongedwongen uitdrukking op zijn gezicht, 'kunnen we meteen even op het nieuwe jaar proosten.'

Hij toverde de twee gevulde glazen tevoorschijn en reikte er een aan Marie aan. Ze week achteruit.

'Ik dank u, meneer. Maar alstublieft... ik drink liever geen alcohol.'

Ze stelt zich een beetje aan, dacht hij. Dat gaat wel over. Mijn god, wat ziet ze er knap uit in haar nieuwe kleren. Zou ze zich insnoeren? Natuurlijk doet ze dat.

'Een klein slokje op een gelukkig nieuwjaar kun je toch niet weigeren. Kom, wees een braaf meisje en pak dit glas aan. Zo is het goed...'

Ze hield het slanke champagneglas zo sierlijk in haar hand alsof het alleen maar gemaakt was om haar arm en kleine hand mooi te laten uitkomen. Nu lukte het haar ook te glimlachen, ze keek naar hem op en de intensieve blik van haar donkere ogen benam hem voor een moment zijn spraakvermogen. Marie... ging er door zijn hoofd. Marie, Marie...

'Dan drinken we op u, meneer,' zei ze met vaste stem. 'En op uw familie. Dat het een vredig en gelukkig jaar moge worden voor u allen.'

'En op jou, Marie. Dat wij een lange, gelukkige tijd met elkaar in deze villa mogen doorbrengen.'

De glazen maakten een licht, helder geluid toen ze tegen elkaar aan stootten. Meteen daarop stelde hij geamuseerd vast dat ze waarschijnlijk nog nooit in haar leven sekt had gedronken. Ze trok haar neus op en liet het inderdaad bij een piepklein slokje.

'Vertel me eens wat meer over die lessen,' zei hij. 'Ik zou heel graag willen zien wat je getekend hebt.'

'Graag, meneer. Maar niet nu. Ik wil u graag te woord staan als de juffrouw er weer is.'

'Ze kan elk moment terug zijn. We kunnen hier op haar wachten en een beetje kletsen...'

'Dat is niet mogelijk, meneer.'

Hij dronk haastig zijn glas leeg en versperde haar de weg, want ze wilde serieus de gang op glippen. Ze bleef vlak voor hem staan, besluiteloos. Ze hoopte vast dat hij een stap opzij deed. Maar dat deed hij niet. Dit keer wilde hij het uitlokken, het bloed ruiste naar zijn slapen, hij had al dagen en nachten telkens aan haar gedacht. Marie, Marie, Marie...

Hij tilde zijn armen op en legde ze om haar heen, hij voelde haar beven en werd overmand door het verlangen haar te kussen. Wat glansde haar huid mooi. En haar lippen glansden zo rood alsof ze bloedden…

'Nee!' zei ze met een stem die geen tegenspraak duldde. 'Ik wil niet dat u dat doet.'

Ze veranderde in steen in zijn armen, hard en koud als het marmeren beeld dat ze zojuist nog had nagetekend. Hij liet haar los, deed een stap naar achteren en schrok van de boze gloed in haar ogen.

'Ik wil het niet omdat het tot niets goeds kan leiden, meneer. Goedenacht!'

Ze liep langs hem heen de kamer uit en hij stapte onwillekeurig opzij. Een poos lang bleef hij roerloos op de drempel staan. Hij hoorde dat ze de deur naar de dienstbodentrap achter zich sloot. Toen pas draaide hij zich om, hij staarde naar de donkere gang.

Ze had hem waarachtig een blauwtje laten lopen.

III

Januari 1914

19

'IK VIND HET GEEN GOED idee, Kitty.'

Alicia schraapte een paar keer haar keel en nam een slokje hete koffie. Sinds vanochtend had ze een doffe stem en helaas ook keelpijn en een beetje hoofdpijn. Ondanks de dikke bontjas had ze het eergisteren op het balkon ijskoud gehad. Maar ze was nog liever in een ijsklomp veranderd dan dat ze naar binnen was gegaan voordat Johann klaar was met zijn nieuwjaarstoespraak voor het personeel. Robert en Gustav hadden sterkedrank uitgedeeld en er werden belegde broodjes en warme chocolademelk aangeboden. Ach, het was geweldig geweest, zoals al die mensen 'hun' directeur hadden toegejuicht, 'hoera' riepen voor het echtpaar Melzer en samen met hen een toost uitbrachten op het nieuwe jaar. Het waren toch allemaal trouwe zielen, hun werknemers. Op een paar kleine uitzonderingen na, dat wel. Maar dat had je overal.

'Waarom niet, mama?' vroeg Kitty op haar typische halsstarrige wijze. 'Robert hoeft ons alleen maar af te zetten, op de terugweg nemen we een taxi.'

Natuurlijk kwam ze nu pas met dit idiote idee aanzetten, nu haar vader van de ontbijttafel was opgestaan. Johann had dit uitje zonder meer verboden. Nee, en daarmee basta.

'Je wilt met Marie naar het museum gaan?' mengde Elisabeth zich nu ook in het gesprek.

‘Naar de kunsttentoonstelling in de Katharinenkerk. Waarom is dat nou zo’n probleem? Marie is een getalenteerd kunstenares en ik leid haar op. Ze moet de verschillende stijlen bestuderen.’

‘Ons keukenmeisje moet schilderkunst studeren,’ riep Elisabeth met een spottend lachje. ‘Soms vraag ik me echt af wat er in je hoofd omgaat, Kitty. Zou het kunnen dat er bij jou een paar steekjes loszitten?’

Kitty schoot in de verdediging. Marie was geen keukenmeisje, maar haar kamenierster. En Elisabeth was zelf constant met haar vriendinnen op pad, zij liet zich de ene keer naar Dorothea rijden en de andere keer naar Serafina en daarom had ze niet het minste recht...

‘Kunnen we dit onderwerp alsjeblieft in alle rust bespreken?’ kwam Alicia tussenbeide. ‘Zeker nu mijn stem niet in orde is.’

De twee dochters toonden zich meteen bezorgd om Alicia’s gezondheid. Elisabeth stelde warme citroensap voor, Kitty herinnerde zich de warme kompressen om haar hals en de saliethee uit haar kindertijd.

‘Robert! Waar is die jongen toch?’

‘Laat maar, Lisa,’ wimpelde Alicia haar af. ‘Ik ga straks even liggen en zal wat vlierbloesemthee nemen.’

Robert deed de deur open zonder ook maar enig geluid te maken. Hij kwam een dienblad brengen met een vers gevulde theekan en een kannetje room erop.

‘Zegt u tegen de kokkin dat ze warme citroensap moet maken met een beetje honing erin,’ droeg Elisabeth hem op.

‘Graag, juffrouw. Ik weet alleen niet zeker of we nog citroenen hebben. Voor de thee waren ze er ook al niet.’

‘O ja, Robert,’ zei Kitty. ‘Zou het voor u lastig zijn om een ritje naar de stad te maken? Ik bedoel, omdat het vannacht weer heeft gesneeuwd?’

Elisabeth wierp haar moeder een verontwaardigde blik toe, maar Alicia liet Kitty begaan. Alsjeblieft geen ruzie in aanwezigheid van het personeel.

'Absoluut niet, juffrouw,' haastte Robert zich te antwoorden. Hij had behendig de lege theekan op het lichtje vervangen door de volle en de lege kan op het dienblad geplaatst, dat nu echter een beetje wiebelde. 'Gustav en ik hebben vanochtend in alle vroegte de sneeuw geveegd en op de straten zijn al rijsporen gevormd. Waar mag ik u naartoe brengen?'

'Dank u, Robert,' zei Alicia snel. 'We zullen het u later laten weten.'

'Tot uw dienst, mevrouw.'

Hij verborg zijn teleurstelling achter een dienstvaardige blik, kreeg nog de opdracht vlierbloesemthee te bestellen en zette het gebruikte servies van de directeur naast de lege kan op het dienblad voordat hij de kamer uit liep.

'Dat komt goed uit, mama!' riep Kitty vrolijk. 'Robert kan ons naar de Katharinenkerk brengen en op de terugweg in de winkel met koloniale waren citroenen halen. Zo is iedereen geholpen. Je hebt overigens gelijk, Lisa. Als je verkouden bent is citroensap het allerbeste.'

Elisabeth verdraaide haar ogen naar de gestukte ornamenten op het plafond en Alicia gaf zich zuchtend gewonnen. Ze voelde zich vandaag te zwak om tegen Kitty in te gaan. Zeker omdat de laatste ruzie waarbij het meisje zichzelf had opgesloten nog vers in haar geheugen zat.

'In godsnaam, vooruit dan maar. Maar ik wil dat je Marie als een personeelslid behandelt in het geval je bekenden tegenkomt. En ik zeg dat met een reden, Kitty. We vinden de manier waarop jij met Marie omgaat allemaal vaak veel te... vrij.'

Kitty was zeer tevreden en had geen zin om onnodig ruzie te maken. Natuurlijk zou ze Marie niet als een goede vriendin behandelen, in ieder geval niet in het openbaar. Dat wilde Marie trouwens ook niet, ze begreep heel goed wat haar plaats was. En ja, omdat mama constant bang was dat Kitty zou kunnen verhongeren, zou ze nu nog wat eten.

Elisabeth schonk voor zichzelf verse thee in en keek jaloers toe hoe haar zus een lekker broodje met boter en gekookte ham verorberde. Hoe was het mogelijk dat ze geen gram aankwam en toch zo veel kon eten als ze wilde? Zijzelf hoefde alleen maar naar een broodje te kijken of haar tailleomvang was weer een centimeter toegenomen.

'Ik trek me nu terug,' zei Alicia en ze schraapte nogmaals haar keel. 'Wil iemand de krant? Nee? Dan neem ik die mee naar boven.'

Terwijl Alicia naar haar slaapkamer ging om daar tegen de opkomende verkoudheid warme vlierbloesemthee te drinken, liep Kitty vrolijk naar het raam om te kijken of de weg echt schoon genoeg was om er met een automobiel overheen te kunnen rijden. Er was inderdaad tot achter de hoge poort van het park geveegd en Gustav was bezig de weg door het parkterrein vrij te maken. Hij bewoog de sneeuwschuif met gelijkmatige, krachtige bewegingen en leek niet moe te worden. Wat een gespierde jongen, ze kon zijn adem zien dampen. Achter haar was Robert binnengekomen om de ontbijttafel af te ruimen, wat hij op zo'n handige manier deed dat je het servies nauwelijks hoorde rinkelen.

'Ik wil graag om elf uur met Marie bij de Katharinenkerk zijn, Robert.'

'Dan moeten we tegen half elf vertrekken, juffrouw.'

Ze liep lichtvoetig door de gang en haastig de trap op en merkte dat haar hart veel sneller klopte dan normaal. Natuurlijk, ze had te snel gelopen. Misschien had ze ook te veel thee gedronken. Ze had beter koffie kunnen nemen. Van thee werd ze onrustig. Och, hemel, wat was ze opgewonden.

Tot haar verbazing hoorde ze stemmen in haar kamer. Dat was Marie. En juffrouw Schmalzler. Wat had die nou in haar kamer te zoeken? En tot overmaat van ramp hoorde ze nu ook nog Jordan kijven. Ongelooflijk! Ze zag niemand toen ze binnenkwam, de drie dames waren kennelijk in haar garderobekamer. Kitty wierp een blik op de kleine pendule die op haar ladekast stond en zag dat het nog ruim twee uur duurde voordat het half elf was. Ze vroeg zich af of ze een einde moest maken aan de discussie in de garderobekamer, maar vond het toch interessant om even te luisteren.

'De garderobe van juffrouw Katharina valt onder mijn verantwoordelijkheid,' mopperde Jordan. 'Dat is sinds ik hier in de villa ben altijd zo geweest.'

'Het is nu eenmaal zo bepaald en u dient zich te voegen, juffrouw Jordan,' zei juffrouw Schmalzler op rustige toon. 'U zult voortaan de mevrouw en juffrouw Elisabeth bedienen, en Marie is verantwoordelijk voor juffrouw Katharina.'

'Ze zal de spullen nog ruïneren!' riep Jordan opgewonden. 'Ze heeft immers geen idee hoe je een zijden jurk behandelt. Een baljurk. Een middagkostuum. En dan het ondergoed... kan ze eigenlijk wel strijken?'

'Ik heb u al een paar keer gezegd dat ik Marie zelf aanstuur,' antwoordde de huisdame, wier stem nu iets ongeduldiger klonk. 'U hoeft zich geen zorgen te maken.'

Kitty ging op een van de twee lichtblauwe stoelen zitten. De discussie was zeer verhelderend. Ze mocht Maria Jordan niet, ze was een vals kreng dat vaak liep te roddelen.

'Ik ben beslist niet de enige die dit vindt,' zei Jordan strijdlustig. 'Deze promotie is voor alle personeelsleden een klap in het gezicht. Jarenlang doe je trouw en vlijtig je werk, je begint onderaan en klimt langzaam omhoog. Maar mensen als Marie, dat zijn kennelijk gelukskinderen, die bereiken hetzelfde in een paar weken. Maar ik houd mijn mond al. Ik ben niet jaloers. Ik niet. Dat heb ik niet nodig.'

'Dat dacht ik ook, juffrouw Jordan. Wilt u ons dan nu alstublieft alleen laten zodat wij ons werk kunnen doen?'

'Goed dan, ik ga al. Maar ik zeg u één ding, juffrouw Schmalzler. Ik ben niet zo dom dat ik inspring als het de nieuwe kamenierster niet lukt. Ik ga haar zeker niet helpen als ze iets moet naaien!'

'Ik kan vrij goed naaien, juffrouw Jordan.'

Dat was Maries stem. God, wat moest het arme meisje een hoop over zich heen laten komen. Kitty was verbijsterd. Ze zou willen dat mama niet zo aan Jordan gehecht was, zelf had ze dat twistzieke mens onmiddellijk op straat gezet. In ieder geval kreeg Jordan de schrik van haar leven toen ze de garderobekamer uit kwam en de juffrouw zag zitten.

'Ik… ik sta tot uw dienst… juffrouw,' stotterde ze, rood van schaamte. 'Ik wilde alleen… wilde alleen kijken of alles met uw jurken in orde is en Marie een paar handige tips geven.'

'Ja, vast,' zei Kitty koeltjes. 'Ik heb het zeer duidelijk gehoord. Ik wil graag dat u Marie voortaan vriendelijk behandelt, juffrouw Jordan.'

Jordan begreep dat Kitty al een poosje had zitten luisteren en haar mondhoeken gingen naar beneden.

'Natuurlijk, juffrouw,' zei ze flemend. 'Neemt u mij niet kwalijk, ik verloor mijn zelfbeheersing.'

Kitty knikte hautain. De rol van de straffende prinses ging haar goed af. Ze gebaarde met haar hand richting de deur. 'Ik heb u verder niet meer nodig. Ik denk dat u even naar mama moet gaan. Ze is even gaan rusten omdat ze een verkoudheid onder de leden heeft.'

'Dan… verzoek ik u mij te excuseren…'

Ze leek blij te zijn de plek van haar schanddaden te kunnen verlaten. De huisdame wist veel beter haar houding te bewaren in deze gênante situatie, ze verontschuldigde zich voor de onrust en kon het zelfs opbrengen een goed woordje voor Jordan te doen.

'Trekt u het zich maar niet aan dat ze zo ontevreden is, het is niet gemakkelijk voor haar om zo plotseling een deel van haar takenpakket op te moeten geven. Maar ze zal er vast aan wennen.'

'Dat hoop ik ten zeerste!'

Kitty wachtte tot juffrouw Schmalzler vertrokken was en overstelpte Marie meteen met de verhalen over haar plannen. Van nu af aan zouden ze de musea in de stad Augsburg bezoeken, evenals het Raadhuis en een paar grote kerken. Ze was van plan om Marie een uitgebreide kunsthistorische opleiding te geven, dat was belangrijk als je zo'n talent had. Marie moest haar schetsblok en de potloden inpakken om een paar werken na te tekenen. Daar kon ze veel van leren. Dat had Kitty zelf ook gedaan toen ze een opleiding aan de kunstacademie volgde. Ze kwam heel even in de verleiding om haar vriendin een van haar tweedkostuums te lenen, maar zag er toen toch van af. Marie droeg sinds haar promotie de gebruikelijke kleding van een kamenierster, een eenvoudige, enkellange rok, met daarop een zwarte blouse en hooguit een beschaafd sieraad, dat ze echter niet had. Ze had haar haren opgestoken, waardoor ze er volwassener maar ook lieflijker uitzag. Nee, Marie moest er juist vandaag niet nog knapper en al helemaal niet als een jongedame uitzien. Daar had Kitty zo haar redenen voor en die hadden niets te maken met mama's vermaning.

'We vertrekken om half elf,' zei ze en ze keek weer op de pendule. Was de minutenwijzer echt pas een kwartier opgeschoven? 'Ik zal van tevoren nog een bad nemen en mijn haar indraaien. De rozenolie, Marie. En de zeep die in het hangkastje ligt. Die waar die roos op gedrukt is.'

Marie ging braaf aan de slag om alles voor te bereiden. Mijn hemel, waarom schoot de tijd niet op? Buiten in de gang klonk mama's licht hese stem, kennelijk wilde zij nu ook in bad. Kitty zuchtte, zij zou helaas weer aan het kortste eind trekken.

De minuten kropen voorbij. Ze probeerde wat te tekenen, maar kon zich niet concentreren. Ze liep naar de rode salon en haalde de grammofoon tevoorschijn, luisterde naar een aria uit *Turandot* en vond dat Enrico Caruso erg overschat werd. Hij zong met een geknepen stem, maar misschien lag het ook wel aan de grammofoon of aan haar eigen ongeduld. Ze liep weer naar boven, vroeg Marie allerlei deux-pièces uit de garderobekamer te halen, bekeek haar enkellaarsjes en kon niet kiezen. Het maisgele pakje dat met fluweel was afgezet? Was dat niet te opvallend? Liever de beige rok met een blouse en daarbij het lichtblauwe, lange jasje? Nee, dan zag ze eruit als een kantoormedewerkster. Ze kon beter een donkerrood pakje kiezen, dat stond haar het beste. En dan haar kleine hoed met de sluier van tule erbij en het haar alleen van voren opgestoken, zodat het in zachte golven over haar schouders viel.

Beneden in de hal moesten ze op Robert wachten, die nog een boodschappenlijstje mee kreeg van de kokkin. Bovendien moest hij voor de mevrouw naar de apotheek rijden om aspirine te halen.

'Het spijt me verschrikkelijk, juffrouw,' zei hij buiten adem toen hij eindelijk verscheen. 'Maar maakt u zich geen zorgen, we zullen op tijd aankomen.'

'Mijn hemel,' zei Marie. 'Het komt toch niet op een paar minuten aan. Er wacht immers niemand op ons, of wel soms?'

'Alleen de heilige kunst,' zei Kitty en ze was blij dat dit grapje haar te binnen geschoten was.

Robert deed zijn uiterste best. Hij scheurde over de laan naar de poort, maar was gedwongen om voorzichtig de straatweg op te rijden en moest toen het tempo laag houden.

De sneeuw begon te dooien, er lagen plassen op de weg die kleurrijk glansden door de olie, maar op schaduwrijke plekken lag er ijzel waardoor de auto gevaarlijk slipte.

'Wees niet bang, juffrouw. Als we eenmaal in de stad zijn, zal het beter gaan. Houdt u zich goed aan de handgrepen vast, zodat u zich niet bezeert.'

Er kwamen hen diverse volgeladen vrachtkarren tegemoet en ze hoorden de koetsiers vloeken als de automobiel gevaarlijk dicht langs de paarden gleed.

'Als mijn paarden op hol slaan, is het gedaan met die stinkende blikken gevaartes van jullie!'

Kitty's hart bonkte in haar keel, ze greep Maries hand en was blij dat haar vriendin zo kalm bleef.

Nadat ze de Jakoberpoort waren gepasseerd, werd de rit rustiger omdat de sneeuw hier door talloze wielen en banden platgedrukt was. Robert reed de Jakoberstraat door tot aan de Perlachberg, waar ze plotseling midden in een chaos van automobielen, vrachtkarren, voetgangers en koetsen bleven steken. Ook de tram kon niet verder, en daarbij hielp het niet veel dat de bestuurder mopperend aan het schelkoord trok.

'Wat is er aan de hand? Mijn god... wat doen al die mensen hier?'

'Ik denk dat er een ongeluk is gebeurd, juffrouw. Ik zal even informeren.'

'Stop! Gaat u niet weg,' riep Kitty verbijsterd toen hij het portier opende en uitstapte.

'Hij komt zo terug, juffrouw Katharina,' zei Marie lachend. 'Kijk maar. Hij praat met de chauffeur van die automobiel.'

Kitty was vastberaden om desnoods te voet verder te gaan, maar Robert kwam inderdaad terug en vertelde dat er vlak voor het Raadhuis een vrachtkar met biervaten was omgekiept. De vaten waren in alle richtingen gerold en hadden twee automobielen beschadigd, een paar voetgangers waren lichtgewond geraakt.

'En wat doen we nu?' riep Kitty angstig. 'Moeten we omkeren?'

Robert schoof zijn pet naar achteren en grijnsde energiek. De dames moesten zich vasthouden, hij zou een omweg maken. Meteen daarna stuurde hij de auto naar links tussen een taxi en de tram door een smal steegje in. De automobiel ging hobbelend een paar keer een hoek om en kwam als door een wonder na een paar minuten weer op de Maximilianstraat. Robert had het Raadhuisplein slim weten te omzeilen. Diverse taxi's en automobielen waren hem gevolgd, de chauffeurs zwaaiden naar elkaar en toeterden enthousiast. Robert straalde van trots.

'Dat hebt u goed gedaan,' prees Kitty hem. 'Kijk, Marie, van hieruit zie je de Perlachtoren en het Raadhuis... zijn die uivormige torentjes niet mooi? Mensen zeggen dat het een indrukwekkend gebouw is, maar ik vind het log en saai. Het is classicistisch, dat zie je aan de smalle driehoeken boven de ramen. Helemaal recht en gelijkmatig, twee vleugels om het midden, doodsaai. Maar harmonieus...'

Ze was nu zo verschrikkelijk opgewonden dat ze gewoon moest praten. Het maakte niet uit waarover. Tegelijkertijd klemde ze haar vingers om de leuning van de passagiersstoel en merkte zelf dat ze allerlei onzin uitkraamde en daar constant bij moest lachen.

'Kijk, Marie, we bevinden ons nu in de bovenstad. Daar ben je denk ik niet zo vaak geweest, of wel?'

'Ik hoefde hier maar zelden heen...'

Ze gaf Marie niet de tijd om uitgebreider te antwoorden maar praatte alweer door. Of ze de Augustusfontein had gezien? Nee? Augustus was een Romeinse keizer, dat moest ze onthouden. En daar in de verte kon je de smalle toren van St. Ulrich zien, vond ze ook niet dat de Maximilianstraat bijzonder breed en indrukwekkend was? Aan de ene kant het Raadhuis, aan de andere kant de grote basiliek St. Ulrich. Dat was symbolisch, kerk en burgerdom waren de krachten die de stad grootgemaakt hadden. Tenminste – en nu begon ze flauw te giebelen – dat was haar op school altijd verteld.

Robert reed nu stevig door. Langs de kant van de weg veegden jongens de sneeuw van de trottoirs, vrouwen met boodschappenmanden stapten voorzichtig over de plassen, achter hen rinkelde de tram die gelukkig aan de chaos voor het Raadhuis ontsnapt was.

'We zijn er bijna, Marie. Daarginds is de Mercuriusfontein, daar slaan we links af naar de Hallstraat. Weet je wie Mercurius is? Nee, geen Romeinse keizer. Mercurius was veel meer, hij was een god. De god van de kooplui en de dieven. Ook de overbrenger van boodschappen, want hij had vleugels aan zijn sandalen. Je moet vooral Mercurius onthouden, Marie. Alleen al omdat hij een zeer welgeschapen jonge god is. Pekzwarte ogen en krullend haar, als hij gepassioneerd raakt dansen er gouden vonkjes in zijn pupillen...'

Ze moest weer melig lachen. O god, wat zat ze nou te zwetsen? Wat zou Robert wel niet van haar denken? Maar wat kon Robert haar schelen, hij behoorde tot het personeel. En Marie, haar lieve Marie, zou het wel begrijpen, dat wist ze zeker.

De Katharinenkerk, waar de kunstcollectie tentoon werd gesteld, maakte naast het prachtige witte Schaezlerpaleis een tamelijk armoedige indruk. Terwijl ze uitstapten vertelde Kitty dat de Schaezlers zeer arrogant waren en weinig contact met de 'nieuwrijke' fabrikanten zochten. Het paleis scheen als een sprookjeskasteel ingericht te zijn, helemaal in barokstijl met veel goud en kristallen spiegels die de vertrekken vergrootten.

Ze gaf Robert de instructie meteen door te rijden en de boodschappen te halen. Nee, hij hoefde haar niet op te halen, ze zou een taxi bestellen. Aan de kassa waarachter een man met een asgrijze snor zat betaalde ze de entree. Ze hielden hun mantel aan, het was koud en de ruimten werden niet gestookt om te voorkomen dat de schilderijen aangetast werden.

'Zie je, Marie... daar hangen een paar van die fantastische basiliekschilderijen, die hebben de nonnen nog laten vervaardigen. Hans Holbein heeft er twee van geschilderd. Welke nonnen? Nou, deze kerk behoorde vroeger tot een kloostercomplex, ik geloof dat het dominicanessen waren. Hun gebeden konden een arme zondaar van de eeuwige verdoemenis verlossen, daardoor werden ze rijk en konden ze deze geweldige altaartafel laten maken. Zoals je ziet was kunst vroeger altijd met de kerk of met geld verbonden. Dat is afschuwelijk, Marie. Kunst moet vrij zijn, die moet naar de hemel vliegen, als een glinsterende vogel...'

Een in het donkerblauw geklede suppoost gebaarde haar dat ze niet zo hard moest praten en ze hield zich meteen geschrokken in.

'Ik denk dat je een van deze altaarschilderijen moet uitkiezen,' fluisterde ze tegen Marie. 'Vergeet niet dat ze in de zestiende eeuw zijn gemaakt en daarom nogal ouderwets overkomen. Maar ze zijn vervaardigd door grote schilders. Let op de uitdrukking van het lichaam, op de mimiek... Het beste kun je meteen hier beginnen.'

Ze had geen idee hoe laat het was, maar ze wist zeker dat het allang elf uur was geweest. Het leek Marie een beetje te verbazen dat ze meteen in de eerste ruimte aan het werk werd gezet, ze had vast eerst nog de hele tentoonstelling willen bekijken. Maar dat kon ze immers een andere keer ook nog, de schilderijen liepen niet weg. De schilderijen niet.

'Ik laat je nu alleen, mijn lieve Marie, zodat jij in alle rust kunt tekenen. Neem de tijd en bestudeer het schilderij eerst uitsluitend met je ogen...'

Ze wilde het liefst haar vervelende jas uittrekken en bij Marie laten liggen – waarom had ze anders haar kostuum zo zorgvuldig uitgezocht? Maar het was gewoon te koud, ondanks de jas rilde ze. Langzaam, als een geïnteresseerde bezoekster, liep ze door de hoge ruimte, waarvan de oorspronkelijk godsdienstige functie nog goed te zien was. Gotische pilaren eindigden in spitse bogen die zich boven haar in gewelfkoepels kruisten. Ze knikte innemend naar de suppoost en betrad de tweede zaal, die afgezien van twee oudere dames helemaal leeg was. Haar hart verkrampte en ze was het liefst door de ruimte gelopen om te kijken of zich misschien iemand in een van de twee zijportalen ophield. Maar ze beheerste zich. Wie was zij nou? Een dom klein meisje dat een gouden bal achternaliep? O nee. Ze had het niet nodig zich te haasten. Misschien was het wel goed dat ze te laat was. Dan zou hij niet op het idee komen dat ze verliefd op hem was. Of zelfs helemaal in zijn ban, zoals al die anderen. Nee, zij was Katharina Melzer, die men sinds haar eerste bal 'de betoverende kleine prinses' noemde. En als ze hem een rendez-vous toestond, dan was dat voor hem een niet-verdiende gunst.

In het zijportaal zat slechts een van de in het blauw geklede suppoosten, een vrouw die een paarse sok zat te breien. Onbegrijpelijk... bij de aanblik van de ongeëvenaarde meesterwerken zat deze vrouw stompzinnig op een kruk en tikte met haar breinaalden. Kitty vluchtte terug naar de tweede zaal en liep naar rechts. Als hij hier ook niet was, dan was hij hetzij helemaal niet gekomen, of hij was alweer weg. Waarom voelde ze nu zo'n onnoemelijke teleurstelling? Eigenlijk zou het haar niets moeten schelen. Eigen schuld, *monsieur* Duchamps, jammer van de verspilde tijd...

Maar hij was er. Hij stond met zijn rug naar haar toe en bekeek een schilderij van een Zwabische meester. Hij draaide zich niet om toen ze de ruimte binnenkwam. Dat deed hij pas toen zij bleef staan.

'Wat bent u laat, *mademoiselle*,' zei hij terwijl hij haar glimlachend aankeek. 'Ik vreesde al dat u zich bedacht had.'

Zijn glimlach overspoelde haar als een warme vloed. Hemel, in zijn ogen dansten gouden vonkjes. Hoe kon een man zo prachtig, zo opwindend zijn?

'We werden opgehouden,' zei ze, terwijl ze zich beheerste.

Hij accepteerde de verklaring zonder verdere vragen.

'Des te gelukkiger ben ik dat u desondanks de weg hiernaartoe hebt gewaagd.'

Haar knieën beefden terwijl ze naar hem toe liep. Hij ontving haar galant met een handkus en ze had het gevoel dat een hete vlam de rug van haar hand verschroeide. Hadden zijn lippen haar hand beroerd of had ze het zich slechts verbeeld?

'Wel... ik had sowieso dingen in de stad te doen,' loog ze en glimlachte naar hem. 'En deze tentoonstelling is het waard om telkens weer te aanschouwen.'

'Daar hebt u gelijk in, mademoiselle Cathérine...'

Wat klonk haar naam mooi uit zijn mond. Hij had slechts een licht Frans accent, verder sprak hij vloeiend Duits. Dat was verbazingwekkend voor een zoon van een zijdefabrikant uit Lyon. Maar hij had een Duitse moeder en leidde al een aantal jaar de handelsvertegenwoordiging van een paar Lyonese bedrijven in Augsburg. Ze had hem op haar eerste bal leren kennen en ze waren elkaar sindsdien telkens weer tegengekomen. Voor het laatst op oudjaarsavond op de ongelooflijk saaie receptie van de burgemeester.

Hij keek naar de ingang van de ruimte, waar heel kort een opzichter verscheen die echter meteen weer doorliep.

'Ik weet, mademoiselle, dat ik stoutmoedig ben,' zei hij zachtjes. 'Maar ik kan deze kans niet voorbij laten gaan zonder u te bekennen dat u een diepe indruk op mij hebt gemaakt. Ik moet dag en nacht aan u denken, mademoiselle. Ik leef met uw beeld in mijn hart, ik praat met u, hoor in mijn verbeelding uw stem, ja, soms denk ik zelfs dat ik de warmte van uw kleine hand voel...'

Ze zoog deze woorden in zich op en voelde zich intens gelukkig. Dit was waar ze al die dagen zo naar had verlangd. Zijn goudgespikkelde ogen, zijn zachte, donkere stem. Mijn god, ja. Het was niet bepaald hoge poëzie, wat hij zei. Vele anderen hadden vergelijkbare dingen tegen haar gezegd. Maar uit zijn mond klonk het prachtig.

'Lacht u mij alstublieft niet uit, Cathérine. Ik open mijn hart voor u, omdat ik denk dat u ook niet onverschillig bent. Dat kunt u niet zijn, anders stond u nu niet voor mij...'

Hij had een triomfantelijke blik in zijn ogen die haar een tikkeltje ergerde. Maar tegelijkertijd vond ze het leuk. Hij was niet een van die smachtende jongens die haar op soirees belegerden, hij was een man die wist wat hij wilde.

'Ik geef toe dat ik nieuwsgierig was,' zei ze koket. 'Het zou kunnen dat wij veel gemeen hebben. Vooral de liefde voor de kunst.'

Twee oudere dames kwamen de ruimte binnen, liepen langzaam langs hen heen en bleven her en der staan om over de schilderijen te praten. Het duurde een eeuwigheid voordat ze weer weggingen. Intussen stonden Kitty en Duchamps zwijgend tegenover elkaar, ze gingen helemaal in elkaar op.

'De liefde,' zei hij zachtjes, 'de liefde voor het leven, voor de schoonheid, voor de kunst... Ik zou u zo veel willen vertellen, mademoiselle. Sinds vandaag lijkt de wereld helemaal nieuw, alsof ik nu pas ben geboren... Lacht u alstublieft niet...'

Ze moest wel giechelen, het was meer een nerveuze reactie dan echt lachen, maar het bracht haar volkomen van haar stuk.

'Lacht u mij uit? Vindt u mij zo belachelijk?' Plotseling was hij vlak bij haar, ze voelde zijn adem, rook zijn jas, voelde de druk van zijn armen. Zijn mond zocht haar lippen en toen gebeurde er iets ongelooflijks.

'Vergeeft u me,' fluisterde hij in haar oor. 'Ik wilde dat niet doen. Niet nu, niet zo snel...'

De goudkleurige spikkeltjes in zijn ogen drongen als pijlen bij haar naar binnen, haar hart ging tekeer. Wat was dat? En wat zei hij nou allemaal?

'U moet niet denken dat ik een onevenwichtige verleider ben, mademoiselle. Het was de passie die mij overspoelde. *Mon Dieu*, ik ben verliefd. Dat is me al jaren niet meer overkomen, ik zweer het u. *Coup de foudre* – als een donderslag bij heldere hemel. Het heeft me te pakken en ik kom er niet meer vanaf. Kunt u mij mijn opdringerigheid vergeven? Het was dom en onhandig van me.'

'Sorry,' onderbrak ze hem. 'Het ging allemaal zo snel. Zou u… zou u het alstublieft nog een keer willen doen?'

De ruimte begon te draaien terwijl hij haar wens vervulde. Als een versnelde film trokken de oude schilderijen langs haar heen, een wervelstorm van vormen en kleuren, heiligen en boetelingen, landschappen, dieren, ruïnes. Maar ze werd nog het meest bedwelmd door de vreemde mannelijke geur van zijn huid en zijn haar die haar helemaal omringde.

20

'IK ZOU DEZE STOF KIEZEN, juffrouw.'

Marie wees zeer beslist naar een van de drie stofbalen die op de tafel van de naaikamer waren uitgelegd. Het was een dure satijnen stof van zuivere zijde in zacht lichtblauw. Daarnaast lagen satijnen stoffen in mat rosé en lichtgroen.

'Waarom die?' vroeg Elisabeth.

'Omdat blauw bij uw teint en vooral bij uw ogen past. Ziet u?'

Marie tilde de baal op en wikkelde er behendig een paar meter stof van af die ze bij Elisabeth, die voor de spiegel stond, om de schouders drapeerde.

'De matte zijde aan de buitenkant, alleen bij de omslagen en het decolleté zouden we met de glanzende kant kunnen spelen. Een eenvoudige snit, strakke mouwen, daarvoor hebben we chiffon nodig in dezelfde tint. Alleen bij de zoom van de rok ruches, bij de sleep kunnen dat er wat meer zijn. Bij het decolleté misschien een bloem, die naai ik voor u.'

Elisabeth keek naar haar spiegelbeeld en moest de nieuwe kamenierster gelijk geven. Het was echt knap zoals ze de stof om haar schouders drapeerde, losjes een decolleté vormde en het satijn in haar taille plooide. Ze had talent, die kleine Marie. Je hoefde haar maar een paar modetijdschriften in haar handen te geven en ze kwam meteen met ideeën die allemaal chic, modieus en – en dat was het belangrijkste – goed draagbaar waren voor iemand met een wat voller figuur.

'Daarbij kunt u een halsketting dragen. Parels misschien, of een dunne gouden ketting met blauwe stenen.'

Ze zou de ketting met het hangertje van aquamarijn dragen die papa haar drie jaar geleden met kerst had geschonken. Ja, dat vond ze mooi.

'Het haar zou ik losjes op uw achterhoofd opsteken. Misschien gevlochten, maar geen strakke vlecht. Een paar krullen naar het voorhoofd trekken. Als u wilt naai ik ook een versiering voor in uw haar. Een strik met parels en veren.'

Dat soort snuisterijen kon ze fantastisch maken, ze had een jaar lang bij een kleermaakster alleen maar bloemen moeten naaien. De twee trapnaaimachines stonden al dagen niet meer stil, want ook Kitty's en mama's baljurken moesten genaaid worden. Daarvoor hadden ze mevrouw Zimmermann, een kleermaakster, laten komen, zij was goed en betrouwbaar. Maar Maries ideeën, haar smaak en haar zelfverzekerdheid wat stoffen en kleuren betrof waren onovertrefbaar. Elisabeth had aanvankelijk niet veel op met Marie, ze vond dat ze een nogal arrogante uitstraling had voor een keukenmeisje. En dat gedoe met Kitty was gewoon schandalig. Maar intussen was ze van mening veranderd. Dit meisje was een juweel dat ze bijna in de keuken versleten hadden.

'Ja, zo doen we het, Marie. Teken het voor mevrouw Zimmermann zodat zij kan gaan knippen.'

'Graag, juffrouw. Mag ik ook een paar bloemen en versieringen voor in uw haar tekenen? Zodat u ziet wat ik voor ogen heb?'

'Dat is een goed idee, Marie.'

Elisabeth knikte minzaam naar de kamenierster en wachtte geduldig tot Marie haar weer uit de lappen stof bevrijdde. Die kleine meid kon echt goed tekenen. Kitty kon nog zo veel cursussen volgen, ze kon niet tippen aan de jonge kamenierster. Maries tekeningen, die hadden iets. Elisabeth kon niet zeggen wat dat 'iets' was, maar het was er en boeide degene die ernaar keek. Ongelooflijk voor een meisje dat – zoals mama een keer had onthuld – in een weeshuis was opgegroeid.

Ze stond op, wierp nog een laatste blik in de spiegel en zag dat ze er zoals gewoonlijk bleek uitzag en een dubbele kin had. Alleen haar haar zat vandaag goed – dat was de verdienste van juffrouw Jordan die sinds een paar weken wanhopig haar best deed in een vergeefse poging te concurreren met de nieuwe kamenierster.

Ze verliet de naaikamer om voor de lunch nog een kaartje te schrijven aan een zieke vriendin. Serafina had samen met haar op kostschool gezeten. Maar belangrijker was dat haar vader, kolonel Von Sontheim, de baas was van de tweede luitenant. Von Hagemann was naar zijn regiment teruggekeerd en Elisabeth maakte zich zorgen dat hij geen verlof kon krijgen voor het bal in huize Melzer.

'Pardon, juffrouw...'

'Wat is er, Robert?'

Hij wierp een haastige blik op de deur van de naaikamer waarachter het ijverige geratel en gesnor van de machines te horen was.

'Niet hier op de gang, juffrouw. Het is... een vertrouwelijke aangelegenheid.'

'Ik heb weinig tijd...'

'Het gaat over die brief, juffrouw. De brief aan tweede luitenant Von Hagemann...'

Ze staarde hem geschrokken aan maar zag dat hij kalm en niet paniekerig was. Toch was het verontrustend.

'Kom snel binnen.'

Ze keek voorzichtig om zich heen of de gang leeg was, deed toen snel de deur van haar kamer open en ze gingen allebei naar binnen. Robert had eigenlijk niets in haar slaapkamer te zoeken, maar nood brak wet.

'Wat is er aan de hand?'

'Auguste heeft gezien dat ik de brieven heb verwisseld.'

Dat was slecht nieuws, maar het meisje had er tot nu toe wel over gezwegen. Waarom kwam hij er nu pas mee?

'Ze weet niet wie de andere brief heeft geschreven, juffrouw. Ze verdenkt mij ervan. Maar het zou kunnen dat ze er iets over zegt tegen uw zus of zelfs uw moeder.'

'Waarom zou ze dat doen? Ik dacht dat u en Auguste wilden trouwen.'

Nee, dat was beslist niet het geval. Auguste probeerde hem tot een huwelijk te dwingen, maar hij liet zich niet chanteren.

Elisabeth begreep het. 'Ze dreigt de zaak te onthullen als ze niet naar het trouwaltaar wordt gevoerd. Is dat het?'

'Ja, zo is het, juffrouw,' bevestigde Robert. 'Maar maakt u zich geen zorgen. Zelfs als ze dwaze dingen vertelt, zal niemand haar geloven.'

Elisabeth zweeg, daar dacht ze anders over. Ze liep peinzend door de kamer, verschoof verstrooid een vaas, frunnikte aan de weelderig gedecoreerde gordijnen. Die kleine chanteuse moest tot zwijgen gebracht worden en wel vandaag nog.

'Dank u, Robert. U kunt nu gaan. Ik zal het verder op me nemen.'

Hij maakte een buiging maar kon zich er niet toe zetten de kamer te verlaten. Er lag hem nog iets op het hart.

'Begrijpt u me niet verkeerd, juffrouw. Ik ben er erg trots op dat ik hier in deze villa mag werken. De mevrouw is altijd goed voor me geweest en ik geloof dat ze hoge verwachtingen van me heeft. Ik zou het verschrikkelijk vinden als dit kleine pleziertje dat ik u heb gedaan...'

'Het is goed, Robert. Niemand zal het te weten komen.'

Hij had nog meer willen zeggen, maar haar ongeduldige toon deed hem verstommen. Was het slim geweest om haar in vertrouwen te nemen? Vijf minuten geleden dacht hij nog dat het de enige mogelijkheid was om enigszins onbeschadigd uit deze val te komen. Maar nu was hij daar niet meer van overtuigd.

Hij deed de deur open en bleef stokstijf staan.

Maria Jordan liep met een stapel gestreken witte was door de gang en van de andere kant kwam de kleermaakster eraan die naar boven naar het toilet voor het personeel wilde gaan. Hij wachtte geduldig tot de twee vrouwen weg waren en liep toen naar de dienstbodentrap.

Elisabeth had nauwelijks op hem gelet, ze was met andere dingen bezig. Uit het bovenste laatje van haar commode haalde ze een met groen leer overtrokken kistje dat ze op de toilettafel voor de driedelige spiegel zette. Op de groene ondergrond waren goudkleurige ornamenten geperst, bloesems, in elkaar geslingerde takken, vogeltjes en vlinders. Elisabeth had jaren geleden aan haar moeder gesmeekt of ze dit sieradenkistje mocht hebben en bewaarde hierin haar lievelingsspullen. Ringen, broches en een paar parelkettingen, waarvan twee zo lang waren dat je ze drie tot vier keer om je hals kon draaien. Ze was er trots op dat ze deze schat later aan haar echtgenoot kon presenteren. Ze was dan misschien niet de knapste en niet zo'n meisje dat met een slanke taille en een hulpeloze oogopslag de mannen kon betoveren. Maar ze zou een doortastende en trouwe echtgenote zijn. Bovendien was ze beslist niet arm. Klaus von Hagemann zou geen reden tot klagen hebben.

Daar was de lichtblauwe aquamarijn. Het hangertje bestond uit een bloesem met drie blaadjes, in het midden straalde een diamant, de blauwe stenen op de blaadjes van de bloem waren ook omzoomd door glinsterende diamantsplinters. Dit hangertje werd aan een lange gouden ketting gedragen die een aantal keer om de hals werd gedraaid. Ze hield het sieraad even voor haar borst, boog naar voren en keek in de spiegel hoe het stond. Zou de tweede luitenant haar in haar blauwe baljurk leuk vinden? Vast wel… maar vergeleken met Kitty had ze niet de geringste kans. Die kreeg een baljurk van wit satijn met een sleep van zachtroze gekleurde chiffon en rozenblaadjes, waarin ze er als een sprookjesfee uit zou zien. Kitty hoefde geen sieraden te dragen, de huid op haar slanke hals, de lichte aanzet van haar kleine borsten… het was allemaal perfect. Haar kinderlijk betoverende uitstraling zou door dure juwelen alleen maar verstoord worden.

Elisabeth leunde zuchtend weer naar achteren en woog het hangertje met de aquamarijnen in haar hand. Daarna drukte ze op de knop van de elektrische bel.

Jordan kwam dienstvaardig en overijverig binnenstormen.

'Auguste moet mij thee brengen.'

Ze zag een enorme teleurstelling in het bleke gezicht van Jordan. Ze had het echt niet gemakkelijk, want intussen liet alleen haar moeder zich nog door haar bedienen. En zelfs die riep af en toe Marie bij zich.

'Ik kan de thee ook voor u brengen, juffrouw.'

'Ik wil graag dat Auguste de thee boven brengt!'

Jordan vatte het op als weer een vernedering en trok zich met een gekwelde gezichtsuitdrukking terug. Elisabeth ergerde zich aan haar. Dat vervelende mens had bijna haar spelletje bedorven.

Het duurde een poosje voordat Auguste kwam. Waarschijnlijk waren ze beneden in de keuken met de voorbereidingen voor de lunch bezig. Er was nog geen nieuw keukenmeisje aangesteld, dus Else en Auguste moesten af en toe bijspringen.

'De thee, juffrouw.'

Eindelijk! Elisabeth keek hoe Auguste behendig op één hand het dienblad met de theekan en een kopje balanceerde, terwijl ze met de andere hand de deur opende. Van voren bolde haar rok al behoorlijk op, hoewel haar schort het meeste bedekte. Hoe ver zou ze nu zijn? Zou het kind in de lente geboren worden?

'Zet het daar maar op tafel. Nee, je hoeft het niet in te schenken, laat de thee nog maar even trekken.'

'Zoals u wenst, juffrouw.'

Ze knikte en glimlachte naïef. Maar ze was slimmer dan ze eruitzag, die kleine afperster. Geraffineerd en dom tegelijk... met zulke middelen kon je een man niet tot een huwelijk dwingen. De kunst was hem zo ver te krijgen dat hij het vrijwillig deed.

'Kom bij me, ik moet met je praten!'

Ze wilde al naar de deur lopen, misschien vermoedde ze iets, want ze leek nogal haast te hebben. Nu stond ze met afhangende armen voor de juffrouw, die nog steeds op de kruk voor de toilettafel zat. Elisabeth had het hangertje met de aquamarijnen weer opgepakt, de gouden ketting viel in haar schoot.

'Vind je dit sieraad mooi, Auguste?'

De vraag verwarde het meisje. Ze staarde naar de glinsterende diamant, de lichtblauwe stenen en slikte een paar keer. Daarna knikte ze dommig.

'Het is prachtig, juffrouw.'

'Dat vind ik ook,' zei Elisabeth en ze hield het sieraad op. 'Het is een van mijn lievelingssieraden, een cadeau van mijn vader.'

Auguste wist niet wat ze daarop moest antwoorden, ze glimlachte dus maar en wachtte tot ze weer naar beneden mocht gaan.

'Juist daarom deed het me veel pijn toen dit mooie sieraad een paar dagen geleden verdwenen bleek te zijn. Gelukkig heb ik het vandaag weer gevonden.'

Auguste staarde haar met wijd open ogen aan, je zag haar denken. Elisabeth liet de val dichtklappen.

'Hij lag onder jouw matras, Auguste. Wat heb je daarover te zeggen?'

Auguste deed haar mond open, stamelde allerlei onduidelijke zinnen, jammerde, zweerde op de Heilige Maagd Maria, op alle heiligen dat ze onschuldig was, dat ze verdoemd zou worden als ze ooit zoiets zou doen... Iemand had haar uit kwaadwilligheid verdacht willen maken...

'Het heeft mij ook zeer verbaasd,' zei Elisabeth. 'Maar ik heb een getuige die het sieraad samen met mij gevonden heeft.'

'Een... getuige?'

'Robert.'

Nu werd het meisje zo bleek dat Elisabeth bang werd dat ze weer flauw ging vallen, zoals al een keer eerder was gebeurd.

'Ga daar op die stoel zitten,' commandeerde ze. 'En dan gaan we in alle rust over dit rampzalige voorval praten.'

'Robert,' fluisterde Auguste. 'Robert zou dit sieraad onder mijn matras hebben gevonden?'

'Wij samen,' loog Elisabeth ongegeneerd. 'Ik had besloten de kamers van de personeelsleden te inspecteren. Dat was niet gemakkelijk voor me, maar wel nodig omdat ik dit kwijt was.'

'Robert…'

Ze begon te huilen. Het leek haar aan te grijpen dat haar geliefde bij de zaak betrokken was. Wel… een andere getuige dan Robert kon ze voor deze beschuldiging helaas niet aanvoeren. Ze zou hem snel op de hoogte moeten brengen zodat hij zich niet versprak.

'Stop nu met huilen, Auguste. Het is erg, heel erg zelfs. Als er aangifte gedaan moet worden, zul je de gevangenis in moeten.'

'Ik heb… het niet… gestolen,' zei Auguste snikkend. 'Ik zweer op…'

'Oké, het is al goed,' onderbrak Elisabeth haar. 'Luister. Gezien je toestand en het feit dat je je nooit eerder ergens schuldig aan hebt gemaakt, ben ik bereid genade voor recht te laten gelden. Echter alleen als jij je loyaal opstelt.'

Auguste begreep het nog niet helemaal. Maar uit de volgende zin werd duidelijk hoe de vork in de steel zat.

'Met loyaal bedoel ik dat je geen valse beschuldigingen tegen andere personeelsleden uit. Vooral niet tegen Robert.'

Het was kostelijk om Augustes gezicht te zien. Ze was helemaal niet zo dom als ze eruitzag. Het muntje was gevallen.

'Tenslotte willen jullie trouwen,' voegde Elisabeth er vals aan toe. 'Het is belangrijk dat je kind een vader krijgt.'

Auguste liet haar hoofd zakken. Heel even vreesde Elisabeth dat ze toch flauw ging vallen. Maar dat gebeurde niet. Ze vermande zich en stond op.

'Ik heb het begrepen, juffrouw,' zei ze zachtjes.

'Mooi,' zei Elisabeth vriendelijk terwijl ze het hangertje in het geopende sieradenkistje liet glijden. 'Dan zijn we het met elkaar eens, of niet soms?'

Auguste bevestigde dat.

'Schenk een kopje thee voor me in voordat je naar beneden gaat.'

21

'GOEDEMORGEN, JONGEHEER MELZER.'

'Goedemorgen, meneer Gruber. Wat is het koud, hè?'

De portier grijnsde en zei dat het niet zo erg was. Pas als het meer dan twintig graden vroor had hij een klein slokje nodig om vanbinnen warm te blijven.

Paul knikte begrijpend naar hem en liep over het fabrieksterrein naar het administratiekantoor. Tussen twee vrachtkarren die net uitgeladen werden, stond een van hun automobielen. Vader was dus niet lopend gegaan, zoals zijn gewoonte was.

In het donkere administratiegebouw versomberde zijn vrolijke stemming. Hij kende de lange gangen en kleine kantoortjes waarin lijsten gemaakt en lange rijen getallen uit de rekenmachines getrokken werden. In een van deze kantoortjes op de tweede verdieping had hij destijds die nederlaag beleefd. Eén klein denkfoutje en alles was verloren. Als ze de offerte volgens zijn calculatie hadden uitgevoerd, had de fabriek verlies gedraaid.

'Goedemorgen, dames!'

'Goedemorgen, meneer Melzer. Uw vader verwacht u al.'

Juffrouw Hoffmann knipperde met haar ogen alsof er een beestje in was gevlogen, juffrouw Lüders hamerde verbeten op de zwarte typmachine, wat bewees dat de stemming in het kantoor van de directeur niet al te best was.

Juffrouw Hoffmann trippelde naar de deur van de almachtige baas en klopte voorzichtig aan. Tjonge, ze droeg echt een rok die haar voeten onbedekt liet en bruine enkellaarsjes met blokhakken. Daarentegen was ze onder haar blouse zo stevig ingesnoerd dat je zou kunnen denken dat haar bovenlichaam uit ijzer gegoten was.

'Uw zoon is gearriveerd, meneer de directeur.'

'Laat hem binnen!'

Het klonk niet bepaald als een vriendelijke uitnodiging maar meer als een boos bevel. Paul wist dat het geen aangenaam gesprek zou worden.

'Zal ik koffie brengen, meneer de directeur?' vroeg juffrouw Hoffmann met vleiende stem.

'Nee.'

De secretaresse nam Pauls jas aan en sloot de deur zo zachtjes achter hem alsof het gebouw bij het geringste gekraak van de deurklink kon instorten.

'Ga zitten.'

Johann Melzer wees naar een van de kleine leren fauteuils die voor bezoekers bestemd waren. Zelf bleef hij achter zijn overvolle bureau zitten. Hij zette nog snel zijn handtekening onder een document, klapte toen de map dicht en zette zijn bril af.

'Half twaalf!' constateerde hij.

Hij hoefde niet zijn zakhorloge tevoorschijn te halen want er hing een wandklok boven de deur.

'Ik ben lopend gekomen.'

Dat leek toch indruk te maken op zijn vader, in ieder geval zei hij niet dat Paul dan vroeger had moeten vertrekken. In plaats daarvan kwam hij meteen ter zake.

'Ik heb het kantoor als plek gekozen omdat ik een gesprek tussen vader en zoon wilde.'

Aha, dat verklaarde veel. Hij wilde niet dat mama zich in het gesprek mengde. Wat ze in de villa al diverse keren had gedaan.

'Ik sta tot uw beschikking,' zei Paul met een lichte ironie in zijn stem. 'Gaat het om mijn studie?'

'Inderdaad.'

Zijn vader liet hem smoren, klapte de goudgerande bril zorgvuldig in elkaar en borg hem in het met leer overtrokken, metalen etui op. Het deksel klapte dicht en zijn vader schoof het mooie etui naast de langwerpige schaal waarin de vulpen en briefopener lagen. Het inktpotje, de schaal en een rol voor vloeipapier waren gemaakt van donkergroen halfedelsteen, een cadeau van mama.

'Ik wil open kaart spelen, Paul. Ik heb bij je professoren navraag over je gedaan.'

Dat dacht hij al. In ieder geval was het netjes van zijn vader dat hij geen kat-en-muisspelletje met hem speelde.

'Je zult wel weten welke antwoorden ik kreeg,' ging Johann Melzer verder toen Paul zweeg.

'En daar was je vast niet tevreden mee... of wel?' zei Paul met een zwakke grijns.

Zijn vader had nooit gevoel voor humor gehad en vandaag al helemaal niet. Hij kreeg een harde gelaatsuitdrukking en Paul was blij dat hij niet begon te schreeuwen, zoals hij destijds had gedaan. Hoewel hij er wel reden toe had. Zes semesters lang had zijn vader zijn kamer en levensonderhoud, zijn studie en de contributie voor het studentencorps betaald. Hij had een degen voor hem gekocht voor de duels die bij het studentencorps gehouden werden, bijpassende kleding, boeken, enzovoorts. En nu had hij te horen gekregen dat zijn zoon al maandenlang nauwelijks nog colleges bezocht. En de resultaten van zijn schriftelijke tentamens waren betreurenswaardig.

'Is dat alles wat je hierover te zeggen hebt?'

Paul verzamelde moed. Hij had al veel eerder met zijn vader moeten praten, maar had het telkens weer voor zich uit geschoven. Dat was stom geweest. Nu was het te laat en was het veel moeilijker.

'Nee, vader.'

Hij schraapte zijn keel. Buiten loeide de fabriekssirene, het was middag en een deel van de arbeiders ging nu pauze houden. De anderen zouden later lunchen aangezien de machines moesten blijven draaien.

'Het zit zo,' zei hij toen die vervloekte sirenes eindelijk stil waren. 'Een rechtenstudie is gewoon niet de goede keuze voor mij. Ik vind het ongelooflijk moeilijk om al die wetten in mijn hoofd te stampen. Ik ben nu eenmaal geen boekenwurm, vader.'

'Ach!' zei Johann Melzer met een bijtende ironie.

Hij leunde op zijn bureaustoel naar achteren en nam Paul met samengeknepen ogen op. Er lag minachting in zijn blik, teleurstelling, gerechtvaardigde woede.

Paul was het liefst uit zijn smalle fauteuil opgestaan, hij had het gevoel dat hij staand beter kon praten. Maar misschien wilde hij ook wel aan de blik van zijn vader ontsnappen, waar zo veel kritiek uit sprak.

'Het is zo dat ik veel liever elektrotechniek zou willen studeren. Ik ben geïnteresseerd in machines, in nieuwe uitvindingen, in de mogelijkheden die de elektriciteit ons in de toekomst zal bieden. Ik ben ervan overtuigd dat er binnenkort geen stoommachines meer zullen zijn, ook de aandrijving via waterturbines zal overbodig worden.'

'O echt?' onderbrak zijn vader hem. 'Wel, ik deel jouw euforische ideeën absoluut niet. Elektrotechniek! Denk je nou werkelijk dat ik nog voldoende vertrouwen in je kan hebben om nog een studie voor je te financieren?'

Het klonk vernietigend. Maar Paul gaf niet op.

'Ik heb al een paar colleges op dit vakgebied gevolgd, vader. Het is heel wat anders dan de droge wetteksten, het is de techniek van de toekomst. We mogen deze ontwikkeling in geen geval mi...'

Johann Melzer ging met een ruk rechtop zitten.

'Luister, Paul,' onderbrak hij het opgewonden gepraat van zijn zoon. 'Ik heb noch tijd noch zin om een lange discussie met je te voeren. Vanaf vandaag kun je jouw technische belangstelling hier in de fabriek perfectioneren. Ik wil dat je alles heel goed leert kennen, de spinnerij, de weverij, de stofbedrukking. Elk afzonderlijk fabricageproces moet je leren, elke machine met eigen hand bedienen, onderhouden, desnoods ook eenvoudige reparaties uitvoeren.'

'Daar heb ik niets op tegen, vader. Ik wil ook graag als volontair in de fabriek werken.'

'Ik dacht niet zozeer aan vrijwilligerswerk, maar aan een degelijke opleiding. Je zult niet de jongeheer spelen, maar als leerling beginnen en verantwoording afdragen aan de voorman. Van acht uur 's ochtends tot zes uur 's avonds, zes dagen per week.'

Paul voelde boosheid opborrelen. Wat zijn vader in zijn hoofd had, was geen opleiding. Het ging hem erom zijn zoon te ontmoedigen, de praatjes van de adellijke afkomst van zijn moeder uit te drijven, hem daar neer te zetten waar zijn vader jaren geleden zelf begonnen was. Helemaal onderaan.

'Hoe moet ik iets over de machines leren als ik tien uur per dag bezig ben om de gebroken draden van de garenklossen weer aan te knopen!'

'Zo zul je leren wat werken is. Hard werken, Paul. Als je een fabriek wilt leiden, moet je weten hoe een eenvoudige arbeider zich voelt.'

Johann Melzer pakte zijn brillenetui en klapte het open. Met dit gebaar maakte hij kenbaar dat hij niet van plan was het gesprek voort te zetten.

'Denk over mijn aanbod na, want een ander aanbod zal ik je niet doen. Als je er de voorkeur aan geeft net zo'n liederlijk leven te leiden als je ooms, moet je dat met je moeder regelen. Maar als je op een dag mijn opvolger wilt worden, wil ik zien dat je het serieus meent.'

'Ik meen het serieus, vader,' riep Paul vertwijfeld. 'Maar zo'n aanbod kan ik nooit...'

Er werd een paar keer hard en snel achter elkaar op de deur geklopt.

'Meneer, meneer de directeur!'

Dat was juffrouw Hoffmann, ze leek volkomen hysterisch.

'Wat is er aan de hand?' bromde Johann Melzer. 'Ik had toch gezegd dat ik niet gestoord wilde worden?'

'Er is een ongeluk gebeurd in de spinnerij.'

Dat was de stem van voorman Huntzinger en Johann Melzer stond direct op.

'Een ongeluk? Is er iemand gewond geraakt?'

Huntzinger eigende zich het recht toe langs juffrouw Hoffmann heen te lopen en het kantoor van de directeur in te gaan, waaruit wel bleek dat het inderdaad ernstig was. Van zijn gegroefde gezicht was geen emotie af te lezen, maar zijn grijze snor stond in alle richtingen. Ondanks zijn opwinding nam hij de tijd zijn pet af te nemen.

'Er is een jong meisje meegesleurd door de wagen van de selfactor, meneer de directeur.'

Johann Melzer werd bleek en ook Paul schrok enorm. De spinmachines, selfactoren genaamd, waren reusachtige monsters van circa vijfendertig meter lang. Ze hadden een drijfwerk dat een paar meter ver uitschoof, zodat de vierenvijftig draden ineengedraaid konden worden om zo stevig garen te vormen. Het duurde zes tot acht minuten voordat de wagen uitgereden was, daarna stootte hij tegen het ijzeren stootkussen en bewoog hij zich binnen drie seconden sissend en piepend weer naar de spinmachine terug. Daarna wikkelden de draden die klaar waren zich op de garenklosjes en kon de volgende procesgang beginnen. Tijdens deze achterwaartse beweging moest het meisje meegesleurd en tussen de wagen en de machine terechtgekomen zijn.

'Is... is ze verpletterd?'

Huntzinger stond met gebogen hoofd als een geslagen hond voor de directeur. Terwijl het ongeluk zeker niet zijn schuld was.

'We hebben geprobeerd de wagen tegen te houden,' zei hij. 'Maar het meisje zat al vast. Ik heb de drijfriem doorgesneden.'

'Dus de machine staat nu stil?'

Huntzinger knikte schuldbewust. Hij wist maar al te goed hoe groot de leveringenachterstand van de fabriek was. En nu was er nog een machine uitgevallen...

Paul was opgesprongen en naar de secretaresse gelopen.

'Bel een dokter.'

'Ja, meneer Melzer... Moet ik een dokter bellen, meneer de directeur?' stotterde juffrouw Hoffmann, tot ergernis van Paul.

'Belt u dokter Greiner,' commandeerde Paul. 'Zeg dat het spoedeisend is. Waar wacht u nog op?'

De secretaresse keek hulpeloos naar de almachtige directeur die net uit zijn kantoor kwam.

'Doet u gewoon wat mijn zoon zegt!' bromde Johann Melzer.

'Natuurlijk... meteen...'

Paul en zijn vader pakten hun jassen en liepen achter Huntzinger aan naar de spinnerij. Het eerste wat Paul waarnam toen hij de hal binnenliep was het helse lawaai, want de andere machines draaiden ondanks het ongeluk gewoon door. Daarna viel hem op dat het schemerig was in de hal, om te bezuinigen hadden ze waarschijnlijk op de winterzon vertrouwd en het elektrische licht niet ingeschakeld. De schuine zonnestralen verlichtten de hal echter nauwelijks, te meer omdat de ramen van het sheddak naar het noorden gericht waren.

'Waar?'

'Daarginds, meneer de directeur.'

'Zegt u tegen de mensen dat ze niet moeten kijken maar doorwerken.'

'Goed, meneer.'

Ondanks zijn eigen opwinding zag Paul dat zijn vader lijkbleek was geworden. Maakte hij zich zorgen om de uitgevallen machine of om het gewonde meisje? Waarschijnlijk om beide.

Twee arbeiders – de spinner en de hoofdaanlapper – stonden met een hulpeloze uitdrukking voor de stilstaande machine, waarvan de wagen nog tot de helft was uitgereden. Pas toen ze tussen de wagen en de machine stapten, zagen ze de gewonde op de grond liggen. Het vreemd verdraaide lichaam lag in een plas helder bloed, een jonge fabriekswerkster zat naast haar gehurkt en probeerde het bloeden met een zakdoek te stelpen.

'Mijn god!' zei Johann Melzer toen hij het bloed zag.

Hij bleef staan, moest tegen de machine steunen en begon te hoesten. Paul liep naar het meisje, hurkte naast haar en voelde haar polsslag. Die was zwak, nauwelijks waarneembaar. Uit een diepe wond aan haar onderarm stroomde helder bloed, de zakdoek van haar behulpzame collega was helemaal doorweekt.

'Geeft u uw hoofddoek. Snel. We moeten haar arm afbinden, anders bloedt ze dood.'

De jonge fabriekswerkster veegde haar handen aan haar rok af en knoopte onhandig haar hoofddoek los.

'Maakt u zich geen zorgen, we zullen hem vervangen. Houdt u de arm vast. Zo is het goed. Ik heb een stukje hout of iets dergelijks nodig...'

Hij doorzocht de zak van zijn jas en vond een potlood, stopte hem in de lus en draaide die strakker.

'Ze wilde snel naar de andere kant lopen om een draad aan te knopen,' zei de jonge collega stotterend. 'Toen hing ze vast en kon ze niet meer loskomen. De machine heeft haar verpletterd, haar beide armen en haar schouders. Ik hoorde haar schreeuwen. Ondanks al het lawaai hoorde ik haar schreeuwen. En haar gezicht, dat vergeet ik mijn hele leven niet meer. Haar ogen puilden uit, haar mond was ver open... Heilige Maagd Maria, wees barmhartig, help ons arme zondaars uit de doodsnood.'

'Hoe oud is ze?'

Paul schoof voorzichtig de hoofddoek van het voorhoofd van het bewusteloze meisje. Hij werd overmand door woede. Het was nog een kind, een meisje van hooguit elf of twaalf. Waarom stuurden haar ouders het meisje naar de fabriek en niet naar school? En waarom werden er in de fabriek van zijn vader kinderen aangesteld? Voor de buitenwereld gingen ze prat op hun sociale voorzieningen, kinderopvang, woningen, badhuis, bibliotheek...

'Waar blijft de dokter?' hoorde hij zijn vader roepen. 'Huntzinger, loop naar de portier en bel een dokter!'

'Goed, meneer de directeur.'

'Nee!' schreeuwde Paul en Huntzinger bleef geïrriteerd staan. 'Helpt u mij,' zei hij tegen de jonge fabriekswerkster. 'Houd haar armen vast. Heeft ze een jas? Ga die halen.'

Hij moest zichzelf overwinnen om het meisje uit de plas bloed te tillen. Nu kwam het goed van pas dat hij in het studentencorps al een paar keer had gevochten en ook bij verwondingen had geassisteerd. Er waren studenten die zodra ze één druppel bloed zagen flauwvielen. Daar hoorde hij niet bij.

Zijn pak zou waarschijnlijk niet meer gereinigd kunnen worden, maar wat maakte het uit? Hij droeg het bewusteloze meisje op zijn armen de hal uit, gevolgd door verblufte en nieuwsgierige blikken. Buiten kwam de jonge collega aangelopen, ze was kennelijk de enige die het hoofd erbij hield.

'Hier is haar jas, meneer Melzer.'

'Leg die over haar heen. Zo is het goed. Komt u mee, ik breng het meisje naar het ziekenhuis.'

'Moet ik meekomen?' vroeg ze angstig. 'Maar dat kan niet. Hoe moet ik mijn werk dan afkrijgen?'

'Dat regelen we wel.'

Het duurde een poosje tot de autosleutels gevonden waren, want Johann Melzer was zo in de war dat hij zich niet meteen kon herinneren waar hij ze had neergelegd.

'Wat ga je doen, Paul? Haar naar het ziekenhuis brengen?'

'Ja.'

Zijn vader knikte een paar keer. Paul zag dat zijn handen beefden en hij zich geen raad wist met dit ongeluk. De rollen waren omgedraaid. Paul was degene die zei wat er moest gebeuren en zijn vader volgde zijn aanwijzingen.

De jonge fabriekswerkster nam plaats op de achterbank waar Paul ook het gewonde meisje neerlegde. Intussen was ook haar moeder erbij gekomen, die eveneens in de spinnerij werkte. Ze was een lange, magere vrouw met een spitse kin en ingevallen wangen. Ze jammerde aan een stuk door en stak haar armen in de lucht.

'Ze is zo dom. Ik heb haar gewaarschuwd, maar ze wilde niet luisteren. Ik zweer het u, meneer de directeur. Ik heb haar gewaarschuwd, het is haar eigen schuld...'

'Gaat u aan het werk!' snauwde Johann Melzer tegen de vrouw. Toen klopte hij op het raam van de limousine, Paul had intussen achter het stuur plaatsgenomen. Paul draaide moeizaam het raampje naar beneden, dat door de kou klemde. Wat was er nu nog? Hij had haast.

'Dank je wel, Paul.'

Zijn vader sprak de woorden zachtjes uit en ze zweefden in een witte ademwolk naar Paul, maar hij verstond ze en ze maakten hem trots.

'Ze zal het wel halen, vader. Ik breng je op de hoogte zodra het kan.'

Hij reed langzaam naar de poort. In de achteruitkijkspiegel zag hij zijn vader in zijn donkere mantel en zonder hoed op voor de fabriek staan. Hij bleef onbeweeglijk staan en keek hen na.

22

MARIE DRAAIDE DE BRIEF OM. Er stond geen afzender op, maar ze wist wie de woorden 'juffrouw Katharina Melzer' met zwierige letters op de envelop had geschreven. Het was niet de eerste keer dat er zo'n brief werd bezorgd en net als de andere was hij niet met de post gekomen. Een bode gaf hem bij de villa af, met de aanwijzing de brief aan niemand anders dan aan de kamenierster Marie te geven. Af en toe gaf Marie hem een roze, naar parfum geurend briefje van de juffrouw. Maar vandaag moest hij met lege handen vertrekken.

Marie had er geen goed gevoel over toen ze de trap naar de tweede verdieping opliep. Aan de andere kant: wat kon ze doen? Deze geheime briefwisseling van de juffrouw melden? Dan zou ze Katharina verraden. Nee, dat kon ze niet over haar hart verkrijgen en al helemaal niet nu het arme meisje van verdriet de halve nacht gehuild had. Bovendien was een brief slechts een stukje papier. Niets meer. Geen omhelzing en ook geen kus. En ook niet iets anders waar de juffrouw spijt van zou kunnen krijgen.

Ze klopte op de deur van de kamer. Er kwam geen antwoord en daarom drukte ze de klink zachtjes naar beneden. Het dienblad met het ontbijt stond nog op de tafel, de koffie die ze voor de juffrouw had ingeschonken was koud geworden. Marie liep zachtjes de kamer in en ging op haar tenen staan. Aha, de juffrouw was weer in bed gaan liggen en in slaap gevallen. Marie keek besluiteloos naar het slapende meisje en moest onwillekeurig lachen. De juffrouw had zich als een katje opgerold, met haar armen omklemde ze het hoofdkussen, haar gezicht verdween onder haar losse haar.

'Marie?' mompelde Katharina. 'Marie, ben jij het?' Ze sliep ongelooflijk licht, sommige nachten, vooral bij volle maan, sliep ze helemaal niet. Tenminste, dat beweerde ze. Nu strekte ze zich uit, ze gaapte en streek haar haar naar achteren.

'Ja, ik ben het. Ik heb post voor u.'

Katharina schoot onmiddellijk overeind en wierp de deken van zich af.

'Post? Wat voor post? Is de bode gekomen?'

Bij wijze van antwoord reikte Marie haar de brief aan. Katharina rukte de brief uit haar hand, bekeek hem en er verscheen een gelukzalig lachje op haar bleke gezicht.

'Ik wist het,' fluisterde ze. 'O, Marie, hij is me niet vergeten.'

'Hoe zou hij dat kunnen, juffrouw Katharina? Leest u hem in alle rust, ik haal intussen verse koffie.'

'Nee, nee,' riep Katharina opgewonden terwijl ze de envelop openscheurde. 'Blijf bij me, Marie. Ik wil het geluk met je delen, anders kan ik er niet van genieten.'

Marie ging gehoorzaam op de bank zitten en wachtte. Katharina las, slaakte af en toe een diepe zucht of giechelde. Ook fluisterde ze zinnen als 'O, mijn liefste' of 'O, wat plaag je me' of 'Nee, dat is echt te vrijpostig'.

Marie liet haar eigen gedachten de vrije loop. Wat was de jongeheer verlegen geweest toen ze hem zijn mantel, sjaal en handschoenen had aangereikt. Hij had er bleek en doodmoe uitgezien. Zijn vader had hem naar de fabriek laten komen en iedereen in de villa, vooral het personeel, wist dat vader en zoon ruzie hadden. Arme Paul, wat jammer dat ze hem niet kon helpen…

'O, Marie!' jubelde juffrouw Katharina. 'Ik ben zo gelukkig. Wil je weten wat hij schrijft? Welke bekentenissen hij doet? Wacht, ik lees het voor. Wees niet boos, maar ik kan je de brief niet zelf laten lezen. Er staan regels in die zo… zo… intiem zijn, dat ik ze zelfs niet aan jou kan laten lezen.'

Marie was eigenlijk niet geïnteresseerd in de ontboezemingen, ze kende al een paar brieven van de Fransman, die het Duits verbazingwekkend goed beheerste. Katharina had uitgelegd dat Gérard Duchamps een Duitse moeder had en tweetalig was opgegroeid.

'Hij noemt me zijn allerbeste vriendin, Marie. En hij droomt ervan met mij… O, dat is echt bijzonder… hij wil mij Claude Monets tuin laten zien. Hij wil met me door bloementuinen wandelen en in glanzende vijvers kijken waar waterlelies op drijven…'

Monet was een Franse schilder, dat wist Marie inmiddels. De Fransman schreef vaak over een of andere kunstenaar. Die meneer Duchamps wist heel goed hoe hij Katharina in vervoering kon brengen. Wat voor 'intieme dingen' zou ze bedoelen? Marie luisterde geduldig, Katharina was zo blij dat ze niet kon stoppen met praten. Zojuist had ze nog bleek en door verdriet verteerd op haar kussen gelegen, nu zat ze met haar benen gekruist en met rode wangen en een stralende blik op haar bed.

Dit is niet normaal, dacht Marie bezorgd. Hoe was het mogelijk dat één enkele brief, ook al was die nog zo bloemrijk geschreven, zo'n stemmingswisseling teweegbracht? Wat een macht had deze man over Katharina!

'Is het niet prachtig?' zwijmelde Katharina en ze duwde het blad tegen haar borst. 'Alleen al met zijn woorden kan hij mij overgelukkig maken. Als hij gisteravond in levenden lijve voor me had gestaan… Marie, ik geloof dat ik dood was neergevallen van vreugde!'

Vanochtend had ze nog beweerd dat ze ter plekke moest sterven omdat monsieur Duchamps niet op het bal in de villa was verschenen. Marie had ruim een uur bij haar gezeten om haar te troosten.

'Dat denk ik niet, juffrouw Katharina,' sprak ze haar voorzichtig tegen. 'Ik denk eerder dat u met een rechte rug en een glimlach naar hem toe gelopen was.'

Katharina keek haar verbaasd aan en vond het hele idee vreselijk grappig.

'O, Marie!' zei ze giechelend. 'Denk je dat ik zo sterk had kunnen zijn?'

'O ja,' zei Marie. 'U bent veel sterker dan u denkt, juffrouw Katharina. En dat is goed, want hij moet u respecteren.'

Katharina maakte een wegwerpgebaar. Waarom zei Marie altijd van die suffe dingen? Achting, respect, zich niet helemaal overgeven, maar het hoofd ophouden. Zo saai en zonder passie.

'Liefde is vuur, Marie. Huizenhoog oplaaiende vlammen die alles om ons heen verzwelgen. Ook wijzelf verbranden, en als een feniks die uit de as is herrezen vliegen wij dan weg, verenigd met onze geliefde.'

Marie vond dit beeld meer dan afschrikwekkend maar de juffrouw was er helemaal van vervuld en beweerde dat je alleen op die manier de liefde in al haar kracht en diepte kon beleven. Al het andere was waardeloos.

'Geef me pen en papier. En wees zo lief om me verse koffie te brengen. Ach ja, maak ook maar een broodje met aardbeienjam voor me… En dan kun je voorlopig gaan, mijn lieve Marie. Mijn hemel, het is al bijna middag. Ik heb de halve dag liggen slapen, hoe is het mogelijk…'

Beneden in de keuken zaten Auguste en Else een kopje koffie met warme melk te drinken. Ze rustten een half uurtje uit van de stress van het opruimen. De kokkin was de lunch aan het bereiden die ze uit de resten van het buffet van de vorige avond toverde.

'Wil de juffrouw koffie? Nu? Zet die even zelf, Marie, ik heb het druk.'

'Dat is goed.'

'Het is zo vervelend. Ik moet alles alleen doen!'

De kokkin kon er nog steeds niet over uit dat Marie bij haar was weggehaald. Als ze nou op zijn minst een nieuw keukenmeisje zouden aannemen… maar dat kon ze wel vergeten.

'Die Brunnenmayer, die kan een hoop aan, die kan het werk ook wel alleen af. Zo denken ze erover!'

Ze verstomde want juffrouw Schmalzler, die dit soort gepraat niet duldde, kwam de keuken binnen. Maar ze informeerde alleen waar Robert was.

'Die is beneden in de wijnkelder en neemt de voorraad op.'

'Haal hem gauw, Else. Hij moet de mevrouw naar de fabriek brengen.'

'Naar de fabriek?'

Iedereen in de keuken keek verbaasd. Wat moest de mevrouw in de fabriek? Wanneer was ze daar voor het laatst geweest? Dat was minstens een jaar geleden, ter gelegenheid van het dertigjarig bestaan van de fabriek. En toen was het ook alleen maar voor een uurtje vanwege de viering, want de mevrouw kon het lawaai en de stank van de machineolie niet verdragen.

Juffrouw Schmalzler zei niets, alleen maar dat er haast geboden was. Auguste moest naar de entreehal gaan, de mevrouw was al beneden en had haar mantel en hoed nodig. Toen verdween ze weer, de rest van het personeel verbluft achterlatend.

'Er zal toch niets gebeurd zijn?' fluisterde Marie.

'Misschien heeft de directeur een beroerte gekregen,' bedacht Auguste. 'Dat kan gebeuren als iemand te hard werkt. Hij is al best wel oud, afgelopen lente hebben ze zijn zestigste verjaardag gevierd.'

'Houd je mond!' snauwde de kokkin.

'Nou ja, ik bedoel maar…'

Auguste stond moeizaam op om naar de hal te lopen, maar op dat moment kwam Maria Jordan de keuken in om te vertellen dat de mevrouw al in de auto was gestapt.

'Wat? Zonder hoed en mantel?'

'Wat denk jij nou?' zei juffrouw Jordan boos. 'Natuurlijk heb ik haar bontjas en de zwarte hoed voor haar gehaald. Dat is tenslotte mijn taak als kamenierster.'

Auguste haalde haar schouders op. Sinds Marie tot kamenierster was gepromoveerd, was juffrouw Jordan constant bang dat ze haar niet meer nodig hadden. En daarom pronkte ze des te meer met haar ervaring en het vertrouwen dat de mevrouw in haar stelde.

'Weten jullie eigenlijk wat er gebeurd is?' vroeg ze aan de anderen.

'Een sterfgeval?' giste Auguste sensatiebelust.

'Zou kunnen!'

'Ik wist het! Jezus Maria... toch niet de meneer?'

Juffrouw Jordan deed vaag en geheimzinnig. Er was vanuit de fabriek gebeld en de mevrouw had het telefoontje aangenomen.

'Ik heb haar nog nooit zo in de war gezien. Ze werd lijkbleek en greep naar haar borst.'

'Mijn hemel,' fluisterde Else.

'Vertel nou verder, Maria,' schold de kokkin. 'Laat toch niet elk woord uit u trekken! Wie belde er?'

'Wel, dat was de meneer.'

Dat was voor iedereen een opluchting. Meneer Melzer leefde kennelijk nog. Alleen Auguste was teleurgesteld.

'Ja, en? Wat is daar zo bijzonder aan?'

Juffrouw Jordan stond op om een kopje koffie in te schenken. Ze nam er uitgebreid de tijd voor en genoot van de gespannen stilte in de keuken.

'De meneer vertelde dat hij en de jongeheer niet mee zouden lunchen,' zei ze toen en ze nam een slokje van de hete koffie.

De anderen keken elkaar aan. Nam juffrouw Jordan hen in de maling? Waarom zou de mevrouw vanwege zo'n bericht, dat ze vrijwel dagelijks kreeg, zo van slag zijn? Maria Jordan zag in dat ze de boog niet verder mocht spannen.

'Ze kunnen niet komen omdat er een verschrikkelijk ongeluk is gebeurd in de fabriek. De jongeheer is naar het ziekenhuis...'

Marie had plotseling het gevoel dat de grond onder haar voeten wegzakte. Paul was verongelukt. Paul, die net nog voor haar had gestaan, die er zo verlegen, zo aantrekkelijk, zo jongensachtig had uitgezien...

‘De jongeheer? Is hij dood?’ vroeg Auguste onverstoorbaar.

‘Niemand weet het,’ zei juffrouw Jordan geheimzinnig. ‘Maar als hij naar het ziekenhuis is gebracht, is er waarschijnlijk nog hoop.’

‘Natuurlijk. Anders waren ze denk ik meteen naar het lijkenhuis gereden…’

‘Weten ze hoe het gebeurd is?’

‘Het was verschrikkelijk. Verpletterd in een machine.’

‘Heilige Maria en Jozef!’

‘Waarschijnlijk zijn al zijn botten gebroken…’

‘En is ten slotte zijn schedel gebarsten…’

‘Heb ik niet voorspeld dat er een ongeluk zou gebeuren? Niemand van jullie wilde me geloven. Maar nu is het gebeurd!’

Er ging van alles door Marie heen. Ze keek van de een naar de ander, hoorde de woorden maar wist niet wie wat zei. Iets in haar binnenste weigerde het verschrikkelijke nieuws te geloven, maar tegelijkertijd zag ze afschuwelijke beelden voor zich. Paul, die helemaal bebloed in een stampende, sissende machine hing. Die zich wanhopig probeerde te bevrijden, zich tegen het harde metaal afzette dat onverbiddelijk centimeter voor centimeter zijn lichaam naderde. Niemand was in staat zo’n ijzeren gevaarte met zijn spierkracht tegen te houden. Waarom had niemand hem geholpen? Waar waren de arbeiders geweest? En ach, waarom was hij zo onbezonnen?

Intussen overtroffen Auguste en Maria Jordan elkaar met afgrijselijke vermoedens, Else haalde het verhaal van een oom erbij die in een ijzersmelterij dodelijk verongelukt was en mevrouw Brunnenmayer merkte somber op dat het ergste nog was dat vader en zoon met ruzie uit elkaar gerukt waren. Marie hield het niet meer uit in de keuken. Ze haastte zich de dienstbodentrap op naar de tweede verdieping. Pas toen ze voor de kamer van de juffrouw stond, bedacht ze dat ze de koffie vergeten was.

Waarom laat ik me zo van mijn stuk brengen, dacht ze. Misschien is het allemaal lang zo erg niet. Een schram, een gebroken arm. Niets levensbedreigends…

Ze zou zich vermannen en terug naar de keuken gaan, de gevulde kan op een zilveren dienblad zetten en – zoals het hoorde – naar boven dragen. En geen woord tegen juffrouw Katharina. Niet zolang niemand precies wist wat er eigenlijk was gebeurd.

Maar al na een paar passen merkte ze dat ze overmand werd door twijfels. Waarom was ze oudjaarsnacht zo hardvochtig gebleven? Had ze er niet naar verlangd dicht bij hem te zijn, met hem te praten, te genieten van zijn tedere blik? Misschien zelfs in zijn armen te liggen? Ach, ze was bang geweest zichzelf te verliezen, iets doms te doen wat voor hen beiden alleen maar slecht kon aflopen. Nu zou hij misschien nooit meer te weten komen dat zij hem…

'Kitty! Elisabeth! Waar zijn jullie?'

Ze moest met haar rug tegen de muur leunen. Haar hart ging als een razende tekeer. Och hemel… dat was zijn stem.

'Is iedereen hier in huis gek geworden?' foeterde Paul half bezorgd, half geamuseerd. 'Kitty?'

Hij was de trap op gestormd, zijn gestalte dook in de gang op als een geestverschijning. Marie sloot haar ogen.

'Marie? Gaat het wel goed met je? Marie!'

Ze vermande zich, maar kon haar hart niet laten ophouden met bonken. Hij was heelhuids en gezond. Het was een misverstand geweest.

'Meneer…' zei ze zachtjes.

Hij moest aan haar stem gehoord hebben dat ze heel opgelucht was, want hij liep lachend naar haar toe.

'Zeg eens, heb je je zorgen gemaakt om mij, Marie? Was dat zo? Ben je daarom zo bleek?'

'We… we waren allemaal heel erg bezorgd.'

'Jij ook?'

Hij lachte niet meer. Hij stond heel ernstig voor haar en keek haar vragend, smekend, vol hoop aan. Marie was te zeer in de war om verstandig en voorzichtig te zijn. Voor ze het zelf door had, barstte ze los.

'Ze zeiden dat u in een machine terecht was gekomen en naar het ziekenhuis moest. En misschien zelfs dood was,' stamelde ze. 'Ik was zo bang dat ik u nooit meer zou zien...'

Hij zweeg en keek haar aan. Hij durfde niet eens zijn hand te bewegen uit angst dit gelukzalige moment te verstoren. Hij had duizend dingen moeten uitleggen, maar die leken onbelangrijk. Belangrijk was alleen de schrik in Maries gezicht, het beven van haar ledematen, de tranen die in haar ogen glommen. Het had allemaal met hem te maken en het zei hem meer dan ze met woorden had kunnen uitdrukken.

'Je hoeft niet bang te zijn, Marie,' zei hij ten slotte zachtjes. 'Van nu af aan zullen we elkaar dagelijks zien, want ik ga niet meer terug naar München.'

Ze leek niet zozeer blij te zijn met dit nieuws maar eerder geschrokken. Maar dat was begrijpelijk. Hoe kon ze ook weten dat hij het serieus meende? Zo serieus, dat hij zichzelf amper nog begreep.

'Luister, Marie,' begon hij en hij voelde meteen dat het ongelooflijk moeilijk was om alles wat er in hem omging geloofwaardig uit te drukken. 'Er zijn een paar dingen die ik aan je uit moet leggen. Je zult het ongetwijfeld raar vinden, maar ik verzeker je...'

Op dat moment vloog er een deur open en verscheen Kitty in een witte, zijdeachtig glanzende ochtendjas.

'Paultje!' riep ze blij. 'Heb je goed geslapen?'

Ze lachte vrolijk en vloog haar broer om de hals, dwong hem een paar passen van de polka met haar door de gang te dansen en beweerde vervolgens dat hij danste als een vermoeide teddybeer.

'We gaan zo lunchen, Paultje. We moeten ons snel omkleden, anders wordt mama boos. Kom je, Marie?'

Marie had gekeken hoe broer en zus door de gang huppelden en daarbij Pauls hulpeloze blikken opgevangen. Ze werd gegrepen door een wonderlijke stemming, een mengeling van geluk, berouw en hoop.

'Ja, natuurlijk,' zei ze zachtjes.

Meteen daarop had ze zichzelf weer in de hand.

'De lichtgroene jurk met de wijde mouwen, juffrouw Katharina? Of de donkerblauwe met die witte matrozenkraag?'

Kitty stond intussen naast haar schildersezel en hield haar hoofd een beetje schuin, wat ze vaak deed als ze nadacht.

'Liever geen matrozenkraag,' zei ze. 'Daar knoei ik alleen maar soep op.'

'Dus de groene...'

'Marie?'

Marie had de deur naar de garderobekamer al geopend en keek over haar schouder naar Kitty.

'Ja, juffrouw Katharina?'

'Heeft Paul soms avances gemaakt? Zeg eens eerlijk.'

Marie begreep dat ze op de gang zeer dicht en innig bij elkaar hadden gestaan. Natuurlijk had Kitty daar conclusies uit getrokken.

'Uw broer is erg aardig tegen me.'

Kitty moest lachen. Aardig was de verkeerde uitdrukking. Paul was charmant, een fantastische gesprekspartner, een onbevangen, jongensachtige vent. Zo trouw als goud. De beste broer op de hele wereld.

'Pas op met hem, Marie,' zei ze, plotseling heel serieus. 'Jaren geleden heeft hij een van onze kamermeisjes verleid.'

23

ELISABETH KON NIET BEGRIJPEN dat volwassen mensen zich zo idioot konden gedragen. Vooral mama, die altijd van haar dochters verlangde dat ze zich beheersten. Volgens Elisabeth was mama compleet de kluts kwijt geweest. En tot overmaat van ramp wilde ze nu ook nog papa de schuld geven.

'Je hebt me ontzettend laten schrikken, Johann! Ik dacht dat ik een hartstilstand kreeg toen je zei dat Paul in het ziekenhuis was.'

Papa schoof nerveus zijn bord en bestek recht, hoewel de lunchtafel zoals altijd perfect gedekt was.

'Het spijt me vreselijk, Alicia,' zei hij benepen. 'Ik was zo van slag dat ik niet duidelijk was.'

'Dat kun je wel zeggen, Johann! Het was vreselijk ongevoelig van je, je had me de dood in kunnen jagen. Ik beef nog bij de gedachte...'

Elisabeth kon het niet meer verdragen. Ze wist dat het niet slim was om zich met de ruzie van haar ouders te bemoeien, maar papa's schuldbewuste uitdrukking deed haar pijn.

'Misschien had je meer vragen kunnen stellen, mama.'

Haar moeder keek haar verwijtend aan. 'Dat was helaas onmogelijk. Papa had de hoorn op de haak gelegd voordat ik ook maar een woord kon zeggen.'

'Dan had je terug moeten bellen.'

Zoals te verwachten was, werd haar moeder nu boos. Dacht ze

soms dat haar moeder niet met het telefoontoestel om kon gaan? Ze had een paar keer naar de fabriek gebeld maar helaas had niemand de telefoon opgenomen.

'Dat vind ik onbegrijpelijk,' zei papa hoofdschuddend.

'Ik ook, Johann. Twee secretaresses en niemand is in staat...'

Ze onderbrak zichzelf omdat Paul en Kitty de eetkamer in kwamen. Paul leek in een opperbest humeur, hij straalde gewoonweg toen hij op zijn plek ging zitten en zijn servet uitvouwde. Kitty stortte zich als eerste op mama, omhelsde haar en begon zoals meestal oeverloos te kletsen. Elisabeth zuchtte zachtjes. Haar zusje was zo emotioneel, het was nauwelijks te verdragen.

'Arme mama! Mijn god, wat moet jij geleden hebben. Nee, papa, dit is echt onvergeeflijk. Hoe kon je mama zo overstuur maken? Soms ben je echt zo... zo... zo bot. Zo kortaf. Je vraagt je niet af wat het met een ander doet. Ach, mama, ik leef zo met je mee. Waarom heb je me niets verteld? Ik heb dit afschuwelijke verhaal net pas van Paultje gehoord...'

Tot Elisabeths grote verbazing begon mama papa te verdedigen. Ineens beweerde Alicia dat ze te snel en te ondoordacht had gereageerd, dat ze alleen haar hart en niet haar verstand had gevolgd. Ze glimlachte naar papa en keek toen naar Paul. Die verzekerde haar grijnzend dat ze zich nu eindelijk kon kalmeren, hij zat immers heelhuids en gezond aan de lunch en had bovendien veel trek.

'Overigens verbaast het me zeer dat niemand vraagt hoe het met het gewonde meisje gaat. Het arme kind is pas dertien en zal door dit ongeluk voor het leven getekend zijn!'

Tot Elisabeths verrassing knikte papa instemmend. Ook hij vond dat het meisje zeer veel medeleven had verdiend.

'Is ze pas dertien?' riep Kitty verbijsterd. Ze pakte verstrooid haar stoffen servet van haar soepbord want Robert was bezig de bouillon met ei te serveren.

'Ja, inderdaad, dat arme ding,' zei Alicia. 'Hoe is het mogelijk dat in onze fabriek zulke jonge mensen werken, Johann? Moet ze niet naar school?'

Papa draaide eromheen. Jonge mensen moesten zeker tot de leeftijd van veertien onderwijs genieten. Maar het was ook gebruikelijk dat dertienjarige meisjes in het huishouden aangesteld werden, dus waarom niet ook in de fabriek? Die jonge meisjes hadden scherpe ogen en rappe vingers. Ze waren bekwaam en er bovendien trots op dat ze hun eigen geld verdienden.

'Dat denk je maar, papa,' sprak Kitty hem tegen. 'Ik weet van Marie hoe verschrikkelijk het is om tien uur per dag achter een machine te werken. Je wordt er stupide van, je raakt afgestompt, je hersens verdrogen…'

'Dat heeft Marie verteld?' vroeg Paul. 'Mijn god!'

Er lag ongewoon veel medeleven in zijn uitroep. Elisabeth vroeg zich af of Kitty's voorliefde voor Marie ook op Paul was overgeslagen.

'Nou, het heeft niet veel geschaad,' beweerde Elisabeth. 'Marie heeft met een naaimachine leren omgaan en gevoel voor stoffen en kleuren ontwikkeld. In feite kan ze er heel dankbaar voor zijn.'

'Hoe kun je zoiets zeggen, Lisa?' wond Kitty zich op. 'Je hebt een hart van steen!'

'Katharina!'

Dat was mama die de opkomende ruzie tussen de zussen in de kiem smoorde. Een poosje was het stil in de eetkamer. Paul had zijn hand op Kitty's arm gelegd, een gebaar dat betekende: ik ben het helemaal met je eens maar het is zinloos om je op te winden. Papa was met zijn gedachten alweer bij zijn fabriek, mama wachtte met praten totdat Robert de hoofdgang had geserveerd. Er waren dingen die je niet in bijzijn van het personeel besprak.

'Ik wil in geen geval dat er aan tafel geruzied wordt. En al helemaal niet over een personeelslid.'

'Mag ik je eraan herinneren dat jij degene was die Marie per se in huis wilde houden en haar zelfs tot kamenierster hebt gepromoveerd?'

Papa kon het niet laten dat te zeggen en mama slikte zonder ertegenin te gaan. Elisabeth keek nieuwsgierig naar Kitty, maar ook zij zweeg. In plaats daarvan nam papa het woord.

'Ik wil deze gelegenheid benutten om hier in het gezin een mededeling te doen. Die betreft jou, Paul.'

Hij schoof zijn bord naar achteren en ging rechtop zitten, waardoor hij ineens een stuk langer leek. Paul legde zijn bestek neer en keek zijn vader vol verwachting aan.

'Ik heb je vandaag een hoop verwijten moeten maken, Paul. Waar het om ging, doet er nu niet toe, je zult zelf weten dat je mij veel aanleiding hebt gegeven om ontevreden te zijn...'

Paul liet zijn blik dalen, Kitty wilde iets ten gunste van hem zeggen, maar haar vader gaf haar daar geen ruimte voor.

'Maar daarna heb je me versteld doen staan, meer nog, ik was diep onder de indruk van je,' ging Johann Melzer verder. 'Je hebt laten zien dat je dapper en vastberaden kunt handelen. Ik geef graag toe dat ik zelf in deze situatie hulpeloos was, zonder jouw kordate optreden had het meisje nu misschien niet meer geleefd...'

Niemand verroerde zich. Het gebeurde niet vaak dat Johann Melzer zo officieel tegen zijn gezin sprak, bovendien had hij nog nooit zo openlijk zijn eigen zwakte toegegeven. Alicia keek hem met wijd opengesperde ogen aan, ze kon niet vatten wat ze zojuist had gehoord. Maar er kwam nog meer.

'Ik ben trots op je, mijn zoon,' zei Johann Melzer. 'En ik ben heel blij om dat in alle oprechtheid te kunnen zeggen.'

Elisabeth had het gevoel dat ze naar een toneelstuk zat te kijken. Was dat papa? Die eeuwig ontevreden was over Paul, die altijd wat op hem te mekkeren had? Nu hief hij zelfs plechtig zijn glas naar Paul, die eveneens zijn wijnglas pakte en met zijn vader proostte.

'Je maakt me verlegen, vader. Ik heb gewoon gedaan wat gedaan moest worden.'

'En dat is precies wat ik van mijn zoon verwacht!'

Mama kwam slechts langzaam tot zichzelf, ze keek ongelovig van de een naar de ander. Toen legde ze haar vingers op papa's hand en vroeg zachtjes, haast angstig:

'Betekent dit dat die nare onenigheid...'

'Het is bijgelegd, Alicia,' zei papa. 'Paul zal als volontair in de fabriek gaan werken, hij zal alle arbeidsprocessen en afdelingen leren kennen, bij alle onderhandelingen aanwezig zijn en zo een kijkje in mijn werk krijgen.'

Als dat maar goed gaat, dacht Elisabeth. Kitty, dat naïeve kind, jubelde luid en zei dat papa die beslissing al veel eerder had moeten nemen. Mama trok haar zakdoek uit haar mouw en veegde haar vreugdetranen af.

'Ach, Johann!' stamelde ze. 'Je kon me geen groter plezier doen. Wat heeft die ruzie me zwaar op het hart gelegen!'

Het was echt een bijzondere dag, zelfs Elisabeth werd door alle emotie aangestoken en moest een paar traantjes wegpinken. Toen Robert binnenkwam om af te ruimen en het dessert te serveren, trof hij de familie in zo'n emotionele toestand aan dat hij voorzichtigheidshalve bij de deur bleef staan.

'Vandaag heb je me onze zoon twee keer teruggegeven, Johann,' zei Alicia. 'Een keer toen ik vreesde dat hij verongelukt was en nu, nu je je met hem hebt verzoend!'

'Mama,' fluisterde Elisabeth, die dit hele theater een beetje gênant begon te vinden, 'Robert wil het nagerecht serveren.'

Alicia gebaarde naar de huisknecht dat hij gerust zijn werk kon doen en leunde toen op haar stoel naar achteren. Dat deed ze zelden, want ze was ermee opgevoed dat je altijd rechtop moest zitten en nooit met je rug de leuning mocht raken. Maar vandaag was een bijzondere dag, zo'n dag die je slechts zelden meemaakte, eerst een dag van ontsteltenis, die vervolgens veranderde in een dag vol vreugde. Ze keek peinzend naar Robert die behendig als altijd de vuile borden weghaalde en zwierig maar zelfverzekerd het dessert serveerde – ingemaakte peer met brandewijn-eiercrème.

'Ook ik wil graag een besluit aan jullie mededelen,' zei Alicia toen Robert de kamer had verlaten. 'Het betreft Auguste.'

'Auguste? Wat is er met haar?' vroeg papa.

Hij balanceerde de dessertlepel in zijn hand, wat hij altijd deed als het toetje naar zijn smaak was. Kitty rolde met haar ogen, mama glimlachte mild. Paul verborg zijn lach achter zijn wijnglas. Elisabeth was de enige die haar best deed serieus te blijven. Natuurlijk had papa niet meegekregen dat Auguste in verwachting was. Je kon van haar vader zeggen wat je wilde, maar hij had zich nog nooit voor de vrouwelijke huisbedienden geïnteresseerd.

'De arme Auguste krijgt een kind. En wel van Robert, die echter niet met haar wil trouwen,' vatte mama de situatie samen.

Het was algemeen gebruikelijk om een kamermeisje dat zwanger geraakt was van een aanbidder te ontslaan. Niemand kon hen dan iets verwijten. Na overleg met juffrouw Schmalzler had ze er echter aan getwijfeld. Vooral omdat Auguste verzekerde dat haar familie haar in geen geval zou opnemen. Alleen al omdat haar moeder voor de tweede keer getrouwd was en al genoeg monden te voeden had.

'Het is uitgesproken jammer dat Robert zich zo flauw opstelt, want beiden, zowel Auguste als Robert, zijn betrouwbare en trouwe personeelsleden die ik graag zou willen houden. Als hij met Auguste zou trouwen, zouden ze in het park een huisje kunnen betrekken en voor ons kunnen blijven werken.'

Johann Melzer vroeg verward waarom Robert niet wilde trouwen.

'Dat begrijpt niemand,' zei Elisabeth. 'Hij wil zijn vrijheid behouden.'

Ze ving een waarschuwende blik van haar moeder op en zweeg beledigd. Wat dacht mama nou? Dat ze aan papa zou onthullen op wie die arme Robert zo heftig verliefd was? Ze zou nog liever haar tong afbijten.

'Misschien is het kind niet van hem?' vroeg papa. 'Wat weten we nu over de levenswandel van die... Auguste? Misschien heeft ze nog meer liefdesaffaires gehad?'

Alicia fronste haar voorhoofd, ze vond de vragen van haar echtgenoot veel te ver gaan. Haar beide dochters zaten immers aan tafel.

'Juffrouw Schmalzler heeft mij verzekerd dat Auguste een... verhouding met Robert heeft gehad,' zei ze zacht terwijl ze zich naar haar man toe boog. 'Die heeft een paar weken geduurd en alle personeelsleden wisten ervan. Daarom is het vrijwel zeker dat Robert de vader is.'

'Nou ja, als dat zo is...'

Papa stelde verder geen vragen meer en richtte zich op zijn toetje. In alle huishoudelijke kwesties en zaken die met het huispersoneel te maken hadden, had Alicia het laatste woord.

'Lieve mensen,' zei Alicia en ze richtte haar blik op Paul, naar wie Elisabeth met moeite haar toetje schoof. 'God heeft mij vandaag veel goeds geschonken, waar ik oneindig dankbaar voor ben. Daarom wil ik ook goed en barmhartig omgaan met de mensen die mij toevertrouwd zijn.'

Nee, dacht Elisabeth geschrokken. Ze had erop gerekend dat Auguste ontslagen zou worden.

'Ik zal Auguste vertellen dat ze kan blijven. Voor het kind zullen we wel een oplossing vinden. Wie weet verandert Robert nog van gedachten als het geboren is.'

Alicia keek glimlachend naar haar man, die zijn schouders ophaalde en knikte.

'Denk je dat het goed is om zo'n voorbeeld te geven?' wierp Elisabeth tegen. 'Het zou immers kunnen dat andere personeelsleden ook op jouw generositeit gaan rekenen.'

'Wie zou dat nou doen?' zei Kitty lachend. 'Jordan misschien? Of Schmalzler? O, je dacht zeker aan Brunnenmayer, zusje. Maar ik geloof niet dat zij ons nog met een buitenechtelijk kind opzadelt...'

'Katharina! Wat is dat nou voor taalgebruik?' riep mama.

'Brunnenmayer niet denk ik,' zei Elisabeth geïrriteerd. 'Maar hoe zit het met Marie? Zelfs onze gasten staren naar haar. Zowel de oude als de jonge. Zoiets kan zomaar gebeuren.'

Kitty wilde er iets op zeggen maar dit keer was Paul haar voor.

‘Pas op met wat je zegt, Lisa,’ waarschuwde hij haar op een ongewoon scherpe toon. ‘Marie is veel te slim om zich met zoiets in te laten.’

‘Ja, daar heb je gelijk in, Paul,’ zei Kitty en ze keek haar broer veelzeggend aan. ‘Marie heeft haar eigen ideeën over de liefde. Beter gezegd, ze heeft er niks mee. En dat is in haar situatie waarschijnlijk ook het beste.’

‘Ik denk ook niet dat Marie zo’n fout zal begaan,’ vulde mama haar aan. ‘Ik zal juffrouw Schmalzler vragen om Auguste van mijn beslissing op de hoogte te brengen. Ach, ik geloof dat ik het wel leuk vind om weer het gelach van kinderen te horen in onze villa.’

Elisabeth verdraaide haar ogen. Kitty had haar sentimentele kant duidelijk van mama geërfd.

24

'HANNA WEBER? EEN ogenblik alstublieft.'

De zuster met het witte vleugelkapje liep met haar wijsvinger de lijst na. Vervolgens schoof ze haar montuurloze bril naar het puntje van haar neus en keek de twee heren aan. Ze zagen eruit als goede katholieken.

'Ik heb haar hier eergisteren naartoe gebracht,' legde Paul uit. 'Het meisje heeft een ongeluk gehad, ze werd door een machine gegrepen.'

'Eergisteren had zuster Benedicta dienst als portierster. Is Hanna Weber soms protestants?'

Paul keek zijn vader vragend aan, maar die haalde zijn schouders op. Er werkten een paar honderd mannen en vrouwen in zijn fabriek, hoe kon hij nou van iedereen weten wat zijn of haar geloof was?

'En als dat zo is?'

'Dan bevindt de patiënt zich aan de westzijde van het ziekenhuis, waar de protestanten zijn ondergebracht.'

'Lieve hemel!'

De barmhartige zuster glimlachte vriendelijk naar de goed geklede heren met de ruige wenkbrauwen en ging weer zitten, waarmee ze aangaf dat ze verder niets meer voor hen kon betekenen.

'Laten we het daar maar vragen, vader.'

Met haastige passen liepen ze door de entreehal van het hoofdziekenhuis en ze ontdekten een tweede portierster, die eveneens in een klein hokje met een glazen ruit zat. In plaats van het wijd uitstaande, middeleeuws aandoende kapje droeg ze een bescheiden wit mutsje, dat deed denken aan een geplooid nachtmutsje en onder haar kin was vastgebonden. De hoofdbedekking van de diaconessen.

'Hanna Weber? Jazeker, het meisje uit de fabriek. Een moment, alstublieft.'

Weer moesten ze wachten, weer bewoog de vinger van de portierster langs een rij namen. Als Hanna Weber ook niet op deze lijst stond, kon dat maar één ding betekenen: dat het meisje dood was. Paul voelde dat zijn vader gespannen was en daarna zijn opluchting toen de diacones naar hen opkeek en verkondigde: 'Kamer zeventien. Maar slechts tien minuten. U kunt de lift nemen. Tweede verdieping, direct rechts naast de kapel.'

Ze deelden de liftkooi met twee dames, duidelijk moeder en dochter, en een oudere heer die wat voor zich uit mompelde. De dochter droeg zo'n nieuwe reformjurk en Paul bekeek haar nieuwsgierig, want ze was daaronder niet ingesnoerd. Er viel ook niet veel in te snoeren, de jongedame was zo plat als een jongen.

'Kamer zeventien. Daarginds, vader.'

Johann Melzer haalde zijn zakdoek tevoorschijn en veegde daarmee over zijn voorhoofd. Hij werd misselijk van de geur van desinfecteermiddelen, formaline en andere afschuwelijke vloeistoffen. En door de herinneringen aan een ziekenbezoek van een paar maanden geleden, dat hem destijds enorm had aangegrepen en een beroep had gedaan op zijn geweten. Met rampzalige gevolgen.

Er stonden tien bedden in ziekenkamer nummer zeventien, de kleine Hanna lag aan de muurkant tussen twee oudere dames. Aan de raamkant, waar het iets lichter en prettiger was, zat een gezette vrouw in een roze ochtendgewaad op haar bed te kletsen met een magere, stokoud uitziende man, waarschijnlijk haar echtgenoot.

Paul knikte vriendelijk naar iedereen en liep naar het bed van het meisje. Ze was wakker en keek de vreemde heren met haar grote, lichtbruine ogen verwonderd aan. Allebei haar armen zaten in het gips, haar borstkas zat in het verband en ook haar hoofd was verbonden.

'Weet je nog wie ik ben, Hanna?' zei Paul tegen haar. 'Ik ben Paul Melzer. Ik heb je eergisteren naar het ziekenhuis gebracht. Maar ik geloof dat je toen diep lag te slapen, klopt dat?'

Begreep ze wat hij zei? Ze staarde hem een poosje aan, kneep toen haar ogen samen en bewoog haar lippen. Ze praatte zo zacht dat Paul het alleen kon verstaan als hij zich naar haar toe boog. Zeker omdat de dikke vrouw in de roze ochtendjas aan een stuk door kletste.

'Ik... weet... niet.'

Paul lachte vrolijk naar haar. Ze kon praten, godzijdank. Zou ze begrepen hebben wat er met haar gebeurd was? Dat kon hij nu maar beter niet vragen.

'Heb je ergens pijn?'

Ze wilde haar hoofd schudden maar stopte ermee omdat het verband in de weg zat.

'Het... gaat... goed... met... me,' fluisterde ze heel zachtjes.

'Dat is ook de bedoeling,' zei Paul. 'We zorgen voor je, Hanna. Je zult weer helemaal beter worden. En je zult ook naar school gaan.'

Het duurde even voordat ze begreep wat de vreemde jongeheer bedoelde. Toen vertrok ze haar gezicht tot een klein lachje.

'De jongens... gaan naar school. Erna en ik... gaan met mama... naar de... fabriek...'

Paul begreep het. Hij had al eens gehoord dat in kinderrijke gezinnen de meisjes al op jonge leeftijd naar de fabriek gestuurd werden zodat in ieder geval de jongens naar school konden.

'Rust nu eerst maar uit, zodat je weer beter wordt.'

'Ja...' zei ze gehoorzaam.

Ze sloot haar ogen, het korte gesprek leek haar enorm afgemat te hebben. Paul ging weer staan en keek vragend naar zijn vader, die alweer met zijn zakdoek over zijn voorhoofd veegde.

'Laten we gaan,' zei Johann Melzer. 'We mogen haar niet te veel vermoeien, ze is nog erg zwak.'

Op de gang liepen ze een van de artsen tegen het lijf en Johann Melzer informeerde naar de toestand van de zieke. Of ze het zou overleven. Of ze haar armen weer zou kunnen gebruiken. Of ze inwendige verwondingen had. De jonge arts antwoordde op alle vragen dat ze moesten afwachten. De patiënt was jong en had haar hele leven nog voor zich.

'Het mag haar aan niets ontbreken,' zei Johann Melzer hees. 'Ik neem alle kosten voor mijn rekening.'

De arts glimlachte. Hier in het ziekenhuis werd alles voor de patiënt gedaan wat in hun macht lag, dat wist de heer Melzer toch. Het zou ongetwijfeld ook deze keer lukken om zijn beschermelinge te redden. Hij maakte een lichte buiging met zijn hoofd, wenste hen nog een prettige dag en liep door.

'Ook deze keer?' herhaalde Paul verbaasd. 'Wat bedoelde hij daarmee, vader?'

Johann Melzer aarzelde met antwoord geven. Hij vond het vervelend dat de arts deze stomme toespeling had gemaakt, maar het was nu eenmaal gebeurd en hij wilde ook niet tegen zijn zoon liegen. Vroeg of laat zou hij het toch wel horen.

'Een half jaar geleden lag Marie hier. Een inwendige bloeding. Ze lag zelfs in dezelfde kamer als de kleine Hanna.'

Paul schrok zo dat hij voor de open lift bleef staan.

'Marie? Bedoel je onze Marie, de kamenierster Marie?'

'Wie anders?'

Nu was Johann Melzer degene die verbaasd was, want zo'n intens medeleven had hij niet verwacht.

'Een inwendige bloeding? Je bedoelt beginnende tuberculose?'

Hij stelde zijn opgewonden zoon gerust en schoof hem zachtjes de lift in. Nee, ze hadden gelukkig geen longziekte kunnen vaststellen. Het was het gevolg van lichamelijke overbelasting, het meisje was fragiel en – aldus de verklaring van de dokter – niet opgewassen tegen de zware omstandigheden van het fabriekswerk. Ze had een half jaar als naaister bij Steyermann gewerkt en dat had ze heel aardig gedaan. Maar vervolgens was ze van haar werkgever weggelopen en kort daarna was ze ziek geworden.

'En waar verbleef ze toen ze ziek werd? Toch niet in de benedenstad?'

Johann Melzer had gehoopt weg te kunnen komen met een korte verklaring, maar nu hoorde Paul zijn vader uit. Waarom was hij zo in Maries verleden geïnteresseerd? Tuurlijk, die meid was een knap ding. Helemaal haar moeder. De gedachte dat Paul Marie misschien wel leuk vond, verontruste hem.

'In de benedenstad? Onzin. Ze was in het weeshuis van de Zeven Martelaressen. Daar waar ze is opgegroeid.' De lift stopte abrupt, door de glazen ruitjes zagen ze andere bezoekers die naar boven wilden. Blij om aan het verhoor te kunnen ontsnappen, drukte Johann Melzer de deur open. Maar Paul was niet van plan het gesprek te beëindigen.

'En waarom noemde de dokter Marie "jouw beschermelinge"?'

Dat was de vraag die hij het meest gevreesd had. Nu moest hij een bevredigend antwoord zien te vinden zonder de zeer pijnlijke waarheid te hoeven onthullen.

'Ik heb een beetje voor haar gezorgd omdat ik haar vader heb gekend. Hij was een goede arbeider.'

In de entreehal kwamen ze bekenden tegen. Het waren twee dames van Alicia's liefdadigheidsclubje, die uit pure naastenliefde alleenstaande patiënten in de katholieke vleugel van het ziekenhuis bezochten om hen aandacht, gebak en een bijbel te schenken. Ze begroetten elkaar, de dames bleken zeer goed geïnformeerd te zijn over het ongeluk en spraken meelevende woorden uit. Buiten voor het ziekenhuis vulde Johann Melzer zijn longen met een flinke portie frisse ochtendlucht en werd hij op hetzelfde moment weer de strenge meneer de directeur.

'En nu opschieten!' zei hij en hij zwaaide naar Robert die in de automobiel op hen wachtte. 'Om tien uur komt de advocaat. Om elf uur komen de Fransen.'

'O, die kerels van de zijde uit Lyon?'

'Het zou weleens een goede handel kunnen worden,' bromde Melzer senior. 'Als er maar geen oorlog uitbreekt.'

Paul lachte. Sinds enige tijd sprak zijn vader telkens weer over oorlog. Wat een onzin. Misschien verderop, op de Balkan, waar de volkeren elkaar te lijf gingen. De Duitse keizer was tenslotte een kleinzoon van de grote Victoria van Engeland en ook met de Russische tsaar stond men op goede voet. En de Fransen hadden al in de oorlog van 1870 op hun donder gekregen.

'Ik kom iets later, vader,' riep hij vrolijk, terwijl Johann Melzer in de auto stapte. 'Ik moet nog even naar de handschoenenwinkel. Mama heeft dat speciaal aan me gevraagd omdat ze de glacéleren handschoenen vanavond nodig heeft voor de opera.'

'Mijn hemel,' mopperde zijn vader ontevreden. 'Maar zorg dat je opschiet. Ik wil dat je bij het gesprek met de advocaat aanwezig bent.'

'Doe ik!'

Ze waren in de Jakoberwijk, van hieruit was het niet ver naar de binnenstad en Paul besloot lopend te gaan. Hij zette zijn hoed op en probeerde zo snel mogelijk van het hoofdziekenhuis naar de drukke straten en stegen van het centrum te lopen. De mensen in Augsburg waren trots op het langgerekte bakstenen gebouw, een imposant bouwwerk van meerdere verdiepingen met ramen met ronde bogen, dat halverwege de vorige eeuw door architect Gollwitzer was ontworpen. Maar wie verbleef er nu graag in een ziekenhuis?

Terwijl hij bergopwaarts liep en de Barfüßerstraat insloeg, dacht hij na over wat zijn vader over Marie had verteld. Een inwendige bloeding, allemachtig. Hij was geen arts maar wist dat zo'n aanval gemakkelijk tot de dood kon leiden. Maar godzijdank had ze het overleefd. Wat moest dit fragiele wezentje toch sterk zijn, dat ze het werk van een keukenmeisje had kunnen verrichten hoewel ze nog maar net was genezen. Hij wist weliswaar niet precies wat de taken van een keukenmeisje inhielden, maar wist wel dat ze het hout naar binnen moest dragen en 's ochtends alle kachels moest aansteken. In de hiërarchie van het personeel had ze helemaal onderaan gestaan en alle klussen moeten doen die de anderen te zwaar of te vervelend vonden.

Waarom had men niet verordend dat ze ontzien moest worden? Vader wist toch dat ze nog maar net van een vreselijke ziekte genezen was? Maar misschien hadden ze dat ook wel gedaan, hij kon het eigenlijk niet weten, hij zat in die tijd in München. Maar goed dat Marie nu kamenierster was en in de persoon van Kitty iemand gevonden had die het voor haar opnam.

Hij moest zijn pas vertragen aangezien hij door het gehaast begon te zweten. Het was ongebruikelijk warm voor een januaridag, de lucht was bedekt met laaghangende bewolking, de Perlachtoren, waarvan de top af en toe tussen de daken opdook, was door nevel omhuld. In de verte zag hij al de kleine winkel van Ernstine Sauerbier, twee hoge etalages, omzoomd door lichtgroene, kunstmatige zuilen die in fijne bloesemranken eindigden. Om de een of andere reden kocht mama haar handschoenen alleen hier, waarschijnlijk had het ermee te maken dat de eigenaresse beschadigde exemplaren weer repareerde.

Hij bleef voor de etalages staan en wierp een blik op de uitgestalde waren. Handschoenen voor sierlijke dameshanden, bewerkt en met kant afgezet, sommige die de arm tot aan de elleboog bedekten, flinterdun en doorzichtig, andere die de vingers vrijlieten, weer andere van wit geitenleer dat zich als een tweede huid om de vingers spande. Zo'n paar kostte net zo veel als een arbeidster in een heel jaar verdiende, dat wist hij intussen. Hij dacht aan Maries handen, die klein en mooi gevormd waren en vast en zeker nog nooit in zulke dure handschoenen waren gestoken. Ze was zonder ouders in een weeshuis opgegroeid, had nare dingen meegemaakt en was toch dapper en onbevreesd. Was zij niet honderd keer meer te bewonderen dan de jonge meisjes uit de zogenaamde 'gegoede kringen', die niets anders aan hun hoofd hadden dan mooie kleren, wandelingetjes en onzinnige borduurwerkjes?

'Meneer Melzer? Wat fijn om u hier te treffen. Bent u geïnteresseerd in dameshandschoenen?'

Door het licht Franse accent wist hij al voor hij zich omdraaide wie er gesproken had. Monsieur Gérard Duchamps was weer in Augsburg, waar het bedrijf van zijn firma een filiaal opgericht had.

'Monsieur Duchamps, hallo,' antwoordde hij zonder veel enthousiasme. 'Nee, ik heb geen belangstelling voor modieuze damesaccessoires. Ik sta hier alleen omdat ik er door mijn moeder als boodschappenjongen op uit gestuurd ben.'

'Dan vergaat het u net als mij,' zei Duchamps meesmuilend. 'Ik wilde net een cadeau voor mijn moeder en zussen kopen. Wij Fransen waarderen het fijne glacéleder dat hier verwerkt wordt zeer. Terwijl handelslui uit Augsburg juist steeds meer geïnteresseerd zijn in de zijde uit Lyon. Ik hoop van harte dat wij vanmiddag een vruchtbaar gesprek zullen hebben.'

Natuurlijk, de Franse zakenlui. Hij had het kunnen weten. Wel, als ze voor een goede prijs goede waar konden leveren, vond hij het best. Ze waren begonnen zijden stoffen met patronen te bedrukken, wat het goed deed bij de klanten. De zijde van overzee was wel goedkoper dan de Franse, maar het transport maakte het weer aanzienlijk duurder.

'Waarom niet? Dat is toch in ons beider belang, of niet?'

Duchamps knikte en keek in gedachten verzonken naar de witte kanten handschoenen in de etalage. Paul merkte opnieuw dat hij deze Fransman niet mocht. Hoe was het mogelijk dat alle vrouwen aan zijn voeten lagen? Was hij soms knap? Beslist niet. Gérard Duchamps was van gemiddelde lengte. Hij bewoog zich zelfverzekerd, bijna soepel, en toch was Paul ervan overtuigd dat hij niet sportief was. Zijn neus was klein en naar Pauls smaak iets te scherp, hij had zwarte ogen als een zigeuner, zijn lippen waren wel enorm sensueel. Misschien was dat het wat de vrouwen zo fascinerend aan hem vonden. Maar misschien was het ook zijn vlotte stijl, hij wist over elk onderwerp iets speciaals te zeggen. Hij kon mensen fascineren, deze Franse hartenbreker. En toch – dat moest Paul toegeven – kraamde hij geen onzin uit, maar zei hij heel zinnige dingen.

'Het was leuk u te ontmoeten,' zei Paul beleefd, hoewel het tegendeel waar was. 'We zien elkaar straks…'

Hij pakte zijn hoed om afscheid te nemen en te doen wat zijn moeder hem had opgedragen, maar Duchamps wilde hem nog niet laten gaan.

'Pardon, ik heb nog een vraag.'

Paul bleef noodgedwongen staan en glimlachte. Wat was er aan de hand? Waarom keek de Fransman ineens zo ernstig, alsof het om een kwestie van leven en dood ging?

'Het is een zeer persoonlijke vraag,' zei Duchamps. 'En ik stel hem aan u omdat ik erop vertrouw dat u me de waarheid zult zeggen.'

Hij kon inderdaad zeer overtuigend zijn, deze Gérard Duchamps. Paul voelde ter plekke sympathie opkomen en de wens het in hem gestelde vertrouwen te rechtvaardigen.

'Voor zover het in mijn macht ligt, graag.'

Een groepje jongedames nam de ruimte voor de etalages van de handschoenenwinkel in beslag en Duchamps, die menig begerige blik ontving, stapte met Paul een zijsteegje in.

'Mijn vraag heeft met uw zus te maken.'

'Welke?'

'Juffrouw Katharina.'

Natuurlijk – het had Paul ook zeer verbaasd als het eens niet zo was. Hij leek ertoe veroordeeld te zijn almaar informatie over zijn mooie zusje te moeten verstrekken.

'Ik doe dat niet graag, monsieur Duchamps,' antwoordde hij. 'U kunt uw vraag beter aan mijn zus of nog beter aan mijn ouders stellen.'

'Uw zus en ik zijn het allang eens, monsieur Paul.'

Paul staarde hem ongelovig aan. Was het mogelijk dat deze Franse casanova Kitty's hart had veroverd? Of was het slechts grootspraak?

'Mijn vraag is de volgende: zou uw familie bereid zijn een schoonzoon te accepteren die Fransman is? Begrijpt u mij alstublieft... ik houd van uw zus en ik meen het serieus met deze liefde. Ik wil met Katharina trouwen.'

Paul moest diep ademhalen. Die vent wilde met Kitty trouwen. En als hij inderdaad de waarheid sprak, had Kitty al ja gezegd op zijn aanzoek. Maar waarschijnlijk had ze erbij gezegd dat er een probleem was.

'U wilt mijn oordeel weten?' vroeg hij, om tijd te winnen.

Duchamps knikte. Paul vond zijn indringende blik onaangenaam. Die vent was verliefd, wie kon het hem kwalijk nemen? Hij zou met Kitty trouwen en haar meenemen naar Lyon. De villa zonder Kitty. Haar lege kamer. Geen geanimeerde gesprekken 's avonds, geen vrolijk gelach, geen idiote ideeën. Ook de vele geheimpjes die ze altijd met elkaar deelden zouden verleden tijd zijn. Ach verdorie, hij wilde zijn kleine zusje niet afstaan.

'Als u met mijn zus hebt gepraat, zal ze u ook gezegd hebben dat mijn moeder nog altijd rouwt om de vroege dood van haar oudste broer. Hij stierf in de Duits-Franse oorlog, toen ze nog een kind was.'

Duchamps wist daarvan af. Een diep gevoeld verlies, uiteraard. Maar er waren tenslotte aan beide zijden slachtoffers gevallen en de ongelukkige jongeman was niet aan een Franse kogel overleden, maar heel banaal aan een onschuldige verwonding die tot een bloedvergiftiging had geleid.

'U hebt absoluut gelijk, ik kijk er net zo tegenaan. Helaas is mijn moeder op dit punt niet voor rede vatbaar. Mocht u dus om de hand van mijn zus willen vragen, moet u voorlopig rekening houden met een afwijzing.'

Hij zei de waarheid, wat dat betreft hoefde hij zichzelf niets te verwijten. Integendeel, hij verzweeg beleefd dat mama een enorme haat tegen Frankrijk, de aartsvijand, en alle Fransen koesterde. Ze had zich zelfs verzet tegen de champagne die ze in de villa graag dronken, die had ze door mousserende wijn uit de Krim willen vervangen. Dat spul smaakte echter afschuwelijk zoet en iedereen kreeg er hoofdpijn van, dus waren ze toch weer overgegaan op champagne.

'Als u echt met Kitty wilt trouwen, moet u vasthoudend zijn,' voegde hij eraan toe, want de Fransman keek zo somber dat hij medelijden met hem kreeg.

Duchamps bedankte hem, dat had hij ook al gedacht.

'Ik vraag u dit gesprek te vergeten, monsieur Paul.'

Hij tikte tegen zijn hoed en glimlachte naar Paul, waarna hij zich omdraaide en wegliep.

Hij wilde toch handschoenen kopen? Nou ja, waarschijnlijk was dat slechts een smoes geweest. Paul had een beetje wroeging, vooral tegenover Kitty. Aan de andere kant, zijn zus had een betere echtgenoot verdiend dan deze Franse Don Juan.

25

DE KOU DRONG VAN ONDEREN af tot Marie door, vanaf de stenen platen waarop de kerkbanken stonden. Ondanks de warme mantel en de bontlaarzen was ze al snel stijf van de kou en ze hoopte dat de dienst snel afgelopen zou zijn. Tegelijkertijd schaamde ze zich voor deze zondige gedachten. Waren de drie oude vrouwen in de bank voor haar niet veel slechter tegen de kou beschermd? En toch volgden ze de mis met hun volle aandacht, knielden ze op het juiste moment, zongen ze de liederen met luide, enigszins krakende stem en zeiden ze de Latijnse gebeden foutloos op.

De vroege mis in de St. Maximilian was om zes uur begonnen, buiten was het donker, alleen de booglampen en de elektrische verlichting van sommige winkels wierpen licht in de ochtendlijke duisternis. Marie had ruim een half uur gelopen om op tijd te zijn voor de mis en hoopte vurig ongezien weer op de derde verdieping van de villa te kunnen komen. Ze had niemand over dit ongebruikelijke kerkbezoek verteld, anders hadden ze waarschijnlijk allerlei vermoedens gehad waarom de kamenierster in alle vroegte naar de kerk wilde. Dat ze vast een zware zonde moest opbiechten. Dat ze in gewetensnood verkeerde. Of dat ze misschien wel een geliefde ontmoette. Vooral Auguste had een levendige fantasie en was er heel goed in om allerlei geruchten te verspreiden.

Wierookslierten trokken door de hoge, in een heldere kleur gesausde kerk en bereikten nu ook de achterste banken. Marie deed haar best oppervlakkig te ademen, ze vond de geur van wierook niet prettig. Iedereen knielde, de mensen gingen ter communie. Een van de drie slaperig kijkende misdienaren rinkelde met de altaarbel en Marie zag door de wierookslierten heen hoe weleerwaarde Leutwien de hostie tot zich nam en uit de goudkleurige, met ingegraveerde patronen versierde kelk dronk. Om de een of andere reden werd ze misselijk, misschien kwam het door de wierook of doordat ze niets gegeten had. Maar misschien ook wel door het idee dat deze man jaren geleden haar moeder de laatste sacramenten had gegeven.

Ze vermande zich en was blij toen de zegen uitgesproken werd en het postludium op het orgel klonk. De weleerwaarde en de misdienaren begaven zich naar de sacristie, de vrome kerkgangers – haast alleen vrouwen van vergevorderde leeftijd – stonden op, trokken hun mantel of schouderdoek strakker en schikten hun hoofdbedekking. Buiten waaide er een ijzige wind die sneeuwvlokjes meebracht, de terugweg zou geen pretje worden.

Marie wachtte tot de banken leeg waren en liep naar het altaar. Ze sloeg snel een kruisje voor de Maagd Maria en liep naar links waar de priester en de misdienaren verdwenen waren. Achter haar was de kosteres, een gezette, snuivende vrouw, in de banken bezig, ze verzamelde vergeten gezangboeken en zette die terug in de daarvoor bestemde houten kasten.

Marie had geluk, weleerwaarde Leutwien wilde net via de uitgang van de sacristie de kerk verlaten. Toen Marie hem zachtjes aansprak, draaide hij zich om en bekeek haar met een frons op het voorhoofd. Veel kon hij niet herkennen want hij had in de sacristie de lamp al gedoofd en de kosteres blies net op dat moment de kaarsen op het altaar uit. Maar deze goed geklede, jonge vrouw had de vroege mis nog niet eerder bezocht.

'Wat kan ik voor u doen?'

'Ik... ik wil graag een requiem aanvragen, weleerwaarde.'

Hij had gedacht dat ze kwam biechten. Het gebeurde weleens dat jonge vrouwen in een vreemde gemeente te biecht gingen, aangezien ze de priester in hun eigen gemeente liever niet in vertrouwen namen. Nu dus een requiem, ook dat was niets ongewoons.

'Voor wie moeten we bidden?'

'Voor mijn moeder. Luise Hofgartner is haar naam, ze is ongeveer zestien jaar geleden in de benedenstad overleden.'

Zou hij het zich herinneren? Gespannen keek Marie naar de priester, die nu een stukje terug de sacristie in liep om de gaslamp op de tafel aan te steken.

'Ben jij soms Marie Hofgartner?'

'Ja, dat ben ik.'

Hij gebaarde haar dichterbij te komen, nam zijn bril af en bekeek haar verbaasd van top tot teen.

'Je bent zo keurig gekleed, Marie. Ik had je bijna niet herkend.'

'Herinnert u zich mij dan?'

'Jazeker. Ik heb je vaak genoeg in het weeshuis gezien. Je bent nu in de villa van de Melzers in dienst, nietwaar? Als keukenmeisje, als ik me niet vergis?'

'Als kamenierster.'

Hij keek haar verwonderd aan, zette omslachtig zijn bril weer op en leek te twijfelen of ze de waarheid sprak. Geen enkele bediende promoveerde in zo'n korte tijd van keukenmeisje tot kamenierster.

'Als kamenierster. Kijk eens aan, dat is snel. Voor kerst was je daar nog keukenmeisje...'

Marie had geen zin om hierover met hem in discussie te gaan. In ieder geval scheen hij enigszins van haar op de hoogte te zijn. Hoe zou dat komen?

'Ik weet niet wat een requiem kost,' zei ze voorzichtig. 'Ik heb twintig mark gespaard, is dat genoeg?'

Hij knikte. Voor wanneer wilde ze de zielenmis aanvragen? Wilde ze een bepaalde tekst? Nee? Dan zou hij de mis aanstaande zondag na de hoogmis lezen, vond ze dat goed?

Marie zei dat ze daarmee akkoord ging en telde de muntstukken op de tafel uit. Wat vreemd dat deze priester, die er eerder in zijn met goud afgezette misgewaad nog zo plechtig had uitgezien, nu zo grauw en miezerig voor haar aan de tafel zat en de munten verzamelde. Ze raapte alle moed bijeen.

'U hebt mijn moeder gekend, nietwaar?'

Hij keek van zijn notitieboek op en zette zijn bril weer af. Nu waren zijn ogen groot en hij keek haar scherp aan.

'Ja, ik heb haar gekend.'

'Hoe zag ze eruit?'

Hij vond de vraag zowel naïef als ontroerend. Er waren ongetwijfeld foto's van haar moeder geweest en tekeningen die ze zelf gemaakt had. Maar het zag ernaar uit dat alles verloren gegaan was.

'Ze leek op jou, haar haar was net zo donker als dat van jou en haar ogen waren donkerbruin. Het zou kunnen dat ze iets langer was dan jij. Ze was kunstenares, ze schilderde en maakte sculpturen. Als je weet wat dat zijn…'

Marie knikte. Natuurlijk wist ze wat sculpturen waren.

'Bijvoorbeeld een onvoltooid meisjeshoofd,' zei ze diepzinnig. 'Alleen het gezicht was uitgewerkt, maar het haar en de schouders niet…'

Hij zweeg en staarde voor zich uit. Dacht hij na? Probeerde hij zich dat beeld te herinneren? Hij moest het destijds immers gezien hebben. Maar misschien had hij ook niet nauwkeurig op elk detail in de kleine kamer gelet?

'Hoe weet je dat?' vroeg hij uiteindelijk.

Zijn ogen waren nu achter de dikke brillenglazen verborgen waardoor ze niet kon zien of hij boos of simpelweg verrast was. Maries hartslag werd onrustig.

'Ik heb de kamer gezien waarin mijn moeder is overleden. Het is in de benedenstad.'

Ze wachtte of hij daar iets over wilde zeggen, maar hij zweeg.

'Ik weet ook dat ze schulden heeft gemaakt en dat directeur Melzer al haar meubels uit haar kamer heeft laten ontruimen.'

'Weet jij dat? Wie heeft je dat verteld?'

'De oude mevrouw Deubel. Ze zei ook dat het mijn moeders eigen schuld was dat dit onheil haar overkwam omdat ze zo lichtzinnig dingen op rekening liet zetten.'

Eindelijk kwam de geestelijke in beweging. Hij ademde diep in en uit en schudde zijn hoofd.

'Nee, Marie, dat is niet de waarheid. Jouw moeder was een bijzondere vrouw, ze was niet met de maatstaven van een waardin te meten. Geld betekende niet veel voor haar.'

Marie glimlachte opgelucht. Het deed haar goed te horen dat Leutwien haar moeder in bescherming nam. Ze had niet veel waarde gehecht aan geld, dat vond Marie fijn.

'Dat borstbeeld van marmer en het houtsnijwerk... dat heeft zij toch gemaakt, of niet? Ik bedoel de dingen die nu nog in de kamer staan.'

Hij moest even nadenken, toen knikte hij. Ja, hij kon zich vooral het marmeren borstbeeld herinneren, daar had ze tot op het laatst aan gewerkt.

'Waarschijnlijk heeft ze ook van de Deubels geld geleend en hen daarvoor deze kunstwerken geschonken.'

Dat was Marie duidelijk. Wat jammer dat de oude mevrouw Deubel vast niets daarvan aan haar zou willen geven.

'Ik zou zo graag iets willen hebben wat van mijn moeder is geweest. Iets wat zij met haar handen heeft aangeraakt, iets wat me met haar verbindt,' zei ze droevig. 'Maar er is niets.'

Ze wachtte even, wist niet of hij daar antwoord op zou geven, maar hij zweeg. Wilde hij het gesprek beëindigen? Omdat er niets meer te zeggen viel of omdat hij niets meer wilde zeggen? Was hij ook bang voor directeur Melzer? Dat kon hij eigenlijk niet zijn, tenslotte was hij een priester, een man van de kerk. Wie zou hem iets kunnen aandoen?

Hij klapte inderdaad zijn notitieboek dicht en stond op. Zwijgend liep hij naar een donkere eikenhouten kast, waaruit hij zijn mantel en hoed pakte, die sterk naar mottenballen roken.

‘Hoe oud ben je, Marie?’ vroeg hij terwijl hij zijn jas aantrok.

‘Achttien. Bijna negentien.’

Hij zette zijn hoed op en pakte een grote sleutelbos van een haakje aan de muur.

‘Kom met me mee naar de pastorie. Ik wil je vertellen en laten zien wat ik van je moeder weet.’

Ze gehoorzaamde verbluft, liep de afgesleten stenen treden naar de kerkdeur op en wachtte braaf in de sneeuwjacht tot hij de deur vanbuiten had afgesloten. In het pikkedonker liepen ze over de vers gevallen sneeuw, die onder hun voetstappen kraakte. De pastorie lag tegenover de kerk, in de gang kwam hen een sterke walm tegemoet van een zojuist aangestoken vuurtje. De huishoudster van weleerwaarde Leutwien was bezig het ontbijt klaar te maken.

‘Hierheen, graag.’

Hij deed een deur open en liep voor haar uit om de lampen aan te doen. Wat bijzonder, er was elektrisch licht in dit oude huis. Ze zag boekenkasten die vergelijkbaar waren met die in de bibliotheek van de villa, alleen waren deze niet zo rijk met houtsnijwerk gedecoreerd. Ze stonden wel vol met zeer grote boeken. Er stond een bureau van roodkleurig hout, dat bedekt was met stapels papieren en boeken. Ook op de grond lagen stapels papier, Marie moest uitkijken dat ze er niet op trapte. Op de schoorsteenmantel stonden een houten kruis en een klein Mariabeeld, een mooie jonge vrouw die een kind in haar armen hield.

‘Ga daar maar zitten, Marie.’

Hij haalde een dikke, met perkamenten gevulde map van de stoel zodat zij erop plaats kon nemen, trok zijn mantel, die nat was van de sneeuw, uit en zette zijn hoed af. Hij droeg ze voorzichtig naar de gang, waarschijnlijk was hij bang dat er waterdruppels op de stapels papier vielen. Meteen daarna porde hij de gloed in de haard op zodat de vlammen weer oplaaiden.

‘Het lot van je moeder is mij zeer na aan het hart gegaan,’ zei hij over zijn schouder. ‘Ze was een eerlijke vrouw, moedig, maar ook eigenzinnig. Toen ik haar voor het eerst zag was jij nog niet geboren. Ik heb jouw ouders in de echt verbonden.'

Marie kromp ineen. Haar ouders waren dus getrouwd geweest, precies zoals ze had gedroomd. Dan had juffrouw Pappert, dat gemene mens, dus de hele tijd tegen haar gelogen. Ze was helemaal geen onechtelijk kind. En haar vader was ook niet onbekend.

'U… u hebt mijn vader gekend?'

'Zeker…'

Weleerwaarde Leutwien stapte over diverse stapels heen en bukte toen om een groot, donker, gebonden boek van een plank te pakken. Het was Marie een raadsel dat hij precies wist welk boek hij moest hebben want het stond in een lange rij van soortgelijke boeken en ze zagen er allemaal hetzelfde uit. Hij schoof een paar papieren op het bureau opzij zodat hij het boek kon neerleggen en openslaan. Hij bladerde het door en gleed met zijn vinger over de tekst.

'Kom hier en kijk, Marie. Het staat hier in het kerkboek geschreven.'

Ze kwam eerbiedig naast hem staan en ontcijferde met moeite de handgeschreven regels.

Vandaag, op 24 januari van het jaar 1895 om tien uur 's ochtends, verschenen in de kerk de constructeur en uitvinder Jakob Burkard en de schilderes Luise Hofgartner om het sacrament van het huwelijk te ontvangen.

Getuigen waren de waardin Alwine Deubel en de fabrikant Johann Melzer.

Ze las het twee keer, bewoog haar lippen zonder geluid te maken. Langzaam drong tot haar door wat er stond. Haar ouders waren hier in de kerk getrouwd en directeur Melzer was getuige geweest.

'Maar… als mijn ouders getrouwd waren, waarom heet ik dan niet Burkard zoals mijn vader?'

De priester zuchtte en sloeg een bladzijde om. Zijn vinger bewoog over de zeer vol geschreven kolommen, tot hij bij een kleine notitie bleef stilstaan.

Vandaag, op 29 januari 1895, werd de constructeur en uitvinder Jakob Burkard ten grave gedragen.
Hij werd slechts achtendertig jaar oud... God hebbe zijn ziel.

Haar vader was een paar dagen na de huwelijksvoltrekking overleden. O god, wat afschuwelijk.

'Ik heb het huwelijk uit barmhartigheid voltrokken,' zei de priester. 'Maar het was in strijd met de wet, want je ouders waren niet voor de wet getrouwd. Je moeder heeft zich altijd tegen het burgerlijk huwelijk verzet, dat hoorde bij haar overtuigingen, die ik gewoon accepteerde zonder ze te delen. Maar toen voor je vader het einde in zicht kwam, liet ze zich overhalen en stemde ze in ieder geval toe met een kerkelijke inzegening. Voor God waren ze een echtpaar, daar houd ik aan vast. Want Gods wetten staan boven de wetten van de mensen.'

Hij zei het vanuit diepe overtuiging en voegde eraan toe dat haar vader in zijn beste tijd een geniale constructeur was geweest. Dat ze trots op hem kon zijn, want Johann Melzer had veel aan hem te danken.

'Heeft mijn vader voor directeur Melzer gewerkt?'

De priester voelde gerechtvaardigde woede opkomen. Ze hadden voor het meisje bewust verzwegen wiens dochter ze was. Haar in het weeshuis gestopt, haar leugens over haar ouders verteld en ten slotte – tjonge, wat edelmoedig – als keukenmeisje bij hen opgenomen.

'Jouw vader, Marie, heeft alle machines die in de fabriek staan geconstrueerd en voortdurend verbeterd. Zonder Jakob Burkard zou de textielfabriek van Melzer niet bestaan.'

Het moest een keer gezegd worden. Dan moest directeur Melzer zijn royale giften aan de Maximiliangemeente maar staken en zijn invloed maar aanwenden om te zorgen dat priester Leutwien vroegtijdig met pensioen zou worden gestuurd. Het sprakeloze gezicht van het meisje, dat langzaam overging in een uitdrukking van blijdschap, ja van puur geluk, was voor hem voldoende beloning.

'Is... is dat echt waar?' stamelde ze. 'Mijn vader was zo'n groot constructeur... alle machines... mijn hemel!'

Tot vandaag wist ze niet wat een constructeur was. Maar nu begreep ze het. Hij was degene die de ingewikkelde machines ontwierp en bouwde. Waarschijnlijk was hij ook degene die ze kon repareren als ze het niet meer deden.

Haar gedachten werden onderbroken door geschuifel en geritsel. Weleerwaarde Leutwien schoof zijn stoel naar achteren en trok een van de twee bureauladen open. In de lade was het net zo'n rommeltje als in de rest van de werkkamer. Blaadjes, allerlei devotionalia, kartonnen doosjes en blikjes lagen naast en door elkaar. Hij zocht een poosje, mompelde geïrriteerd iets, deed het ene na het andere doosje open, tot hij uiteindelijk het juiste doosje vond. Het was een vierkanten, kartonnen doosje, niet groter dan een handpalm, beplakt met papier met roosjes erop en met een rozekleurige strik eromheen. Hij maakte de strik ongeduldig los en opende het doosje.

'Dit heeft je moeder me gegeven voordat ze stierf. Eigenlijk moest ik het je geven als je meerderjarig zou zijn. Maar ik denk dat Luise Hofgartner het goed had gevonden dat ik het je nu al geef.'

In het doosje lag een laagje witte watten. Daaronder kwam een dunne zilveren ketting met een hangertje tevoorschijn. Het was een sierlijk bewerkte sleutel.

Maries handen beefden toen ze het doosje aanpakte. Haar moeder had dit doosje met haar handen aangeraakt, zij had de watten erin gelegd en het sieraad erop gelegd. Ze had deze ketting vast en zeker zelf gedragen, nu was het de enige nalatenschap aan haar kind, dat alleen, zonder vader en moeder, haar weg door het leven moest zien te vinden. O, ze was slim geweest, haar moeder. Ze had dit sieraad aan de priester toevertrouwd, waar het veilig was. Als deze ketting in handen van mevrouw Deubel of zelfs juffrouw Pappert was gekomen... dan had Marie het sieraad nooit te zien gekregen.

'Het is geen waardevol sieraad, Marie,' zei de priester glimlachend. 'Meer een aandenken. Maar je zou het hoog in ere moeten houden.'

'Dat zal ik doen, weleerwaarde. Ik dank u vanuit heel mijn hart.'

Ze sloot het doosje weer voorzichtig, bond het lint erom en schoof het in de zak van haar mantel. Toen ze wilde neerknielen om de hand van de geestelijke te kussen, maakte hij een afwerend gebaar. Hij was slechts een mens, ze moest God danken en op zijn hulp vertrouwen.

In de half donkere gang van de pastorie kwam ze de huishoudster tegen, een magere vrouw met een scherpe neus en kleine vogeloogjes. Ze droeg een dienblad met het ontbijt van de priester: koffie, jam, een piepklein stukje boter en een droog broodje van de vorige dag.

'Wilt u hier soms ook ontbijten?' vroeg ze bits.

'O, dank u wel, ik moet helaas gaan.'

'Dan zij God met u!'

De wind was wat afgenomen maar het sneeuwde wel hevig, Marie kon nauwelijks onderscheiden waar de weg en waar het trottoir was. Hoe laat zou het zijn? De duisternis was overgegaan in een vale, grijze tint, maar het was nog altijd te donker om de wijzers van de torenklok te herkennen. Waarschijnlijk was het al na zevenen, ze had nu veel geluk nodig om ongezien in de villa terug te kunnen keren.

Ze voelde de kou nauwelijks, als in een droom liep ze door de schemering. Ze merkte slechts vaag dat er nu veel arbeiders op straat waren die op weg waren naar de verlichte fabrieken. Ze klemde haar rechterhand stevig om het doosje in haar zak, de nalatenschap van haar moeder, het reële bewijs dat ze het allemaal niet had gedroomd. De ene vraag na de andere schoot door haar hoofd. Directeur Melzer had haar ouders gekend, haar vader was een ongelooflijk belangrijke man voor de fabriek geweest. Maar waarom liet directeur Melzer later de woning van haar moeder ontruimen? Ach, haar vader was een belangrijke constructeur geweest. Wat kon ze trots zijn! Directeur Melzer was haar vader veel dank verschuldigd. Waarom hadden ze haar nooit verteld wie haar vader was? Hoe moest ze dit allemaal duiden?

Bij de poort van het park van de villa keerde ze weer terug naar het heden. Ze bleef staan en peilde de situatie. Beneden in de keuken en in de bijruimtes was licht te zien, ook op de tweede verdieping brandden een paar lampen. Dat betekende dat directeur Melzer, de jongeheer en de mevrouw al waren opgestaan. Zij gingen om half acht in de eetkamer ontbijten. Juffrouw Elisabeth en juffrouw Katharina namen hun ontbijt meestal wat later, ze hielden er allebei niet van om vroeg op te staan en al helemaal niet in de donkere februarimaand. Ze zuchtte moedeloos. Nu zou Robert in de eetkamer het ontbijt serveren, terwijl de andere personeelsleden snel in de keuken een kop koffie dronken. Natuurlijk hadden ze haar allang gemist.

Er was maar één manier om haar afwezigheid geloofwaardig te verklaren: ze moest zeggen dat juffrouw Katharina haar in de nacht had geroepen en dat ze tot de vroege ochtend bij haar op de kamer was gebleven. Dat was al een paar keer voorgekomen, want Katharina had vaak moeite om in slaap te vallen maar wilde de pillen die de dokter haar had voorgeschreven niet innemen. Ze dacht na over wat ze tegen de juffrouw kon zeggen als ze nu in haar jas en winterlaarzen bij haar de kamer in glipte. Ze was naar de vroege mis in de Maximiliankerk gegaan omdat ze voor de naamdag van haar overleden moeder een requiem wilde aanvragen. Dat was goed, heel goed zelfs. En het beste was nog wel dat het de waarheid was.

Ze gebruikte de bomen die langs de kant van de weg stonden als dekking om ongezien de deur van de waskeuken te bereiken. Het was fijn dat het nog steeds sneeuwde, de sneeuw zou haar voetsporen bedekken. Haar plan lukte. De waskeuken was donker en leeg, ze liep op de tast naar de deur en glipte dwars door de entreehal waar alleen een flakkerend petroleumlampje brandde. Van hieruit kon ze via de voorraadkamer de dienstbodentrap bereiken. Als ze nu Robert maar niet tegenkwam, die het ontbijt serveerde. Maar gelukkig bereikte ze ongezien de tweede verdieping. Zachtjes trok ze de mantel en laarzen uit en liep door de gang naar de kamer van juffrouw Katharina. Stel dat de mevrouw of directeur Melzer nu de gang in zouden komen, dan zouden ze denken dat ze kleren van de juffrouw over haar arm droeg. Alleen zouden ze het raar vinden dat de kamenierster op kousenvoeten liep.

'Juffrouw? Ik ben het, Marie.'

Kennelijk sliep ze nog vast, want er kwam geen antwoord.

'Juffrouw Katharina?'

Aan de andere kant van de gang kraakte een deur, er kwam iemand uit de badkamer. Marie raapte haar moed bijeen, opende de deur van Katharina's kamer en glipte snel naar binnen.

Binnen brandde zoals gebruikelijk het kleine nachtlampje, waar Katharina een doek overheen had gehangen om het licht te verzachten. Ze kon niet bij fel licht slapen, maar was ook bang in het donker, dus dit was de perfecte oplossing.

Marie staarde naar het lampje en keek toen naar het bed. Het was omgewoeld, zoals altijd. En het was leeg.

Was Katharina al in de badkamer? Was ze vandaag bij wijze van uitzondering vroeg opgestaan? Marie keek of ze ergens de ochtendjas van de juffrouw zag liggen en ontdekte toen pas het blad papier op het hoofdkussen. Een velletje briefpapier, dat Katharina haastig uit haar map had gepakt en waar ze een paar regels op geschreven had.

Mijn lieve Marie,

Ik wilde je zo graag meenemen, maar Gérard is van mening dat het voor ons hinderlijk kan zijn. Vergeef me, mijn liefste, mijn enige vertrouweling. Zodra we een woonplaats hebben gevonden, schrijf ik je, zodat je ook kunt komen.

Alleen de liefde telt, al het andere heeft geen waarde.

Jouw vriendin Katharina

26

'IK BEGRIJP HET NIET.'

Het blaadje in Alicia's hand trilde hevig. Dit moest een grap zijn. Kitty bedacht vaak vreselijk ongepaste dingen, ze was nu eenmaal een apart meisje...

'Ik vrees dat ze de villa al heel vroeg heeft verlaten, mevrouw. Misschien zelfs in de nacht. Ze heeft ondergoed, schoenen en kleren meegenomen. En haar houtskoolstiften en een tekenblok. Ik weet niet wat er nog meer mist.'

Het gezicht van de fabrikantsvrouw was verstard, ze leek ineens heel erg oud.

'Ze zal zich ergens verstopt hebben en ons later uitlachen,' zei ze met een zwakke stem, maar het was hoorbaar dat ze er zelf niet in geloofde.

Marie voelde zich verschrikkelijk. Het was allemaal haar schuld, zij had het moeten zien aankomen, als ze haar hoofd er maar bij had gehad. Maar ze was met haar eigen beslommeringen bezig geweest. Al het verdriet, alle wanhoop die nu in dit huis zou losbarsten, was aan haar te danken.

'Mevrouw, misschien kan iemand bij het station navraag doen waar ze heen gereisd zijn...'

'Op het station? Ja, denk je dan dat ze... Wie is die Gérard eigenlijk? Toch niet...'

'Het gaat om monsieur Gérard Duchamps uit Lyon,' legde Marie uit.

Op hetzelfde moment ging de deur van de eetkamer open en kwam directeur Melzer binnen.

'Ik wil niet dat die naam in mijn huis genoemd wordt,' bromde hij slechtgehumeurd. 'In ieder geval niet voor het ontbijt.'

Zonder iets te zeggen reikte zijn vrouw hem het handgeschreven blaadje aan.

'Ik vrees,' zei ze zachtjes, 'ik vrees heel erg dat onze Kitty een grote stommiteit heeft begaan.'

Hij las de brief, liet het blad zakken, keek zijn vrouw verward aan, las nog een keer en richtte toen zijn blik op Marie.

'Dit is toch aan jou gericht, of niet soms?' snauwde hij tegen haar.

'Ja, meneer de directeur.'

'Mijn liefste, mijn enige vertrouweling,' citeerde hij met lichte hoon. 'Dus zeg op. Wat zit erachter?'

Zijn toon was nu intimiderend hard, zo klonk hij als hij daarginds in de fabriek zijn mensen op het matje liet komen. In de fabriek, die bestond dankzij haar vader. Maar dit was zeer zeker niet het juiste moment om over dat onderwerp te beginnen.

'Ik weet het niet. Ik had geen idee dat ze zoiets wilde doen.'

'Lieg niet tegen ons!' brulde hij, buiten zichzelf van woede. 'Het staat hier toch: "mijn enige vertrouweling." Als jij dus de vertrouweling van mijn dochter bent, dan heeft ze jou ook toevertrouwd waar ze met die verdomde Fransoos naartoe wil.'

Marie deed hem niet het genoegen van angst in tranen uit te barsten. Er was in haar leven vaak genoeg tegen haar geschreeuwd, ze had een olifantshuid gekregen. Het was alleen gênant dat het tot in de gang te horen was.

'Helaas niet, meneer de directeur. Maar het zou kunnen dat het in een van de brieven staat...'

Hij wisselde een blik met zijn vrouw en staarde vervolgens Marie aan alsof hij haar wilde verslinden. Hij zag er angstaanjagend uit, zijn gezicht was rood, zijn ogen onder de borstelige, zwarte wenkbrauwen waren ver opengesperd, zijn lippen waren blauwachtig.

'Brieven? Wat voor brieven?'

Het kostte haar enorm veel moeite, maar ze moest het bekennen. Bovendien zouden ze de brieven toch wel vinden, de juffrouw had vast niet de hele correspondentie meegenomen.

'Er was een briefwisseling tussen de juffrouw en de heer Duchamps. Niet via de post maar via een bode.'

Ze had verwacht dat hij weer tekeer zou gaan, dat hij haar misschien zelfs zou slaan. Maar hij bleef verbazingwekkend kalm.

'Een geheime briefwisseling tussen onze dochter en die... die Franse blaaskaak. Die ons gisteren een ronduit ongehoord, veel te duur aanbod heeft gedaan. Geweldig. Waarom wist jij hier niets van af, Alicia?'

'Ik?' antwoordde zijn vrouw. 'Je hebt toch net gehoord dat ze stiekem via een bode met elkaar hebben gecorrespondeerd?'

Hij was te woedend om te luisteren. Hij ijsbeerde opgewonden door de kamer, haalde zijn horloge tevoorschijn, stopte het weer in zijn vest en bleef staan.

'Robert! Laat Robert komen, Alicia!'

De deur ging open, maar in plaats van de huisknecht verscheen de jongeheer, nog in zijn huisjasje, maar in een vrolijke ochtendstemming en met veel ondernemingslust. Toen hij Marie zag gleed er een glimlach over zijn gezicht, maar ineens schrok hij.

'Wat is hier aan de hand?'

Bij wijze van antwoord gaf zijn vader het intussen nogal gekreukelde blaadje. Paul keek bezorgd naar Marie en las toen vlug de regels.

'Mijn god,' mompelde hij.

'Ga jij me nu ook vertellen dat je geen flauw idee van deze... deze liaison had?' zei Johann Melzer boos.

Paul hoefde geen antwoord te geven, want op hetzelfde moment kwam Robert binnen. Zijn gezicht was lijkbleek, kennelijk wist hij al wat er gebeurd was.

‘Hebt u mijn dochter Katharina vanochtend vroeg naar het station gebracht? Met koffers en reisbagage?’

Marie voelde intens medeleven met de huisknecht, die zelf duidelijk onder de gebeurtenissen leed. Ja, hij had juffrouw Katharina kort na middernacht met de auto naar het station gebracht. Hij dacht dat deze reis met haar ouders was overlegd, ze had op het station met een paar vriendinnen afgesproken, ze zouden samen naar het kuuroord Bad Tölz gaan.

‘Rond middernacht? En dat geloofde u?’ brulde Johann Melzer woedend. ‘Zonder ruggespraak met de familie te houden? Wilt u me soms voor de gek houden, Robert?’

‘Ik geloofde het, meneer de directeur,’ verzekerde Robert hem met een wanhopige uitdrukking. ‘Pas op het station begon ik te twijfelen. Ze wilde in geen geval dat ik haar naar het perron begeleidde. Ze nam een kruier, wuifde naar me en verdween in het halfdonker in de stationshal. Ach, ik had achter haar aan moeten gaan. Haar terug moeten halen. Maar ik was te laf. Ik geef het toe. Ik was bang dat ik iets verkeerds deed en uitgelachen zou worden. Ik wilde…’

‘Zwijg!’ snauwde Johann Melzer tegen hem. ‘U zult de consequenties van uw fout moeten dragen. En jij ook, Marie, jij zult dit huis vandaag nog…’

‘Wacht, vader,’ onderbrak Paul hem opgewonden. ‘We moeten vooral bezonnen handelen en geen overhaaste beslissingen nemen. Hoe minder van dit onfortuinlijke voorval naar buiten komt, hoe beter.’

‘Paul heeft gelijk,’ zei Alicia, die zichzelf intussen weer onder controle had. ‘Als dit eenmaal in de stad bekend wordt, is het gedaan met Kitty’s goede naam.’

Johann Melzer snoof. Wat dacht Alicia nou? Dat het schandaal nog voorkomen kon worden?

‘Ik rijd nu naar het station en probeer uit te vinden waar ze naartoe gereisd zijn,’ ging Paul verder. ‘Daarna zal ik de spoorwegpolitie informeren zodat ze het paar vasthouden, voor het geval ze zich nog op Duits grondgebied bevinden.’

'De politie?' riep Alicia ontzet. 'In geen geval, Paul. Wil je dat je zus als een inbreker in handboeien naar de villa wordt teruggebracht?'

'Wat mij betreft wordt ze hier in een dwangbuis naartoe gesleept,' schold Johann Melzer en hij keek weer op zijn horloge. 'Het belangrijkste is dat ze niet samen met die Fransoos wegloopt. Ik ga nu naar de fabriek en vraag een internationaal gesprek met Lyon aan. Ik zal die oude Duchamps het vuur na aan de schenen leggen.'

Hij leek opgelucht te zijn dat hij naar zijn fabriek kon vluchten, waar hij allang verwacht werd. Paul schonk snel wat koffie voor zichzelf in, nam een hap van een broodje en liep vervolgens naar de hal, waar Else al met zijn hoed en mantel klaarstond.

'Robert, u bewaart absolute zwijgzaamheid over deze aangelegenheid,' beval Alicia. 'Marie, jij laat me de brieven in de kamer van mijn dochter zien.'

'Ja, mevrouw.'

Bij de deur botsten ze tegen Elisabeth op, die met een slecht geweten voor het ontbijt verscheen omdat ze zich had verslapen.

'Is er iets gebeurd? Papa schreeuwde zo hard dat het op de derde verdieping te horen was.'

'Je zus is met monsieur Duchamps weggelopen!'

Elisabeth moest gaan zitten, zo erg schrok ze. Marie was al in de gang toen ze haar kwaad hoorde zeggen: 'Die stomme trut wil mijn goede reputatie definitief ruïneren!'

Marie liep de trap op, achter zich hoorde ze Alicia zwaar ademen en ze ging langzamer lopen omdat de mevrouw een stijve enkel had.

'Schiet nou op! Je hoeft niet op mij te wachten!' joeg Alicia haar op.

Gehoorzaam liep Marie weer sneller. Ze maakte de deur van de kamer open en trok de gordijnen open. Het ochtendlicht was diffuus en verlichtte de ruimte niet volledig, Marie moest de elektrische plafondlamp aandoen.

'Waar? In het bureau?'

'Ja, mevrouw. In de schrijfmap. Niet in de groene die voor in de lade ligt. Verder naar achteren moet een lichtbruine map zijn...'

Heel even hoopte Marie dat Kitty de brieven had meegenomen of op zijn minst had vernietigd, maar Alicia haalde de bewuste map meteen tevoorschijn. Hij zat helemaal vol met brieven.

'Ongelooflijk!' zei Alicia. 'Dit moet al maandenlang aan de gang zijn. En je hebt er geen woord over tegen me gezegd!'

'Het waren maar een paar weken...'

Marie kreeg een vernietigende blik en ze sloeg haar ogen neer. Hoe had ze kunnen denken dat een paar woorden op een stuk papier ongevaarlijk waren? Kitty en de Fransman moesten al een hele tijd over hun vluchtplannen gecorrespondeerd hebben. Waarom had ze niet een keer stiekem in de map gekeken? Daartoe had ze ruimschoots de gelegenheid gehad...

'Ze heeft inderdaad een koffer gepakt... de bontjas is weg. De beige enkellaarsjes, het grijze wollen kostuum... Mijn hemel, ze heeft niet eens een nachthemd meegenomen...'

Alicia woelde in de garderobekamer rond, trok lades open en gooide het ondergoed eruit, waarbij een glazen flesje dat op de ladekast had gestaan op de grond viel. Het was Frans parfum dat ze haar dochter voor haar verjaardag had geschonken.

'Veeg het bij elkaar en gooi het bij het afval. En geen woord tegen het andere personeel. Heb je me gehoord?'

Marie knikte onderdanig. Wat dacht de mevrouw nou? Hier in de villa hadden de muren oren.

'En wat is dat? Dat zijn toch de spullen die... ja, natuurlijk... de mantel en de schoenen die je met kerst hebt gekregen. Wat heeft dit te betekenen, Marie?'

Een ongeluk komt zelden alleen, dacht Marie. In de eerste schrik was ze haar spullen in de kamer van de juffrouw vergeten.

'Ik... ik ben naar de mis geweest, mevrouw. En omdat ik laat terug was, ben ik met mijn jas en laarzen aan naar de juffrouw gegaan om haar te wekken.'

Natuurlijk geloofde Alicia er geen woord van. Dit was het beste bewijs dat ze met haar dochter in het complot had gezeten. Ze had haar natuurlijk willen begeleiden en zich al gereedgemaakt voor de reis, tot Kitty anders besloten had. Dat stond immers ook in haar brief.

'Nee, zo is het niet gegaan! Ik zweer u dat ik absoluut geen idee van deze vluchtplannen had!'

'Stil! Wat zit er in je jaszak?'

Marie schrok. Het doosje met de ketting van haar moeder.

'Dat is van mij.'

Alicia maakte het doosje open, haalde de watten eruit en bekeek de ketting met de hanger. Nee, dit armoedige ding was beslist niet van haar dochter. Ze deed het deksel weer op het doosje en gooide het naar Marie toe.

'Je leugens zullen je niet helpen,' zei ze met diepe verachting. 'Wat er nu ook met mijn arme kind gebeurt... het is jouw schuld. Dat vergeet ik nooit meer, Marie!'

Marie had al een slecht geweten, maar dit was onterecht. Waarom zou alles nu alleen haar schuld zijn? Heel even vroeg ze zich af of ze weleerwaarde Leutwien als getuige moest aanvoeren om te bewijzen dat ze echt bij de vroege mis was geweest. Maar die gedachte verwierp ze meteen weer. Wie weet zouden ze dan haar moeders ketting van haar afpakken. Die had ze immers pas over twee jaar, op haar eenentwintigste, mogen krijgen.

'Verdwijn nu! En wee als je ook maar één enkel woord over deze kwestie naar buiten brengt!'

Marie maakte het verplichte knicksje, pakte haar mantel en schoenen en liep de kamer uit. Ze had de deur bijna tegen het hoofd van Auguste geramd, want het ijverige kamermeisje plakte met haar oor aan het sleutelgat. Natuurlijk had ze direct een verklaring, ze kwam het schone beddengoed voor de juffrouw brengen en wilde net aankloppen.

Ook Else was ijverig bezig de slaapkamer van de meneer en mevrouw in orde te maken. En natuurlijk had ze daarbij de deuren wijd open laten staan om niets te missen.

Marie liep de smalle dienstbodentrap naar de derde verdieping op om de mantel en laarzen naar haar kamer te brengen. Uitgeput plofte ze op haar onopgemaakte bed neer en ze steunde haar hoofd op haar handen. De gedachten vlogen als een zwerm vrijgelaten vogels door haar hoofd. Arme Kitty... ze zou beslist niet gelukkig worden met een man die haar overhaalde om zo'n stommiteit te begaan! Kon ze haar maar helpen! Maar het zag ernaar uit dat ze zichzelf niet eens kon helpen. Ze zouden haar ontslaan, dat was een ding dat zeker was. Op staande voet en met een slecht getuigschrift. Ze zou deze villa moeten verlaten, midden in de winter, zonder uitzicht op een andere betrekking en zonder geld, want ze had al haar spaargeld aan het requiem besteed. Maar misschien was het ook wel goed zo, misschien zorgde haar moeder in de hemel op deze wijze voor haar kind. Ze zou Paul niet meer zien. Geen verlangende blikken meer, geen wilde dromen in de nacht, geen hartkloppingen als hij haar in de gang passeerde. Ze zou ervan bevrijd zijn. Deze domme, ongelukkige liefde had toch alleen maar tot verdriet kunnen leiden.

Ze haalde het doosje tevoorschijn en pakte voorzichtig de ketting met het hangertje eruit. Voor het geval iemand op het idee kwam de ketting van haar af te pakken, kon ze hem beter omdoen. Onder haar jurk was het sieraad niet te zien. Ze sloot het doosje weer en legde het op de witte ladekast, trok de lade open en haalde haar omslagdoek eruit. Hier had ze nog geen vijf maanden geleden al haar bezittingen in gebonden, ook dit keer zou hij goed van pas komen.

Ik ga er niet op wachten dat ze me met smaad en schande wegjagen, dacht ze. O nee, wat er ook gebeurd is. Ik heb het recht vragen te stellen. En voordat ik vertrek zal ik dat doen! Ze mogen me uitleggen waarom Jakob Burkard doodgezwegen is. Mijn vader! De man zonder wie de fabriek van Melzer niet zou bestaan!

Vastberaden pakte ze haar ondergoed, sokken en gestreken kleren uit de commode, evenals haar kam, twee haarbanden, haar tandenborstel en een paar schoenen. Ze bond alles in de doek, waarbij ze heel goed wist dat ze later, als ze de villa verliet, de knoop zou moeten losmaken en zou moeten laten zien wat er in haar bundel zat. Maar zover was het nog niet.

Haar maag knorde en ze besloot naar beneden naar de keuken te gaan om ten minste nog een warme maaltijd te nemen voordat ze vertrok. Het speet haar voor Brunnenmayer, ook de tuinman Bliefert en zijn kleinzoon Gustav waren lieve mensen. Else waaide met alle winden mee, die zou ze niet missen, en Auguste, die roddeltante, al helemaal niet. Dan zou ze juffrouw Schmalzler nog eerder missen, die deed altijd haar best rechtvaardig te zijn en had Marie in het begin vaak in bescherming genomen. Dat ze voortaan het gesnurk van Jordan niet meer zou horen, was ook geen groot verlies.

Langzaam liep ze de trap af. Ze luisterde naar de geluiden, het slaan van de staande klok in de herenkamer, het geknetter van de vlammen in de kachels, de stemmen in de verte, het gekraak van de houten vloer als er iemand overheen liep. Wat vreemd. Ze voelde ineens verdriet opkomen. Ze was van dit huis gaan houden, elke kamer, elk meubelstuk, elk voorwerp leek bij haar te horen en ook alle mensen die hier woonden waren vertrouwd.

Misschien kon Paul de twee nog te pakken krijgen op het station, dacht ze ongelukkig. Misschien brengt hij Kitty terug naar huis en blijkt alles een domme vergissing te zijn. Maar ze wist heel goed dat dit ijdele hoop was.

Beneden in de keuken rook het naar koffie en verse broodjes, op het fornuis sudderde een stuk rundvlees in groentebouillon, dat voor de avond bestemd was. Zoals gewoonlijk werden er gasten verwacht.

Auguste zat aan tafel. Ze had een knalrood en behuild gezicht. Else zat naast haar en probeerde haar te troosten.

'Hij zal zichzelf echt niets aandoen, Guste. Hij is niet dom. Hij loopt een beetje rond en als hij stoom heeft afgeblazen, komt hij weer terug.'

'Ze... ze zullen... hem... ontslaan!' zei Auguste snikkend. 'Het is allemaal de schuld van die heks!'

'Praat niet zo over de juffrouw!' onderbrak Brunnenmayer haar. 'Dat kan ik niet uitstaan. De arme juffrouw is al ongelukkig genoeg.'

Auguste snoof hoorbaar en zei half snikkend, half giechelend: 'Zij? Met haar gaat het goed. Hoteldebotel verliefd in de armen van haar Fransman. Hebben jullie meegekregen dat ze geen enkel nachthemd heeft ingepakt? Nou ja, dat zal ze ook niet nodig hebben...'

'Jij kunt het weten!' zei de kokkin droog en ze begon de witte kool voor de salade te snijden.

Marie was ongevraagd naar het fornuis gelopen om uit de lichtblauwe emaillen kan koffie voor zichzelf in te schenken. Met de beker in haar hand nam ze aan tafel plaats en ze pakte hongerig een broodje.

'Wat is er met Robert?' vroeg ze angstig.

Auguste keek haar nijdig aan, Else nam een grote slok koffie uit haar eigen beker. Ze gunden haar beiden geen antwoord waardig. Else stond in tweestrijd, want het leek erop dat Marie haar bijzondere positie in de villa kwijt was. Dat betekende dat ze op tijd naar de andere partij moest. Naar Auguste en Jordan, die altijd al Maries vijanden waren geweest.

'Hij is weggelopen,' antwoordde Brunnenmayer, die zich nooit druk maakte om partijen onder het personeel. 'De meneer was woedend, omdat Robert hem naar de fabriek moest brengen. Maar hij was verdwenen en dus moest de meneer zelf achter het stuur plaatsnemen.'

Marie zweeg onthutst. Waarschijnlijk had Auguste wel degelijk reden om zich zorgen over Robert te maken. Hij was helemaal wanhopig omdat hij zonder dat hij het wist de juffrouw had geholpen te vluchten. Marie kon zich goed voorstellen hoe Katharina hem ingepalmd had. De arme jongen was zo verliefd op de juffrouw dat hij zonder erover na te denken alles deed wat ze van hem verlangde. Dat was niet netjes geweest van Katharina. In feite was zij op haar manier net zo egoïstisch als haar zus Elisabeth. Ze dachten er allebei nooit over na of ze andere mensen kwetsten.

'Zijn spullen liggen nog boven in zijn kamer,' zei Else om Auguste op te beuren. 'Hij zal echt wel terugkomen.'

'Of hij pleegt zelfmoord,' zei Auguste en ze barstte weer in tranen uit.

Ook de anderen moesten hun ogen deppen, maar dat kwam door de uien die Brunnenmayer aan het fijnsnijden was. Maria Jordan kwam de keuken binnenstormen met allerlei opwindende nieuwtjes.

'Geef me eens een kop koffie, Else. Mijn god, de mevrouw is ziek van wanhoop. Als ze mij niet had, ik zweer het je, dan was ze al in de Wertach gesprongen. Mijn lieve Jordan, zei ze. Mijn lieve Jordan, ik ben toch zo blij dat u mij tenminste trouw blijft en me niet verraadt zoals andere mensen doen...'

Daarbij keek ze Marie lang aan, in haar blik lagen verachting en triomf. Haar rivale was uitgeschakeld en diep gezonken, ze moesten haar niet meer.

'Ze wilde halsoverkop naar Lyon gaan om de vader van die jonge Fransman ter verantwoording te roepen. Maar het is me samen met juffrouw Elisabeth gelukt het uit haar hoofd te praten. Mevrouw, zei ik tegen haar, beste mevrouw, dit is een zaak voor een man, niet voor een zwakke vrouw. En wie zegt u dat de oude Duchamps op de hoogte is van het doen en laten van zijn zoontje? Het zou zomaar kunnen dat hij net zo verrast is door dit gebeuren als wij.'

'Wat is het toch romantisch,' zei Else zuchtend. 'Twee jonge, verliefde mensen reizen samen door Europa, bezoeken Barcelona, Venetië, Londen of Edinburgh. Altijd op de vlucht voor hun ouders, die tegen hun liefde zijn en hen uit elkaar willen drijven...'

'Je hebt zeker te veel stuiversromannetjes gelezen,' bromde Auguste.

'Ik vind het niet zozeer romantisch maar meer onverantwoordelijk,' oordeelde Jordan en ze stak haar spitse kin in de lucht.

'De romantiek zal gauw over zijn als ze geen geld meer hebben,' voegde de kokkin eraan toe.

Marie moest toegeven dat ze gelijk had. Ook al verklaarde Else koppig dat de jongeman immers kon werken om in hun levensonderhoud te voorzien. Als hij echt van de juffrouw hield, zou hij dat doen. Ze oogstte een honend lachje van Jordan. Die beweerde dat het veel waarschijnlijker was dat de jonge Fransoos vroeg of laat genoeg had van de juffrouw en haar liet zitten.

'Zo zijn ze, die Fransozen,' zei ze en ze kauwde op haar broodje. 'Iedereen weet toch dat je een Fransman niet kunt vertrouwen. De arme juffrouw zal op een gegeven moment ongelukkig en door verdriet getekend terugkeren, maar dan zal het voorbij zijn met de vele aanbidders, want dan is haar reputatie geschaad en wil niemand haar meer hebben. Misschien komt ze zelfs zwanger te...'

'Juffrouw Jordan!'

Jordan stopte met praten omdat de huisdame de keuken binnengekomen was. Eleonore Schmalzler liep naar de tafel, de beker koffie die Else haar snel kwam brengen negeerde ze.

'Zoals ik kon vernemen, draait de geruchtenmachine al op volle toeren,' zei ze afkeurend. 'Vooral van u, juffrouw Jordan, verwacht ik veel meer discretie. De positie van kamenierster houdt in dat wij in zeer nauw contact staan met de familie, we horen details die heel privé zijn en waar wij zeer zorgvuldig mee om moeten gaan. Daar zou u aan moeten denken.'

Er verschenen rode vlekken op Maria Jordans wangen en in haar hals. In geval van twijfel had juffrouw Schmalzler altijd nog de betere connecties met de mevrouw, ze kenden elkaar immers al jaren.

'Ja, natuurlijk, juffrouw Schmalzler. Zeer zorgvuldig.'

'Is Robert teruggekomen?'

Het antwoord was nee. En ze vertelden haar ook dat tuinman Bliefert met Gustav in het park was omdat er een taxus onder de last van de zware sneeuw bezweken was die nu afgezaagd moest worden en waarvan het hout weggehaald moest worden.

'Dan wil ik aan de aanwezigen hier een paar zeer belangrijke dingen vertellen die de mevrouw en ik hebben afgesproken. Ten eerste, van het vertrek van de juffrouw en alles wat daarmee samenhangt, mag niets in het openbaar komen. Ten tweede, vanavond zijn het echtpaar Bräuer, dokter Schleicher met zijn echtgenote en het echtpaar Manzinger met hun twee dochters voor het diner uitgenodigd. Alles dient net zo perfect als altijd voorbereid te zijn. Geen woord over de gebeurtenis van vannacht. Juffrouw Katharina zal zich vanwege ernstige migraine laten verontschuldigen – iedereen dient dit in acht te nemen.'

Ze knikten allemaal ijverig. Ook Marie, die eigenlijk besloten had de villa te verlaten, verklaarde zich bereid het toneelstukje mee te spelen.

'Wat doen we als Robert niet op tijd terugkomt?' vroeg ze.

'Ik heb al een bediende op uurbasis ingehuurd,' zei juffrouw Schmalzler. 'U moet nu de garderobekamer van juffrouw Katharina opruimen, Marie. Tegen vijf uur verwacht juffrouw Elisabeth u om haar te helpen met omkleden.'

Jordan keek zuur. Ze had gehoopt dat ook juffrouw Elisabeth nu alleen nog door haar bediend wilde worden. Maar kennelijk stelde de jongedame dat wat ze 'moderne mode' noemde boven de trouw en eerlijkheid van haar bediende. Jammer.

Marie voelde zich verscheurd. Aan de ene kant zei haar trots haar dat ze de villa onmiddellijk moest verlaten, echter nadat ze een serieus gesprek met directeur Melzer had gevoerd. Aan de andere kant wilde ze de familie in deze moeilijke situatie niet in de steek laten. Dat uitgerekend juffrouw Elisabeth partij voor haar koos, bewees wel dat niet iedereen haar de schuld gaf van Katharina's vlucht.

Peinzend liep ze de trap naar de tweede verdieping op om zich om Katharina's garderobekamer te bekommeren. Ze had haar hand al op de deurklink gelegd, toen ze achter zich een bekende stem hoorde en ze kromp geschrokken ineen.

'Marie! Wacht nou even! Marie!'

De jongeheer liep in open mantel door de gang, hij had zijn hoed nog in zijn hand.

'Marie,' zei hij en hij bleef voor haar staan. 'Ik ben blij je hier te zien. Ik vreesde al dat je de villa misschien verlaten had.'

Ze zweeg, want zijn vrees was niet onterecht.

'Dat ga je toch niet doen, hè?'

'Wat zou mij daarvan weerhouden, meneer Melzer?'

Hij snoof boos. Ze moest eindelijk eens ophouden hem constant meneer Melzer te noemen. Meteen daarop kalmeerde hij zich, hij veegde met zijn hand door zijn wilde haar en zei dat de gebeurtenissen hem enorm hadden aangegrepen.

'Hebt u iets kunnen bereiken op het station?'

'Het is maar hoe je het bekijkt,' zei hij misnoegd. 'Ik ben in ieder geval te weten gekomen dat die twee naar Parijs zijn gegaan. Ze waren niet meer op Duits grondgebied en konden dus niet tegengehouden worden. En om te regelen dat twee Duitse reizigers op een Frans station aangehouden worden, moet je eerst honderd formulieren invullen.'

'En nu? Wat gaat u doen?'

Hij slaakte een diepe zucht en keek naar de natte hoed in zijn hand. Hij wist het nog niet, hij zou de verdere gang van zaken met zijn familie bespreken.

'Is het moeilijk om iemand in Parijs te vinden?'

Er verscheen een grijns op zijn gezicht, want ze had deze vraag heel serieus gesteld.

'Dat is als een speld in een hooiberg. Natuurlijk, ze zullen in een of ander hotel logeren, maar wie zegt dat ze hun echte namen opgeven?'

'Kan er niet iemand ingeschakeld worden om hen te vinden?' vroeg ze zich af. 'Bij voorkeur een Fransman die Parijs kent. Natuurlijk zou diegene daarvoor betaald moeten worden.'

'Je bedoelt een detective?'

Dat woord had ze nog nooit gehoord, wat hij innemend vond. Wat was ze nog onbedorven. En slim. Het was helemaal geen gek idee, alleen zou mama zich ertegen verzetten dat uitgerekend een Fransman haar kind probeerde op te sporen.

'Ik zou willen dat ik iets kon doen om te zorgen dat ze weer terugkomt,' zei Marie verdrietig. 'Het is voor een groot deel mijn schuld wat er gebeurd is. Ik had het kunnen weten.'

'Maar nee!' riep hij geschrokken. 'Het is niemands schuld, behalve die van Kitty zelf. Ze is tenslotte geen kind meer, we hadden haar niet vast kunnen binden. En alsjeblieft, als je al een schuldige wilt aanwijzen, dan staat er een voor je. Ik, domkop die ik ben, heb ook een aandeel gehad in dit verhaal.'

'U?'

Hij beschreef de ontmoeting met Duchamps. De jonge Fransman was geen slechte man, hij had ongetwijfeld oprechte bedoelingen.

'Ik ben zo stom geweest om hem min of meer af te raden om de hand van Kitty te vragen. Dat moet de definitieve aanleiding zijn geweest voor deze idiote ontvoering. Mijn hemel, die twee zijn net twee stoute, koppige kinderen. Als het aan mij lag zou ik ze graag een voor een over mijn knie leggen en een flink pak slaag geven!'

Het ergerde hem een beetje dat Marie begon te lachen. Maar toen werd hij door haar lach aangestoken en moest hij om zijn eigen, weliswaar terechte woede lachen.

'Ach,' zei hij met een zucht. 'Het is fantastisch hoe je me kalmeert en zelfs aan het lachen brengt, Marie. Je weet dat je in geen geval mag weggaan, hè?'

Ze had nu moeten zwijgen, het spelletje niet moeten meespelen. Maar dat kon ze niet, niet als hij haar zo smachtend aankeek.

'Waarom mag ik niet weggaan?'

Nu kreeg ze het gevoel dat hij haar met zijn blik wilde verslinden en ze begon te beven. Een piepkleine beweging, een kleine stap, en ze zou in de afgrond storten. In de heerlijke afgrond van zijn omhelzing.

'Weet je dat echt niet, Marie?'

'Hoe kan ik dat nou weten?'

Toen was het gebeurd. Sneller dan ze voor mogelijk had gehouden, lag ze tegen zijn borstkas. Ze voelde het wilde geklop van haar hart dat alles om haar heen liet dansen. Was dit waarvoor ze zo bang was geweest? Deze tedere en tegelijk heftige omhelzing, zijn zoekende mond, zijn hete tong die kietelend over haar lippen gleed, zijn adem, zijn woeste begeerte. Dat alles was verschrikkelijk en prachtig tegelijk. Het was alsof ze samen met hem regelrecht de brandende ochtendhemel in vloog.

'Je moet hier blijven,' fluisterde hij in haar oor. 'Omdat ik van je houd en het niet zou kunnen verdragen als je weg zou gaan.'

Ze gaf zich over aan de bedwelming van deze woorden, sloeg haar armen om hem heen en luisterde naar zijn snel kloppende hart.

'En bovendien,' voegde hij eraan toe, 'schreef Kitty niet dat ze haar verblijfplaats aan jou zou onthullen? Je bent onze enige hoop, Marie.'

IV

Voorjaar 1914

27

'MENEER DE DIRECTEUR?'

De secretaresse deed de deur op een kiertje open, hij kon haar spitse neus en smalle lippen zien toen hij van zijn bureau opkeek.

'Wat is er?'

Juffrouw Hoffmann sprak zachtjes en aan haar toon was te horen dat ze zelf niets met de vervelende boodschap te maken had, dat ze alleen maar gedwongen was die door te geven.

'Uw zoon vraagt of u voor de lunch meegaat naar de villa.'

Melzer snoof geïrriteerd en keek met een jaloerse blik naar de spleet van de deur. Sinds Paul in de fabriek werkte, kreeg hij deze vraag elke middag. Zijn zoon had een gezonde eetlust en voelde zich ook niet moe als hij uitgebreid had geluncht. De gelukkige jeugd! Zelf kon hij 's middags nauwelijks een hap door zijn keel krijgen omdat hij in gedachten bij de fabriek was. Maar goed, hij had niets te klagen over Paul. Integendeel. Zijn zoon was ijverig en snel van begrip, was overal in geïnteresseerd, stelde vragen, deed suggesties, gaf zijn mening. Alleen was hij niet serieus genoeg. Hij maakte lol met de secretaresses, maakte boven bij de boekhouding grapjes, en als ze met zakenpartners onderhandelden schonk hij een glaasje brandewijn of Beierse gentiaan voor hen in, waardoor de sfeer een stuk vrolijker werd. Maar afgezien van zulke uitglijers die waarschijnlijk toe te rekenen waren aan zijn jeugdige leeftijd, was Paul een competente en betrouwbare medewerker die algauw een steun voor hem zou zijn.

'Zegt u hem dat ik eraan kom. Hij moet de auto voorrijden.'

Juffrouw Hoffmann knikte enthousiast en spoedde zich weg. Natuurlijk had Paul binnen de kortste keren het hart van beide secretaresses veroverd, waarschijnlijk zouden ze allebei zonder aarzelen voor hem door het vuur gaan.

Melzer schoof met een zucht de calculaties die voor hem lagen opzij, ze klopten toch niet meer omdat een van de twee uitgevallen machines het nog steeds niet deed, ondanks menige poging hem te repareren. Voordat hij naar Paul liep, keek hij door het raam, het regende weer eens. De sneeuw was gesmolten en het prille lenteweer had de straten en plantsoenen in moeraslandschappen veranderd. Een ramp voor paardenkarren en automobielen, het veiligste goederentransport was per trein. Het was begin maart, het weer kon nog grillig zijn.

Even later bracht Paul de automobiel langzaam voor de ingang van het administratiekantoor tot stilstand om te voorkomen dat hij de jas en broek van zijn vader natspatte.

'Fijn dat je meegaat, vader,' riep Paul door het autoraampje naar hem. 'We eten forel met amandelen en perencompote toe.'

Melzer nam plaats op de passagiersstoel en liet het aan Paul over om het korte ritje van de fabriek naar de villa te rijden. Zijn jonge zoon vond het leuk en bovendien was het praktisch, want Roberts opvolger, Humbert, kon wel serveren, maar had nul verstand van autorijden. Het was jammer dat Robert weg was. Uit wanhoop dat hij onvrijwillig had meegewerkt aan Kitty's ontvoering was hij weggelopen en nooit meer teruggekomen.

Het was nu ruim vier weken geleden. En er was geen bericht van zijn dochter, geen brief, geen telegram. Niets. Hij had een boos internationaal telefoongesprek met de oude Duchamps gevoerd, dat helaas vreselijk duur was geworden omdat het gesprek eindeloos duurde doordat hij nauwelijks Frans sprak en Duchamps het Duits niet goed beheerste. Terwijl die domme kerel toch met een Duitse getrouwd was. In ieder geval was eruit gekomen dat Duchamps geen idee had wat zijn zoon uitspookte en het ook niet goed vond. Ze zouden de twee gaan zoeken en tot rede brengen, had Duchamps hem verzekerd. En in het uiterste geval zou zijn zoon uiteraard als een man van eer handelen en met het meisje trouwen. Dat ontbrak er nog aan... Alicia zou nooit kunnen wennen aan het idee een Fransoos als schoonzoon te krijgen. En hijzelf was er na de mislukte onderhandelingen van een maand geleden rotsvast van overtuigd dat de fabrikanten uit Lyon pure schurken en afzetters waren.

'Kijk niet zo somber, vader. Je ziet er angstaanjagend uit!'

Paul grijnsde vrolijk en stuurde de auto zwierig om het bloemperk voor de ingang van de villa. Humbert kwam hen met een uitgeklapte paraplu tegemoet, Auguste stond bij de deur, maakte een knicksje en nam hun mantel, hoed en handschoenen aan. Inderdaad, nu viel het zelfs hem op dat het meisje ronder en ook trager was geworden. Wanneer was ze uitgerekend? Hij was het helaas alweer vergeten, dat soort dingen kon hij niet onthouden. Maar het kon niet lang meer duren. Ze zouden het onechtelijke kind van het kamermeisje dus hier in de villa grootbrengen, dat had Alicia bepaald. Wel, de goede reputatie van de familie was toch al geruïneerd, een bastaard meer of minder maakte ook niet meer uit.

Hij voelde zich verbitterd en had nu helemaal geen trek meer. In de eetkamer werden ze opgewacht door Elisabeth, die duimendraaiend op haar stoel zat en zichtbaar blij was dat haar vader vandaag voor de lunch naar de villa kwam. Op deze dochter kon hij tenminste vertrouwen, Elisabeth was veel te slim om van die onzin uit te halen zoals Kitty had gedaan. Hij knikte glimlachend naar haar en zei dat ze er erg knap uitzag in haar groene jurk.

'Dank je, papa. Het is een hele oude jurk die Marie een beetje veranderd heeft.'

Marie. Elk tweede woord hier in huis was 'Marie'. Hij had er vast op gerekend dat Alicia haar zou ontslaan. Maar hij had het mis gehad, ze hadden zich verzoend. Marie was onontbeerlijk, ze ontwierp jurken, naaide, herstelde, wist altijd alles beter…

'Waar is mama?' wilde Paul weten.

'Ze zal er zo aankomen,' zei Elisabeth. 'Ze heeft weer zo'n lang gesprek met Marie. Over Kitty natuurlijk. Je zou haast denken dat ze het over een heilige hebben!'

Melzer trok geërgerd zijn stoel naar achteren en ging zitten, wat eigenlijk onbeleefd was, want hij had op zijn echtgenote moeten wachten. Hij was echter van mening dat als hij al voor de lunch naar de villa kwam, iedereen zich aan het tijdschema diende te houden.

'Sorry dat ik jullie liet wachten.'

Alicia's gezicht was rood, haar oogleden waren een beetje opgezwollen. Ze had natuurlijk weer om haar verloren dochter gehuild. De gesprekken met Marie deden haar geen goed, integendeel, ze begroef zich alleen maar steeds verder in haar verdriet.

Hij zweeg terwijl Humbert de soep serveerde. Een rare vogel, deze jongeman. Blond, extreem slank en lang, de kleding aan zijn lijf zat zo perfect dat het leek of die net nog gestreken was. En dan die elegante, soepele manier van bewegen. Nee, hij had dan toch veel liever Robert gehad.

'Echt een hele goede runderbouillon,' zei Alicia. 'Smaakt het je, Johann?'

'Dank je, hij is niet slecht.'

Hij nam een paar lepels soep, at wat brood en keek uit het raam terwijl hij kauwde. Het regende nog steeds, de druppels hadden een ingewikkeld patroon op de ruiten getekend en dwaalden eroverheen tot ze op de vensterbank vielen.

'Kitty hield niet van runderbouillon,' zei Alicia peinzend. 'Ik heb nooit begrepen waarom niet, tot Marie me de ogen opende. Kitty observeerde tijdens onze wandelingen vaak kuddes koeien. Ze hield van dieren en het idee dat er voor deze soep een rund dood moest…'

'Dat is wel heel raar,' zei Elisabeth. 'Moeten wij verhongeren, alleen omdat mijn zusje medelijden had met een koe?'

Alicia keek geïrriteerd op.

'Niemand heeft dat van jou gevraagd, Lisa. Hoewel het je niet zou schaden als je je tijdens het eten een beetje zou inhouden. Onze Kitty is een ongelooflijk gevoelig meisje, daar moeten wij rekening mee houden als ze weer bij ons is.'

Elisabeth werd knalrood in haar gezicht, het leek wel alsof ze op het punt stond in tranen uit te barsten. Melzer begreep dat Alicia de meest gevoelige snaar van haar dochter had geraakt. Elisabeth was mollig, wat niet in de mode was. Terwijl hij haar figuur persoonlijk best mooi vond.

'We hebben haar verkeerd behandeld, Johann,' ging Alicia verder. 'Kitty had ons begrip nodig, maar wij verboden haar alleen maar van alles.'

Hij slikte zijn antwoord door omdat Humbert de soepborden weghaalde en de hoofdgang serveerde. Elegant en zwierig hanteerde hij de schotels en borden, je zou denken dat hij als kind al had geoefend om een sauskom op de eettafel te plaatsen. Bovendien kondigde hij de gerechten aan.

'Forel met amandelen. Botersaus. Schijfjes limoen...'

'Dank u, Humbert.'

Melzer pulkte aan zijn vis. Hij haatte vis, omdat je zo veel moeite moest doen voordat je eindelijk kon gaan eten en zelfs dan nog gemene graten kon tegenkomen. Afgezien daarvan had hij geen trek. Wrevelig luisterde hij hoe Paul zijn moeder duidelijk probeerde te maken dat Kitty geen kind meer was en ook geen speciale behandeling nodig had.

'Ze is zelf voor haar eigen daden verantwoordelijk, mama.'

'Inderdaad!' zei Elisabeth.

'Nee, Paul, dat zie ik anders,' sprak Alicia hem koppig tegen. 'Kitty is een kunstenares, dat heb ik pas door Marie begrepen. Kitty had meer vrijheid nodig, we hadden haar talent moeten stimuleren, met haar naar Parijs moeten gaan, zoals ze altijd heeft gewild.'

Nu kon Melzer zich niet meer inhouden.

'Naar Parijs? En waar overal nog meer naartoe? Misschien naar Rome of Venetië? Wilde mijn verwende dochtertje zich niet ook in New York aan haar tekenkunst wijden? Mijn lieve Alicia, ik deel jouw mening absoluut niet. Kitty had niet meer vrijheid nodig, we hadden juist veel strenger voor haar moeten zijn. Dat is wat ik het meeste betreur. We hebben verzuimd om onze dochter volgens de geboden van de Heer op te voeden. "Wie zijn zoon tuchtigt, zal over hem verblijd worden, en in het midden der vermaarde lieden zal hij van hem roemen." Dat heeft Jezus Sirach gezegd en het geldt nog steeds.'

'Nou, papa!' zei Paul, terwijl Alicia bedremmeld zweeg. 'Jezus Sirach, mijn hemel. Dat is toch helemaal niet meer van deze tijd.'

Paul zei het luchtig maar zijn vrolijkheid vond geen weerklank aan tafel. Het deed Melzer pijn dat hij weer eens grondig de stemming had bedorven, maar sommige dingen moesten nu eenmaal gezegd worden.

'Al dat gepraat over begrip en vrijheid,' mopperde hij. 'Zo voed je je dochter niet op tot een gehoorzaam kind, Alicia. En laat ik je nog iets zeggen: mocht Katharina het wagen om weer hier in mijn huis te verschijnen, dan zal ik haar laten weten dat ik haar niet meer als mijn dochter beschouw.'

'Dat meen je niet, Johann,' fluisterde Alicia geschokt.

'Dat meen ik wel degelijk, Alicia. Ik laat niet met me sollen door mijn eigen dochter. Ze heeft besloten dit huis te verlaten, zich aan de bescherming van haar familie te onttrekken. Dat heeft ze stiekem gedaan, achter de rug van ons allemaal en dan ook nog eens met een Fransoos en een afzetter. Kitty heeft voor mij afgedaan!' Hij voelde zich opgelucht nu hij zijn woede geuit had, maar tegelijkertijd kreeg hij een slecht geweten. Natuurlijk zou hij openstaan voor een gesprek, hij was immers geen monster. Maar dat kon hij nu niet zeggen, dan zou hij niet geloofwaardig overkomen.

'Ik begrijp papa heel goed,' zei Elisabeth en ze verwijderde met een behendige beweging de ruggengraat van haar forel.

'Je vergeet, Johann,' zei Alicia, die moeite deed kalm te blijven. 'Je vergeet dat dit ook mijn huis is. En ik zeg je recht in je gezicht: als mijn dochter Katharina in de schoot van haar familie wil terugkeren, zal ik haar met open armen ontvangen. Ik ben en blijf haar moeder en zal er tot het eind van mijn leven voor mijn kind zijn. En als je dan toch argumenten uit de Bijbel haalt, raad ik je aan eens de parabel van de verloren zoon te lezen!'

Natuurlijk kende Melzer dat verhaal, maar op dit moment paste het niet in zijn straatje.

'Ik zal niet toelaten dat mijn kind zonder middelen op straat staat!'

'Heb ik gezegd dat ik haar wil laten verhongeren?'

Hij moest hoesten omdat hij zich in een klein graatje had verslikt, stootte een vol glas water om en leunde toen uitgeput op zijn stoel naar achteren.

'Weet je, pap,' zei Paul, die opgesprongen was om op zijn rug te kloppen. 'Kitty heeft nogal iets doms gedaan en ik geef toe dat ik boos op haar ben. Maar ze blijft mijn zusje en als ze terugkomt, zal ik haar eerst eens duchtig mijn mening zeggen en haar dan in mijn armen sluiten.'

'Je kunt doen wat je wilt, Paul,' zei hij nors. 'Ik heb mijn besluit te kennen gegeven en verwacht dat het gerespecteerd wordt.'

Alicia zweeg bij deze mededeling, ze stak alleen licht haar kin in de lucht, wat betekende dat ze vastberaden was zich ertegen te verzetten. Het was dus weer oorlog tussen hen. O, wat haatte hij dat. Waarom was hij zo met de deur in huis gevallen? Ach, hij was geen diplomaat, dat was hij nooit geweest en zou hij ook nooit worden.

'Ik moet weer aan het werk,' zei hij en gooide zijn servet op tafel. 'Je kunt rustig je bord leeg eten, Paul. Als je me zoekt ben ik in de spinnerij.'

Bij de deur liep hij bijna de huisknecht omver, die net met twee gevulde schotels naar binnen wilde gaan. Het lukte Humbert voor de gehaaste heer des huizes uit te wijken zonder de inhoud van de schotels te riskeren.

'Pardon, meneer...'

'Het is niet uw schuld.'

Terwijl hij door de gang liep, probeerde hij de vervelende familiescène uit zijn hoofd te zetten en in plaats daarvan aan de fabriek te denken. Er was een offerte uit Engeland binnengekomen voor de nieuwe, bedrukte katoenen stoffen, een zaak waardoor de fabriek in aanzien zou stijgen. Aan de andere kant had hij het vervelende gevoel dat de vrede niet lang meer kon voortduren. De Duitse keizer liet oorlogsschepen bouwen, wilde het overwicht van de Engelse marine ondermijnen. Dat zouden de Engelsen op den duur niet accepteren. En toch...

Hij bleef staan want op dat moment kwam er iemand van het personeel vanaf de tweede verdieping de trap af. Ook zij stopte, waarschijnlijk had ze een slecht geweten omdat ze niet de dienstbodentrap gebruikte.

Hij verscherpte zijn blik, want met dit sombere weer was het schemerig in de gang. Een kamenierster. Ze droeg jurken over haar arm, waarschijnlijk was ze op weg naar de waskeuken. Jordan? Nee, het was Marie.

Ze maakte een knicksje toen hij haar passeerde en om de een of andere reden vond hij dit gebaar ironisch.

'Marie?'

Ze was al snel doorgelopen, maar stopte nu en draaide zich om.

'Ja, meneer Melzer?'

Moest ze eigenlijk niet 'meneer de directeur' zeggen? Hij wilde haar terechtwijzen, maar zag ervan af. Ze had mooie donkere ogen. Haar blik was echter niet dromerig maar helder en zeer alert. Hij kende die blik. O god, waar was de tijd gebleven?

'Ik heb iets met je te bespreken. Laten we naar de bibliotheek gaan, daar worden we niet gestoord.'

'Zoals u wilt, meneer Melzer.'

28

ZE GING VOORUIT EN HIJ volgde haar, waarbij hij zijn blik niet van haar kon afhouden. Wat liep ze zelfverzekerd en lichtvoetig. Rechtop, maar niet stijf, haar rok zwiepte een beetje terwijl ze liep, maar niet zo dat je op rare gedachten kwam. Voor de bibliotheek bleef ze staan, ze keek naar hem om en wilde de deur openen, maar hij was haar voor. Hij wist zelf niet waarom hij het deed, maar hij drukte de klink naar beneden en hield de deur voor haar open alsof ze een dame was. En net zo, met de rechte, zelfbewuste houding van een jongedame, liep ze langs hem heen de bibliotheek in.

Ongelooflijk, dacht hij. Die trots, die ze van haar moeder had geerfd. Daar had zelfs haar kindertijd in het weeshuis niets aan kunnen veranderen.

Hij liep naar de open haard, waarin vandaag geen vuur brandde, en deed een lamp aan. Weg met de feeërieke verlichting, hij wilde Marie nauwkeurig kunnen aankijken terwijl hij tegen haar sprak. Marie was in het midden van de kamer blijven staan, legde de kleren die ze over haar arm had gedragen op een stoel en wachtte tot hij begon te praten. Haar blik was kalm en op een bepaalde manier, die hij niet goed kon duiden, vastberaden.

'Ik wil twee dingen met je bespreken. Ze betreffen allebei mijn dochter Katharina.'

Ze leek niet verrast te zijn, misschien had ze al zoiets vermoed. Hij staarde haar een moment lang aan, aangetrokken door het contrast tussen de donkere jurk van een kamenierster en haar stralende jeugd. Deze meid, Marie Hofgartner, was nauwelijks ouder dan Kitty en leek ontzettend veel op haar, in ieder geval vanuit de verte. En toch lag er een hele wereld tussen de twee vrouwen in. Zou hij het fijn gevonden hebben om een dochter als Marie te hebben? Hij schoof die idiote gedachte opzij.

'Ten eerste wil ik niet dat je constant met de mevrouw over Katharina praat. Deze gesprekken belasten mijn vrouw en verergeren haar verdriet.'

Haar donkere wenkbrauwen gingen omlaag, ze leek niet blij te zijn met deze eis. Hij had ook niet anders verwacht.

'Het is alleen zo, meneer Melzer, dat ik deze gesprekken nooit begin. Maar als de mevrouw mij vragen stelt, moet ik haar antwoord geven.'

Ze had er iets tegen in te brengen, dat had hij kunnen bedenken.

'Dan moet je de antwoorden zo kort mogelijk houden. Heb je me begrepen?'

'Ik begrijp u heel goed, meneer Melzer,' zei ze, waarbij ze haar hoofd een beetje schuin hield. 'Ik denk echter niet dat de mevrouw lijdt door deze gesprekken. Ik ben er juist van overtuigd dat het haar goed doet om over juffrouw Katharina te kunnen praten.'

'Daarover heb jij geen oordeel te vellen,' viel hij haar aan. 'Je dient mijn bevel op te volgen, anders ben ik gedwongen maatregelen te nemen.'

Ze zweeg, wat dat ook te betekenen had. Hij ergerde zich aan zichzelf, het was niet slim haar te bedreigen. Marie genoot Alicia's bescherming en wist heel goed dat er heel wat moest gebeuren voordat ze ontslagen werd.

'Het tweede punt betreft de veelzeggende brief die mijn dochter aan jou heeft gericht.'

Hij voelde zich erg onrustig en ijsbeerde voor de open haard heen en weer. Zijn maag brandde, hij had die vis niet moeten eten. Of misschien was de bouillon niet goed gevallen. Medelijden met de koeien. Alleen Kitty kon zoiets idioots bedenken.

'Heeft mijn dochter zich intussen op de een of andere manier bij jou gemeld? Ze heeft toch beloofd jou haar adres te geven, zodat je kunt nakomen? Dat is toch zo?'

Hij bleef staan zodat hij nauwkeurig haar gezicht kon observeren terwijl ze antwoordde. Hij had genoeg ervaring met mensen die hem rekenschap moesten geven. Het was hen bijna altijd aan te zien als ze logen.

'Ja, dat schreef ze. Maar ik heb tot nu toe niets van haar gehoord. Ik hoop heel erg dat het een goed teken is.'

Nee, ze sprak de waarheid. Ze was niet het type dat leugens bedacht. Het kon hooguit zijn dat ze beslissende vragen op een handige manier ontweek om sommige dingen voor zich te houden.

'Hoe dan ook,' zei hij onvriendelijk. 'Mocht mijn dochter op een gegeven moment via een bode of op andere wijze contact met je opnemen, wil ik daar als eerste over geïnformeerd worden.'

'Maar... Maar de mevrouw zal...'

Nu werd hij nijdig. Dacht ze nou werkelijk dat ze met hem in discussie kon gaan? Wie was ze nou? Een kamenierster die tot voor kort nog een armzalig keukenmeisje was geweest!

'Heb je gehoord wat ik heb gezegd?' onderbrak hij haar.

'Ja, meneer Melzer.'

'Dan verwacht ik dat je je hieraan houdt.'

Ze zweeg alweer. Dacht ze echt dat ze hem op deze doortrapte manier kon overtroeven? En achteraf beweren dat ze nooit had beloofd het bericht eerst aan de directeur te tonen?

'Krijg ik nog antwoord?'

Ze had haar lippen opeen geknepen en staarde naar de grond. Nu keek ze naar hem op. In haar donkere ogen glom iets wat hij niet kon duiden. Maar waarschijnlijk was ze woedend op hem.

'Als u er zo veel waarde aan hecht, meneer Melzer, zal ik het doen.'

Zou ze zich eraan houden? Hij kon het alleen maar hopen. Alicia was in staat onmiddellijk in de trein te stappen om het opgegeven adres te zoeken en haar geliefde, ongehoorzame dochtertje te redden. Die gedachte verontruste hem, want hij vreesde dat zo'n overhaaste reis niet goed was voor zijn vrouw.

'Mooi,' zei hij, hoewel er helemaal niets moois aan dit gesprek was. 'Je kunt nu gaan.'

Hij strekte zijn hand uit om de lamp uit te doen, maar stopte omdat Marie zich geen millimeter verroerde.

'Ik heb ook twee punten die ik met u zou willen bespreken, meneer Melzer.'

Hij kon zijn oren niet geloven. Had ze werkelijk gezegd dat ze twee dingen met hem wilde bespreken? Dat was onmogelijk, waarschijnlijk was zijn brein overbelast.

'Wat zei je?'

Ze stond nog steeds op dezelfde plek en had haar handen voor haar buik ineengevouwen. Haar gezicht was kalm, haar ogen waren smal.

'Ik ben niet meer bang voor u, omdat het me niets kan schelen of u mij wegstuurt of niet. Maar ik wil weten waarom u me nooit hebt verteld dat ik de dochter van Jakob Burkard ben.'

Dat was het dus. Wie zou het haar verteld hebben? Dat smerige ouwe wijf in de benedenstad? Iemand uit de fabriek? Toch zeker niet juffrouw Pappert...

'Ik weet het heel zeker, want weleerwaarde Leutwien heeft me het kerkboek laten zien. U was getuige tijdens de huwelijksvoltrekking van mijn ouders.'

De priester had het aan haar verraden. Hij had Leutwien dus toch verkeerd ingeschat, die was niet zo zwijgzaam als hij had gehoopt. Melzer voelde dat zijn hartslag versnelde en het zweet hem uitbrak. Wat wist ze? En wat niet?

'Als je het kerkboek hebt gezien, zul je ook weten dat ze alleen voor de kerk, maar niet voor de wet waren getrouwd. Het huwelijk is in feite onwettig.'

'Wettig of niet, mijn vader was Jakob Burkard. Waarom is mij altijd verteld dat mijn vader onbekend was?'

Wat was ze koppig en star. Ze kwam bij hem klagen en wilde hem, haar baas, ter verantwoording roepen.

'Luister, Marie. Ik heb nu geen tijd om met je over deze dingen te praten. We zullen dat later doen, als je meerderjarig bent.'

Hij deed de lamp uit en liep met haastige passen naar de deur. Maar Marie was sneller, ze bedekte de klink met haar lichaam en keek hem zo vastberaden aan dat hij achteruitweek.

'Ik wil nu opheldering, meneer Melzer. Op het gevaar af dat u me eruit gooit. Ik zal niet van deze plek wijken voordat ik een antwoord van u heb.'

Hij had gemakkelijk Auguste of Else kunnen roepen. Of Jordan. Dan hadden ze deze brutale jonge meid wel bij de deur weggekregen. Maar dan had ze zijn vrouw vast allerlei warrige dingen verteld en dat wilde hij voorkomen. Alicia wist slechts voor een deel de waarheid.

'Als je denkt dat je me ertoe moet dwingen, oké, ik zal je antwoord geven. Maar je zult er niet blij mee zijn, Marie Hofgartner. Dat is ook de reden waarom je deze dingen pas mocht horen als je meerderjarig bent.'

Ze werd bleek maar bleef vastberaden staan. Hoeveel moed, of beter gezegd, hoeveel bezetenheid was er nodig om je zo te gedragen? O, wat leek ze toch veel op haar moeder. Hij zag haar nog voor zich, Luise Hofgartner, trots en aanmatigend in haar woede en niet ontvankelijk voor alle goedbedoelde adviezen.

'Dus waarom?' hield ze vol. 'Waarom hebt u voor mij verzwegen dat mijn vader al uw machines heeft geconstrueerd? Dat de textielfabriek zonder hem niet had bestaan?'

Wat had die priester haar nog meer verteld? Melzer moest tegen het brandende gevoel in zijn maag vechten, maar zijn brein werkte zo snel en helder als normaal. Hij moest de kwestie van begin af aan een andere wending geven, alleen zo kon hij van haar af komen.

'Jakob Burkard was inderdaad een competente man,' zei hij langzaam. 'Maar hij was niet jouw vader.'

Het was gemeen en hij voelde welke zonde hij nu op zijn geweten nam. Een zonde leidde altijd tot een volgende, grotere zonde. Maar nu zat hij er middenin en kon hij er niet meer ongeschonden uitkomen.

'Jakob Burkard was bereid om met jouw zwangere moeder te trouwen, hij hield van Luise Hofgartner en wilde ook het ongeboren kind adopteren. Wie de vader van het kind was, heeft ze nooit onthuld. Misschien wist ze het zelf ook niet, ze was een kunstenares en leidde een vrij leven...'

Hij zag de pijn in haar ogen, zag hoe haar mond zich vertrok en had er bewondering voor dat ze desondanks haar zelfbeheersing behield. Een verbazingwekkend meisje. Wat jammer dat ze niet onder een betere ster was geboren.

'Is dat de waarheid?' vroeg ze. 'Of hebt u dit zojuist verzonnen?'

Ze had hem door, dit pientere meisje.

Maar ook hij kon doelbewust vragen ontwijken.

'Luister. Jakob Burkard overleed een paar dagen na de kerkelijke inzegening. En wel aan alcohol, helaas dronk hij al jaren te veel. Ergens kun je dus blij zijn dat je niet zijn dochter bent. Zulke slechte gewoontes zijn erfelijk.'

Ze beet op haar lip en staarde hem boos aan. Het was verkeerd geweest om dit meisje in zijn huis op te nemen, hij had destijds niet naar zijn geweten moeten luisteren. Hij had het meisje willen beschermen, ervoor willen zorgen dat ze een beroep leerde, misschien zelfs ooit trouwde. Maar Marie verzette zich overal, gedroeg zich koppig en werd telkens weer ontslagen.

'Het spijt me je dit allemaal te moeten vertellen, Marie,' zei hij schijnheilig. 'Maar je hebt me ertoe gedwongen. Ben je nu tevreden?'

'Nee!'

Hij had echt gehoopt dat hij er nu van af was, maar ze was Luises dochter en gaf niet snel op.

'Wat is er nu nog? Ik heb niet veel tijd. Denk je dat ik niets anders te doen heb dan jouw vragen te beantwoorden?'

'Waarom hebt u alles wat mijn moeder bezat van haar afgepakt? Ik weet dat ze schulden had, maar was het nodig om zo gemeen te zijn?'

Dat kon alleen dat ouwe wijf haar verteld hebben. Ze moest haar verstand verloren zijn. Of ze was op haar oude dag vroom geworden en vreesde voor eeuwig in de hel te branden. Daar had ze alle reden toe, die ouwe heks.

'Ik weet niet wat je bedoelt.'

'U hebt al haar meubels meegenomen, zelfs het dekbed en haar kleren. Dat bedoel ik. Ze had op het eind alleen nog het bed waarop ze stierf.'

Het beeld van de dode doemde weer op en hij werd misselijk. Leutwien had hem destijds op de hoogte gebracht en hij was onmiddellijk naar de benedenstad gereden. Haar starre, wasbleke gezicht, het weelderige haar, het kind dat naast haar op het bed zat en haar moeder niet wilde loslaten. Ze moesten het meisje met alle geweld vasthouden toen de dode later naar buiten gedragen werd.

'Dat moet een misverstand zijn,' bromde hij. 'Ik heb haar geholpen een paar meubels te verkopen omdat ze geld nodig had. Dat moeten de buren verkeerd begrepen hebben.'

Haar donkere ogen boorden zich letterlijk door hem heen, waarschijnlijk geloofde ze hem ook nu weer niet. Hij zou die ouwe Deubel eens onder handen nemen, het was bespottelijk dat ze zulke dingen rondbazuinde. Hij had een paar jaar geleden het huis en ook de aangrenzende gebouwen gekocht, ze kon maar beter voorzichtiger zijn.

'Zo is het genoeg!'

Hij pakte vastberaden de deurklink en ze week opzij. Met een ruk maakte hij de deur open en liep zo gehaast weg dat het leek alsof hij op de vlucht was.

29

HET IS ZO ONEERLIJK, DACHT Elisabeth. Niemand van ons heeft iets onbetamelijks of iets ergs gedaan, maar wij moeten er allemaal onder lijden dat Kitty is weggelopen. En ik lijd het meeste, want ze pakt mijn levensgeluk van me af. Nu zal de tweede luitenant definitief genoeg hebben van onze familie en elders op zoek gaan naar een bruid.

Ze trok aan haar haakwerkje, hield het tegen het licht en probeerde met de haaknaald de te vast getrokken draden losser te maken. Daarbij drong het afschuwelijke beeld zich aan haar op dat ze een oude vrijster zou worden, wier dagelijkse bezigheden bestonden uit borduren en naaien voor goede doelen. O god, over een paar jaar zou ze hier met Kitty zitten en gekleurde mutsen voor arme negerkinderen breien, terwijl Pauls vrolijke kindjes om hen heen dartelden. Want Paul was een man en bovendien vaders opvolger in de fabriek – hij zou beslist een geschikte vrouw vinden. Tante Lisa en tante Kitty – allebei ongehuwd – zouden natuurlijk in de villa mogen blijven, ze zouden allebei een klein slaapkamertje krijgen en in dankbaarheid een bescheiden leventje leiden tot ze oud en grijs waren. Ze zouden niets te vertellen hebben – het huishouden zou uiteraard door Pauls toekomstige vrouw geleid worden.

Oef, wat een afgrijselijk visioen! Ze was blij dat Auguste binnenkwam en een bezoeker aankondigde. Goeie god, het meisje was zo rond als een tonnetje, haar blouse knapte aan de bovenkant bijna en ook haar rok spande zich duidelijk om haar buik. Wat interessant, kennelijk was het zo dat tijdens een zwangerschap ook de borsten groter werden. Nou ja, haar zou deze ervaring bespaard blijven, geen echtgenoot, geen zwangerschappen.

'Wie is het, Auguste?' vroeg Alicia.

Auguste reikte haar het ronde, zilveren dienblaadje aan waarop een visitekaartje lag.

'Alfons Bräuer!'

Alicia keek onzeker naar Elisabeth. Tot twee maanden geleden was de jongeman regelmatig langsgekomen, maar sinds het 'voorval' hadden ze niets meer van hem vernomen. Net als een paar andere kennissen was hij op curieuze wijze ineens uit beeld verdwenen.

'Ik weet het niet zo goed,' zei Alicia. 'Wat zou hij willen?'

Elisabeth haalde haar schouders op. Wat zou hij nou willen? Waarschijnlijk wilde hij uitleggen dat hij absoluut nooit iets over een aanzoek had gezegd. Ook al had hij misschien de indruk gewekt in Katharina Melzer geïnteresseerd te zijn, wilde hij duidelijk maken dat hij Katharina nooit officieel een huwelijksaanzoek had gedaan. In dat geval was hij niet de eerste die meende zich er handig uit te moeten draaien, want Kitty had verschillende huwelijksaanzoeken gehad maar geen enkele geaccepteerd.

'Ik voel me eigenlijk niet zo lekker,' zei Alicia aarzelend. Maar toen schudde ze haar hoofd en gooide ze haar borduurwerkje naast zich op de bank. 'Nee, dat zou laf zijn. Zeg maar tegen de heer Bräuer dat hij binnen kan komen.'

Auguste maakte een knicksje, wat er bij haar lichaamsomvang nogal gek uitzag, en liep moeizaam weg.

'Wil je liever naar boven gaan, Lisa?'

'Nee, mama. Ik blijf hier. Het is altijd weer interessant om te horen wat voor smoezen de heren bedenken. Ik ben benieuwd wat voor verhaal de goede Alfons zal opdissen.'

De jonge Bräuer droeg een lichtgroen middagkostuum, waardoor hij er enorm lenteachtig uitzag. Bovendien leek hij afgevallen te zijn, het pak zat vrijwel perfect om zijn lichaam, heel anders dan vroeger, toen je vaak vreesde dat de naden van zijn pak zouden scheuren als hij diep inademde.

'Mevrouw, juffrouw... vergeeft u mij dat ik zo plotseling kom binnenvallen...'

'Maar beste meneer Bräuer, ik vergeef het u!' zei Alicia met een gemaakt lachje terwijl hij haar ter begroeting een lichte handkus gaf.

'We kunnen u beter vergeven dat u zo lang bent weggebleven,' zei Elisabeth gemeen. 'We hebben u gemist, beste meneer Bräuer.'

De twee vrouwen zetten zich schrap. Nu zouden ze ongetwijfeld een ongeloofwaardige verklaring te horen krijgen die van begin tot eind gelogen was.

'Het spijt me vreselijk dat ik geen contact heb opgenomen, mevrouw,' zei Alfons Bräuer. 'Ik vreesde echter dat ik u alleen maar extra ongerust zou maken en daarom heb ik het niet gedaan.'

Hij was nerveus, zijn voorhoofd glom en hij haalde een hagelwitte zakdoek tevoorschijn waarmee hij het zweet afveegde. Alicia's uitnodigende gebaar om op een van de rode fauteuils plaats te nemen negeerde hij.

'Ik kom rechtstreeks van het station, mijn bagage ligt nog in de auto. Ik wilde hier in Augsburg als eerste naar uw villa, want de allesbeslissende vraag brandt op mijn ziel.'

Ze keken hem niet-begrijpend aan en het vonkje hoop dat in zijn ogen was opgelaaid, doofde.

'Ze is... Juffrouw Katharina is niet teruggekomen?'

Alicia aarzelde om antwoord te geven, aangezien de jongeman zich zeer eigenaardig gedroeg. De hele stad wist dat Katharina Melzer niet in Augsburg was. Dus waarom vroeg hij het? Toen de stilte te pijnlijk begon te worden, besloot Elisabeth de situatie te redden.

'Helaas niet, meneer Bräuer. We hebben nog steeds geen enkel teken van leven van mijn zus gekregen.'

'Ik vreesde het al,' zuchtte hij en nam nu toch plaats in de fauteuil. 'Mijn god, ik ben aan het eind van mijn Latijn.'

Hij steunde zijn ellebogen op zijn knieën en begroef zijn gezicht in zijn handen. Maar meteen daarna keek hij weer op en glimlachte verdrietig.

'We hebben onophoudelijk naar die twee gezocht. We zijn in elk hotel, in elke *auberge*, in alle kleine bistro's geweest, zijn naar de politie gegaan, hebben een lokale agent op hen gezet. Niets. Twee maanden lang hebben we nauwelijks geslapen, we hebben in de straten en steegjes rondgelopen, in de winkels navraag gedaan. Zonder resultaat. Ten slotte hebben we het opgegeven, mijn vader werd ongeduldig, hij heeft me op de bank nodig.'

Alicia had tijd nodig om het allemaal tot zich te laten doordringen. Elisabeth was sneller van begrip.

'U bent in Parijs geweest en hebt Kitty gezocht?'

'Zo is het, juffrouw.'

Nu had Alicia het ook begrepen. Hemel, als dat de waarheid was, had ze deze dappere jongeman bitter onrecht aangedaan. Ze zag nu ook hoe bleek en oververmoeid hij was. En hoe mager hij was geworden.

'Mijn beste jonge vriend,' zei ze geëmotioneerd. 'Ik kan u niet zeggen hoezeer u mij verrast hebt, hoezeer ik onder de indruk ben. Ook ik speelde met de gedachte mijn ongelukkige kind in Parijs te gaan zoeken, maar mijn familie weerhield mij daarvan...'

'Terecht, mevrouw. Die stad is oneindig groot, je zoekt naar een speld in een hooiberg. Alleen een toeval had tot succes kunnen leiden, maar dat geluk was ons helaas niet gegund.'

'U was niet alleen in Parijs? Wie heeft u begeleid?' onderbrak Elisabeth hem.

'Had ik dat niet gezegd? Pardon, ik ben te opgewonden, juffrouw. Ik reisde samen met uw huisknecht Robert.'

'Nou, kijk eens aan!' riep Elisabeth. 'En wij maakten ons verschrikkelijk veel zorgen omdat hij plotseling verdwenen was.'

Robert was op die bewuste dag tegen de middag in de bank Bräuer & Zoon verschenen en had om een privégesprek met de jongeheer Bräuer gevraagd. Dat hadden ze eerst geweigerd, maar toen hij zei dat het om juffrouw Katharina Melzer ging en om een kwestie van leven en dood, liet Alfons Bräuer hem op zijn kantoor komen. Het gesprek duurde maar een paar minuten, Alfons Bräuer trof meteen de noodzakelijke maatregelen en twee uur later zaten ze al in de trein naar München, vanwaar ze de nachttrein naar Parijs namen.

Wat een idiote actie, dacht Elisabeth. Twee jongemannen, allebei verliefd op hetzelfde meisje, zitten in de donkere nacht in een treinwagon. Waar zouden ze met elkaar over gepraat hebben? Welke bekentenissen zouden ze elkaar gedaan hebben? Wat zouden ze verzwegen hebben? O, ze voelden vast allebei dezelfde haat jegens die jonge Fransman, die Kitty zo leuk vond dat ze er met hem vandoor ging. Maar boos zijn op Kitty? Nee, dat kwam niet in hen op. Het prinsesje was onschuldig, niemand kon haar voor haar daden verantwoordelijk houden.

'Ik ben diep ontroerd, beste jonge vriend,' zei Alicia nogmaals, en haar ogen waren vochtig. 'Wat hebt u alles op u genomen om mijn dochter te zoeken! Ach, ik zou zo graag willen dat uw moeite beloond was... Maar hoe is het met Robert? Waar is hij nu?'

'Robert? Ach, die...'

Alfons Bräuer was met zijn gedachten allang ergens anders, hij moest zichzelf dwingen om de vraag van mevrouw Melzer te beantwoorden.

'Mijn trouwe kameraad Robert Scherer... ik kan hem niet genoeg prijzen, mevrouw. Hij heeft alles wat in zijn macht lag gedaan om uw dochter te vinden, hij heeft zich zelfs in levensgevaar gebracht, raakte door een messteek gewond toen hij 's nachts door een ongure buurt liep. Ik heb hem een bepaald bedrag gegeven, aangezien hij momenteel geen werk heeft. Hij zei dat hij Duitsland misschien wel wilde verlaten en overzee zijn geluk wilde beproeven.'

'Mijn god!' riep Alicia. 'We zullen dat bedrag aan u betalen, meneer Bräuer. Ten slotte heeft Robert nog loon uitstaan.'

Elisabeth moest aan Auguste denken, die de vader van haar kind nooit meer zou zien. Wel, het kwam Elisabeth goed uit dat Robert niet meer terug zou komen. Dan kon hij tenminste niets over de verwisselde brief vertellen. Auguste zou haar mond wel houden, zij had immers het ongelooflijke geluk gehad dat ze ondanks haar zwangerschap haar baan mocht houden.

Alfons Bräuer had een knalrood gezicht, veegde het zweet van zijn voorhoofd en wangen en deed een vergeefse poging zijn stijve boord losser te maken. Daarna stond hij op. Hij ademde zwaar.

'Ik wil graag dat u mij goed begrijpt, mevrouw,' zei hij plechtig. Hij keek eerst Alicia en daarna de enigszins verblufte Elisabeth aan. 'Ik houd van uw dochter Katharina, en deze verschrikkelijke gebeurtenissen hebben niets aan mijn gevoelens veranderd.'

Hij lastte een kleine pauze in. Elisabeth wachtte ademloos. Was zoiets mogelijk? Dit kwam toch alleen in sprookjes voor?

'Bij deze vraag ik om de hand van uw dochter Katharina.'

Hij sprak de woorden luid en plechtig uit en veegde vervolgens opnieuw met zijn zakdoek over zijn voorhoofd. Alicia stond perplex, Elisabeth had de sterke neiging hysterisch te gaan lachen. Maar toen hij met zachte stem verder sprak, vond ze de situatie eerder tragisch.

'Wanneer ze hier ooit terugkeert, en wat er dan ook met haar gebeurd mag zijn… mijn aanzoek blijft in stand. Ik wil Katharina als mijn echtgenote liefhebben en eren, ik wil haar beschermen en voor al het kwaad behoeden. Zolang ik leef.'

Hij snoof een beetje, het had veel inspanning gekost deze zinnen uit te spreken. Maar misschien had hij ze in de trein gerepeteerd, want hij haperde geen enkele keer.

'Ik dank u,' fluisterde Alicia, die nog niet helemaal van de verrassing hersteld was. 'Ik dank u vanuit heel mijn hart, mijn beste jonge vriend. U bent een moedig en oprecht mens.'

Alicia had nu ook een zakdoek nodig. Elisabeth moest zich opnieuw proberen te beheersen, want ze voelde een heftige woede opkomen. Of was het jaloezie?

Onbegrijpelijk! Die meid kon zich compromitteren, ze kon weglopen, met een Fransman het bed in duiken, en toch waren er nog steeds kandidaten die dit alles niet stoorde. Alfons Bräuer was erfgenaam van een particuliere bank, er waren talloze dochters in de hogere kringen die naar hem lonkten.

'Als u het goed vindt, mevrouw, kom ik morgen weer langs. We mogen de hoop niet opgeven,' hoorde ze hem zeggen.

Ik zou willen dat Kitty dood was, dacht Elisabeth en tegelijk schrok ze van zo'n zondige gedachte.

30

EEN KWARTIERTJE, HOOGUIT EEN half uur, dacht Marie en ze versnelde haar pas. Niemand zou iets merken. Verderop in het park van de villa was het geluid van een zaag te horen, Gustav had de ladder tegen de stam van een oude ceder gezet en zaagde de dode takken eruit. Hij zwaaide vrolijk naar haar en ze zwaaide terug. Onder de boom stond een handkar, waar de oude Bliefert de afgezaagde takken in verzamelde.

In gedachten nam ze nog een keer het boodschappenlijstje door. Een paar gehaakte handschoenen, maat zeven, licht, met een fijn patroon. Lichtgroen en zachtroze zijden borduurgaren, mevrouw Melzer had haar de patronen meegegeven. Een paar klosjes naaigaren in donkergroen, lichtblauw en matwit, een doosje naalden, drie meter kant voor een nachthemd. En wat nog meer? Er was nog iets. O ja, een rolletje elastieken band.

Eigenlijk had ze juffrouw Elisabeth moeten begeleiden bij het inkopen doen, maar die had sinds de lunch ernstige migraine en lag in bed. Marie mocht Elisabeth niet erg, maar op dit moment had ze medelijden met haar omdat ze onder de gevolgen van Kitty's onbezonnen vlucht moest lijden. Het ergst was het voor de mevrouw, zij maakte zich vreselijk zorgen om haar dochter, en ook Paul had het er moeilijk mee, hoewel hij zijn best deed het niet te laten merken. Directeur Melzer leed er vast en zeker ook onder, maar met hem had Marie geen medelijden.

Ze had nachtenlang niet kunnen slapen, had in haar bed liggen woelen en geprobeerd zich elke zin te herinneren die weleerwaarde Leutwien tegen haar had gezegd. Ze wist heel zeker dat hij Jakob Burkard diverse keren haar vader had genoemd. Over adoptie had hij niet gesproken, ook niet over dat haar moeder van een andere man zwanger zou zijn geweest toen ze trouwde. Maar misschien had haar moeder haar zwangerschap voor de priester geheimgehouden. Marie was op 8 juni 1895 geboren, als tenminste waar was wat ze haar in het weeshuis hadden verteld. Haar moeder zou dus vier of vijf maanden zwanger zijn geweest toen ze trouwde… Van wie?

O, wat had Melzer vernederend over haar moeder gesproken! Een kunstenares die een vrij leven leidde. Het klonk alsof hij Luise Hofgartner als een lichtzinnige vrouw beschouwde, die zich de ene keer met de ene, en de andere keer met de andere man inliet. Maar zou ze dan getrouwd zijn? Met een man die al op de drempel van de dood stond? Was deze kerkelijke inzegening niet het teken van een grote liefde? Ja, dat was het zeker. Maar het vormde geen bewijs dat het kind dat Luise Hofgartner droeg ook van de man was met wie ze voor God het echtverbond sloot.

En toch… in het kerkboek moest ook haar doop genoteerd zijn. En daar stond vast ook de naam van haar vader bij. Ze moest nogmaals weleerwaarde Leutwien om een gesprek verzoeken en hem vragen het in het kerkboek na te gaan. Dat zou hij vast wel doen.

Ze had deze maand geen vrije dag meer, maar nu ze haar er alleen op uit stuurden om boodschappen te doen, deed zich de gelegenheid voor. Weleerwaarde Leutwien had het grote kerkboek in zijn werkkamer liggen, hij kon het binnen een paar seconden openslaan, het zou vrijwel geen tijd kosten. Ze moest alleen de omweg naar de Maximiliankerk meerekenen, maar de kerk was niet al te ver en ze kon snel lopen.

Toch leek vandaag alles tegen te zitten. In de handschoenenwinkel van Ernstine Sauerbier moest ze eindeloos wachten tot ene mevrouw Wohlgemut en haar dochter eindelijk het juiste paar bloesemwitte zijden handschoenen gekozen hadden. Kennelijk vond er binnenkort een huwelijk plaats, dan werd er veel aandacht besteed aan zulk soort accessoires. In het warenhuis kon ze wel het naaigaren en het elastieken band krijgen, maar niet het borduurgaren in de juiste kleuren. Daarom moest ze voor het kant en het borduurgaren nog naar twee andere winkels, en toen ze eindelijk alles bij elkaar had, was er al een heel uur verstreken.

Ach, wat geeft het, dacht ze. Een kwartiertje meer of minder maakt ook niet meer uit. Ze sloeg de weg naar de Maximiliankerk in. Bij daglicht wekte de pastorie een beetje een verwaarloosde indruk, waarschijnlijk kwam dat doordat nu, begin april, de struiken nog kaal waren en te zien was dat op sommige plekken het pleister tussen de balken afbrokkelde. Ze klom de drie uitgesleten zandstenen treden naar de voordeur op en trok aan de bel. Binnen slofte er iemand naar de deur, de donkere eikenhouten deur ging op een kiertje open en ze zag het vogelgezicht van de huishoudster.

'Goedendag,' zei Marie zo vriendelijk mogelijk. 'Ik zou graag de weleerwaarde willen spreken.'

'Waar gaat het over?'

Die vraag verbluft Marie. Wat ging het de huishoudster aan wat ze de priester wilde vragen?

'Ik ben Marie Hofgartner en zou graag met de weleerwaarde willen spreken.'

Had ze de oude vrouw geïrriteerd? De huishoudster snoof luidruchtig door haar neus en keek Marie boos aan.

'Weleerwaarde Leutwien is niet thuis.'

Wat een pech! Ze vreesde al dat het vandaag niet haar geluksdag was.

'Wanneer komt hij terug?'

'Dat kan een of twee uur duren. Daarna moet hij de vormelingen onderwijzen en dan is de avondmis.'

Met andere woorden, ze kon gerust vertrekken, de weleerwaarde had vandaag toch geen tijd voor haar.

'Maar als ik nu wil biechten?' probeerde ze nog.

'Als u wilt biechten... de kapelaan is in de kerk, die kan u de biecht afnemen.'

Het vogelgezicht trok zich weer in het huis terug en de deur ging dicht. Wat een afschuwelijke oude heks! Teleurgesteld liep Marie naar het kerkhof. Ze knipperde met haar ogen in de felle zon. In dit geval moest ze nog maar een keer naar de vroege mis gaan, dan kon ze de priester zeker spreken. Ze zou nu beslist niet opgeven, daarvoor wist ze al te veel. Of te weinig, het was maar hoe je het bekeek.

Twee zijstraatjes verderop kwam ze op het idee om nog een keer bij de oude mevrouw Deubel langs te gaan. Het was niet ongevaarlijk, maar de waardin had in ieder geval begrepen dat ze onder de bescherming van de jongeheer Melzer stond en zou haar bewaker geen tweede keer op haar afsturen. Ja, waarom had ze dat niet meteen bedacht? De oude mevrouw Deubel wist heel veel over haar moeder, ze had vast nog niet eens de helft daarvan verteld.

Ze zou dan echter wel te laat in de villa terug zijn en een reden moeten bedenken. Maar dat kon haar nu niets schelen. Ze wist een kortere route via een aantal smalle steegjes, het was maar goed dat ze ooit in de benedenstad had gewerkt en hier goed de weg kende.

De lentezon was genadeloos, ze bescheen het verloederde café fel en toonde het verval van het oude gebouw. Niemand leek zich om het huis te bekommeren, de vakwerkbalken waren doorgezakt, op sommige plekken was het hout verrot en in de gaten hadden mussen nesten gebouwd. Dat waren tenminste opgewekte bewoners, ze fladderden ijverig rond, verzamelden nestmateriaal en kibbelden om elk halmpje.

Marie was van plan om zonder veel vragen te stellen de trap op te lopen en zich door niemand te laten tegenhouden. Maar voordat ze de voordeur, die scheef in de scharnieren hing, had aangeraakt, ging die al open. Marie deinsde geschrokken achteruit, voor haar stond de lelijke waardin.

'Kom je weer spioneren, Marie Hofgartner?' vroeg ze honend en met een brede grijns. Hoewel ze haar mond niet wijd open had, zag Marie dat ze een snijtand miste.

'Wat gaat u dat aan? Ik wil uw moeder opzoeken. Dus laat me erdoor.'

De grijns ging over in een lach waar Marie van schrok. Het was een gemene en hatelijke lach, maar tevens klonk er de verbittering in door van iemand die altijd aan de schaduwkant van het leven moest verkeren.

'Dan ben je te laat gekomen. Ga rustig naar boven. Kijk om je heen. Mijn moeder zul je er niet aantreffen, die hebben we twee weken geleden ten grave gedragen.'

Ze was overleden. Hemel, waarom had ze er niet eerder aan gedacht om de oude vrouw nog een keer uit te horen? Nu was het te laat. Voor altijd te laat.

'Dat... het spijt me,' mompelde ze. 'Gecondoleerd...'

'Ach wat,' zei de waardin chagrijnig en ze blies een grijze haarsliert uit haar gezicht. 'Die ouwe heeft lang genoeg geleefd. Ze kwam die kamer al jaren niet meer uit, ik moest alles voor haar naar boven brengen. Aan het eind werd ze kinds, het was goed dat ze eindelijk heenging.'

Marie wist niet wat ze hierop moest zeggen. Ze knikte kort ten afscheid, draaide zich om en liep weg. Het was vandaag echt niet haar dag, wat ze ook deed, het liep verkeerd. Ze had haar tijd verspild, zou op haar donder krijgen en allerlei smoezen moeten bedenken. In ieder geval had ze alles gekocht wat ze haar hadden opgedragen. De handschoenen, het borduurgaren, het kant, het elastieken band, het naaigaren... O help, ze was de naalden vergeten.

Ze was al bij de ingang van het park en wilde net de brede oprijlaan van de villa oplopen, toen ze tot dit besef kwam. Geschrokken bleef ze staan. Ook dat nog! Het was nu te laat om nog terug naar de stad te lopen en...

'Pas op! In godsnaam! Marie!'

Tegelijk met de waarschuwing hoorde ze een enorm gekraak en

viel er iets groots en donkers naar beneden, dat haar schouder raakte. Ze schreeuwde het uit van de pijn.

'Domkop dat je bent! Kijk nou wat je hebt gedaan!'

'Ik dacht dat hij het nog zou houden, opa. Hoe kon ik weten dat hij zo vermolmd is dat-ie meteen breekt...'

Marie stond voorovergebogen op de weg, ze had haar mand met boodschappen laten vallen en hield haar zere schouder vast. Er was een tak van de grote eik op haar terechtgekomen, hij had haar hoofd net niet geraakt maar haar linkerschouder wel.

'Als je maar niks gebroken hebt,' zei de oude Bliefert. 'Kun je je arm bewegen, Marie? Och hemel, laat me eerst eens die stomme tak weghalen...'

'Het gaat al...' mompelde Marie.

Ze moest nog meer bukken omdat de oude man de grote tak zo onhandig wegtrok dat hij net niet langs haar gezicht schaafde.

'Wacht, opa! Ik kom eraan.'

Gustav klom snel de trap af en tilde het corpus delicti omhoog alsof het niet meer dan een veertje woog. Met een boze beweging wierp hij de vermolmde tak op het gras, toen liet hij zijn armen hangen en keek hij Marie schuldbewust aan als een schooljongen die zojuist een standje had gekregen.

'O, wat ontzettend stom van me, juffrouw Marie. Doet... doet het erg pijn? Opa kan een kompres met zijn wonderbalsem voor u maken, dat helpt bij kneuzingen.'

Marie bewoog voorzichtig haar schouder, hij leek vreemd gevoelloos. Maar ze kon haar arm optillen, ze had geluk gehad.

'Het valt wel mee,' zei ze met een zwakke glimlach. 'En het woord "juffrouw" kun je beter voor anderen bewaren. Ik ben Marie en geen juffrouw.'

Gustav vertrok zijn gezicht tot een grijns, hij dacht er kennelijk anders over.

'Voor mij bent u een juffrouw. Zoiets is aangeboren. De een is de dochter van een adellijke heer maar is een dorpsmeid en zal nooit een juffrouw zijn. De ander komt hier als keukenmeisje naartoe maar is in werkelijkheid een jongedame...'

'Wil je je hier met open mond staan te vergapen?' vroeg zijn opa. 'Loop snel naar de villa en zeg dat Marie bij ons is. Dat ze een ongeluk heeft gehad en met mijn wonderbalsem verzorgd moet worden.'

Gustav vond dat geen goed idee en ook Marie, die haar boodschappen van de weg opraapte, maakte bezwaar.

'Dat is heel aardig, maar ik ben al erg laat, meneer Bliefert. Ik kom liever een andere keer. Mijn schouder doet nog nauwelijks pijn.'

'Als ik er niet meteen iets op smeer, zal je arm vannacht dik en blauw worden. Dan kun je je arm dagenlang amper bewegen.'

Dat klonk wel gevaarlijk. Marie had genoeg ervaring met blauwe plekken en bloeduitstortingen, want in het weeshuis was ze vaak en hard afgeranseld. Het kon inderdaad erg zijn als je op een gevoelige plek geraakt was.

'Als u het zegt,' zei ze aarzelend. 'Maar alleen als het snel gaat.'

Gustav zuchtte diep omdat ze in de villa vast zouden vragen wat voor een ongeluk het geweest was en dan zou hij natuurlijk niet kunnen liegen. Als de mevrouw het maar niet te weten kwam, hij hoopte al jaren dat hij van tuinknecht tot echte tuinier gepromoveerd zou worden. Hij droop somber af, terwijl de oude Bliefert de handgreep van de schuifkar pakte en Marie uitnodigde hem te volgen.

Het huisje van de tuinman stamde uit de tijd dat het park nog in het bezit van de welgestelde koopman was die hier buiten de stad voor zichzelf een klein paradijs had geschapen. Het was een stenen gebouwtje van één verdieping en was als gereedschapsschuur en onderkomen voor het personeel ingericht. Later had Johann Melzer, de nieuwe eigenaar, het dak vernieuwd en voor zijn tuinman Bliefert, die er met zijn vrouw en kinderen ging wonen, de materiaalkosten voor de renovatiewerkzaamheden betaald.

'Vroeger was er zo veel leven in dit huis,' zei de oude tuinman toen ze de keuken in liepen. 'Dan kwamen de jongens me al tegemoet en mijn Erna had altijd een maaltijd op het fornuis staan. We zaten met zijn tienen of zelfs met zijn twaalven aan tafel, want de jongens brachten hun vriendjes mee. Dat waren de kinderen van arme mensen die hier hun buikje rond aten. Later kwamen de schoondochters en kleinkinderen en was er ook geschreeuw en geruzie in huis, maar Erna heeft altijd iedereen onder haar hoede genomen. Toen het steeds stiller werd in huis en ze alleen nog voor Gustav en mij hoefde te zorgen, miste ze het lawaai en het geschreeuw van kinderen… Ze is overleden en heeft ons, twee mannen, achtergelaten…'

Je zag inderdaad meteen dat dit huishouden iemand miste die eens flink orde schiep. Marie schudde haar hoofd toen ze de chaos in de keuken, de vuile vaat en de roetzwarte muren zag. Was hier sinds de dood van de vrouw van de tuinman eigenlijk weleens geveegd? De ramen waren in ieder geval niet meer gezeemd, je kon er niet doorheen kijken.

'Ga maar daar op de bank zitten, Marie,' zei de oude man. Haar verbaasde blikken waren hem niet ontgaan. 'En stoor je maar niet aan Minka, die slaapt en maakt zich niet druk om bezoekers.'

Hij glimlachte verlegen, alsof hij zich voor de rommel wilde verontschuldigen en liep toen een zijvertrek in, waarschijnlijk de slaapkamer, om zijn wonderbalsem te halen. Marie keek naar de slapende Minka, een grote, grijsgevlekte kat, die opgerold op een kussen lag te slapen. Toen Marie dichterbij kwam spitste ze haar oren en opende ze haar ogen een heel klein beetje, daarna nieste ze en strekte ze zich uit. Marie zag dat Minka scherpe nagels en aangevreten oren had en trouwens een kater was. Ze aaide hem voorzichtig over zijn zachte vacht en hij maakte een bolle rug en begon te spinnen.

'Ze vindt je lief,' zei de oude Bliefert. 'Ga maar zitten, ze vindt het heerlijk als ze geaaid wordt.'

Wist hij echt niet dat Minka een kater was? Vreemd. In ieder geval genoot Minka ervan dat hij geaaid werd, hij knorde en spinde, duwde zijn dikke kop tegen Maries hand en kon er geen genoeg van krijgen. Pas toen de tuinman het meegebrachte flesje schudde en ontkurkte, hield Minka op met het gevlei, stak zijn neus in de lucht, tilde zijn staart op en zette een poot op de tafel.

'Ze is dol op mijn wonderbalsem,' zei de tuinman grinnikend. 'Maar ze mag het niet drinken, ze zou het spul niet kunnen verdragen.'

Dat geloofde Marie graag, want het goedje rook zo sterk dat ze nauwelijks durfde te ademen. 'Wat... wat zit erin?'

Bliefert snoof keurend aan de fles, knikte tevreden en trok de lade van de tafel open om er een keukendoek uit te pakken.

'Er zit van alles in wat tegen bloeduitstortingen en bij verstuikingen helpt. Lijnzaadolie en bijenwas, arnica en kamille, bijvoet en smalle weegbree. En andere dingen, die ik maar beter niet kan noemen.'

Hij perste de doek tegen de open flessenhals en draaide het flesje om. De sterke geur van de bruine vloeistof werd nog intensiever, kater Minka begon enthousiast te miauwen. Waarschijnlijk had de tuinman er ook valeriaan in gestopt. Maar ook iets wat in de urine van paarden zat. Jakkes!

'Nou, laat die mooie schouder van je maar eens zien, meisje. We kunnen maar beter zorgen dat we klaar zijn voordat Gustav terug is, anders puilen zijn ogen nog uit.'

Marie maakte haar mantel en blouse open, schoof haar hemd een stuk naar beneden en zag dat haar schouder inderdaad gezwollen was.

'Au!'

'Het moet goed ingesmeerd worden, anders helpt het niet. Je bent een dappere meid, houd nog even vol, dan heb je een rustige nacht en voel je morgen niets meer.'

Ze voelde nu al bijna niets meer behalve de helse pijn. Ze had een paar keer de neiging op te springen en weg te rennen, maar omdat ze dat gênant vond bleef ze stilzitten.

'Zo,' zei hij ten slotte tevreden en hij liet haar los om Minka van de tafel te tillen. 'Kleed je maar weer snel aan zodat je schouder warm blijft. Je zult merken dat het een wonderbalsem is. Je ziet er straks niets meer van.'

Minka nieste en keek boos toe toen de oude man de kurk weer op het flesje met de verleidelijke inhoud deed. Marie kleedde zich aan en had het gevoel dat er in haar schouder een vuur brandde. Wat een duivels spul. Hoe moest ze boven in de villa de rare geur verklaren die ze nu verspreidde?

'Het ruikt naar een paardenstal,' zei ze. 'Hoe komt dat?'

Hij grijnsde en tikte nog een keer op de kurk. Ja, er zat ook iets van een paard in. Dat haalde hij bij een oude kennis die paarden had. Meneer Melzer had zelf trouwens ook vier mooie paarden, een vosmerrie en drie bruine ruinen.

'Voordat hij de automobielen aanschafte, reed hij altijd in een van zijn koetsen. Destijds ging het veel sneller met de paarden, die hadden ook geen kuren zoals de automobielen. Ik heb vaak als koetsier voor meneer Melzer gewerkt.'

Kijk eens aan, hij was dus ook koetsier geweest. Marie probeerde voorzichtig haar brandende schouder te bewegen en moest toegeven dat ze geen pijn voelde. Bliefert had de spinnende kater op zijn schoot gelegd en kroelde hem teder achter zijn oren.

'Meneer Melzer ging toen vaak op pad, ook 's avonds ging hij weleens naar de stad en dan moest ik meestal lang wachten totdat hij weer naar huis wilde...'

Waarschijnlijk stond op Maries voorhoofd te lezen wat ze dacht, want Bliefert zei er meteen achteraan dat dat vroeger zo was, voordat directeur Melzer getrouwd was. Later moest Bliefert meestal de jonge echtgenote ergens met de koets naartoe brengen, als ze boodschappen wilde doen of vriendinnen wilde bezoeken.

'Zoals dat gaat bij de rijke dames,' zei hij. 'Mijn Erna is in haar leven niet veel weg geweest, ze was altijd thuis met de kinderen, hield de tuin bij, was druk in het huishouden, had altijd iets te doen.'

Marie knikte beleefd en wilde hem hartelijk bedanken en afscheid nemen, maar Bliefert zat op de praatstoel.

'De Melzers waren 's avonds vaak uitgenodigd, ik moest ze dan naar de chique huizen brengen en at zelf in een café en wachtte daar tot ik ze moest ophalen. Ik kan me De Groene Boom nog goed herinneren. Het was er gezellig, het bier was er ook niet slecht, alleen de waardin, dat was een akelig mens...'

Wat had hij gezegd? In De Groene Boom? Waarschijnlijk haalde hij het een en ander door elkaar, want er waren geen chique huizen in de omgeving van dat café.

'U bent in De Groene Boom geweest? Was dat soms bij mevrouw Deubel?'

'Ja, zo heette ze,' zei hij terwijl hij met zijn hoofd knikte. 'Deubel betekent duivel en nou, dat was ze ook. Zowel de ouwe als de jonge trouwens.'

'U hebt meneer Melzer naar de benedenstad gebracht? Naar het huis waarin het café De Groene Boom zich bevindt?'

Hij knikte, schoof ontevreden zijn pet naar achteren en schoof hem daarna weer over zijn voorhoofd. Waarom zat hij nu zulke onzinnige dingen te vertellen, het was vast de leeftijd, waarschijnlijk werd hij langzaam kinds.

'Directeur Melzer bezocht daar een vrouw die Luise Hofgartner heette, nietwaar?' vroeg Marie onbarmhartig door.

Hij keek haar met matte ogen aan en knikte. Ja, zo heette ze. Ze was schilderes of zoiets. Een wilde vrouw. Voor haar zou zelfs Beëlzebub op de vlucht geslagen zijn.

'Hoezo dat?' vroeg Marie onthutst.

'Nou ja...' mompelde Bliefert en krabde uitgebreid in zijn nek. 'Ze hebben ruzie gemaakt, meneer Melzer en de schilderes. Zo luid dat het beneden in het café te horen was. Ik schaamde me echt voor alle mensen daar, omdat de directeur zo hard schreeuwde dat iedereen moest lachen. En toen hij eindelijk naar beneden kwam en mij riep, was hij ontzettend kwaad, zo woedend had ik hem nog nooit gezien. Zijn gezicht was donkerrood aangelopen, het leek alsof hij elk moment een hartaanval kon krijgen...'

Dat klonk inderdaad erg woest. Haar moeder had haar schulden niet kunnen betalen, nou ja, dat was ook niet bepaald prettig voor directeur Melzer. Maar dat had hij kunnen verwachten. Waarom had hij zich dan zo opgewonden?

'Het was ook erg voor hem, want hij had die papieren per se nodig,' ging Bliefert verder.

Wat zei hij nou? Dat was helemaal iets nieuws.

'Wat voor papieren?'

Hij haalde zijn schouders op en slaakte een diepe, ontevreden zucht. Kater Minka hield op met snorren, sprong van zijn schoot en liep beledigd naar het kussen.

'Gewoon papieren. Tekeningen. Ze waren heel belangrijk voor directeur Melzer. Ik geloof dat ze te maken hadden met de machines in zijn fabriek.'

'Tekeningen van de machines? Wilde hij die van Luise Hofgartner hebben?'

'Ja, constructietekeningen waarop het binnenste van de machines heel precies was opgetekend. Hij heeft er veel geld voor geboden. Maar ze heeft ze niet aan hem gegeven, dat gekke mens.'

'Waarom niet?'

'Uit pure boosheid, zei de directeur.'

Marie zweeg. Zou het waar zijn, wat de oude man vertelde? Als haar moeder inderdaad dat soort ontwerptekeningen in haar bezit had gehad, konden die alleen van Jakob Burkard afkomstig zijn. Had de priester niet gezegd dat hij alle machines die in de fabriek stonden geconstrueerd en ontworpen had? Maar waarom had ze de tekeningen niet aan Melzer verkocht? Ze had immers geld nodig.

Een ding was zeker. Als de oude tuinman de waarheid vertelde, dan had directeur Melzer tegen haar gelogen. Hij had de meubels van haar moeder niet voor haar moeder verkocht om haar aan geld te helpen. Hij had beslag gelegd op haar spullen omdat hij haar onder druk wilde zetten. Maar waarom wilde ze hem die constructietekeningen niet geven?

'Nou ben ik helemaal in het gesprek opgegaan,' zei de oude tuinman en hij stond haastig op. 'Terwijl we het vermolmde hout nog moeten zagen en voor de winter moeten opstapelen. Waar zou Gustav toch blijven?'

Het was maar al te duidelijk dat hij een einde wilde maken aan dit netelige gesprek. Hij boog vertrouwelijk naar Marie toe en zei dat hij dacht dat zijn kleinzoon een oogje had op het kamermeisje. Hij dacht dat ze Adele heette. Of Anna-Maria.

'O, bedoelt u Auguste? Maar zij is toch zwanger?'

De oude man grinnikte. Waarschijnlijk vond Gustav dat juist leuk. Bliefert had hem al twee keer met Auguste bij de achterdeur betrapt. Nee, dat had hij niet achter die naïeve jongen gezocht.

Marie stond ook op, ze was blij dat ze weer de frisse buitenlucht in kon want de stank van de wonderbalsem hing nog steeds in de kleine keuken. Wat kon het soms toch raar lopen in het leven. Ze had twee keer pech gehad en dat wat ze zo graag wilde weten, was nog steeds niet opgehelderd. In plaats daarvan was er een nieuw raadsel bij gekomen.

Voordat de oude Bliefert de grepen van de handkar pakte, bleef hij nog even staan en draaide zich naar Marie om.

'Zeg... heet jij niet ook Hofgartner? Of vergis ik me nou?'

'Ja, dat klopt. Ik ben Marie Hofgartner.'

Hij knikte tevreden omdat zijn hoofd hem toch niet helemaal in de steek liet en mompelde: 'Wat een grappig toeval!'

31

'VERDOMME! IK WIL MET DIRECTEUR Melzer spreken! Nu meteen!'

Paul wist wel van wie die schelle stem was die vanuit de voorkamer door de gang drong. Wat een lastig mens, die Grete Weber. Helaas moest je haar met fluwelen handschoenen aanpakken. Ze wilden namelijk liever niet dat het ongeluk van haar dochter naar buiten toe bekend werd. Zeker niet omdat het meisje pas dertien was.

'Directeur Melzer is in gesprek. Hij heeft nu geen tijd voor u.'

Dat was juffrouw Lüders. Geforceerd koel en zakelijk. Helaas zou ze daar niet veel mee bereiken.

'Ik zal jullie eens wat vertellen, deftige dametjes...'

Mevrouw Weber begon nu twee keer zo hard en drie keer zo agressief te schreeuwen. 'Ook al zijn jullie ingesnoerd en zien jullie er piekfijn uit en worden jullie handen niet vuil van het werk, als ik de directeur wil spreken, dan hebben jullie me aan te kondigen. Omdat mijn dochter Hanna een ongeluk in de spinnerij heeft gehad. Op haar dertiende. Terwijl ze eigenlijk op school had moeten zitten. En omdat ik dat niet verder mag vertellen. Hebben jullie dat begrepen?'

Paul besloot dat de twee secretaresses mannelijke bijstand nodig hadden en zwaaide de deur open. Drie paar ogen keken hem aan. Juffrouw Lüders keek opgelucht en juffrouw Hoffmann keek hem stralend aan, alsof hij Sint Michaël was, de drakendoder. Alleen mevrouw Weber keek hem nors aan omdat zijn binnenkomst haar de wind uit de zeilen nam.

'Wel, dames?' zei hij met een grijns. 'Is de lunchpauze al voorbij? Dat kan echt niet hoor, ik sta erop dat jullie voldoende pauzeren!'

De secretaresses kregen allebei rode wangen en glimlachten. Juffrouw Lüders zette haar bril recht. Juffrouw Hoffmann legde het broodje met kaas waar ze een hapje van had genomen op de tafel en verstoutte zich te zeggen dat ze altijd voor de baas klaarstond, ook in haar lunchpauze.

Grete Weber deed haar mond open om iets te zeggen, maar Paul was haar voor.

'Mevrouw Weber! Nou ja, dat is ook toevallig, ik wilde net naar de spinnerij lopen om te kijken hoe het met u gaat. Hoe gaat het met Hanna? Verloopt de genezing voorspoedig?'

Hij sprak haar zo onbevangen vriendelijk aan, dat de weefster helemaal verlegen werd. Ja, die jongeheer Melzer, die was heel anders dan zijn vader. Maar helaas had hij het niet voor het zeggen. Nog niet.

'Voorspoedig? Jezus Christus! Het gaat juist slechter met haar, meneer Melzer. Ook al zeggen de artsen dat het beter met haar gaat... Een moeder kent haar kind het beste, nietwaar?'

Paul bevestigde dat. Een moeder voelde dat soort dingen altijd goed aan, dat was alom bekend.

'Wat scheelt haar dan?' wilde hij weten. 'Heelt de breuk niet?'

'Het is allemaal niks,' riep de weefster en ze maakte een wegwerpgebaar. 'Er kan geen sprake zijn van helen. Ze is helemaal stijf. En zo dun. En het geld is ook op, ik kan geen sapjes of lekkere dingen meer voor haar meenemen. Ze is vel over been, mijn arme meisje...'

Paul knikte terwijl ze sprak en zei dat hem dat zeer na aan het hart ging. Hij zou Hanna vandaag nog in het ziekenhuis opzoeken en zijn vader op de hoogte brengen.

De weefster zette grote ogen op, ze had niet verwacht dat haar klacht hiertoe zou leiden. Ze wilde twintig mark contant hebben of minstens tien. En dan zelf kunnen bepalen wat ze daarmee deed. Maar de jongeheer Melzer wilde naar het ziekenhuis gaan. Met de doktoren praten.

'Weet u,' begon ze voorzichtig. 'De artsen, die willen van Hanna af. Ze willen dat ze naar huis gaat. Maar wie moet er dan voor haar zorgen? Ik moet werken, de jongens gaan naar school en maken zich 's middags met hun vriendjes uit de voeten. En haar oma is kinds, die moeten we aan het bed vastbinden, anders loopt ze weg en kan ze het huis niet meer vinden.'

'En uw man?'

Ze vertrok haar gezicht en snoof hoorbaar. Nee, die al helemaal niet. Die was toch nooit thuis. En dat was maar beter ook.

'Maakt u zich geen zorgen, mevrouw Weber. Ik heb Hanna destijds naar het ziekenhuis gebracht en zorg er ook voor dat ze weer gezond wordt.'

Hij had haar hand gepakt en schudde die stevig terwijl hij op haar inpraatte. De weefster was zo verbluft, dat ze het als een marionet liet gebeuren, het was immers volkomen ongebruikelijk dat zo'n hoge heer haar hand pakte. Ze had haar handen niet eens gewassen voordat ze hiernaartoe was gekomen, maar alleen even snel de machineolie aan haar schort afgeveegd.

'Ik... ik dank u hartelijk,' stamelde ze. 'Omdat u zich zo om Hanna bekommert... Ik wilde alleen nog vanwege de twintig mark...'

'Ik praat met mijn vader, beste mevrouw Weber. En nu gaan we aan het werk, de lunchpauze is voorbij. Juffrouw Hoffmann, dictaat. En pakt u het dikke schrijfblok, ik heb een hoop plannen.'

Juffrouw Hoffmann pakte ijverig haar schrijfblok en pen, terwijl juffrouw Lüders een blad met twee doorslagen in de typmachine draaide om een zakelijke brief te schrijven. Ze kon het goed met haar collega vinden, maar het kwetste haar dat de jongeheer Melzer altijd juffrouw Hoffmann liet komen voor zijn dictaten. Kon zij soms sneller stenograferen? Dat was onmogelijk. Of vond hij haar snoetje leuker?

De deur klapte achter Grete Weber dicht. Godzijdank, dat lastige mens was eindelijk vertrokken.

'Een brutaliteit,' merkte juffrouw Hoffmann op terwijl ze in de zijkamer klaar ging zitten om te gaan stenograferen. 'De directeur is veel te goedhartig. Een ander had haar allang ontslagen.'

Paul ging er niet op in. In plaats daarvan gaf hij de secretaresse veel te schrijven, hij maakte offertes, formuleerde een antwoord op een klacht, dicteerde voorstellen voor reclame-uitingen, stelde zakelijke contacten met Wenen, Sint-Petersburg en Zuid-Amerika voor. Uiteraard zou hij alles aan de strenge directeur voorleggen. Hij wilde dat zijn vader zag dat hij veel over de fabriek had geleerd en nu eigen ideeën ontwikkelde. Ze moesten internationaal denken, dan konden ze goede zaken doen. Engeland was leuk en aardig, maar Rusland, Italië en Frankrijk, daar moesten ze vaste voet zien te krijgen, en ook aan de andere kant van de wijde plas waren afzetmarkten. Maar vader had het er almaar over dat er oorlog uit kon breken. De Russische tsaar had zijn leger vergroot – nou en? Duitsland breidde haar oorlogsvloot uit en de Engelsen bouwden zelfs vliegtuigen waarmee ze de vijand vanuit de lucht konden bespioneren. De machthebbers pronkten, wilden elkaar imponeren, maar niemand van hen zou het wagen om echt in actie te komen. Bovendien waren de vorstenhuizen allemaal familie van elkaar en via huwelijken verwant.

Na ruim een uur zei juffrouw Hoffmann kreunend dat haar hand er nog af brak en vroeg ze of meneer Melzer tussendoor niet een kopje koffie wilde drinken.

'We zijn klaar, juffrouw Hoffmann. Het loopt altijd gesmeerd met u. U kunt tot morgenmiddag de tijd nemen om het uit te typen.'

'Dank u wel, meneer Melzer. Het is altijd een genoegen met u te werken.'

Hij ging even kort bij zijn vader langs, die met een nors gezicht een brief zat te lezen die hij vervolgens naar Paul wierp. Nu kon Paul eens mooi laten zien of zijn studie nog ergens goed voor was geweest. Het was een brief van een advocaat, een concurrent had Melzer aangeklaagd omdat hij ongeoorloofd stofpatronen zou hebben overgenomen, oftewel: gestolen had.

'Daar komt hij niet verder mee, vader.'

'Maar vervelend is het wel. Het levert weer een hoop kosten en moeite op. Alsof we geen andere zorgen hebben…'

Zijn vader kwam nerveus en verstrooid over. Paul begon zich haast zorgen om hem te maken. Hij was de zestig gepasseerd en leek in de afgelopen maanden zichtbaar ouder geworden. Zijn baard was asgrauw geworden en hij had wallen onder zijn ogen.

'Ik rijd naar het ziekenhuis en ga even bij Hanna Weber langs. Haar moeder was vanochtend hier.'

Zijn vader knikte en leek blij te zijn dat Paul die taak op zich nam. Ja, hij had de weefster helemaal in zijn kantoor horen schreeuwen, wat een brutaal mens. Als dit nare ongeluk niet was gebeurd, had hij dat wijf allang ontslagen. Hij had de fout gemaakt haar een paar keer geld te geven…

Paul grijnsde en onderdrukte de opmerking dat zijn vader een blunder had gemaakt. Hij leek zich er zelf nog het meest aan te ergeren.

'Vrouwen,' mopperde Melzer senior. 'Heb je vanochtend dat artikel in de krant gelezen? Suffragettes! Wilde furies. Schaamteloos gespuis. In Engeland hebben ze de ruiten van het ministerie van Binnenlandse Zaken ingeslagen. Ze gooien zich voor paardenkoetsen, steken huizen in brand, zwemmen poedelnaakt in de rivier…'

'Hela,' riep Paul geamuseerd. 'Je lijkt je er enorm druk om te maken, vader. De dames willen er alleen maar voor vechten dat ze kiesrecht krijgen en ik kan eerlijk gezegd niet begrijpen waarom ze dat niet…'

Directeur Melzer staarde zijn zoon aan alsof hij hem voor het eerst zag. Snapte Paul eigenlijk wel dat Europa gedoemd was tot de ondergang als ze vrouwen naar de stembus lieten gaan, riep hij strijdlustig.

'Er zijn veel intelligente en verstandige vrouwen. Mama bijvoorbeeld…'

Nu had hij zijn vader in het nauw gedreven. Nee, tegen mama wilde hij ook niet strijden, zei zijn vader. Maar vrouwen als Alicia dienden hun kwaliteiten wel altijd binnen het huiselijk kader in te zetten, voor het welzijn van hun echtgenoot en gezin. Wat Alicia ongetwijfeld ook deed. Maar een vrouw zou nooit de complexe verhoudingen in de Rijksdag kunnen overzien, daartoe bezaten zij – pardon – onvoldoende verstand. De Rijkszaken moesten door mannen geleid worden, zo was het altijd geweest en zo zou het ook altijd blijven.

Paul sprak hem niet tegen, hoewel hij het niet op alle punten met zijn vader eens was. Kitty had zich fel voor de suffragettes ingezet, maar zij vond het dan ook heerlijk om haar omgeving met haar buitensporige ideeën te provoceren. Vader had al dagenlang geen woord meer over Kitty gezegd, maar uit deze onnodige woede-uitbarsting bleek wel dat de verloren dochter hem vanbinnen nog altijd bezighield.

'Ik ben over een of twee uur weer terug, vader.'

'Blijf niet treuzelen!'

Paul reed naar de villa, parkeerde de auto direct voor de ingang en stormde langs de beduusde Else de trap op. Op de eerste verdieping liep hij in de gang de huisdame tegen het lijf. Ze was stijfjes en verzorgd als altijd en had een vermoeid glimlachje op haar gelaat.

'Is mijn moeder in de rode salon, juffrouw Schmalzler?'

'Uw moeder ligt in bed. Met ernstige migraine.'

'O, jee,' zei hij en hij bleef staan. 'Kunt u als het wat beter met haar gaat een boodschap aan haar doorgeven?'

'Natuurlijk...'

Ze moesten allebei een beetje lachen. Juffrouw Schmalzler was al zolang hij zich kon herinneren bij hen en vroeger wist ze al meer over zijn geheime 'uitstapjes', zijn eerste pogingen sigaren te roken en zijn allereerste liefde dan zijn ouders. Meestal had ze die dingen voor zich gehouden, ook al kwam ze daardoor in de problemen. Ze was een goed mens.

'Ik rijd naar het ziekenhuis om even langs het meisje te gaan dat een ongeluk heeft gehad,' zei hij. 'Ik neem Marie mee.'

'Marie? Maar... waarom moet Marie mee?'

Natuurlijk had ze hem allang door. Er konden misschien dingen geheim blijven voor zijn ouders of zelfs voor Elisabeth, maar niet voor het personeel. En vooral niet voor juffrouw Schmalzler.

'Ze moet met het meisje praten,' zei hij in een poging een reden aan te geven. 'Er zijn een paar dingen die niet duidelijk zijn. Het meisje wil mij niets vertellen, maar misschien krijgt Marie het uit haar.'

'Dat zou goed kunnen,' zei de huisdame met een ernstig gezicht. 'Ik stuur Marie naar de hal.'

Hij keek haar stralend aan en moest zich inhouden om haar niet om de hals te vliegen.

'Dank u, juffrouw Schmalzler. Ik wacht in de auto.'

Na die krankzinnige en tegelijk fantastische kus had hij Marie niet meer gesproken. Ze had hem ontweken, had zo vaak mogelijk de dienstbodentrap genomen, zich in ruimtes opgehouden waar hij niet mocht komen. Aanvankelijk was hij enorm teleurgesteld, ja zelfs boos geweest. Wat had hij gedaan dat ze vond dat ze zich voor hem moest verstoppen? Hij had haar gekust – meer niet. En hij was er tamelijk van overtuigd dat hij haar daartoe niet gedwongen had. Ze was hem tegemoetgekomen, Marie, die o zo streng van zeden was. Ze had haar armen om hem heen geslagen, hij had haar zoete hartstocht gevoeld en ze had zijn kus beantwoord. Een ander zou gebruik hebben gemaakt van de situatie en geprobeerd hebben haar mee naar boven, naar zijn slaapkamer te loodsen.

Nee, dacht hij beschaamd. Dan was alles meteen afgelopen geweest. Ten eerste zou ze niet meegegaan zijn en ten tweede zou ze hem als rokkenjager veracht hebben. Hij moest geduld hebben, hij moest haar de tijd gunnen en op een gelegenheid wachten om zijn ware bedoelingen aan haar uit te leggen. Hij wilde geen liefdesaffaire met haar, hij wilde... iets anders. Alleen wist hij zelf nog niet zo goed wat dat was.

Hij was haar een paar keer in de hal tegengekomen, had naar haar geglimlacht en haar een fijne dag gewenst. Zij had hem op serieuze, maar niet onvriendelijke toon hetzelfde gewenst en was doorgelopen. 's Avonds trof hij haar vaak in de rode salon bij Lisa en zijn moeder aan, dan zat ze op een kruk, haakte een of ander lapje en vertelde een verhaal dat de beide vrouwen aan het lachen maakte. Maar als hij erbij kwam zitten stuurde zijn moeder Marie weg. Na een paar weken begon hij te beseffen dat hij op deze manier weinig kon bereiken. Geduld was een schone zaak, maar hoe langer hij met zijn verklaring wachtte, hoe groter het onbegrip tussen hen werd. Dat was ook geen wonder, hoe kon ze weten dat hij het anders bedoelde. Hij was zelf door zijn eigen gevoelens overrompeld. Hij moest met haar praten, alleen, zonder getuigen, zonder luistervinken. Een automobiel was voor dat doel de perfecte oplossing.

Ze liet op zich wachten. Ongeduldig zat hij op de chauffeursplaats, hij trommelde met zijn vingers op het stuur. Had Humbert hem niet verteld dat Marie gisteren in het huisje van de tuinman was geweest? Ze was in het park gewond geraakt en de tuinman had haar moeten verzorgen. Helaas had Humbert niet gezegd wie van de twee tuinmannen Maries zere plek had behandeld. De oude of de jonge. Gustav Bliefert was weliswaar geen adonis en in zijn hoofd zat een steekje los, maar wat rang betrof stond hij veel dichter bij Marie. Ook al was er een bepaald verschil tussen een kamenierster en een tuinman, die kloof was nog altijd veel kleiner dan die tussen een kamenierster en de jongeheer.

'Het spijt me dat ik u heb laten wachten, meneer.'

Hij schrok op uit zijn gedachten en keek in haar ernstige, een beetje bezorgde gezicht. Daar was ze eindelijk. Met spijt in haar stem – was die echt of gespeeld? – legde ze uit dat ze het haar van zijn zus nog had moeten doen omdat die een vriendin wilde bezoeken.

'Kom naast me zitten.'

Ze had de greep van het achterste portier al vast, maar gehoorzaamde braaf en nam naast hem plaats. Ze hadden haar een donkere jurk en een lange, getailleerde jas van dezelfde stof gegeven. Als hij zich niet vergiste kwamen de spullen uit Kitty's kledingkast. Zoals gebruikelijk had ze haar haren in een knot gedraaid en onder een betoverend klein hoedje verstopt dat hij noch bij Kitty noch bij haar ooit had gezien.

'Je ziet er mooi uit, Marie.'

Ze keek hem van opzij aan en haar lange, straffende blik bracht hem van zijn stuk. Nu alsjeblieft niets fout doen, dacht hij nerveus en hij startte de motor, waarbij hij prompt de ontsteking liet overslaan en het proces moest herhalen.

'Het is niet eenvoudig om auto te rijden,' zei ze. 'Zijn er ook vrouwen die dat kunnen?'

'Natuurlijk. Het is helemaal niet zo moeilijk, ik zit momenteel alleen wat onhandig te doen.'

Hij lachte verlegen en stuurde de auto rond het bloemperk waarin gele narcissen en rode tulpen elkaar verdrongen. Overal op de grasvelden in het park bloeiden paarse krokussen, op sommige plekken vormden ze een dichte deken.

Nieuwsgierig volgde Marie al zijn handelingen, ze keek naar de snelheidsmeter en probeerde te ontdekken wat hij met zijn voeten deed. Waar de rem was. Wat hij bedoelde met 'schakelen'. Door welke kracht de auto kon bewegen. Of dat niet gevaarlijk was en kon exploderen.

'Als ik nu uitstap, de benzinetank open en er een brandende lucifer ingooi, ja, dan zou dat weleens een enorme knal kunnen veroorzaken.'

Of hij al eens een ongeluk had gehad.

'Gelukkig niet,' antwoordde hij. 'Maar zoals ik gehoord heb, had jij er gisteren wel een en moest de tuinman je behandelen.'

Ze keek hem verbaasd aan, maar daarna leek ze geamuseerd.

'Mijn hemel, de tamtam werkt goed in de villa. Wie heeft dat verteld?'

‘Geen idee. Ik heb het gewoon gehoord. Ik hoop dat je niet ernstig gewond bent.’

‘Valt wel mee, hoor,’ zei ze glimlachend. ‘Er viel een dode tak op mijn schouder.’

‘Een tak? Jemig!’

‘En de oude Bliefert heeft zijn wonderbalsem erop gesmeerd.’

Aha, het was dus de oude. Hij had haar schouder ingesmeerd, vast niet door haar jurk heen. Paul voelde dat hij dat niet leuk vond, maar besefte algauw dat zijn jaloezie meer dan belachelijk was. Bliefert moest al tegen de zeventig zijn.

Hij reed door de Jakoberpoort en boog linksaf richting de Jakoberwijk. Kleine, voornamelijk armoedig uitziende huisjes werden afgewisseld met solide bouwwerken die gemeentelijk eigendom waren, daartussen lagen pakhuizen en wagenloodsen. Ook hier begonnen de struiken al groener te worden, in de slecht onderhouden voortuintjes en plantsoenen schoot het gras uit de grond waartussen witte madeliefjes en gele paardenbloemen bloeiden.

‘Die balsem is me toch een duivels goedje,’ ging ze opgewonden verder.

Hij luisterde terwijl ze over de rommelige keuken vertelde en over de kat Minka die eigenlijk een kater was en hoorde welke vreemde ingrediënten er in de wonderbalsem zaten. Als ze dat soort dingen vertelde kon ze heel grappig zijn, hij moest opletten dat hij niet de macht over het stuur verloor. Vooral de koetsiers van de paardenwagens hadden het erop gemunt de tegemoetkomende automobielen in de greppels te duwen, ze haatten de nieuwerwetse concurrentie die hen langzaam maar zeker hun broodwinning ontnam. Voor het langgerekte bakstenen ziekenhuis stopte hij en zette de motor uit.

‘Wacht even,’ verzocht hij haar toen ze de hendel van het portier greep om uit te stappen. ‘Ik moet je wat zeggen, Marie.’

Ze stopte haar beweging en bleef stijf naast hem zitten.

‘Dat kunt u zich besparen,’ zei ze. ‘Ik weet al wat u tegen me wilt zeggen.’

'O ja?'

Ze keek hem van onder haar halfgesloten oogleden onvriendelijk aan.

'U wilt me vertellen dat u het fijn vond me te kussen. En dat u aanneemt dat ik het ook fijn vond...'

'En was dat zo?'

Ze draaide haar gezicht naar hem toe, het leek wel te branden.

'Ja.'

Dat was een verbazingwekkend openlijke bekentenis. Hij durfde niet te antwoorden en wachtte met ingehouden adem.

'Ik zeg u dat, omdat het de waarheid is,' ging ze verder. 'En omdat ik geen leugens tussen ons wil. Ik heb een hoge dunk van u, meneer Melzer. En daarom vraag ik u zoiets nooit meer te doen.'

Wat een meisje! Waar vond je nou zo'n houding, zo'n moed, zo'n oprechtheid. Zo'n vertrouwen. Hij had haar het liefst ter plekke in zijn armen genomen en tegen haar willen zeggen dat hij van haar hield, dat hij geen andere vrouw aan zijn zijde wilde. Zijn hele leven. Tot in de eeuwigheid.

Maar wat deed hij? In plaats van haar te bekennen hoe oprecht zijn liefde was, ratelde hij een heel warrig verhaal waar geen touw aan vast te knopen was. Dat hij haar net zo waardeerde. Dat hij zich vanaf het eerste moment tot haar aangetrokken had gevoeld, die keer in de herfst, toen ze met haar knapzak bij de villa aankwam. Kon ze zich dat nog herinneren? Hij zat toen in de automobiel die langs haar reed. Hij wilde alleen het beste voor haar, wilde haar blij en gelukkig zien. Als ze maar in zijn nabijheid bleef...

Ze luisterde met een frons op haar voorhoofd en leek zijn warrige verhaal niet helemaal te kunnen volgen. Ten slotte zei ze dat ze, nu ze toch bij het ziekenhuis waren aangekomen, net zo goed naar binnen konden gaan. Of was het ziekenhuisbezoek een smoes geweest?

'Nee, zeker niet!'

Hij duwde zijn portier open, stapte met weerzin uit de auto en liep eromheen om haar bij het uitstappen te helpen. Maar Marie stond al op de straat en hij besefte dat het ongepast zou zijn geweest als hij een personeelslid bij het uitstappen zijn hand had gereikt. Zou het hem iets hebben kunnen schelen? Eigenlijk niet. Maar Marie zou zich er beslist aan gestoord hebben.

'Laten we gaan...'

Hij keek somber voor zich uit, was boos op zichzelf. Waarom gedroeg hij zich zo onbeholpen? Waarom lukte het hem niet openlijk met Marie over zijn wensen en plannen te praten in plaats van als een debiel te stotteren? Normaal was hij ook niet op zijn mond gevallen. Hij kon met moeilijke mensen overweg, ruzies beslechten en anderen op een goede manier van zijn mening overtuigen. Alleen bij Marie gedroeg hij zich alsof hij geen idee had hoe hij zinnen moest formuleren. Wat zou ze wel niet van hem denken?

Dat ik een volslagen idioot ben, wat anders, dacht hij wanhopig. Als ze me al ooit als man en mens gerespecteerd heeft – dan heb ik alle respect vandaag verspeeld. Omdat ik niet de moed had om een beslissing te nemen en daarvoor te gaan.

'Het bezoekuur is bijna afgelopen,' zei de zuster bij het portiershokje van de protestantse afdeling.

'Dank u wel, zuster. We zullen opschieten.'

Hij nam de trap omdat hij niet alleen met Marie met de lift wilde gaan. Hij had zich zo gênant gedragen dat hij op dit moment liever aan haar geringschattende blik wilde ontkomen. Terwijl ze door de lange, donkere gang liepen, vertelde hij haar kort wat Hanna's moeder had gezegd.

'Als het meisje echt zo zwak is, zou ze nog een poosje in het ziekenhuis moeten blijven,' zei Marie.

'We gaan maar even bij haar kijken. Misschien kun jij eventjes met haar praten, Marie.'

De deur van ziekenkamer nummer zeventien zwaaide open en drie vrolijk kletsende jongetjes drentelden naar de lift.

'Kijk aan,' zei Paul zachtjes. 'Zouden dat haar broers zijn?'

Het was benauwd in de kamer, er was nog een patiënt bij gelegd waardoor er nu elf bedden in de kleine ruimte stonden, waarvan er een achter een wit scherm verborgen was. De praatzieke vrouw die het bed aan het raam had gehad, was er niet meer. Op haar bed zat nu een magere bejaarde vrouw in een rozekleurig bedjasje, die met een afwezige uitdrukking uit het raam staarde.

'Ik ben op een begrafenis,' zei ze verwijtend. 'Neemt uzelf in acht.'

'Pardon,' zei Paul, maar ze hoorde hem niet. Het beddengoed van de kleine Hanna was nogal gekreukeld en er zat een grote vlek op. Hadden haar broers haar belegerd? Hanna had geen verband meer om haar hoofd waardoor je de geschoren plekken in haar haar kon zien. Haar linkerarm zat nog in het gips maar verder leek ze geen verband meer nodig te hebben.

'Hallo, Hanna,' zei Paul. 'Ken je me nog?'

'U bent meneer Melzer.'

'Dat klopt,' zei hij glimlachend. 'En dit is Marie, een goede kennis.'

Het meisje keek verlegen. Ook leek ze ondanks de bedrust en de goede verzorging geen gram aangekomen te zijn. Hij luisterde een poosje terwijl Marie ongedwongen met het meisje praatte, rustig, liefdevol en ergens... moederlijk. Het meisje leek het fijn te vinden, wat hem niet verbaasde. Het arme kind had in haar leven weinig moederlijke genegenheid ervaren.

Op de gang kwam hij een verpleegster tegen aan wie hij een paar vragen stelde. Hanna was een lief meisje. Altijd gehoorzaam, ze schreeuwde en protesteerde nooit. Maar haar broers, dat was nogal een stelletje, die moesten ze in de gaten houden.

'Waarom?'

Ze kwamen dagelijks naar het ziekenhuis, ook als het geen bezoekuur was. Slopen Hanna's ziekenkamer binnen en aten al haar eten op. De verpleegster had die drie jochies er al heel vaak uit gegooid, maar ze kwamen steeds terug. Ook de dingen die meneer Melzer liet sturen, de sapjes, appels, het zoete gebak, verdwenen in de hongerige magen van die drie boeven.

'Onbegrijpelijk,' mompelde Paul boos. Nu snapte hij ook waarom het meisje nog steeds zo mager was. En waarom Grete Weber niet wilde dat haar dochter uit het ziekenhuis ontslagen werd. Op deze manier kon zij op goedkope wijze de maag van haar kinderen vullen.

'En haar gebroken arm? De kneuzingen? De hoofdwond?'

'Vraagt u dat aan de dokter, die kan het u precies vertellen.'

'En wat zegt uw ervaring, zuster?'

Ze glimlachte omdat hij haar vaardigheden zo hoog inschatte. Een goede zuster zag inderdaad vaak meer dan de arts.

'Met haar gebroken arm moet ze nog voorzichtig doen, maar verder gaat het voorspoedig met haar. Ik zou zeggen dat ze geluk heeft gehad, meneer Melzer.'

'Dank u wel, zuster.'

'Helaas moet u nu gaan, het bezoekuur is afgelopen.'

In de ziekenkamer zat Marie nog steeds aan Hanna's bed. Toen hij binnenkwam keken ze hem aan alsof hij een spelbreker was. Waar zouden ze over gepraat hebben? Hanna's ogen glommen, ze keek nu haast vrolijk.

'Ik ben op een begrafenis,' zei de oude vrouw weer. 'Neemt uzelf in acht.'

Hij liep naar Hanna om afscheid van haar te nemen. Het kwam allemaal goed, verzekerde hij haar. Ze zou gauw het ziekenhuis mogen verlaten en als het gips eraf mocht, kon ze haar arm ook weer gebruiken.

'Een heel bijzonder meisje,' zei Marie toen ze door de gang naar de lift liepen. 'Die oude vrouw is helemaal in de war, soms klimt ze uit bed en wil ze weglopen. Hanna heeft al twee keer voorkomen dat ze viel.'

'Heeft ze je ook verteld dat haar drie broers al haar eten opeten?'

Hij trok de deur van de lift open en liet Marie erin stappen. Een ouder echtpaar, ook bezoekers, volgde hen. Een dikke vrouw met een brede fluwelen hoed en een mager schooljochie persten zich er ook nog in.

'Er mogen maar vier mensen in de lift!' zei de oudere man boos.

'Ach, eentje meer of minder maakt ook niet uit,' zei de vrouw met de fluwelen hoed.

'Bij u wel. U weegt net zo veel als drie personen!'

'Wat een onbeschoftheid!'

'Tot uw dienst.'

Iedereen was blij toen de lift de begane grond had bereikt en Paul de deur openmaakte. Het echtpaar, de knaap en de mollige vrouw met de hoed persten zich gehaast langs hem heen, Marie stapte als laatste uit de lift. Ze keken elkaar aan, er borrelde een lach in hen op en ze proestten het uit.

De protestantse zuster keek hen vreemd aan toen ze buiten adem van het lachen langs haar portiershokje liepen. In deze vertrekken werd niet vaak gelachen. Pas toen ze weer buiten stonden hadden ze zichzelf weer in de hand en Marie merkte op dat ze zich door dit gedrag waarschijnlijk nooit meer in het ziekenhuis mocht vertonen.

'Wat een onzin!' zei Paul vrolijk.

Hij liet het zich niet ontnemen om de deur van de auto voor haar open te houden en ze stapte op een vanzelfsprekende manier in alsof ze niet anders gewend was.

'Ik ben veel over Hanna te weten gekomen,' zei ze toen ze naast elkaar in de auto zaten. 'Haar moeder heeft het niet makkelijk, want ze moet het geld voor het hele gezin verdienen. Ze stuurt de jongens naar school en werkt zich uit de naad om eten en behoorlijke kleding voor ze te kunnen kopen. Hanna is het vijfde wiel aan de wagen. Op haar tiende moest ze al voor vreemde huishoudens wassen, op haar twaalfde bracht haar moeder haar naar de fabriek, ze zei toen dat ze dertien was.'

Hij was onder de indruk. Had het meisje dat in die korte tijd allemaal aan Marie toevertrouwd?

'Zelfs nog meer. Het geld dat Grete Weber voor haar dochter heeft gekregen, is nooit bij Hanna aangekomen. Het meeste heeft haar man aan drank uitgegeven. Omdat hij zo veel drinkt moesten ze ook de fabriekswijk verlaten, directeur Melzer duldt het niet als een arbeider zijn loon telkens in de kroeg verkwist.'

'Mijn god! Waarom heeft ze dat nooit gezegd?'

Marie keek hem meelevend aan en hij besefte dat er dingen op de wereld waren die tot nog toe verborgen waren gebleven voor een welgestelde fabrikantenzoon.

'Omdat ze bang was. Hebt u nog nooit gehoord dat dronken echtgenoten hun vrouw en dochters mishandelen?' Marie was nu heel serieus, ze keek met smalle, donkere ogen voor zich uit en schoof haar onderlip naar voren. Hij observeerde haar geboeid – zojuist had ze nog melig gelachen, nu leek ze op een duistere manier gedecideerd.

'Als Hanna terug moet naar dat gezin, heeft ze geen toekomst,' zei ze.

Hij zuchtte. Ze had ongetwijfeld gelijk. En toch, ging het niet met heel veel mensen zo? Wat voor een toekomst kon de dochter van een arbeidster verwachten? In ieder geval was ze weer bijna helemaal beter, het ongeluk zou godzijdank verder geen gevolgen hebben.

'In de villa is toch nog een keukenmeisje nodig?' zei Marie en ze keek hem onderzoekend van opzij aan.

Zo, kijk eens aan, ze had dus al een plan bedacht. Hij moest in zichzelf lachen. Het was geen verkeerd idee, alleen was het meisje eigenlijk te jong.

'Ze zou 's ochtends naar school kunnen gaan en 's middags haar werk kunnen doen.'

Van zo'n indeling had hij nog nooit gehoord. Geamuseerd startte hij de motor en hij beloofde het aan zijn moeder voor te stellen. Zij was voor het huis en het personeel verantwoordelijk, noch hij noch zijn vader hadden wat dat betreft iets te vertellen.

'O ja? Ik dacht dat uw vader in alles het laatste woord had.'

Hij lachte maar voelde zich niet op zijn gemak bij haar opmerking. Wilde ze hem daarmee duidelijk maken dat ook hij zich bij alles aan de wil van zijn vader moest onderwerpen? Ook in liefdeszaken? In de keuze van zijn... echtgenote?

Hij liet zijn blik langs haar heen glijden en meende diep verdriet in haar gelaat te zien. En nu pas, op dit moment, stond zijn doel hem helder voor ogen.

32

MARIA JORDAN KREEG BIJNA EEN hartstilstand toen ze een bekend silhouet op de dienstbodentrap zag lopen. Heilige Maagd Maria, ze had echt gehoopt dat ze voorgoed van die kerel af was. In ieder geval was er behalve hen niemand anders in het trapportaal – een geluk bij een ongeluk.

'Wat moet je?' snauwde ze tegen hem. 'Je hebt hier niets te zoeken. Ik heb je betaald.'

Hij draaide zich naar haar om en ze schrok toen ze zijn gezwollen gezicht zag. Het gezicht van een alcoholist. Zijn neus was dik en bedekt met een net van dikke en dunne adertjes, zijn lippen waren blauw, zijn wangen onder de dunne baard hingen slap naar beneden. Ooit was hij een aantrekkelijke man geweest, maar dat was lang geleden.

'Wat wind je je nou op, Mariella?' bromde hij. 'Vroeger kon je niet wachten tot ik bij je was. Dan zat je op je bed met smart op me te wachten. Kleedde je je tot op je hemd uit zodat ik me met je kon vermaken…'

Zijn stem klonk vreemd zangerig, alsof hij haar aan die allang vergane tijden wilde herinneren. Ze voelde echter niets anders dan afschuw. Zeker omdat er een walgelijke walm van zweet, vuil en brandewijn om hem heen hing.

'Houd je mond!' snauwde ze. 'Dat is voor altijd voorbij, heb je me begrepen? En ga nu! Maak dat je wegkomt! En zorg dat niemand je ziet!'

Er gleed een grijns over zijn dronkenmansgezicht die er lachwekkend maar tegelijk dreigend uitzag. Maria Jordan besefte dat het niet zo eenvoudig zou worden om van hem af te komen.

'Ik ga al, Mariella,' fluisterde hij. 'Maar pas als ik gekregen heb wat me toekomt.'

'Jou komt helemaal niets toe, verdomde afperser. De hel, ja, die komt je toe.'

Hij grinnikte en werd meteen overvallen door een hoestaanval. Jordan werd bang. Er kon elk moment een personeelslid in het trappenhuis komen. Humbert of Else. Of Auguste, hoewel die liever beneden in de keuken bleef. Marie was gelukkig niet thuis, dat had er nog maar aan ontbroken.

'Kom mee naar boven. Snel. Til je voeten op, zuiplap!'

'Tut, tut... vroeger praatte je heel anders tegen me.'

Ze duwde hem de smalle trap op naar de derde verdieping, keek of de kust veilig was en schoof hem de gang in. Het was erg onwaarschijnlijk dat er nu, in de middag, iemand bij de personeelskamers rondliep. Maar je wist immers maar nooit.

'Hierin!'

Hij struikelde de slaapkamer in en terwijl ze zachtjes en zorgvuldig de deur sloot, liet hij zich brutaal op een van de bedden vallen. Woedend beval ze hem van de schone lakens af te komen, had hij zichzelf weleens bekeken, hij was helemaal vervuild, kwam zeker rechtstreeks uit de goot.

Hij stond inderdaad op, grijnsde hatelijk en wilde weten of het haar bedje was. Nee? Wie sliep er dan in? Een knap meisje zeker? Een jong grietje met smalle heupen en ronde borsten? En waar was die nu?

'Houd je vuile bek, vieze vogelverschrikker. Anders laat ik je door de politie weghalen.'

Bij dat dreigement dacht hij even na en ze begreep dat hij wel reden zou hebben om de politie te vrezen. Maar hij was te slim om zich door haar bluf te laten intimideren.

'Als je dat doet, Mariella, zal jouw baas een hoop dingen over jou te weten komen die niet erg fraai zijn. Ik kan me nog goed herinneren dat je in je korte rokje op de bühne stond en je benen in de lucht gooide...'

Nu had hij haar in de hand. Terwijl het al zo lang geleden was, dat het haast niet meer waar kon zijn. Ze was zeventien en danste in het Berlijnse variététheater, zong samen met een acteur liedjes en kreeg kleine solo-optredens. In die periode hadden ze een verhouding gekregen, de vlotte Josef Hoferer, soldaat eerste klasse, en de sierlijke danseres die zich in die tijd 'Mariella' noemde. Hij had alles kapotgemaakt, ze raakte zwanger van hem, moest ophouden met dansen maar kreeg een miskraam. Hij liet haar alleen met haar ellende, die vlotte Josef. Pas toen ze bij een actrice als kamenierster in dienst ging, dook hij weer op. Ze brachten een paar keer heimelijk een liefdesnacht met elkaar door, daarna wilde hij geld van haar. Telkens weer. Jarenlang liet hij haar niet met rust. De laatste keer was in de zomer van vorig jaar, toen had ze hem woedend gezworen dat het de laatste keer was dat ze hem geld gaf.

'Je zuipt jezelf nog het graf in,' schold ze. 'Ik kan je niets meer geven.'

'Dat kun je wel, Mariella. Je wilt het alleen niet. Maar je zult wel moeten, anders ga ik praten.'

Hij kon niet meer lang te leven hebben, schoot er door haar heen. Hij wankelde, kon amper nog op zijn benen staan. Als ze hem niet snel haar kamer uit kreeg, zou hij nog omvallen en hier blijven liggen. Het kostte haar moeite om nog een keer toe te geven, want het geld dat ze gewikkeld in een zakdoek in de ladekast bewaarde, was bedoeld voor later. Voor als ze oud was en niet meer kon werken.

Hij keek naar haar terwijl ze in de lade rommelde, maar ze ging zo staan dat hij niet kon zien hoeveel geld er in de zakdoek gewikkeld was.

'Vijf mark? Is dat een grapje?'

'Meer is er niet. En daarmee uit!'

Hij stopte de munten in zijn zak en beweerde dat het zo'n laag bedrag was dat hij morgen weer terug moest komen. Ze dreigde met de politie, maar gaf hem nog vijf mark, schoof toen de lade dicht en draaide zich naar hem om.

'En verdwijn nu, Sepp.'

'Wens me geluk, Mariella.'

'Dat zul je wel nodig hebben. Eruit nu!'

Het was fout geweest om hem gewoon naar buiten te jagen in plaats van eerst te kijken of er niemand in de gang was. Dat besefte ze pas toen hij al de kamer uit was en ze een hoog gilletje hoorde, alsof een meisje tijdens het wassen werd opgeschrikt door iemand die haar heimelijk observeerde. Humbert, die malloot, was op weg naar zijn kamer geweest en Sepp tegen het lijf gelopen.

Sepp raakte door de verrassende botsing uit zijn evenwicht en klampte zich aan Humbert vast om niet te vallen. Humbert begon te krijsen, hij zou wel walgen van de vuile, smerig ruikende vent. Met dat soort dingen was hij heel gevoelig, je kon hem immers altijd door een ringetje halen.

Maria Jordan pakte Sepp bij zijn nek vast en trok hem naar achteren zodat Humbert zich kon bevrijden. Ze kuchten allebei en keken elkaar ontzet aan.

'Wat heeft… wat heeft die hier te zoeken?' stamelde de huisknecht. Hij deed een vergeefse poging zijn verkreukelde vest glad te strijken.

'Dat weet ik ook niet,' riep Maria Jordan. 'Die vent is hier zomaar binnengeslopen.'

Ze duwde Sepp zachtjes in de richting van het trappenhuis en jammerde luid dat je nergens voor dat dievengespuis veilig was, niet eens hier in de villa. Humbert was nog steeds niet bijgekomen van de schrik, hij liep voorzichtig een paar passen achteruit, draaide zich toen om en verdween in zijn eigen kamer.

'En nu maak je dat je wegkomt,' siste ze tegen Sepp. 'Als je me nu bij mijn bazin verklikt, is alles voorbij.'

Ze keek het trappenhuis in, zag dat er niemand was en stuurde een schietgebedje naar de hemel dat ze niemand meer tegen zouden komen. Het gebed werd verhoord, Sepp strompelde weliswaar ontzettend langzaam de treden af, maar ten slotte hoorde ze de buitendeur dichtslaan. Weg was-ie, godzijdank. Als ze geluk had zou hij van die tien mark zo veel zuipen dat-ie het loodje legde en was ze voor altijd van hem af.

Terwijl ze naar haar kamer terugliep om Maries bed weer in orde te maken, dacht ze erover na wat er toch van een mens kon worden. Hij was een grote, slanke vent geweest, met blonde krullen en een enorme snor waar velen hem om benijdden. Omgangsvormen had hij niet gehad, hij kwam uit een eenvoudig gezin en was geen vleier maar zei direct wat hij wilde. In die tijd wilde hij haar, de sierlijke Mariella. Hij kwam elke avond en bleef tot de volgende middag, liet zich door haar de kost geven, dronk grote hoeveelheden wijn en als ze samen in bed lagen deden ze het wel drie of vier keer achter elkaar. Zo'n soort kerel was hij geweest. En die was nu veranderd in zo'n deerniswekkende gestalte.

Ze vroeg zich af of ze de donkerrode wollen mantel en bijpassende hoed uit de garderobekamer van de mevrouw zou halen om af te borstelen. Overmorgen was het eerste paasdag, dan zou de mevrouw die spullen nodig hebben als ze naar de kerk ging. Maar nog net op tijd schoot haar te binnen dat Alicia Melzer met migraine in bed lag, het was dus ongepast haar te storen. Ze kon beter de bruine enkellaarsjes van de juffrouw gaan poetsen, die had Elisabeth beneden in de hal uitgetrokken toen ze terug was gekomen van haar bezoek. Gustav, hoewel hij een simpele jongen was, bleek heel bruikbaar te zijn als chauffeur, wie had dat gedacht? En hij liep constant met Auguste te flikflooien. Wachtte haar op als ze met de keukenemmer naar de achterdeur ging en bracht voor haar het afval naar de composthoop. Als hij dan met de lege emmer terugkwam, haalde hij zijn beloning op. Die jongen wist wel van aanpakken, de zwangerschap stoorde hem helemaal niet. Terwijl Auguste intussen zo dik was dat je het gevoel had dat ze elk moment uit elkaar kon spatten. Er was trouwens toch nog het een en ander, dat ooit eens…

'Maria? U moet bij de juffrouw komen. Nu meteen.'

Ze had net de laarsjes opgetild om ze kritisch van alle kanten te bekijken, toen Else haar aansprak. Ze klonk buiten adem en het leek zeer dringend, Jordan vermoedde het ergste.

'U moet meteen komen,' herhaalde Else.

'Ja, ja, ik ben niet doof.'

Was er iemand in dit huis die nog karakterlozer was dan dit kamermeisje? Het stuurse meisje liep altijd achter degenen aan die goed aangeschreven stonden. Twee uur geleden had ze nog dienstvaardig gevraagd of ze een kopje koffie voor Maria Jordan mocht inschenken. Nu deed ze alsof ze belangrijk was en meende ze haar te kunnen commanderen.

Juffrouw Elisabeth zat op de lichtblauwe bank en had een opengeslagen boek in haar hand. Ze had haar nette deux-pièces nog aan waar Marie een lange, slechts licht getailleerde jas bij had ontworpen. Jordan werd ineens nijdig. Marie, altijd maar Marie. Ze had smaak, wist wat chic was, tekende jasjes en jurken, veranderde oude hoeden in nieuwe creaties, naaide bloemen, tasjes, tierelantijntjes…

'Humbert was zojuist bij me, Maria,' zei de juffrouw en ze legde een leesteken tussen de bladzijdes van haar boek. 'Wat was dat voor een raar figuur boven in de personeelsruimtes?'

Nu moest ze slim zijn om zich eruit te redden. Juffrouw Jordan nam de juffrouw op en merkte dat ze slechts half geïnteresseerd was in de zaak. Wat een geluk dat de mevrouw migraine had. Alicia Melzer had zo'n voorval niet licht opgenomen.

'O, er was iemand verkeerd gelopen,' wimpelde ze het voorval af en ze glimlachte geruststellend. 'U weet toch hoe Humbert is? Overgevoelig en schrikachtig. Maakt van een mug een olifant.'

Juffrouw Elisabeth keek haar uitdrukkingsloos aan. Terwijl Jordan heel goed wist dat ze een andere keer al eens over Humbert had gelachen. Dat was in de rode salon geweest, toen ze daar met de mevrouw zat. Zij, Maria Jordan, had het mandje met het borduurgaren moeten aangeven, waarna ze haar meteen weer hadden weggestuurd. Marie had echter bij de dames gezeten en allerlei onzinnige verhalen verteld, waar ze hard om moesten lachen. Ook over Humbert.

'Nou, ik vind het niet normaal dat er boven in de personeelsvertrekken mensen rondlopen die niet in ons huis thuishoren,' zei de juffrouw. 'Kende u de man, Maria?'

'Ik had hem nog nooit gezien, juffrouw.'

De jonge vrouw keek haar geringschattend aan maar het lukte Maria haar eerlijke uitdrukking te bewaren. Er moest een hoop gebeuren voordat ze haar gezicht vertrok.

'Wat vreemd,' zei de juffrouw zonder haar blik van haar af te wenden. 'Humbert zei dat de man uit uw kamer kwam.'

Jordan betreurde het nu zeer dat die malloot Robert had vervangen. Wat een hersenloze kletsmajoor! Robert zou zich intelligenter hebben gedragen, dat soort dingen verklikte je niet aan de familie voordat je de betrokkene zelf had gesproken.

'Uit mijn kamer?'

Ze lachte hysterisch en beweerde dat je op haar leeftijd beslist geen heren meer leerde kennen. Bovendien was die vreemdeling ontzettend smerig.

'Dat zei Humbert ook. Hij zei zelfs dat de man sterk naar alcohol rook.'

'Dat viel me ook op, juffrouw. Het is me met veel overredingskracht gelukt om hem de trap af en de villa uit te krijgen. Ik had misschien beter alarm kunnen slaan maar ik dacht, ik kan er maar beter niet te veel ophef over maken. Er wordt immers algauw gekletst...'

De juffrouw luisterde wel, maar liet zich niet inpalmen door de woordenstroom. Dat zou bij haar zus anders gegaan zijn, juffrouw

Katharina vergat snel en sprong graag van de hak op de tak. Juffrouw Elisabeth had daarentegen meer weg van haar vader.

'Toch wil ik graag weten waarom de man in uw kamer werd aangetroffen, Maria. En wat u op dit tijdstip eigenlijk boven moest doen.'

Waarom vroeg ze niet wat Humbert boven deed? Maar goed, ze was immers niet op haar achterhoofd gevallen. Ze had naar het toilet gemoeten en was daarom naar boven gelopen. Toen ze klaar was, was ze nog even snel naar haar kamer gelopen om een schone zakdoek te pakken, omdat ze een beetje verkouden was.

'En toen hebt u de vreemdeling in uw kamer betrapt?'

Jordan knikte. Ja, zo was het gegaan, dat kon ze bij alle heiligen en de Heilige Maagd Maria zweren.

'Ik was natuurlijk bang vanwege mijn spaargeld, juffrouw. Weet u, ik leg altijd een beetje geld opzij, zodat ik later een klein kapitaal heb.'

'En toen?' vroeg de juffrouw. 'U hebt toch zeker om hulp geroepen?'

'Ja, natuurlijk. Het was geen brute schurk, juffrouw, eerder een lafaard. Toen ik zo hard schreeuwde, rende hij van angst weg. Toen is hij tegen Humbert opgebotst.'

Juffrouw Elisabeth zuchtte diep, het ongenoegen stond op haar voorhoofd te lezen. Terwijl ze toch tevreden zou moeten zijn met die verklaring, hij klonk logisch en absoluut geloofwaardig.

'Humbert heeft me niets verteld over een hulpkreet of zoiets. Ik denk dat u iets voor me verbergt.'

Jordan kreeg het benauwd. Ze had dit meisje onderschat, ze was nog veel gevaarlijker dan de mevrouw. Het enige wat nu nog hielp was een vlucht naar voren.

'Ik ben nu meer dan tien jaar in dit huis, juffrouw. Ik heb het niet verdiend dat ik gewantrouwd word!'

Haar boze uitbarsting maakte totaal geen indruk. De juffrouw trok alleen verontwaardigd haar wenkbrauwen op.

'Ik denk dat u deze man kent, Maria. Als dat zo is, is het voor ons allemaal beter als u dat eerlijk zegt.'

Ongelooflijk. Die jonge meid had het voor elkaar gekregen dat zij met haar rug tegen de muur stond. De waarheid bekennen? Op zijn minst een deel daarvan? Maar met de waarheid was het net als met een gebreide sjaal, als je eenmaal een draadje had gevonden en eraan trok, rafelde de hele sjaal uit.

'Ik zweer het u, juffrouw, dat ik die man absoluut niet kende. Overigens heb ik inderdaad iets verzwegen. Ik deed dat vanuit mijn christelijke overtuiging en omdat ik niet graag een collega zwartmaak...'

Ze zag grote bevrediging in de uitdrukking van de juffrouw, maar helaas ook wantrouwen. Juffrouw Elisabeth was beslist niet goedgelovig. Ze moest voorzichtig te werk gaan, het was haar laatste kans er zonder kleerscheuren uit te komen.

'Nou, vertel op,' zei de juffrouw ongeduldig. 'Ik heb vandaag nog meer te doen.'

Wat moest zij nou doen! Een boek lezen. Haar sieradenkistje bekijken. Een wandelingetje door het park maken.

'Die man kwam niet voor mij. Hij wilde naar Marie, we slapen immers in dezelfde kamer.'

'Naar... Marie?' vroeg de juffrouw ongelovig. 'Wat wilde hij van haar?'

'Dat zei hij niet, juffrouw. Ik heb het hem ook niet gevraagd maar hem eruit gegooid.'

'Goed dan,' zei juffrouw Elisabeth. 'Ik zal Marie er bij gelegenheid naar vragen. Tot die tijd zegt u er niets over. Ik wil niet dat mijn moeder er iets over hoort, haar zenuwen zijn momenteel erg zwak.'

'Natuurlijk, juffrouw.'

Het was moeilijk te raden of ze haar nu geloofde of niet. Maar een ding besefte Jordan maar al te goed: ze zat op een kruitvat dat elk moment kon ontploffen.

'U kunt nu gaan, Maria. O ja, borstelt u mijn blauwe cape uit. Maar laat de hoed liggen, daar zal Marie voor zorgen.'

33

JUFFROUW HOFFMANN KLOPTE SLECHTS kort aan en liep het kantoor in voordat Paul haar binnengeroepen had. Haar vioolblauwe ogen achter haar brillenglazen waren wijd opengesperd van verbijstering.

'Pardon, meneer Melzer. Daarbuiten staat een… heer.'

'Een heer?'

Ze hield een visitekaartje voor Paul op. Het kaartje trilde licht in haar hand, maar met zijn scherpe ogen zag Paul de naam van de bezoeker meteen.

'Mijn god!' riep hij terwijl hij opsprong. 'Is hij alleen? Of in begeleiding van…'

'Hij is alleen, meneer Melzer. Zal ik hem binnenroepen of wilt u wachten tot de directeur terug is van zijn rondgang…'

'Laat hem binnen!' riep Paul ongeduldig.

Gérard Duchamps was nauwelijks veranderd. Hij was nog altijd volgens de laatste mode gekleed, zijn krullende zwarte haar was keurig geknipt en het kleine baardje rond zijn sensuele mond deed denken aan Mozarts *Don Giovanni*. Alleen zijn ogen lagen wat dieper in de holtes, hij leek de afgelopen tijd weinig slaap gehad te hebben.

'U had mij zeker niet verwacht, meneer Melzer…' Zijn glimlach was een mengeling van ironie, schaamte en verdriet. Paul had nog nooit iemand op zo'n manier zien glimlachen.

'Zeker niet!'

Paul had moeite met ademhalen. Daar stond de man, die gewetenloze verleider, die zijn zusje voor altijd gecompromitteerd had. Hij had zin om die kerel een stomp in zijn gezicht te geven, maar het vreemde lachje weerhield hem ervan.

'Ik heb de eer van uw zus geschonden,' zei Duchamps met zachte, rustige stem. 'Het aanzien van uw familie beschadigd. Als u wilt zal ik u satisfactie geven.'

Dat was een eerzaam aanbod. Tweede luitenant Von Hagemann zou niet geaarzeld hebben het aan te nemen. Ook de broers van zijn moeder zouden enthousiast geweest zijn. Paul was dat niet.

'U wilt met mij duelleren?' vroeg hij spottend. 'Pistool? Degen?'

'U bent de gekrenkte en kiest het wapen.'

Paul staarde in de zwarte ogen van de Fransman, waarin heldere vonkjes oplichtten. Hij werd overvallen door woede.

'Waar slaat dat kinderachtige gedoe op?' brulde hij.

Hij greep een marmeren presse-papier van zijn bureau en smeet die op de grond. Hij brak in drie stukken en liet een lelijke kerf achter op de houten vloer.

Duchamps had zich niet eens verroerd, hoewel hij makkelijk geraakt had kunnen worden. Hij staarde naar de stukken marmer en keek toen naar Paul op. Taxerend maar ergens ook begripvol.

'Ik heb van veel dingen spijt, meneer Melzer. Maar ik sta achter mijn daden. Ik ben bereid met uw zus te trouwen, ook al zou ik in dat geval door mijn vader onterfd worden.'

Paul was niet erg onder de indruk. Tjonge, wat edelmoedig! Hij was barmhartig bereid Kitty tot zijn vrouw te maken. Alsof de familie Melzer op iemand als hem had gewacht. Aan de andere kant was Kitty zelf ook medeverantwoordelijk.

'Waar is mijn zus? Ik wil met haar praten.'

De ander staarde hem aan alsof hij Chinees had gesproken.

'Ik begrijp niet...' zei Duchamps zachtjes.

'Ik wil weten waar Kitty is. U hebt haar toch zeker meegebracht, of niet soms?'

Duchamps werd bleek, hij opende zijn mond, zijn lippen trilden.

'Maar... maar ik dacht dat ze... dat ze hier was,' stamelde hij.

'Hier?'

Speelde hij een toneelstukje? Ze hadden maandenlang niets van Kitty vernomen, laat staan haar gezien. En nu beweerde deze vent dat ze...

'*Mon Dieu! Je l'ai accompagné à la gare. Elle est montée dans le train, j'en suis sûre...*'

Paul stond met één sprong voor de Fransman, greep hem bij zijn revers en schudde hem door elkaar.

'Praat Duits, man. Hebt u Kitty naar het station gebracht? Op de trein gezet? Wanneer? Waar?'

Duchamps rukte zich van hem los en struikelde een paar stappen achterwaarts. De verbijstering die zich nu op zijn gezicht weerspiegelde, was niet gespeeld. Paul voelde een vreselijke angst opkomen. Kitty. Zijn kleine zusje. Zijn domme kleine zusje...

'In Parijs. We hadden ruzie en Kitty wilde terug naar haar familie. Ze is immers net een klein kind en als ze iets in haar hoofd heeft gezet... Ik heb dus een treinkaartje voor haar gekocht en haar naar het station gebracht. Dat was dinsdag na Pasen.'

De data en getallen vlogen door Pauls hoofd. Op eerste paasdag was het 12 april, dinsdag was dus de veertiende. Vandaag was het de vijfentwintigste. Goeie hemel!

'Misschien is ze naar vrienden gegaan,' zei Duchamps met zwakke stem. 'Of naar familie...'

Dat was ijdele hoop. Overigens zou Kitty in dat geval beslist Marie een bericht hebben gestuurd.

In de voorkamer werd een deur in het slot gegooid.

'Wat? Wie is er?'

Ze krompen allebei ineen, want dat was de stem van Johann Melzer. Hij klonk hees en dreigend en leek onweer aan te kondigen dat boven hen allen, niet in de laatste plaats boven hemzelf zou losbarsten.

'Kalmeert u zich, meneer de directeur. Uw zoon is bij hem.'

‘Laat me erlangs, Lüders!’

‘Doet u niets ondoordachts, meneer de directeur. Ik smeek het u!’

‘Hij waagt het gewoon hier te komen! Mijn huis te bezoedelen met zijn aanwezigheid!’

Paul schoof zichzelf onwillekeurig voor Duchamps die het dreigende onweer onbeweeglijk op zich af zag komen. De deur vloog open, Johann Melzer stond in zijn mantel en met zijn hoed op op de drempel, met achter hem de twee angstige secretaresses.

‘Waar is mijn dochter? Geef mijn kind terug, ellendige smeerlap die je bent! Mijn meisje, mijn Kitty…’

Paul had zijn vader nog nooit in zo’n toestand meegemaakt. Het lang onderdrukte verdriet, de teleurgestelde vaderliefde, de gekrenkte trots… alles kwam er nu uit. Paul moest zich op zijn woedende vader storten en hem er met geweld van weerhouden dat hij Gérard Duchamps met zijn vuisten te lijf ging.

‘Kitty is hier niet, vader. Kalmeer nou eens even. Gérard Duchamps weet ook niet waar ze is.’

Johann Melzer hoestte van de inspanning en probeerde zich nog eens tegen de stevige omarming van zijn zoon te verzetten, maar gaf het toen op.

‘Hij is het niet waard,’ fluisterde hij ademloos. ‘Hij is het niet waard dat ik mijn handen aan hem vuilmaak…’

‘Ga zitten, vader. We moeten samenwerken om Kitty op te sporen. Kalmeer je, neem een slokje.’ Juffrouw Hoffmann had de tegenwoordigheid van geest gehad om een glas koud water te halen, juffrouw Lüders stofte met bevende handen de hoed van haar baas af die tijdens de schermutselingen op de grond was gevallen.

‘Wat is er met Kitty? Waar is ze?’

Johann Melzer, de door iedereen gevreesde directeur, hing zwaar ademend op de kleine leren fauteuil. Zijn ogen waren rood omrand, zijn lippen blauwachtig. Paul vond de bezorgde blikken van de twee vrouwen vervelend, bedankte hen voor hun hulp en stuurde ze de kamer uit. Duchamps stond met zijn rug tegen de muur geleund en beet op zijn onderlip. Toen Paul zijn blik op hem liet rusten sloeg hij zijn handen voor zijn gezicht. Ook hij voelde zich uit het veld geslagen.

'Ze hebben ruzie gehad, vader. Kitty is meteen na Pasen op de trein gestapt om terug te reizen naar Duitsland. Helaas weten we niet waar ze is uitgestapt.'

Pauls korte samenvatting van de situatie werd verbazingwekkend snel door zijn vader opgenomen. Johann Melzer herstelde zich zienderogen, wilde weten welke treinverbinding het geweest was, op welke stations de trein stopte, of Kitty geld bij zich had gehad. Nu zijn woede wat gezakt was, richtte hij zich zelfs tot Duchamps om naar de details te vragen, waarbij zijn toon zeer koel was.

'Zo, zo, twee koffers en een reistas. Dan moet ze een kruier geregeld hebben.'

'We moeten bij alle vrienden en familieleden informeren,' stelde Paul voor. 'Misschien is ze naar Pommeren gereisd en verbergt ze zich op het landgoed van haar ooms.'

Johann Melzer stond op en wees Pauls hulp geïrriteerd af. Door het doen en laten van deze heer – hij wierp een minachtende blik op Duchamps – was zijn familie in een uiterst gênante situatie beland. Bij vrienden en familieleden informeren – wat zou dat tot een hoop geklets leiden.

Duchamps had zichzelf ook weer onder controle. Met een frons op zijn voorhoofd had hij naar het gesprek geluisterd en rustig korte antwoorden gegeven. Nu haalde hij diep adem alsof hij een zwaar voorwerp moest verplaatsen.

'Ik ben niet minder wanhopig dan u, meneer Melzer. Ik houd van Kitty, ik ben gekomen om me met haar te verzoenen. Maar nu...'

'Bespaart u ons uw ontboezemingen!'

'We moeten de politie waarschuwen,' ging Duchamps verder zonder op Johann Melzers tegenwerping in te gaan. 'Een vermissing aangeven. Zowel hier in Duitsland als in Frankrijk. Kitty is zo argeloos, ik had haar nooit alleen mogen laten... Maar ze verzette zich er met hand en tand tegen dat ik haar begeleidde...'

Paul wist wat Duchamps wilde zeggen en werd overvallen door een verlammend gevoel van hulpeloosheid. Natuurlijk moesten ze er rekening mee houden dat Kitty slachtoffer was geworden van een misdaad. Een jong meisje, knap en naïef, alleen in de trein. Zo praatlustig als ze was zou ze iedereen verteld hebben waar ze vandaan kwam en waar ze heen ging, en wellicht ook dat ze liefdesverdriet had.

'Dat moeten we doen, ja,' hoorde hij zijn vader zeggen. 'Ik hier in Augsburg en u, monsieur, in Frankrijk. Geef hem pen en papier, Paul. Hij moet alles nauwkeurig opschrijven. Kleding, sieraden, bagage, medereizigers en wat er nog van belang kan zijn.'

Hij vermeed het zo veel mogelijk om de Fransman bij zijn naam te noemen. Zonder zich verder om Duchamps te bekommeren liep hij het kantoor uit, gaf in de voorkamer een paar instructies en kwam toen weer terug.

'Ik rijd naar het politiebureau,' zei hij tegen Paul. 'Zolang ik onderweg ben, houd jij hier in de fabriek de wacht. Als ik terugkom, is het aan jou de taak om met een diplomatieke missie naar de villa te rijden. Vertel het hun zo voorzichtig mogelijk.'

'Ja, vader. Zal ik niet met je mee gaan naar het politiebureau?'

'Nee!'

Zwijgend nam hij het briefje dat de jonge Fransman hem aanreikte aan, zonder hem daarbij aan te kijken. Hij keek snel wat erop stond, vouwde het dubbel en stopte het in de binnenzak van zijn mantel. Zonder haast pakte hij zijn hoed van de standaard en zette die op, hij knikte naar Paul en liep naar buiten.

'Het zal allemaal wel opgehelderd worden,' zei Duchamps met onvaste stem. 'Ik wil u alleen vragen om het mij in Lyon te laten weten als u Kitty hebt gevonden.'

'Natuurlijk. Waarbij ik u vraag hetzelfde te doen als Kitty met u contact opneemt.'

'Vanzelfsprekend.'

Paul betrapte zichzelf erop dat hij bij het afscheid iets verzoenends tegen de Fransman wilde zeggen. Wat de man ook had gedaan, hij hield echt van Kitty en was warempel niet de eerste die door haar zijn verstand was verloren. Maar Duchamps' afwijzende gezicht ontnam hem de moed en dus zweeg hij maar.

Johann Melzer was slechts een krap half uurtje weg. Terug in de fabriek liet hij Paul via juffrouw Lüders weten dat hij de automobiel kon nemen om naar de villa terug te rijden, hij zou zelf 's avonds te voet komen. Hij had frisse lucht nodig.

Paul zag zijn taak met gemengde gevoelens tegemoet. Sinds Kitty's vlucht sukkelde mama met haar gezondheid en had ze depressieve buien. De migraine, waar ze vroeger slechts af en toe last van had, plaagde haar nu veelvuldig. Het was dus zaak om zeer voorzichtig te werk te gaan. Terwijl hij de motor van de automobiel startte en naar de poort van de fabriek reed, dacht hij na over de beste tactiek.

'Goedendag, meneer Gruber!'

'Goedendag, meneer Melzer. Wat een heerlijk lenteweertje, hè?'

Paul keek naar de rode wangen van de portier en knikte vriendelijk.

Hij stopte voor de entree van de villa en wierp Humbert, die naar hem toe kwam lopen, de autosleutels toe.

'Zegt u tegen Gustav dat hij de auto in de garage moet zetten.'

'Goed, meneer Melzer.'

'Waar is Marie?'

'Bij de mevrouw, meneer Melzer.'

Dat kwam Paul slecht uit, want hij wilde alleen met Marie praten. Geïrriteerd gooide hij het portier achter hem dicht.

'Is mijn zus thuis?'

'Ze is met twee vriendinnen op pad. Iemand wil hen leren autorijden.'

Onbegrijpelijk. Elisabeth leidde sinds enige tijd een zeer ondoorzichtig eigen leven. Nu wilde ze ook nog leren hoe je een automobiel bestuurt.

'Wie wil dat de jongedames leren? Een van onze kennissen?'

Humbert moest even nadenken. Hij was nog niet zo lang in dit huis en had moeite met het onthouden van namen.

'Een tweede luitenant. Von Hagen. Nee, pardon. Von Hagenau. Ook niet. Von Hagensen...'

'Tweede luitenant Von Hagemann?'

'Ja, die!' riep Humbert opgelucht. 'De juffrouw en haar vriendinnen hebben nu al voor de tweede keer een ontmoeting met deze heer.'

'Dank u, Humbert. Brengt u nu maar de sleutels naar Gustav.'

Pauls toch al sombere stemming verslechterde nog meer door dit nieuwtje. Von Hagemann had zich niet bepaald netjes gedragen tegenover Elisabeth. Waarom sprak ze nu weer met hem af? Had ze dan helemaal geen trots?

In de hal gaf hij Else zijn handschoenen, hoed en mantel aan en daarna liep hij naar de eerste verdieping. De deur naar de eetkamer stond open en hij ontdekte Auguste die – in plaats van de tafel voor de lunch te dekken – met haar oor tegen de tussendeur naar de rode salon stond. Toen ze Paul zag, schrok ze vreselijk en liep ze snel naar de tafel om de borden te verdelen. Haar buik was zo dik dat ze er een koffiekopje op kon zetten. Met een schoteltje.

Paul deed alsof hij niet had gemerkt dat ze stond af te luisteren, het was niet zijn aard om constant het personeel terecht te wijzen. Vandaag al helemaal niet.

Nou, vooruit, dacht hij en hij trok zijn das recht. Het zal wel goed gaan. Marie is er ook, die zal mama kalmeren. Hij haalde nog een keer diep adem, klopte toen zachtjes aan en opende de deur.

'Stoor ik?'

'Paul! Hoe zou jij nou kunnen storen? Ach, Paul, het is geweldig, een beschikking van God...'

Tot zijn verrassing viel Alicia hem om de hals en drukte zich stevig tegen hem aan. Haar gezicht gloeide van de opwinding, ze lachte zelfs en noemde hem haar Paultje.

Hulpeloos keek hij naar Marie, die naast de piano stond en een blad in haar handen hield. Een brief? Marie straalde ook, ze knipoogde zelfs naar hem.

'Gaan jullie me nog vertellen wat voor geweldigs er is gebeurd?'

'Ga zitten, Paul,' beval Alicia en ze duwde hem naar de bank. 'Wees heel stil en luister naar wat Marie voorleest. Ach, alles komt nu goed. Ik wist toch dat Marie een gelukskind is. Lees, Marie. Begin nog eens van voren af aan.'

Paul voelde zich slecht op zijn gemak, maar hij besloot eerst maar eens af te wachten en zijn mond te houden. Mama was helemaal euforisch. Hij had haar lang niet meer zo blij gezien.

'Het is een brief van de juffrouw, ze heeft hem vanuit Parijs aan mij geschreven,' zei Marie. 'Hij is aan mij geadresseerd, daarom wilde de mevrouw hem niet openen. Ze heeft mij laten komen, zodat ik hem kan voorlezen.'

'Een brief van Kitty, Paul! Een levensteken! Hoelang hebben we daar niet op gewacht!' jubelde zijn moeder.

Uit Parijs, dacht Paul, en hij moest zijn teleurstelling verbergen. Kitty moest de brief nog voor Pasen hebben geschreven, want direct na de feestdagen had ze Parijs verlaten. Maar misschien stonden er wel aanwijzingen in waar ze heen gereisd was.

Mijn liefste Marie,

Wees niet boos dat ik nu pas schrijf. In gedachten was ik steeds bij je, mijn vriendin, ik wenste de hele tijd dat ik alle nieuwe, fantastische belevenissen met je kon delen. Nee, ik ben niet helemaal eerlijk. In het begin, toen ik dronken van geluk in Gérards armen lag, dacht ik dat ik niets en niemand nodig had behalve deze man die ik liefhad. Zei ik niet dat alleen de liefde telt, dat al het andere zonder waarde is? Wel, lieve Marie, ik heb me vergist.

De liefde is een vlam die slechts korte tijd laait en maar al te gauw een braaf klein vuurtje wordt dat net voldoende is om je handen

aan te warmen. En vroeg of laat is ook dat voorbij en wordt het tijd de as weg te vegen.
Ik heb besloten hier in Parijs te blijven, want deze stad is een en al kunst en poëzie. Maar ik heb jou nodig, mijn lieve vriendin, om alles met je te delen.
Intussen weet ik dat jij hier ook hoort. Waarom? Dat is een verrassing die ik voor je bewaar en die ik pas aan je zal onthullen als je bij mij bent.
Het is heel simpel. Neem al je spaargeld en koop een treinkaartje. Je moet eerst naar München reizen en van daaruit neem je de D-trein naar Parijs. Mocht het geld niet voldoende zijn, pak dan mijn sieraden uit het blauwe kistje en verkoop ze. In Parijs ga je naar de bloemenkiosk die zich pal bij de hoofdingang bevindt en vraag je naar Sophie. Zij is een goede vriendin van me en zal je vertellen hoe je bij mijn woning komt.
Ik wacht ongeduldig op je. Het leven is mooi, Marie.

Je vriendin Kitty

'Is dat alles?' vroeg Paul teleurgesteld toen Marie zweeg.

De gelukkige glimlach van zijn moeder verdween heel even, maar toen schudde ze haar hoofd. Wat een domme vraag. Of hij niet goed geluisterd had. Het ging duidelijk goed met Kitty, ze woonde in Parijs en had het – in ieder geval was dat zeer te hopen – uitgemaakt met die Fransoos.

'Het is heel eenvoudig haar te vinden, Paul. We hoeven alleen maar te doen wat ze schrijft. Marie moet samen met ons reizen en in haar eentje naar de bloemenkiosk gaan, zodat die Sophie geen argwaan krijgt en niet het adres voor ons verzwijgt.'

'Ja,' mompelde hij ongelukkig. 'Het lijkt heel eenvoudig.'

'Maar waarom bent u dan zo wantrouwig, meneer?' wilde Marie weten.

Natuurlijk had ze aangevoeld dat hij meer wist. Haar donkere ogen konden zijn gedachten lezen, dat wist hij zeker. Hij dwong zichzelf tot een glimlach en begon toen heel voorzichtig de helaas ijdele hoop van zijn moeder te ondermijnen.

'Nou,' zei hij langzaam. 'Het kan natuurlijk alleen lukken als Kitty nog in Parijs is.'

'Waar zou ze anders moeten zijn?' zei Alicia ongeduldig. 'Ze wacht toch op Marie? En bovendien is de brief pas afgelopen zaterdag verstuurd.'

'Zaterdag? Je bedoelt zaterdag voor Pasen, mama?'

Alicia zuchtte geïrriteerd omdat haar zoon zo ongelovig was. Nee, vorige week zaterdag.

'Waarom heb je de brief niet helemaal vanaf het begin voorgelezen, Marie, zoals ik gevraagd had?'

'Neemt u mij niet kwalijk, mevrouw. Ik dacht dat de datum niet zo belangrijk was...'

Paul zag de envelop liggen en griste het stuk papier van de tafel. Afgestempeld in Parijs. Op 18 april 1914.

Dat was vier dagen nadat ze in de trein naar München was gestapt! Ze had voor Duchamps dus alleen maar gedaan alsof ze terug naar Duitsland was gegaan. In werkelijkheid moest ze vlak voordat de trein vertrok weer uitgestapt en in Parijs gebleven zijn. O Kitty! Geniepig zusje van me!

V

April 1914

34

MARIE VOELDE ZICH VERSCHRIKKELIJK. Ze voelde zich een oplichtster in de zachtgroene deux-pièces van juffrouw Katharina en de sierlijke donkergroene leren schoenen. Tot overmaat van ramp had de mevrouw er ook nog op gestaan dat ze de hoed met de fazantenveer droeg, omdat die bij het kostuum hoorde.

'Is dit de eerste keer?' vroeg Paul gniffelend, toen hij haar op het station van Augsburg galant zijn hand bood zodat ze makkelijker in de trein kon stappen. Marie moest de rok optillen, de ijzeren traptreden waren net zo stijl als die van een ouderwetse koets.

'Ik heb nog nooit eerder met de trein gereisd,' gaf ze toe.

'En dan meteen naar Parijs,' zei Alfons Bräuer. 'Dat is ruim vijftien uur. Vanuit München gerekend. Maar het zal wel gaan. U hoeft immers alleen maar te zitten, de trein rijdt vanzelf.'

Alfons Bräuer had het opwindende nieuws gisteren van Alicia gehoord, toen hij voor zijn wekelijkse bezoekje was gekomen. Ze hadden de hele avond besteed aan het smeden van een plan. Het was Johann Melzer uiteindelijk gelukt zijn vrouw ervan te weerhouden deze reis te maken, ook hijzelf wilde zich in geen geval 'in dit avontuur storten', bovendien kon hij niet gemist worden in de fabriek. Maar Alfons Bräuer was vastbesloten naar Parijs te gaan. Paul, die al had gehoopt alleen met Marie te kunnen reizen, moest uiteindelijk accepteren dat Alfons Bräuer meeging, of hij nu wilde of niet.

Ze ontmoetten elkaar al de volgende ochtend op het station van Augsburg, waar Marie de sissende en dampende locomotief wantrouwig bekeek. Tot nu toe had ze de ratelende treinen en rokende locomotieven alleen vanuit de verte gezien. Wat maakte zo'n massief monster, zo'n massa staal waarvan in het binnenste de hel kookte, een lawaai. Ze was blij dat ze Pauls arm voelde die hij onder de hare doorschoof. Maar toen hij haar zo over het perron leidde, was ze zich ervan bewust hoe ongepast dit was. Ze liepen ingehaakt als een oud echtpaar, wat zou Alfons Bräuer er wel niet van denken?

Ze reisden in de eerste klasse, waar de wanden van het compartiment houten lambriseringen hadden en je op met fluweel gepolsterde zittingen zat alsof je in een gerieflijke fauteuil reisde. Paul hield de deur van de coupé voor haar open, verzocht haar bij het raam plaats te nemen en gaf de twee kruiers een fooi.

'In München moeten we ons haasten,' zei Alfons Bräuer, die tegenover haar ging zitten. 'We hebben maar tien minuten om de D-trein naar Parijs te halen.'

Onder Pauls waakzame blik had Alfons Bräuer gewoon een klein knikje in haar richting gemaakt en voordat hij ging zitten iets als 'Staat u me toe' gemompeld. Marie had alleen verlegen geglimlacht en met haar hoofd geknikt.

'Tien minuten? Dat halen we makkelijk!'

Wat gedroeg Paul zich toch ongedwongen. Heel zelfverzekerd had hij gevraagd welk perron ze moesten hebben, was hij door de grijze en witte stoomwolken van de locomotieven gestapt en had hij een geschikte coupé voor hen gevonden. Niets kon hem van zijn stuk brengen, hij leek gewoonweg van deze reis te genieten. Zelf kostte het haar veel moeite haar opwinding te verbergen. Alles was vreemd, dat begon al met de kleren waar ze haar in gestoken hadden, tot en met deze luxe treincoupé waarin ze zich amper durfde te bewegen uit angst dat ze de fluwelen zittingen bevuilde. Maar vooral rustte er een immens grote verantwoordelijkheid op haar schouders.

'Jij zult mijn Kitty bij me terugbrengen, nietwaar?' had de mevrouw vanochtend vroeg bij het afscheid tegen haar gezegd. 'Ik vertrouw volledig op je, lieve Marie. God zegene je daarvoor, meisje.'

En als Kitty weigerde? In haar brief klonk het alsof Kitty voor een langere periode in Parijs wilde blijven. Ze zou vast niet blij zijn als Marie onder begeleiding van Paul en Alfons Bräuer opdook om haar naar huis te halen.

'Wat ben je ernstig?' vroeg Paul die naast haar was gaan zitten.

Ze dwong zichzelf tot een glimlach en beweerde dat ze nog een beetje moe was.

'Je maakt je zorgen, hè?'

Ze knikte. Natuurlijk had hij het geraden. Hij kon goed observeren en wist veel te vaak hoe zij zich vanbinnen voelde.

'Je bent niet alleen, Marie,' zei hij zachtjes en hij raakte haar arm aan. 'Wij tweeën, Alfons en ik, zijn bij je. En ook al is mijn zus Kitty een koppig meisje, we zullen haar wel overtuigen.'

Ze keek hem aan en had voor het eerst in haar leven het gevoel dat ze iemand aan haar zijde had. Een betrouwbare gezel. Een beschermer. Ook al was het maar voor een paar dagen, totdat ze Kitty gevonden en weer thuisgebracht hadden. Het was onbeschrijflijk fijn.

Nadat ze in München waren overgestapt op de D-trein naar Parijs en de trein vertrokken was, zei Alfons dat hij even een dutje ging doen. De nacht daarvoor had hij van de opwinding nauwelijks kunnen slapen. Algauw hoorden ze hem zachtjes snurken.

'Meneer Melzer...'

Paul reageerde geïrriteerd met een brommend geluid.

'Ik wil graag dat je me bij mijn voornaam noemt.'

Ze schrok. Hoe kon dat nou? Hoe kwam hij op het idee zoiets van haar te verlangen?

'Dat zal ik zeker niet doen, meneer Melzer.'

Ze hoorde een lange, diepe zucht, hij was vast boos op haar. Toen kromp ze ineen, want hij pakte haar hand.

'Schrik niet, Marie,' fluisterde hij. 'Wees heel stil, maak onze slaper niet wakker. Ik moet je iets zeggen, wat ik al heel lang op het hart heb. Vandaag moet het eruit, anders zal ik mezelf voor de rest van mijn leven een lafaard noemen…'

Maries hart stokte. Hij wilde een liefdesverklaring uiten, haar vragen zich aan hem over te geven omdat ze zijn hart veroverd had. Dat soort woorden zou hij zeggen. Of nog mooiere, want de jongeheer was een vlotte prater. Ach, ze verlangde naar zulke woorden, ook al mocht ze er niet op ingaan. Dat zou ze in geen geval doen. Al zou ze eraan kapot gaan.

'Hoe dapper ben jij, Marie?'

Die vraag kwam onverwacht, hij paste niet bij de lieflijke woordjes die ze had verwacht. Hij had haar hand nu zo stevig vast dat het zeer deed.

'Ik? Nou, ik geloof niet dat ik erg dapper ben, meneer Melzer.'

'Ik denk ook niet dat ik dapper ben,' bekende hij. 'Maar er zijn momenten in het leven dat je alle moed bij elkaar moet rapen en je hart moet vasthouden. Want alleen dan kun je een groot doel bereiken.'

'Dat is denk ik wel waar.'

Hij pakte het wel slim aan. Een groot doel. Was het een groot doel om een verhouding met een kamenierster te beginnen? Misschien was dat voor hem zo omdat ze hem zo afhield.

'Kijk me aan,' verzocht hij.

Ze deed wat hij vroeg, keek hem aan en zag hoe het hem aangreep. Hoezeer hij door zijn hartstocht leed. Begreep hij niet wat hij haar aandeed? Waar hij haar in stortte?

'Een groot doel?' vroeg ze. 'Wat zou dat dan kunnen zijn, meneer Melzer?'

Het had zeker spottend geklonken, want hij vertrok zijn mondhoek alsof hij onthutst of zelfs geïrriteerd was.

'Ik maak geen grapje, Marie,' zei hij. 'Ik vraag je hier en nu in alle ernst of je mijn vrouw wilt worden.'

Marie voelde zich licht duizelig worden. De wagons zongen hun constante ratelende gezang, Alfons snurkte met regelmatige tussenpozen, de locomotief stootte een langgerekte, schelle fluittoon uit. Daartussen klonken zijn woorden. *Of je mijn vrouw wilt worden.* Telkens weer. *Of je mijn vrouw wilt worden.* Ze was zeker gek geworden. Zoiets zou hij nooit vragen.

'Dat was een eerlijk en serieus gemeend aanzoek, juffrouw Hofgartner,' zei iemand naast haar. 'En ik denk dat die vraag het waard is door u beantwoord te worden.'

Ze voelde een rilling door haar lijf gaan, haar hals vernauwde zich en haar ogen werden vochtig. Langzaam draaide ze haar gezicht naar hem toe.

'Uw aanzoek is een grote eer...'

Dat zei je toch in zo'n geval, of niet? Haar stem klonk heel zwak en vreemd. De eerste tranen rolden over haar wangen.

'Maar ik kan het niet aannemen.'

Hij staarde haar met woeste ogen aan. Ze werd bijna bang dat hij iets ondoordachts ging doen, haar bij haar schouders zou pakken en stevig door elkaar zou schudden of zelfs kussen. Maar hij beheerste zich.

'Waarom niet, Marie? Houd je niet van me?'

Wat moest ze zeggen? Ze hield meer van hem dan wat ook in de wereld. Maar dat kon ze maar beter voor hem verzwijgen.

'Het zou ons allebei alleen maar ongeluk brengen, meneer Melzer. Een heer kan nooit met een kamenierster trouwen.'

'Ik wil weten of je van me houdt,' hield hij vol en hij probeerde zijn arm om haar heen te slaan. 'Als je echt van mij houdt, zoals ik van jou houd, zullen we alle hindernissen overwinnen.'

'Nee!'

'Wat bedoel je met "nee"?'

'Moet ik dat aan u uitleggen? We zouden iedereen tegen ons hebben, uw ouders, uw zussen, de hele familie, alle vrienden en bekenden, de hele stad...'

'Ben je daar bang voor? Ik sta aan jouw zijde, Marie. Niemand zal het wagen mijn vrouw te beledigen, ook mijn familie niet. Als je maar heel sterk achter mij staat, zullen we het redden.'

'Nee, dat zullen we niet!'

'Je houdt dus niet van me!' zei hij teleurgesteld en hij liet haar los. 'Vergeet wat ik heb gezegd, Marie. Ik ben een dwaas en dacht dat je mogelijk hetzelfde voelde als ik.'

Het deed pijn in haar hart om hem zo wanhopig naast haar te zien zitten, voorovergebogen, met zijn handen steunend op zijn knieën, zijn blik op de grond gericht. Ach, ze had zichzelf zo graag in zijn armen genesteld en hem gezegd hoeveel ze van hem hield. Veel meer dan hij zich kon voorstellen.

'Misschien…' begon ze voorzichtig, maar ze stopte meteen. Nee, ze kon hem niet zeggen waarover ze zich zulke zorgen maakte. Ze kon niets zeggen over de benedenstad en hetgeen zich mogelijk had afgespeeld in de woning boven De Groene Boom. Dat was slechts een spookbeeld, haar angst kon volledig ongegrond zijn.

'Misschien?' zei hij zachtjes. 'Wat misschien?'

'Misschien is het mijn manier van liefde om u voor een lichtzinnige, ondoordachte stap te behoeden?'

'Geweldig,' bromde hij. 'Ik zou het eerder lafheid noemen.'

35

DIE STRAAT DOOR, TOT ZE AAN DE linkerkant café Léon zag. Daar naar binnen gaan. *Entrez dans le café, mademoiselle. Montez l'escalier.* De trap op. *Jusqu'au cinquième étage.* Naar de vijfde verdieping. *Sous le toit.* Onder het dak.

'*Bonne chance, mademoiselle.* Veel geluk,' zei de waard en hij gaf haar een vertrouwelijke knipoog.

'*Merci beaucoup, monsieur,*' antwoordde Alfons in haar plaats. '*La facture, s'il vous plaît.*'

Paul knikte slechts en liet het dit keer aan Alfons over om de rekening voor drie overgrote koppen smerige koffie en een hele mand vol knapperige hoorntjes – croissants – te betalen. Alfons had goed geslapen en was zo ongeduldig als een jonge ros. Waarom gingen ze niet meteen met zijn drieën naar boven naar Katharina? Of nee, het was nog beter als hij in zijn eentje naar haar toe ging, alleen was hij bang dat hij haar zou laten schrikken.

'Ik denk dat het slimmer is als Marie zonder ons naar Kitty gaat,' vond Paul. 'Ze kan de situatie peilen en Kitty dan voorzichtig vertellen dat we gekomen zijn om haar mee terug te nemen naar Duitsland.'

Alfons wilde het niet bij zijn toekomstige zwager verbruien, knikte daarom om aan te geven dat hij het ermee eens was en pakte zijn vijfde croissantje. Marie had met moeite een half croissantje weggewerkt, Paul, die de rest van de treinrit zwijgend naast haar had gezeten, zei dat hij geen trek had. Hij behandelde Marie nog steeds uiterst beleefd, maar vermeed het haar aan te kijken en zei alleen iets tegen haar als het echt nodig was.

'Tot nu toe ging alles uitstekend,' zei Alfons blij. 'Het was heel slim van Katharina om die bloemen-Sophie een briefje te geven met haar adres erop. *Eh, patron! Encore un café, s'il vous plaît!*'

Nu kon ook Alfons laten zien wat hij in zich had. Hij had niet voor niets maandenlang door Parijs gezworven, hij kende de weg, wist hoe de ondergrondse trein, *le métro*, werkte en sprak goed Frans. Het klonk wel raar hakkelend, maar hij kon zich verstaanbaar maken. Paul daarentegen zei nauwelijks een woord en was zo ernstig dat het Marie pijn deed om hem zo te zien.

'Dan ga ik nu maar,' zei ze. 'Waar vind ik jullie tweeën als het zover is?'

Alfons keek Paul vragend aan, maar die haalde zijn schouders op. Kennelijk was hij het zat om telkens de leiding op zich te moeten nemen.

'U kunt een bericht achterlaten bij de waard,' besloot Alfons. 'Wij gaan hier in de buurt op zoek naar een hotel en zullen daarna weer bij dit café langsgaan.'

'Goed.'

Ze stond op en pakte haar reistas en koffer. Paul keek met een trieste blik naar haar, Alfons vroeg meelevend of haar koffer niet te zwaar was. Hij zou hem tot aan café Léon voor haar kunnen dragen. Of zelfs de trappen op, de woning was toch op de vijfde verdieping.

'Hartelijk dank, maar het zal wel lukken.'

Teleurgesteld liet Alfons zich weer op zijn stoel achterovervallen en pakte de laatste croissant uit het mandje. Hij was maar al te graag mee naar boven gegaan om zijn Kitty te zien. Robert en hij waren zeker wel honderd keer langs café Léon gelopen, het lag direct tegenover het metrostation. Misschien had Kitty hen tweeën wel gezien. Maar toen was die Fransoos nog bij haar, die bedrieger, die leugenaar. Die had vast verhinderd dat Kitty naar beneden liep om haar kennissen uit Duitsland te begroeten. Maar goed dat ze die vent de bons had gegeven.

Marie hoorde Alfons' stem nog een hele tijd achter zich. Ze liep rechtop en stevig door, passanten keken haar verbaasd aan en weken opzij. Ook de Fransen vonden het vreemd dat een goed geklede jonge vrouw met een grote koffer en zware reistas liep te sjouwen. Terwijl vrijwel de hele inhoud nog wel voor Kitty bestemd was, de mevrouw had afgelopen nacht urenlang spullen ingepakt. Marie moest haar dochter ook een grote geldsom overhandigen, die ze in een leren etui om haar hals droeg. Noch de meneer, noch Paul mocht dat weten, ze had Alicia moeten beloven dat ze het hun niet zou vertellen.

Wat was deze boulevard breed. Hoe heette hij ook alweer? Boulevard de Clichy. Dat was geen straat, maar een allee met bomen in het midden, reclamezuilen en kleine kiosken. Een tram ratelde voorbij. Een hondje besnuffelde haar kort en liep weer verder. De huizen in Parijs waren eigenlijk niet veel anders dan die in Augsburg, maar de schuin naar buiten toe uitgezette vensterluiken, die hadden ze thuis niet. En thuis lag ook niet zo veel vuilnis op straat, wat dat betreft waren ze in Duitsland nogal pietluttig.

Voor café Léon zaten een paar eenvoudig geklede mannen, ze dronken bier en rookten. Aarzelend ging ze naar binnen. Aan een tafel direct naast de bar waren twee jonge vrouwen, die eveneens rookten, in een gesprek verdiept. Dat konden eigenlijk alleen meisjes van een bepaald beroep zijn, andere jonge vrouwen zouden nooit in het openbaar roken. Waar was Kitty in godsnaam verzeild geraakt?

Achter de bar stond een vrouw van middelbare leeftijd met een jongeman te kletsen. Ze had haar kastanjebruine haar met een ronde kam opgestoken, rond haar volle taille had ze een schort gebonden dat niet meer erg wit was.

'*Eh... mademoiselle? Qu'est-ce qu'il y a?*' riep ze naar Marie.

Het klonk niet bepaald vriendelijk, meer als 'Wat heb je hier met je grote koffer te zoeken?'

'*Mademoiselle Katharina Melzer.*'

Ze moest de naam herhalen, daarna gleed er een glimlach over het gezicht van de waardin.

'*Vous êtes Marie?*'

'*Marie... oui... Marie Hofgartner.*'

Zo, één woordje had ze al geleerd. '*Oui*' betekende 'ja'.

'*Marie Ofgartener... Bien! Eh Marcel!*'

De waardin draaide zich om en riep iets naar de keuken, een lange woordenbrij die Marie deed denken aan wildstromend water. Wat een taal... je kon de woorden niet eens van elkaar onderscheiden. Er verscheen een dunne, donkerharige jongen die zonder aarzelen haar koffer pakte en ermee vandoor ging. Aangezien de waardin Marie wenkte hem te volgen, ging ze er maar van uit dat hij niet van plan was haar koffer te stelen maar hem naar boven naar Kitty bracht.

Ze vergiste zich niet. Ze liepen door een smal trappenhuis over krakende houten treden steeds verder naar boven, tot ze eindelijk in een donkere gang met een laag plafond kwamen. Marie was buiten adem van de snelle klim en ook de jongen kuchte toen hij de koffer voor de deur neerzette.

'Dank u wel,' zei Marie. '*Merci.*'

Ongelooflijk, ze had al een tweede Frans woordje geleerd en juist toegepast. Ze tastte in haar jaszak, waar een paar Franse munten in zaten die Alfons haar uit voorzorg had gegeven. Maar de jongen maakte een afwijzend gebaar, kletste iets over mademoiselle Cathérine en liep toen lichtvoetig de trap weer af.

Hij wil geen fooi, dacht Marie. Die heeft mademoiselle Kitty zeker ook betoverd. Ze liep naar de deur, zag geen naambordje en ook geen bel en klopte aan.

'Hallo? Juffrouw Katharina? Ik ben het... Marie!'

Binnen ontstond beroering, er viel iets hards op de grond, er klonk een zachte gil, een kat miauwde geïrriteerd.

'Marie! Marie... ik kom eraan. Ga opzij, Sérafine, ik was bijna op je gaan staan, domme kat...'

De deur klemde, Marie hoorde Kitty kreunen en schelden, hielp zelf mee en de hindernis tussen hen vloog open. Daar stond de juffrouw. Nog net zo knap als altijd, ook al zat haar haar in de war en zaten er donkere roetvlekken op haar witte, lange nachthemd. Waarschijnlijk had ze met het fornuis zitten hannesen, Kitty had nooit geleerd hoe je een vuur aanstak.

'Marie! Mijn lieve vriendin. O, ik wist dat je zou komen. Wat zullen wij gelukkig zijn. Waarom kom je zo vroeg? O, ik weet het al, die stomme trein rijdt 's nachts en je komt in de vroege ochtend in Parijs aan. Heb ik het goed geraden? Ja?'

'Ja, dat hebt u goed geraden.'

'Kom gauw binnen. Wat heb je een enorme koffer, zeg. En die tas? Heb je al je bezittingen meegenomen? Dat is heel goed. O, nu zal alles goed komen, nu je bij me bent. Ik zal je Montmartre laten zien. En Montparnasse, waar de dichters en de Russen wonen. En het Louvre. Je zult de *Mona Lisa* zien, die eerst gestolen was en nu weer op haar plek hangt...'

Marie droeg de koffer terwijl Kitty de reistas wegsleepte. Lachend gooide ze het zware ding op haar bed en ze veronderstelde dat Marie zeker een hoop rotsblokken uit Augsburg had meegenomen. Ze moest niet schrikken, het was een beetje een troep hier, ze had vandaag nog niet opgeruimd, maar dat zou ze straks nog doen. Eerst wilde ze haar de woning laten zien.

'Het is net een vogelnestje, Marie. Twee kamers... eentje voor jou en eentje voor mij. En een keukentje, hij is klein, maar er is een tafel waar we samen aan kunnen eten. Alleen is het fornuis erg vervelend, je verbrandt je vingers en toch gaat het vuur telkens weer uit...'

Wat een chaos! Blouses en handdoeken, verftubetjes, houtskoolstiften, koffiekopjes, verwelkte bloemen, haarspelden, een opengeknipt donskussen, onafgemaakte tekeningen, droog brood en duizend andere dingen lagen verspreid over de bedden, grond en meubels. Marie wist dat Kitty niet erg van opruimen hield, maar dat iemand zo'n chaos kon verdragen, vond ze onbegrijpelijk. Bovendien was het er smerig, aan de muren hingen spinnenwebben en rondom de kachels waren het behang en het plafond pikzwart.

'Is het uitzicht niet geweldig, Marie?' riep Kitty enthousiast, die zich niet gauw van haar stuk liet brengen door een futiliteit als een rokende oven. 'Kijk! Daarginds, die witte koepels, dat is de Sacré-Cœur. Het herkenningsteken van Montmartre. Ik zal het je straks laten zien.'

Inderdaad, het uitzicht vanuit de kleine ramen maakte veel goed. Je keek over de daken naar de straten en steegjes, zag grijze duiven en brutale mussen op de dakgoten zitten en de mensen beneden waren net speelgoedpoppetjes. De Sacré-Cœur scheen een kerk te zijn, het sneeuwwitte gebouw leek op een oriëntaals sprookjeskasteel met veel grote en kleine koepels.

'Wat lijkt de hemel dichtbij,' mompelde Marie. 'Alsof je hem kunt aanraken als je je hand uitsteekt. Terwijl hij toch zo oneindig ver weg is.'

Ze hoorde Kitty's vrolijke lach achter zich en draaide zich om. Een dikke rode kat was op Kitty's bed gesprongen en had zich knus op Maries reistas geïnstalleerd.

'Sérafine… je bent echt onmogelijk,' grinnikte Kitty. 'Weet je, Marie, ze komt en gaat wanneer ze maar wil. Maar als het 's nachts koud is en je je eenzaam voelt, is het heerlijk als je een warme, spinnende poes tegen je aan voelt.'

Marie aaide zachtjes over de dikke, zijdeachtige vacht van de zwerfkat en moest aan Minka denken, de kat van de tuinman.

'Mag ik je tas uitpakken, Marie?'

'Natuurlijk. En ook de koffer. De spullen zijn voor u, juffrouw Katharina. Uw moeder heeft ze ingepakt.'

Kitty's opgewekte stemming versomberde meteen, ze trok haar hand terug en was ineens niet meer nieuwsgierig.

'Mama? Weet zij waar jij naartoe gereisd bent?'

'Ja, dat heb ik tegen haar gezegd. Ze… maakt zich erg veel zorgen om u en dacht dat u al deze spullen wel nodig zou hebben.'

'Mijn hemel...'

Marie tilde de dikke kat van de tas af en maakte het slot open. Bovenop lagen haar eigen spullen, schoon ondergoed, een rok en een blouse, kousen, een tweede paar schoenen, een lang nachthemd. Daaronder had Alicia allerlei dingen gepakt die volgens haar onmisbaar waren voor een geordend leven. Tandenpoeder en een tandenborstel, poeder tegen hoofdpijn, een kledingborstel, een gekleurd doosje waar zakdoeken in lagen, een aantal parfumflesjes, geurende zeep, twee zijden onderhemdjes, een warm hemd van fijne angorawol, een zaklamp, batterijen, een paar boeken...

'Lieve mama,' zei Kitty met een zucht en ze keek Marie met grote, droevige ogen aan. 'Gaat het goed met haar? Ze... ze maakt zich toch niet al te veel zorgen, of wel?'

'Ze zou heel erg gelukkig zijn als u weer thuis zou komen, juffrouw Katharina.'

Zou ze nu in tranen uitbarsten? Marie besefte dat Kitty veel verdriet had doordat ze van haar familie gescheiden was. Alleen liet ze dat verdriet niet toe. Ze sprong meteen over op een ander onderwerp en veegde daarmee de opborrelende droefenis van tafel.

'Je moet Kitty tegen me zeggen. We zijn nu niet meer juffrouw en kamenierster, we zijn vriendinnen. We wonen en werken samen, de een is net zo veel waard als de ander!'

'Ik zal het proberen,' zei Marie. 'Het is zo onwennig voor me dat het me denk ik niet meteen zal lukken.'

'Dan oefenen we het nu. Dus, wat moet je tegen me zeggen?'

'Kitty...'

Ze straalde van blijdschap en gaf Marie meteen een van de drie kleine parfumflesjes. Daarna maakte ze de koffer open. Alicia bleek niet alleen kleding en ondergoed voor dochterlief ingepakt te hebben, maar ook levensmiddelen. Een gerookte ham, blikjes met koekjes, bonbons, chocola en marsepein, een paar blikjes rundvlees, een zakje koffiebonen.

'Mama dacht zeker dat ik honger leed,' zei Kitty verbaasd. 'Deze koffiebonen zijn goud waard, Marie. De koffie hier in Frankrijk is niet te drinken.'

'Je moeder mist je heel erg, Kitty. En je vader ook...'

'Ik zal ze schrijven.'

Het klonk kortaf en ze kapte er het gesprek over dit onderwerp mee af. Juffrouw Kitty wilde geen berouw hebben, ze gaf zich liever over aan gouden toekomstdromen. Marie twijfelde of ze haar nu ook het geld zou overhandigen. Wat was Alicia Melzer toch dom geweest. Al deze giften zouden Kitty alleen maar sterken in haar idiote plan. Hier in Parijs wonen en werken! Hoe had ze zich dat voorgesteld? Waarvan wilde ze de huur en levensmiddelen betalen? Misschien met de verkoop van haar tekeningen?

'Ik kleed me nu aan en laat je Montmartre zien. We kunnen onderweg iets kleins eten, er zijn hier veel cafés en restaurants.'

Ze klapte de koffer dicht en rommelde in de ladekast, liep drie keer heen en weer en vond eindelijk wat ze zocht. De met liefde uitgekozen deux-pièces die Alicia haar had gestuurd liet ze links liggen, in plaats daarvan trok ze een nogal gekreukte, losjes hangende jurk aan die in de taille met een ceintuur op zijn plek gehouden werd. Vanaf de heupen stond hij met behulp van een ring van ijzerdraad wijd uit, daarna werd het model extreem smal, bij de enkels was de rok zo nauw dat de draagster alleen trippelpasjes kon maken. Om normaal te kunnen lopen had Kitty aan elke zijkant een split in de rok geknipt.

'Maar... je ziet uw been helemaal tot aan de knie, als u loopt... ik bedoel, als je loopt,' zei Marie verbijsterd.

'Nou en? We zijn in Montmartre, mijn kleine Marie. Niet in het preutse Augsburg. Hier in Frankrijk dragen ze tangostijl!'

Het bleek dat het een peperdure modeljapon van de modeontwerper Paul Poiret was, die Gérard Duchamps aan het begin van hun reis had gekocht. Hij had een hoop geld voor zijn veeleisende geliefde uitgegeven, niet alleen voor kleren en schoenen, maar ook voor de hotelverblijven, het schildergerei en de vele kleine hebbedingetjes die Kitty per se wilde hebben, zoals hoeden, flesjes, doosjes, porseleinen kopjes, zijden parasolletjes, enzovoorts.

'In het begin sliepen we elke nacht in een ander hotel,' kletste Kitty, terwijl ze de trap afliepen. 'En altijd onder een valse naam. We moesten immers heel voorzichtig zijn omdat Gérards vader ons liet zoeken...'

Slechts terloops hoorde Marie dat Gérard haar als de toekomstige schoondochter had voorgesteld. Het was een schandaal geweest, want Gérard had voor haar verzwegen dat hij al twee jaar met de dochter van een zakenpartner van zijn vader was verloofd. Béatrice Monnier rekende erop dat ze *madame* Duchamps zou worden. Als die verloving verbroken werd zou dat zeer nadelige gevolgen kunnen hebben voor de firma Duchamps.

'Het zijn verschrikkelijke mensen, Marie. Ze noemden onze familie *les boches*. Dat is een belediging.'

Marie zweeg, maar had enorm veel medelijden met Kitty. Die had ongetwijfeld gehoopt met open armen als schoondochter in de familie opgenomen te worden. Wat een vreselijke teleurstelling moest dat geweest zijn. En wat dom van Gérard Duchamps om zijn verloving te verzwijgen. Geen wonder dat de liefde van Kitty's kant bekoeld was. Want dat was die toch... of niet soms?

'Ik vraag me alleen af waarom ik altijd zulke vervelende dromen heb,' ging Kitty verder. 'Ik droom constant over Gérard. Terwijl ik hem uit mijn leven heb verbannen. Huppakee! Weg met hem. Alleen kan ik hem niet uit mijn dromen verbannen. Daar spookt hij nog steeds rond... Dat is toch idioot, nietwaar, Marie?'

'Dat is heel normaal,' zei Marie droevig. 'Dromen doen met ons wat ze willen.'

Toen ze door café Léon naar buiten gingen, groette de waardin hen en Kitty antwoordde in het Frans.

'*Une petite promenade, Solange. A bientôt*!'

'Wat zei je tegen haar?'

Kitty tilde trots haar kin op en legde uit dat ze intussen een aardig woordje Frans had geleerd. Ze had tegen de waardin – Solange heette ze – gezegd dat ze een wandelingetje gingen maken en gauw weer terug zouden zijn.

Marie drentelde achter Kitty aan door de straten en stegen van Parijs, door armoedige wijken met bouwvallige huizen, langs cafés waar zowel arme sloebers, dienstmaagden en dubieuze figuren rondhingen als groepjes smakeloos geklede toeristen. Ondertussen probeerde ze naar Kitty te luisteren, die aan een stuk door kletste over de grote kunstenaars die hier zouden vertoeven.

'Kom nu met me mee, ik heb je een verrassing beloofd. Je zult verbaasd zijn, mijn kleine Marie. O, ik ben zo benieuwd wat je zult zeggen!'

Ze pakte Maries hand beet en trok haar achter zich aan. Het was nu druk op Boulevard de Clichy, een menigte mensen keek naar een voorbij marcherende troep soldaten. Ook de twee vrouwen moesten noodgedwongen blijven staan en Kitty vertelde dat het Engelse koningspaar vorige week Parijs had bezocht. Sindsdien waren er telkens weer zulke marsen, misschien konden de knappe, bonte notenkrakersoldaten hun kazernes niet meer vinden.

'Notenkrakers?'

'Ja, kijk dan hoe ze gekleed zijn. Precies als de houten notenkraker die papa een keer op de kerstmarkt voor me heeft gekocht.'

Dat klopte wel enigszins, want de Franse soldaten waren niet in jagersgroen gekleed zoals Marie het van de Beierse troepen kende. Ze droegen blauwe jassen die van voren korter waren dan van achteren en daaronder... knalrode broeken. Alleen zagen hun geweren en bajonetten er beslist niet uit als houten speelgoed.

'Oom Rudolf, mama's broer, zei altijd dat de Fransen slechts papieren soldaten zijn. Als het regent rennen ze weg om te schuilen...'

Kitty praatte hard en Marie was blij dat niemand haar kon verstaan. Ze manoeuvreerde behendig door de mensenmassa, glimlachte naar de mannen en knikte vriendelijk naar de vrouwen. Zelfs de kwajongens aan de rand van de straat gingen voor haar opzij, een van hen boog zelfs galant, helemaal als een jongeheer.

Voor café Léon was de menigte alweer opgelost. De waard had tafels en stoelen op het trottoir gezet, die door een groep Engelse toeristen werden bezet. De gezette Solange was net bezig om de gasten wijn, water en warme pasteitjes te serveren. Toen ze Kitty en Marie zag, wenkte ze hen te komen.

'Ze heeft een tafel voor ons gereserveerd, aardig hè? Weet je, Marie, als ik Solange en Léon niet had gehad… ik geloof dat ik dan echt terug naar Augsburg was gegaan toen onze liefde stukliep.'

Marie zei er niets over. In het café stond Marcel achter de bar, naast hem was een meisje met koperrood haar bezig om bierglazen om te spoelen. Dat was Susanne, de dochter van Solange en Léon. De *patron* zelf stond in de keuken, af en toe zag je zijn rode gezicht achter het doorgeefluik verschijnen.

'Je zult verbaasd zijn als hij eenmaal uit zijn hok tevoorschijn komt,' zei Kitty, terwijl ze aan een tafeltje in een hoek gingen zitten. 'Hij is een Breton, een reus van een kerel, zo blond als een Viking. Ik wilde hem zo graag tekenen, maar het mocht niet van hem. Hij is vreselijk ijdel, weet je…'

Het was een beetje donker in het hoekje en ze konden de passanten buiten op de boulevard niet zien. In plaats daarvan zag Marie wel een hoop ingelijste foto's aan de muren, misschien wel allemaal familieleden van de waard.

'We nemen menu nummer één, dat zul jij ook lekker vinden. En een glaasje wijn erbij? Nee? Je zult toch echt wijn moeten leren drinken, mijn kleine Marie. De Fransen drinken allemaal wijn, ze mengen het met water. Zelfs de kinderen. Dus laten we een halve liter rosé en een karaf water bestellen… *Eh Marcel… deux fois le numéro un, un demi de rosé et une bouteille d'eau…*'

Waar wilde ze deze bestelling van betalen? Had ze geld? Of liet ze het gewoon opschrijven? Marie besloot voorlopig af te wachten en hooguit in geval van nood met het geld van de mevrouw bij te springen. Het was sowieso Duits geld dat in Franse francs gewisseld moest worden.

Marcel bracht de drankjes en schonk in. Weifelend keek Marie naar de lichtrode vloeistof in haar glas. Van rode wijn werd ze heel gauw dronken, dat had ze al een keer meegemaakt toen ze in de benedenstad in dienst was. Toen had ze uit nieuwsgierigheid het restje wijn uit een fles opgedronken, waarna ze duizelig was geworden en zich 's nachts vreselijk beroerd had gevoeld. Maar dit was immers geen rode wijn, hij was lichtrood. En ze kon er water bij doen.

'Op ons tweeën,' zei Kitty plechtig en ze hief haar glas. 'Opdat we het goed met elkaar kunnen vinden, hard werken en ooit zo beroemd worden dat de mensen een moord doen voor onze schilderijen.'

'Op onze vriendschap, Kitty!'

Marie had geen tijd meer gehad om water bij de wijn te doen. Ze nam een grote slok en voelde dat de alcohol een vuurtje in haar maag aanstak. Het voelde aangenaam. Ze nam nog een slok om haar slechte geweten te sussen. 'Op onze vriendschap' had ze gezegd. En ondertussen deed ze niets anders dan Kitty iets wijs maken, haar aan de praat houden terwijl Paul en Alfons al ongeduldig zaten te wachten tot ze in actie mochten komen.

'Is het hier niet prachtig?' hoorde ze Kitty enthousiast vragen. 'We zijn vrij, Marie. Niemand schrijft ons de wet voor, we doen waar we op dat moment zin in hebben. We zitten hier en drinken wijn, lunchen, straks gaan we naar het Louvre en maken we een wandelingetje langs de Seine. We nemen onze tekenblokken mee en maken schetsen. O, ik ben zo benieuwd wat jij zult tekenen. Je hebt een groot talent en zult mij algauw overschaduwd hebben, dat weet ik wel zeker!'

Marie gaf zich over aan het weldadige, warme gevoel en nam nog een grote slok. Ze voelde zich prettig zweverig worden. Wat jammer dat Kitty's dromen al zo gauw uit elkaar zouden spatten. Eigenlijk was het wel verleidelijk om in zo'n vrijheid te leven. Kitty en zij in het vogelnest hoog boven de stad. Ach, ze zou het daar gezellig maken, een beetje opruimen, de muren in een lichte kleur schilderen en kamerplanten neerzetten. Je zou een juweeltje van die woning kunnen maken. Overdag zouden ze door de grote stad struinen en tekenen. Mensen, huizen, de Seine, de Eiffeltoren. Misschien alles in kleurrijke hokjes en vierkantjes vangen, zoals Kitty tijdens hun wandeling had verteld dat de kubisten deden. Ze moest giechelen. Had Kitty niet gezegd dat dat moderne kunst was?

'Let op, nu komt mijn verrassing!'

Wat deed Kitty nu weer? Ze sprong op en liep weg, stormde kennelijk de trappen op naar haar vogelnest en liet Marie in haar eentje aan tafel zitten. Gelukkig was ze geen jongedame maar slechts een kamenierster, anders was het heel ongepast geweest om helemaal alleen in een restaurant te zitten. Kitty liet lang op zich wachten met haar verrassing, Marie ving een paar keer de verbaasde blik van de waardin op. Toen Kitty eindelijk weer verscheen, zaten er twee grote roetvlekken op haar jurk, wat ze zelf in haar opwinding helemaal niet door had. Ze had een foto in haar handen, die ze eerst aan haar rok afveegde en toen voor Marie op de tafel legde.

'Mijn hemel, wat moest ik lang zoeken. Terwijl hij heel gemakkelijk te vinden was, ik had hem op het keukenplankje tussen de kopjes geklemd. Moet je kijken, Marie. Is dit niet merkwaardig?'

De foto moest behoorlijk oud zijn, want hij was erg verbleekt. Maar er was duidelijk een jong paar op te herkennen, dat een beetje stijfjes naast een ongetwijfeld kunstmatig gearrangeerd tafeltje stond en elkaars hand vasthield. De vrouw droeg een lichte japon die losjes rond haar taille viel, ze had haar haar opgestoken, de man droeg een donker pak en had een snor. Op het tafeltje lag een schilderspalet, daarnaast stond een glas met kwasten en lagen een paar verftubes. Het leek erop dat de foto in het atelier van de fotograaf was gemaakt.

'Heel leuk...'

'Kijk eens naar de onderste rand,' drong Kitty vol ongeduld aan. 'Mijn hemel, je bent toch niet blind?'

Marie nam nog een slok en vulde haar glas toen aan met water. Op de onderste rand van de foto stond in een eveneens zeer verbleekt handschrift iets geschreven.

'Luise Hofgartner, peintre allemande, et son fiancé, M. Jakob Burkard.'

Marie las de woorden nog een keer, toen begonnen de letters voor haar ogen te dansen. Tegelijkertijd hoorde ze Kitty's opgewonden gepraat, zonder haar woorden helemaal te begrijpen.

'Stel je voor, Marie. Gérard en ik hebben in een klein winkeltje een tekening gezien... waar was het ook alweer, ik geloof in Saint-Germain, of was het toch ergens anders? Nou ja, in ieder geval, die houtskooltekening stelde een jong meisje voor, ene Flora, geloof ik, de godin van de lente. Omdat ik de tekening zo mooi vond, gingen we naar binnen en vroegen wie hem gemaakt had en wat hij kostte. En wat denk je... het was een Duitse schilderes met dezelfde achternaam als jij. Straks zijn jullie nog familie. Dat zou helemaal niet verwonderlijk zijn, je bent een groot talent, Marie.'

'Wat betekenen de Franse woorden, Kitty?'

Kitty stopte even met praten en pakte de foto.

'Het betekent: Luise Hofgartner, een Duitse schilderes, en haar verloofde, de heer Jakob Burkard.'

'Haar verloofde? Weet je zeker dat het dat betekent?'

'Heel zeker. Gérard heeft het destijds voor me vertaald en hij spreekt net zo goed Frans als Duits. De handelaar had meer foto's van haar, hij zei dat ze een groot kunstenares was geweest en als een bezetene had gewerkt, maar dat ze op een gegeven moment naar Duitsland was gegaan en hij nooit meer iets van haar gehoord had. Hij vond het zo leuk dat we de tekening meteen wilden kopen, dat hij ons deze foto erbij cadeau heeft gedaan. Ach, ze zien er zo gelukkig uit, vind je niet?'

Dat viel niet te ontkennen. Anders hadden ze elkaars hand niet vastgehouden. Hier in Parijs. Marie pakte de foto weer op en probeerde in de verbleekte vormen en lijnen details te herkennen. Glimlachten ze? Droegen ze misschien ringen? De jurk van haar moeder leek haar ongelooflijk vooruitstrevend, maar misschien was ze ook wel niet ingesnoerd omdat ze toen al zwanger was?

'Hebben jullie gevraagd wanneer de foto genomen is?'

‘Nee, daar hebben we niet aan gedacht,’ zei Kitty. ‘De foto is vast heel oud. Maar stel je voor, we hebben nog meer foto’s van haar ontdekt. Drie daarvan hangen bij Kahnweiler in de galerie en ik heb er nog een gezien in een winkeltje ergens langs de Seine. Maar Gérard, die ellendige vrek, wilde ze niet kopen. Kun je je dat voorstellen? En dan beweert hij dat hij van me houdt…’

‘De tekening,’ zei Marie zachtjes. Haar stem beefde. ‘Heb je de tekening nog?’

Maar ze kreeg geen antwoord. Kitty keek met een starre blik naar de wijd geopende deur. Daar waren precies op dat moment Paul en Alfons verschenen.

‘Je hebt me bedrogen!’ fluisterde Kitty. ‘O, vals kreng dat je bent!’

36

DE TWEE MANNEN HADDEN NIET OP een ongunstiger moment kunnen opduiken. Wat haalden ze in hun hoofd? Ze hadden toch afgesproken dat ze beneden bij het metrostation zouden wachten als Marie een bericht in het café had achtergelaten?

Als antwoord op Maries verwijtende blik haalde Paul hulpeloos zijn schouders op. Alfons was zo bedwelmd door Kitty's aanwezigheid dat hij Maries ongenoegen niet opmerkte. Met een gezicht alsof na lange wintermaanden de zon opging, stapte hij op de tafel van de twee vrouwen af.

'Juffrouw! Wat een geluksdag. Ik ben zo blij u te zien!'

Kitty kneep haar ogen halfdicht en keek hem onvriendelijk aan, de blik waarmee ze haar broer ontving was ronduit vijandelijk.

'Goh, wat een leuk toeval!' zei ze ironisch. 'Je wandelt langs de Boulevard de Clichy, denkt alleen maar goede dingen en ineens zie je je kleine zusje in een café zitten.'

'Ja, zo was het!' riep Alfons in zijn naïeve enthousiasme. 'Ik hoop dat we de dames niet storen.'

'Nee, hoor, helemaal niet,' antwoordde Kitty boos. 'We zitten te lunchen en een beetje te kletsen. Over van die dingen die vrouwen zoal met elkaar te bespreken hebben. Privédingen. Maar kom er gerust bij zitten, de intieme sfeer is toch al bedorven. Nietwaar, Marie?'

'Ik weet niet wat u bedoelt, juffrouw Katharina,' antwoordde Marie beteuterd. Gezien de situatie leek het haar beter niet meer 'jij' tegen Kitty te zeggen.

'Dat weet je donders goed, liegbeest!'

Nu mengde Paul, die een slecht geweten had, zich in het gesprek. Hij had niet moeten toegeven toen Alfons aandrong om naar café Léon te gaan. Ze hadden Marie daardoor in ernstige moeilijkheden gebracht.

'Je hebt geen reden om Marie te beledigen, Kitty!' zei hij kwaad. 'Kijk liever naar jezelf. Wie heeft ons dagenlang belogen en is vervolgens in het holst van de nacht weggelopen?'

'Ach, Paultje,' zei Kitty spottend. 'Ik wist wel dat ze jou voor het familiekarretje zouden spannen. Maar als je denkt dat ik met jullie terugga naar Augsburg, heb je het mooi mis. Ik ga nog liever naar de hel!'

'Kalm aan,' riep Alfons en hij stak sussend zijn handen in de lucht. 'We gaan nu toch geen ruzie maken, lieve vrienden. Wie heeft het nou over Augsburg? Laten we liever blij zijn dat we in het mooie Parijs zijn. In de stad van de kunsten en de liefde.'

Iedereen zweeg na deze enthousiaste uitspraak. Kitty bekeek Alfons met een gefronst voorhoofd en vroeg zich af of hij dat echt meende of dat hij haar naar de mond praatte, zoals hij altijd deed. Paul en Marie wisselden een verbaasde blik uit.

'*Ce sont des amis?*' vroeg Solange, die het gebeuren gevolgd had zonder er een woord van te verstaan.

'*Mon frère Paul et son ami Alphonse…*'

Solange bood aan er twee stoelen bij te zetten zodat de heren aan tafel plaats konden nemen, maar Kitty bedankte haar en zei dat dat niet nodig was.

'Ik heb ineens geen trek meer,' zei ze terwijl ze opstond. 'Eet mijn portie ook maar op, Marie, je zult vast wel honger hebben na die lange reis. Ik heb frisse lucht nodig.'

'Het is belachelijk om nu weg te lopen, Kitty,' zei Paul geïrriteerd.

'We hebben vanwege jou de boel de boel gelaten en zijn hiernaartoe gereisd omdat we ons zorgen om je maken.'

'Dat is niet nodig!'

Door de arrogante toon waarop ze dat zei werd Paul woedend. In Augsburg had hij al verkondigd dat hij veel zin had zijn zusje over de knie te leggen. Op dit moment had hij haar graag met broederlijke overgave een pak slaag gegeven.

'Nou moet je eens goed luisteren, juffrouw,' begon hij op gedempte toon om niet nog meer opzien te baren. 'Onze moeder is ziek van verdriet... maar dat kan jou geen zier schelen. Het interesseert je ook niet dat het niet goed gaat met vader, dat Elisabeth door jouw egoïsme in de problemen zit, dat je onze familie tot het mikpunt van spot van de stad hebt gemaakt. Zolang jij maar jouw zin kunt doordrijven...'

Kitty perste zich langs Marie heen om zo snel mogelijk het café te kunnen verlaten. Het huilen stond haar nader dan het lachen, maar dat zou ze nooit toegeven.

'Je had predikant moeten worden, Paul. Een soort Abraham a Santa Clara met haviksneus en capuchon over je hoofd. Dat zou je heel goed staan...'

'Juffrouw Katharina, alstublieft!' riep Marie. 'Loopt u nou toch niet weg. Laten we verstandig met elkaar praten...'

Kitty haalde diep adem om Marie een passend, ongetwijfeld bits antwoord naar het hoofd te slingeren, maar precies op dat moment versperde Alfons haar de weg. Gezien de massieve hindernis bleef ze onzeker staan en zweeg.

'Lieve juffrouw Katharina,' zei hij sussend. 'Wat een goed idee om wat rond te kijken. Ook ik heb geen honger...'

Als hij nog niet gelogen heeft, dan liegt hij nu, dacht Marie.

'In plaats daarvan zou ik graag een paar galeries bekijken. U moet weten dat ik een enthousiast verzamelaar van moderne kunst ben.'

Kitty trok haar linkerwenkbrauw op, ze had nooit eerder iets over de verzamelpassie van Alfons Bräuer gehoord. Hoewel zijn vader veel schilderijen in de villa van de Bräuers had opgehangen, echter niet uit gevoel voor kunst, zoals Alfons' moeder een keer lachend had bekend, maar als geldbelegging.

'Wel,' zei ze traag. 'De kubisten, zoals ze hier genoemd worden, zijn momenteel voor spotprijzen aan te schaffen. Over een paar jaar zal men echter veel geld voor deze schilderijen betalen.'

Alfons keek haar gelukzalig aan. Marie kon nauwelijks bevatten hoe snel deze lange, onhandige jongen, bevleugeld door de liefde, was veranderd in een slimme verleider.

'Als iemand als u, lieve juffrouw Katharina, mij met verstand van kunst bij mijn aankopen kan adviseren, zou ik me menige miskleun kunnen besparen. Kent u misschien een galerie hier in de buurt waar ik langs zou moeten gaan?'

'Dat zou Kahnweiler in de Rue Vignon zijn. Maar dat is een flink eind lopen.'

'We nemen een taxi, juffrouw Katharina. Of de metro. Het zijn slechts drie of vier haltes, als ik me goed herinner.'

Kitty keek hem bewonderend aan. Hij kende de weg in Parijs, wie had dat gedacht. Die saaie vent leek toch meer in zijn mars te hebben dan ze tot nu toe had aangenomen.

'De metro is een goed idee! Ik ben dol op de stations onder de grond. Sommige lijken net onderaardse paleizen…'

'Dus ik mag u begeleiden?' vroeg hij en hij maakte een hoopvolle buiging.

'Als u uzelf wilt opzadelen met zo'n egoïstisch, ondankbaar mens als ik… ik sta tot uw beschikking.'

'U maakt een grapje, juffrouw Katharina…'

Ze verdoezelde haar slechte geweten door hard te lachen. Geanimeerd kletsend liep ze aan zijn zijde het café uit, buiten draaide ze zich nog een keer om en zwaaide triomfantelijk naar Paul, waarna ze de arm van haar cavalier pakte en trots wegliep. De bij haar heupen verwijde rok zwaaide heen en weer terwijl ze liep en bij elke stap zag je haar mooie kuiten tot aan haar knie.

'Mijn god,' mompelde Paul verbijsterd terwijl hij haar nastaarde.

'Het is niet zoals het lijkt,' zei Marie. 'Ze wil niet toegeven dat ze iets stoms heeft gedaan en gedraagt zich als een koppig kind. Maar diep in haar hart is ze erg ongelukkig.'

Paul snoof en vond dat het dan maar eens afgelopen moest zijn met dat kinderachtige gedrag. Zeker omdat ze er anderen verdriet mee deed.

'U hebt gelijk,' gaf Marie toe. 'Toch heb ik enorm veel medelijden met haar. Ik geloof dat ze nog steeds van die Gérard houdt.'

'Ook dat nog!'

Hij zuchtte en vroeg of hij bij haar aan tafel mocht komen zitten.

'Ja, dat zou fijn zijn,' antwoordde ze. 'Kitty heeft tweemaal menu nummer één besteld plus deze wijn. Dat kan ik niet allemaal in mijn eentje op.'

'O, daarom,' zei hij chagrijnig en hij trok zijn stoel bij. 'Ik had gehoopt dat je het leuk zou vinden om met me te praten.'

Aangezien ze zweeg schonk hij ongevraagd wijn bij, hief zijn glas, proostte naar haar en viel hongerig op zijn voorgerecht aan.

'Ik heb niets tegen een gesprek, meneer Melzer. We zullen vooral samen moeten overleggen hoe we Kitty zo ver kunnen krijgen dat ze weer naar huis gaat. Ze heeft zich echt in het hoofd gezet om samen met mij in Montmartre te wonen en te schilderen.'

Hij kauwde op de groente en de ingemaakte vis met knoflooksaus en spoelde alles met een slok wijn weg.

'Wel, dankzij onze niet-bepaald diplomatieke actie zal Kitty dat fantastische plan wel laten varen. Het spijt me, Marie. Ik had niet naar Alfons moeten luisteren...'

'Ach,' antwoordde ze. 'Vroeg of laat had ik het haar toch moeten vertellen. Nu hebben we haar in de armen van de gelukkige Alfons gedreven, dat is misschien helemaal niet zo verkeerd.'

Hij haalde zijn schouders op en leek niet overtuigd te zijn.

'Weet ze van zijn huwelijksaanzoek?'

'Ik heb er niets over gezegd.'

'Wat een dilemma,' mompelde hij en hij keek haar verdrietig aan.

‘Ik zou het de goede Alfons van harte gunnen en ook voor Kitty zou het goed zijn. Maar als je zegt dat ze nog van die Fransman houdt…’

‘Dat denk ik wel, hoewel ze dat niet letterlijk heeft gezegd.’

‘Tot overmaat van ramp lijkt hij ook nog gek op haar te zijn. Hij is naar Augsburg gekomen om zich met haar te verzoenen en om haar hand te vragen.’

Dat had hij tot nog toe aan niemand verteld, noch aan Marie, noch aan zijn ouders. Die zouden het aanzoek vanzelfsprekend afwijzen, indien ze hem überhaupt nog zouden willen ontvangen.

‘Dan zal Gérard zich net zo voelen als Kitty,’ zei Marie en ze vertelde van zijn verloofde Béatrice en hoe Kitty in huize Duchamps behandeld was.

‘Ik begrijp niet dat ze zichzelf in zo’n situatie heeft gebracht,’ mopperde Paul, die de familie-eer van de Melzers aangetast zag. ‘Hij had toch moeten weten dat zijn ouders het huwelijk niet zouden goedkeuren.’

Boos gooide hij zijn servet op tafel en sloeg het restje wijn dat nog in zijn glas zat achterover. Toen hij weer naar Marie keek, viel hem op dat er een ironisch lachje over haar gezicht gleed.

‘Wat is daar zo grappig aan?’

‘Ik ben blij dat u zo slim bent. Natuurlijk zou men iemand van wie men houdt nooit in zo’n situatie moeten brengen. Als een relatie zo veel hindernissen kent, kan die alleen maar tot schande en verdriet leiden.’

Hij keek haar met grote ogen aan. Toen hij begreep wat ze wilde zeggen, schudde hij zijn hoofd. Dat was niet te vergelijken, dat waren twee heel verschillende situaties. En bovendien had ze allang antwoord gegeven op zijn overhaaste aanzoek en had hij het al geaccepteerd. Het was volkomen overbodig om daar weer over te beginnen.

‘Ik ben heel blij dat u er zo tegenaan kijkt, meneer Melzer. Ik hoop zeer dat wij ondanks alles vrienden kunnen blijven. Mits u überhaupt waarde hecht aan mijn vriendschap…’

‘Dat doe ik zeker,’ zei hij niet erg overtuigend. ‘Ik hoop natuurlijk ook dat je in de villa zult blijven. Ook als... als ik eenmaal getrouwd ben en... een gezin gesticht heb. Het zou me een genoegen zijn als jij op een dag mijn kinderen opvoedt...'

Dat idee leek Marie absurd. O, hij nam wraak omdat ze hem een blauwtje had laten lopen. Dacht hij nu echt dat ze zijn echtgenote zou bedienen en zijn kinderen zou opvoeden? O nee, dan zocht ze liever een betrekking in een andere stad. Wat jammer dat Kitty nu boos op haar was. Misschien had ze inderdaad met haar in Montmartre moeten blijven. Van de verkoop van hun schilderijen leven. Dat had haar moeder immers ook gedaan, in ieder geval een tijdje.

'Wat is dit?'

Ze kromp ineen, ze was de foto helemaal vergeten. Toen Paul en Alfons zo plotseling waren opgedoken, had ze de foto omgedraaid op de tafel gelegd. Nu had Paul hem nieuwsgierig opgepakt. Met een gerimpeld voorhoofd bekeek hij het paar, keek vervolgens Marie vragend aan en wilde de foto al wegleggen, toen hij zag wat er op de onderste rand geschreven was.

'Dat is niks,' zei Marie snel en ze wilde de foto uit zijn handen pakken, maar hij trok hem met een snelle armbeweging weg.

'Niks? Daar staat jouw naam. Hofgartner. Een schilderes uit Duitsland. En die man, dat is... wat merkwaardig...'

'Geeft u die foto nou terug!' riep ze boos en ze hengelde er over de tafel naar.

'Rustig, rustig, juffrouw Hofgartner. Deze man heet kennelijk Jakob Burkard. Die naam ken ik. Hoewel het zeer twijfelachtig is of het om dezelfde persoon gaat.'

'Juist!' onderbrak ze hem. 'En nu wil ik de foto graag weer terug. Alstublieft!'

Hij aarzelde, misschien omdat haar 'alstublieft!' niet bepaald aardig maar nogal bazig had geklonken.

'Is de foto van jou, Marie?'

'Hij is van Kitty, ze heeft hem in een winkel in Saint-Germain gevonden.'

'Wacht even... ik geef hem zo.'

Lieve Heer, bad Marie vanbinnen. Laat het plafond naar beneden vallen of zorg voor een zonsverduistering. Wat dan ook, als het hem er maar van weerhoudt nog meer vragen te stellen. Een klein verkeersongeluk is ook goed, natuurlijk zonder dat iemand ernstig gewond raakt...

'Is dat soms jouw moeder? Luise Hofgartner... Ze lijkt op je, vind ik.'

Raak. Hoe kwam hij aan dat instinct?

'Luise Hofgartner... schilderes,' mompelde hij. 'Natuurlijk. Kitty zei dat jij veel tekentalent hebt. Met kerst heeft ze zelfs een van jouw tekeningen tussen de kerstcadeaus gesmokkeld. Maar dan zou deze man wel degelijk Jakob Burkard kunnen zijn, de voormalige partner van mijn vader.'

'Partner?' flapte Marie eruit en ze besefte meteen dat ze zichzelf verraden had.

'Jakob Burkard was de zakenpartner van mijn vader,' legde hij uit en hij keek haar aandachtig aan. 'Voor zover ik weet hebben ze de fabriek gezamenlijk opgericht. Burkard was een genie wat de constructie van machines betrof en mijn vader had veel verstand van de zakelijke kant. Helaas is Burkard jong gestorven.'

Hij stopte en keek Marie peinzend aan. Hij leek iets niet te begrijpen, iets wat hem aangreep en onzeker maakte.

'Ik wist niet dat hij getrouwd was...'

'Ze waren niet echt getrouwd. Alleen voor de kerk.'

Hij knikte afwezig. Alleen voor de kerk. Dat was niet geldig voor de wet. Helaas. Maar toch. Hij keek op en leek toen een geweldig idee te krijgen.

'Onecht of niet... als jij de dochter van Jakob Burkard bent, dan ben je geen arm weesmeisje. Dan kun je aanspraak maken op het aandeel van jouw vader in de fabriek. En als dat echt zo is...'

Hij veegde opgewonden met zijn hand door zijn haar, dat toch al wild van zijn hoofd af stond. Zijn ogen fonkelden van enthousiasme.

‘Als dat allemaal echt zo is, Marie, dan moet je in ieder geval mijn vrouw worden. Dat zou van vitaal belang zijn voor mijn familie. Voordat je een ander kiest en de fabrieksaandelen voor ons verloren gaan.’

Langzaam strekte Marie haar hand uit en pakte de foto. Wat hij allemaal zo gejaagd gezegd had, was zo nieuw en bizar dat ze niet alles had begrepen. Maar zijn laatste uitspraak vond ze schandalig.

‘Uw zorgen om de fabriek, meneer Melzer, zijn volkomen ongegrond,’ zei ze koel. ‘Jakob Burkard was niet mijn vader.’

‘Weet je dat heel zeker?’

‘Absoluut,’ jokte ze. ‘Maar zelfs als hij mijn vader was, zou ik niet op het idee komen om mezelf aan de familie Melzer te verrijken!’

Hij spreidde zijn armen uit en verzekerde haar dat hij dat ook niet zo bedoeld had. Hij wist dat ze niet uit was op zijn geld, anders had ze zijn aanzoek wel aangenomen.

‘Inderdaad,’ zei ze geërgerd, omdat hij daar alweer over begon. ‘Want als ik eenmaal trouw, dan doe ik dat zeker niet uit berekening, maar uit liefde.’

Paul reageerde fel. Hij stond op en maakte een spottende buiging voor haar, met een uitdrukking die een mengeling van boosheid en pijn was.

‘Ik heb het begrepen!’ zei hij dof. ‘Het was alleen maar wat geflirt, nietwaar? Een lieftallige blik, een liefdesbekentenis, een kus… de dame vond het leuk om haar verleidingskunsten te testen. Je moet wel heel dom zijn om daar in te tuimelen!’

O hemel, zo had ze het helemaal niet bedoeld. Maar nog voordat ze haar onhandige uitspraak kon uitleggen, stond hij al bij de waardin om het menu af te rekenen. Vervolgens drukte hij zijn strohoed dieper over zijn voorhoofd en liep naar buiten zonder zich nog een keer naar haar om te draaien.

37

DE METRO WAS PROPVOL. Kitty hield zich stevig aan een van de ijzeren stangen vast om te voorkomen dat ze door het geslinger en gehobbel van de wagon viel. Wat ging deze trein snel, je zou er haast duizelig van worden. Het geknars en gepiep. En de geuren. Ze had niet geweten dat mensen die dicht opeengedrongen waren zo afschuwelijk stonken. Naar oud vet, zweet, vieze tanden en vooral knoflook.

'Gaat het wel goed met u?' vroeg Alfons bezorgd. 'Kunnen we niet beter bij het volgende station uitstappen en toch een taxi nemen?'

'Het gaat wel.'

Voor niets in de wereld wilde ze zich voor deze man blameren. Als Gérard hier geweest was… tegen hem zou ze wel eerlijk gezegd hebben hoe afschuwelijk ze zich voelde. Ze had zich bij hem altijd helemaal opengesteld, had haar diepste gedachten gedeeld en haar gevoelens getoond. Dat was fout geweest. Later had hij haar verweten dat ze wispelturig was, vandaag wilde ze dit en morgen weer dat. Bij haar wist je nooit waar je aan toe was.

'We zijn er bijna, juffrouw Katharina.'

Hij kwam iets dichter bij haar staan om haar af te schermen voor een jongeman in werkkleding die haar met gulzige ogen aanstaarde. Ineens besefte ze hoe uitdagend ze gekleed was. Misschien had ze toch beter een van mama's ouderwetse kostuums aan kunnen trekken. In ieder geval was het dure model van Paul Poiret niet geschikt voor in de metro.

'Merk je niet dat alle mannen je nastaren?' had Gérard tegen haar gezegd als ze zich voor een wandelingetje kleedde.

'Wat maakt het uit?'

Ze had hem uitgelachen en beweerd dat hij belachelijk jaloers was. Maar later, toen ze zonder hem over straat ging, was ze diverse keren aangesproken. Ze had dan wel niet alles verstaan wat deze mannen tegen haar zeiden, maar het was onaangenaam en angstaanjagend geweest.

Alfons Bräuer was geen man waar ze verliefd op zou kunnen worden. Maar het was heel prettig om hem bij zich te hebben. Toen ze uit de metro stapten bood hij haar zijn arm aan en leidde haar de trappen op, en niemand van die lastige proleten waagde het in haar buurt te komen of haar zelfs aan te spreken.

'U kijkt zo peinzend, juffrouw Katharina. Zouden we ons niet eerst eens met een kleine maaltijd aansterken? U hebt niet geluncht.'

Het idee om in een leuk restaurant te zitten en zich te laten bedienen vond ze inderdaad erg verleidelijk. Ze had een paar afschuwelijke dagen en nachten achter de rug. Het was haar niet gelukt die stomme kachels aan te steken en de koekjes die ze in haar reisbagage had gevonden waren al snel op. Het was gênant om beneden bij Solange een maaltijd te bestellen zonder te kunnen betalen. Haar schuchtere pogingen een paar van haar tekeningen aan toeristen te verkopen waren jammerlijk mislukt. Ze wilden de tekeningen niet hebben, maar de 'kunstenares' wel uitnodigen voor een etentje, wat beschamend.

Alfons koos een restaurant op de Boulevard des Italiens, niet ver van de opera, waar ze in Lodewijk xv-stijl op met fluweel beklede stoelen zaten, omgeven door glimmende kristallen spiegels in gouden, met krullen versierde lijsten. Dit was een plek waar ze zich thuis voelde, veel meer dan in de armoedige stegen van Montmartre of in de metro. Nee, als ze eerlijk was, beviel het kunstenaarsleven haar helemaal niet meer. Misschien was het samen met Marie wel heel romantisch geweest. Zij was zo slim en bedachtzaam, in haar buurt voelde ze zich veilig. Ze zou bij Marie ook haar hart uitgestort en over de verbroken liefde geklaagd hebben. Ze zou zich door haar hebben laten troosten. Maar helaas was Marie een achterbakse verraadster.

'*S'il vous plaît, madame...*'

Een kelner in rokkostuum reikte haar de menukaart aan en ze deed haar best de Franse tekst te begrijpen. Alfons, die tegenover haar was gaan zitten, keek de diverse menu's verbazingwekkend snel door en wees haar toen op een paar gerechten die volgens hem lekker waren.

'*Escalope de veau*, zeer aan te bevelen. Daarbij een paar malse boontjes en *pommes de terre*. U moet weten dat de aardappel in Frankrijk als groentesoort wordt gezien...'

Kitty keek naar zijn rode wangen en zag dat zijn ogen glommen van plezier toen hij de gerechten opsomde. Ze besefte dat hij een enthousiast eter was. Maar hoe kwam het dat hij zo goed Frans sprak?

'Dan neem ik de escalope als hoofdgerecht,' zei ze glimlachend. 'Daarvoor de vis, maar een kleine portie. Geen soep. Oriëntaalse vruchten als dessert, dat klinkt goed.'

'Witte wijn bij de vis?'

'*Eau minérale, s'il vous plaît.*'

'Zoals u wenst, juffrouw Katharina. Ik hoop dat u er geen bezwaar tegen hebt dat ik wel een klein glaasje wijn neem?'

'Absoluut niet. Het kan uw kooplust straks in de galerie alleen maar verhogen, beste Alfons.'

Hij straalde omdat ze hem 'beste Alfons' had genoemd, een intimiteit waar hij niet op had durven hopen. Ach, hij was zo gemakkelijk tevreden te stellen, een glimlach, een aardig woordje, een vriendelijk gebaar... meer had hij niet nodig om gelukkig te zijn. Waarom konden niet alle mannen zo zijn? Waarom moest uitgerekend de man die zij boven alles liefhad zo'n moeilijk mens blijken te zijn? Urenlang had hij op het bed liggen piekeren. Wat er nu van hen moest worden. Waar ze van moesten leven. Had ze hem niet teder gestreeld? Hem opgevrolijkt en telkens weer gezegd dat het allemaal wel goed zou komen, dat hij alleen maar vertrouwen hoefde te hebben en in hun liefde moest geloven? Maar hij had haar 'kinderlijk' en 'naïef' genoemd en haar gesmeekt om toch haar ouders te bellen. Hij was bereid om in Duitsland te gaan wonen, desnoods in de fabriek van haar vader te gaan werken. Maar dat wilde ze in geen geval. Waarom was ze uit de villa weggelopen als ze uiteindelijk met de staart tussen de benen naar huis ging en om vergeving moest vragen? Ze wilde veel liever in Parijs blijven en met hem in Montmartre wonen. Maar dat vond hij een idioot idee. Of ze niet eindelijk wakker wilde worden en haar gezonde verstand wilde gebruiken. En toen vertelde hij haar over Béatrice, dat het hem speet dat hij haar zo veel pijn had gedaan. Dat hij zijn familie in de steek had gelaten en de zaak van zijn vader had geschaad. Waarop zij boos was geworden en gevraagd had of dat soms haar schuld was. Ach, ze hadden de laatste dagen zo veel ruzie gemaakt. Maar als ze elkaar omarmden en hun lichamen versmolten, als ze zich aan de heerlijke roes overgaven, hadden ze zich verzoend. O, die heerlijke uren in zijn armen, als niets meer tussen hen in stond, niet eens de dunne stof van haar nachthemd…

'Weet u, Alfons,' zei ze. 'Ik moet telkens denken aan wat mijn broer me zojuist naar het hoofd heeft geslingerd. Het was zo onterecht dat ik bijna moest huilen. Hoe kan hij nou zeggen dat het me niets kan schelen dat mijn moeder verdrietig is? Het kan me wel degelijk wat schelen, maar ik kan er op dit moment toch niets aan doen. Moet ik halsoverkop terug naar Augsburg gaan, waar ik uitgescholden en opgesloten zal worden? Zal mama dan gelukkiger zijn?'

Hij keek haar een moment lang nadenkend aan en net toen ze dacht dat hij vast iets onbelangrijks ging zeggen, kwam hij verrassend genoeg met een voorstel.

'U zou uw moeder kunnen bellen, juffrouw Katharina. Op het

postkantoor kun je een internationaal gesprek aanvragen… ik kan dat voor u regelen, als u wilt. Uw moeder zal zeer opgelucht zijn als ze uw stem hoort.'

'Dat… dat zou misschien niet zo verkeerd zijn,' zei ze hakkelend.

Hemel… dat was bijna net zo erg als op de trein stappen en naar huis reizen. En trouwens, wat zou mama zeggen? En stel dat Elisabeth de hoorn oppakte? Ze werd overvallen door angst en was blij dat de vis geserveerd werd.

'Hoe komt het dat u zo goed Frans spreekt?' zei ze om op een ander onderwerp over te gaan. 'Ik moet zeggen dat ik vol bewondering ben. Paul spreekt ook wel Frans en ook ik kan me intussen in deze taal verstaanbaar maken, maar u, beste Alfons, zou je zo voor een echte Fransman houden.'

'O, u overdrijft, juffrouw Katharina!'

Ze zag hoe blij hij met het compliment was. Wat een vreemde vogel. Als hij een metrokaartje kocht of eten bestelde, haar door de stad leidde of de weg vroeg, kwam hij zo zelfverzekerd over. Maar als hij met haar sprak was hij zo verlegen als een schooljongen en kreeg hij constant een rood hoofd. Vond ze dat leuk? Nee, eigenlijk niet. Gérard was nooit onzeker geweest tegenover haar, hij was altijd zichzelf. Onstuimig en opvliegend, dan weer teder, paaiend, zacht. Hij kon boos worden en haar uitschelden, maar had snel spijt van zijn woorden en vroeg haar dan om vergeving. Ach, wat was het heerlijk geweest om zich na een heftige ruzie weer met elkaar te verzoenen. Om met hem te versmelten, zijn handen op haar blote huid te voelen, zijn woestheid, zijn kracht…

'Ik heb de maanden februari en maart in Parijs doorgebracht,' bekende Alfons.

'O ja?' vroeg ze verstrooid. 'Was u hier voor zaken?'

Hij aarzelde, leek af te wegen of het slim was het antwoord te geven. Maar toen zette hij zich eroverheen.

'Nee, juffrouw Katharina. Ik was hier samen met Robert om u te zoeken.'

'Mij?' riep ze verbaasd.

'Ja. We hebben twee maanden lang de stad uitgekamd en u toch niet gevonden. Ik neem aan dat u zich goed verstopt had?'

Kitty legde de visvork naast het bord en leunde achterover in haar stoel. Sprak hij de waarheid? Ze kon zich niet voorstellen waarom hij tegen haar zou liegen. O god, Gérard en zij hadden dus maandenlang twee achtervolgers op hun hielen gehad. Wat slim van Gérard om in de hotels steeds een valse naam op te geven.

'Verstopt? Wel... we waren veel onderweg. Zei u zojuist dat Robert bij u was? Bedoelt u soms onze huisknecht, Robert Scherer?'

'De voormalige huisknecht... hij is weggelopen. De arme man voelde zich schuldig tegenover uw familie omdat hij u naar het station had gebracht.'

'Mijn hemel!'

Ze was nu het liefst opgestaan en gevlucht. Waarom bezorgden ze haar steeds een slecht geweten? Eerst mama, die zo veel verdriet had, en nu ook nog Robert. Hij was weggelopen... moest zij daarvoor nu in de hel boeten? Zo meteen zei Alfons nog dat hij twee maanden lang niet had kunnen werken en de bank daardoor zwaar verlies had geleden. En dat zou dan natuurlijk ook haar schuld zijn.

'Nou ja, het was een nogal overhaaste actie,' zei Alfons en hij depte zijn mond met het stoffen servet. 'Om niet te zeggen, het was volslagen waanzin. Ik had veel meer vertrouwen in u moeten hebben, juffrouw Katharina.'

Kijk aan, dacht ze. De vleier. Maar hij had gelijk... wat een dwaas idee om haar achterna te reizen.

'U hebt de situatie zonder hulp van anderen overwonnen,' ging hij verder. 'U hebt zich van de lichtzinnige verleider losgeweekt en het is u zelfs gelukt om u helemaal alleen in deze stad te redden. Mijn diepste respect, juffrouw Katharina. Ik neem mijn hoed voor u af!'

Alfons maakte een gebaar alsof hij een denkbeeldig hoofddeksel afnam en ermee in de lucht zwaaide. Kitty vond het zeer amusant. Eigenlijk was hij erg gevoelig. Je merkte het niet meteen omdat hij zijn hart niet op de tong had. En hoewel ze zich ergerde aan de uitdrukking 'lichtzinnige verleider', voelde ze zich vereerd door de manier waarop hij de situatie bekeek. In feite was het ook zo gegaan. Gérard had haar niet willen verlaten, zij was degene geweest die hem na een felle ruzie verklaard had dat ze terug naar Duitsland wilde. Wat ze immers ook had gedaan. Althans, ze was in de trein gestapt met de bedoeling naar huis te gaan. Dat ze meteen bij de eerste de beste gelegenheid weer was uitgestapt en terug naar Montmartre was gegaan, kwam niet doordat ze per se Gérard weer wilde zien. Ze ging terug naar Parijs omdat ze bang was voor papa.

Alfons gaf een royale fooi, wat indruk op haar maakte, want zowel haar vader als Gérard waren wat dat betreft gênant krenterig. Daarna wandelde ze aan zijn arm over de boulevard, op weg naar Rue Vignon. Ze vond het prettig dat hij bereidwillig bij elke etalage bleef staan om over de uitgestalde waren te praten. Alles leek hem te interesseren, zelfs de hoeden en tassen, de dameshandschoenen en kanten zakdoekjes. Ook de boeken en antiquiteiten bekeek hij aandachtig en hij maakte opmerkingen over schilderijtjes die tussen allerlei vazen en snuisterijen te koop werden aangeboden. Over alles wat hij zei leek hij te hebben nagedacht.

'U zou vast nooit iets kopen alleen omdat het er leuk uitziet en u verliefd bent op het voorwerp,' grapte ze.

'Voor mezelf niet, nee. Maar als ik iemand er een plezier mee kan doen zou ik beslist niet aarzelen...'

'U bent een goed mens, Alfons!' zei ze plagerig en ze zag dat hij rood werd.

'Maar nee, ik ben bankier. Ik geef iets weg om het later met winst terug te krijgen. In dit geval is het geen geld. Het is... genegenheid.'

O god! Ook al had hij het als een grapje gezegd, hij zette haar aan om de wereld met heel andere ogen te bekijken. Geven en nemen. Kopen en verkopen. Winst en verlies. Kon je zo berekenend zijn? Het leven als een schaakpartij. Elke zet nauwkeurig calculeren, weten wat de ander voelt, wat hij zal doen, en dit in je plan betrekken. O, wat vreselijk. Ze zou sterven als ze gedwongen zou zijn zo te leven!

De galerie Kahnweiler kende ze maar al te goed, ze was hier vaak met Gérard geweest. Vandaag zat Kahnweiler met een paar vrienden aan een tafel, ze dronken koffie, aten gebak en waren druk aan het onderhandelen. Ook Alfons kon maar half verstaan waarover ze spraken, maar het leek om een geplande tentoonstelling in het Grand Palais te gaan. Zouden deze in lompen geklede mannen schilders zijn? Ze bekeken Kitty nieuwsgierig en keken Alfons onvriendelijk aan. Zouden ze hem voor een speculant aanzien? Iemand die voor lage prijzen schilderijen inkocht om ze later met winst te verkopen? Wel, als ze dat dachten, zaten ze er niet naast.

Alfons liet zich niet van de wijs brengen door hun afwijzende blikken. In alle rust bekeek hij de schilderijen, tilde het ene na het andere doek dat op de grond stond op, draaide het om, bestudeerde het uitvoerig en vroeg Kitty telkens naar haar mening. Hij kon een echte artiest van een prutser onderscheiden, zijn oordeel was welovervwogen, maar hard. Nee, dit schilderij deugde niet, het had niets speciaals, daarvan stonden er hier tientallen. Andere schilderijen die Kitty eigenlijk lelijk vond, vond hij juist goed en zette hij apart om later naar de prijs te vragen. Hij wilde weten of ze een lievelingsschilderij had. Eentje dat ze bijzonder vond, dat ze in geen geval in deze galerie mochten laten staan. Dat waren er meer dan een. Ten slotte zette hij maar liefst vier schilderijen bij de andere en hij beweerde dat ze een uitstekende smaak had, dat het precies de schilderijen waren die hij ook op het oog had gehad.

'Misschien dit kleine schilderij nog!'

Ze had een vrouwelijk naakt in haar handen, een van de drie schilderijen van Luise Hofgartner. Een vrouw met grove gezichtstrekken en een uitdagende uitdrukking, die een geruite doek voor haar borst hield. Het was in de nieuwe stijl geschilderd, met heldere kleuren en vormen, de achtergrond was vlak, zonder diepte, alleen een rood vlak waarin links een turquoisekleurige driehoek oprees. Misschien een meubelstuk of een deur. Of een tot de basisvorm gereduceerd persoon. Kitty dacht na… eigenlijk was ze boos op Marie. Aan de andere kant vond ze het mooi. En bovendien – haar hart smolt – hoefde ze immers toch niet tot in de eeuwigheid boos op haar te blijven.

'*C'est magnifique, n'est-ce pas?*' zei een vrouwelijke stem naast haar. '*Hélas… vous ne pouvez pas l'acheter.*' Het was haar zeker aan te zien dat ze het niet begreep, want de jonge vrouw, kennelijk een bekende van de eigenaar, probeerde het in het Duits.

'Het is verkocht. Voor een *cadeau de mariage*, een huwelijksgeschenk… U hebt niet gezien het *billet*?'

Nu pas zag Kitty het briefje dat op de achterkant tussen de lijst en het doek gestoken was.

M.G. Duchamps, Lyon.

'*Il va le prendre demain*. Hij haalt het op de dag na vandaag.'

Kitty staarde naar het briefje maar de letters dansten en weigerden een logische volgorde aan te nemen. Dit was pure onzin, het was onmogelijk dat deze naam op het briefje stond.

'Een *cadeau de mariage*, zei u? Een huwelijksgeschenk?'

'*C'est ce qu'il a dit*. Dat heeft hij gezegd, *mademoiselle*.'

Alfons was naast haar komen staan om het schilderijtje nauwkeurig te bekijken.

'Al verkocht?' zei hij teleurgesteld. 'Wat jammer, ik vind het prachtig. Wat vindt u, juffrouw Katharina?'

Ze vond niks. Ze was niet aanwezig.

'Juffrouw Katharina?'

'Ik… ik weet niet…' stamelde ze zonder te weten wat ze zei.

'Gaat het wel goed met u? U bent helemaal bleek. Gaat u even zitten, ik haal een glaasje water voor u.'

Ze voelde inderdaad dat haar knieën week werden en liet zich door hem naar een stoel brengen. Hij bracht haar water, vroeg drie keer of het beter met haar ging, en pas toen ze verklaarde zich weer helemaal goed te voelen, verdiepte hij zich in de aankoop van de schilderijen.

'Monsieur Kahnweiler? Je m'intéresse à quelques peintures...'

'Vous êtes Français, monsieur?'

'Allemand.'

'Dan kunnen we net zo goed in het Duits onderhandelen...'

Van het hierop volgende taaie afdingen op de prijzen kreeg ze slechts weinig mee. Ze zat in elkaar gedoken op een stoel in een hoekje van de galerie en staarde voor zich uit. Hij had dus een huwelijkscadeau gekocht. Voor zijn bruid natuurlijk. Voor Béatrice, die er vast op had gerekend dat hij met haar zou trouwen. O god... zo snel had hij zich in haar armen geworpen. Hij was teruggekeerd in de schoot van zijn familie. En uitgerekend dit schilderij, waarvan hij wist dat zij, Kitty, het had willen hebben, schonk hij nu aan zijn Béatrice voor hun huwelijk. Dat deed hij uit koppigheid, dat wist ze wel zeker. Want in werkelijkheid hield hij alleen van haar. Kitty. Zijn betoverende sprookjesfee, zijn sterrenkind, zijn zoete heerlijkheid...

Ze moest haar best doen om niet in tranen uit te barsten. Alles was voorbij. Voor altijd over en uit. Maar hij zou wel merken wat hij eraan had. Hij moest zijn lelijke Béatrice maar naar het altaar leiden en daarna bij haar in het huwelijksbed gaan liggen. Veel plezier, monsieur Duchamps. Hopelijk vergaat het plezier u niet.

Toen na meer dan een uur eindelijk de aankoop van een flink aantal schilderijen met een handdruk en een cheque bezegeld was, had Kitty zichzelf weer onder controle. Ze prees Alfons voor zijn slimme idee om de aangekochte schilderijen te laten verpakken en per trein naar Augsburg te laten vervoeren.

'Ik zal u helpen ze op te hangen,' zei ze. 'Het meest cruciale is het licht. Als een schilderij slecht belicht wordt, verliest het aanzienlijk aan zeggingskracht.'

's Avonds viel ze Paul en Marie om de hals en zei ze dat ze die domme, onnodige ruzie wilde beëindigen en dat ze overal vreselijk veel spijt van had. Met zijn vieren zaten ze nog urenlang bij Solange in café Léon, ze dronken wijn en Kitty kletste aan een stuk door. Ook Alfons was opgewekt en praatte veel meer dan anders, hij begon echt een kletskous te worden en lachte om zijn eigen grappen. Noch hem, noch Kitty viel het op dat Marie en Paul juist erg zwijgzaam waren. Kitty was vastbesloten zo snel mogelijk naar Augsburg terug te gaan. De reden van haar plotselinge ommezwaai onthulde ze niet. En niemand vroeg haar ernaar want iedereen was erg blij met haar besluit.

38

ALICIA HAD DIE NACHT WEINIG en erg onrustig geslapen. Toch was ze op de normale tijd opgestaan en had ze samen met haar man ontbeten. Johann maakte een gesloten indruk, las de krant en at het broodje met boter dat ze hem gaf, zonder te merken dat ze de jam was vergeten.

'Is in de fabriek alles in orde?' vroeg ze hoewel ze heel goed wist dat hij niet graag met haar over zaken sprak.

'Zeker... waarom vraag je dat?'

'Je kijkt zo ernstig, Johann. Ik maak me zorgen om je...'

Hij reageerde geïrriteerd alsof ze hem stoorde. Was ze soms vergeten dat Paul voor onbepaalde tijd in de fabriek uitviel? Wat moest er vanwege Kitty nog allemaal overhoop gehaald worden? Had ze het verdiend dat het gezin zo veel offers voor haar bracht? Nee, ze had het niet verdiend. Nou, ze moest maar honger en kou lijden, zodat ze eindelijk wist te waarderen wat ze haar achttien jaar lang geboden hadden...

Alicia zweeg om hem niet nog meer te irriteren. Toen hij zoals zijn oude gewoonte was met een vluchtige kus op haar voorhoofd afscheid van haar nam, steunde hij heel even op haar schouder. Ze schrok, want zijn hand was ijskoud. Was hij soms verkouden? Had hij een griepje onder de leden?

'Doet Hanna het goed in de keuken?' vroeg hij toen hij al bij de deur stond.

Alicia verbaasde zich over deze vraag, normaal toonde haar man geen interesse voor personeelszaken. Maar in dit geval werd hij waarschijnlijk geplaagd door zijn slechte geweten, tenslotte had Hanna Weber het ongeluk in zijn fabriek gehad. Vandaar dat Pauls voorstel om het kleine meisje als keukenmeisje aan te stellen in goede aarde was gevallen.

'Ik zal ernaar informeren, Johann. Ben je met de lunch hier?'

'Vandaag lukt dat niet. Tot later, Alicia!'

Het liep al tegen acht uur. Nu zou de trein in Parijs aankomen. Als ze Kitty maar gezond en vrolijk aantroffen… al het andere telde nu even niet. Als ze eerst maar weer hier in de villa waren en ze haar arme kind in haar armen kon sluiten…

De deur ging open en Elisabeth kwam binnen.

'Goedemorgen, mama! Wat een heerlijke ochtend! Het is zulk lekker lenteweer!'

Elisabeth kuste haar moeder op haar wang, ging aan tafel zitten, ontvouwde haar stoffen servet en pakte de koffiekan.

'Wil je ook nog een kopje, mama?' Elisabeth had de kan nog in haar hand. Meissner-porselein met een patroon van kleine bloemetjes erop, het oor was een gebogen zwanenhals. Een huwelijkscadeau van haar ouders, dat – zoals zo veel andere dingen – Johann later zelf had moeten betalen.

'Doe maar half, Lisa. Ik ben verschrikkelijk nerveus vanochtend. Je weet wel…'

'Bedoel je vanwege Kitty?' vroeg ze. 'Ach, die komt echt wel terug. Papa heeft gelijk, er wordt veel te veel ophef over haar gemaakt.'

Alicia roerde room en een beetje suiker door haar koffie. Ze vond dat Elisabeth buitengewoon koel, om niet te zeggen gevoelloos kon zijn. Maar nou ja, de twee zussen waren altijd al als water en vuur geweest.

'Zo gaat dat met verloren kinderen,' zei ze met een zucht die begrip afdwong. 'Hoe meer zorgen ze ons baren, hoe meer we van ze houden. Zo zijn moeders nu eenmaal, Lisa. Op een dag zul je ook moeder zijn en me begrijpen.'

Elisabeth sneed het kopje van haar ei en wekte niet de indruk dat ze de woorden van haar moeder ter harte nam. Maar ze zag er vanochtend wel leuk uit. De jurk hing losjes, maar was niet te wijd en maakte haar figuur slanker, de lichtblauwe stof harmonieerde perfect met de kleur van haar ogen. Natuurlijk een ontwerp van Marie. Maar dat was het niet alleen. Elisabeth straalde vandaag een ongewone zelfvoldaanheid uit.

Alicia keek weer op de klok. 'Wat zouden ze nu doen?'

'Bedoel je Paul en zijn aanhang?' grapte Elisabeth en ze strooide zout op het afgeslagen kopje van haar eitje. 'Ze zullen wel doodmoe zijn na de lange reis en twee hotelkamers boeken om een dutje te doen.'

Alicia staarde haar dochter met grote ogen aan. Dacht ze dat echt? Ze was ervan overtuigd geweest dat Paul onmiddellijk naar Kitty zou gaan. Aan de andere kant, ze waren natuurlijk wel de hele nacht doorgereisd en waren vast heel moe…

'Twee hotelkamers?'

Elisabeth trok haar wenkbrauwen op en at vergenoegd haar eitje op. 'Tuurlijk. Eentje voor Paul en Marie, de andere voor Alfons Bräuer en Kitty…'

'Elisabeth!'

'Ja, mama?'

Elisabeth leek ineens op haar jongere zus. Een ondeugend lachende duivelin, die het leuk vond dat mama erin getuind was. Alicia schraapte geërgerd haar keel en nam een slok koffie.

'Dat was een zeer ongepaste grap, Lisa!'

'Sorry, mama. Maar ik denk dat we op Paul kunnen vertrouwen, hij zal Kitty wel heelhuids thuisbrengen…'

'Natuurlijk,' zei Alicia. 'Dat staat buiten kijf. Ik ben alleen een beetje onrustig omdat ik niks kan doen. Ik kan alleen maar wachten, begrijp je?'

Elisabeth knikte vol begrip, depte haar mond met het servet en schonk nog een kopje koffie in. Volgens haar had dit hele verhaal in ieder geval wel het effect dat Kitty een hoop over het leven had geleerd. Ze kon nu iemand die serieus en goed was onderscheiden van een charlatan. Bovendien had ze ongelooflijk veel geluk gehad dat Alfons Bräuer haar ondanks haar escapades nog wilde hebben.

'Wel,' zei Alicia glimlachend, 'als alles naar wens gaat, staat ons waarschijnlijk binnenkort een verloving te wachten. Heilige Maagd... wat zullen de mensen dan wel niet zeggen!'

Elisabeth zette met een vastberaden beweging haar koffiekopje op het schoteltje terug.

'Nu we het er toch over hebben, mama,' zei ze en ze leunde in haar stoel achterover, 'ik heb je iets mede te delen waar je vast blij mee zult zijn.'

Alicia wilde net de krant gaan lezen die Johann op de tafel had laten liggen, maar keek naar Elisabeth op. Niet alle mededelingen van haar dochters waren reden tot vreugde geweest.

'O ja? Nou, ik luister.'

Elisabeth speelde met een blauw hangertje, een cadeau van haar vader, dat ze de afgelopen tijd vaak droeg. Ze keek haar moeder glimlachend aan. Haar glimlach leek een beetje geforceerd.

'Een paar weken geleden wilde het toeval dat ik bij mijn vriendin Dorothea een goede bekende tegenkwam. Je herinnert je tweede luitenant Von Hagemann toch nog wel?'

Alicia werd bleek. Natuurlijk herinnerde ze zich die man, maar met tegenzin. Nadat hij lange tijd Elisabeth het hof had gemaakt en toen ineens met Kitty wilde trouwen, had hij maandenlang niets meer van zich laten horen.

'Tweede luitenant Von Hagemann lijkt mij niet iemand met wie je nauwer contact zou moeten onderhouden, Lisa!'

Elisabeth ging er fel tegenin. Von Hagemann was in wezen een door en door respectabele man, hoewel hij wat zijn gevoelens betrof wat impulsief was, maar in feite was daar niets mis mee maar was het een teken van eerlijkheid. Natuurlijk was ze destijds erg verdrietig geweest toen hij zo plotseling haar zus een aanzoek had gedaan, maar tijdens lange gesprekken had hij intussen laten zien hoezeer hem dat speet en hij zich ervoor schaamde. En om zijn eer te redden moest ook gezegd worden dat tweede luitenant Von Hagemann zeker niet de enige was die voor Kitty's magie was gevallen.

'In langere gesprekken?' vroeg Alicia onthutst. 'Waar en op welke tijdstippen hebben jullie daar de gelegenheid toe gehad? Was dat soms bij Dorothea?'

'Dat is nu weer typisch iets voor jou, mama. Van alle dingen die ik je vertel hoor je alleen maar dat ene. Dat ik met tweede luitenant Von Hagemann gesprekken heb gevoerd. Nou goed, we hebben elkaar bij Dorothea ontmoet. Maar we zijn ook veel met zijn automobiel weggeweest, hij heeft de tijd genomen om mij te leren autorijden.'

Dit nieuws kwam voor Alicia als een donderslag bij heldere hemel. Haar welopgevoede dochter was bij een man in zijn auto gestapt. Ongetwijfeld waren ze daar helemaal alleen geweest. O god, ze waren vast door mensen gezien en herkend...

'Rustig maar, mama. Tweede luitenant Von Hagemann heeft me gisteren ten huwelijk gevraagd.'

Alicia hoorde het nieuws aan zonder er enthousiast op te reageren. Een aanzoek. Desalniettemin. Hij leek het inderdaad serieus te menen. Uitgerekend die Von Hagemann.

'Hij vraagt of hij zondag om drie uur bij jullie zijn opwachting mag maken.'

'Je hebt zijn aanzoek dus aangenomen?'

'Ja, mama.'

Alicia sloot een moment haar ogen. Waarom meende ze reden tot bezorgdheid te hebben? Een jong persoon mocht toch weleens een verkeerde weg volgen, als hij maar omkeerde en de juiste weg weer vond. Dat was precies wat haar dochter Kitty zou doen als ze terug was in de villa. Waarom zou ze deze ommekeer dan niet ook van Klaus von Hagemann goedkeuren?

'Houd je van hem, Lisa?'

Elisabeth knikte glimlachend. Nu hij zijn aanzoek had gedaan en ze zich voor de rest van hun leven met elkaar zouden verbinden, kon ze het eindelijk toegeven. Ja, ze hield van hem. Ze had hem twee jaar geleden op haar eerste bal in het huis van de Manzingers gezien en was hem nooit meer vergeten.

'We hebben allebei een tijd van zware beproevingen achter de rug, mama. Daarom zal onze verbintenis des te vaster en oprechter zijn.'

Alicia liep naar haar toe, nam haar in haar armen en wenste haar al het geluk van de wereld. Daarna zei ze geëmotioneerd dat de liefde het grootste wonder was dat God de mensen had geschonken en dat ook zij destijds uit liefde getrouwd was en er tot op de dag van vandaag nog geen minuut spijt van had gehad.

'Dank je wel, mama. Ja, ik ben gelukkig... Ik geloof dat ik me in mijn hele leven nog nooit zo blij heb gevoeld!'

Ontroerd hield Alicia haar snikkende dochter in haar armen, wiegde haar als een klein meisje en was zelf de tranen nabij. Ach, het zou goed komen. De Heer zorgde voor haar en haar gezin, voor het hele huis...

Plotseling hoorden ze vanaf de begane grond een gil. De gekwelde schreeuw van iemand die door helse pijnen gemarteld wordt.

'Wat was dat?' vroeg Alicia ontzet.

Elisabeth klampte zich aan haar vast. Het klonk alsof er beneden in de keuken iemand gewond geraakt was. In het huishouden van haar vriendin Sophie Jäger had de kokkin onlangs, toen ze een stuk braadvlees aan het snijden was, twee vingers eraf gesneden.

'Zeg dat nou niet, Lisa. Er is vast alleen iets gevallen...'

Weer klonk er zo'n afgrijselijke schreeuw. Dit keer ging de schreeuw over in gerochel, toen klonk er opnieuw een gil en hartverscheurend gejammer en gekreun. De deur van de eetkamer vloog open, Humbert leunde tegen de deurpost. Hij was lijkbleek en had zijn hand tegen zijn mond geperst.

'Humbert... in hemelsnaam!' riep Alicia. 'Wat is daar beneden aan de hand?'

Hij moest kokhalzen, stootte een paar onverstaanbare klanken uit en het duurde een poos totdat het hem lukte woorden te vormen. Intussen zagen ze Else en juffrouw Schmalzler van boven naar beneden komen en door de gang naar de hal lopen.

'Die vrouw... op de keukenvloer... rok omhooggeschoven... allemaal bloed... ik... ik... ben zo misselijk...'

'Over wie heb je het, Humbert? Heeft mevrouw Brunnenmayer een ongeluk gehad? Of de kleine Hanna? Zeg nou!'

Alicia voelde de hand van haar dochter op haar arm.

'Ik denk dat het Auguste is, mama. Ze krijgt haar kind.'

Alicia staarde Elisabeth geschrokken aan. Waarom was ze daar zelf niet op gekomen, ze had immers drie kinderen gebaard?

'Klopt dat, Humbert?'

Hij knikte alleen, boog naar voren en rende plotseling als de gesmeerde bliksem door de gang naar de dienstbodentrap. Ze hoorden hem overgeven.

'Mijn god,' kreunde Alicia. 'Wie sturen we nu om de vroedvrouw te halen? Ik denk Else... of Gustav... Ach, als Robert nog bij ons was...'

Elisabeth was verbazingwekkend rustig gebleven. Haar moeder moest zich niet onnodig opwinden, juffrouw Schmalzler zou de zaak wel regelen, waarschijnlijk had ze Else er allang op uit gestuurd. Toch kon Alicia zich niet kalmeren. Gevolgd door de mopperende Elisabeth haastte ze zich de trap af naar de hal, waar ze bijna tegen Maria Jordan opbotste. De kamenierster sleepte een mand vol witte doeken van de waskeuken naar de keuken.

'Het zijn maar oude lakens, mevrouw. We wilden er keukendoeken van maken, maar we hebben ze nu voor Auguste nodig. Wat een pech. Zomaar uit het niets begon ze te schreeuwen...'

Alicia onderbrak haar woordenvloed met de vraag of iemand de vroedvrouw had gewaarschuwd.

'Gustav is al onderweg, mevrouw. Tjonge, wat een schrik. Ze schreeuwt als een speenvarken, buigt zich voorover en gaat midden in de keuken zitten. Stelt u zich dat voor, mevrouw. De kokkin had net de kalfsschnitzels gepaneerd en de kleine Hanna… Och jee, dat is toch geen aanblik voor een kind!'

'Gaat u nu maar, Maria!' zei Elisabeth. 'Ze zitten vast op de doeken te wachten. Hebben jullie ook warm water? En een navelbandje voor de pasgeborene?'

Alicia verbaasde zich over de kennis van haar dochter. Tegenwoordig leerden de jonge meisjes op kostschool veel dingen waarover in haar tijd niet eens gesproken werd. Zoals lichaamshygiëne, zuigelingenzorg en zelfs gezonde lichaamsbeweging. Als het zo verderging zouden haar kleindochters nog op kostschool leren wat echtelieden in de huwelijksnacht met elkaar deden! Wat God mocht verhoeden!

'We kunnen niets doen, Lisa. Laten we weer naar boven gaan en afwachten. Ik wil niet al te ver van papa's werkkamer verwijderd zijn, het zou immers kunnen dat Paul uit Parijs belt.'

Elisabeth sloeg haar ogen ten hemel en beweerde dat het veel te vroeg was. Als Paul al zou bellen zou dat op zijn vroegst morgen zijn.

Het geschreeuw was gestopt, wat voor hen beiden een opluchting was. Hoewel ze natuurlijk niet konden weten of de stilte een goed of slecht teken was.

'Misschien is ze flauwgevallen,' zei Elisabeth zachtjes terwijl ze langzaam de trap opliepen. 'Of is ze doodgebloed.'

'Elisabeth!'

Achter hen klonk de bel van de voordeur en Else liep erheen om open te doen. Gustav rende naar binnen en trok een gezette, oudere vrouw achter zich aan.

'Het is al goed, jongeman,' bromde de vroedvrouw geïrriteerd. 'Uw kind wacht heus wel even.'

'Het is niet mijn kind!'

'Dan begrijp ik niet waarom u me zo opjaagt!'

Even later was er een vreemd geluid te horen. Gegorgel en gebrabbel, het gekwaak van een kikker. Het werd luider, energieker. De verbijsterde schreeuw van een zuigeling.

'Jezus Maria,' zei de vroedvrouw. 'Dat ging echt razendsnel.'

Alicia en Elisabeth waren op de trap blijven staan om naar de vreemde klanken te luisteren.

'Het klinkt ergens klagend,' zei Elisabeth en ze haalde haar neus op. 'Zo gesmoord en zwak. Helemaal niet als een echte baby.'

'Het is ook nog maar net geboren,' zei Alicia glimlachend.

Ze moesten aan de kant gaan omdat Gustav de jonge moeder de trap opdroeg. Achter hem liep Else met een volle kan warm water en een stapel keukendoeken. Ze was helemaal buiten zichzelf en kletste aan één stuk door.

'Pardon, mevrouw. Maar we kunnen niet via de dienstbodentrap naar boven, die is te smal. Omdat Gustav Auguste moet dragen. Wat een schrik. Het ging allemaal zo snel, huppakee en het hoofdje was al geboren. De vroedvrouw heeft alleen maar de beentjes eruit getrokken. Wat een schatje. Dik en gezond. Een meisje, een mooi klein meisje. De vroedvrouw stopt haar net in bad. Daarna leggen we het boven in het bedje. Dat heeft Auguste gemaakt van een kist en een oud dekbed...'

Auguste was knalrood en haar ogen glansden. Ze leunde met haar hoofd tegen Gustavs stevige borst en leek nog niet helemaal te beseffen dat alles voorbij was.

'Een meisje,' zei Alicia, en ze kreeg ineens een warm geluksgevoel. 'Gezond en wel! O, Lisa, laten we dit als een goed voorteken zien.'

39

PAUL DACHT DAT HIJ ZIJN zusje tamelijk goed kende, maar dat bleek niet zo te zijn. Kitty was weer eens als een blad aan een boom omgedraaid, van de koppige, tegendraadse persoon die ze drie dagen geleden in Montmartre hadden aangetroffen was zo goed als niets overgebleven. In plaats daarvan zat er een charmante jongedame bij hen in de treincoupé, een vrolijk kletsende, attente reisgenote die zich er duidelijk op verheugde weer naar huis te gaan. Niets herinnerde meer aan het feit dat ze tot nog maar kortgeleden als schilderes in Montmartre had willen leven. Ook de Parijse mode had afgedaan, Kitty droeg een wijnrood ensemble dat mama in Maries koffer had gestopt, met daarbij een betoverend hoedje met bloemetjes en een dunne, rozekleurige sluier.

Paul besefte dat Kitty mama in deze nieuwe rol zou kunnen overtuigen, vader zou er echter niet van onder de indruk zijn. Ook Elisabeth niet... maar dat was bijzaak. Vader zou beslist maatregelen treffen die Kitty niet leuk zou vinden. Hoewel hij van haar hield, zou hij dat toch doen. Misschien juist daarom.

Dit keer hadden ze twee slaapcoupés geboekt, wat betekende dat hij de nacht samen met Alfons doorbracht, terwijl Kitty een coupé met Marie deelde. Paul zou zich het liefst stiekem bij de dames verstopt hebben, wat natuurlijk helaas onmogelijk was. Hij had heel graag willen weten wat Kitty haar beste vriendin toevertrouwde. Zou

Marie haar vriendin ook dingen vertellen die ze voor hem verzweeg? Het zou kunnen, maar het was niet heel waarschijnlijk. Marie was niet zo'n kletskous als Kitty, ze had in haar leven moeten leren om de dingen waar zij zich zorgen om maakte of waar zij op hoopte voor zich te houden.

Ook Alfons was niet erg spraakzaam. Hij had een hoop schilderijen gekocht en leek van mening te zijn dat hij goede zaken had gedaan. Paul was daar niet helemaal van overtuigd, als hij naar Kitty's raad had geluisterd, zouden deze schilderijen op zijn vroegst over honderd jaar in waarde stijgen.

'Hoe was je dag met Kitty?' vroeg Paul nieuwsgiering toen ze al in de smalle bedden lagen, maar de lampen nog niet uitgeschakeld waren.

Alfons liet de krant die hij aan het lezen was zakken en zette zijn leesbril af. Hij dacht kort na voordat hij antwoordde, zocht de juiste woorden.

'Een mooie dag. Zonder twijfel. Met een hoop leuke dingen en gelukkige momenten. Je zus is een betoverende vlinder, Paul. Ik wil in geen geval haar vleugels breken als ik haar vang. Begrijp je wat ik daarmee wil zeggen?'

'Ik denk het wel,' zei Paul grijnzend. 'Wil je dus nog steeds met Kitty trouwen?'

'Meer dan ooit, beste Paul. Maar ik moet haar tijd geven. Ze moet eerst weer zichzelf vinden, de schrik te boven komen. En daar wil ik haar, voor zover ik kan, bij steunen. En... zeker, ik hoop dat zij ook toenadering zal zoeken...'

Paul haalde diep adem en zweeg een poosje. Hij dacht aan wat Marie hem had verteld, dat Kitty nog steeds erg op die Fransman gesteld was. Zou ze hem vergeten? Misschien. Maar of ze zich dan uitgerekend tot Alfons zou wenden? Dat betwijfelde Paul.

Alfons glimlachte en ritselde met de krant. 'Diep binnen in haar zit een klein, angstig kind,' zei hij. 'In duizend verschillende rollen probeert ze daarvan af te leiden en houdt zich groot, doet zich voor als de trotse, zelfverzekerde vrouw, de clown, de kunstenares... en wat niet allemaal nog meer. Alleen degene die achter al die maskers het kleine kind vindt en haar in zijn armen neemt kan haar begrijpen.'

Amen, dacht Paul. Wat een lieve, goedhartige jongen is hij toch. Hopelijk zal ze hem niet teleurstellen.

'Mag ik jou ook iets persoonlijks vragen?' hoorde hij Alfons' stem.

'Waarom niet?'

'Zou het kunnen dat jij iets voelt voor de knappe Marie?'

Nu was Paul degene die over zijn woorden nadacht om te voorkomen dat hij te veel zei.

'Was het zo duidelijk? Ja, ik geef het toe.'

Alfons keek niet blij, zette zijn bril weer op en zocht de beursberichten op.

'Het lijkt me een beetje jammer voor het meisje,' zei hij zachtjes. 'Maar natuurlijk gaat mij dat niets aan.'

'Welterusten.'

Paul ergerde zich aan die opmerking, maar had geen zin om Alfons ervan te overtuigen dat zijn gevoelens voor Marie oprecht waren. In plaats daarvan draaide hij het lampje bij zijn bed uit en trok de deken op. De rit was nog lang en ze hadden morgen een inspannende dag voor de boeg.

VI

Mei 1914

40

KITTY'S TERUGKEER IN DE villa leek wel een theatervoorstelling. Als een uit den vreemde teruggekeerde heldin begroette ze de personeelsleden die in de hal bijeengekomen waren. Hemel, ze wisten toch dat ze er met een man vandoor was gegaan. Het personeel zou ongetwijfeld ook zo hun mening hebben over de gebeurtenissen. Maar Kitty toonde geen greintje berouw of schaamte... Ze lachte, kletste met ieder afzonderlijk, liet zich aan de nieuwe huisknecht Humbert, Roberts opvolger, voorstellen en klapte in haar handen toen ze hoorde dat Auguste twee dagen geleden een meisje op de wereld had gezet.

'Waar is ze? Ik wil haar zien!'

Auguste kwam met de baby uit de keuken, ze was nog steeds dik maar leek de bevalling goed doorstaan te hebben.

'Moet je kijken, Marie!' riep Kitty, buiten zichzelf van vreugde. 'Is ze niet schattig? Die kleine vingertjes. En dat mondje. Die piepkleine oortjes... Dat hieruit ooit een echt mens groeit...'

'Ik wens je veel geluk, Auguste,' zei Marie. 'Heeft ze al een naam?'

Auguste keek haar vrolijk grijnzend en een beetje uitdagend aan.

'Ze heet Elisabeth.'

'Elisabeth?' vroeg Kitty verbaasd en een tikkeltje jaloers. 'Wat een mooie naam. Dan is mijn zus zeker de peettante, of niet?'

'Dat heeft ze me beloofd, juffrouw.'

Bovenaan de trap verscheen Alicia, die het in de salon niet meer uitgehouden had. Wat een weerzien! Paul was ontzettend blij dat Alfons Bräuer al op het station afscheid van hen had genomen, dit hartverscheurende gedoe, de tranen, de schuldbekentenissen over en weer van moeder en dochter waren alleen voor de intiemste familiekring bestemd.

'Je bent weer bij ons!'

Verrassend genoeg deed ook Elisabeth heel hartelijk, ze omhelsde Kitty en bekende zelfs dat ze haar heel erg gemist had. Ze was zo blij dat het gezin weer compleet was.

'Paul… waar ben je nou?' riep Kitty. 'Mijn Paultje! Ik heb het allemaal aan jou te danken. Aan jou en aan Marie. Waar is zij nou naartoe?'

Marie was al bezig met de bagage, samen met Humbert sjouwde ze de koffers naar boven om ze daar uit te pakken. Paul zag het met gemengde gevoelens aan. Hij vond het niet prettig dat zij die zware koffers moest tillen. Maar aan de andere kant had ze het immers niet anders gewild.

Even later zat hij met Kitty, Elisabeth en zijn moeder in de eetkamer, waar ze een uitgebreid tweede ontbijt geserveerd kregen en hij af en toe Kitty's bloemrijke verhalen aanvulde.

'Parijs is een droom, mama. We moeten er echt een keer naartoe, jij ook, Lisa. Het Louvre alleen al is de reis waard. Maar vooral de sfeer van een wereldstad, de mode, de winkels, de vele mensen uit allerlei landen. Natuurlijk kom je er ook Fransen tegen…'

'Bel even gauw naar de fabriek, Paul,' droeg zijn moeder hem op. 'Zeg tegen je vader dat Kitty weer terug is.'

Gehoorzaam liep hij naar zijn vaders werkkamer waar het telefoontoestel stond en bracht de verbinding tot stand.

'Paul? Sinds wanneer ben je terug?'

De stem van zijn vader klonk nerveus. Waren er alweer machines uitgevallen?

'Sinds een half uur, vader. Kitty is weer terug in de villa, ze zit met Lisa en mama te ontbijten. Wil je misschien…'

‘Kom naar de fabriek zodra je kunt,’ onderbrak Johann Melzer hem. ‘Ik heb je nodig. En zeg tegen Alicia dat ik niet kom lunchen.’

Hij hoorde een zachte klik toen zijn vader ophing. Pfff… dat was typisch vader. Geen woord over Kitty’s terugkeer in de schoot van de familie. Geen begroeting, geen vriendelijk woordje. Alleen kortaf dat hij niet kwam lunchen. Arme Kitty, er balde zich een zwaar vaderlijk onweer boven haar samen. Een gedwongen opleiding tot stenotypiste, kraamverzorgster of ziekenverpleegster was nog de meest onschuldige variant. Hij kon haar ook naar tante Helene en oom Gabriel of zelfs naar het landgoed in Pommeren naar oom Rudolf en tante Elvira verbannen.

In de eetkamer lagen de zussen liefhebbend in elkaars armen en Paul hoorde dat Klaus von Hagemann Elisabeth eindelijk ten huwelijk had gevraagd, daar had ze al zo lang naar verlangd. Kitty verklaarde dat ze ongelooflijk gelukkig en opgelucht was omdat ze de hele tijd een slecht geweten had gehad. Ze zwoor een paar keer op alles wat haar heilig was dat ze nooit gevoelens voor Klaus von Hagemann had gehad en Elisabeth beweerde dat ze dat ook nooit had gedacht.

‘Er waren zo veel nare misverstanden, Lisa!’

‘Ja, je hebt gelijk, Kitty. Maar dat is nu voorbij…’

‘Voor eens en voor altijd! Weet je al wat je bij je verloving aantrekt? De blauwe? Of de donkergroene?’

‘Nee, joh. Marie gaat een jurk voor me ontwerpen. Mama en ik hebben al stof gekocht.’

De arme Marie wist nog van niets. De zussen liepen naar Elisabeths kamer, waar de stof en zeer dun kant lagen. Nadat ze de deur achter zich gesloten hadden, bleven Paul en Alicia een moment zwijgend zitten.

‘Hij komt zondag,’ zei Alicia ten slotte, en ze dronk haar restje koffie op. ‘Hij wil heel officieel haar hand vragen.’

Het klonk niet bepaald alsof ze uitzinnig van vreugde was vanwege het komende verlovingsfeest. Paul vermoedde dat vader niet enthousiast zou zijn. Ten eerste stoorde hij zich aan de adellijke titel, ten tweede bracht Von Hagemann naast het uitzicht op een hogere officiersrang slechts weinig mee in het huwelijk. Maar vooral had Johann Melzer het de jongeman niet vergeven dat hij Elisabeth zo slecht had behandeld. Na Kitty's vlucht hadden ze weinig van de Von Hagemanns gehoord of gezien, zij hadden de Melzers vermeden, net als veel andere zogenaamde vrienden. Paul koesterde de nare verdenking dat Alfons' huwelijksplannen uitgelekt waren naar de Von Hagemanns. Het bankiershuis Bräuer wilde zich kennelijk met de fabrikant Melzer verbinden. Dat nieuws zou ertoe geleid kunnen hebben dat tweede luitenant Von Hagemann bepaalde pijnlijke dingen door de vingers zag en Elisabeth weer als een goede kandidaat beschouwde. Maar misschien was het ook wel heel anders, je moest niet altijd het slechtste van mensen denken. Misschien was Von Hagemann ook wel tot de conclusie gekomen dat Elisabeth de vrouw van zijn leven was.

De vrouw van zijn leven…

'Ik wilde je al een hele tijd iets vragen, mama. Wat weet je eigenlijk over Marie?'

Die nieuwsgierige vraag verbaasde haar en ze keek hem licht bezorgd aan.

'Waarom wil je dat weten?'

Hij vertelde haar over de foto die Kitty in Parijs had ontdekt en waar Maries moeder op stond, aan de zijde van Jakob Burkard.

'Jakob Burkard? Weet je dat zeker, Paul? Jeetje, dat is echt vreemd…'

Johann Melzer had haar verteld dat Marie de buitenechtelijke dochter van een van zijn werknemers was. Over Maries moeder had hij maar één keer gezegd dat ze een losbandig leven had geleid en kunstenares was geweest. Tenminste, daar gaf ze zich voor uit. Maar Maries vader was zeer bekwaam geweest, daarom had Johann het meisje altijd gevolgd. Vorig jaar september had hij voorgesteld om Marie als keukenmeisje aan te stellen. En dat had Alicia gedaan.

'Heeft hij de naam van die werknemer dan niet genoemd?'

Alicia zuchtte. Ze kon het zich niet meer herinneren. Marie heette Hofgartner, maar dat was vast de naam van haar moeder.

'Inderdaad,' zei Paul. 'Luise Hofgartner, zo heette ze. Een schilderes. Vertel me wat je over Jakob Burkard weet. Was hij niet vaders partner?'

'Waarom moet je uitgerekend vandaag die ouwe verhalen oprakelen, Paul?' zei ze onwillig. 'Kitty is weer terug en bovendien hebben we een prachtig kindje in huis. Het zou een dag vol vreugde moeten zijn.'

'Alsjeblieft, mama.'

Alicia wreef over haar slapen, een teken van opkomende migraine, en zei dat ze niet begreep waarom hij dat allemaal wilde weten.

'Vertel nou, mama,' zei hij vleiend en hij pakte haar handen. 'Of is er iets wat ik niet mag weten?'

'Onzin!'

Ze had Jakob Burkard in het begin van haar huwelijk af en toe gezien, een zeer slanke man van gemiddelde lengte en met dromerige, donkere ogen. Hij kwam uit Tirol, als ze het zich goed herinnerde, en was het kind van arme boeren. Een verlegen figuur die zich in gezelschap niet wist te gedragen. Alleen al hoe hij gekleed was... hij paste totaal niet bij de andere gasten en ze was blij toen hij niet meer kwam.

'Maar hij schijnt een geweldige constructeur geweest te zijn,' zei Paul. 'Anders had vader hem toch niet tot partner gemaakt.'

Jazeker, gaf ze toe. Johann en Jakob Burkard hadden de fabriek zelfs samen opgericht, Burkard was verantwoordelijk voor de machines, Johann voor de zakelijke kant.

'Maar na verloop van tijd werd Burkard steeds lastiger. Wat zich precies tussen hen heeft afgespeeld, weet ik niet. Maar Johann werd steeds kwader op hem.'

Na een felle ruzie was Burkard voor een tijdje naar het buitenland gegaan.

'Naar Frankrijk misschien?'

Alicia wist het niet. Toen hij terugkwam, was hij ziek.

'Waarschijnlijk dronk hij eerder al een glaasje te veel,' zei Alicia spijtig. 'Ik denk dat hij geleidelijk aan zijn lever kapot heeft gemaakt. De arme man is een tamelijk ellendige dood gestorven.'

'Heeft hij geen nakomelingen achtergelaten?'

'Er werd gezegd dat hij een dochter had. Maar dat weet ik alleen van de geruchten. Ik geloof dat de dames van de liefdadigheidsvereniging dat weleens gezegd hebben.'

'Maar als hij inderdaad een dochter had... zelfs als ze buitenechtelijk was... dan is ze toch zijn erfgename, of niet?'

Ze keek hem met grote ogen aan. Erfgename? Wat zou Jakob Burkard nou na te laten hebben gehad?

'Wel... zijn aandeel in de fabriek.'

Glimlachend schudde Alicia haar hoofd. Dacht hij nu werkelijk dat zijn vader zijn levenswerk met een alcoholist had gedeeld? Nee, op dat tijdstip had hij de aandelen van Burkard allang afgekocht. Helaas verloor de arme man al het geld, hij stopte het in allerlei nutteloze uitvindingen en van de rest kocht hij sterkedrank.

'Dus... dus Burkard bezat niets meer toen hij stierf?'

'In ieder geval geen eigendomsrecht van onze fabriek,' antwoordde ze lachend. 'Ben je nu tevreden?'

Paul knikte en bedankte haar. Hij moest nu snel naar vader, die had dat aan de telefoon gevraagd. Of hij met de lunch terug zou zijn, hing niet van hem af.

'Paul?'

Hij had zijn hand al op de deurklink gelegd en draaide zich met tegenzin om.

'Ja, mama?'

'Val je vader maar niet lastig met deze oude verhalen. Hij praat er niet graag over. En hij heeft momenteel al genoeg zorgen.'

'Natuurlijk, mama. Tot later...'

In de gang hoorde hij de opgewonden, euforische stemmen van zijn zussen die een verdieping hoger in Kitty's kamer de verlovingsjurk bespraken. Ook Marie was af en toe te horen, rustig, vriendelijk en gedecideerd. Hij voelde een intense verbittering opborrelen. Steeds duidelijker voelde hij dat er voor hem geen ander kon zijn, dat Marie de vrouw was van wie hij hield, die voor hem bestemd was. Verdorie, hij had formeel om haar hand gevraagd en die koppige meid had hem smalend afgewezen. Dacht ze soms dat het voor hem gemakkelijk was om over alle conventies heen te stappen? Om zijn liefde voor haar te bekennen? Sinds hun ruzie in Parijs had ze hem stijfjes en beleefd behandeld en waren haar blikken afwijzend, ja vijandig. Het deed pijn om zo door haar geminacht te worden. En erger nog, hij maakte zich zorgen dat ze echt maar een spelletje met hem had gespeeld. Zou hij zich zo in haar vergist hebben? Nee, dat kon niet. Zijn hart zei hem dat ze van hem hield.

Er viel een fikse voorjaarsbui, maar Paul besloot toch lopend naar de fabriek te gaan. Tussen de oude bomen van het park hing witte nevel, in de bloemperken bogen tulpen en narcissen voor deze aanval van het weer, hun bloemblaadjes vielen op de vergeet-me-nietjes en de kleurrijke viooltjes. Vanuit de grasvelden steeg een geur van warme vruchtbaarheid op, gemengd met de geur van rottend loof en vochtige aarde. De natuur vernieuwde zich met kracht, het oude moest wijken, knopjes sprongen open, duizend kiemen en blaadjes kwamen tevoorschijn. Paul was altijd dol geweest op dit jaargetijde. Hij ademde de lucht van het ontluikende leven diep in en merkte dat er een warm gevoel van geluk en hoop in hem opsteeg.

41

'ALS DE RATTEN,' ZEI DE kokkin en ze schonk uit de blauwe emaillen kan een beker koffie in. 'Hebben ze het zinkende schip verlaten, die grijze knapen. Maar nu, nu het schip weer drijft, komen ze uit hun holletjes gekropen.'

Marie wist wat mevrouw Brunnenmayer daarmee wilde zeggen, maar de kleine Hanna keek angstig naar de grote keukenkasten en vroeg of daaronder soms ratten zaten.

'Zeker,' bromde de kokkin. 'Een van hen zit boven nu bij de familie in de rode salon en borstelt zijn snor. En de andere zijn donderdag voor het diner uitgenodigd.'

Boven in de rode salon maakte tweede luitenant Von Hagemann zijn opwachting en Humbert had koffie en fijn biscuitgebak geserveerd. Hij had een poosje in de gang staan wachten voor het geval de familie nog wensen had, daarna was hij naar de anderen in de keuken gelopen. Hij had veel genegenheid voor de norse kokkin en steunde altijd haar ideeën. Mevrouw Brunnenmayer mocht de vreemde jongeman ook graag, ze had drie zoons grootgebracht en wist hoe ze met hem om moest gaan.

'Ik hoorde de tweede luitenant zeggen: "Ik heb uw dochter zeer gekrenkt, maar ze heeft me vergeven."'

Humbert sprak de zin met zo'n overdreven stem en zulke weidse gebaren uit, dat ze allemaal moesten lachen. De tweede luitenant had allerlei hoogdravende dingen gezegd, voegde hij eraan toe. Dat hij weken-, maandenlang berouw had gehad en slechts één enkele hoopvolle gedachte hem staande had gehouden.

'Dat de juffrouw medelijden met hem kreeg?' zei Auguste grinnikend.

'Nee,' zei Humbert gespeeld geheimzinnig. 'Hij hoopte dat er oorlog uit zou breken en hij zijn jonge leven op het veld van eer kon riskeren.'

'Mijn hemel,' zei Marie hoofdschuddend. 'Overdrijft hij zo sterk? Denkt hij nou echt dat directeur Melzer daarin trapt?'

'De directeur en de jongeheer hebben geen woord gezegd,' zei Humbert geamuseerd. 'Maar de drie dames waren helemaal in tranen.'

Maria Jordan zuchtte diep. Ze had vannacht nog haar kaarten gelegd en wist dat dit huwelijk geen lang leven beschoren was. Je kon medelijden met de arme juffrouw hebben.

'Hoezo?' zei Auguste. 'Het is toch haar eigen schuld? Zij wilde hem per se hebben. Zo iemand als hij had ik nog niet met de vuurtang aangeraakt!'

Gustav kwam de keuken binnen, zijn handen zwart van de aarde, hij had geraniums geplant. Tot ergernis van de kokkin waste hij zijn handen in de gootsteen en droogde hij ze met een witte keukenhanddoek af. Toen ze de handdoek uit zijn handen trok grijnsde hij alleen. Hij ging op de bank zitten, vlak naast het met zachte stof beklede houten kistje waarin de kleine Elisabeth sliep en bekeek de baby met zo veel tederheid alsof het zijn eigen kind was.

'Wil je een kopje koffie, Gustav?' vroeg Auguste. Haar stem klonk buitengewoon vriendelijk.

'Met veel room en suiker!'

Marie zat naast Hanna en keek haar schrift door. Met een potlood zette ze dunne strepen onder de verkeerd geschreven woorden, vervolgens moest Hanna zeggen wat er fout was en de bladzijde overschrijven.

Een van de elektrische bellen boven de keukendeur zoemde. Die was voor Humbert bedoeld. Hij zette snel zijn koffiebeker neer en liep naar de dienstbodentrap.

'Nu willen ze nog allemaal lekkernijen hebben,' zei Auguste gemeen grinnikend. 'En de juffrouw is al zo dik.'

'Jij komt nog eens in de problemen door die grote mond van jou,' zei Else.

'Nou, ze is toch zo dik als een olifant...'

Op dat moment kwam juffrouw Schmalzler de keuken binnen en Auguste hield geschrokken haar hand voor haar mond.

'Auguste en Else... de kussenhoezen voor de eetkamer zijn gewassen en kunnen om de kussens gedaan worden. Bovendien staat er nog ongebruikt servies en liggen er allemaal kruimels op het tapijt.'

De twee meisjes haastten zich weg. Het was het teken dat de lunchpauze voorbij was. Ook Maria Jordan stond op en zei dat ze twee hoeden van de mevrouw moest decoreren, waarbij ze Marie een triomfantelijke blik toewierp. Jazeker, de mevrouw had deze taak specifiek aan Maria Jordan gegeven en niet aan de kamenierster Marie.

'Leg je schrift nu weg, meid,' hoorde Marie de kokkin mopperen. 'Het is hier geen school, hier wordt gewerkt. Haal even de varkenspootjes uit de koelcel, dan kunnen we ze marineren.'

Marie liep langzaam de dienstbodentrap op om boven in de naaikamer verder aan de verlovingsjurk van de juffrouw te werken. Ze vond naaien leuk, de fijne, lichtgroene katoenen stof was erg mooi, gleed tijdens het naaien niet weg en vormde geen plooien. Het was goed om iets te doen te hebben, het hielp haar om haar verdriet te verwerken. Ze vond het verschrikkelijk dat ze ruzie met Paul had, maar wist niet hoe ze zich met hem kon verzoenen. Ze kon moeilijk tegen hem zeggen hoeveel ze van hem hield, dat zou alleen maar tot nieuwe misverstanden leiden. Oef, het deed pijn om zo onverschillig langs hem heen te lopen, zijn gekwelde maar tevens boze blik te voelen, zijn spottende opmerkingen te verdragen. Wist hij niet dat elk woord als een pijl haar hart doorboorde? Beviel de rol van afgewezen geliefde hem zo goed dat hij die elke dag opnieuw vertolkte?

Ook Kitty had zich onnadenkend en gevoelloos gedragen. Toen ze na de vrolijke verzoeningsavond in Montmartre, waarop ze allemaal een beetje aangeschoten waren geweest, naar Kitty's appartement waren gegaan om te slapen, had Marie Kitty naar de tekening van haar moeder gevraagd. Kitty had overal gezocht, maar kon de tekening niet vinden. Ten slotte had ze beteuterd gezegd dat ze hem mogelijk per ongeluk als aanmaakpapier voor de oven had gebruikt. Het was 's nachts zo vreselijk koud geweest en in het donker had ze niet goed gezien wat ze als aanmaakpapier oprolde... Ach, Marie moest zich niet druk maken, ze zou wel een andere tekening van Luise Hofgartner voor haar kopen. Vervolgens was ze onder het donzen dekbed gekropen en meteen in slaap gevallen. Marie had dus alleen de foto. Ze bewaarde hem in haar ladekast tussen de drie kanten zakdoekjes die Kitty haar had gegeven en haalde hem tevoorschijn als ze alleen in de kamer was. Zo had haar moeder er dus uitgezien, zo jong en blij en toch ook zo vreemd. De verbleekte lijnen en schaduwen op het papier zeiden niet veel over wat voor persoon ze was geweest. De mooie schilderes, die van de constructeur Jakob Burkard hield. De recalcitrante vrouw die de tekeningen van haar overleden man niet aan Melzer wilde geven. De liefdevolle moeder die zo jong moest sterven.

Stel dat directeur Melzer had gelogen en ze wel Jakob Burkards dochter was...

Maar wat maakte het eigenlijk uit wiens dochter ze was? Het zou toch niets veranderen. Haar ouders waren dood, ze was alleen op de wereld, er was niemand die achter haar stond. Als ze slim was, liet ze al deze dingen rusten. Als ze slim was, zei ze haar baan op om aan al het verdriet en de nutteloze hoop te ontkomen. Vrij zijn, alles achter zich laten, een nieuw, onbezwaard leven leiden. Misschien in München. Of in Rosenheim. Of verder naar het noorden? Waarom niet in Hamburg, waar de grote schepen in de haven lagen, die overzee voeren. Had Paul niet verteld dat Robert naar Amerika was geëmigreerd? Wat was hij dapper. Maar zij was laf en schoof de beslissing elke dag voor zich uit, omdat ze dit huis en de mensen hier niet kon missen. Alsof er ergens een geheime kracht, een magneet was die haar aantrok en niet meer los wilde laten.

'Marie! Mijn lieve Marie!'

Zodra ze op de tweede verdieping kwam, zag ze Kitty op zich af komen. Haar stem klonk huilerig. O jee, dat betekende liefdesverdriet. Gisteren had ze een brief van Gérard Duchamps gekregen, waarna ze een paar uur lang in de wolken was geweest en zei dat alles opgelost was, dat ze eindelijk weer gelukkig was en dat papa nu vast wel begrip zou hebben. Wat er precies in de brief stond had ze echter niet aan Marie verteld.

'Laat dat stomme naaiwerk maar even zitten,' zei Kitty, de tranen nabij. 'Kom met me mee naar mijn kamer, je moet me troosten. O, het is allemaal zo erg, Marie. Waren we nu maar in Montmartre gebleven. In ons kleine vogelnest hoog boven de daken. Bij Solange en Léon, die waren altijd zo goed voor me...'

Ze begon te snikken en Marie nam haar snel in haar armen, praatte zachtjes op haar in, aaide haar rug, streelde haar haren en natte wangen. Rustig maar, het komt allemaal wel goed. Niets is zo erg als het lijkt. Er is altijd nog een uitweg.

'Stel je voor, papa heeft me verboden om Gérards aanzoek aan te nemen. Hij is zo gemeen! In plaats van blij te zijn dat Gérard met me wil trouwen, maakt hij alles weer kapot. En dat terwijl Gérard al een huwelijkscadeau voor me heeft gekocht... Ach, het was allemaal een dom misverstand. Hij wilde nooit met Béatrice trouwen, hij heeft de tekening bij Kahnweiler voor mij gekocht...'

Marie schoof haar snel de kamer in en sloot de deur, want de immer nieuwsgierige Jordan kwam net de waskamer uit.

'Maar juffrouw Katharina... denkt u echt dat een huwelijk met Gérard een gelukkig huwelijk kan zijn? Tegen de wil van zijn familie? Ik heb bij dit aanzoek eerder het gevoel dat het een wanhoopsdaad is...'

Maar dat soort verklaringen wilde Kitty niet horen. Nee, nee,

Gérard meende het oprecht, hij hield van haar en zij van hem. Hoewel Gérard – wat dat betreft had Marie gelijk – in Montmartre zeer vertwijfeld was geweest over de ruzie met zijn familie. Dat hij niet wist waar ze van moesten leven en dat hij daarom constant slechtgehumeurd was. Ach ja, het was nu eenmaal niet zo eenvoudig met de liefde. Misschien gingen liefde en huwelijk niet samen…

Ze bleef erbij dat papa gemeen was en dat vond mama ook. Nee, dat had mama niet gezegd, maar Kitty had gezien dat ze dat dacht.

'De tweede luitenant had nog maar net afscheid genomen of papa begon tegen me tekeer te gaan. Gelukkig was Lisa er niet bij, die had er anders vast van genoten. Ze was met de tweede luitenant naar beneden naar de hal gelopen om hem naar de deur te begeleiden. O, ik ben zo jaloers op Lisa! Ze is zo gelukkig. In de zomer gaan ze de verloving officieel bekend maken, tijdens een tuinfeest met alle vrienden en bekenden. Maar ik, ik zal er niet bij kunnen zijn…'

Ze wierp zich op de lichtblauwe sofa en begon hard te huilen. Eigenlijk had ze met tweede luitenant Von Hagemann moeten trouwen, tenslotte had hij haar eerst ten huwelijk gevraagd. Goed, ze had er niets over gezegd, wat had ze ook moeten zeggen, ze wist immers niet wat mama en papa ervan vonden… Maar misschien had ze toen wel 'ja' moeten zeggen, dan was ze nu niet zo ongelukkig geweest.

Marie wist dat Kitty totale onzin uitkraamde. Von Hagemann was echt de laatste persoon die haar gelukkig kon maken, zeker omdat ze niet van hem hield. Zwijgend zat ze naast de snikkende Kitty, luisterde geduldig naar haar klaagzang en hoorde uiteindelijk dat de boze Johann Melzer niet alleen een huwelijk met Gérard Duchamps verbood, maar ook nog strenge strafmaatregelen had aangekondigd.

'Ik moet naar het landgoed van oom Rudolf in Pommeren of een opleiding volgen als ziekenverpleegster bij het Rode Kruis… terwijl ik niet tegen bloed kan, Marie.'

Dat was wel heel hard. En Marie vreesde dat Johann Melzer zo'n beslissing erdoor zou weten te krijgen.

'Ik ga in geen geval naar Pommeren. Zelfs niet als ze me met boeien om mijn handen en voeten op de trein zetten. Dan spring ik nog liever in de Lech. Of ik pak het kleine pistool uit papa's bureaulade en schiet een kogel door mijn hoofd.'

'Juffrouw Kitty! Zoiets mag u niet zeggen. Vooral niet in het bijzijn van uw moeder.'

'Maar ik verdraag ook geen zieke mensen om me heen,' jammerde Kitty. 'Ik heb een hekel aan oude mensen en als ze dan ook nog van die afschuwelijke ziektes hebben zoals de schurft of de bibber...'

'De bibber?'

'Nou ja, als ze zo bibberen en met hun hoofd wiebelen. O, Marie, ik weet niet wat ik moet doen. Mama kan me ook niet helpen, niemand kan me helpen, ik ben helemaal alleen!'

Marie dacht even na. Moest zij de koers bepalen? Misschien was het wel verkeerd en leidde het alleen maar tot verdriet. Maar misschien was het ook wel de weg naar blijvend geluk.

'Waarom vraagt u Alfons Bräuer niet?' zei ze argeloos. 'Ik vind hem heel intelligent en doortastend. En bovendien mag hij u echt graag, juffrouw Kitty.'

Kitty haalde haar handen van haar betraande gezicht en veegde een natte haarstreng weg. Toen snoot ze luidruchtig in de met kant afgezette zakdoek die Marie uit de ladekast had gepakt en aan haar had gegeven.

'Alfons?' zei ze met een schorre stem van het huilen. 'Je hebt gelijk. Hij is een intelligente man. En hij heeft me in Parijs beloofd dat hij er altijd voor me zou zijn als ik in nood was.'

Nou, kijk aan, dacht Marie. Alfons had er al op geanticipeerd. Natuurlijk had hij geweten dat zijn knappe Kitty een hoop problemen zou krijgen als ze weer in de villa terug was.

'Je bent goud waard, Marie. Mijn gouden Marie. Alfons... natuurlijk, die zal wel raad weten. Ik bel hem meteen op.'

Aan de telefoon had Marie natuurlijk niet gedacht, die werd in huize Melzer alleen bij bijzondere gelegenheden gebruikt en dan meestal door Johann Melzer zelf. Maar Kitty was al opgesprongen en de gang in gelopen. Vlak bij de trap bleef ze staan en wenkte Marie snel te komen.

'Kijk of de kust veilig is,' fluisterde Kitty. 'Als papa maar niet in zijn werkkamer zit. Het is immers zondag, dan gaat hij niet naar de fabriek.'

Marie liep de trap af. Beneden kwam ze Else tegen, die met de oude kussenhoezen uit de eetkamer kwam. De mevrouw en juffrouw Elisabeth waren een ritje aan het maken in de automobiel. De juffrouw wilde haar moeder helemaal zelf door het park rijden, om te bewijzen dat ze had geleerd hoe je een auto moest besturen.

'De meneer? Die is met de jongeheer naar de fabriek gegaan. Er schijnen weer problemen met de machines te zijn.'

Marie bedacht dat Jakob Burkard die machines geconstrueerd had. Als hij nog geleefd had, was het nu vast beter gegaan met de fabriek van Melzer. Maar Johann Melzer bezat niet eens de constructietekeningen van zijn machines. Waarom zou haar moeder ze niet gegeven hebben?

'Als je snel naar de keuken loopt,' fluisterde Else haar vertrouwelijk toe, 'kun je nog een paar van die zoete biscuitjes krijgen. Voordat Auguste ze allemaal opeet.'

'Dank je, Else!'

Het kamermeisje liep met de stapel kussenhoezen naar de dienstbodentrap en Marie wenkte Kitty, die boven op haar teken stond te wachten.

'Is iedereen weg? Jeetje, wat een geluk,' zei ze blij. 'Hopelijk veroorzaakt Elisabeth geen ongeluk met de automobiel. Met mama naast haar. Wat een onbezonnen actie...'

Even later zat ze met een zelfverzekerde uitstraling achter het bureau van haar vader en tilde ze de zwarte hoorn van de haak.

'Hallo? Hallo? Juffrouw? Een verbinding met villa Bräuer alstublieft. Het nummer? Dat weet ik niet. Zoekt u het alstublieft even op. Wat... daar hebt u geen tijd voor?'

Marie had er geen goed gevoel bij toen ze het bovenste laatje van het brede, met houtsnijwerk versierde meubelstuk opentrok. Ze woelde niet graag in de privéspullen van de familie rond. Gelukkig lag de 'Officiële telefoongids van het hoofdpostkantoor München – afdeling Augsburg' bovenop.

'Hier... de namen zijn alfabetisch gerangschikt. Bader... Bäcker... Bartling...'

Kitty griste de gids ongeduldig uit haar handen en liep met haar wijsvingers over de rijen namen.

'Hier! Bräuer... Edgar Bräuer, bankier. Dat is zijn vader. In de Karlstraße... dat klopt. Acht, acht, zeven. Nou, mooi! Jij kunt nu verdergaan met Elisabeths jurk, Marie.'

Marie begreep dat Kitty dit gesprek liever zonder getuigen wilde voeren en trok zich terug. Ze sloot de deur zachtjes achter zich en bleef nog heel even staan, niet om af te luisteren, maar om haar innerlijke onrust onder controle te krijgen. Kitty's stem klonk heel hoog, het leek wel of er een klein meisje sprak.

'Zeer hard is nog mild uitgedrukt... U vindt ook dat ik niet naar Pommeren moet gaan? ... In geen geval... Juist... Tekenen? Daar ben ik helemaal niet meer aan toegekomen, ik maak me zo veel zorgen... Ach, mijn zusje gaat zich verloven... Met Klaus von Hagemann, jazeker... Ja, ze is heel gelukkig... Ik? Ik sterf van verdriet... U kunt zich niet voorstellen hoe ongelukkig ik ben, beste vriend... Donderdag? Voor het diner? Kunt u niet eerder langskomen? Ja, dat zou ik heel fijn vinden...'

Marie liep langzaam de gang door en beklom de dienstbodentrap naar de tweede verdieping. Haar hart klopte nog steeds onrustig, maar ze had er vertrouwen in dat ze het juiste had gedaan.

42

MELZER TROK DE DEUR NAAR de hal open en staarde naar de machines. Twintig op een rij geplaatste spinmachines, allemaal naar het licht gericht dat van rechts door het hoge glazen dak naar binnen viel. En geen ervan draaide. Er hing een griezelige, dreigende stilte in de grote ruimte die normaal van het lawaai van de machines vibreerde. Geen enkele werknemer was voor de extraploegendienst verschenen.

Achter hem piepte de deur van de hal, zijn voorman Huntzinger was hem gevolgd.

'Ze hebben een staking georganiseerd, meneer de directeur.'

Melzer kreunde. Hij was nog buiten adem doordat hij woedend over de binnenplaats naar hal één was gestierd, waar de spinnerij zich bevond. Dus toch. Hij was er al bang voor geweest maar had het niet willen geloven.

'Wie?' brulde hij. 'Wie heeft de schandalige brutaliteit gehad mijn werknemers op te hitsen?'

Huntzinger deed een stap naar achteren en de directeur begreep dat zijn voorman, die al meer dan dertig jaar in de fabriek werkte, er meer van afwist dan hij had gedacht.

'De mensen van de vakbond, meneer de directeur. Ze hebben de mensen verteld dat ze niet twee keer per week een extra ploegendienst hoeven te doen.'

'Vorige week zijn vijf machines uitgevallen,' zei Melzer. Hij deed zijn best zich te beheersen. 'Toen hebben de mensen een beetje staan lummelen en hadden ze niks te doen.'

'Dat klopt wel, meneer de directeur. Maar de socialisten zeggen dat dat niet telt. Ze zijn immers wel op hun werk verschenen en het was niet hun schuld dat er niks te doen was.'

Niet hun schuld, dacht Melzer kwaad. Is het soms mijn schuld? Denken ze dat ik het leuk vind om mijn machines uit te zetten zodat de arbeiders kunnen niksen? Maar hij wist heel goed wiens schuld het was. En zijn oude haat jegens die heks die de tekeningen mee in het graf had genomen, laaide weer heftig op.

'En hoe moet het nu verdergaan? Willen de arbeiders van de weverij en de ververs zich bij de opstand aansluiten? Moet ik mijn fabriek maar meteen sluiten? Dan heeft niemand meer werk... zouden jullie dat fijner vinden? Nou?'

Huntzinger maakte een ontkennend gebaar. Nee, zeker niet. Alleen de arbeiders van de spinnerij hadden zich door de functionarissen van de vakbond laten opjutten. En dan vooral de mannen, de vrouwen en de meisjes wilden wel komen. Melzer begreep dat het lawaai aan het eind van de werkdag voor de poorten van de fabriek niet de normale opkomst van de vrouwen was geweest die op de betaaldag hun mannen het geld afnamen. Ze hadden een blokkade gevormd tegen de mensen die wel wilden werken.

'Ze willen meer geld, meneer de directeur. Er moet een hogere opslag komen voor extraploegendienst, dat zou alleen maar rechtvaardig zijn. En in andere fabrieken, zoals in de mechanische spinnerij Aumühle, is dat ook zo.'

Melzer keek zijn voorman wantrouwig aan. Die wreef nu over zijn grijze snor en werd ineens verlegen.

'Ze hebben mij gevraagd om eens te polsen, meneer de directeur. Omdat ik hier het langst van iedereen werk. Ik heb Burkard nog gekend en menig ander die nu niet meer onder ons is...'

Hij noemde uitgerekend Jakob Burkard. Melzer voelde de onderdrukte woede weer opborrelen. Tegelijk voelde hij een stekende pijn in zijn borst die gelukkig meteen weer verdween.

'Aha, zit dat zo, Huntzinger. Dat ik het niet meteen gemerkt heb. U bent de spreekbuis van de bende. U hebt u op uw ouwe dag voor het karretje van de socialisten laten spannen. Bravo!'

Huntzinger ging ertegen in. Dat was niet waar. Hij had niets met de staking van doen en zou ook nooit zijn werk verwaarlozen. Hij wist immers wat hij aan de directeur te danken had. Het huisje en de tuin, alles wat hij bezat, kwam van de textielfabriek van Melzer.

Alleen... alleen was het zo dat zijn zoon, Max, het hem had gevraagd. En daarom had hij gezegd dat hij bereid was met de directeur te gaan praten. Dat was beter dan wanneer een van de anderen het deed. Hij wilde op een vriendschappelijk manier met de directeur praten. Het ging ook maar om een kleine loonsverhoging. En de kindercrèche misschien, die was te klein en er moest een leidster bij komen... Maar daar zouden ze in alle rust over kunnen praten.

Zo hadden ze het dus bedacht. Zo even in de gauwigheid, naast de zwijgende machines, moest de brave Huntzinger hem toezeggingen ontlokken. Nou, dan hadden ze zich mooi vergist, die socialisten, die laffe makkers. Niet met hem. Hij bepaalde nog altijd zelf wanneer en waarom hij zijn arbeiders meer loon betaalde. Een staking! Zolang zijn fabriek bestond, was er nog nooit een staking onder de arbeiders geweest. Dat soort nieuwerwetse socialistische ideeën moest je in de kiem smoren. Hard blijven. Als hij nu toegaf, was hij binnenkort niet meer baas in eigen huis, dan kleedden ze hem tot op zijn hemd uit.

'Nou moet u eens goed luisteren, Huntzinger,' zei hij tegen zijn voorman, die met gebogen hoofd en een onrustige blik op antwoord wachtte. 'Wie niet op zijn werk verschijnt, krijgt ook geen loon, zo simpel is dat. En wie zonder reden niet op zijn werk komt opdagen, wordt ontslagen. Er zijn genoeg anderen die dolgraag een baan in mijn fabriek willen.'

Huntzinger zweeg. Waarschijnlijk had hij al vermoed dat het gesprek zo zou lopen, ze kenden elkaar immers al meer dan dertig jaar. Zijn vrouw en zoon hadden de arme man vast niet met rust gelaten. Max Huntzinger was opsteker in de spinnerij en Huntzingers vrouw werkte er als eerste aanlapster. Voor zover Melzer wist was ze altijd een vlijtige arbeidster geweest, alleen werden haar ogen slechter en hadden ze haar onlangs als inpakster ingezet, waardoor ze minder verdiende. Max Huntzinger was eerder door zijn grote mond en slechte gedrag dan door goede prestaties opgevallen, ze hadden hem een paar keer gewaarschuwd en alleen vanwege zijn vader niet ontslagen.

Max Huntzinger was zeker in het geheim lid geworden van de vakbond. Terwijl hij nog bij zijn ouders in de fabriekswijk woonde, waar Melzer geen socialisten wilde hebben. Zuipschuiten, lanterfanters en leden van socialistische bonden hadden niets te zoeken in de nederzetting, dat moest de oude Huntzinger toch weten.

Melzer liep de trappen naar zijn kantoorruimtes in het administratiegebouw op en voelde weer de onaangename pijn in zijn borst. Hij moest rustiger aan doen, in geen geval twee tredes tegelijk nemen, hij was tenslotte geen twintig meer. Boven aangekomen zag hij dat de werknemers al naar huis waren gegaan. Geen wonder, het was al half zeven. Waar was Paul? Was hij al in de villa? Hij liep naar het raam en keek naar de fabriekspoort. Ze waren er nog. De vrouwen die aan hun werk in de hallen wilden en de postende stakers die hen de fabriek niet in wilden laten gaan. Eigenlijk zou hij de politie moeten bellen, dat zou wel een schandaal veroorzaken en dan zou het morgen in de krant staan, maar dan zou hij zijn extraploegendienst redden. In ieder geval voor een deel, want het duurde een poos tot de machines weer op gang waren. Hij vloekte. Daarbij zou er vast wel weer iets met de ene of andere machine misgaan en zou die weer uitvallen, terwijl hij een hoop geld voor de reparaties had betaald. Woensdag moesten de stoffen voor Engeland verpakt en op de trein geladen worden. De weverij draaide op volle toeren en nu was er een gebrek aan garen. Het was om wanhopig van te worden. Maar dat soort zorgen hadden de arbeiders niet, die kwamen, deden hun werk en kregen hun loon. Geen slapeloze nachten, geen angst dat de boel in elkaar zou storten, geen verantwoordelijkheid voor honderden mensen, geen beslissingen over zijn of niet zijn. Maar staken. Niet werken, maar meer geld willen hebben. Dat was wat ze konden.

Hij wilde zich net van het raam afwenden om naar de telefoon te lopen, toen hij zag dat de menigte bij de fabriekspoort in beweging kwam. Er was een tumult ontstaan, misschien wel een gevecht, dat kon hij niet goed zien. Maar in ieder geval stroomden de mensen die wel wilden werken nu het fabrieksterrein op. Zouden ze zich bedacht hebben? Het leek erop dat de postende stakers het hadden opgegeven, ze waren opzijgegaan, alleen her en der staken sommigen nog scheldend hun arm in de lucht, maar verder gebeurde er niets.

Melzer hield het niet meer uit in het lege kantoor, hij liep de trappen weer af en de binnenplaats op en greep een van de voorbij haastende vrouwen aan haar arm.

'Wat is er aan de hand? Waar rennen jullie naartoe?'

Ze was nog heel jong, hooguit achttien, en de schrik dat ze de strenge directeur zo vlak voor zich zag staan was van haar gezicht te lezen.

'We gaan aan het werk, meneer de directeur. En veel dank ook, meneer de directeur. Maar ik moet nu gaan, anders kom ik te laat...'

Veel dank? Waarvoor? Hij trok zich bij de ingang terug om niemand die aan het werk wilde in de weg te staan en bekeek de gezichten van de passerende arbeiders. Ze zagen er opgelucht uit, sommigen lachten zelfs, slechts enkelen leken angstig of zelfs schuldbewust. Wat was er verdorie bij de poort gebeurd?

Toen de menigte gepasseerd was, wilde hij naar de poort gaan om de portier uit te horen. Een groep van vier mannen kwam hem tegemoet, een van hen was zijn zoon Paul die in een verhit gesprek verwikkeld was. De andere drie waren arbeiders van de spinnerij, onder wie Max Huntzinger. De naam van de tweede man was Melzer vergeten, Brunner of Bäumler of zoiets. De derde heette Joseph Mittermeier en liep al tegen de vijftig. Waarschijnlijk waren dit de aanstichters van de staking. Melzer liep meteen naar het groepje toe en wilde weten wat voor spelletje hier gespeeld werd.

'Er is niets aan de hand, meneer de directeur,' zei Mittermeier tegen hem. 'We gaan aan het werk zoals altijd. Er is niets gebeurd.'

'Niets gebeurd?' riep hij woedend. 'Dit zal consequenties hebben... daar kunt u op rekenen, Mittermeier!'

'Ja, meneer de directeur.'

De twee jongere mannen namen zoals gewoonlijk hun pet af en groetten de fabrieksdirecteur alsof ze elkaar heel toevallig op de binnenplaats waren tegengekomen. Zonder een woord te zeggen liepen ze langs hem heen en verdwenen in een van de hallen.

'Kom mee naar boven,' beval Melzer zijn zoon. Het was immers niet gepast om Paul hier op de binnenplaats te ondervragen. Het was al erg genoeg dat zijn zoon beter van de gebeurtenissen op de hoogte was dan hijzelf.

Zwijgend liepen ze de trappen naar de tweede verdieping op en Melzer voelde weer de vervelende pijn in zijn borstkas. Hij kreeg ook weinig lucht, moest twee keer blijven staan en toezien hoe Paul lichtvoetig doorliep.

'Gaat het wel goed met je, vader? Je bent helemaal grauw in je gezicht.'

Hij vond de bezorgde blik van Paul niet prettig. Hij was niet ziek, hij was nooit ziek geweest, zelfs als hij griep had sleepte hij zichzelf naar de fabriek om te werken. Hij had dit bedrijf opgebouwd en voerde de leiding, dan bleef er geen tijd over om uit te rusten of ziek te zijn.

Paul schoof een stoel voor hem uit en pakte de fles Franse cognac uit de kast.

'Wat is er aan de hand?' mopperde Melzer geïrriteerd. 'Waarom behandel je me als een oude man?'

Paul zette stil vergenoegd twee glazen neer en zei dat hij voor een oude man zeker geen cognac zou inschenken maar een kopje kamillethee.

'Brutale aap!'

Melzer ging zitten en dronk de cognac in één teug op. Het was goed spul, hij voelde zich meteen beter.

'Nou, wat is er aan de hand? Heb jij soms met die kerels onderhandeld? Hun uiteindelijk toch beloftes gedaan?'

Nee, dat had hij niet. Paul was naar de poort gelopen omdat een van de werknemers had gezegd dat er buiten iets gaande was. Toen hij de aanvoerders van de staking herkende, had hij ze heel vriendelijk begroet. Tenslotte had hij een paar maanden geleden in de spinnerij nog samen met hen aan dezelfde machine gestaan, ook al was het maar kort.

'We hebben een tijdje gepraat en ik zei dat deze ophef zich voor een paar centen niet zou lonen. Ze zeiden allerlei dingen die ze bij de samenkomsten van de vakbond hebben geleerd en ik heb alles rustig aangehoord. En toen heb ik ze beloofd dat ik mijn best zou doen voor een loonopslag bij extraploegendiensten.'

Melzer wilde er boos tegenin gaan, maar Paul hield vol dat het geen concessie was maar een voorstel. Tenslotte was hij niet de fabrieksdirecteur.

'En dat hebben ze geaccepteerd?'

'Niet meteen. En niet allemaal. Maar de vrouwen en een paar mannen die aan het werk wilden, drongen steeds verder naar de poort en waren amper nog tegen te houden. En plotseling ging het heel snel...'

Dat had Melzer gezien. Hij nam nog een glas cognac en voelde een aangename rust die zich over zijn lichaam verspreidde en hem verwarmde. In feite kon hij trots zijn op zijn zoon. Paul had zich dapper in het wespennest begeven, had onderhandeld zonder concessies te doen en bereikt dat iedereen weer aan het werk ging. Zonder dat het tot een handgemeen was gekomen.

'Die oproerkraaiers zullen we ontslaan,' zei Melzer. 'Dat gespuis moet voor altijd uitgeroeid worden.'

Paul fronste zijn voorhoofd en leek er anders over te denken, maar hij zweeg omdat hij het lof van zijn vader niet teniet wilde doen. En bovendien was het laatste woord hierover nog niet gesproken.

'Je hebt fantastisch gehandeld, Paul!'

'Dank je, vader.'

Ze zwegen een moment, schonken nog cognac in, proostten met elkaar en genoten van het mooie gevoel van de wederzijdse erkenning. Toen zei Paul dat hij in de afgelopen maanden steeds meer met de fabriek vergroeid was geraakt, hij voelde duidelijk dat hier zijn levensmissie lag. Hij wilde hetgeen zijn vader had opgebouwd verder leiden en uitbouwen, en misschien op een dag aan zijn eigen zoon doorgeven.

Melzer was onder de indruk. Het was haast griezelig hoe snel de lichtzinnige student was veranderd in een serieuze medewerker. Het was toch fout geweest om hem naar München te sturen en rechten te laten studeren, zijn ware talenten lagen niet in de theoretische hoek, Paul was meer praktisch ingesteld. En hij kon met mensen omgaan, veel beter dan hij zelf ooit had gekund.

'Ik zou het wel leuk vinden om mijn kleinkinderen in de villa te zien opgroeien,' zei Melzer en hij draaide glimlachend het lege glas in zijn hand. 'Het geschreeuw van eigen nakomelingen zou een stuk prettiger zijn dan het gebrul van Augustes bastaard.'

Paul zei lachend dat nu eerst zijn zus Elisabeth aan de beurt was om ze te produceren. Als alles liep zoals gepland, zou ze volgend jaar trouwen en zouden ze in het jaar daarop op het eerste kind kunnen rekenen.

'En hoe zit het met jou?'

'Ik? Wel, ik denk dat ik nog een poosje de tijd neem...'

Melzer dacht er anders over. Vroeg trouwen leidde zelden tot vroeg rouwen. Nu hij zelf nog energiek was had Paul de gelegenheid zich aan zijn jonge echtgenote en de te verwachten kinderen te wijden. Hij wist waar hij over sprak, want zelf had hij in dat opzicht heel wat verzuimd.

'Kijk om je heen, jongen. Er zijn aspirantes genoeg onder de fabriekseigenaren. Of hoe staat het met de kleine Tilly Bräuer, de zus van Alfons Bräuer? Ze is nog wel erg jong, maar heeft potentieel. Maar misschien vertel ik je overbodige dingen? Misschien heb je allang een keuze gemaakt?'

'Zeker niet, vader. En ik ben ook niet van plan te kiezen. In ieder geval voorlopig niet.'

Hij staarde zijn zoon aan en merkte dat Paul zijn onderzoekende blik ontweek. Zijn zoon was altijd een slechte leugenaar geweest… het klopte dus toch, waar Elisabeth een keer op had gezinspeeld.

'Je affaire met Marie houdt je nog bezig, of niet soms?'

Aha, hij had de spijker op de kop geslagen. Zijn zoon werd boos, hij had geen affaire, Marie was een keurig meisje, hij accepteerde niet dat zij verdacht gemaakt werd.

'Zo, zo,' bromde Melzer. 'Een keurig meisje. Dat zou me verbazen. Maar het is een knap ding en als je meent bij haar je wilde haren te moeten verliezen, vind ik het best…'

'Ik herhaal dat ik geen affaire heb. Al helemaal niet met Marie. En ik wil dat je me gelooft, vader!'

Wat wond hij zich op! Hij scheen het zich nogal aan te trekken. Het was ergerlijk genoeg, maar zolang deze affaire niet beëindigd was, zou die jonge fantast zich tegen een verstandig huwelijk verzetten. Verdorie, het was zijn eigen schuld. Uit puur medelijden had hij dit meisje in zijn huis opgenomen en als dank deed ze dit.

'Je moet voorzichtiger zijn, Paul,' zei hij en hij deed zijn best een welwillende, vaderlijke toon aan te slaan. 'Het meisje is in tamelijk moeilijke omstandigheden opgegroeid, ze is niet te vertrouwen. Voor je het weet heeft ze je met een kind opgezadeld en krijg je er een hoop last mee…'

Helaas pakte zijn poging om zijn zoon met goedbedoelde adviezen te waarschuwen helemaal verkeerd uit. Paul antwoordde op ijzige toon dat hij zich er zeer over verbaasde dat Marie zo weinig over haar vader wist, terwijl ze tenslotte de dochter van zijn vaders voormalige zakenpartner Jakob Burkard was.

Melzer schrok zo vreselijk dat de ellendige pijn in zijn borst weer terugkeerde. Dit keer was het geen steek, maar een aanhoudende, gemene pijn die verhinderde dat hij meteen kon antwoorden.

'Wat praat je nou voor onzin,' bracht hij uiteindelijk uit. 'Burkard is twintig jaar geleden aan drankzucht overleden en had geen kinderen.'

Was hij echt op de hoogte? Als dat zo was, moest Marie het hem verteld hebben. Het was allemaal de schuld van die ellendige priester, die had lopen kletsen en voor deze ongelukkige toestand gezorgd.

'Hij had een buitenechtelijke dochter,' zei Paul zonder blikken of blozen. 'Dat heeft mama me verteld.'

Nu bleef het antwoord hem letterlijk in de keel steken. Paul had kennelijk al rondgevraagd. Alicia kon hem niet veel verteld hebben, maar de priester wel. Misschien ook wel de oudere medewerkers in de fabriek. De tuinman... natuurlijk, die wist ook het een en ander...

'We hoeven er geen ruzie over te maken, vader. Maries vader zal in het kerkboek en ook bij het bevolkingsbureau vermeld staan.'

Melzer moest een tijdje zwijgen omdat hij geen lucht kreeg. Als een zware steen drukte de herinnering op zijn borst en zijn adem stokte. Toen kwam zijn woede naar boven.

'Wat daar staat, heeft die Hofgartner de priester voorgelogen,' riep hij kwaad. 'Marie is niet Burkards dochter.'

Hij zag dat Paul boos zijn lippen op elkaar perste. Wat kon die jongen toch koppig zijn. De gedachten gonsden door Melzers brein en hij voelde zijn slapen kloppen. Wat moest hij doen? Hoe kon hij het naderende onheil tegenhouden? Marie! Daar lag de sleutel tot alles. Hij moest zorgen dat hij haar de villa uit kreeg. Hij moest haar geld geven en zorgen dat ze naar een andere stad ging. Ver weg, zodat Paul haar niet zou volgen...

Paul stond op en zei dat hij naar de villa ging aangezien ze die avond gasten kregen. Indien nodig zou hij later nog een keer in de fabriek langskomen.

'Ik ga het verder uitzoeken, of je het nu leuk vindt of niet. Alleen al voor Marie. Ze heeft het recht te weten wie haar vader was.'

Melzer vocht tegen de woede die weer opborrelde, maar het lukte hem niet die te bedwingen. De woorden moesten eruit, anders stikte hij er nog in.

'Ik duld niet dat jij je neus in dingen steekt die je niets aangaan! Heb je dat begrepen? Dat zal ik verhinderen!'

De deur sloeg dicht, hij hoorde Pauls haastige stappen door de voorkamer en daarna de deur naar het trappenhuis. Zoonlief blies hoog van de toren en liep vervolgens weg. Hij wilde volwassen zijn en liet zich door zo'n gewiekste meid als Marie inpalmen. Straks bleek ze al zwanger van hem te zijn, die slimme heks. Maar dan viel er wel wat te regelen, wat dat betreft was ze niet de eerste.

Hij was opgestaan om naar de binnenplaats te kijken. Het was intussen donker geworden, maar in het schijnsel van de elektrische verlichting zag hij zijn zoon naar de poort gaan. Plotseling voelde hij zich misselijk en moest gaan zitten. Misschien had hij niet zo veel cognac moeten drinken, hij had de laatste tijd last van zijn maag. Geen wonder. Eerst Kitty, die haar familie verraadde en er met die Fransoos vandoor ging. Vervolgens Elisabeth, die met die wispelturige adellijke snuiter wilde trouwen. En nu ook nog Paul, zijn zoon, waar hij al zijn hoop op had gevestigd. Waarschijnlijk was het beter geweest om geen kinderen op de wereld te zetten, ze brachten hun ouders alleen maar verdriet.

Er werd op de deur geklopt. Een van zijn voormannen meldde dat er problemen in de spinnerij waren.

'Twee machines zijn kapot, meneer de directeur. De wagen beweegt niet, er zit iets vastgeklemd.'

'Ik kom eraan...'

Hij voelde zich loodzwaar en had moeite uit zijn stoel overeind te komen. En hij was duizelig. Op de trap hield hij zich aan de leuning vast om niet te vallen. Beneden in de frisse lucht zou hij zich wel beter voelen. Die stomme alcohol ook, hij verdroeg niet meer zo veel als vroeger.

Midden op de binnenplaats werd hij met plotseling geweld overvallen door de pijn in zijn borstkas. Hij kromde zich, kokhalsde en gaf over. Toen viel hij in de duisternis, raasde met een steeds grotere snelheid door een lange buis de diepte in…

'Meneer!' riep een stem die hem bekend voorkwam. 'Mijn god, directeur Melzer. Help!'

Het was de stem van Max Huntzinger.

43

'JE BENT VEEL TE GOED,' had Else tegen Marie gefluisterd toen ze de hal in liepen om de hoeden en mantels van de gasten te halen. 'Dit is toch niet jouw werk, Marie.'

'Ach, als zij haar kind moet voeden…'

'Ze verzint elke keer wat anders,' zei Else geïrriteerd. 'De ene keer voedt ze haar kind, dan moet ze haar luier verschonen, dan moet ze haar in slaap zingen, dan doen haar tepels zeer…'

'Ssst, Else. De Bräuers en de tweede luitenant staan al bovenaan de trap.'

De twee meisjes knikten beleefd en haastten zich weg om de spullen te halen. Het was een warme avond in mei, de dames droegen slechts een lichte zomerjas omdat ze met open kap reden, de heren droegen een jas en een strohoed. Edgar Bräuer en zijn vrouw Gertrude stonden nog even met Alicia in de hal, ze spraken opgewonden over de ruzie binnen de familie Wagner in Bayreuth, waar Isolde Wagner een rechtszaak had aangespannen tegen haar broer Siegfried. Hij had beweerd dat ze slechts zijn halfzus was, want haar vader was niet Richard Wagner, maar de eerdere echtgenoot van haar moeder, Hans von Bülow.

Alfons Bräuer liet op zich wachten, evenals Kitty, maar in ieder geval was Elisabeth intussen verschenen met haar toekomstige schoonouders. Marie liep snel weg om de jas en hoed van Christian von Hagemann te halen, terwijl Else de zomerjas en zijden sjaal van Riccarda von Hagemann kwam brengen.

'Marie,' zei iemand die vanuit de schaduw van de garderobenis opdook. 'Wat doe je hier?'

Ze kromp ineen en greep naar haar borstkas omdat haar hart zo tekeerging.

'Ik doe mijn werk, meneer Melzer...'

'Dit is niet jouw werk,' zei Paul boos. 'Waar is Auguste? Ik wil niet dat jij onze gasten bedient door hun jassen te halen!'

Ze gaf geen antwoord en liep met een mantel en sjaal langs hem heen. Nee, dit ging zo niet langer. Wat dacht hij nou? Besefte hij niet dat ze elke keer van slag was als hij zulke dingen zei? Ach, ze stierf al van pijn en verlangen als hij alleen al langs haar liep.

'Wat jammer dat uw vader geen tijd had om erbij te zijn,' zei Gertrude Bräuer tegen Paul. 'Aanstaande donderdag komt u bij ons, beste Paul. We verheugen ons er erg op, ook onze Tilly zal dan van kostschool terug zijn.'

Marie hielp mevrouw Bräuer in haar mantel en reikte haar haar lange zijden sjaal aan die ze tegen de koele avondwind om haar hoofd wikkelde.

'Wat leuk,' zei Paul met een glimlach. 'Ik ben heel benieuwd naar Tilly... ze is vast enorm veranderd.'

'Absoluut, het meisje is ineens uitgegroeid tot een jongedame...'

Terwijl mevrouw Bräuer haar dochter de hemel in prees, bleef Pauls blik op Marie rusten. Uitdagend. Wil je echt dat ik die troela het hof maak, zeiden zijn ogen. Nou, als je zo doorgaat, zal ik dat wel moeten doen.

Marie keek naar de grond en liep weg. Bovenaan de trap was nu ook Kitty met Alfons Bräuer verschenen, ze bleven eindeloos staan en leken vandaag geen afscheid te kunnen nemen. Wat konden ze goed met elkaar overweg. Marie had nog nooit meegemaakt dat Kitty zich zo serieus en vertrouwelijk met een man onderhield. Nee, er was geen greintje verliefdheid, in ieder geval niet van Kitty's kant, ze leek zich eerder geborgen te voelen in Alfons' nabijheid. Was dat niet ook een vorm van liefde? Was deze soort liefde niet edeler en waardevoller dan de lichamelijke begeerte, die verraderlijke aantrekkingskracht die zo veel verdriet veroorzaakte? Het was absoluut geen geschikt moment om te gaan huilen, en toch werd de hal heel even wazig. Natuurlijk zou hij met een ander trouwen. Wat wilde ze hier nog? Waar was haar zelfrespect? Waarom deed ze zichzelf deze pijn aan?

Op dat moment trok iemand aan de bel en Else kwam aanlopen om de voordeur te openen.

'Nu zullen we uw echtgenoot ten minste kunnen begroeten,' zei Riccarda von Hagemann tegen Alicia.

Maar ze had het mis. Er stond een fabriekswerker buiten, hij verfrommelde zijn pet in zijn hand en was duidelijk vreselijk geschrokken omdat hij zo veel dames en heren tegelijk aantrof.

'De... de... de meneer de directeur...' stotterde hij en ineens was hij zo buiten adem dat hij niet verder kon praten.

Klaus von Hagemann, die al ongeduldig naast de deur had staan wachten, ontfermde zich over de man.

'Verman je, jongen! Rustig praten, woord voor woord. Begin eens opnieuw.'

'Goed,' zei de arbeider met een buiginkje waarbij zijn pet uit zijn handen viel. Hij bukte onhandig om hem op te rapen.

'Wat is er met mijn man?' vroeg Alicia die aan was komen lopen en het ergste vreesde. 'Is er iets met hem gebeurd? Zeg eens iets!'

'De... directeur Mel... Melzer... is in het z... ziekenhuis.'

'Mijn god!'

De arbeider werd de hal in getrokken, van alle kanten omringd en overstelpt met vragen. De arme man raakte helemaal in paniek, wist niet wie hij moest antwoorden en wat de vraag eigenlijk was geweest, maar uiteindelijk lukte het om het kleine beetje dat hij wist uit hem te trekken. Max Huntzinger had de directeur op de binnenplaats op de grond gevonden, midden in een regenplas. Max had om hulp geschreeuwd en meerdere arbeiders waren uit de spinnerij aan komen hollen, onder wie ook de oude Huntzinger. Ze hadden de directeur naar de ziekenkamer gebracht en daar op de brits gelegd. Hij was bij bewustzijn geweest, maar had hevige pijn en daarom hadden Max Huntzinger en zijn vader de directeur naar zijn automobiel gedragen. De hoofdopsteker Karl Suttner, die kon autorijden, had hen naar het ziekenhuis gebracht.

'Paul,' zei Alicia, die verbazingwekkend kalm was gebleven. 'Breng me er meteen naartoe.'

'Natuurlijk, mama. Else! Onze jassen.'

Alicia riep Marie bij zich, ze moest zich klaarmaken om haar te begeleiden. Er heerste een koortsachtige opwinding. Elisabeth zou met Klaus von Hagemann in de auto van zijn ouders naar het ziekenhuis rijden, Kitty stond erop dat Alfons Bräuer haar erheen bracht. Edgar Bräuer belde zijn butler, die zou twee van Bräuers automobielen sturen om de rest van het gezelschap naar huis te brengen.

'Is hij dood?' klonk Augustes stem bij de ingang naar de werkruimtes.

'Houd je mond!' siste de kokkin.

'Heilige Maagd, sta ons bij,' klonk de stem van de huisdame. 'Red onze meneer…'

Meer hoorde Marie niet. Ze liep zonder hoed en jas achter Alicia aan, liet haar op de achterbank van de auto plaatsnemen en ging zelf naast Paul op de passagiersstoel zitten. Hij keek haar niet aan maar staarde zwijgend en met een versteend gezicht naar de lichtkegels van de koplampen. Ook Alicia Melzer zei geen woord terwijl de auto licht ronkend door de nachtelijke straten naar de stad reed.

Het langgerekte gebouw van het hoofdziekenhuis leek in de duisternis net een vesting. Achter diverse ramen brandde licht. Paul stopte direct voor de ingang en liet zijn moeder en Marie uitstappen, waarna hij een stukje doorreed om plaats te maken voor de auto van Alfons. Kitty beefde over haar hele lichaam en Marie, die eerst Alicia had willen bijstaan, liep snel naar haar toe en legde haar arm om haar schouders.

'Het is mijn schuld,' jammerde Kitty. 'Door mij heeft hij zich zo opgewonden dat hij ziek is geworden. Ach, Marie...'

'Nee, Kitty,' zei Marie beslist. 'Zo'n ongeluk is niemands schuld. Het gebeurt nu eenmaal en we kunnen allemaal alleen ons best doen om hem te steunen.'

Kitty knikte en zei dat Alfons ook iets dergelijks had gezegd. Dan moest het wel waar zijn.

Even later stonden ze in de entreehal en Paul informeerde bij de nachtzuster aan de katholieke kant waar ze de heer Johann Melzer konden vinden.

Intussen was Alfons naast Kitty komen staan en had zij bij hem ingehaakt. Maar toen Elisabeth met tweede luitenant Von Hagemann in de hal verscheen, raakte Kitty meteen weer van slag.

'Dat komt er nou van,' siste Elisabeth haar toe. 'Stomme egoïste die je bent! Heb je er enig idee van hoeveel verdriet hij had toen jij met je minnaar was weggelopen? O, als papa door jou misschien...'

'Elisabeth!' riep Alicia boos tegen haar dochter.

Elisabeth beet op haar tong en zweeg verbeten, terwijl Kitty zich snikkend tegen Alfons' borst aan stortte.

'Mijne heren en dames, alstublieft! U bevindt zich in een ziekenhuis!' maande de zuster met de grote kap op haar hoofd. 'De heer Melzer is pas een half uur geleden binnengebracht, u moet helaas wat geduld hebben.'

Alicia nam daar geen genoegen mee. Ze zei dat ze mevrouw Melzer was en onmiddellijk naar haar man moest, ook al kon ze niet bij het onderzoek zijn, ze moest in ieder geval bij hem in de buurt zijn.

De vrome zuster toonde begrip, maar kon deze uitzondering alleen voor de echtgenote maken. Mevrouw Melzer moest in de gang voor de onderzoekskamer wachten tot een zuster of arts haar riep. De anderen moesten helaas hier blijven en geduld hebben.

Er waren slechts enkele bankjes in de entreehal, maar alleen Elisabeth en Kitty gingen zitten, de heren bleven staan en ook Marie was veel te opgewonden om op een bank plaats te nemen. Ze had slechts beperkt medelijden met Johann Melzer, maar leefde mee met Alicia Melzer en Kitty, en maakte zich vooral zorgen om Paul. Hij stond niet bij de anderen, die zachtjes met elkaar praatten, maar liep eenzaam als een gekooide tijger op en neer.

De tijd kroop voorbij. Kitty kreeg het koud en liet zich overhalen om Alfons' jas om haar schouders te hangen. De tweede luitenant probeerde vergeefs te onderhandelen maar de vrome zuster in het portiershokje bleef 'nee' zeggen. Wachten, geduld hebben, overgeleverd blijven aan de angstscenario's die in hun hoofd rondspookten. Elisabeth zat eenzaam op een bank en had haar hoofd gebogen. Huilde ze? Marie wist het niet zeker, maar ze meende tranen in haar schoot te zien druppelen.

De klok boven de ingang gaf half een aan toen er eindelijk een jonge verpleegster verscheen die fluisterend iets tegen de portierster zei.

'Volgt u mij alstublieft,' zei ze vervolgens tegen de wachtenden. 'De heer Melzer heeft pijnstillers gekregen en is in slaap gevallen. Ik verzoek u daarom hem in geen geval aan te spreken of op andere wijze in zijn slaap te storen.'

Ze gingen naar de tweede verdieping, de heren namen de trap, Kitty, Elisabeth, Marie en de verpleegster de lift. Het ritje in de ijzeren kooi had op dit nachtelijke uur iets onwerkelijks, ook de lange ziekenhuisgang die slechts spaarzaam verlicht was, was voor Marie net een herinnering aan een nare droom. Ze waren blij toen de deur van het trappenhuis openging en de drie mannen verschenen.

'Nou hebben we ons zo gehaast, maar jullie waren toch sneller,' probeerde Alfons een grapje te maken.

Kitty glimlachte zwakjes en pakte zijn arm om bij hem in te haken. De blik waarmee Alfons naar haar keek was zo teder, dat Marie snel een andere kant op moest kijken.

'Wacht u alstublieft hier!'

Gehoorzaam bleven ze voor een van de deuren staan terwijl de zuster naar binnen ging. Ze hoorden haar binnen zachtjes met iemand praten. Was dat Alicia Melzer? Toen ging eindelijk de deur open en konden ze de patiënt zien.

Johann Melzer lag in een stijve houding op zijn rug, met zijn armen langs zijn lichaam, dat tot aan zijn borst bedekt was met een wit laken. Zijn gezicht was vreemd grauw en leek ouder, de doorstane pijn had sporen nagelaten. Zijn borst ging met regelmatige tussenposes omhoog en omlaag, maar de slaap leek hem geen ontspanning maar eerder nare dromen te bezorgen. Op een houten stoel naast zijn bed zat Alicia, ze leek kalm.

'Hij ziet er zo vreemd uit,' fluisterde Kitty geschokt.

Elisabeth staarde zwijgend naar de patiënt en Marie vroeg zich af waarom haar verloofde niet op zijn minst een poging deed haar te steunen. Maar Klaus von Hagemann leunde tegen de muur en bekeek zijn toekomstige schoonvader met duidelijke afschuw. Wat raar, dacht Marie. Hij lijkt bang te zijn voor een zieke. Terwijl de functie van een soldaat toch mensen doden is. Ze voelde een lichte aanraking en kromp ineen toen ze merkte dat Paul haar schouder met zijn hand had aangeraakt. Heel even voelde ze zijn nabijheid, zijn warme adem in haar nek, zijn verlangen naar troost. Maar ze durfde zich niet te bewegen en het moment ging voorbij.

De verpleegster zei nu met halfluide stem dat ze de ziekenkamer weer moesten verlaten, de patiënt had rust nodig. Von Hagemann was de eerste die gehoor gaf aan deze instructie, de anderen volgden hem, Kitty en Elisabeth verlieten de kamer als laatste. De zussen die zojuist nog geruzied hadden, vielen elkaar snikkend om de hals en Elisabeth vroeg of Kitty haar wilde vergeven.

Alicia was ook heel even de gang in gelopen. Het was een hartaanval, had de arts gezegd, een zogenaamd infarct, waarbij een bloedstolsel de coronaire slagaders verstopte waardoor de bloedtoevoer naar het hart gehinderd werd. Volgens de nieuwste inzichten was zo'n infarct goed te behandelen door veertien dagen lang absolute bedrust aan te houden.

'Ik zal vannacht bij hem blijven,' zei ze. 'Morgen zien we verder. Als God het wil en er niet nog een infarct optreedt, kunnen we hem in de komende dagen misschien naar huis halen.'

Dat leek niemand een goed idee, want thuis zou Johann Melzer zeker niet in bed blijven. Maar iedereen zweeg, Elisabeth zei alleen dat ze mama bewonderde omdat ze zo ongelooflijk dapper was. Alicia had zichzelf inderdaad helemaal onder controle, als een veldheer verdeelde ze de taken.

'Elisabeth, als ik morgen niet terug ben, leid jij samen met juffrouw Schmalzler het huishouden.'

'Ja, mama.'

'Kitty... jij ontvangt bezoekers en zegt de uitnodigingen voor de komende dagen af.'

'Ja, mama.'

'Paul, ik vraag jou om tijdens vaders afwezigheid de fabriek te leiden.'

'Natuurlijk, mama.'

Alicia keek om zich heen en ondanks de droevige situatie boezemde ze hen met haar glimlach moed in.

'Tot morgenochtend, lieverds. Het is fijn om in een noodsituatie op je kinderen te kunnen rekenen. Jullie vader zal trots op jullie zijn als hij weer beter is!'

Ze omhelsden elkaar ten afscheid en Kitty zei dat iedereen rustig kon slapen omdat mama bij vader de wacht hield. Elisabeth gaf geen antwoord, maar Von Hagemann verwaardigde zich nu om zijn arm om haar schouders te leggen terwijl ze door de gang naar de lift liepen.

'Je zult zien, hij is gauw weer op de been, Lisa.'

'Ja, zeker.'

De stellen verdeelden zich over de automobielen en Marie stapte als vanzelf bij Paul in de auto. Paul zette de motor aan en reed in een rustig tempo achter de twee andere auto's aan.

'Nu ben ik de directeur van de fabriek,' zei hij verbitterd. 'Wie had gedacht dat ik zo snel tot die rang zou opklimmen.'

'Het is maar voor een korte tijd, meneer Melzer. Uw vader zal vast herstellen.'

Hij zweeg. Ze hadden de Jakoberpoort achter zich gelaten en reden rechtdoor in de richting van de villa. De booglampen waren op dit late uur allang gedoofd, maar rechts lichtten de hallen van de machinefabriek op, waar vierentwintig uur per dag geproduceerd werd. Toen ze een van de bruggetjes passeerden, glinsterde het water van de beek als gebroken glas op een zwarte ondergrond.

Marie staarde naar de achterlampen van de auto voor hen, die Alfons bestuurde. Ze kon Kitty's silhouet herkennen, ze zat naast Alfons op de passagiersstoel en uit haar levendige gebaren was op te maken dat ze in een gesprek verwikkeld waren.

'Ik vind het allemaal heel erg,' zei Marie. Ze voelde zelf hoe mat deze zin klonk.

Er gleed een verbitterd lachje over zijn gezicht.

'Dank je voor je medeleven,' zei hij ironisch. 'Het is verheffend om te weten dat het personeel lief en leed met ons deelt.'

Die uitspraak krenkte haar. Zwijgend reden ze om het bloemperk voor de villa heen en Paul liet de auto voor de dienstbodeningang tot stilstand komen.

'Goedenacht, meneer Melzer...'

Ze kon niet horen wat hij antwoordde, want hij trapte op het gaspedaal en reed naar de garages.

44

'SLUIT U DE DEUR ACHTER MIJ, Jordan. En houdt u op met dat gerammel met die kleerhangertjes.'

Maria Jordan staarde vol haat naar de zuster met het witte schort, die sinds ruim een week de scepter zwaaide in de villa. Het liefst had ze die feeks eens duchtig haar mening gezegd, maar dat was helaas onmogelijk.

'Natuurlijk, zuster Ottilie,' zei ze gemaakt vriendelijk.

Directeur Melzer was na drie dagen in het ziekenhuis gelegen te hebben zo voorzichtig mogelijk in een ziekenauto naar de villa gebracht, waar hij op een brancard naar zijn slaapkamer op de tweede verdieping was gedragen. Op aanwijzing van de arts mocht hij minstens twee weken niet uit bed komen en zich ook niet bewegen. Wat betekende dat ze hem moesten voeren en wassen, hem moesten helpen als hij zijn behoefte moest doen en drankjes met een inneemkopje bij hem naar binnen moesten gieten. Omdat niemand van de vrouwelijke personeelsleden zichzelf in staat zag tot zo'n intieme verzorging en Humbert beschaamd beweerde dat hij nog nooit een naakte man had gezien, had Alicia via een bureau zuster Ottilie Süßmut geregeld.

De verpleegster was rond de veertig, had haar vlasblonde haar strak onder een wit kapje opgestoken en droeg een lichtblauwe jurk met een schort dat altijd spierwit was. Ze verwachtte dat gedurende haar aanstelling niet alleen het personeel, maar ook de familie haar aanwijzingen opvolgde, aangezien zij degene was van wier kennis en ervaring het leven van de patiënt afhing. Ze liep altijd rechtop met haar omvangrijke, stevig in een korset ingesnoerde boezem vooruitgestoken.

Bij wijze van uitzondering stond Maria Jordan niet alleen in haar mening. Het hele personeel was het erover eens dat zuster Ottilie een ramp was die helaas voor een bepaalde tijd geaccepteerd moest worden.

'Zoals ze ons loopt te commanderen,' mopperde de kokkin. 'Ze denkt zeker dat ze de bazin van de villa is. Als het niet om de arme meneer ging, had ik graag een kopje hete kamillethee over haar platvoeten gegoten.'

Hanna had van Ottilie een oorvijg gekregen omdat ze tijdens het opstoken van de kachel in de ziekenkamer een blok hout had laten vallen. En de mevrouw had het onbeschofte mens gewoon haar gang laten gaan! Hanna had haar kiezen op elkaar gebeten en haar klus afgemaakt, waarna ze naar Marie was gevlucht en gejammerd had dat ze de ziekenkamer niet meer in durfde.

Zelfs Eleonore Schmalzler gaf toe dat ze de zuster niet sympathiek vond.

'Als de toestand van de patiënt nou op zijn minst zou verbeteren,' zei ze bezorgd. 'Maar hij wordt steeds apathischer.'

'Geen wonder,' zei de kokkin. 'Van alleen maar griesmeelpap en kamillethee kan geen mens gezond worden. Nee, een lekkere kalfsschnitzel met zuurkool en aardappelsalade… dat zou hem er weer bovenop helpen.'

'Het moet verschrikkelijk zijn als dat mens met haar koude vingers aan je zit,' zei Humbert.

Boven op de tweede verdieping zat Alicia aan het bed van haar man en las hem voor uit de krant. De zieke lag apathisch op zijn rug en had zijn ogen gesloten, zijn gezicht was vaal, zijn wangen ingevallen.

Hij had vrijwel geen pijn meer, maar de levenslust wilde niet terugkeren. Johann Melzer, die meer dan dertig jaar bijna alleen voor zijn fabriek had geleefd, die daar dagelijks tot wel zestien uur of langer had doorgebracht, toonde geen enkele belangstelling meer voor garen, stoffen of drukpatronen. Paul had voorzichtig geprobeerd hem over de reparatie van twee machines te vertellen, maar de patiënt had zich kreunend op zijn zij gedraaid. Zuster Ottilie greep meteen in, stuurde de jongeman de kamer uit en zorgde er met een dosis valeriaan in de kamillethee voor dat haar beschermeling tot rust kwam. Ook de krantenberichten die Alicia met zachte stem voorlas werden eerst streng door de verpleegster gecontroleerd. Als Johann Melzer ook maar de geringste beweging maakte, bijvoorbeeld zijn hand optilde of zoals hij vaak deed zijn oogleden bewoog, vroeg Ottilie de mevrouw beleefd te stoppen met lezen. Alicia was de enige persoon tegen wie zuster Ottilie poeslief deed, de mevrouw had immers de macht haar te ontslaan en te vervangen door een collega.

> ‘*De dief die in de nacht van 21 op 22 augustus 1911 de* Mona Lisa *uit het Louvre heeft gestolen, werd door de medische deskundigen als zwakzinnig, maar wel toerekeningsvatbaar verklaard. De officier van justitie zal daarom een aanklacht tegen Vincenzo Peruggia indienen…*’

Alicia stopte en keek naar het onbeweeglijke gezicht van haar man. Hoorde hij eigenlijk wel wat ze hem voorlas? Soms vreesde ze dat hij ineens stierf, dat hij zo vanuit zijn slaap in een bewusteloze toestand gleed en zonder afscheid naar een andere wereld ging. Zonder afscheid, dat was het ergste. Vorig jaar lente hadden ze hun zilveren bruiloft gevierd, ze waren nu al zesentwintig jaar getrouwd. Ach, ze hadden gelukkige tijden gekend, maar er was ook veel ruzie geweest en lange fases waarin ze niet met elkaar, maar alleen naast elkaar hadden geleefd. Alicia wilde niets liever dan Johann zeggen dat ze toch altijd innig van hem gehouden had en hoeveel spijt ze van elke ruzie had. Maar ze aarzelde om dat soort bekentenissen te doen, hij zou kunnen denken dat ze er rekening mee hield dat hij binnenkort zou kunnen overlijden. Bovendien stoorde de constante, enigszins irritante aanwezigheid van de zuster haar. Ook nu stond zuster Ottilie op om de pols van de patiënt te voelen, die ze nauwgezet vergeleek met het zilveren zakhorloge dat om haar hals hing. Nadat ze de polsslag had gecontroleerd trok ze enigszins bedenkelijk haar wenkbrauwen op, maar knikte toch naar Alicia om aan te geven dat ze nog een stukje mocht lezen.

'Rusland heeft drie jaargangen reservisten opgeroepen voor een oefening van zes weken in de herfst. De Oostenrijks-Hongaarse monarchie toont zich daarover zeer bezorgd. De oproep voor de oefening zou lijken op een volledige mobilisatie van het tsaristische leger, dat nu verdubbeld is tot twee miljoen man…'

De deur ging langzaam open en Kitty's bleke gezicht verscheen in de kier.

'Hoe gaat het?' fluisterde ze.

'Hij slaapt, Kitty. Doe alsjeblieft zachtjes.'

Achter Kitty dook Elisabeth op en de twee meisjes liepen op hun tenen de kamer in.

'Waarom slaapt hij de hele tijd?' vroeg Kitty zuchtend. 'Een paar dagen geleden konden we nog met hem praten, maar nu zegt hij nauwelijks iets…'

'Hij heeft valeriaan gekregen zodat hij rustig blijft liggen en weer beter wordt, Kitty.'

Kitty rimpelde haar voorhoofd en zei dat het vast beter was om hem iets grappigs te vertellen, zodat hij kon lachen. Niemand kon gezond worden als hij alleen maar stil op zijn rug moest liggen en saaie krantenartikelen voorgelezen kreeg.

'Papa?'

Ze ging naast zijn bed staan en boog over hem heen. Hij ademde zwaar, haast rochelend. Voorzichtig streelde ze zijn voorhoofd, zijn oogleden trilden.

'Papa, ik heb besloten de leergang in de ziekenverzorging te doen. Hoewel ik vast de slechtste leerling zal zijn. Ik weet nu al dat ik alles door elkaar ga halen.'

Ook Elisabeth liep naar het bed toe, jaloers bezorgd dat ze door Kitty verdrongen zou worden.

'Wil je dat ik een stukje op de piano speel, papa? Mozart misschien? Of een stukje uit een operette?'

De zieke hoestte en opende zijn ogen. Zijn blik was anders dan normaal. Haar vader had zijn omgeving altijd alert en vaak ook streng geobserveerd. Nu bewogen zijn pupillen rusteloos heen en weer alsof er iets was wat hem heel angstig maakte.

'Papa?' zei Elisabeth benauwd. 'Papa, wij zijn het. Kitty en Lisa. Je dochters…'

Hij bewoog zijn lippen, mompelde iets wat slecht te verstaan was.

'Ik moet u verzoeken de patiënt te verlaten,' zei zuster Ottilie. 'Hij mag zich in geen geval opwinden.'

Elisabeth gehoorzaamde, maar Kitty boog nog verder over hem heen en probeerde te verstaan wat hij mompelde. Het klonk als… Marie… Maria… Wat raar. Hij zou toch niet de Heilige Maagd aanroepen? Was het al zo erg met hem? Of bedoelde hij echt Marie, haar vertrouweling, haar lieve vriendin Marie?

'Hebt u me gehoord, juffrouw Katharina? Als u mijn aanwijzingen niet opvolgt, kan ik voor niets instaan!'

Kitty nam de tijd, pakte de hand van haar vader en aaide over de rug ervan. Nadat ze hem had toegefluisterd dat ze snel weer terugkwam, kwam ze langzaam overeind. Haar blik kruiste de boze ogen van de verpleegster.

'U kunt naar de maan lopen,' zei Kitty met een betoverende glimlach. Daarna verliet ze de ziekenkamer, gevolgd door Elisabeth, en liet het aan Alicia over om haar gemoed weer te sussen.

'Ik ben niet gewend om zo behandeld te worden, mevrouw Melzer!'

hoorde ze Ottilies stem die moeiteloos door de kamerdeur naar de gang drong.

'We zijn allemaal erg gespannen, beste zuster. Ziet u het maar door de vingers...'

Kitty en Elisabeth keken elkaar aan en begonnen te giechelen. Het deed goed om naast alle zorgen, zelfverwijten en slapeloze nachten ergens over te kunnen lachen. Ze kregen de slappe lach, leunden tegen de muur en hielden hun hand voor hun mond om Alicia niet boos te maken.

'Wat een dragonder!'

'Die heeft vast haren op haar borst.'

'En scheert elke ochtend haar snor!'

Auguste verscheen met een dienblad bij de dienstbodentrap en ze beheersten zich. Arme papa, op het zilveren blaadje dat Auguste heel voorzichtig droeg stond een theekan en een bord met een beschuitje erop. De geur van vers gezette kamillethee vulde de gang en Kitty, die die geur haatte, liep snel naar haar kamer.

'Heb je even tijd?' vroeg Elisabeth.

Dat was een ongebruikelijke vraag, normaal gingen de zussen elkaar uit de weg. Elisabeth hield zich met het huishouden bezig om mama te ontlasten en Kitty was weer begonnen met tekenen.

'Jawel...' zei Kitty wantrouwig. Wilde Elisabeth haar soms verwijten maken? Sinds haar zus dagelijks met de huisdame sprak, was ze alle werkruimtes, de wijnkelder en ook de waskamer nauwgezet gaan controleren. Kitty had een paar doeken uit de waskamer gepakt om ze voor een collage te gebruiken.

'Ik... ik wil je een paar dingen vragen.'

'Oké, dan,' zei Kitty chagrijnig. 'Een paar minuten...'

Tot haar opluchting had Elisabeth totaal geen belangstelling voor de gescheurde keukendoeken die Kitty geverfd en op een linnen doek had geplakt. In plaats daarvan ging ze op de kruk voor de toilettafel zitten, bekeek zichzelf kritisch in de spiegel en trok een lok uit haar kapsel.

'Spreek op, zus,' zei Kitty terwijl ze een schort vol vlekken ombond en onderzoekend haar nieuwste werk bekeek. Het zag er veelbelovend uit, de gescheurde rode stof gaf een mooi effect op de lichte achtergrond.

'Het… het gaat om…'

Elisabeth draaide een parfumflesje in haar hand en zette het weer neer.

'Ja?'

Kitty was al helemaal in haar werk verdiept en was Elisabeth bijna vergeten. Die moest nog eens diep ademhalen en vond toen de benodigde moed.

'Het gaat om mijn verloofde.'

'De tweede luitenant?' vroeg Kitty verstrooid.

'Wie anders?'

Kitty schoof de schildersezel wat dichter naar het raam en begon groene blaadjes te schilderen. Gras dat in het midden omknikte, gevederde varens. Misschien moest ze er ook vogels bij tekenen?

'En wat is er met hem?'

'Niets,' zei Elisabeth. 'Helemaal niets. Hij gedraagt zich volkomen correct, vriendelijk, terughoudend, respectvol.'

Kitty tekende de spitse oren van een kat en bekeek haar werk tevreden.

'En wat stoort je daaraan? Zou je liever willen dat hij hartstochtelijke dingen met je wilde doen? Je onder hete kussen zou bedelven? Je slaapkamer binnen zou willen dringen?'

'Natuurlijk niet,' riep Elisabeth ontzet.

'Niet?' vroeg Kitty met een ironisch lachje.

'In ieder geval niet op een respectloze manier. Als je begrijpt wat ik bedoel. Maar hij zou toch af en toe mijn nabijheid op kunnen zoeken. Ik bedoel lichamelijke nabijheid… Me aanraken. Niet hartstochtelijk, maar wel… teder…'

Kitty stippelde een paar blaadjes op het doek, maar was er niet meer met haar hart bij. Arme Elisabeth. Wat moest ze zeggen?

‘Weet je, Lisa, er zijn mannen, die moeten zich heel sterk beheersen om zich niet helemaal aan de passie over te geven. Daarom komen ze koel en afstandelijk over, terwijl er binnen in hen een gloeiende vlam wakkert. Een kleine aanraking kan er al toe leiden dat hij alles om zich heen vergeet en zich op je stort…’

Elisabeth fronste haar voorhoofd, het klonk niet erg geloofwaardig. Klaus von Hagemann had al twee keer zijn arm om haar schouders gelegd, zonder meteen al zijn zelfbeheersing te verliezen. En hij keek af en toe naar haar decolleté, maar kon zich dan ook prima beheersen.

‘Hij heeft gewoon veel respect voor je, Lisa. Jij bent zijn verloofde, de vrouw met wie hij zal trouwen. Je zult als maagd het huwelijk in gaan en een echte huwelijksnacht beleven…’

Het klonk haast verlangend uit Kitty’s mond, die zelf waarschijnlijk geen echte huwelijksnacht meer zou hebben, dat was voorbij. Ze had op de liefde ingezet en verloren. Voor altijd verloren.

‘Weet je, Kitty,’ begon Elisabeth voorzichtig. ‘Ik ben bang dat ik alles fout doe. Ze vertellen ons wel altijd dat we ons beschaafd en onderdanig moeten gedragen, de man niet tegen moeten spreken, zich aan zijn leiding moeten onderwerpen en wat al niet meer. Maar over de echt belangrijke dingen hoor je niets.’

Kitty stak het penseel in het potje water en veegde haar handen aan een doek af. Ja, wat dat betreft had Elisabeth geen ongelijk, ook op kostschool werd er over die dingen niet gesproken.

‘Dus help me alsjeblieft, Kitty. Ik wil niet ook nog mijn huwelijksnacht bederven.’

Dat was typisch Elisabeth. De hele tijd had ze haar verwijten gemaakt, haar beledigd, geklaagd dat zij door haar zusje vreselijk had moeten lijden. En nu wilde ze ineens van haar ervaringen profiteren. Kitty had graag tegen haar gezegd dat ze het maar aan Auguste moest vragen, maar de wanhopige uitdrukking in het gezicht van haar zus liet haar toch niet koud.

‘Wat wil je weten?’

Elisabeth moest nog een keer diep ademhalen voordat ze zich vermande en dé vraag stelde.

'Wat gebeurt er in de huwelijksnacht?'

Kitty haalde haar schouders op en beweerde dat ze dat niet kon weten. Ze had geen huwelijksnacht gehad. Alleen veel wilde nachten waarin ze helemaal met haar geliefde verenigd was geweest, hart aan hart en lijf aan lijf...

Elisabeths ogen werden steeds groter, het leek wel of ze in paniek raakte.

'Moet... moet je je uitkleden?'

'Dat doet je echtgenoot wel...'

'Kleedt hij mij uit?' vroeg Elisabeth geschokt. 'Helemaal?'

'In ieder geval van boven en van onderen...'

'Hoofd en voeten?'

'Mijn hemel,' mopperde Kitty en ze maakte een wanhopig gebaar. 'Je bent toch anders ook niet zo dom. Hij wil je borsten aanraken. En ook wat daar verder beneden zit.'

Elisabeth knikte gelaten. Ze vroeg zich af wat ze met 'daar verder beneden' bedoelde.

'Dat wat tussen je benen zit. Daar wil hij heen.'

Dat kon toch niet waar zijn. Er waren een paar vreselijk obscene uitdrukkingen die ze als kind in de keuken had opgepikt. Maar alleen het personeel deed het toch met elkaar. Mensen van stand toch niet. Beschaafde mensen die een goede opvoeding hadden genoten...

'Jemig, je weet nog minder van die dingen dan ik destijds dacht,' zei Kitty zuchtend. 'Heb je jaren geleden, toen we in Pommeren bij oom Rudolf op bezoek waren, de paarden niet gezien? In de wei, toen we met onze picknickmand op een mierenhoop belandden? Daar was een hengst, weet je nog? Nou dan! Zo ongeveer gebeurt het ook bij ons mensen.'

Die vergelijking was niet bepaald geruststellend voor Elisabeth, die afschuwelijke fantasiebeelden kreeg. Kitty voelde zich genoopt nog wat meer in detail te treden.

'Je weet toch hoe een man eruitziet? Ik bedoel onder zijn kleding.'

'Nee!'

Haar grote zus maakte het haar werkelijk niet gemakkelijk. Wat stelde ze zich onnozel aan. Terwijl ze vroeger als kind vaak samen met Paultje in een badkuip hadden gebadderd.

'Hij heeft van voren een ding. Waarmee hij ook kan plassen.'

'O, dat,' zei Elisabeth. 'Dat weet ik. Je hebt me met die hengst vreselijk laten schrikken, Kitty! Ik dacht al dat een man ook zo'n lang...'

'Het wordt hard,' zei Kitty onbarmhartig. 'En ook dik en lang. Niet zo lang als bij een hengst. Maar ook niet bepaald klein.'

Elisabeth verbleekte. Dus toch. En daarmee wilde hij... Dat kon toch niet goed gaan, het was daar veel te nauw. En het idee al dat haar verloofde met zo'n ding als een hengst rondliep... Afgrijselijk.

Kitty begon te beseffen dat ze wat te ver was gegaan. Als ze zo doorging zou Elisabeth in haar huwelijksnacht van angst haar kamer in vluchten en de deur op slot doen.

'Luister, Lisa,' zei ze en ze schoof een stoel bij zodat ze naast haar zus kon gaan zitten. 'De eerste keer doet het een beetje pijn, maar dat is maar een klein beetje. De tweede keer is het fantastisch. En later wil je niet meer ophouden. Het is een gevoel alsof je vliegt. Zo dicht tegen elkaar aan liggen alsof twee wezens één zijn geworden. Elkaar liefkozen, je overgeven, met elkaar lachen, je tegen elkaar aan vlijen, helemaal in elkaar opgaan.'

Elisabeth keek haar twijfelend aan. Was het mogelijk dat zulke afschuwelijke dingen zo'n mooi gevoel konden geven?

'Je zult wel zien, Lisa. Het is alsof je in de hemel bent. En nu je weet wat er gebeurt, zal de eerste keer heel gemakkelijk voor je zijn.'

'Ja...' mompelde Elisabeth. 'Vast. Dank je wel voor je hulp.'

Eigenlijk had ze nu liever gehad dat ze al die dingen niet wist. Maar daar was het nu te laat voor.

45

'HET WAS ZWART EN TEGELIJK doorschijnend,' zei Maria Jordan met een grafstem. 'Toen het langs de elektrische ganglamp trok, loste het zich in het niets op. Maar in de schemering van de gang kreeg het weer een gestalte.'

'En hoe zag het eruit?' wilde Auguste weten. 'Als een man of als een vrouw?'

De kokkin zette met veel lawaai een pan erwtensoep op de keukentafel en zei dat er geen spoken waren in de villa.

'Het is ook maar een droom,' zei Else.

'Dromen zijn bedrog,' zei Humbert.

'Maar Maria Jordans dromen zijn wel al vaak uitgekomen,' beweerde Else.

Jordan genoot momenteel veel aanzien met haar dromen. Voor Else had zich weliswaar nog niets voorgedaan, maar de door haar voorspelde huwelijkskandidaat voor Auguste had zich aangediend. Het kamermeisje zou Gustavs vrouw worden en bij hem en zijn grootvader in het tuinhuisje gaan wonen. Gustav wilde ook de kleine Elisabeth adopteren, die zondag eindelijk gedoopt was.

'Een geest die in de donkere gangen van de villa rondwaart,' zei Else met gedempte stem. 'Nu durf ik niet meer naar het toilet. Waart hij ook op de derde verdieping rond, Maria?'

‘Alleen op de eerste en tweede verdieping. En in de hal, maar daar alleen ’s nachts.’

‘Nou, geweldig,’ zei Humbert grinnikend. ‘Zijn we eindelijk van zuster Ottilie de Verschrikkelijke af, zitten we met een spook opgescheept. Ik weet niet wat beter is.’

‘Ik heb liever een spook,’ zei Hanna en ze reikte naar de soeplepel om haar bord te vullen.

‘Wacht jij eens even op je beurt, kleine veelvraat,’ schold Auguste en ze gaf haar een tik op de vingers. ‘De lunch begint pas als juffrouw Schmalzler aan tafel zit. En Marie is er ook nog niet.’

‘Waar is Marie eigenlijk?’ wilde Humbert weten. ‘Ze kan toch niet de hele dag achter de naaimachine zitten, of wel soms?’

Maria Jordan liet een geforceerd klinkend lachje horen. De kamenierster Marie zat zeker niet alleen maar achter de naaimachine. Ze was heel vaak bij juffrouw Katharina te vinden, waar ze zat te tekenen. Ook de mevrouw liet haar af en toe bij zich roepen om met haar te praten.

‘Tjongejonge,’ zei Auguste en ze draaide haar ogen naar het plafond. ‘Je zou denken dat ze heel wat is. Terwijl ze een paar maanden geleden nog de keukenmeid was en met het hout voor de kachels liep te slepen.’

‘Tja,’ zei Else. ‘Zo snel kan het gaan.’

‘Maar het gaat ook net zo snel weer bergafwaarts,’ zei Humbert.

‘Bergafwaarts gaat vaak zelfs nog veel sneller,’ zei Auguste grijnzend en ze voegde eraan toe dat de meneer Marie geen minuut in zijn buurt kon verdragen. Een poosje geleden had ze de thee naar zijn werkkamer gebracht, toen had hij zo hard geschreeuwd dat het in de hele villa te horen was geweest. Wel... de directeur zou daar vast een goede reden voor hebben...

‘Natuurlijk heeft hij die,’ zei Maria Jordan ijverig. ‘Weten wij veel wat er tussen Marie en de jongeheer in Parijs is voorgevallen. Ze hebben twee nachten de gelegenheid gehad om elkaar beter te leren kennen. Er zal wel het een en ander gebeurd zijn waar de meneer niet blij mee is.’

Dat vermoeden was niet helemaal nieuw, want natuurlijk had iedereen gemerkt dat de jongeheer een oogje op Marie had.

'Als dat waar is,' zei de kokkin korzelig, 'dan heb ik medelijden met Marie. Het meisje is doorgaans zo verstandig. En dan laat ze zich met zoiets in. Dat kan alleen maar tot ellende leiden.'

Else haalde haar schouders op en trok het broodmandje wat meer naar zich toe om nog een stukje van het zachte witbrood te pakken.

'Als er iets gaande was, dan is het allang voorbij,' zei ze. 'Als je ziet hoe boos de jongeheer haar aankijkt, zou je denken dat hij haar heelhuids wil verslinden.'

'Dan is hij een kannibaal,' zei Hanna giechelend.

'Jij krijgt straks nog een draai om je oren als je zo'n onzin uitkraamt,' dreigde de kokkin.

Hanna ging rechtop zitten en legde, zoals ze geleerd had, haar handen in haar schoot, want de huisdame kwam de keuken binnen.

'Eet smakelijk allemaal,' groette Eleonore Schmalzler iedereen vriendelijk, terwijl ze allemaal op hun vaste plek gingen zitten. Ook Gustav en zijn opa kwamen binnen en iedereen wachtte beleefd tot de twee tuinmannen hun handen hadden gewassen.

'Alweer erwtensoep?' zei Gustav kreunend. 'Ik had gisteren al het idee dat mijn buik een luchtballon was!'

'Je mag blij zijn dat je mijn erwtensoep te eten krijgt,' wond de kokkin zich op. 'De kokkin van de burgemeester heeft me twintig mark geboden voor het recept. Maar ik verraad het...'

Op dat moment zoemde de elektrische bel en Humbert legde de lepel die hij net in de soep wilde dopen naast zijn bord.

'Altijd tijdens het eten,' mopperde hij. 'Alsof ze erop uit zijn mij te laten verhongeren.'

'We bewaren wel een bordje voor je,' riep Auguste hem spottend na terwijl hij zich naar de dienstbodentrap haastte.

Even later had niemand meer trek in erwtensoep. Humbert kwam de keuken weer in gerend, greep Gustav bij zijn arm en stamelde dat hij meteen naar de Königsplatz moest rijden om dokter Greiner te halen. De mevrouw had de dokter per telefoon gewaarschuwd, maar diens automobiel stond in de garage en daarom moesten ze hem ophalen.

'Mijn god... wat is er gebeurd?' jammerde Else. 'Ze zeiden toch dat het beter ging met de meneer?'

Humbert veegde met een witte zakdoek het zweet van zijn voorhoofd, terwijl Gustav nog snel de rest soep van zijn bord lepelde en een stuk brood in zijn mond propte.

'En op de terugweg moeten we pastoor Leutwien meenemen,' zei Humbert met een doffe stem.

'De priester?' vroeg de oude tuinman en hij hield zijn hand tegen zijn oor. 'Als hij de priester wil, is het ernstig. Dan nadert hij zijn einde.'

Paul had tegen juffrouw Lüders geroepen dat hij voor de rest van de dag weg was, als er wat dringends was, moest ze naar de villa bellen. Vervolgens was hij naar de auto gerend en had hij portier Gruber afgesnauwd omdat die niet snel genoeg de poort opende. Gruber had hem geschrokken aangestaard en er niets van begrepen. Normaal was de jongeheer Melzer altijd zo vriendelijk tegen hem.

Paul reed snel, bijna tachtig kilometer per uur, en de auto liet een stofwolk achter. Hij was blij dat de kap van de wagen naar beneden geklapt was, de wind verkoelde zijn verhitte gezicht.

'Paul, je moet onmiddellijk komen,' had zijn moeder aan de telefoon gezegd. Haar stem had nog nooit zo gebeefd, het klonk alsof ze elk moment in tranen kon uitbarsten.

'Mijn hemel. Wat is er gebeurd?'

'Vader heeft geprobeerd zelfmoord te plegen...'

In eerste instantie dacht hij dat hij het verkeerd verstaan had. Maar zijn moeder begon te snikken en stamelde iets over een pistool uit het laadje van het bureau.

'Blijf rustig, mama. Ik ben zo bij je.'

De villa lag vredig in de middagzon, naast de ingang bloeiden zalmkleurige klimrozen en ook de witte seringenstruik stond in volle bloei. Toen Paul de treden van het portaal opstormde, ging de deur open en kwam Gustav hem tegemoet, gevolgd door Humbert.

'Meneer,' zei Humbert schor. 'We moeten de dokter halen. En de priester. Uw vader...'

'Neem de auto.'

Hij wierp Gustav de sleutels toe en liep door. Ze moesten de priester halen. Hij voelde een ijzige kou in zijn binnenste opstijgen die zijn borst vulde. De priester. Het heilig oliesel. De dood. Nee, hij mocht niet doodgaan. Ze hadden juist weer hoop geput, zijn zieke vader was rechtop in bed gaan zitten en had een behoorlijke maaltijd verlangd. Hij had zelfs al door de kamer gelopen, had zich aangekleed en had zuster Ottilie, die hem de wet wilde voorschrijven, de deur uit gezet.

De huisdame liep naar hem toe en zei met een grafstem dat de mevrouw op de eerste verdieping in de werkkamer van de meneer was. Hij moest sterk zijn, de toestand van zijn vader was verschrikkelijk. Als de dokter nu maar snel kwam...

'Waar is Marie?'

'Bij de mevrouw in de werkkamer. De jongedames zijn – voor zover ik weet – met Maria Jordan in de rode salon. Ze mogen van hun moeder niet in de werkkamer komen.'

Die laatste woorden hoorde hij nog slechts gedempt want hij was de trap naar de eerste verdieping al op gelopen. Voor de deur van de werkkamer bleef hij staan, hij probeerde op adem te komen en klopte toen aan.

De deur ging op een kier open en hij zag Maries bleke gezicht. Haar donkere ogen leken groot en fluweelachtig. Hij kalmeerde direct. Marie was er.

'Schrikt u alstublieft niet. We hebben hem naar de bank gedragen.'

Ze sloot de deur achter hem en leunde er met haar rug tegenaan. Paul staarde naar zijn vader, die in een vreemd gekromde houding tussen de geborduurde kussens van de bank lag. Zijn gezicht was vertrokken, zijn mond en ogen hingen aan de linkerkant naar beneden, zijn huid was vaal, bijna wit. Paul moest zichzelf overwinnen om bij de bank neer te knielen en de hand van zijn vader te pakken. Zijn polsslag was nauwelijks voelbaar en zeer traag. Hij leefde.

'Wat is er gebeurd?'

Hij moest zich omdraaien want zijn moeder zat op de bureaustoel. Ze leunde met haar hoofd naar achteren en haar handen omklemden de met houtsnijwerk versierde armleuningen.

'Wat er ook gebeurt,' zei ze met een zwakke stem, 'ik verzoek jullie beiden over dit voorval te zwijgen.'

Johann Melzer was die ochtend bijzonder levendig geweest, had een bad verlangd en zich aangekleed, daarna ontbeten en ten slotte gezegd dat hij van plan was in zijn werkkamer wat papieren door te kijken. Alicia had zich zorgen gemaakt dat hij te veel van zichzelf vergde, maar het was onmogelijk geweest om hem van zijn plan af te brengen. Dus liet ze hem zijn gang gaan.

'Tegen de middag hoorde ik dat er iets in de werkkamer viel, waarschijnlijk een stoel. Ik kreeg ineens zo'n naar gevoel,' zei Alicia met vlakke stem. 'Alsof God me een waarschuwing had gestuurd. Ik deed de deur open en zag Johann voor het bureau staan met het pistool op zijn slapen gericht. God sta me bij... ik weet niet meer precies wat er toen gebeurde. We worstelden met elkaar, hij probeerde me van zich af te stoten, maar ik had zijn hand waarin hij het wapen hield vast en liet me niet afschudden. Maar toen...'

Ze stopte en kon de laatste zinnen alleen langzaam en hakkelend uitspreken. Haar man was ineens in elkaar gezakt en zijn gezicht was vreselijk vertrokken. Toen had ze in haar angst Marie geroepen. Samen hadden ze hem het wapen afhandig gemaakt dat hij nog steeds krampachtig vasthield, en daarna hadden ze hem met veel moeite op de bank gelegd.

'Hij moet een beroerte hebben gekregen. De inspanning, de woede, de schrik... Maar wat had ik dan moeten doen? Zeg me, Paul, wat had ik moeten doen? Ik kon toch niet rustig toekijken terwijl hij een einde aan zijn leven maakte!'

'Je hebt het juiste gedaan, mama,' zei Paul nadrukkelijk. 'Ik had in dit geval hetzelfde gedaan. Iedereen zou dat gedaan hebben.'

Hij ging naar haar toe en legde zijn armen om haar heen, praatte zachtjes tegen haar, zei dat ze zichzelf niets hoefde te verwijten. Ze had wekenlang trouw bij zijn vader aan zijn bed gezeten en ook nu alleen het beste gewild. Ze had hem voor een zware zonde behoed, daar kon hij haar dankbaar voor zijn.

Vooral dat laatste argument stelde Alicia gerust. Zeker, ze had zijn ziel voor een afschuwelijke last behoed, want het was een zonde om het leven dat God ons gaf eigenhandig te beëindigen. Meteen daarop werd er op de deur geklopt en ze krompen alle drie geschrokken ineen.

'De dokter, mevrouw. En de priester,' hoorden ze Humbert zeggen.

'Waar is het pistool?' fluisterde Paul tegen zijn moeder.

'Marie heeft het weer in de lade gelegd.'

Paul knikte en wisselde een blik met Marie, die nog altijd als een wachter bij de deur stond. Ze was er en gedroeg zich kalm en verstandig, zoals ze altijd deed. Alles was goed.

'Komt u binnen, mijne heren...'

Weleerwaarde Leutwien liet de arts voorgaan. Dokter Greiner was klein en mager, droeg een bril en had een grijze snor. Hij begroette eerst de aanwezigen, sprak tegen Alicia zijn medeleven uit en gaf Paul een hand. Marie, die overduidelijk tot het personeel behoorde, negeerde hij. Hij wenkte Humbert, die zijn zwartleren dokterskoffertje droeg, te komen en instrueerde hem het op een stoel te zetten. Omslachtig opende hij de sloten, klapte de koffer open en onthulde een wirwar van blinkende instrumenten, bruine flesjes, gekleurde doosjes, rode rubberen onderdelen, witte verbandrollen en allerlei andere dingen, waarvan vooral een grote verlostang opviel.

Behendig trok hij het ooglid van de zieke omhoog, toen knoopte hij Melzers hemd open om naar zijn hart te luisteren. Weleerwaarde Leutwien was bij de deur blijven staan, hij had zijn armen voor zijn borst gekruist en leek erg aangedaan te zijn door de toestand van de zieke.

'Het lijkt zonder twijfel een apoplectische aanval te zijn, mevrouw,' zei dokter Greiner en hij legde de stethoscoop terug in zijn koffer, in een zijvak waaruit hij het snel weer kon pakken. 'We moeten hem zo snel mogelijk naar het ziekenhuis brengen, zodat we hem bloedverdunners kunnen toedienen. Hoelang verkeert hij al in deze toestand?'

Alicia wilde antwoorden maar op dat moment bewoog de zieke zich. Johann Melzer maakte een armbeweging die eruitzag alsof hij de dokter opzij wilde duwen.

'Niet... nee... geen ziekenhuis. De priester... Leutwien... de priester moet komen...'

Dokter Greiner moest een stapje opzij doen omdat Johann Melzer weer met zijn arm naar hem uithaalde. Hij zei echter dat het een goed teken was dat de zieke kon praten, want in de meeste gevallen leidde zo'n apoplectische aanval tot volledig spraakverlies.

'Pakt u uw koffer maar weer in, dokter,' zei Leutwien vriendelijk. 'Nu ben ik aan de beurt.'

De dokter trok zich slechts onder protest terug. Het was onacceptabel dat het vervoer naar het ziekenhuis vertraagd werd. Ook niet door een priester. De wil van de zieke was irrelevant, desnoods moest hij voor zijn eigen bestwil met geweld naar het ziekenhuis gebracht worden.

'Mijn man is zijn leven lang al gewend dat zijn wil hier in huis gerespecteerd wordt, meneer de dokter,' zei Alicia ten slotte vastberaden. 'En dat zal ook vandaag niet veranderen.'

'Dan kan ik hier niets meer doen, mevrouw!'

Hij klapte zijn koffer dicht en boog beleefd voor Alicia, Paul kreeg slechts een hoofdknikje. De priester, die nu op een stoel naast Johann Melzer was gaan zitten, kreeg een hatelijke blik.

Zodra de deur achter de arts gesloten was, klonk de zwakke stem van de zieke. Het was duidelijk te horen dat hij moeite had de woorden te vormen. Toch was zijn aanwijzing helder en verstaanbaar.

'Gaan... gaan jullie allemaal. Alleen de... Alleen de priester blijft. Ik... wil... wil... biechten.'

46

'MAMA! O GOD, ZEG wat er gebeurd is!'

Zodra Alicia met Paul en Marie de rode salon binnenkwam, liepen Kitty en Elisabeth naar haar toe.

'Heeft hij nog een aanval gehad?'

Elisabeth was lijkbleek, de tranen rolden over haar wangen. Ze hadden gehoopt dat hun vader weer gezond zou worden. En nu bleek op gruwelijke wijze het tegendeel waar te zijn. Ach, ze had zondag nog voor hem gebeden.

'Hij legt de biecht af,' zei Alicia en ze nam Elisabeth in haar armen. 'We moeten allemaal sterk zijn, meisjes. Alleen God weet of hij in ons midden blijft of naar het eeuwige rijk gaat.'

Kitty wierp zich snikkend in Maries armen, ze kon niet geloven dat papa doodging. Hij was altijd zo sterk geweest, zo'n werkpaard, nooit moe of uitgeput. Wat moesten ze zonder hem?

Paul vond het moeilijk om te zien hoe teder Marie zijn zus kalmeerde, troostende woorden in haar oor fluisterde, over haar hoofd aaide. Eigenlijk was Kitty te benijden, zij kon Marie dagelijks om zich heen hebben en haar zelfs omhelzen en kussen. Terwijl hij zelf door Marie met koele onverschilligheid werd bejegend.

'Wat gebeurt er nu?' jammerde Kitty. 'Waarom mogen we hem niet zien?'

'Weleerwaarde Leutwien zal ons zeker laten roepen als vader naar ons verlangt,' zei Alicia, die zich nu, in aanwezigheid van haar dochters, weer onder controle had. 'Tot die tijd moeten we geduld hebben.'

Ze lieten Humbert komen en bestelden thee. De huisknecht leek blij te zijn dat hij een taak kreeg, hij was erg bleek, maar waagde het niet naar de toestand van de zieke te vragen. De kleine slingerklok op de schoorsteen sloeg drie uur, toen half vier. Ze zeiden nauwelijks iets. Kitty had eraan herinnerd dat papa vroeger met hen in het park verstoppertje speelde. Toen ze nog klein waren. Natuurlijk alleen op zondag. Daarop was Elisabeth weer gaan snikken en vielen ze weer stil. Even na half vier verscheen Humbert en verkondigde dat meneer de directeur zijn zoon Paul wilde zien. En Marie.

'Marie?'

Iedereen was verbaasd, zo niet onaangenaam verrast.

'Mij?' stamelde Marie. 'Heb je dat wel goed verstaan, Humbert?'

'De priester zei dat tegen me. Ik heb het ook nagevraagd en hij heeft het nog eens herhaald. De jongeheer en Marie.'

Alicia sloot heel even haar ogen alsof ze iets moeilijks moest doorstaan maar wat niemand hoefde te weten. Ze had ongetwijfeld verwacht dat haar man haar, zijn echtgenote, bij zich wilde hebben.

'Ga dan maar, Marie,' zei ze. 'Mocht het een misverstand zijn, dan zal het wel opgehelderd worden.'

Ze glimlachte naar Paul, bemoedigde hem sterk te zijn en schonk een kopje thee voor zichzelf in. De anderen keken Marie geïrriteerd na toen Paul haar voor liet gaan terwijl ze de kamer uit liepen.

Het waren maar een paar passen naar de werkkamer. Humbert kondigde hen aan en maakte de deur open. Weleerwaarde Leutwien had achter het bureau plaatsgenomen, Johann Melzer was met behulp van een aantal kussens in een halfzittende positie gebracht en keek hen aan met een uitdrukking alsof hij voor het gerecht stond.

'Ga daar zitten!' beval hij.

Ondanks alles leek het beter met hem te gaan dan een uur geleden. Zijn gezicht was weer recht getrokken, alleen het linkerooglid hing een beetje naar beneden en zijn mond stond scheef, wat echter door de grijze baard nauwelijks opviel.

Zwijgend namen ze op de aangewezen stoelen plaats en wachtten af. Marie had haar handen in haar schoot gelegd, haar borstkas ging in een snel tempo op en neer. Paul voelde ineens het heftige verlangen haar in zijn armen te nemen, alsof hij haar moest beschermen. Maar hij bleef star en als vastgenageld op zijn plek zitten.

'Elk begin is moeilijk,' zei weleerwaarde Leutwien vanaf zijn plek achter het bureau. Het klonk als een aansporing en werd door Johann Melzer ook zo opgevat.

'Wat ik te zeggen heb,' begon hij en hij veegde zijn linkermondhoek met een zakdoek af. 'Wat ik te zeggen heb, betreft Marie. Marie Hofgartner, de dochter van mijn voormalige partner Jakob Burkard.'

Het was eruit. Heel openlijk had hij de leugen toegegeven. Paul zag dat Maries gezicht rood werd, ze opende haar mond om iets te zeggen, maar Johann Melzer ging verder zonder acht op haar te slaan.

'Ik heb jou, mijn zoon Paul, laten roepen, zodat je alles uit mijn mond hoort. Marie moet niet degene zijn die je deze dingen vertelt, ik wil het zelf doen. Daarna mag jij beslissen of je me wilt verdoemen of me kunt vergeven.'

Paul wist niet of hij hierop moest antwoorden en besloot voorlopig te zwijgen. Wat kwam er nog meer? Hij had de leugen toch toegegeven? Melzer veegde opnieuw zijn linkermondhoek af waaruit speeksel vloeide. Hij leek geen antwoord te verwachten en sprak verder.

'Toen ik ruim dertig jaar geleden Jakob Burkard in zijn loods opzocht, waarin hij allerlei uitvindingen in elkaar schroefde, wist ik meteen dat ik de man gevonden had die ik zocht. Hij was een van die mensen die vooruitstrevend zijn, die technische uitvindingen bedenken waar de wereld rijp voor is. Ik geef toe dat er veel bizarre dingen tussen zaten... hij wilde zelfs een telefoon maken die je met je mee kon nemen. Maar vooral heeft hij machines om te spinnen en te weven ontworpen, en hij was in staat ze te bouwen. Wat moet ik zeggen? We werden partners, we begonnen heel klein, want we hadden allebei geen geld. Maar ik wist hoe je zaken moest doen en Jakob Burkard bouwde daar de machines voor. De bank leende ons de middelen en binnen de kortste keren groeide ons werk tot onverwachte omvang uit. Ik kocht het parkterrein, liet het zomerhuis ombouwen tot een villa...'

'U dwaalt af, meneer Melzer,' onderbrak de priester zijn verhaal. 'U praat om de hete brij heen. Komt u ter zake!'

Tot nu toe had niemand het gewaagd Johann Melzer zo te bedillen. Maar hij liet het zonder tegenspraak toe, knikte slechts gelaten en keek Leutwien vermoeid aan.

'De fabriek gedijde onder mijn leiding, maar mijn partner Burkard werd mij gauw tot last. De zaken interesseerden hem weinig en hij kon ook niet met geld omgaan. Hij was in hart en nieren een technicus, bleef constant aan de machines sleutelen en wilde verbeteringen aanbrengen terwijl ik nog orders moest afleveren. Om een lang verhaal kort te maken... twee jaar nadat ik getrouwd was, dus zo rond 1890, waren we gebrouilleerd, en hij verdween van de ene op de andere dag uit Augsburg. Eerst maakte ik me zorgen dat hij zijn kennis aan de concurrentie zou verkopen, maar dat deed hij niet. Hij verbraste zijn geld aan allerlei reizen, verbleef waarschijnlijk in Engeland, Zweden en Frankrijk. Toen hij terugkeerde, bracht hij een vrouw mee. Luise Hofgartner, een schilderes, die hij in Montmartre had leren kennen. Zijn grote liefde. Ze betrokken een woning in de benedenstad en waren van plan van zijn inkomsten uit de fabriek te leven. Tenslotte was de helft van de fabriek van hem en de winst was intussen niet onaanzienlijk, wat vooral te danken was aan mijn zakelijk instinct en mijn onvermoeibare werk...'

'Ter zake komen, meneer Melzer!' onderbrak de priester hem weer.

Johann Melzer ademde moeizaam maar accepteerde de aansporing van Leutwien en dwong zichzelf verder te gaan met zijn verhaal.

'Ik was het algauw zat om hem als partner te hebben, want hij begon allerlei onzinnige uitvindingen te doen en haalde daarvoor geld uit het vermogen van het bedrijf. Ik dacht aan de fabriek, ik moest voorkomen dat die verlies ging draaien. Mijn levenswerk, alles waar ik voor geleefd en gewerkt heb. En zo heb ik zijn aandelen stuk voor stuk overgenomen.'

Hij laste een pauze in, veegde opnieuw zijn mondhoek af en vroeg om een slok water. Paul sprong op, vulde een glas uit de karaf en reikte het hem aan. Zijn vader dronk moeizaam, het water stroomde aan de zijkant uit zijn mond op het open hemd.

Toen hij Paul zijn halflege glas aanreikte, beefde zijn hand alsof het glas heel zwaar was.

'Ik heb zijn aandelen voor een paar mark afgekocht,' zei hij toen met zware tong. 'Ik wist allang dat hij dronk en ik heb zijn zwakte gretig voor mijn eigen gewin gebruikt. Ik heb hem wijn gegeven, later bier... er was niet veel voor nodig om hem dronken te voeren. Toen heeft hij alles ondertekend wat ik hem voorlegde. Hij merkte niet eens wat ik hem aandeed. Maar zij, die Luise Hofgartner, had het wel gemerkt en zij heeft ook geprobeerd het te verhinderen. Maar Burkard was goed van vertrouwen, hij vertrouwde me, kon niet geloven dat ik, zijn partner en vriend, die hem altijd voor een glaasje wijn of een biertje uitnodigde, een gemene, hebzuchtige bedrieger kon zijn...'

Paul had het gevoel dat hij voor een diepe afgrond stond. Zijn vader, die hij ondanks alle onenigheden altijd had vereerd, was in staat geweest op zo'n gemene manier het vertrouwen van zijn partner te misbruiken. Erger nog, hij had de bestaansmiddelen van Maries vader en daarmee ook van Marie en haar moeder afgepakt. Paul durfde Marie niet aan te kijken.

'Verder!' verlangde de priester onbarmhartig.

'Ze raakte zwanger, en vanwege het kind is ze akkoord gegaan met een huwelijk, hoewel ze uit Montmartre wilde ideeën van vrije liefde en dat soort flauwekul had meegebracht. Ik wist toen niet hoe ernstig Burkards toestand was, maar hij was zo zwak dat een huwelijk voor de burgerlijke stand niet meer mogelijk was. De kerkelijke inzegening heeft weleerwaarde Leutwien in zijn woning voltrokken en Burkard overleed een paar dagen later. Ik was geschrokken en had wroeging, heb zijn begrafenis betaald en zelfs een grafsteen laten plaatsen. Ik heb ook voor de schilderes gezorgd, heb geregeld dat ze van mijn kennissen goed betaalde opdrachten kreeg. Toen het kind was geboren, heb ik haar kleine bedragen gegeven omdat ze van de bevalling moest herstellen en niet kon werken.'

Marie had haar ogen tot smalle spleetjes geknepen en staarde met opperste concentratie naar Johann Melzer.

'Maar later hebt u alles van haar afgepakt,' zei ze op ijskoude, verwijtende toon. 'Omdat u bepaalde constructietekeningen van haar wilde hebben die ze u niet wilde geven.'

Hij staarde haar aan en leek verbluft dat ze daarvan afwist. Ja, na een paar jaar begonnen Burkards machines de eerste gebreken te vertonen en toen schoot hem te binnen dat Burkard verschillende verbeteringen had bedacht.

'Ik kon mezelf wel voor mijn kop slaan dat ik er toen hij nog leefde niet aan gedacht had, want hij had me ongetwijfeld alles gegeven. Maar zij deed dat niet. Ik mocht haar opdrachten verschaffen of de huur betalen… ze gaf me geen enkele tekening. Toen werd ik boos, liet beslag leggen op haar spullen, liet alle meubels, al haar bezittingen uit haar woning halen, maar ze liet zich niet dwingen. Ze lachte me in mijn gezicht uit. Ik kreeg de tekeningen niet, al had ik een pact gesloten met de duivel.'

'Daar had ze alle reden toe,' zei Marie zonder medelijden. 'Mijn moeder wist wat u mijn vader had aangedaan.'

Johann Melzer reageerde niet op het verwijt, hij aanvaardde het en keek Marie met sombere ogen aan.

'Ik heb me daarna niet meer om haar bekommerd en bij bekenden slecht over haar gepraat, zodat ze geen opdrachten meer kreeg. Op een gegeven moment, dacht ik, zal ze wel met hangende pootjes naar me toe komen, al was het maar vanwege het kind. Maar ze kwam niet, ze leed nog liever honger en kou. Twee jaar later kreeg ze een longontsteking, waarschijnlijk door de winterse kou. Ze kon niet stoken omdat ze het hout niet kon betalen. De ontsteking leidde tot tuberculose en ze stierf.'

Paul wist wat Marie nu voelde en keek met smart naar de grond. Haar moeder had niet hoeven sterven als zijn vader niet alles van haar had afgepakt... Hoe moest Marie dat zijn familie ooit vergeven? Zijn zussen en hij hadden in die tijd heerlijk in de villa geleefd, elke luxe genoten, de Melzers behoorden tot de rechtschapen en vooraanstaande burgers van de stad Augsburg.

Johann Melzer was nu doodmoe, zijn verhaal kwam er nog slechts met moeite uit, hij begon te stotteren. Hij was intens geschrokken toen weleerwaarde Leutwien hem destijds naar de benedenstad haalde, hij had er geen rekening mee gehouden dat ze dood kon gaan. Daarom had hij op zijn minst het kind, de kleine Marie, naar een weeshuis laten brengen, had die instelling ook jaarlijks royale giften gegeven zodat het goed ging met het meisje...

'Marie,' zei hij ten slotte, en hij keek haar smekend aan. 'Ik heb... heb alles... naar waarheid bekend. Ik heb... jou... en je ouders...ernstig leed aangedaan, het vagevuur zal me... pijnigen. Kun je me... vergeven?'

Paul had het gevoel dat de kamer ronddraaide. Wat verlangde hij van Marie? Hoeveel edelmoedigheid moest een jonge vrouw bezitten om zo'n schuld te vergeven?

Maries stem klonk vast en ongewoon koel, toen ze antwoordde.

'U kunt hopen dat God het u vergeeft, meneer Melzer. Want ik zal het nooit doen!'

47

'MARIE!'

Ze was opgesprongen en de kamer uit gelopen. Paul wilde haar volgen, maar weleerwaarde Leutwien hield hem tegen.

'Laat haar gaan, Paul. Ze moet het allemaal eerst tot haar laten doordringen en het verwerken.'

'Maar ik kan Marie nu niet alleen laten.'

De priester schudde energiek zijn hoofd en hield Pauls arm stevig vast.

'Zorgt u liever voor uzelf, Paul,' raadde Leutwien hem aan. 'Ook u hebt dingen te horen gekregen die moeilijk te begrijpen zijn. Straf en gerechtigheid liggen alleen in Gods hand. Maar wij, zondige mensen die wij zijn, moeten leren elkaar te vergeven.'

Paul had nauwelijks naar hem geluisterd, een preek was wel het laatste wat hij nu kon gebruiken. Met een ruk bevrijdde hij zichzelf uit de greep van de priester en hij rende de gang op om Marie in te halen. Maar hij zag haar niet meer. Opgewonden liep hij naar de dienstbodentrap. Ook daar geen spoor van haar, maar boven op de derde verdieping sloeg een deur dicht. Verstopte ze zich in haar slaapkamer?

'Marie! Laten we praten. Ik smeek je, Marie!'

Hij kreeg geen antwoord vanaf de derde verdieping, maar in de gang achter hem was beroering ontstaan. Zijn moeder en beide zussen waren uit de rode salon gekomen, in grote angst dat er opnieuw iets verschrikkelijks was gebeurd.

'Paul! Wat is er gebeurd? Vertel het ons, we maken ons zulke zorgen.'

Hij gaf het op en besloot niet naar de derde verdieping te lopen. Het zou ook meer dan onbetamelijk geweest zijn, want de familie had niets te zoeken bij de slaapkamers van het personeel. Ook kon hij Marie onmogelijk in haar slaapkamer opzoeken.

'Er is niets ergs gebeurd, mama,' loog hij. 'Het gaat beter met papa, je kunt nu naar hem toe.'

'Maar waarom is Marie weggelopen?'

Ook Kitty en Elisabeth waren erbij komen staan en Paul dacht razendsnel na wat hij moest zeggen. Hij mocht in geen geval de hele, afschuwelijke waarheid vertellen want zijn vader had zijn bekentenis alleen aan hem en Marie gericht.

'Vader heeft Marie verteld dat ze de dochter van Jakob Burkard is, zijn voormalige partner.'

'Dus toch,' fluisterde Alicia. 'Je vermoedde het al, Paul. Het arme meisje moet helemaal van slag zijn.'

'Zeker,' zei Paul, blij dat zijn moeder tevreden was met zijn antwoord. Helaas was Kitty dat echter niet.

'Maar… maar dat is toch fantastisch, Paul,' riep ze enthousiast. 'Was die Burkard niet een uitvinder of zoiets? Mijn hemel, Marie had een uitvinder als vader. Waarom wordt haar dat nu pas verteld?'

'Waarom maakte papa daar zo'n geheim van?' vroeg Elisabeth nu ook. 'Was het zo belangrijk dat hij haar daarom aan zijn ziekbed moest roepen?'

Paul had niet veel zin zich verder in leugens te verstrikken en beweerde daarom simpelweg dat hij het niet wist.

'Ik vind het allemaal erg merkwaardig,' zei Elisabeth hoorbaar en ze keek haar broer wantrouwig aan. 'Volgens mij verzwijg je iets voor ons.'

Hij gaf haar geen antwoord, wilde geen ruzie maken. Alicia was intussen de werkkamer in gelopen, waar ze haar met weleerwaarde Leutwien hoorden praten. Ook Kitty liep erheen, opgelucht door het nieuws dat het intussen beter ging met haar vader.

'Maar papa,' klonk haar verwijtende stem. 'Als de dokter heeft gezegd dat je naar het ziekenhuis moet, dan moeten we ons daaraan houden. Mama heeft volkomen gelijk, je moet onmiddellijk naar het ziekenhuis gebracht worden. We willen toch allemaal dat je weer beter wordt, papaatje.'

'Dat gaat haar niet lukken,' zei Elisabeth. 'Als papa niet wil, dan wil hij niet.'

De telefoon rinkelde en Paul vervloekte vanbinnen de fabriek en alles wat ermee samenhing. Hij wilde Marie opzoeken, haar vertellen hoe geschokt hij was door de onthullingen van zijn vader. Dat hij met haar meeleefde en heel goed kon begrijpen dat ze boos was. Dat hij al het mogelijke zou doen om deze schuld te vereffenen…

'Paul? Het is juffrouw Lüders uit de fabriek. Ze wil je per se spreken.'

'Ik kom eraan…'

Juffrouw Lüders was helemaal van slag. In de weverijen waren twee machines buiten bedrijf omdat het garen constant brak. Alfons Dinter van de afdeling Stofbedrukking had kritiek geuit omdat de blauwe verf bijna op was en bovendien had meneer Grundeis, een belangrijke klant uit Bremen, zich onverwacht aangemeld. Hij verbleef in De Drie Moren en hoopte de avond in goed gezelschap te kunnen doorbrengen.

Paul had het liefst tegen de ijverige secretaresse gezegd dat ze met het garen, de verf en meneer Grundeis naar de maan kon lopen, maar hij voelde de ogen van zijn vader die vanaf de bank meeluisterde. Hij zou er noch zichzelf noch Marie een plezier mee doen als hij nu het bijltje erbij neergooide.

'Zegt u tegen de heer Grundeis dat ik over tien minuten bij hem ben. Biedt u hem intussen het gebruikelijke aan.'

'Dat hebben we allang gedaan, meneer Melzer. Is bij u alles in orde? We maakten ons zorgen, juffrouw Hoffmann en ik…'

'Er is geen reden tot bezorgdheid, beste juffrouw Lüders. Ik ben zo bij u.'

Het kostte hem moeite zijn normale, ongedwongen toon te hervinden, maar het lukte. Wat had moeder ook alweer gezegd? Sterk zijn. Hij had zich nog nooit zo zwak en hulpeloos gevoeld.

'Ik moet naar de fabriek, er moeten een aantal dingen geregeld worden,' zei hij en hij meende een zwakke glimlach op het gezicht van zijn vader te zien. Alicia was minder blij, zij had gehoopt dat Paul zijn vader ervan kon overtuigen dat het beter was om de raad van de arts op te volgen.

'Zorgen jullie alsjeblieft voor Marie,' zei Paul. 'Ze zal helemaal in de war zijn en heeft aandacht nodig.'

'Als je daar zo veel waarde aan hecht, zal ik Else zo meteen naar haar toe sturen en laten vragen of ze iets nodig heeft,' beloofde Alicia.

Alicia bedoelde het vast goed, maar het stelde Paul niet gerust.

'Else moet tegen haar zeggen dat ik vanavond met haar wil praten. Het is erg belangrijk, mama.'

De indringende toon waarop hij het vroeg, verbaasde niet alleen Alicia. Ook Elisabeth fronste haar voorhoofd en zei dat er op dit moment wel belangrijkere zaken in de familie waren dan een gesprek met een kamenierster. Kitty daarentegen toonde een besmuikte glimlach, die niet paste bij de ernst van de situatie.

'Zeg eens, Paultje,' zei ze langzaam. 'Is er iets tussen jou en Marie waar wij nog niets van weten?'

'Een andere keer...' zei hij met zijn hand al op de deurklink.

Toen hij door de gang naar de trap liep, hoorde hij de onthutste uitroep van zijn moeder.

'Heilige Maagd Maria! Dat meent hij toch zeker niet!'

'Ik denk het wel, mama. Hij is tot over zijn oren verliefd.'

Else kwam met de boodschap terug dat Marie in bed was gaan liggen en iedereen vond dat ze na deze schrik absoluut het recht had een beetje uit te rusten. Alicia zat lange tijd naast haar man en omdat het gesprek tussen de echtelieden zeer vertrouwelijk was, voelden de dochters zich overbodig. Ook de priester nam afscheid en de zussen begeleidden de geestelijke naar beneden naar de hal. Ze probeerden Leutwien uit te horen maar hij pakte het slim aan, hij praatte veel maar zei weinig en verschanste zich achter het biechtgeheim.

'Uw vader heeft vandaag buitengewoon veel moed bewezen, mijne dames. Jullie kunnen trots op hem zijn. En nu vraag ik u mij uit te laten, om zes uur moet ik de avondmis leiden.'

Elisabeth vond de situatie steeds raadselachtiger worden en Kitty was het met haar eens.

'Denk jij dat Paul en Marie al met elkaar...' begon ze peinzend.

'Ssst,' zei Elisabeth. '*Pas devant les domestiques!*'

Humbert was in de buurt van de keukenlift bezig om de tafel te dekken voor het avondeten. Kitty vond dat Elisabeth zich aanstelde, maar ze zweeg en dacht er het hare van. Paul en Marie. Haar lieve broer en haar beste vriendin. Wat geweldig!

'Zou Marie nog steeds in haar kamer zitten?'

'Ik denk het niet,' antwoordde Elisabeth. 'Ze zal intussen toch wel bijgekomen zijn van de schrik.'

'Dan is ze misschien boven in de naaikamer.'

Maar Marie was niet in de naaikamer. Ook niet in Kitty's kamer en niet in de waskamer. Daar troffen ze alleen Eleonore Schmalzler aan, die de witte katoenen handdoeken telde en telkens zes ervan met een lichtblauw zijden lintje bijeenbond.

'Wat raar,' zei ze glimlachend. 'Er zijn drie witte handdoeken weg. Hebt u enig idee waar die gebleven zouden kunnen zijn?'

Kitty voelde dat haar zus haar van opzij aankeek. Toen verzekerden ze haar allebei met een onschuldig gezicht dat ze haar helaas niet konden helpen. Misschien had mama wel doeken mee naar het ziekenhuis genomen, toen ze papa bezocht?

'Hebt u Marie gezien, juffrouw Schmalzler?'

'Ze zal nog in haar kamer zijn, juffrouw. Ik hoorde dat ze zich niet goed voelt en even is gaan liggen.'

‘Stuurt u haar alstublieft naar mij,’ zei Kitty. ‘Nog voor het avondeten, als het kan.’

‘Zoals u wenst, juffrouw. Mag ik vragen hoe het met uw vader gaat? We maken ons allemaal erg veel zorgen.’

‘Het gaat beter met hem. Mama is nu bij hem.’

‘Moge hij gauw beter worden, zo God wil!’

‘Dank u, juffrouw Schmalzler. Dat hopen wij ook.’

De zussen gingen naar hun kamer om zich zoals gewoonlijk voor het avondeten om te kleden. Kitty had juist de donkerblauwe zijden jurk met de witte matrozenkraag aangetrokken en deed haar best om de ceintuur een beetje mooi te strikken, toen Maria Jordan op haar deur klopte.

‘Pardon, juffrouw...’

‘Ik ben al klaar, juffrouw Jordan. U kunt naar mama gaan.’

Juffrouw Jordan tuitte haar lippen, ze leed onder elke afwijzing maar was desondanks vreselijk opdringerig.

‘Pardon... het gaat om Marie. Ze schijnt de villa verlaten te hebben...’

Kitty liet de ceintuur vallen en staarde juffrouw Jordan ontzet aan. Die probeerde een treurig gezicht op te zetten maar kon haar blijdschap over de verdwijning van haar concurrente niet verbergen.

‘Verlaten?’ stamelde Kitty. ‘Wat bedoelt u?’

Maria Jordan vertelde dat ze Marie vergeefs gezocht hadden en daarom aannamen dat ze in haar kamer was. Juffrouw Schmalzler had vervolgens Maria Jordan gevraagd boven te gaan kijken. Ze deelden immers een kamer en men stuurde daar niet graag iemand anders heen.

‘Toen ik binnenkwam, merkte ik eerst niets. De kamer was opgeruimd, de bedden waren glad getrokken, de kast was dicht. Ik wilde alweer naar beneden gaan, maar bedacht ineens dat ik meteen even een schone zakdoek kon pakken. En toen zag ik dat Maries lade helemaal leeg was.’

Ze had ook een paar kleren meegenomen en ondergoed, kousen

en schoenen. Wat van het huis was, had ze achtergelaten, zoals drie donkere rokken, twee blouses, een lange jas en...

'Ze is weggelopen,' onderbrak Kitty wanhopig haar uitgebreide beschrijving. 'Zonder mij vaarwel te zeggen. O, mijn god... we moeten haar vinden. Waar kan ze heen gegaan zijn? Waar gaat ze slapen? Wat staat u hier nog, juffrouw Jordan? Brengt u mijn zus en mijn moeder op de hoogte. Gustav moet de auto voorrijden. We moeten Paul in de fabriek waarschuwen... Dat ze me dit aandoet! Mijn Marie! Mijn allerliefste vriendin...'

Maria Jordan had wel verwacht dat haar nieuws niet met vreugde ontvangen zou worden, maar op zo'n heftige reactie had ze niet gerekend. Ze vertrok haar gezicht waardoor er allemaal rimpeltjes om haar mond ontstonden en daalde de trap af om het nieuws aan de mevrouw over te brengen. Ze zouden nog wel zien of ze vanwege een weggelopen kamenierster zo'n ophef zouden maken.

Alicia en Elisabeth zaten al aan tafel. De mevrouw bleef er inderdaad kalm onder en juffrouw Elisabeth was zelfs van mening dat het waarschijnlijk voor iedereen het beste was. Alicia deelde haar mening.

'Marie is een intelligent meisje, ze heeft begrepen dat het tijd was om een andere baan te zoeken,' zei Alicia. 'Het is erg jammer dat ze het op deze manier doet. Toch zal ik haar missen.'

'Als kamenierster is ze onvervangbaar,' vond Elisabeth. 'Haar kledingontwerpen waren fantastisch. En dan de hoeden! Ik ben blij dat ze mijn verlovingsjurk nog heeft afgemaakt.'

Alicia wendde zich tot Maria Jordan die bij de deur stond en aandachtig meeluisterde.

'Geen woord tegen mijn man, Maria. Hij mag zich absoluut niet opwinden. Juffrouw Schmalzler moet ervoor zorgen dat het personeel discreet blijft.'

'Zoals u wenst, mevrouw.'

Maria Jordan maakte een vage buiging en haastte zich weg om beneden in de keuken nieuwe geruchten te verspreiden. Aan die vermeende affaire tussen de jongeheer en Marie zou ongetwijfeld rigoureus een einde gemaakt zijn door de meneer. Hij had vast zijn zoon en diens geliefde aan zijn ziekbed geroepen en een machtswoord gesproken. Daarop had Marie kennelijk de consequenties getrokken. Stiekem, stil en zachtjes was ze ervandoor gegaan.

'Moeten we Paul op de hoogte brengen, mama?' vroeg Elisabeth, terwijl ze het stoffen servet uitvouwde.

'Hij zal het snel genoeg horen,' besloot Alicia. 'Hij heeft een belangrijke klant, we kunnen hem beter niet storen.'

'Waar blijft Kitty toch?'

Alicia zuchtte. Ze legde een stukje koude rundertong en een plakje leverkaas op haar bord. Na alle opwinding had ze nauwelijks trek, maar ze moest zichzelf dwingen om te eten om op krachten te blijven. Elisabeth kende dit probleem niet, tot haar leedwezen had ze altijd trek, zeker in gerechten die zoet of vet waren. Als kind waren slagroomtaart, vleespastei en ganzenborst al haar lievelingsgerechten geweest.

'Humbert, zeg tegen Auguste dat ze mijn dochter Katharina eraan herinnert dat het diner geserveerd is.'

Humbert reikte Elisabeth met vakkundige elegantie het vleesplateau aan en wachtte beleefd tot de juffrouw zichzelf bediend had.

'Pardon, mevrouw,' zei hij toen tegen Alicia. 'Gustav en juffrouw Katharina zijn zojuist naar de fabriek gereden.'

Alicia keek Elisabeth aan, ze waren allebei verbijsterd.

'Dank u, Humbert. U kunt nu naar de keuken gaan, we redden ons wel.'

Pas toen de huisknecht de eetkamer had verlaten, blies Alicia geïrriteerd stoom af. Het was toch ongelooflijk welke vrijheden Kitty zichzelf nog steeds permitteerde. Zonder met hen te overleggen deed ze gewoon wat zij dacht dat juist was.

'Dat was eigenlijk wel te verwachten,' antwoordde Elisabeth. 'Kitty is koppig en egoïstisch, dat is al veel eerder gebleken. Waarom is ze eigenlijk nog hier? Ze moest toch aan een opleiding als ziekenverpleegster beginnen?'

Alicia schoof haar bord naar achteren, want haar maag kwam in opstand.

'Je vaders ziekte heeft concrete stappen in die richting verhinderd. Bovendien heeft Alfons Bräuer me in een vertrouwelijk gesprek gevraagd om mijn man te overtuigen. Hij is van plan Kitty een aanzoek te doen.'

Elisabeth sterkte zichzelf met een flinke portie leverkaas en nam er een malse, zure augurk bij die mevrouw Brunnenmayer altijd zo lekker inmaakte.

'Arme man,' zei ze en ze haalde haar schouders op. 'Hopelijk beseft hij waar hij aan begint.'

Ze begreep echter meteen dat ze te ver was gegaan, want Alicia keek haar boos aan. Ze had niet het minste recht haar zus zwart te maken, vooral niet als het om haar toekomstige huwelijk ging. Alfons Bräuer was als schoonzoon zeer welkom in de familie.

'Ik begrijp het,' zei Elisabeth gekwetst. 'Mijn aanstaande is kennelijk minder welkom in de familie...'

Alicia slaakte een diepe zucht. Dit was echt een verschrikkelijke dag en het ergste was dat de avond nog moest beginnen.

Paul en Kitty verschenen een krap half uur later in de villa, buiten adem en vreselijk opgewonden. Paul ondervroeg de huisdame, stuurde Kitty naar Maries kamer om te kijken of ze aanknopingspunten kon vinden. Vervolgens spoedde hij zich naar de eerste verdieping om zijn moeder en Elisabeth te overladen met verwijten. Hij trof echter alleen Elisabeth in de rode salon aan, die zei dat papa mama bij zich had geroepen voor nog een vertrouwelijk gesprek.

'Mij wil hij kennelijk niet zien,' zei ze gekwetst. 'Kitty overigens ook niet. En als je denkt dat wij de kindermeisjes van jouw Marie zijn, dan heb je je vergist, broertje. Ze is weggelopen en dat was heel wijs van haar.'

Paul brieste van woede. Hij schaamde zich dat hij een zus had die zo kil en harteloos was. Voor het naaien van kleren was Marie goed genoeg geweest, maar als mens kon ze haar niets schelen. Geen wonder dat papa niets van haar wilde weten...

Dat was te veel voor Elisabeth, ze barstte in tranen uit. Ze wist wel dat niemand in dit gezin haar kon uitstaan, ze was altijd al het vijfde wiel aan de wagen geweest, maar ze had altijd gehoopt dat ten minste papa...

Alicia kwam binnen en sloot snel de deur achter zich.

'Wat is hier nou aan de hand? Elisabeth, verman je. Paul, papa wil je spreken.'

Paul was echter niet bereid de orders van zijn moeder op te volgen. Papa wilde hem spreken? Nou, hij kon wel even wachten. Waarom had niemand zijn wens gerespecteerd? Hij had hen nadrukkelijk verzocht om zich terwijl hij in de fabriek was om Marie te bekommeren. Hoe was het mogelijk dat ze zonder dat iemand het gemerkt had weggelopen was?

Alicia had dergelijke verwijten wel verwacht, maar niet op deze emotionele toon. Ze antwoordde dat het nu eenmaal gebeurd was en er helaas niets meer aan te doen was. Ze was er echter van overtuigd dat Marie te zijner tijd wel weer naar de villa terug zou keren. Ze was een verstandig meisje met een goed karakter.

Elisabeth staarde haar moeder verbluft aan. Hemel, iedereen wist dat Paul mama's lieveling was, maar ze hoefde nou ook weer niet zo te overdrijven.

'Ga nu alsjeblieft naar je vader. Hij wacht op je.'

'Nou, heel kort dan, ik heb het hartstikke druk!' bromde haar zoon onvriendelijk.

'En zeg alsjeblieft niet dat Marie is weggelopen, Paul.'

'Het is al goed...'

Johann Melzer bevond zich nog in dezelfde positie als een paar uur geleden, zijn rug werd door nog meer kussens ondersteund en Alicia had een zachte wollen deken over hem heen gelegd. Hij zag er ellendig uit, maar de starre, afwezige blik was verdwenen, Paul had zelfs de indruk dat zijn vader opgelucht was. Misschien kwam dat door zijn bekentenis. Daarmee had hij zijn gezin echter wel met een zware last opgezadeld.

'Ik heb niet veel tijd, vader. Grundeis uit Bremen zit in De Drie Moren op me te wachten.'

Johann Melzer knikte, wees echter op niet mis te verstane wijze naar de stoel naast de bank, waar zojuist Alicia nog had gezeten.

'Ik heb het nu ook allemaal aan mama verteld,' begon hij. 'Ze heeft het kalm aangehoord en me verzekerd dat ze desondanks van me blijft houden. Ik heb haar gevraagd het ook aan de meisjes te vertellen.'

Hij stopte en ademde moeizaam, alsof er weer een zware steen op zijn borstkas lag. Hij had er lang over nagedacht of het nodig was om ook zijn dochters in te wijden. Het was erg als een vader zich tegenover zijn dochters moest schamen, maar uiteindelijk had hij ingezien dat ze het toch wel zouden horen.

Paul zweeg en schoof ongeduldig op zijn stoel heen en weer. Zijn vader moest zijn bekentenis maar maken, hij had heel andere zorgen. Ze moesten de oude tuinman vragen of hij Marie had gezien. Gustav was achter in de kas geweest, had doeken opgehangen om de planten tegen de hete junizon te beschermen en had niets gemerkt.

'Luister je naar me, Paul?'

Hij kromp ineen. Ja, hij luisterde, vader moest vooral doorgaan.

'Herinner je je ons gesprek van drie weken geleden nog?'

Dat herinnerde Paul zich maar al te goed. Hij had heftige gewetenswroeging gehad omdat hij zijn vader zo had geëmotioneerd. Maar nu, nu hij meer over het verleden wist, was zijn schuldgevoel niet meer zo groot.

'Het was niet juist van mij, Paul. Ik loog tegen je omdat ik mijn schuld niet wilde bekennen. Maar God heeft mij gestraft en ik zal me naar Zijn hand voegen.'

Johann Melzer probeerde rechterop te gaan zitten en Paul sprong op om hem te helpen.

'Laat maar...' zei hij hoestend. 'Ik wil het zelf doen. Ik moet het alleen kunnen.'

Het lukte hem inderdaad overeind te komen, hij hing nu kuchend een beetje voorover, maar leek trots te zijn op zichzelf.

'Misschien moet ik binnenkort voor de eeuwige rechter verschijnen, Paul,' zei hij moeizaam ademend. 'En het ziet er niet goed uit voor me. Wil jij me helpen?'

'Als ik dat kan...'

Johann Melzer knikte tevreden en wachtte tot Paul de kussens in zijn rug geschikt had.

'Vertel me hoe het tussen jou en Marie is,' vroeg zijn vader. 'Is het een oppervlakkig geflirt dat weer over zal gaan? Of is het meer?'

Die vraag kwam onverwacht en Paul wist niet goed waar zijn vader naartoe wilde. Drie weken geleden had zijn vader het over 'het verliezen van wilde haren' gehad en hem gewaarschuwd dat Marie 'hem met een kind kon opzadelen'. Maar door zijn ziekte was Johann Melzer veranderd.

'Het is meer,' bekende Paul. 'Veel meer.'

Zijn vader leek tevreden te zijn met het antwoord. Hij wilde weten hoelang het al aan de gang was en of er misschien al een kind onderweg was. Paul moest zijn opborrelende ergernis onderdrukken. Waarom al die vragen?

'Je zult me misschien niet geloven, maar ik heb Marie nog nooit aangeraakt. Ze is niet het type dat zich zomaar aan een man geeft, daarvoor is ze veel te intelligent en trots.'

Johann Melzer begon te hoesten, hij had opnieuw een slok water nodig en zat een poosje snuivend en naar lucht happend voor zijn zoon.

'Heb je haar nog nooit aangeraakt? Hoe komt dat? Als ik me goed herinner was je vroeger niet zo terughoudend.'

Dat moest Paul bevestigen. Maar bij Marie was het anders, waarom, dat kon hij niet verklaren, maar het had met respect te maken. En met liefde.

'Met liefde,' herhaalde Johann Melzer. 'En zij? Is zij ook verliefd? Of laat jij haar koud?'

'Ik weet het niet,' zei Paul dof. 'Ik heb een tijd gedacht dat ze iets voor me voelde. Maar toen...'

'Wat toen?'

Paul aarzelde om eerlijk te zijn tegen zijn vader. Straks wond hij zich nog op en kreeg hij weer een aanval. Aan de andere kant had hij de sterke behoefte over zijn liefde te praten.

'Toen was het voorbij voordat het begonnen was. Ik heb haar een aanzoek gedaan. Dat heeft ze afgewezen. Ze zei dat een jonge heer nooit met een kamenierster kon trouwen.'

Hij werd onderbroken door kermende geluiden. Geschrokken sprong hij op, hij wilde al naar de deur lopen om de dokter te waarschuwen, maar bleef zitten omdat zijn vader zijn arm naar hem uitstrekte.

'Je... hebt... haar een... aanzoek gedaan?' bracht hij uit en hij kreunde weer. 'Dat is geweldig. En... zij heeft... nee gezegd?'

Paul begreep dat zijn vader lachte. Hij lachte hem uit omdat de kamenierster Marie hem een blauwtje had laten lopen. Nou ja... het was mooi dat hij er plezier om had.

'Luister, Paul,' zei zijn vader en hij pakte hem bij zijn schouder beet. 'Ik mag haar wel, jouw Marie. Of ze nu van je houdt of niet, dat maakt niet uit. Ik wil dat je met haar trouwt.'

Daarop liet Melzer zich achterover in de kussens vallen en sloot uitgeput zijn ogen. Paul staarde hem aan en vroeg zich af of zijn vader soms zijn verstand had verloren.

'Snap het dan,' mompelde de zieke. 'Het is mijn enige kans op vergeving. Het onrecht wat ik heb aangedaan wordt door jou weer goedgemaakt. Praat met haar, ik smeek je...'

Paul beloofde het hem. Wat moest hij anders doen? Hij moest Marie vinden, al moest hij de hele nacht door Augsburg dwalen. Bij het idee dat ze op de trein gestapt zou kunnen zijn en nu naar een ver oord reisde, werd het hem zwart voor de ogen.

48

DE OCHTENDZON SCHEEN TRILLEND door het gebladerte van de beuken en esdoorns, her en der raakten de stralen de oude stenen waardoor het kwarts dat erin opgesloten zat glom. Vogels fladderden in de bomen, hupten over de bloemperken, zaten ongegeneerd op de uitgestrekte arm van een grafengel. Op dit vroege uur was het helder en vredig op de Augsburgse Hermanbegraafplaats. De rust van de doden werd niet verstoord door tranen of gezucht, alleen vinken, mussen en mezen zongen het lied van het drukke leven.

'Hier is het.'

Weleerwaarde Leutwien wees naar een klein graf op een kruising van paden, half beschut door de imposante rustplaatsen van Augsburgse patriciërsfamilies. Tussen de graven en het pad was nog een klein stukje aarde overgebleven, te klein om als graf voor een familie te dienen, zelfs voor het graf van één persoon was het tamelijk smal.

Marie kwam langzaam dichterbij, keek naar de rechthoekige marmeren steen, de drie vlijtige liesjes, het bosje vergeet-me-nietjes en de klimopranken die de grijze steen omsloten. De letters waren door de wind en regen zwart geworden en slecht te lezen.

Hier rust in vrede Jakob Burkard
constructeur
28-2-1857 – 29-1-1895

Haar vader. Ze had hem niet mogen leren kennen, nu kon ze tenminste aan zijn graf staan. Het was verschrikkelijk droevig, maar tegelijk ook bevrijdend. Alles was op zijn plek gevallen, alle vragen waren beantwoord, alle twijfel was weg. Dit was haar vader en hier had hij zijn eeuwige rust gevonden. Ze huilde zachtjes en voelde dat haar verdriet langzaam wegebde.

Leutwien stond zwijgend naast haar en liet haar huilen zonder een poging te doen haar te troosten. Pas toen ze zich naar het graf toe boog om een paar van de rozen die ze had meegebracht neer te leggen, begon hij weer te praten.

'Meneer Melzer heeft elk jaar een bedrag aan het beheer van de begraafplaats gegeven. Het graf is goed onderhouden, zoals je ziet.'

Marie legde de rozen voor de steen neer en gaf geen antwoord. Zeker, meneer Melzer was niet krenterig geweest, had ook giften aan het weeshuis overgemaakt... hij kon het zich immers veroorloven. Had hij Jakob Burkards dochter naar het graf van haar vader gebracht? Nee, integendeel, hij had zijn best gedaan ervoor te zorgen dat ze daar ver vandaan bleef.

'Ik weet dat het niet veel telt,' zei Leutwien, die haar zwijgen juist had opgevat. 'Maar het laat ons zien dat hij ondanks alles last had van zijn geweten. Hij mocht jouw vader graag, hij was destijds zeer ontdaan toen hij overleed.'

Marie kon nog lang geen begrip opbrengen voor Johann Melzer. Hij had die biecht alleen afgelegd in het aanschijn van zijn naderende dood, omdat hij vreesde dat hij door zijn zonden in de eeuwige verdoemenis zou belanden. Waarschijnlijk had Leutwien hem een zetje in de goede richting gegeven, hem duidelijk gemaakt dat hij deze bekentenis, om boete te doen, ook voor zijn zoon en Marie moest afleggen. De priester was niet gemakkelijk te doorgronden, maar Marie had begrepen dat voor hem niet alleen de hemelse, maar ook de aardse gerechtigheid telde. Daarom had ze zich in haar wanhoop tot hem gewend en hij had haar asiel verleend en een van de piepkleine zolderkamers in de pastorie ter beschikking gesteld, zodat ze in alle rust kon nadenken en tot bezinning kon komen. Twee dagen en twee nachten had ze daar in haar eentje doorgebracht, slechts af en toe klopte de huishoudster op de deur om op barse toon te zeggen dat ze iets te eten kwam brengen. Het was een raar mens, kortaf en afwijzend, je had steeds het gevoel dat je haar tot last was. En toch bracht ze trouw drie keer per dag een goed gevuld dienblad vol gerechten.

'Heer, schenk de overledene de eeuwige rust en beloon zijn goede daden op de jongste dag, wanneer de rechtvaardigheid verrijst in Jezus Christus. Amen.'

Marie was opgestaan en vouwde haar handen terwijl Leutwien bad voor haar vader, die hij hier zelf negentien jaar geleden begraven had.

'En mijn moeder?' vroeg ze toen. 'Ligt zij hier ook begraven?'

'Zeker. Maar op een andere plek.'

Leutwien liep met haar over het pad terug, langs de prachtige grafstenen van de vooraanstaande families, die leken op smalle triomfzuilen of altaren met drie vleugels en die met putto's en treurende nimfen gedecoreerd waren. Zei men niet dat alle doden gelijk waren? Het leek er meer op dat er ook na de dood enorme verschillen bestonden tussen een welgesteld gemeenteraadslid en een eenvoudige schoenlapper of kleermaker.

Ze liepen langs de Sint-Michaëlbasiliek naar de andere kant van de begraafplaats. In het witte poortgewelf bij de ingang van de begraafplaats waren nu twee oude vrouwen te zien, die zachtjes met elkaar praatten, ze droegen allebei een mand met planten en tuingereedschap. Op de stenen rand van een fontein verdrongen de mussen elkaar om hun dorst te lessen, een eekhoorntje schoot als een bruinrode pijl over het pad en rende langs de stam van een beuk omhoog. De priester bleef op een klein stukje grasveld staan, vlak bij de muur van de begraafplaats. Hier waren geen goed onderhouden graven, geen marmeren stenen, geen kleurrijke, bloeiende planten. Bij de wit gekalkte muur lagen slechts een paar kleine stenen, waarvan sommige zelfs ongehouwen waren en waarop slechts een naam stond.

Maries adem stokte. Voor haar moeder had Melzer geen grafsteen gekocht, een plek op het grasveld bij de arme sloebers moest voldoende zijn.

'Daar. De witte steen, de vijfde van links.'

Een bijzondere steen, want er was een reliëf in gebeiteld. De steen was niet goed zichtbaar omdat de plek in de schaduw van de muur lag en begroeid was met mos. Marie zocht een takje en schraapte het mos ervan af. Er kwam een vrouw tevoorschijn, gekleed in een geplooid gewaad tot op haar knieën. Net als het houtsnijwerk dat Marie in de benedenstad had gezien, leek deze gestalte zich uit het materiaal los te willen maken, ze strekte haar armen naar de vrijheid maar was toch met de steen vergroeid.

'Haar naam staat verder onderaan,' zei Leutwien. 'De steen is met de tijd in het gras gezakt.'

Het handschrift was stuntelig, alsof een amateur hamer en bijtel had gepakt. Luise Hofgartner. Verder niets. Geen datum, geen bijbelspreuk.

'Ik heb haar af en toe in de benedenstad bezocht,' zei Leutwien. 'Ze hield niet van priesters, maar voor een gesprek over schilderen was ze altijd in. Ik heb haar twee keer een kleine opdracht verschaft, maar ze weigerde bijbelse taferelen te schilderen en daardoor kon ik haar niet helpen. Ze was een trotse vrouw, een rebelse vrouw. Misschien had ze dit graf zelfs wel mooi gevonden. Op een grasveld onder een steen die ze zelf had bewerkt. Ze was geen type om in een grafomlijsting van marmer te dwingen...'

Marie stond op om een gieter water te halen. Ze maakte haar zakdoek nat en wreef daarmee zo goed mogelijk de aarde en het mos van het reliëf. De lichte steen was donker geworden onder de begroeiing, leek het vocht opgezogen te hebben, maar misschien zou hij nu, nu zij hem vrijgemaakt had, weer opdrogen en zijn oorspronkelijke kleur aannemen. Ze legde de rest van de rozen op de steen en Leutwien sprak ook voor haar moeder een gebed.

'Als ze nog leefde had ze me dat misschien kwalijk genomen,' zei hij glimlachend. 'Maar ik denk dat ze intussen rustiger en wijzer is geworden. Ze zal begrijpen dat ik deze woorden ook voor jou heb gesproken, Marie.'

'Dank u wel, weleerwaarde.'

Ze waste haar zakdoek in de fontein. Het water glinsterde in de ochtendzon en spoot als fonkelende lichtstralen uit de twee gietijzeren tuiten. De musjes waren niet bang voor haar, ze kwamen nieuwsgierig dichterbij gehupt, misschien hoopten ze zelfs dat ze op de rand van de fontein ging zitten voor een broodmaaltijd. Vanuit het nabijgelegen station klonk de schelle fluit van een locomotief.

'Wat ga je nu doen, Marie?'

Weleerwaarde Leutwien stond naast haar bij de fontein, hij had zijn bril afgenomen en met een doekje gepoetst. Hij leek tevreden te zijn met zichzelf en een beetje slaperig. Naarmate hij ouder werd kostte de vroege mis hem steeds meer moeite, meestal deed hij daarna een dutje. Maar vandaag had hij daarvan afgezien om Maries wens te vervullen.

'Ik moet iets van me laten horen,' zei Marie, meer tegen zichzelf dan tegen Leutwien. 'Het was niet goed om halsoverkop weg te rennen.'

'Iets van je laten horen?' vroeg hij, alsof hij haar niet had verstaan.

'Ja. Een brief sturen of zo.'

'Een brief,' mompelde hij. 'Dat is een goed idee. Wie schrijft die blijft. Wat je zwart op wit hebt kun je gerust naar huis...'

'Ik zou ook kunnen bellen,' bedacht Marie. 'Naar het postkantoor gaan en naar de fabriek bellen.'

Weleerwaarde Leutwien knikte en zei dat dit een veel beter idee was. Ja, absoluut, een telefoontje was direct, je kon dingen uitleggen, misverstanden uit de weg ruimen, goede raad geven, beloftes doen, zelfs liefdesverklaringen uiten... De telefoon was een grandioze uitvinding van de nieuwe tijd, binnenkort zouden mensen zelfs per telefoon de biecht af kunnen leggen.

Marie keek hem twijfelend aan en zag dat de ondeugendheid hem uit de ogen straalde.

‘Wat zou u me aanraden, weleerwaarde Leutwien?’

Hij trok zijn wenkbrauwen op en deed alsof hij diep moest nadenken. In werkelijkheid had hij het antwoord allang paraat.

‘Je bent zonder afscheid te nemen weggelopen. Zou het niet juister zijn om er persoonlijk heen te gaan om… nou ja… om het een en ander uit te leggen?’

Ze knikte. Natuurlijk had hij gelijk. Ze was laf, wilde zich achter een brief of het telefoontoestel verschuilen. Ze zouden allemaal boos op haar zijn omdat ze zomaar verdwenen was. Om te beginnen de mevrouw en juffrouw Elisabeth, tot aan Hanna, die haar ongetwijfeld verschrikkelijk zou missen. En wat te denken van Kitty! Ze zou helemaal van streek zijn.

En Paul. Dat was nog het moeilijkste, om hem onder ogen te komen. Ze had het verzoek van zijn vader koel afgewezen. Diep vanuit haar binnenste was een niet in te tomen en – naar zij meende terechte – woede opgeborreld. Ze kon de man die haar vader bedrogen, en haar moeder in armoede gestort en in de dood gedreven had niet vergeven. Dat speet haar niet, maar ze vreesde wel dat ze daarmee Paul diep teleurgesteld had. Waarom kon ze niet zachtmoedig en volgzaam zijn, zoals van een vrouw verwacht werd? De zondaar die spijt had zijn schuld vergeven? Ach, zoals nu gebleken was, had ze dat van haar moeder geërfd. Luise Hofgartner had Melzer ook niet kunnen vergeven.

‘Wie waagt, die wint!’ zei Leutwien en hij voegde er meesmuilend aan toe: ‘Dat geldt ook voor meisjes.’

Ze slaakte een diepe zucht en volgde hem zwijgend door het witte poortgewelf naar de stad. Hier was intussen het leven ontwaakt, de tram passeerde hen, automobielen en paardenwagens vulden met veel kabaal de straten, degene die de brede melkkar duwde moest die tegen de muur van een huis persen om uit te wijken. Pas in de Franziskanergasse werd het rustiger, waar hoge bomen de weg omzoomden waartussen af en toe het groene uiendak van het kerktorentje van de St. Maximilian zichtbaar was.

'Ik gun mezelf nu een half uurtje slaap,' zei de geestelijke toen ze voor de pastorie stonden. 'Veel geluk op je pad, Marie. Of beter gezegd, God zij met je!'

Ze was eigenlijk van plan met hem naar binnen te gaan om nog even respijt te hebben, maar besefte dat het meteen moest. Als ze langzaam liep had ze nog een half uurtje. Meer uitstel was er niet.

'Ik dank u, weleerwaarde, voor alles wat u voor me hebt gedaan! Ik zal het nooit vergeten.'

Hij knikte vluchtig en sloot de deur achter zich. Marie liep langzaam over het kerkplein in de richting van de Jakoberpoort. Ze stak diverse zijtakken van de Lech over die hier tussen de huizen stroomden en met bruggen overspannen waren. De benedenstad met de smalle steegjes en kleine huizen leek haar ineens vertrouwd en voor haar gevoel door de oude stadswal beschermd. Een armoedig maar veilig, in de loop der eeuwen ontstaan leefgebied. Achter de Jakoberpoort lagen de fabrieken, die hun rokende schoorstenen in de lucht staken en het heldere water van de beken vertroebelden en waarvan op de binnenterreinen onafgebroken producten op vrachtwagens geladen werden die ze naar het nabijgelegen goederenstation brachten.

Ze kon zich haar eerste dag in de villa nog goed herinneren. Alles was nieuw geweest, het weidse park, de grote uit baksteen opgetrokken villa met de vele hoekjes. Maar vooral de mensen die ze daar leerde kennen. De personeelsleden die in een vast stramien leefden en de familie voor wie ze enorm veel respect had gehad.

Bij de toegangspoort van het park bleef ze staan. Aan weerszijden van de oprit naar de villa stonden platanen die nu vol lichtgroen loof zaten. De villa lichtte rood op tussen de bomen, in het bloemperk voor de ingang bloeiden afrikaantjes, bonte viooltjes en lichtblauwe vergeet-me-nietjes. Iedereen die hier langskwam moest gegrepen worden door het verlangen de platanenlaan te volgen om naar het mooie gebouw in de verte te gaan.

Het is nog niet eens een jaar geleden dat ik deze plek voor de eerste keer zag, dacht ze. En misschien zie ik het vandaag allemaal voor de laatste keer.

'Marie!' riep iemand vlak bij haar.

Het was de oude tuinman Bliefert, die de stam van een plataan met vloeibaar hars behandelde. Ze bleef staan en groette hem, blij dat hij zo vriendelijk was. Ten minste één persoon die niet boos op haar was.

'Het is goed dat je eindelijk terugkomt, meisje,' zei hij en hij roerde met de penseel in het blikje om te voorkomen dat de hars te snel hard werd.

'Ja,' zei ze verlegen. 'Het was de hoogste tijd...'

Omdat ze niet wist wat ze nog meer moest zeggen, liep ze door. Een automobiel, die voor de villa geparkeerd stond, werd gestart en kwam haar ronkend tegemoet. Gustav zat erin, met een chauffeurspet op zijn hoofd. Hij zwaaide naar haar. Wat vreemd, er zat verder niemand in de auto. Vlak voor het bonte bloemperk bleef ze staan om nog een keer diep adem te halen. Vorig jaar oktober was op deze plek de auto langs haar heen gereden en had Paul haar nieuwsgierig aangekeken. Hun eerste ontmoeting. Het begin van hun liefde. En nu?

Dapper zijn, dacht ze. Hoe dan ook... ik ga niet onderdanig doen en ook niet liegen. Ook niet omwille van de liefde. Dat al helemaal niet, want dat kan alleen maar tot ongeluk leiden.

Ze wilde naar links naar de dienstbodeningang lopen om daar aan te kloppen, maar op dat moment ging de brede voordeur onder de zuilengalerij open.

Auguste verscheen op de drempel, in een donkere jurk met een wit schortje voor, het kapje zorgvuldig op haar haren vastgestoken. Haar ronde gezicht was roze van de opwinding.

'Daar ben je eindelijk! Mijn hemel, wat hebben we lang op je gewacht! Kom binnen, iedereen is helemaal ongeduldig van blijdschap. Ach, ik moet nu natuurlijk "u" en "mevrouw" tegen je zeggen...'

Marie bleef roerloos staan. Was die arme Auguste aan het ijlen? Aan de rode tint van haar gezicht te zien zou dat zomaar kunnen.

'Marie!' riep iemand op de achtergrond in de entreehal. 'Marie, jij ongehoorzame, brutale meid! Ik kan je wel een oorvijg geven en aan je haren trekken. Hoe kon je me dit aandoen? Nou? Zeg eens wat! O, Marie, ik ben zo gelukkig dat je weer bij ons bent!'

Dat was Kitty. Marie liep snel de treden op en was nog net op tijd om haar in haar armen op te vangen, anders was Kitty van pure opwinding van de trap gevallen.

'Kitty,' stamelde Marie. 'Juffrouw Katharina… Kalmeert u nou maar. Het spijt me, maar ik kon gewoon niet anders…'

Kitty klampte zich aan haar vast. Ze snikte, Maries jas werd nat van de warme tranen. Dat had iedereen allang begrepen, niemand was boos op haar.

'Papa heeft het ons allemaal verteld, Marie. O, het is beschamend, ik kon het niet geloven. Dat hij zo gemeen kon zijn, en tegelijk was hij toch onze papa, die ons liefhad en met ons in het park heeft gespeeld… Ach, Marie, we hebben zo veel goed te maken bij je…'

Marie wist niet wat ze op deze uitbundige bewoordingen moest antwoorden. Johann Melzer had zijn dochters en waarschijnlijk ook zijn vrouw ingelicht. Meende hij het dus serieus met die boetedoening? Wel, wat dat betreft hoefde hij op haar, Marie, niet te rekenen.

Intussen waren alle personeelsleden in de hal bijeengekomen, zelfs de twee wasvrouwen die maar één keer per week in de villa werkten, stonden bij de anderen.

'We heten je van harte welkom, Marie,' zei de huisdame plechtig en ze gaf haar een hand. 'Ik wist destijds al meteen dat je bijzonder was.'

'Juffrouw Schmalzler… ik wilde…' stotterde Marie verlegen. Maar verder kwam ze niet.

'Eindelijk! Je wilde er zeker tussenuit knijpen, meid,' zei de kokkin grijnzend. 'Je voor je geluk verstoppen… wat dom!'

Humbert zei niets, maar om de een of andere reden straalde hij van plezier en Elses oudevrouwengezicht was nat van de vreugdetranen. Zelfs Maria Jordan was gekomen om haar te begroeten en dwong zichzelf tot een vriendelijk lachje.

'Ach, ik wist het wel,' zei Else blij. 'Ze komt terug. De priester zei het en het is ook gebeurd...'

Marie keek op. Dat was dus de oplossing van het raadsel. Leutwien, die sluwe man, had het verraden.

'Kom mee naar boven, Marie,' drong Kitty ongeduldig aan. 'Laten jullie haar nou gaan, mijn hemel, zien jullie niet dat we naar boven willen? Is ze soms van jullie? Wat staan jullie hier nou allemaal, is de keizer soms op bezoek gekomen?'

Ze zei het lachend en huilend tegelijk, pakte Marie bij haar arm en trok haar mee de trap op.

'Mama is helemaal buiten zichzelf,' vertelde ze. 'Omdat papa heeft gezegd dat hij ten zeerste hoopt dat jullie gaan trouwen. Paultje en jij, mijn kleine Marie. Ik kan het haast niet geloven dat je mijn schoonzus wordt...'

Marie liet haar kletsen, want als Kitty zo opgewonden was, kon toch niemand haar tot zwijgen brengen. De onzin die ze allemaal uitkraamde kon onmogelijk waar zijn, want Johann Melzer had de huwelijksplannen van Paul uitdrukkelijk verboden. Zou hij van mening veranderd zijn? Maar nee... dat zou veel verder gaan dan alleen boete doen. Het was logischer dat Kitty liep te fantaseren, zoals ze wel vaker deed.

'Elisabeth, die stomme trien, is in alle vroegte met Von Hagemann en twee vriendinnen vertrokken om een uitstapje te maken. Stel je voor, hij moet volgende week naar zijn regiment en zal voorlopig geen verlof meer krijgen. We moeten het verlovingsfeest vervroegen. Maar mama is hier, ze wil je onmiddellijk zien.'

Kitty wilde de deur naar de rode salon openen, had de klink al naar beneden gedrukt, maar stopte en draaide zich om.

'Ben je er nu al?' zei ze.

Paul stond bij de trapopgang, nog heftig ademend van het snelle rennen, zijn jas was open, zijn stropdas zat los.

'Mijn hemel,' zei Kitty geïrriteerd. 'Ik had niet gedacht dat Gustav je zo snel zou halen. Nu zul je Marie wel voor jou alleen willen hebben.'

Hij keek hen aarzelend aan, probeerde Maries gezichtsuitdrukking te peilen maar kon er geen wijs uit worden.

'Dat wilde ik inderdaad,' zei hij zachtjes. 'Maar ik weet niet of Marie dat wil.'

'Natuurlijk... anders was ze toch niet gekomen, of wel soms?' zei Kitty en ze slaakte een diepe zucht. 'Nou, vooruit, jullie twee. Ga maar ruzie maken, elkaar slaan en jullie weer verzoenen. Had ik je al verteld dat Alfons me een aanzoek heeft gedaan, Marie? Ik weet niet goed wat ik moet doen, maar ik denk dat ik het maar aanneem...'

Ze hield even haar mond en leek op Maries mening ten aanzien van dit probleem te wachten, maar besefte toen dat Marie haar helemaal niet gehoord had. Ze ging helemaal op in Pauls blik.

'Ja,' zei Marie. 'Ik geloof dat wij moeten praten, Paul.'

Hij leek opgelucht te zijn en wees naar de deur van de bibliotheek. 'Kom maar dan... alsjeblieft...'

Marie had altijd van de bibliotheek gehouden, ook al had ze slechts zelden de gelegenheid gehad om er te vertoeven. In de hoge, met houtsnijwerk versierde kasten met gedraaide houten zuilen stonden talloze boeken die bijna allemaal in gekleurd leer waren ingebonden. Aan de linkerkant ging de ruimte over in een wintertuin, waar vreemdsoortige planten in potten en kuipen stonden, een oerwoud waarin je in mandstoelen kon zitten en boeken kon lezen. Paul was bij de deur blijven staan en ze voelde heel licht zijn hand op haar schouder terwijl ze langs hem heen het vertrek in liep. Ze huiverde. De aantrekkingskracht die hij op haar uitoefende was immens, ze moest zich wapenen.

'Het waren afschuwelijke dagen, Marie,' zei hij. 'Ik was bang dat ik je voor altijd kwijt zou zijn.'

Had hij haar dan ooit bezeten? Ze draaide zich naar hem om en haar hart ging tekeer toen ze in zijn smachtende ogen keek.

'Vergeef me, Paul. Ik was laf en ben weggelopen. Heeft weleerwaarde Leutwien aan jullie onthuld waar ik naartoe gevlucht was?'

Hij glimlachte en straalde een glimp van zijn vroegere jongensachtige ongedwongenheid uit. Ja, Leutwien had hen onder het zegel van geheimhouding verzekerd dat ze in de pastorie logeerde. Maar pas de volgende avond, nadat Paul al de halve stad naar haar had afgezocht en serieus gevreesd had dat ze Augsburg verlaten kon hebben.

'Wat had je dan gedaan?'

Hij schudde zijn hoofd en beweerde dat hij in dat geval waarschijnlijk in de Lech was gesprongen.

'Dan is het maar goed dat ik op tijd ben teruggekomen,' zei ze lachend. 'Zeg me, is het waar wat Kitty me zojuist vertelde?'

Nu ze meer onbeschroomd met elkaar praatten, gingen ze ook dichter naar elkaar toe. Wist hij niet welke macht hij over haar had? Maar misschien was hij ook wel betoverd door die gevaarlijke magie die hen onverbiddelijk tot elkaar aantrok.

'Kitty kan nogal kletsen,' zei hij. 'Wat denk jij?'

Ze was bang dat ze iets heel doms of zelfs gênants ging zeggen, maar ze moest het weten.

'Dat je vader van mening is veranderd...'

'Dat is de waarheid, Marie. Hij heeft me zelfs gevraagd jou een aanzoek te doen. Omdat hij hoopt dat hij op die manier vergeving krijgt.'

'Vergeving...' zei ze zachtjes en ze deed een stap naar achteren.

Nu was het moment gekomen. Ze moest eerlijk zijn, naar hem toe en ook naar zichzelf. Geen leugens, je kon geen liefde op leugens bouwen.

'Paul, het spijt me verschrikkelijk. Maar ik kan hem niet vergeven. Ook al houd ik nog zo veel van je.'

Nu kon hij zich niet meer beheersen, hij pakte haar bij de schouders en trok haar tegen zijn borst. Wat zei ze nou toch allemaal. Hij was de laatste die zoiets van haar zou verlangen. Hij kon haar woede maar al te goed begrijpen, hij was zelf ongelooflijk kwaad geweest en had zich geschaamd toen hij de bekentenissen van zijn vader hoorde.

'Hij heeft je bezit van je afgepakt. De fabriek was voor de helft van jouw vader, hij heeft die op oneerlijke wijze...'

'Ach, de fabriek!' riep Marie boos en ze maakte zich los uit zijn armen. 'Die stomme fabriek en jullie onbenullige geld... dat kan me allemaal niets schelen. Maar mijn moeder had niet hoeven doodgaan als hij niet alles van haar had afgepakt. Dat zal ik hem nooit kunnen vergeven, ik zal hem daar mijn hele leven om blijven haten!'

Hij liet zijn armen zakken en keek haar zo ongelukkig aan dat ze haar hart vasthield. Was het nodig om zo hard te zijn? Hem te laten lijden vanwege de daden van zijn vader?

'Ik vraag niet van je dat je mijn vader vergeeft, Marie,' zei hij zachtjes. 'Maar ik ben bang dat het verleden een schaduw over onze liefde werpt. Dat mogen wij niet toelaten.'

'Wat moeten we doen?' vroeg ze ongelukkig. 'Moet ik met je trouwen omdat jouw vader dat nu zo bepaald heeft?'

'Nee!' riep hij boos. 'Wat mijn vader wil is totaal niet van belang, want ik was ook tegen zijn wil in met je getrouwd. Maar nu durf ik je niet eens meer te vragen of je mijn vrouw wilt worden.'

'Waarom niet?'

Hij tilde zijn armen op en liet ze hulpeloos weer vallen.

'Omdat ik niet weet of je me nog wilt.'

Ze keek hem aan, zag hoe ongelukkig hij was en werd gegrepen door intense gevoelens van tederheid. Ze had ineens het gevoel dat ze al een oneindig lange tijd met hem verbonden was, langer dan een mensenleven, langer dan het bestaan van deze kosmos. En daarom was er slechts één antwoord mogelijk, want al het andere zou een leugen geweest zijn.

'Ja,' zei ze en ze keek hem glimlachend aan, vol liefde en tegelijk een beetje schalks. 'Ja, ik wil je, Paul. Heel erg zelfs. En voor altijd.'

VII

Juni 1914

49

HET HAD DIE NACHT geregend en Alicia maakte zich een beetje zorgen dat de paden in het park misschien te nat of te glad waren. Maar de oude tuinman Bliefert stelde haar gerust. Het ochtendzonnetje had de vochtigheid allang laten verdampen, alleen voor de villa lagen nog een paar plassen, maar hij had zijn kleinzoon al opdracht gegeven om die met zand en grind te vullen.

'Laten we het er dan maar op wagen!' zei de mevrouw.

Johann Melzer was in de afgelopen dagen verbazingwekkend snel hersteld, hij at weer met trek, las de krant en bracht de ochtenden in zijn werkkamer door. Zwijgend had hij geaccepteerd dat het pistool uit het grote notenhouten bureau verdwenen was. Voor zover Alicia kon vaststellen, had hij niet een keer naar het wapen gezocht. 's Avonds zat hij met Paul in de herenkamer, liet hij zich over het wel en wee van de fabriek bijpraten en genoot hij van een glaasje rode wijn. De tabaksdoos met de sigaren bleef dicht, de dokter had hem op het hart gedrukt dat hij op zijn minst van een van zijn slechte gewoontes moest afzien en hij hechtte meer waarde aan wijn dan aan tabak.

Alicia hield zijn genezingsproces zorgvuldig in de gaten. Voor de eerste keer in zesentwintig jaar was Johann de hele dag van haar en deze bijzondere situatie had hun huwelijk goed gedaan. Allerlei dingen die tussen hen broeiden waren uitgesproken, misverstanden waren uit de weg geruimd en ingehouden toorn was opgelost. Maar vooral hadden ze beiden ontdekt dat de band tussen hen sterker was dan ze tot dan toe geloofd hadden.

'Liefde is een groot woord,' had Johann tegen haar gezegd. 'En ik ben vast nooit een liefdevolle of zelfs verliefde echtgenoot geweest. Jij bent voor mij mijn rechterhand. Ik hoef niet dagelijks tegen mezelf te zeggen hoe fijn het is dat ik die heb. Maar probeer hem maar eens van me weg te nemen.'

Vandaag had Alicia besloten voor het eerst een wandelingetje door het park te proberen. De arts had frisse lucht en matige beweging geadviseerd. Over een paar weken zouden ze ook een kuuroord kunnen overwegen. De Oostzee, niet de ruwe Noordzee. Rügen misschien, daar zouden uitstekende voorzieningen voor badgasten zijn.

'Dat je constant die kerel raadpleegt,' had Johann Melzer gemopperd. 'Hij zal zeker wel kwaad zijn dat ik ook zonder die belachelijke kliniek van hem beter word.'

Alicia lachte, wat ze nu weer net zo vrolijk en onbevangen kon als ze het als jong meisje had gekund.

'O ja, daar heeft hij zich zeer over verbaasd.'

Uitgerust met een zonnehoed en de wandelstok van zijn overleden schoonvader, daalde hij de trap af. Humbert, die van Alicia de opdracht had gekregen de meneer hierbij te helpen, stuurde hij geïrriteerd weg. Dachten ze soms dat hij al zo stokoud was dat hij niet eens meer een trap af kon lopen?

De junizon glinsterde in de iepen, straalde als een zilveren schijnsel over de grasvelden van het park. De smalle cipressen staken donker af, de wind had in het voorjaar sommige ervan geteisterd, had takken afgescheurd en de hoge boomtoppen geknakt, maar ze stonden nog fier rechtop en uit hun takken ontsproten jonge, lichtgroene twijgjes.

Johann Melzer besloot Alicia's arm aan te nemen, het kostte hem moeite om over de gladde kiezelstenen te lopen maar hij wilde Alicia niet teleurstellen en liep gestaag door.

'Er zal een theatervoorstelling komen,' vertelde Alicia. 'Achter het huis zijn ze al het podium aan het opbouwen. Hopelijk werkt het weer mee, ik moet er niet aan denken dat het de hele dag zal regenen. Kitty en Marie hebben prachtige coulisses geverfd.'

Ze sprak over het tuinfeest dat overmorgen al zou plaatsvinden. Ze hadden ruim honderd gasten uitgenodigd, er moesten dus heel wat mensen op eten en drinken getrakteerd worden. Maar aangezien hij het twijfelachtige geluk had alle drie de kinderen bij deze gelegenheid aan de man respectievelijk vrouw te brengen, was het de kosten waard. Alle drie. Ook Kitty had nu eindelijk de ware gevonden en bovendien een zeer goede partij gedaan. Een duivelse meid, zijn Kitty. Nu zou ze toch nog onder de leergang voor ziekenverpleegster uit komen, want haar bruidegom vreesde dat ze tijdens het verplegen een infectie op zou kunnen lopen.

'Het gaat toch fantastisch, of niet soms?' zei Alicia, die hem getrouwelijk steunde als hij een onhandige stap zette en struikelde.

'Geweldig,' zei hij chagrijnig. 'De honderdjarige wordt door zijn dochter mee naar buiten genomen.'

Ze giechelde en stelde voor het pad tot aan de grote ceder af te lopen. Van daaruit konden ze het tuinhuisje zien, waar Auguste binnenkort met haar kind zou gaan wonen. Gustav en zij waren in stilte getrouwd, Else en de kokkin waren getuigen geweest.

Melzer grapte dat hij nu eindelijk snapte waarom er zondag alleen koud vlees geserveerd was. Geen wonder, als het hele personeel een bruiloft vierde.

'Ik voel me stokoud,' zei hij en hij bleef staan om even op adem te komen. 'Iedereen verlooft zich, trouwt, bouwt een nestje. We zijn als het ware omsingeld door jeugd die wil trouwen, het ontbreekt er nog maar aan dat Humbert en het keukenmeisje Hanna zich verloven.'

'Dat zal niet gebeuren,' zei Alicia opgewekt. 'Maar moet je eens kijken hoe mooi het huisje er met die lichte verf uitziet. Ik krijg haast het idee dat ze er nieuwe ramen ingezet hebben. En dat er houten luiken zijn aangebracht.'

Johann Melzer knipperde in de zon en liep een paar passen door naar de oude ceder, waarvan de takken zich wijd verspreidden. Inderdaad, het huisje dat ooit een opslagschuur voor tuingereedschap en allerlei oude spullen was geweest, was werkelijk een pareltje geworden.

'Else vertelde dat Auguste nieuwe meubels heeft aangeschaft. Een bedje voor de kleine, een pluchen sofa, fluwelen gordijnen en zelfs een nieuw fornuis,' zei Alicia. 'Ik denk dat ze het spaargeld van opa erdoorheen jagen.'

Johann Melzer haalde zijn schouders op. Hij betwijfelde of de oude man veel gespaard had, het meeste had hij aan zijn kinderen gegeven, die kwamen waarschijnlijk nog steeds van tijd tot tijd langs en hielden hun hand op. Dat was bij de familie Melzer niet anders. Bedelaars waar je voor moest zorgen en waar je niet van af kwam.

'In ieder geval is de oude Bliefert dolgelukkig dat er weer leven in zijn hut komt,' vertelde Alicia. 'Gaat het goed met je, Johann? We kunnen beter omkeren, voor het eerste uitstapje was het ver genoeg.'

Hij gehoorzaamde, klopte nog eens met zijn stok tegen de gebarsten, grijze stam van de ceder en begon aan Alicia's zijde aan de terugweg. Van hieruit kon je de achterkant van de villa zien, waar het terras overging in een Franse tuin met een ronde vijver met fontein. Direct voor de vijver werd het 'podium' opgebouwd, dat bestond uit planken die Humbert en Gustav op zaagbokken gelegd en vastgespijkerd hadden. Nu werd er nog kanthout op aangebracht, dat later de coulisses moest dragen. Ze konden het gehamer helemaal tot hier in het park horen.

'We zullen de piano naar buiten moeten dragen,' zei Alicia zuchtend. 'Elisabeths vriendinnen hebben besloten eerst wat stukken uit *Midzomernachtsdroom* ten gehore te brengen en daarna delen uit de operette *Lysistrata*. Die Paul Lincke heeft gecomponeerd.'

'Lysistrata,' mompelde hij. 'Was dat niet de aanvoerster van de wilde wijven?'

Alicia glimlachte mild. Nee, hij bedoelde misschien Penthesilea, de amazone. Lysistrata had de vrouwen aangespoord om hun echtgenoten net zo lang te weigeren tot ze de oorlog beëindigden.

'Dus een vredesfeeks. Net als Bertha von Suttner,' grapte hij en hij tuurde in de verte of hij de opstijgende rook uit de schoorstenen van zijn fabriek kon zien. In principe was vrede natuurlijk een goede zaak, ze konden alleen maar hopen dat die bleef aanhouden. Wat op dit moment absoluut niet zeker was... Vooral de grootsprakige toespraken van de keizer waren niet erg bevorderlijk voor de vrede.

'Je hebt vast gelijk, Johann,' zei Alicia lachend. 'Maar wie wil er nou oorlog? Welk mens met een gezond verstand kan nou denken dat een oorlog nuttig kan zijn voor de mensheid?'

Hij zweeg. Het was zinloos om met vrouwen over dit onderwerp te praten, ze snapten niets van politiek en oordeelden op hun 'gevoel'.

'Kijk, ik geloof dat Marie gekomen is. En daar is ook Kitty. Ze wilden de coulisses uitproberen. Moet je kijken, het ziet eruit als een Griekse tempel.'

Marie, dacht hij, en hij voelde weerzin opkomen. Goed, ze was Burkards dochter en had het verdiend om mede-eigenaresse van de fabriek te worden. Ze ging dus met zijn zoon trouwen en zou op een dag hier in de villa de vrouwelijke scepter zwaaien. Het was alleen maar rechtvaardig dat het zo gelopen was. Burkards dochter kreeg terug wat hij van haar vader had afgepakt. Basta. Een eerlijke schadeloosstelling. Daarmee stonden ze quitte – Burkard en hij.

'Ik ben heel blij dat uitgerekend Marie onze schoondochter wordt,' zei Alicia in gedachten verzonken. 'Ik had haar allang in mijn hart gesloten. Een intelligent en bedachtzaam meisje. En bovendien heeft ze waardigheid. Dat had ze al van begin af aan...'

Johann Melzer knikte. Ja, dat was hem opgevallen toen ze op eerste kerstdag haar cadeau in ontvangst nam. Weer voelde hij die weerzin en hij deed niet de moeite die te onderdrukken. Wat nou intelligent en bedachtzaam. Marie had de hoogmoed van haar moeder geërfd. O, Luise Hofgartner zou hebben genoten als ze de scène in de werkkamer van de villa had meegemaakt. Hij, directeur Melzer, vernederde zich voor haar dochter en dat kleine boosaardige mens waagde het hem naar het hoofd te slingeren dat ze hem nooit zou vergeven! Een trap na voor de man die toch al voor haar op de grond lag. Nu het van dag tot dag beter met hem ging, had hij spijt van zijn bekentenissen. Was het nodig geweest om alles ook aan zijn eigen familie te vertellen? Was het niet voldoende geweest om alleen Marie de waarheid te vertellen? Of slechts een deel toe te geven? Leutwien, die slimme priester, had zijn doodsangst benut om dingen aan het daglicht te brengen die beter voor altijd verborgen hadden kunnen blijven.

Maar het was nu eenmaal gebeurd. Ze hadden besloten dat Marie per direct de villa moest verlaten, aangezien ze als Pauls verloofde niet met hem onder één dak kon wonen. De mensen zouden toch al heel wat te roddelen hebben. Alfons Bräuer was te hulp geschoten en had aangeboden Marie in het herenhuis van zijn ouders in de stad onder te brengen. Kitty had het zich niet laten ontnemen om haar toekomstige schoonzus met kleding, hoeden en allerlei andere spullen uit te rusten, waardoor de onechtelijke dochter van die Hofgartner als een grande dame in het huis was ingetrokken. Alfons Bräuer, die wonderlijke kerel, had Paul de hand geschud en hem gefeliciteerd met zijn keuze. Volgens hem had Paul in heel Augsburg en omgeving geen betere echtgenote kunnen vinden.

'Wat denk jij, Johann? Zou het niet beter zijn om de bruiloften al in de herfst te vieren in plaats van komend voorjaar? Elisabeth is daar absoluut voor en ook ik ben geneigd een vroegere datum te kiezen.'

'Elisabeth? Ze kan zeker niet wachten om haar tweede luitenant in de haven van het huwelijk te sluizen. Is ze soms bang dat hij toch nog wegloopt, die mooie Klaus van hier tot ginder en terug?'

Alicia schudde ontstemd haar hoofd. Hoe kon hij nou zoiets gemeens zeggen. Juist Elisabeth had het niet gemakkelijk, doordat zij Kitty's gratie en ongedwongenheid miste.

'Daarvoor heeft zij wat jij gezond verstand noemt,' zei hij om haar gerust te stellen.

'Ja, dat heeft ze,' bevestigde Alicia lachend. 'Weet je, Johann, ik bedacht dat als ze eerder trouwen, we ook eerder kleinkinderen krijgen. Ik verlang er zo naar om weer kinderstemmen in de villa te horen. Zijn zij niet het teken dat het leven verdergaat?'

'Ja,' zei hij ontroerd en hij kneep teder in haar arm. 'Je hebt gelijk, Alicia. Kleinkinderen, vooral kleinzonen, daar moeten ze voor zorgen. Zodat mijn levenswerk in de familie blijft.'

Hij was overigens vastbesloten om binnenkort weer de leiding in de fabriek over te nemen en de staf zo laat mogelijk aan zijn zoon over te dragen.

'Laten we weer naar binnen gaan,' zei hij en hij wees met de stok naar de voordeur. 'Ik heb het een beetje koud en mijn benen werken ook niet meer echt mee.'

In de entreehal moest hij even gaan zitten. Ondanks zijn protesten riep Alicia Gustav en Humbert die hem op zijn stoel de trap op moesten dragen.

'Niet naar de slaapkamer!' riep hij boos. 'Naar de bibliotheek. De krant. Een sterke kop koffie! Als iemand mij nog één glas kamillethee komt brengen krijgt hij het glas in zijn gezicht!'

In de bibliotheek waren alle tapijten opgerold en de potplanten uit de wintertuin midden in het vertrek bij elkaar gezet. Else en Hanna waren de ruiten aan het poetsen met water met glycerine erin, zodat de ramen naderhand mooier glansden. Elisabeth stond met een lijst in haar hand, ze rekende uit hoeveel gasten ze hier konden ontvangen voor het geval dat het regende.

'Het wordt erg krap, mama,' zei ze. 'Er kunnen hier hooguit dertig mensen zitten. En de werkkamer is veel te klein voor het buffet…'

'Maak je geen zorgen, Lisa,' stelde Alicia haar gerust. 'Het gaat niet regenen. Ik voel het aan mijn kleine teen.'

'Ik hoop dat je teen gelijk heeft,' zei Elisabeth met een zucht. 'Denk je echt dat vijf ingehuurde kelners genoeg zijn?'

'Absoluut, Lisa. We hebben Humbert ook nog, en bovendien zullen Auguste en Else achter het buffet staan. Maria Jordan zal zich om de cadeaus bekommeren en later bij de bowl helpen. Heeft juffrouw Schmalzler met Bliefert gesproken over de bloemstukken voor de tafels en voor in de hal?'

Op dat moment kwam Auguste buiten adem aangelopen, ze sjouwde met een schoon geklopte loper en een emmer schoon water.

'Juffrouw, dit heeft de bode voor u gebracht.' Ze liet het tapijt op de grond vallen en zette de emmer neer. Vervolgens greep ze in haar blouse en trok er een brief uit die ze diep in haar korset had bewaard.

'Van uw verloofde,' zei ze op een zoetsappige toon. Elisabeth griste de brief uit haar handen.

'De volgende keer stop je de post in je schort of geef je die aan Humbert!' snauwde ze kwaad.

'Pardon, juffrouw.'

Johann Melzer meldde geïrriteerd dat hij toch naar zijn slaapkamer gedragen wilde worden. Het leek hier wel een slagveld. Als de vrouwen last hadden van schoonmaakwoede, was je je leven niet zeker.

'Ach, Johann,' zei Alicia sussend. 'Dat hebben we voor elk groot feest zo gedaan. Alleen heb je het nooit gemerkt omdat je in de fabriek was.'

De brief brandde in Elisabeths hand, maar ze wilde het bericht van haar verloofde in geen geval hier in deze chaos lezen.

'Ik ben even naar mijn kamer, mama.'

'Natuurlijk, schat. Neem gerust de tijd. Ik regel de bloemen. En Marie is immers ook gekomen...'

Elisabeth sloot zorgvuldig de deur van haar kamer, liep naar het raam en keek de tuin in. Kitty en Marie waren druk bezig om de coulisses op het geïmproviseerde podium te plaatsen. Zij zouden haar dus niet storen. Ze keek naar de envelop, die er heel normaal uitzag: adres, afzender, postzegel... niets ongewoons. In München afgestempeld, waar zijn regiment op dit moment nog gestationeerd was. Waarom schreef hij haar zo vlak voor de verloving een brief? Elisabeth kreeg een naar gevoel. Met bevende handen scheurde ze de envelop open, ze vreesde het ergste.

Mijn liefste,

Met grote vreugde zie ik onze verlovingsdag tegemoet. Het zal het begin van een – hopelijk niet al te lange – proefperiode zijn, waarin we elkaar zullen leren kennen. Ik ben ervan overtuigd dat onze wederzijdse genegenheid sterker zal worden.
Bij alle voorpret maak ik mij echter zorgen om een bericht dat ik gisteren van een vriend uit Augsburg hoorde. Het zou kunnen dat het slechts een gerucht is, toch wil ik mijn zorgen even met je delen. Mocht het waar zijn dat jouw broer Paul van plan is met een kamenierster te trouwen, dan vrees ik voor de familievrede die voor onze verbintenis cruciaal is. Mijn ouders zouden totaal geen begrip hebben voor zo'n mesalliance, zeker aangezien je zus Katharina al voor een sociaal schandaal heeft gezorgd. Ik hoop ten zeerste dat het om een misverstand gaat en vraag je nu al om mij deze brief te vergeven. Ik groet je allerhartelijkst, mijn liefste. Ik kijk vol verlangen uit naar onze verlovingstijd en verblijf voor eeuwig de jouwe.

Klaus von Hagemann

Elisabeth liet de brief zakken en probeerde haar heftige hartslag onder controle te krijgen. Dacht ze het niet. In feite had Klaus helemaal gelijk, het was ondoordacht van Paul zo'n mesalliance aan te gaan en die dan ook nog tegelijk met haar verloving te vieren. Ook Kitty had net zo goed een andere dag voor haar verloving uit kunnen zoeken. Maar zo waren haar ouders nu eenmaal: als er al verloofd werd, dan bij voorkeur allemaal tegelijk, dat bespaarde kosten en dan werd het personeel ook ontlast.

Ze liet zich op de kleine bank vallen en las de brief nog een keer snel door. Had hij gedreigd met consequenties? Was hij soms vastbesloten zich terug te trekken als Paul inderdaad met Marie ging trouwen?

... dan vrees ik voor de familievrede die voor onze verbintenis cruciaal is...

Was dit al een dreigement dat hij hun verloving wilde verbreken? Ze voelde een golf van angst over zich heen komen. Ze had zo voor hem gevochten, haar liefde mocht niet door zo'n ellendige toestand kapotgaan. Niet door een kamenierster, ook al was ze de dochter van een aan alcohol verslaafde constructeur die ooit voor papa de machines voor zijn fabriek had gebouwd. Was het soms haar schuld wat er destijds gebeurd was? Maar natuurlijk... zij, Elisabeth, moest weer eens lijden door de dingen die haar familieleden deden.

Maar dat zou ze niet toelaten. Niet zolang het om haar levensgeluk, om de liefde van haar leven ging. Er was nog een dingetje dat ze nog niet aan haar familie had verteld.

50

'EN VANWEGE ZO'N ONBENULLIGHEID kom je speciaal hiernaartoe, om mij op mijn werk te storen?'

Paul had haar ruim tien minuten in het voorvertrek laten wachten, waar ze bij het geratel van de schrijfmachines van de twee overijverige secretaresses een kopje koffie dronk. Wat moesten zij sterke vingers hebben, de toetsen gingen zwaar naar beneden. Maar de dames ramden zo snel op die zwarte, in metaal gevatte dingen, dat je het met je ogen amper kon volgen. Dat was dus het lot waarmee papa zijn dochters af en toe gedreigd had. Wat een gruwelijk eentonig bestaan, om brieven voor andere mensen in een machine te hameren.

'Ik wilde je onder vier ogen spreken, wat in de villa amper mogelijk is, omdat je daar altijd met je verloofde samen bent.'

Zoals ze al had verwacht, was Paul niet bepaald dankbaar dat ze het hem had verteld. Terwijl hij eigenlijk blij mocht zijn dat hij bepaalde dingen nog voor de verloving hoorde.

'Als het je zo stoort dat ik van Marie houd,' zei hij boos en hij gooide de briefopener op een stapel papieren, 'dan wil ik je erop wijzen dat ik ook niet dol ben op jouw verloofde. Ik zou echter nooit zover gaan om gemene geruchten over hem te verspreiden.'

Ze stond op uit de oncomfortabele stoel die hij voor haar had bijgeschoven. Het zaadje was geplant, nu moest het plantje gaan groeien. En hopelijk snel.

'Lieve Paul,' zei ze vriendelijk. 'Het stoort mij totaal niet dat je verliefd bent, dat is een fantastisch gevoel, waaruit je hopelijk nooit op een nare manier zult ontwaken. Natuurlijk accepteer ik Marie als mijn toekomstige schoonzus, zoals je weet mag ik haar erg graag.'

'Dan snap ik niet wat je met dit gesprek beoogt,' onderbrak hij haar. 'Overigens heb ik het erg druk en wil ik je vriendelijk vragen...'

'Natuurlijk,' zei ze snel. 'Ik wil niet te veel beslag leggen op je tijd. Ik beschouwde het slechts als mijn plicht om je deze kleinigheid op tijd te vertellen, zodat ik later geen verwijten te horen krijg. Overigens ben ik ervan overtuigd dat zal blijken dat er niets aan de hand is.'

'Dank je wel, zus. En een fijne dag!'

Toen ze de ruimte verliet, had haar loopje iets weg van de uitdagende manier waarop Kitty haar heupen bewoog. Maar wat bij Kitty meisjesachtige gratie had, leek bij Lisa op de waggelende beweging van een babyolifant. Ach, dat was gemeen, maar ze had het verdiend, die intrigante.

Hij probeerde zich op de briefwisseling met het bedrijf in Venezuela te concentreren, maar ineens kwam de herinnering aan de scène voor De Groene Boom in de benedenstad weer boven. Hij had Marie van die lompe vlegel gered. Hemel, hij moest er niet aan denken wat haar had kunnen overkomen als hij niet op tijd ter plekke was geweest. Toen hij later had gevraagd wat ze daar moest doen, had ze iets gezegd over een vriendin. Hij had het gevoel gehad dat ze niet de waarheid vertelde, maar had niet doorgevraagd. Waarom zou hij ook? Ze was iemand van het personeel, een keukenmeisje. Wat ging het hem aan wie ze op haar vrije dag bezocht?

Maar nu ging het hem wel degelijk iets aan. Een man had naar haar gevraagd, een enorm verwaarloosd uitziende man die naar alcohol stonk en Humbert de schrik van zijn leven had bezorgd. En die man was zelfs zo brutaal geweest om haar slaapkamer binnen te dringen. Wat mogelijk betekende dat hij de weg in de villa al kende.

Geërgerd schoof hij de kwellende vragen opzij. Wat zijn fantasie hem nu voorspiegelde, was immers precies wat Elisabeth hoopte. Jaloezie, wantrouwen, ruzie met Marie, vlak voor hun verloving. Nee, dat genoegen zou hij haar niet doen.

Vastberaden richtte hij zijn blik weer op de brief van een Duitse handelsfirma met een vestiging in Venezuela.

'... vooral de gebloemde patronen zijn ons uitermate goed bevallen. Wij hopen daarom dat u ons bij een grote bestelling wat prijs betreft tegemoet kunt komen...'

De lijst van de bestelling en de gecalculeerde prijzen vervaagden voor zijn ogen. Marie had zich vast nergens schuldig aan gemaakt. Maar hij moest eerlijk tegen haar zijn, de vraag stellen en naar haar antwoord luisteren. Dat was hij hun liefde schuldig, dat zou Marie vast begrijpen. Vanavond, meteen na het eten, nog voordat Gustav haar terugbracht naar Bräuers herenhuis, zou hij het haar vragen. Kitty, die altijd zo aan haar klitte, zou er wel begrip voor hebben dat hij eventjes met Marie alleen wilde zijn.

Dat voornemen kalmeerde hem, waardoor hij zich weer op zijn werk kon richten. Slechts af en toe bekroop hem een onaangenaam gevoel, als een opkomende ziekte die het geluk van de komende dagen bedreigde.

Toen hij 's avonds naar de villa terugreed, viel er een lichte regenbui. Er stonden een paar auto's voor het gebouw geparkeerd, ook wachtten er twee bespannen koetsen voor de ingang. In de hal werd gerepeteerd, alles stond vol coulisses die ze met het oog op de regen veilig gesteld en hier neergezet hadden.

'Marie!'

Ze kwam net de trap af en liep regelrecht in zijn armen. Hij maakte uitgebreid van de situatie gebruik, trok haar tegen zich aan en kuste haar snel op haar voorhoofd en daarna op haar mond.

'Laat me los, Paul. Als iemand ons ziet...'

'We zijn verloofd en moeten elkaar onderzoeken, mijn schat.'

'Overmorgen pas,' zei ze, maar ze liet toe dat hij het onderzoek voortzette.

Waarom niet meteen, dacht hij. Dan is dat idiote verhaal van tafel en zit niets de avond meer in de weg.

'Kom even mee hiernaartoe, Marie. Ik moet even met je praten.'

Ze verzette zich er echter meteen tegen om met hem naar de werkkamer te gaan. O nee, ze kende hem maar al te goed, die paar woorden zouden in daden eindigen die ze hem nu nog niet mocht toestaan. Niet eens als verloofde en al helemaal niet voor hun verloving.

'Ik zweer je dat ik je niet aanraak.'

'Dus alleen praten?'

'Ik heb een vraag.'

Ze merkte dat hij het serieus meende. Zwijgend liep ze voor hem uit, in het midden van de kamer bleef ze staan en keek naar hem terwijl hij de deur sloot. Een piepklein, onrustig vonkje brandde in haar donkere ogen.

'Ja?'

Hij glimlachte en voelde zichzelf belachelijk. Waarschijnlijk zou ze hem uitlachen. Hij beeldde het zich allemaal in, het was een verzinsel van zijn boosaardige zus Elisabeth. Waarschijnlijk zou het erop uitdraaien dat hij Marie om vergiffenis moest vragen. En toch...

'Ik kreeg een vreemd verhaal te horen, Marie, dat ik niet voor je achter wil houden...'

Ze hoorde alles rustig aan, schudde toen verbaasd haar hoofd en zei dat ze er niets van afwist. Zij kende zo'n figuur niet en als hij echt in haar slaapkamer was geweest, hoopte ze niet dat het een dief was. Hadden ze Maria Jordan ook gewaarschuwd?

'Ja, zeker,' antwoordde Paul. 'Maar zij leek hem ook niet te kennen. Het is alleen... ik bedacht...'

Ze keek hem met grote ogen aan. Haar ogen glansden en waren diepzwart. Hij meende zijn eigen spiegelbeeld erin te kunnen zien.

'Zeg maar,' zei ze. 'Spreek het uit, Paul. Ik merk dat je ergens mee zit.'

Hij haalde diep adem en glimlachte toen verlegen naar haar.

'Ik moest er ineens aan denken dat je destijds iets zei over een vriendin in de benedenstad. Weet je nog? Die dag toen we elkaar voor De Groene Boom tegenkwamen.'

'Hoe zou ik dat nou kunnen vergeten?' antwoordde ze. 'Je hebt mij van die kerel gered. En daarna ben je met me meegelopen naar de Jakoberpoort...'

'En ik wilde je toen bij het afscheid zo waanzinnig graag kussen, Marie...'

Een moment lang keken ze elkaar aan, herinnerden zich deze eerste, beschroomde liefdesontmoeting, die in hen beiden zo'n verlangen had gewekt.

'Het is dom van me,' zei hij en hij schudde zijn hoofd. 'Maar ik dacht dat die man misschien een bekende van je vriendin kon zijn.'

'O, dat is het!' riep ze en ze knipoogde ondeugend naar hem. 'Je denkt dat ik heimelijk bezoek uit de benedenstad ontving. Van mijn vrijer, die ik destijds had opgezocht? Dat dacht je, nietwaar? Je dacht dat het keukenmeisje een minnaar in de benedenstad had?'

Zijn protest was zo zwak en ongeloofwaardig dat hij het algauw opgaf. Ja, dat vermoedde hij toen en het had hem enorm geïrriteerd. Omdat hij van mening was dat ze iets beters verdiende dan zo'n arme sloeber of duister figuur.

'Je was jaloers,' zei ze grinnikend.

'Nou ja, oké. Ik geef het toe!'

'Dat bevalt me wel, mijn schat!'

'Lach me niet uit!'

Maar ze lachte hem wel uit. Ze pakte zijn handen en legde ze op haar wangen.

'Ik moet je wel iets bekennen, lieverd. Maar niet te erg schrikken, hoor. Jouw Marie is een doortrapte leugenaarster, want er is geen vriendin in de benedenstad.'

Hij zei dat hij dat al vermoedde, hij had aan haar gezien dat ze loog. Ze moest niet denken dat ze een perfecte bedriegster was, want dat was ze gelukkig totaal niet.

'Ik hecht er ook geen waarde aan die kunst te leren,' zei ze. 'Wat ik ook van jou hoop, schat.'

Hij verzekerde haar dat hij als jongen al een slechte leugenaar was geweest. Maar hij was wel nieuwsgierig wat ze toen eigenlijk in de benedenstad te zoeken had.

'Ach, Paul,' riep ze. 'Weet je dat dan niet? Mijn moeder heeft boven De Groene Boom gewoond. Ik heb dat bij toeval ontdekt en wilde meer weten.'

Nee, dat wist hij niet. Maar natuurlijk, hij had het kunnen bedenken. Zijn vader had immers verteld dat Burkard en Luise Hofgartner in Augsburg hadden gewoond. Dat was dus boven De Groene Boom geweest.

'Misschien is het huis zelfs van ons. Mijn vader heeft jaren geleden in de benedenstad een paar huizen gekocht.'

Ze keek hem verbaasd aan. Johann Melzer had dit huis gekocht. Waarom? Dacht hij soms dat ze de constructietekeningen in een muurnis of in de vloer had verstopt?

'Weet je zeker dat hij juist dat huis heeft gekocht, Paul?'

Hij fronste zijn voorhoofd en dacht na. Het was nog niet zo lang geleden, hij kon zich herinneren dat zijn vader verteld had dat hij een paar huizen in de benedenstad wilde kopen, om ze af te breken en er een pakhuis of zakenpand te bouwen.

'Ik zat toen vlak voor mijn eindexamen. Wacht even, hij bewaart de koopcontracten hier in zijn werkkamer. Daarboven, die mappen...'

Marie wierp een blik op de stapel grijze dossiers op de planken achter het bureau en zei dat het niet zó belangrijk was dat ze die dossiers in afwezigheid van zijn vader moesten doorkijken. Ze konden het hem toch gewoon vragen. En dan konden ze misschien aan de nalatenschap van haar moeder komen, het marmeren beeld en het houtsnijwerk die de oude mevrouw Deubel in haar kamer had bewaard. Maar Paul had al een paar mappen doorzocht om te kijken hoe alles geordend was en beweerde dat hij nu in bijna alle dingen de partner en compagnon van zijn vader was. Hij had de fabriek wekenlang in zijn eentje geleid, had alle beslissingen genomen. Daarom stond het hem ook toe om exact op de hoogte te zijn van het onroerend goed van de familie. Vooral over dat wat zijn toekomstige vrouw betrof.

'Dit moet het zijn...'

Hij rekte zich uit en tilde een stapel mappen van de plank, balanceerde ze voorzichtig op één hand om ze op het bureau neer te leggen.

'Schuif even die karaf opzij, Marie. Dit zullen we meteen... ha... ha... tsjie!'

Het stof op de dossiermappen was de oorzaak van de volgende catastrofe. Paul probeerde nog wanhopig de stapel mappen in balans te houden, maar het was te laat. Als een vlucht kraaien fladderden de grijze dossiermappen naar beneden, sommige gingen in de lucht open en gaven hun inhoud prijs, andere waren stevig met een lint dichtgebonden en vielen als zware dakspanen op het bureau. Marie had de tegenwoordigheid van geest om snel opzij te springen, maar de mooie, met water gevulde, kristallen karaf werd hard geraakt en viel in duizend scherven.

'Verdorie,' mompelde Paul berouwvol.

'Daar heb je het gedonder,' fluisterde Marie.

Uitgerekend nu werd er op de deur geklopt.

'Paul? Marie? Komen jullie eten? Vader is erg boos.'

Het was Alicia, die uit discretie niet de kamer in wilde gaan. Waar die twee ook mee bezig waren, ze wilde niet de zedenhoedster spelen, ten slotte was haar zoon volwassen en moest hij weten wat hij deed.

'We komen zo, mama.'

Ze keken elkaar aan als twee kinderen die kattenkwaad hadden uitgehaald. Het zou dagen kosten om alle papieren te ordenen. Bovendien waren sommige papieren nat en zaten ze onder de glassplinters.

'Het mooie bureau, Paul. Het water sijpelt door deze spleet in de lades.'

Paul stapte door de chaos van papieren en trok de lades er een stukje uit, zodat de inhoud niet ook nog nat werd. Hij zag dat er wat dat betreft geen risico was, de lades waren een heel stuk korter dan het bureaublad.

'Aan de achterkant moet nog een vak zijn,' zei hij peinzend en hij ging op zijn hurken zitten om het meubelstuk nauwkeuriger te onderzoeken.

'Voorzichtig, Paul. Je trapt op de papieren en verkreukelt ze.'

Maar Paul had geen oog meer voor de mappen en bladen die over het bureau en de grond verspreid lagen. Het water sijpelde door een kier in het bureaublad heen, maar kwam niet meer tevoorschijn. Hij trok de lades er helemaal uit en zette ze op de bank. Ze waren droog.

'Geef me de lucifers eens aan,' vroeg hij aan Marie.

Ze begreep nu ook dat er een geheim vak in het oude meubelstuk moest zitten. Paul belichtte het vak waarin de lades hadden gezeten. De achterzijde bestond uit gefineerd hout en was droog.

Hij strekte zijn hand en klopte ertegenaan. Het klonk hol.

'Misschien kun je er vanaf de andere kant bijkomen,' zei Marie en ze liep om het bureau heen.

'Kijk uit, er liggen overal splinters!'

'Hier, Paul. Je kunt de achterwand van het bureau eruit trekken. Help me... Au!'

'Ik zei het toch? Hier, neem mijn zakdoek!'

Ze waren allebei gegrepen door de koorts een schat te vinden. Marie wikkelde Pauls zakdoek om haar bloedende wijsvinger, daarna trok ze haar rok omhoog en veegde ze met haar witte onderrok het vocht en de splinters van de onderkant van het bureau.

'Zo veel heb je nog nooit van jezelf aan me laten zien, schat. Wil je dat alsjeblieft nog een keer doen?'

'Stil! Wacht, ik help je met de briefopener. Het hout klemt en zwelt nu ook nog eens op door het water. Voorzichtig. Niet zo stevig. Het gaat scheef...'

'Straks breken mijn vingers eraf,' zei hij kreunend.

'Als je vader nu binnenkomt...'

'Ssst. Zet die briefopener er aan die kant in. Nu! Tegelijk...'

De achterwand kwam los, bewoog naar boven en kon eruit genomen worden. Daarachter werd een tweede achterwand zichtbaar, die eveneens gefingeerd was en waar aan de linkerkant scharnieren aan zaten. Aan de rechterkant zat een slot. Er druppelde water op het tapijt.

'Hè, wat vervelend,' zei Paul teleurgesteld. 'Zonder sleutel komen we niet verder, tenzij we het slot openbreken.'

'Een sleutel...' mompelde Marie.

In de gang hoorden ze Kitty's vrolijke stem en daarna ook die van Elisabeth.

'We komen al, papaatje. Heb je nog iets voor ons overgelaten of moeten we nu allemaal honger lijden?'

'Waar zijn Paul en Marie?'

'Nou, waar zouden onze tortelduifjes nou zijn? Kijk even of ze in de rode salon zijn.'

'Daar zijn ze niet...'

Paul kneep zijn lippen samen en slaakte een diepe zucht van teleurstelling. Het zou zo mooi geweest zijn als ze het vak open hadden kunnen maken. Maar ook zo was het al een geweldige ontdekking.

'Wat doe je?'

'Kijk de andere kant op. Je hoort niet te kijken als een meisje zich uitkleedt!'

Hij snapte er niets meer van. Waarom knoopte zijn lieftallige Marie haar blouse open? Wilde ze zich uitgerekend hier, midden tussen de natte papieren en het versplinterde glas uitkleden? Terwijl er elk moment een personeelslid of iemand uit de familie kon binnenkomen?

'Hier. Laten we het hier eens mee proberen.'

Ze trok een sleuteltje uit haar korset. Een zilveren sleuteltje, dat ze aan een ketting om haar hals had gedragen. Hoeveel geheimen had ze eigenlijk nog meer voor hem?

'Hij past in het slot. Maar ik kan hem niet omdraaien. O wacht, wel... het is denk ik alleen een beetje verroest.'

Ze kregen een golf water over zich heen toen het houten deurtje openzwaaide. Toen vielen er lange rollen papier uit. Dikke en dunne, sommige gewikkeld in bruin pakpapier, andere onbeschermd en slechts met een dun touwtje bijeengebonden.

'Dat... dat zijn...'

'De constructietekeningen die je vader per se wilde hebben,' zei Marie zachtjes. 'Dit bureau moet van mijn moeder geweest zijn. Je vader heeft al die jaren boven deze tekeningen gezeten, zonder een flauw vermoeden te hebben.'

51

HET WAS NIET EENVOUDIG om de vele gasten stil te krijgen zodat directeur Melzer zijn feesttoespraak kon houden. Tegen alle vrees in was het een stralende zomerdag, op het terras en in het park van het landgoed van de Melzers waren setjes stoelen, bloembakken, barretjes en gekleurde parasols geplaatst, waar de gasten tussendoor wandelden. Ze stonden in kleine groepjes bij elkaar en wisselden beleefdheden en roddels uit, de dames showden hun nieuwste zomergarderobe, de heren droegen lichtkleurige pakken en strohoeden. Wie zin had in een spelletje croquet – een van de populaire Britse sporten die intussen ook hier aanhangers had gevonden – kon dit links in het park op een grasveld doen, daar bevond zich ook allerlei speelgoed voor de kinderen. Een kinderleidster uit de fabriek paste voor een extra zakcentje op de kleintjes, bovendien had een aantal gasten hun kindermeisjes meegenomen.

'Beste gasten…'

In ieder geval waren de meeste gasten nu naar het terras gekomen. Voor de ouderen waren stoelen neergezet, de jongeren en de jongste gasten klommen ondanks de bloembakken op de stenen ommuring om alles beter te kunnen zien. Op het podium bewoog het geïmproviseerde fluwelen doek, daarachter waren ze nog druk bezig met de voorbereidingen.

'Beste gasten,' herhaalde Johann Melzer en daarmee bereikte hij dat het geluidsniveau eindelijk drastisch daalde. De mensen fluisterden nog slechts met elkaar, achter het buffet rinkelden borden, ergens viel een glas op de grond aan scherven. Een van de ingehuurde kelners kwam met stoffer en blik aansnellen om de scherven op te ruimen voordat iemand zich eraan bezeerde.

'Het is me een groot genoegen u hier allen te mogen begroeten...'

Melzers stem, die eerst een beetje zwak had geklonken, klonk nu steeds vaster. Hij was bijna weer de oude, ook al werd er in het algemeen opgemerkt dat Johann Melzer sterk vermagerd was, vooral in zijn gezicht was te zien dat hij nog maar net hersteld was.

'... de hemel is ons goedgezind, wat er vast mee te maken heeft dat ons traditionele zomerfeest dit jaar in het teken van de liefde en het toekomstige huwelijksgeluk staat.'

Alicia wenkte Humbert om voor de zekerheid een stoel in de buurt van haar man te zetten, uiteraard onopvallend. Humbert was zo slim om een bloemstuk dat Kitty cadeau had gekregen over de zitting te draperen, alsof hij de mooie bloemen goed zichtbaar wilde maken voor de gasten. Ze hadden trouwens veel te veel bloemstukken neergezet, ze hadden moeten bedenken dat bijna alle gasten een bos bloemen meenamen. Er hadden ook gasten afgezegd, sommige waren druk bezig met de voorbereidingen van hun vakantie of al op reis. Andere waren ziek of hadden wegens andere verplichtingen afgezegd, ook kennissen die in voorgaande jaren graag naar het zomerfeest waren gekomen. Onder wie helaas ook de burgemeester en diverse andere stadsvertegenwoordigers. De verloving van de jonge Melzer met de voormalige kamenierster was – zoals verwacht – niet bij iedereen in goede aarde gevallen, men vreesde zich te compromitteren.

'Het huwelijk is een instituut dat soms heel lang kan aanhouden...'

Er klonk plichtmatig gelach, vooral een aantal heren van middelbare leeftijd amuseerde zich, de dames draaiden hun ogen naar de hemel, waar een vlucht duiven in de perfecte blauwe lucht cirkelde.

'Wie zich voor eeuwig bindt, moet onderzoeken of hart en hart bij elkaar passen. Kort is de illusie, lang de spijt,' citeerde hij, maar verder ging hij niet omdat hij zich de rest niet meer kon herinneren.

'Daar heeft hij gelijk in,' klonk de stem van Alfons Bräuers oma, die vlak voor de spreker in een rieten stoel zat. 'Mijn moeder zei altijd: "Geld geef je uit, maar een vent heb je in huis."'

'Oma, alsjeblieft,' fluisterde Alfons, die rood was geworden. 'Je verstoort de toespraak.'

'Op mijn leeftijd kun je rustig je mond opendoen,' zei de oude dame. 'Als ik onder de zoden lig, krijg ik daar de kans niet meer toe.'

Ze was ter gelegenheid van het feest in een seringenpaars gewaad van mousseline verschenen en op haar hoed wapperde een arrangement van reigerveren.

'Wat Schiller ons hier met zijn onsterfelijke gedichten wil zeggen, is iets wat de ouderen onder ons nog vreemd, misschien ook onverstandig vinden. In onze tijd waren het de ouders die de huwelijkspartners voor hun kinderen uitkozen en daarbij zorgvuldig naar eer en geweten afwogen of de verbintenis zegenrijk kon zijn. Mijn schoonouders hebben dat destijds ook gedaan en ik herinner niet graag de kritische blikken die ik bij mijn eerste bezoeken op het landgoed in Pommeren moest ondergaan...'

Er klonk weer gelach onder de toehoorders, bijna alle echtgenoten konden met de spreker meeleven. Tjonge, wat was dat een afschuwelijk gevoel geweest om zo grondig door de ouders van je aanstaande bekeken en vooral op je positie, afkomst en bankrekening getaxeerd te worden. Vanaf het croquetveld klonk kinderlijk gejubel, een paar jongens hadden in afwezigheid van de jongeheren hamers en ballen bemachtigd en speelden het spel op hun eigen manier.

'Maar wat echt telt in een huwelijk, is de verbondenheid en de liefde tussen twee mensen die elkaar tot op hoge leeftijd blijven steunen. Die harmonie kan niet afgedwongen worden door geld, bezit of maatschappelijke positie, het is een geschenk van de hemel en een groot geluk. Daarom ben ik blij dat mijn kinderen hun hart hebben gevolgd.'

Wat een huichelaar, dacht Marie geamuseerd. Een paar weken geleden had hij nog over een mesalliance gesproken en Paul dit huwelijk willen verbieden. Maar sindsdien was er veel gebeurd, misschien geloofde Johann Melzer werkelijk in hetgeen hij verkondigde. Hij had een hele nacht boven de constructietekeningen gezeten, ieder afzonderlijk nauwkeurig bestudeerd en 's ochtends gejubeld dat Burkard een genie was geweest. De uitvindingen van haar vader, die Johann Melzer jaren geleden als overbodige verzinsels had afgedaan, bleken nu de oplossing van alle problemen te zijn. Eindelijk konden ze de machines aan de allernieuwste techniek aanpassen, hij wilde meteen de volgende dag een paar van zijn ingenieurs aan het werk zetten. Wat hij ook had gedaan... Ondanks alle protesten van zijn familie had Johann Melzer zich gisteren naar de fabriek laten rijden. 's Avonds was hij grauw van de uitputting, maar helemaal gelukkig thuisgekomen en had hij aan tafel gezegd dat nu zijn zoon Burkards dochter als vrouw nam, alles goed kwam. Marie wist niet zeker of de vrolijke stemming van haar toekomstige schoonvader blijvend was, maar ze had allang geaccepteerd dat de omgang met hem niet gemakkelijk was.

'Ik heb nu het grote genoegen, dit illustere gezelschap maar liefst drie verlovingsparen te presenteren...'

Kitty meende een schaduw over Maries gezicht te zien glijden en schoof onopvallend haar hand in die van haar vriendin. Wat zag Marie er vandaag mooi uit. Zij en Kitty hadden de jurk van donkerrode Indiase zijde samen ontworpen, het was een nauwsluitend model tot op de grond, dat Maries taille benadrukte en een schootje van dunne chiffon had, dat tot op de knieën reikte en in de wind wapperde als de vleugels van een vlinder. Zijzelf had erop gestaan een jurk van hetzelfde model te dragen, maar dan in rosé, haar lievelingskleur. Zo zagen ze eruit als zussen, terwijl Elisabeth in haar lichtgroene jurk van katoen eerder een verre nicht leek. Paul had Kitty zijn verlovingsgeschenk voor Marie laten zien, een gouden ring met een robijn. Zij had hem moeten passen, omdat haar vingers gelijk waren aan die van Marie. Ach, Alfons zou haar vast een ring met een briljant geven, hij had al iets gezegd over het 'symbool van de eeuwige liefde'. Terwijl ze helemaal niet van briljanten hield, die waren zo koel en doorzichtig, alleen als er licht op viel fonkelden ze in allerlei kleuren. Kitty dacht er even over na of ze echt in 'eeuwige liefde' met Alfons verenigd wilde zijn. Eigenlijk niet. In ieder geval niet op de manier waarop hij dat waarschijnlijk voelde. Aan de andere kant zou ze niet geweten hebben wat ze zonder hem had moeten doen. Alfons was haar beste vriend, hij gaf haar adviezen, troostte haar, sprak haar moed in als ze verdrietig was. Hij stond aan haar zijde. En hij mocht haar beste vriendin Marie heel graag. Hij was de enige geweest die Paul oprecht met zijn keuze had gefeliciteerd. Ach, nee, ze had Alfons gewoon nodig, hij was haar vriend, broer en vader tegelijk.

'Drie is een getal met een grote betekenis. Alle goede dingen, zo zegt men, bestaan in drieën, en daarom zullen we vandaag drie keer het glas heffen op onze jonge verloofden. Op mijn zoon Paul en Marie Hofgartner. Op mijn dochter Kitty en haar verloofde Alfons Bräuer. En niet in de laatste plaats op mijn dochter Elisabeth, die zich vandaag met tweede luitenant Klaus von Hagemann…'

Natuurlijk noemt hij mij weer als laatste, dacht Elisabeth. Maar ik had niet anders verwacht. Eerst komt de zoon, dan natuurlijk Kitty en ik ben de hekkensluiter. Toch was haar ergernis niet heel groot, want ze voelde de jaloerse blikken van haar vriendinnen. Klaus von Hagemann had zijn dreigement niet uitgevoerd maar was punctueel voor de verloving verschenen. Hij droeg zijn parade-uniform, zijn blauwe wapenrok met epauletten en sjerp. Zijn helm had hij afgedaan, wat de aanblik echter nauwelijks minder indrukwekkend maakte. Hij had een paar vrienden meegenomen, onder wie ook ene Ernst von Klippstein uit Pruisen, die in gezelschap was van zijn jonge echtgenote. Ze hadden Elisabeth met haar verloving gefeliciteerd en hen tweeën van harte uitgenodigd om hen op hun landgoed ergens in Brandenburg te bezoeken. Wel… ze zou beslist niet op die uitnodiging ingaan, alleen al omdat ze die Adele von Klippstein niet mocht.

En bovendien zou Klaus binnenkort geen verlof meer hebben. Von Klippstein praatte enthousiast over het feit dat het nu eindelijk tot de verwachte gewapende inzet zou komen. Gisteren was in Sarajevo de Oostenrijks-Hongaarse troonopvolger doodgeschoten, de kranten stonden er vol van. Altijd weer die Serviërs, ze lieten je nooit met rust. Papa had ooit gezegd dat al het onheil uit het oosten kwam. Maar Von Klippstein had verklaard dat de zaak heel simpel was. Eerst zouden ze Parijs innemen, zodat de Fransen zich koest hielden, daarna konden ze zich op het oosten richten en bondgenoot Oostenrijk-Hongarije steunen tegen Sarajevo. En mochten de Russen zich mengen in de strijd, dan zouden ze die ook afmaken. Van belang was alleen dat Engeland zich stil hield. Maar de keizer was er vrijwel van overtuigd dat men niet tegen de kleinzoon van de grote Victoria te velde zou trekken. 'Bloed is dikker dan water,' placht hij te zeggen.

'Al met al is het wel een beetje vervelend, mijn liefste,' fluisterde Klaus von Hagemann tegen haar. 'Maar we laten deze dag er niet door bederven.'

Hij bedoelde Paul, die nu was opgestaan om ook een paar woorden tot de gasten te richten. Een ingehuurde bediende in een mooie blauwe livrei met gouden knopen verplaatste zich door het gezelschap om ook de laatste mensen van een drankje te voorzien. Achteraan, bij een van de bloemperken in de Franse tuin riep iemand 'au', een jongedame was met haar jurk aan een rozenstruik blijven hangen. Paul aarzelde een moment, maar aangezien het kleine ongeluk niet ernstig bleek te zijn, begon hij te spreken.

'Deze dag is voor mijn bruid en mij een triomf,' zei hij en hij nam Maries hand in de zijne. 'Marie, ik zeg je hier, voor alle aanwezigen, dat er geen mooiere en waardigere bruid voor mij kan zijn dan jij. Ik heb vanaf de eerste dag van je gehouden en zal van je blijven houden, zolang ik leef. Neem daarom deze ring als teken van mijn huwelijksbelofte, die ik je in alle ernst en met veel vreugde geef.'

De toehoorders waren geroerd door deze woorden. Er klonk gefluister, sommigen moesten huilen van ontroering, maar er werden ook verontwaardigde en snibbige opmerkingen gefluisterd. Men drong zich naar voren om een blik op het verlovingsgeschenk te werpen en iemand zei halfluid dat een robijn wel een erg dure steen was, al helemaal om cadeau te geven aan een kamenierster.

Het gezelschap moest tot rust gemaand worden, zodat ook Alfons Bräuer en tweede luitenant Von Hagemann een paar woorden konden spreken en hun verlovingsring konden geven. Daarna stortte iedereen zich op de kersverse verloofden om ze te feliciteren, de groeten over te brengen van kennissen die niet konden komen en vooral om de verlovingsringen van dichtbij te bekijken en op hun waarde te taxeren. Wat dat betreft had Kitty de hoofdprijs, want zoals verwacht had Alfons haar een witgouden ring met een briljant gegeven, die in de zon als vuurwerk schitterde.

'Hiermee hebben we het officiële deel gelukkig achter de rug en kunnen we ons nu op leukere dingen richten,' merkte Johann Melzer opgelucht op.

Hij was na zijn speech gaan zitten en ging ook niet staan toen de mensen naar hem toe kwamen om hem te feliciteren. In plaats daarvan vroeg hij om een glas bowl en verzocht hij Alicia een paar lekkernijen van het buffet voor hem uit te zoeken, zij wist immers het beste wat hij lekker vond. Vanaf het terras volgde hij de theatervoorstelling en hij zei tegen Edgar Bräuer, die naast hem zat, dat Shakespeare best goed bij de huidige gelegenheid paste. Maar de operetteliederen hadden ze zich kunnen besparen. Vooral omdat het thema buitengewoon vreemd was.

'Lysistrata?' zei Riccarda von Hagemann. 'Wel, die operette schijnt vrij gedurfd te zijn op het podium. Een liefdesstaking met hindernissen, als ik het goed begrepen heb.'

'Nou ja, zoiets is ook tegen de natuur,' vond haar echtgenoot. 'Wij mannen moeten nu eenmaal vechten en jullie vrouwen, pardon, dames, zijn geschapen voor de liefde.'

Ze lachten om het grapje, waarbij de lach van Riccarda von Hagemann nogal schril klonk.

Marie was een poosje aan Pauls zijde van groepje naar groepje gelopen. Ze kreeg een eindeloos aantal namen en gezichten over zich heen, vriendelijke woorden, beleefdheden, nieuwsgierige vragen, ironische opmerkingen en her en der ook een koele afwijzing. Later hadden Kitty en Alfons zich bij hen gevoegd en Marie had Kitty bewonderd om haar onbevangenheid. Maar Kitty was hier in de villa als dochter van de gerenommeerde fabrikantenfamilie opgegroeid, zij had geen respect voor titels of ordes en lachte slechts om de scherpe blikken van de oudere dames.

'Laat ze maar kletsen over ons tweeën,' fluisterde ze Marie toe. 'Die arme vrouwen hebben niets anders te doen. Kom, laten we ons eerst eens aansterken bij het buffet, nu zijn er nog voldoende zalmrolletjes en is de citroensorbet nog niet op.'

Het kostte Marie al haar kracht om niet te laten merken hoezeer de geringschattende blikken en ondubbelzinnige opmerkingen haar kwetsten. Zeker, Paul beschermde haar zo goed mogelijk en ook Alfons bleek een behulpzame vriend. Overal waar de jonge bankier opdook maakte men hem complimenten, glimlachten de mensen, vertelden ze vrolijke verhalen om zich in een goed daglicht te plaatsen. Marie had al snel door dat al die aandacht niet alleen te maken had met Alfons' vriendelijke, terughoudende karakter. Het bankiershuis Bräuer was voor veel aanwezigen hier een onontbeerlijke geldschieter.

'Daarginds staat Hermann Kochendorf,' legde Kitty uit, terwijl ze haar citroensorbet oplepelde. 'Een walgelijke vent, al boven de veertig, heeft geld als water en zit in het stadsbestuur. Naast hem staat advocaat Grünlich, zo lelijk als de nacht, maar denkt dat hij een adonis is. En daar is ook dokter Greiner. Hij wilde papaatje per se naar het ziekenhuis sturen, maar wat dat betreft had hij pech. En daar is dokter Schleicher, mama sleepte me altijd naar hem toe als ik 's nachts niet kon slapen... Wil je niet een beetje van die heerlijke sorbet, Marie? Neem er snel wat van, ik weet niet of er straks alleen nog maar frambozenijs is.'

Marie was duizelig, misschien had ze geen bowl moeten drinken, ze was geen alcohol gewend. Wat een dag! Tot nu toe kende ze dit soort festiviteiten alleen vanuit het zicht van het personeel. Dan had je het hartstikke druk om te zorgen dat de heren en dames tevreden waren en kroop je laat op de avond doodmoe in bed. Ze had altijd gedacht dat zo'n feest voor de heren en dames, die immers niet hoefden te werken, een puur genot was. Maar dat was het beslist niet, ze voelde zich nu al helemaal uitgeput.

'Ik excuseer me even, Kitty,' zei ze zachtjes. 'Ik ben zo weer terug.'

Ze liep de hal in en wilde daar aan een van de tijdelijk neergezette toiletspiegels haar kapsel controleren, maar alle tafels waren bezet en ze had niet veel zin om deel te nemen aan de gesprekken van de dames. Het was niet prettig omdat de dames bijna altijd stopten met praten als zij erbij kwam. Dan lachten ze beleefd en gingen ze over op een ander onderwerp. Eigenlijk wilde ze haar haren helemaal niet goed doen of wat van de klaargezette parfums opspuiten, maar gewoon een paar minuten rust hebben. Wat had ze zich vroeger bij het personeel in de keuken op haar gemak gevoeld. Natuurlijk, ook daar werd geruzied, maar bij het grote fornuis met de lichtblauwe koffiekan en op haar plek aan de lange personeelstafel had ze zich van begin af aan thuis gevoeld. Kordaat opende ze de deur van de werkruimtes en stapte de keuken in. Daar heerste de chaos die bij grote feesten gebruikelijk was. De lange tafel stond vol met schalen en plateaus vol gereedstaande en half bereide gerechten, op het fornuis stonden dampende pannen, en over dat alles heerste de kokkin, ademloos, nors, met haar koksmuts scheef op haar grijze haar.

'Wat is er met jullie luiwammesen aan de hand?' mopperde ze zonder zich naar Marie om te draaien. 'Dat waren nog eens tijden, toen Robert hier serveerde, die had jullie wel achter de broek gezeten, dat kunnen jullie van me aannemen...'

Ineens merkte ze dat niet de ingehuurde bediende, maar Marie in de keuken stond. Ze liet de pollepel vallen en plantte haar armen op haar enorme heupen.

'Juffrouw Marie!' zei ze half verontwaardigd, half grijnzend. 'De keuken is voor het personeel. De dames en heren hebben hier niets te zoeken!'

Humbert drong zich langs Marie om twee plateaus met noten- en amandelgebak naar het buffet te dragen. Ook hij stond versteld. Direct daarna kwam Hanna met een dienblad vol gebruikte borden en lege glazen de keuken in gelopen.

'Marie!' riep ze stralend. 'O, Marie, ik mis je zo!'

'Stil!' riep de kokkin. 'Van nu af aan moet je "juffrouw" tegen haar zeggen. Onze Marie is hier in de villa nu de jongedame des huizes.'

Er klonk enorm veel trots in die zin.

'Onze Marie' had ze gezegd. Ach, wat deed deze trouwe aanhankelijkheid haar na al die onderzoekende en boosaardige blikken van de gasten van hoge komaf goed.

'Wat nou, zij heeft hier niets te zoeken,' zei Marie lachend. 'Ook als ik nu de "juffrouw" ben... kom ik bij jullie in de keuken om te kijken of alles in orde is.'

'Maar niet dat u zich met mijn werk gaat bemoeien, juffrouw,' protesteerde Brunnenmayer.

'Dat heb ik vroeger ook nooit gedaan.'

'Dan is het goed!'

Marie moest aan de kant om Humbert met de plateaus erlangs te laten en ze begreep dat ze voor de personeelsleden in de weg stond. Else en twee van de ingehuurde bediendes droegen al lantaarns en fakkels naar het park om ze in de nu langzaam intredende duisternis aan te steken en daarmee het feest een romantisch slot te geven. De muzikanten arriveerden en Alicia wees hen een hoekje op het terras aan waar ze dansmuziek zouden spelen. Marie besloot om op zijn minst een paar minuten boven in Kitty's kamer uit te rusten voordat ze deze nieuwe proef onderging. Kitty had met haar de belangrijkste gezelschapsdansen geoefend, vooral de wals, die Marie niet moeilijk vond, de polka en de galop. Volgens Kitty hoefde ze zich totaal geen zorgen te maken, want op het terras kon men toch geen formaties dansen, geen française en waarschijnlijk ook geen contradans. En bovendien bewoog Marie zich van nature gracieus, dat was al voldoende.

Op de tweede verdieping was het tot haar blijdschap zeer rustig, alleen in de badkamers waren een paar jonge vrouwen, allemaal vriendinnen van Elisabeth, die opgewonden hun geslaagde opvoering bespraken. Marie wilde net Kitty's kamer in glippen, toen ze een bekende mannenstem hoorde.

'Weet iemand er soms vanaf?'

Dat was Klaus von Hagemann. Maar wat deed hij hier boven in de waskamer?

Het was zeer ongepast om een gesprek van anderen af te luisteren. Toch bleef ze in de gang staan. Was dat niet Auguste?

'Niemand weet het behalve Gustav. Tegen hem moest ik het wel zeggen.'

'Hoezo dat?'

Von Hagemanns vraag klonk nerveus. Hij sprak op gedempte toon, maar was toch tamelijk goed te verstaan.

'Omdat hij mijn echtgenoot is en ik geen geheimen voor hem heb. En omdat hij zich anders zou afvragen waar ik dat geld vandaan haal...'

'Zorg dan dat hij zwijgt. Ik wil geen schandaal.'

'Wat denkt u nou? Dat zou toch in ons eigen nadeel zijn. We kunnen het geld goed gebruiken.'

Marie hoorde een lange vloek.

'Als het een jongen was geweest, had ik hem bij me genomen. Maar een meisje...'

'Ik vind een meisje prima. En Gustav zal me nog met genoeg jongens opzadelen...'

Het was toch niet te geloven? Dat doortrapte mens liet Elisabeths verloofde alimentatie voor haar kind betalen? Marie liep Kitty's kamer in en sloot snel de deur achter zich, ze wilde niet graag door de tweede luitenant op de gang gezien worden.

Als hij alimentatie betaalt, moet hij daar een reden voor hebben, dacht ze. Auguste had dus niet alleen met Robert een verhouding gehad, ze had de deur van haar kamer ook voor Von Hagemann geopend. Waarom had ze de dochter uitgerekend 'Elisabeth' genoemd en Pauls zus zelfs gevraagd peettante te worden? Wat was dat gemeen. Alsof ze zich ergens voor had willen wreken.

Er klopte iemand op de deur en ze schrok, want ze vreesde al dat Von Hagemann haar gezien had. Maar het was Paul.

'Waar zit je, mijn schat?' zei hij en hij zag er een beetje bezorgd uit. 'Iedereen vraagt naar je.'

'O, echt?'

Hij nam haar in zijn armen en liep met haar naar het raam. De schemering was overgegaan in duisternis en door de vele lichtjes en fakkels leek het park wel een betoverend sprookjesland. Oude bomen wierpen groteske schaduwen, bonte vlammetjes dansten over de grasvelden, her en der glipten geheimzinnige wezens voorbij, halfvolwassen kinderen die verstoppertje speelden of liefdespaartjes die aan het toezicht van hun ouders waren ontsnapt. De klanken van het kleine orkest waren te horen, een wals uit een of andere operette, en Marie voelde Pauls arm die hij om haar taille legde.

'Deze eerste dans is voor ons beiden, Marie,' fluisterde hij in haar oor. 'Helemaal alleen voor jou en mij, zonder de vele hinderlijke ogen die ons beneden zullen beloeren.'

Ze volgde zijn bewegingen, vlijde zich tegen hem aan, en ze werden een in de maat van de muziek.

'Ik weet hoe moeilijk het voor je is, mijn liefste,' zei hij zachtjes. 'Maar ik ben bij je. Ik sta achter je, ik vecht voor je. Samen redden we het, vertrouw me maar.'

'Dat doe ik toch allang, Paul,' antwoordde ze en ze sloot haar ogen. Hij had voor al die arrogante gasten voor haar gekozen. Hij was haar lot, de liefde van haar leven. Noch vuur noch water, noch rots noch storm konden hen uit elkaar halen. Wat stelde dat belachelijke gezelschap in de tuin nou voor?

Ze dansten dicht tegen elkaar aan, gaven zich over aan de muziek, ademden de zoete nabijheid van de ander in. Hun rondjes werden steeds kleiner en ten slotte stonden ze bij elkaar en gingen ze op in een kus.

'Laten we gaan,' fluisterde Marie toen ze zich van elkaar losgemaakt hadden.

Samen liepen ze de trap af, zij aan zij en hand in hand.